바츠먼의 변호인

탕푸루이 지음
강초아 옮김

바츠먼의 변호인

묘
보
설
림
—
17

八尺門 的 辯護人

글항아리

차례

20세기에 전쟁은 사라지고 교수대는 무너질 것이다.
원한과 한계와 교조주의도 다 없어질 테지만
인류는 살아남을 것이다.

—

빅토르 위고, 1879년 8월 3일

1장

해안
살인 사건

1

중화민국 71년(1982) 9월 18일 한밤중, 열 살 난 퉁바오쥐修寶駒는 아버지 퉁서우중修守中이 피투성이가 되어 어둠 속에서 걸어오는 것을 봤다. 아버지는 피 묻은 칼을 쥐고서 대문 삼아 세워놓은 낡은 갑판에 기대어 숨을 몰아쉬었다. 멍하니 퉁바오쥐를 쳐다보던 아버지는 아미족阿美族● 말로 저리 가라고 말했다.

대문 바깥에서 술렁이는 소리가 들렸다. 퉁서우중이 정빈항正濱港에서 집으로 걸어오면서 이웃집의 잠을 깨운 모양이었다.

퉁바오쥐 세 식구가 사는 집은 폐선박의 목재를 이용해 지은 21평 정도 되는 건물이었다. 방이 네 개인데 그 집에 열네 명이 살았다. 대부분 화롄花蓮에서 온 아미족이었다. 그들이 전부 깨어나 하나둘 방

● 오늘날 타이완의 인구는 대부분 한족漢族이지만 중국 대륙에서 한족이 이주해 오기 전부터 타이완에 살던 원주민도 적잖다. 약 20만 명인 아미족은 타이완 정부가 공식적으로 인정한 16개 소수민족 원주민 중 가장 인구가 많은 민족이며, 중국어와 계통이 다른 자신들의 언어를 사용하고 문화와 풍속도 크게 다르다.—옮긴이

문을 열고 나왔다.

아버지의 악귀 같은 모습에 겁을 먹은 퉁바오쥐는 그대로 얼어붙었다. 어머니 마제馬潔의 떨리는 목소리가 등 뒤에서 들렸다.

"루우Looh,• 어떻게 된 거야?"

창백하게 질린 마제가 그의 손에서 칼을 빼앗아 땅바닥에 내던졌다. 경찰차의 사이렌이 멀리서 울렸다. 퉁바오쥐는 칼에 묻은 핏자국이 점차 빛을 잃어가는 것을 빤히 쳐다보다가 넋을 놓았다.

세찬 바람에 건물이 흔들리더니 전력이 끊겼다. 어둠 속에는 퉁서우중의 애처로운 숨소리만 남았다.

퉁바오쥐는 어머니를 끌어안고 울었다. 여기서 도망쳐야 한다는 생각이 그때 처음으로 퉁바오쥐의 조그만 머리통에 떠올랐다. 그리고 다시는 사라지지 않았다.

그곳이 바로 바츠먼八尺門이었다.

2

중화민국 50년대(1960년대)는 지룽시基隆市••에서 어업이 막 발전하던 때였다. 지룽시에 속한 정빈항에서도 노동력 수요가 급증했다. 인력 중개업자들은 화둥花東 지역•••에서 아미족 사람들을 데려와 근해어업이나 원양어업에 투입했다.

젊고 건강했던 퉁서우중도 그중 한 명이었다. 그의 호적상 등록지는 화롄현花蓮縣 위리진玉里鎭이었다. 그는 중화민국 60년(1971) 아내 마제와 갓 태어난 아들 퉁바오쥐를 데리고 지룽에 왔으며, 그 후로 이곳을 떠나지 않았다.

태어난 땅을 등지고 도시로 온 아미족 사람 중 일부는 집세를 아끼려고 허핑섬和平島●의 룽무징龍目井 뒤쪽 퇴역군인 숙소 부근에 나지막한 집을 짓고 모여 살았다. 그곳을 아라바오만阿拉寶灣이라고 불렀는데, 아미족 말로 '길을 잃기 쉬운 곳'이라는 뜻이다.

나머지 아미족 사람들은 허핑섬과 바츠먼八尺門 해협을 사이에 두고 마주 보는 곳에 자리 잡았다. 버려진 선박의 폐자재를 가져다 서쪽으로 바다를 면한 산기슭에 불법 가옥을 지은 것이다. 이 지역에 터를 잡은 아미족 가구가 많을 때는 거의 200호에 달했다. 시커멓게 보일 정도로 어두운 푸른색의 기와지붕이 동쪽으로 죽 이어져 산등성이 두 개가 만나는 우묵한 골짜기까지 닿았다. 이곳은 바츠먼 부락이라고 불렀다. 퉁바오쥐 가족이 지룽에 와서 정착한 곳이었다.

바츠먼이라는 명칭은 어디서 유래했을까? 퉁바오쥐도 알지 못했다. 어릴 적 아버지가 술만 마셨다 하면 항상 똑같은 농담을 했는데, 아미족은 다들 키가 팔척八尺이라서 동네 이름도 그렇게 붙었다는 것이었다. 그런 다음에는 꼭 퉁바오쥐더러 바지를 벗고 아미족의 당당한 사나이라는 증거를 보이라고 했다.

사건이 벌어진 날 저녁에는 술자리가 있었다. 참석한 사람들은 전부 바츠먼에 옹기종기 모여 쪽방살이를 하는 아미족이었다. 그날 퉁서우중은 부족 사람들과 얼마 전 바다에 빠져 죽은 사촌 동생의 뒷

● 행정구역상 지룽시에 속하며 정빈항과 마주 보고 있는 섬. 타이완 본섬에서 가장 가까운 섬이며(약 75킬로미터), 지룽시와 다리로 연결되어 있다.─옮긴이

일을 논의하다가 감정이 격앙된 탓에 술이 과했다. 선박회사에서는 보험을 들어주지 않았다. 그러잖아도 쥐꼬리만 한 위로금인데 각종 수수료와 가불해 받은 임금 등을 원금에 이자까지 쳐서 갚고 나니 남는 것이 없었다. 선장인 퉁서우중이 분통을 터뜨릴 만도 했다.

퉁서우중은 반만 남은 오른쪽 집게손가락으로 탁자를 내리쳤다.

"이놈은 작년에 잘렸는데, 그때도 보상이라곤 없었지!"*

술자리는 흐지부지 끝났다. 준비한 술은 깡그리 마셨고 전등도 꺼졌다. 모였던 부족 사람들은 하나둘 술에 취해 잠들었다. 그러나 퉁서우중은 마지막까지 방으로 들어가지 않았다. 그는 마당에 펴놓은 간이 플라스틱 탁자 앞에 한참을 앉아 있었다. 잠든 사람들의 코 고는 소리가 주변을 에워쌌을 때쯤, 그는 수박 써는 칼을 집어 들었다. 구불구불 좁은 길을 따라 산비탈을 내려가 정빈항으로 향했다.

그날 밤은 바닷바람이 서늘한 편이었다. 퉁서우중은 술기운에 잊고 있던 추위를 느꼈다. 게다가 흉흉한 마음을 품고 달려오느라 아드레날린이 폭발하듯 분비된 탓인지 온몸이 벌벌 떨렸다. 10년 가까이 거친 바다에서 일하며 단련된 그는 120킬로그램이나 나가는 참다랑어도 맨손으로 번쩍 들 수 있었다. 그러나 그 순간만큼은 무게랄 것도 없는 칼 하나조차 제대로 쥐기 힘든 기분이었다.

선박회사의 철문은 반쯤 열려 있었고, 안에서 술 마시는 사람들의 시끌벅적한 소리가 새어나왔다. 그 순간 떨리던 몸이 차분해졌다. 바닷바람이 허핑섬 쪽에서 불어왔다. 그는 바츠먼 산기슭에 지은 그다지 튼튼하지 못한 판잣집의 천장과 문틀이 흔들거릴 때 나는 삐걱삐걱 소리를 들은 것만 같았다.

집이 있는 쪽을 올려다봤지만, 밤의 장막에 가려 집 앞에 켜둔 조그만 전등의 불빛을 찾을 수 없었다.

그때 회사 건물에서 사람이 나왔다. 입에 막 불을 붙인 담배를 물고 있었다. 그 사람과 눈이 마주쳤다. 선박회사의 회계부장이었다.

"억."

부장이 갈라진 소리를 내뱉었다.

퉁서우중은 그의 가슴과 목을 베었다. 눈에 핏방울이 튀어서 두 번째 나타난 사람이 누군지 제대로 보지 못했다. 누군들 무슨 상관인가. 이번에도 두 번 칼을 휘둘러 가슴과 목을 베었다.

피가 더 많이 튀었다.

퉁서우중은 오던 길을 그대로 되짚어 올라가 귀가했다. 얼굴에 튄 피를 문질러 닦는 동안 몸이 다시금 떨리기 시작했다. 그는 집 안으로 들어서며 아들의 이름을 소리쳐 불렀다. 그러면서 주머니에서 동전 몇 개를 꺼내 아내에게 건네면서 술을 더 사오라고 시켰다.

그날 이후로 지금까지 퉁바오쥐의 인생에서 범죄란 조금도 낯선 일이 아니었다. 그는 인간사의 온갖 참상과 비극을 거지반 봤다고 자부하지만, 그 밤만큼은 달랐다. 피 냄새를 맡을 수 있을 만큼 가까이에서 범죄를 경험한 유일한 날이었기 때문이다.

그날 밤을 떠올릴 때마다 퉁바오쥐는 아버지가 탁자 앞에 홀로 앉아 있던 모습이 선명하게 기억났다. 아버지는 눈앞에 널브러진 술병을 멍하니 바라보며 중얼거렸다.

"우리는 사람도 아니란 거냐?"*

3

행운이라고 해야 할까? 그 두 사람은 죽지 않았다. 퉁서우중은 살인미수로 기소되었고, 최종심에서 10년 형을 받았다.

판결문에는 이렇게 적혀 있었다. "…… 범행 전 지인들과 도수 높은 술을 여러 병 마셨으므로 판단력이 보통 사람보다 훨씬 떨어지는 심신미약 상태였다. 이는 싼쳰三軍 병원의 감정보고서에서 증명된 사실이다. 또한 피고는 교육 수준이 낮고 화롄의 산지 부락에서 성장한 바, 폭음하는 나쁜 습성이 있었으며 도시생활에 적응하지 못했다. 이에 더해 친족의 사고로 정신적 충격을 받은 점을 감안하여……."

퉁서우중이 감옥에 가기 전날, 이웃의 부족 사람 몇몇이 배웅하러 왔다. 그들은 바츠먼 해협의 바닷가에 자리를 폈다. 축축한 산호 바위에다 불을 피우고 밥을 지었다. 마제는 근방을 돌아다니며 해초와 고둥을 주워와 보글보글 끓는 탕에 집어넣었다. 맛이 나쁘지 않았지만 퉁서우중은 한 입도 먹지 않았다.

침묵이 이어졌다. 부족 사람 중 두어 명이 다음 달이면 배가 나가게 될 거라고 어물어물 말했다. 대놓고 말하지 않아도 퉁서우중에게 이해해달라고 하는 소리인 것이 분명했다. 다른 사람들도 맞장구를 쳤다. 선박회사에 진 빚이 많은데 그걸 갚지 않을 수도 없지 않냐면서.

배 타고 바다에 나가는 거 말고 우리가 뭘 할 수 있나?

항구의 인간관계는 좁아. 껄끄러운 상황을 만들면 누구에게도 좋을 게 없어.

어쨌든 우리도 살아야 하잖나.

이만하면 재판 결과도 우리 사정을 많이 봐준 거지. 감정적으로 행동할 수는 없어.

퉁서우중은 시커먼 파도를 바라보며 침묵했다.

퉁바오쥐는 모닥불을 바라봤다. 머릿속에서 그 대화들이 실시간으로 부패했다. 그는 삼촌들을 동정했으나 그 마음은 점차 폭음과 폭력 그리고 자기연민 등의 나쁜 습성에 대한 증오로 바뀌었다. 무엇보다 아미족 사람들이 항구에서 살아남기 위해 타협했다는 것을 깨달으면서, 심지어 선박회사 편에 서서 부모님을 힐난하기까지 하는 것을 보면서, 통바오쥐의 원망하는 마음은 점점 자라나 부락 전체를 이해할 수 없게 되었고 자신의 출신 자체를 혐오하게 되었다.

통서우중이 감옥에 있는 동안 마제는 새우 가공공장에서 파트타임으로 일했다. 염분이 많은 물에 계속 손을 담그고 새우 껍질을 까는 일을 하느라 손이 부르트고 갈라졌다. 파트타임 근무지만 연장 근로가 많았다. 과로에 몸이 허약해졌지만 마제는 병원비가 아까워 치료를 받지 않았다. 결국 조직염과 패혈증으로 고통스럽게 세상을 떠났다.

통바오쥐는 스스로 동정하는 것을 거부했다. 그는 눈물을 흘리지 않았다. 허펑즈허우 성당 창고에 몰래 들어가서 공부했다. 바츠먼 부락이 철거되던 해에 통바오쥐는 대학에 합격했고, 뒤도 돌아보지 않고 언제나 음울하게 비가 내리던 그 산기슭을 떠났다.

4

중화민국 77년(1988) 리덩후이李登輝 총통이 지룽시를 방문해 바츠먼의 거주 환경을 개선하겠다고 공약했다. 3년 후 지룽시 지방정부의 주도 아래 바츠먼 부락을 철거한 후 재건축하는 사업이 시작되었다. 부락이 있던 산기슭은 해안 공공주택 지구로 개발되었다. 원래의 부락민에게 우선구매권이 있었기에 국유지를 원주민 보유지로 변경했다. 바츠먼은 타이완 정부가 도시에서 생활하는 원주민을 위해 건설

한 거주 지구의 첫 사례가 되었다.

재건축에는 3년이 걸렸다. 해안 공공주택 지구가 완공되자 뿔뿔이 흩어졌던 부족 사람들이 돌아와 자리를 잡았다. 그들은 그곳을 바닷가라는 뜻의 '키하우Kihaw'라고 불렀다. 바츠먼이라는 지명은 차차 잊혔다.

하지만 지명이 무엇으로 바뀌든, 풍경이 어떻게 대체되든, 이 지역은 퉁바오쥐에게 조금도 그립지 않은 곳이었다. 그곳을 떠난 지 30여 년이 흘렀다. 퉁바오쥐는 반드시 가야 하는 상황일 때만 아버지 퉁서우중을 만나러 갔다. 그럴 때도 대부분 그의 '귀향' 동기는 정빈항의 맛있는 지쿠와* 구이를 먹고 싶어서였다.

그 밖에는 매주 토요일 오후에 허핑즈허우 성당의 독서회에 참석하는 것이 전부였다. 신부님과의 약속 때문이었다.

퉁바오쥐가 대학에 다닐 때는 매주 성당에 가서 다양한 연령대의 아이들을 모아놓고 학교 공부를 봐주었다. 아이들이 모르는 문제를 물어보면 풀이해주었다. 퉁바오쥐라고 모든 과목을 다 잘하는 것은 아니었지만, 원주민 부락의 아이들이 가져오는 시험 문제는 그다지 어렵지 않았다. 그 아이들에게 정작 필요한 것은 어려운 문제를 알려줄 과외 선생이 아니라 꺾이지 않을 단단한 마음이었다.

이번에 퉁바오쥐가 지룽에 간 것은 평소와 다른 이유였다.

지룽지방법원 건물은 채광이 좋지 않아 항상 우중충했다.

가정법원은 비공개 심리를 해서 방청석은 텅 비어 있었다. 퉁서우중은 청원인석에 앉아 있었다. 세월과 바닷바람이 그의 얼굴에 깊은 주름을 남겼다. 오랫동안 어획물을 냉동고로 운반하는 일을 해온 후

* 지쿠와ちくわ는 일본의 어묵 요리 중 하나다.—옮긴이

유증으로 척추가 비틀어졌고 한쪽 팔이 눈에 띄게 축 늘어졌다.

젊은 여성 판사가 맞은편 피고석에 앉은 퉁바오쥐를 쳐다보며 이해하기 쉽게 말하려고 애썼다.

"청원인 퉁서우중, 즉 당신 아버지는 오늘부터 자신이 사망하는 날까지 당신이 매달 3만 타이완달러의 생활비를 지급하기를 바랍니다. 당신은 어떻게 생각하시나요?"

"머리가 어떻게 된 거 아니에요?"*

퉁바오쥐는 판사의 질문을 무시하고 반대편에 앉은 아버지를 향해 화를 냈다.

"제가 지금까지 드린 돈으로 부족했어요?"*

"그까짓 돈 가지고 생색은!"*

"두 분, 표준어로 말씀해주시겠어요? 서기가 기록을 할 수 없어서요."

판사가 다급하게 끼어들었다.

"또 술을 마셨어요? 아니면 마작하는 데 털어넣었어요?"*

퉁바오쥐는 멈출 생각이 없었다.

"내가 그놈들하고 마작해서 돈을 잃을 것 같냐? 체면이 있지. 자식이라고 있어봐야 쓸 데가 없군. 돈 좀 달라고 했기로서니 거기 앉아서 이러쿵저러쿵하기나 하고."*

"두 분? 좋은 말로 대화합시다. 표준어를 써주시겠어요?"

"술이나 먹고 빨리 죽어버리지 그래요!"

퉁바오쥐가 마침내 타이완 표준어를 사용했다.

"누가 먼저 죽을지는 모르는 일이지."

퉁서우중은 노기가 머리끝까지 치미는지 입가에 거품이 일었다.

"그만! 저는 두 분에게 표준어로 다투라고 한 것이 아닙니다. 지금부터 제가 한 사람씩 질문하겠습니다. 질문을 받은 분만 대답하시기 바랍니다."

판사가 고개를 절레절레 흔들었다.

"피고인 퉁바오쥐는 어떤 일을 하십니까? 한 달 수입이 대략 얼마지요?"

퉁서우중이 툭 끼어들었다.

"그놈은 변호사요, 돈이 아주 많다고."

"입 좀 다무세요! 판사가 저한테 질문했잖아요!"

"그만!"

판사는 퉁바오쥐를 찬찬히 뜯어봤다. 폴로 티셔츠를 입은 중년 남자. 희끗희끗한 머리카락이 잔뜩 헝클어져 있고 수염도 정리하지 않아 듬성듬성 돋아 있다.

"피고인이 변호사입니까?"

퉁바오쥐가 내키지 않는 태도로 대답했다.

"국선변호인입니다."

"어느 법원에서 일합니까?"

"고등법원입니다."

"일한 지는 얼마나 되었습니까?"

"20년이 넘었습니다."

판사는 퉁바오쥐의 경력 사항을 확인한 후 곧바로 질문했다.

"청원인의 요구에 대해 어떻게 생각하십니까?"

"민법 제1118조의 1에 의거, 본인은 부양 의무를 면제받아야 합니다."

퉁바오쥐는 싸늘한 눈길로 퉁서우중을 바라보며 말을 이었다.

"저 사람은 젊은 시절에 계속 감옥에 있었고, 출소 후에 번 돈은 전부 술을 마시는 데 써버렸습니다. 한 번도 가정을 돌보기 위해 노력한 적이 없습니다.”

퉁서우중은 조금도 부끄러운 빛이 없었다. 오히려 뻔뻔한 표정으로 딴청을 피웠다.

판사는 한숨을 쉬었다. 그는 사건의 기본적인 사실 몇 가지만 더 확인하고서 쌍방에게 화해를 권유했다. 그러고는 다음 심리 날짜를 고지한 후 그들을 내보냈다.

퉁바오쥐가 지룽지방법원의 정문을 나서는데 마침 보슬비가 내렸다. 기온도 좀 전보다 떨어졌다. 그는 먀오커우廟口 야시장이 슬슬 영업할 때가 되었다고 생각했다. 막 시작했으니 사람도 적을 터였다. 배를 채우려면 장화은행 앞에 있는 ‘리예麗葉 마라 취두부’에 가면 딱 좋을 듯했다.

“운전해서 왔냐?”*

퉁서우중이 그의 뒤쪽에서 나타났다. 말투가 법정에서처럼 날카롭지는 않았지만 여전히 뻣뻣한 태도다.

퉁바오쥐는 한숨을 쉬었다.

“어디 가시게요?”*

“집에 가지.”*

퉁서우중이 퉁명스레 물었다.

“아직도 그 고물 차를 타냐? 공부를 그렇게나 했어도 별 쓸모는 없구나.”*

퉁바오쥐는 소모적인 입씨름을 하고 싶지 않아 목구멍까지 차오른 짜증을 꿀꺽 삼켰다.

퉁바오쥐는 해안도로를 따라 허핑섬 쪽으로 차를 몰았다. 도로 옆에 지어진 낡은 아파트는 바닷바람과 비를 견디며 서 있었다. 30년째 변함없는 저 아파트는 마치 영원히 그 자리에 있을 것만 같았다. 좁고 꼬불꼬불한 도로가 동네에 우울한 기운을 더했다.

차가 정빈항으로 접어들었다. 항구의 바닷가를 따라 산뜻한 색깔로 알록달록하게 칠한 건물이 금방 눈에 띈다. 저 건물들 덕분에 이곳을 찾는 관광객이 많다. 퉁바오쥐는 도로 중간쯤에 서서 항구의 가장 아름다운 풍경을 카메라에 담으려 애쓰는 관광객을 거의 칠 뻔했다.

"홀리Holy 마조媽祖!"●

퉁바오쥐가 버럭거렸다.

"반대쪽에는 지중해식으로 색칠을 해야 했어. 카페도 더 많이 만들고."＊

퉁서우중이 냉소적으로 툭 내뱉었다.

5

해안 공공주택 지구는 중화민국 84년(1995)에 완공되었다. 행정 관리의 편의성을 위해 단지별로 한족과 원주민을 분리하여 입주시켰다. 바닷가에 가까운 단지는 한족(재건축 이전의 아래 부락 사람들)에게 분양했고, 원주민(재건축 이전의 중간 부락과 위쪽 부락 사람들) 주거용 단지는 산비탈에 있었다.

위쪽 부락의 아파트촌은 광장을 둘러싼 형태로 지어졌다. 광장 동

● 마조媽祖는 북송 시대 사람으로 본명은 묵낭默娘이다. 타이완 해협에서 조난된 사람을 구해주어 칭송받았던 여성이다. 이후 마조라 불리며 바다의 여신으로 떠받들어졌는데, 타이완에는 마조를 모신 사당이 많다.—옮긴이

쪽에 키하우 부락 집회소가 있어서 일상적인 모임에 사용했다. 물론 매년 7월은 풍년제가 열리는 곳이기도 했다.

퉁서우중의 집은 중간 부락에 자리 잡고 있었다. 문 앞은 좁은 비탈길이어서 차를 댈 곳이 없었다. 퉁바오쥐는 도로를 따라 좀더 올라가서 위쪽 부락의 광장에 주차했다.

시동을 끄자마자 한 중년 남자가 웃는 얼굴로 다가왔다. 트레이닝복 상의를 입고 지퍼는 반쯤 열어둔 채여서 그 안에 입은 경찰 제복과 살짝 튀어나온 복부까지 잘 보였다. 그는 퉁서우중 부자를 향해 열정적인 태도로 손에 든 맥주와 안줏거리를 흔들었다.

"루우, 같이 마셔요. 타카라Takara도 왔네!"*

타카라는 퉁바오쥐의 어릴 적 별명이다. 이름 중의 바오寶 자를 일본식으로 읽은 것이었다. 과거 일본의 지배를 받았던 영향 때문에 원주민 노인들은 대부분 일본어를 할 줄 알았다. 아미족 말에도 일본어의 영향을 받은 단어가 적잖았다. 아주 가까운 친구나 아는 별명을 불렀는데도 퉁바오쥐는 아무 감흥이 없었다.

퉁바오쥐는 그가 가리키는 방향으로 시선을 돌렸다. 아파트 앞에 아미족 사람들이 탁자를 펴놓고 부어라 마셔라 하는 중이었다. 탁자에는 온갖 술과 음료수, 안주로 먹을 음식 등이 널려 있었다. 퉁바오쥐는 이런 모임에 전혀 관심이 없었다.

"아나우Anaw, 다음에 봐."

아나우가 계속 권했다.

"그동안 거의 못 만났잖아. 같이 가자."*

퉁서우중이 아들을 돌아보며 말했다. 목소리를 낮추는 척했지만 다 들리라고 하는 소리였다.

"조심해라, 저 자리에 끼면 사람들이 네가 돌아왔다고 생각할걸."*

퉁바오쥐는 쓴웃음을 지으며 내키지 않는 걸음으로 아버지 뒤를 따랐다. 표면적으로나마 인간관계를 유지하기 위해서였다.

6

술자리의 분위기가 한창 달아올라 있었다. 사람들은 큰 소리로 웃고 떠들며 기분 좋게 술을 들이켜는 중이었다.

퉁바오쥐는 가까이 가서야 모여 앉은 사람들 사이에서 어릴 적 친구 두 사람을 알아봤다.

가운데 자리에 앉은 사람은 정평췬鄭峰群이다. 아미족 이름은 카니우Kaniw라고 했다. 무릎 위에 두 살배기 딸을 올려두고 손짓 발짓을 하며 저질스러운 농담을 떠들어대고 있었다. 거의 쉰 살이 된 그는 키가 작고 뚱뚱한 체격에다 목소리가 우렁찼다. 눈빛은 날카로우면서도 웃음기를 담고 있었다. 오랜 비바람이 그의 얼굴에 깊은 주름을 새겼지만 신체에 충만하게 깃든 활력은 조금도 퇴색되지 않았다.

정평췬 옆에 앉은 사람이 펑정민彭正民이다. 아미족 이름은 르칼Lekal. 그의 몸에서는 또 다른 분위기의 바다 내음이 났다. 검게 탄 피부에 건장한 체형, 표정도 무서울 정도로 사나웠다. 머리에는 더러운 두건을 두르고, 과할 정도로 꽉 끼는 티셔츠와 데님 반바지를 입고 있었다.

아나우가 안주와 술을 탁자에 올려놓자 사람들이 환호했다. 퉁서우중은 누가 권하기도 전에 알아서 한 자리 차지하고 앉았다. 퉁바오쥐는 아버지 옆자리에 엉덩이를 붙였지만, 머릿속으로는 어떻게 해야 최대한 눈에 띄지 않을지 계산했다.

"아나우! 술을 성실히 마시지 않다니, 그 뭐냐…… 직무유기다!"

정평췬이 농담조로 질책하자 아나우가 트레이닝복의 지퍼를 끌어 올리며 대답했다.

"직무유기는 무슨. 멍청아, 신이 말씀하시길 우리는 전부 술에 취해야 한다고 하셨다."

정평췬이 두 손을 합장하며 받아쳤다.

"어쩐지 네가 매일 술로 속죄를 하더라."

사람들이 와하하 웃어젖혔다. 퉁서우중이 맥주 한 병을 한입에 털어 넣었다.

"늙은 선장님, 어지럽지도 않으신가봐."*

정평췬이 장난스럽게 말을 붙였다. 퉁서우중은 눈을 흘기며 부루퉁하게 대꾸했다.

"애송이 선장 주제에."*

평정민의 표정이 확 변했다. 정평췬은 미소를 지으며 손에 든 술잔을 치켜들었다. 평정민에게 혈기를 가라앉히라고 눈치를 주는 것이었다.

아나우가 얼른 분위기를 정리했다.

"카니우, 이번에도 만선이라며."*

"기계로 잡는 걸 가지고."*

퉁서우중이 업신여기는 태도를 고수했다.

술자리 분위기가 한순간에 딱딱해졌다. 하지만 정평췬은 못 말린다는 듯 고개만 흔들었다. 대신 퉁바오쥐에게 화살이 돌아왔다.

"타카라, 오랜만이네. 드디어 돌아와서 배를 타기로 한 건가?"*

정평췬의 말에서 조롱하는 느낌을 알아챈 사람들이 왁자하게 웃어댔다.

"난 이런 일에는 맞지 않아서. 하하하."

퉁바오쥐가 어색하게 웃었다.

"어떤 일?"*

정평췬이 물었다.

"너무 힘들잖아. 나는 그렇게…… 용맹하지 못하니까."

정평췬이 옆에 놓인 둥근 의자를 가리켰다.

"자, 이리 와서 앉아."

"밤에 할 일이 있어서."

"너, 우리 아미족 말을 할 줄은 아냐?"

펑정민이 갑자기 끼어들었다. 퉁바오쥐의 웃는 얼굴에 금이 갔다.

"상황에 따라서는."

퉁바오쥐는 사람 좋은 얼굴을 꾸며내는 것을 포기했다. 그의 표정이 차가워졌다.

펑정민이 뭐라고 투덜거리며 바닥에 침을 뱉었다. 그가 다시 입을 열려는데, 퉁서우중이 벌떡 일어섰다. 퉁서우중은 맥주 캔을 쥔 채로 자리를 떴고, 퉁바오쥐는 그 모습을 빤히 보다가 뒤따라 자리를 떴다. 분위기가 얼어붙은 사람들만 남기고서.

퉁바오쥐는 차로 돌아와서야 안개가 짙어졌다는 것을 알아차렸다. 곧 비가 소리도 없이 산기슭을 적실 것이다.

그는 이곳에 1초도 더 머무르고 싶지 않았다. 얼른 시동을 걸었다.

이 지역, 이 사람들은 언제나 그에게 이유를 알 수 없는 비애감을 준다.

하지만 퉁바오쥐는 이것이 정평췬을 만나는 마지막 자리가 될 줄은 몰랐다.

고급 아파트의 엘리베이터는 넓고 깨끗했다.

렌진핑連쯸平은 거울을 보며 자기 모습을 점검했다. 열기로 달아오른 얼굴과 바짝 깎은 머리카락을 몇 번 쓸었다. 얼굴은 단정했고 몸은 탄탄하며 비율도 좋았다. 면남방과 청바지를 입었을 뿐이지만 귀한 집 자제의 분위기가 흘렀다.

렌진핑은 빰을 두어 번 두드리며 취기를 날리려 애썼다. 손목시계로 시간도 확인했다. 그가 기억하는 한 25년의 생애에서 이렇게 늦게 귀가한 적은 거의 없었다. 오늘 밤은 변호사 연수의 마지막 날이어서 아버지 렌정이連正儀가 특별히 '유흥업소에 가는 것을 허락해주었다.

"거긴 정상적인 술집입니다."

렌진핑은 그렇게 아버지를 설득했었다.

"술집인데 정상적인 곳이 따로 있단 말이냐?"

"제 말은 게이 바나 코스튬 바가 아니라고요."

렌정이는 의심스러운 눈길로 아들을 봤다. 렌진핑은 아버지의 눈빛이 무슨 의미인지 알았다. 판사로 30년을 일한 아버지는 그런 곳이 뭘 의미하는지 모르지 않았다. 자신이 당돌하게 꺼낸 말은 그다지 설득력이 없을 터였다.

"전부 변호사 연수원 동기예요. 책상물림들만 가는데 얼마나 험하게 놀겠어요?"

렌진핑이 마저 설명했다.

렌정이는 더 말하지 않았다. 요즘 젊은 애들이 벌이는 짓거리가 어떤지 누구보다 잘 알았다. 제대로 된 법관이라면 법률 조문만 잘 알아서는 안 된다. 법관의 직무는 사건을 이해하고 법을 적용하는 것이다. 세상에서 벌어지는 일을 이해하는 것이 법 적용보다 선행되어야 한다. 그러니 그는 아들이 주워섬긴 단어들을 일찌감치 알고 있었다.

그러나 사회는 빠르게 변한다. 그러므로 수많은 단서를 맥락에 따라 정리해 필요한 정보를 찾아내는 일은 세심하고 공정하지만 집착이 강한 성격이 아니면 쉽지 않다. 렌정이는 자신이 내리는 판결에 대해 누구보다 높은 평가 기준을 가졌고, 그 덕분에 지난 수십 년간 법조계에서 승승장구할 수 있었다. 대법원 형사 법정의 판사장으로 10년 가까이 일하는 사이 복잡한 사건이며 교활한 피고인 등을 만나는 것은 일상이었다. 다만 외아들 렌진펑에 대해서는 걱정보다는 믿음이 컸다.

문 앞에 도착한 렌진펑은 백팩을 뒤지며 열쇠를 찾았다. 그때 현관문이 벌컥 열리고 렌정이가 나타났다. 딱 봐도 비싸고 격식 있게 느껴지는 일상복 차림의 그는 강인한 눈빛과 웃어도 무뚝뚝한 표정을 감추지 못하는 얼굴을 지녔다.

"아버지…… 아직 주무시지 않았군요?"

렌정이는 아들의 바짝 깎은 머리카락을 보며 말을 잇지 못했다.

"친구들이 일찍 깎는 게 좋다고 해서, 그냥……."

술 냄새를 맡았는지 렌정이가 믿을 수 없다는 표정을 지었다.

"취했니?"

"아니요."

"앞으로는 그런 곳에 가지 마라. 너는 법관이 될 사람이잖니."

렌정이가 손목시계를 확인하며 말을 이었다.

"벌써 11시다. 다음에는 일찍 들어와라."

렌진펑은 얌전히 고개를 끄덕이고 후다닥 아버지 앞을 벗어나 방으로 들어갔다.

렌진핑의 방은 널찍했다. 벽에는 스포츠와 관련된 포스터가 잔뜩 붙어 있고, 책상 위와 책꽂이에는 법전과 관련 서류가 가득했다. 깔끔하게 정돈된 방은 아니지만 지저분하다고 말할 수는 없었다. 어쨌거나 생활감이 확실한 공간이다.

그는 책과 필기구 등이 여기저기 널린 책상 앞에 앉아 숨을 돌렸다. 오늘 밤의 열기에서 완전히 빠져나오지 못했다. 선배들에게서 변호사 연수원의 재미있는 일화를 많이 들었는데, 지금은 자신이 직접 그들 중 한 명이 되었다는 사실에 흥분했다.

한 달간의 변호사 연수의 마지막은 시험이지만 사실상 크게 엄격하지 않았다. 곧 변호사가 될 사람들이 마지막으로 캠퍼스 생활의 낭만을 즐기면서 청춘의 한 페이지와 고별하는 성년식이라고 하는 편이 맞을 터였다.

최고 명문인 타이완대학을 졸업하자마자 사법고시에 응시하고, 그 결과 변호사 시험과 법관 시험에 전부 합격한 그는 아버지의 뒤를 이어 판사가 될 생각이었다. 변호사 연수는 변호사 자격증을 받기 위해 거쳐야 할 과정일 뿐이지만, 석사 논문을 완성하고 병역을 마칠 때까지 마지막으로 조금 느슨하게 보낼 수 있는 기회이기도 했다.

오늘 밤은 변호사 연수의 흠 잡을 데 없는 마침표라고 할 만했다. 딱 하나, 리이룽李怡蓉에게 춤을 추자고 청할 용기를 내지 못한 것이 마음에 걸렸다.

리이룽은 아버지와 대법원에서 함께 일하는 동료의 딸이다. 렌진핑과는 동갑에다 정즈대학 출신으로, 역시 사법고시에서 변호사 시험과 법관 시험에 전부 합격했다. 얼마 전에는 타이완대 대학원에 순조롭게 합격한 참이다. 렌진펑은 형법 전공이고 리이룽은 경제법 전공이라는 점만 달랐다.

아버지의 소개로 만난 사이지만 외모도 말투도 매력적인 리이룽에게 렌진펑은 푹 빠졌다. 렌진펑은 일부러 리이룽과 같은 기수의 변호사 연수에 등록했다. 조금이라도 가까워지려는 노력이었다. 오늘 밤 두 사람은 여러 차례 대화할 기회가 있었고, 분위기는 내내 유쾌했다. 렌진펑은 슬슬 다음 진도를 나가야 할 때라고 느꼈다.

이런저런 행복한 상상을 하던 중 술기운이 가시자 렌진펑은 한기를 느꼈다. 1월의 차갑고 습한 바람이 창문 틈으로 스며들고 있었다. 그는 씻을 준비를 하면서 습관적으로 텔레비전을 켰다. 곧 뉴스 특보가 들렸다.

"오늘 밤 7시, 지룽 허핑섬 부근의 해안 공공주택에서 살인 사건이 벌어졌습니다. 20세의 인도네시아 출신 어부 압둘아들이 칼을 든 채 선장 정펑친의 집에 침입해 일가족 세 명을 살해했습니다. 피해자 중에는 두 살배기 여자아이까지 포함되어 있습니다.

범행 후 압둘아들은 놀라거나 두려워하는 기색 없이 흉기를 그대로 들고 피범벅인 채로 허핑섬 관광지인 어시장을 배회했으며, 이를 목격한 행인이 경찰에 신고했습니다. 시민들이 압둘아들을 제압한 직후 경찰이 현장에 도착해 체포했으며……."

흐릿한 CCTV 화면에서 빨간색 축구 유니폼 상의를 입은 왜소한 사람이 비틀비틀 거리를 걷는 모습이 나왔다. 렌진펑은 화면을 자세히 살폈지만 범인이라는 남자가 흉기를 쥐고 있는지, 온몸이 피범벅인지 등은 알아보기 어려웠다.

"사망자의 가족과 지인은 소식을 들은 후 경찰서 앞에 모여 범인을 엄벌에 처하라는 시위를 벌이고 있습니다. 현장 상황이 상당히 긴장감 어린 모습입니다. 관할서인 정빈 파출소 소장의 중재로 시위대의 격앙된 태도가 조금 완화된 상태입니다. 경찰 당국은 밤샘 조사를 벌여 범인의 범행 동기를 빠르게 파악하겠다는 계획이며……"

뉴스에 펑정민이 야구방망이를 휘두르며 방송국 카메라 앞에서 욕설을 하는 장면이 방송되었다. 그의 옆에는 많은 주민이 모여서 경찰과 대치하는 중이었고, 상황이 꽤 심각해 보였다.

형법을 전공하는 렌진펑은 늘 강력 사건에 관심이 많았다. 그러나 오늘 밤은 너무 피곤했다. 그는 텔레비전을 끈 뒤, 수건을 들고 욕실로 향했다.

9

깊은 밤, 5일 뒤의 총통 대선에 사용할 투표통이며 기표대 등이 가로등 불빛이 닿지 않는 곳에 가지런히 놓여 있다. 그것들은 차가운 비를 맞으며 사열 중인 병사들처럼 고개를 숙이고 침묵하고 있었다.

시커먼 공무 차량이 법무부를 빠져나갔다. 충청난로를 지나 달리는 차의 목적지는 신이로의 집권당 중앙사무실 건물이었다.

차 안에는 법무부 장관 천칭쉐陳青雪가 타고 있었다. 그는 창밖으로 빠르게 멀어지는 타이베이의 가로등을 지켜보며 무의식적으로 깔끔하게 자른 단발머리를 정리했다. 만 50세의 여성이지만 몸에 맞춘 듯 딱 떨어지는 수트가 잘 관리된 체형을 드러내주고 있었다. 나이를 가리려는 의도 없이 옅게 한 화장이 오히려 천칭쉐의 아름다움을 부각시켰다. 우아한 행동거지 역시 온화함과 권위 사이에서 완벽하게 균형을 잡아주었다.

독일 하이델베르크대학에서 인권법으로 박사 학위를 받은 천칭쉐는 어려서부터 정의감과 연민이 풍부한 사람이었다. 고등학교 때부터 사회운동에 열중했고, 그런 경험을 통해서 법률에 대한 열정을 확인했다. 중화민국 80년대(1990년대)는 정치적으로 보수 기풍이 강할 때였다. 천칭쉐는 강한 말투와 행동거지로 인한 갈등도 많았지만 놀라운 정치적 수완을 발휘하며 지금까지 잘 헤쳐나왔다.

1년여 전, 천칭쉐가 장관으로 취임하고 한 달 사이에 타이완에서는 14건의 살인 사건이 일어났다. 그중 12일 동안 세 구의 시체가 연이어 발견되는 사건도 있었다.•

총통 쑹청우宋承武는 늦은 시간인데도 불구하고 내무부, 법무부, 보건복지부 및 경정서警政署(경찰청)의 책임자를 불러모아 원인을 분석하고 대책을 제시하라고 지시했다. 당시 여론은 점점 격해지고 있었고, 회의석상에서도 새로운 사법 정책을 내놓아야 한다는 의견이 대세였다. 그러나 천칭쉐는 홀로 반대 의견을 개진했다.

천칭쉐가 보기에 그때까지 벌어진 살인 사건은 전부 개별적인 사안이고 모방범죄도 아니었다. 따라서 현행 사법제도에 구멍이 있어서 범죄가 늘어난 것으로 볼 수 없었다. 우발적인 범죄 몇 건 때문에 사법제도를 건드린다면 실질적인 범죄 억제 효과는 거두지 못하면서 정신보건법의 전체적인 계획을 해칠 수 있다는 주장이었다. 게다가 법무부가 제출한 범죄 발생 빈도에 관한 보고서를 보면 타이완 사회는 지난 10년간 범죄 발생률, 범인의 수, 심지어 고의적 살인 사건의 수 등이 매년 낮아지는 추세였다.

"민심이란 본질적으로 모호하고 이성적이지 않습니다. 사법체계가

_____

• 2018년 5~6월 타이완에서 여러 건의 살인 사건이 일어났다. 사건 밀집도가 역사상 전례 없는 수준이었다.

추구하는 인권의 궁극적인 목표와는 근본적인 측면에서 충돌할 수 있습니다." 당시 천칭쉐는 이렇게 총통을 설득했다. "정부는 일관되고 명확한 입장을 견지해야 합니다. 그렇지 않으면 나중에 민심이 바뀌었을 때 문제가 생깁니다."

실제로 당시 사태는 천칭쉐가 말한 대로 흘러갔다. 여러 차례 정부가 단호하게 사법 정책을 바꾸지 않는다고 발표한 끝에 살인 사건에 관한 격한 논쟁은 점점 수그러들었다.

그러나 이번 사건은 총통 대선과 너무 가까웠다. 민심을 고려하지 않을 수 없는 상황이었다.

1월에 치러질 대선까지는 일주일이 채 남지 않았다. 여론조사로 인한 팽팽한 긴장감 속에서 이번 살인 사건과 집행 여부를 최종 결정해야 하는 서른아홉 명의 사형수는 선거에서 중요한 쟁점이 될 터였다. 특히 범인이 불법체류자라는 점에서 야당의 공격 범위는 이주 노동자 문제와 어업 관리 감독, 더 나아가 새로운 이민 정책까지 관련되어 있었다. 그것이 얼마나 복잡한 문제를 야기할지 상상하기도 힘들었다.

전임 총통들은 재임 기간에 최소 서른 명의 사형수를 총살했다. 쑹청우는 집권 후 4년이 되도록 딱 한 차례만 사형 집행을 허가했다. 그마저도 천칭쉐가 장관으로 취임하기 전에 있었던 일이다. 쑹청우는 국제기구 내에서 활동 영역을 확보하기 위해 ICCPR와 ICESCR*을 가능한 한 이행하려 했다. 그러나 연임이라는 막대한 압력 앞에서 얼

● 시민적·정치적 권리에 관한 국제 규약International Covenant on Civil and Political Rights과 경제적·사회적·문화적 권리에 관한 국제 규약International Covenant on Economic, Social and Cultural Rights. 전자의 제6조에서는 협회국의 사형 집행을 제한하고 있다. 타이완이 중화민국 98년(2009)에 이 두 가지 국제 규약을 시행하는 법령을 통과시키고 정식으로 국내법화함으로써 법률 효력을 지니게 되었다.

마나 더 이런 기조를 유지할 수 있을까?

죽이더라도 시기를 잘 보고 했어야지. 천칭쉐의 머릿속에 그런 엉뚱한 생각마저 떠올랐다. 차량은 막 당 사무실 건물에 진입해 지하 주차장으로 향하고 있었다.

10

천칭쉐가 회의실로 들어서자 이미 도착한 총통이 보였다. 옆에는 경선 총간사인 장더런蔣德仁이 자리해 있었다.

쑹청우는 피로해 보였지만 온화한 표정을 유지하며 물었다.

"사형을 집행하는 게 옳을까요? 어떻게 대응하는 게 좋을 것 같습니까?"

"각하와 저는 민심을 중시하고 있습니다. 선거가 마지막 단계로 접어들었으니까요."

장더런이 천칭쉐를 향해 보충 설명을 했다.

장더런은 눈썹이 짙고 부리부리한 눈매의 미남자였다. 하지만 오랫동안 권모술수의 중심에 있으면서 알코올을 과도하게 섭취한 탓인지 얼굴에 음침한 기운이 감돌았다. 천칭쉐는 그의 일하는 스타일이 마음에 들지 않았다. 장더런은 오로지 선거에서 이길 생각뿐, 제대로 된 사상이란 것이 없었다. 그러나 천칭쉐도 장더런이 뛰어난 정치적 수완을 발휘해 과거 몇 차례나 위기를 기회로 바꾸었다는 점을 인정하지 않을 수 없었다.

"각하, 매번 살인 사건이 벌어질 때마다 민심에 순응해 기존 정책을 다시 검토한다면 국제 규약에 서명한 의의가 어디 있겠습니까?"

천칭쉐는 기존 입장을 유지했다.

"지금 현실적으로 국민들은 사형제도 폐지에 관해 공통된 인식이 결여돼 있습니다. 사형은 합법이고 국민 정서에도 반하지 않아요. 사형제도 폐지를 반대하는 국민이 대다수를 차지하지요. 이런 것이 바로 민주주의 아닙니까. 지금은 중요한 시기이니 국제 규약을 들먹이며 뭐라고 하는 사람은 없을 겁니다."

장더런이 말했다.

"사형제도 존폐는 민주주의에 관한 문제가 아니라 인권 문제이자 헌정 문제입니다. 사람들이 입을 모아 죽여야 한다고 말한다 해서 사형을 집행한다면 판사가 판결할 필요도 없겠군요?"

"헌정 문제요? 대법원장은 이미 태도를 분명히 했습니다. 사형은 위헌이 아니에요."

"대법원장은 위헌 심리를 거절한 거지 합헌이라고 결론을 내린 것이 아니잖습니까. 이미 효력을 상실한 법 조항에 대해 합헌 결정을 내렸다면 대법원장이 잘못한 거죠."•

"선거는 학문이 아닙니다! 당신의 자리가……."

장더런은 단어를 고르느라 잠시 말을 멈췄다.

"직설적으로 말씀드려서 이건 당신의 거취와도 관련된 문제입니다."

쑹청우가 장더런에게 진정하라는 손짓을 했다.

"나는 명분이 필요합니다. 천 장관, 지금 우리는 현실적으로 행동

• 중화민국 79년(1990)의 석자釋字 263호에 따르면, 강도를 처벌하는 법령에서 유일하게 사형을 합헌으로 해석한 바 있다. 그러나 중화민국 88년(1999) 차이자오청蔡兆誠 변호사가 관련 법제사法制史를 연구하여 해당 조례는 한시적인 법률로서 중화민국 34년(1945) 4월 8일에 실효되었다고 주장했다. 그의 주장 이후 중화민국 91년(2002) 2월 1일에 법원에서 조문 폐지를 선언할 때까지 이 조례에 의해 얼마나 많은 억울한 목숨이 스러졌는지 모를 일이다.

해야 합니다."

장더런의 말이 틀리지 않다. 양쪽 모두 만족할 방법을 생각해내지 못한다면 쑹청우는 선거 패배의 위험을 안고서까지 천칭쉐를 지지해 줄 리가 없다. 죽이더라도 시기를 잘 보고 했어야지. 천칭쉐의 머릿속에 또 한 번 그런 생각이 스쳤다.

"각하, 일관된 입장을 견지하셔야 합니다. 두 가지 국제 규약과 인권을 준수한다는 입장이죠. 하지만 사형제도 폐지가 궁극적인 목표라고 강조하실 필요는 없습니다."

천칭쉐가 말했다.

"장관님, 그렇게 한다면 지금까지와 다를 게 뭡니까?"

장더런이 미심쩍다는 듯 물었다.

천칭쉐가 가방에서 문서철 하나를 꺼내 총통에게 건넸다.

"이것은 지금 사형 집행 명령을 대기 중인 죄수 서른아홉 명에 대한 자료입니다. 그중 서른세 명은 긴급구제 절차를 진행 중이라 현행 '사형 집행 심사의 실시 요점'에 따라 사형 집행이 불가하지요. 나머지 일곱 명은……. 관련 서류를 정리해 조속히 심사하겠다고 공개적으로 발표하는 겁니다."

"그런 시간 끌기 전략으로 국민을 설득할 수 있을까요? 입법원이 이달 초에 '감옥형법'을 수정했습니다. 법무부에서는 이에 따라 '사형 집행규칙'을 수정하는 안을 검토하고 있고요."

장더런의 반박에 천칭쉐가 대꾸했다.

"입법원에서 기존 법률이 부적절하다는 결정을 내린 상황이니 정부는 사형 집행 절차가 새롭게 확립될 때까지 섣불리 사형을 집행할 수 없습니다. 입법원은 국민의 뜻을 대변하는 곳이 아닌가요? 이건 우리가 법리적으로 우위에 설 수 있다는 뜻입니다."

장더런이 팔짱을 끼며 생각에 잠겼다. 더 합리적인 반박을 찾아내지 못한 듯싶었다.

"또 한 가지, 이 사건을 새롭게 명명하는 것이 좋겠습니다. 지금 언론에서는 이 사건을 '멸문지화'니 '참극'이니 하며 지나치게 선정적인 표현을 쓰고 있습니다. 사건을 부를 때는 최대한 중립적이어야 합니다. 특정한 지역이나 단체가 연상되지 않아야 해요. 특히 '허핑섬'이주노동자' 같은 단어는 지양해야 합니다."

천칭쉐가 전문성을 살려 사려 깊게 제안했다.

쑹청우도 고개를 끄덕이며 동감의 뜻을 내비쳤다.

천칭쉐는 직접 결론을 내렸다.

"해안 살인 사건이라고 부르면 될 것 같군요. 의미상으로도 중립적이고, 해안 공공주택이라는 명칭은 일반 국민이 잘 아는 이름도 아닙니다. 정서적인 반응을 불러일으킬 단어도 아니죠."

쑹청우가 '좋다'고 대답하자 장더런도 더는 입을 열지 않았다.

천칭쉐는 자신의 전략이 잘 먹혀든 것을 보고 안도의 한숨을 쉬었다. 대선 직전이라 상황은 점점 더 심각해지고 있었지만 적어도 자신은 총통에게 더욱 신임을 얻은 셈이다.

사형제도 폐지는 천칭쉐가 평생을 걸고 도달하고자 하는 목표였다. 성배聖杯라고 불러도 좋을 것이다. 사형제도 폐지를 추구하는 데 개인의 명예욕은 조금도 없었다. 그를 비판하는 사람들은 대부분 '너무 이상적이다'라고 말한다. 그러나 천칭쉐 자신은 사형제도 폐지가 불가능하지 않다고 여겼다. 시기와 정치가 잘 맞아떨어지면 분명 해낼 수 있는 일이었다. 쑹청우가 연임하게 된다면, 자신이 법무부 장관 자리를 유지한다면, 개혁은 절대 멈추지 않을 터였다.

8월 하순은 가을에 더 가까운 시기지만 더위는 꺾일 줄 몰랐다. 바짝 깎은 군인 머리에 대체복무요원 유니폼을 입은 렌진핑은 고등 법원 형사 법정 건물의 계단참에 서서 독살스럽도록 내리쬐는 햇살을 딴 세상 일처럼 바라보는 중이다.

한 달 전까지만 해도 병역 기초 훈련을 받고 있었다. 그에 비하면 지금은 아주 편안한 환경이었다. 그뿐 아니라 렌진핑은 미지의 세계에 도전한다는 흥분으로 가득 차 있다.

그는 논문 구술시험에 통과했지만 올해의 사법관학원司法官學院[•] 연수 시기에 맞추지 못해 병역을 먼저 마치기로 했다. 아버지는 대체 복무를 마치고 곧바로 이듬해 사법 연수를 받을 수 있도록 하기 위해 인맥을 끌어다가 렌진핑의 병역 대체 복무 발령을 우선 처리해달라고 병무청에 손을 썼다.

이런저런 인맥을 동원한 끝에 렌진핑은 기초 훈련을 한 달만 받고 곧바로 정부 기관에서 대체 복무하도록 발령이 났다.

렌진핑이 고등법원의 국선변호인실에서 일한 지도 2주가 되었다. 변호사 및 판사 자격을 모두 취득했지만 실제 직무를 처리한 적은 없었던 터라 국선 변호 업무를 맡는 것은 아니고, 문서 정리 및 사무 보조 일을 주로 했다.

법원의 동료들은 그가 이미 법관 자격을 갖췄다는 것을 다 알고 있어서 일을 많이 시키지도 않았다. 언젠가는 대체 복무를 마치고 그들의 상사가 될 사람이니 말이다. 다만 렌진핑 자신은 주변 사람들

[•] 법관(판사와 검사) 시험에 통과한 사람이 첫 발령을 받기 전 거쳐야 하는 직업 연수 기관.—옮긴이

의 깍듯한 태도 때문에 오히려 불편해했다.

별명이 '바오거寶哥'인 국선변호인 퉁바오쥐만 롄진핑을 대하는 태도가 달랐다.

"몸에 뭔 장애가 있어서 대체 복무를 하나?"

이것이 퉁바오쥐가 그에게 던진 첫 마디였다.

"성이 '롄'이야? 롄잔連戰*하고 무슨 관계 있어? 그런 관계가 있으면 좋잖아!"

이것이 두 번째.

"그럼 앞으로 널 '롄우連霧'**라고 부를게. 그래야 기억하기 좋아."

이것이 세 번째.

2주간 퉁바오쥐와 같은 사무실에서 부대끼면서 롄진핑은 이 중년 아저씨에게 조금도 반감을 느끼지 않았다. 심지어 매일 그가 늘어놓는 헛소리와 농담을 듣는 시간이 기대될 정도였다.

오늘은 퇴근 시간이 가깝도록 퉁바오쥐에게 별 바쁜 일이 없었다. 그는 창가에 앉아서 이웃한 사법원 건물을 바라보며 의미 모를 미소를 짓고 있었다.

"저기가 일제강점기 때 처형장이었다는 거 알아?"

롄진핑이 고개를 흔들었다. 이 화제는 또 어디서 튀어나온 걸까.

사법원 건물은 일제강점기에 지어진 것이 맞다. 당시 타이완 총독부는 고등법원과 지방법원 그리고 검찰국으로 이 건물을 사용했다. 일본이 패망한 후 중화민국 정부가 타이완으로 건너오면서 사법원이 이 건물을 사용하고 있다. 고등법원 형사 법정은 중화민국 57년

---

* 타이완의 유명 정치인. 내무부 장관까지 지냈다.―옮긴이
** '롄우'는 과일 이름으로, 우리나라에서는 자바 애플이라고 부른다. 롄진핑의 성을 따서 별명을 지은 것.―옮긴이

(1968)에 지어졌다. 사법원 옆에 나란히 자리를 잡았다. 두 건물 사이에는 조그만 공터가 있는데, 거기가 바로 퉁바오쥐가 말하는 처형장이다.

처형장에 얽힌 소문은 실상 퉁바오쥐가 멋대로 지어낸 이야기가 아니다. 형사재판 및 사형 집행이 이뤄진 역사적 건물이라 워낙 소문과 괴담이 많았다.

"야근할 때 자정이 되면 저기서 총소리가 들려."

퉁바오쥐가 말했다.

"허풍은."

여성 서기관 린팡위林芳語가 툭 내뱉었다. 퉁바오쥐의 아니면 말고식 농담에 진저리를 치는 사람이었다.

"진짜 들었다니까!"

퉁바오쥐가 바락거렸다.

"애초에 야근을 안 하잖아요."

린팡위가 서류에서 눈길도 떼지 않고 대꾸했다. 퉁바오쥐에게 대답하려고 고개를 드는 것조차 귀찮다는 태도였다.

"내가 저번에 귀신 이야기를 해줬더니 팡위 씨가 겁이 나서 일주일 내내 야근을 못하더라고. 하도 일찍 퇴근하니까 애인이 직장을 바꿨느냐고 묻더래."

"퉁바오쥐 씨, 아무 말이나 막 하지 말아주실래요?"

"아하, 애인이 없던가?"

"만날 날 가지고 난리야."

린팡위가 서류철을 퉁바오쥐 쪽으로 집어 던졌고, 그걸 피하느라 퉁바오쥐는 의자에서 미끄러질 뻔했다.

렌진핑은 티격태격하는 두 사람을 보며 중간에서 어떻게 해야 할지 몰라 허둥거렸다.

퉁바오쥐는 벽시계를 보더니 가방을 챙겨서 사무실 문을 향해 내뺐다. 명랑하게 손을 흔들며 인사도 남겼다.

"여기는 오래 있어서 좋을 것이 없는 곳입니다, 여러분. 기억하세요. 처형장, 총소리!"

퉁바오쥐는 바람처럼 퇴근하면서도 입을 쉬지 않았다.

"이 몸은 오늘 저녁에 약속이 있으시다오. 밥을 산다는 사람이 있거든. 바이바이~"

렌진핑은 퉁바오쥐의 휘파람 소리가 점점 멀어지는 것을 들으며 린팡위를 향해 어색하게 미소지었다.

12

지룽의 분위기를 가장 잘 전달하는 노래를 꼽으라면 「항구의 밤비港都夜雨」가 빠질 수 없다. 이 노래에 나오는 '항구'가 가오슝高雄일 거라고 오해하는 이들이 많지만, 사실 이 노래는 중화민국 40년대(1950년대)에 나온 곡으로 지룽이 한창 번화하던 시기에 해안가 클럽의 연주자가 작곡했다. 가사와 곡조 모두 지룽의 비가 잦고 안개가 심한 풍경을 담아냈다. 또한 그 시절 육지에 정착하지 못하고 떠도는 선원 남성의 심정을 표현했다. 키를 낮춰 부르면 「항구의 밤비」는 퉁바오쥐가 부르기에 그렇게 어렵지 않다. 하지만 그가 제일 신경 쓰는 부분은 발음이었다.

"아~ 만리를 표류하며~ 적막한 항구의 밤비啊~漂流萬里~港都夜雨寂寞暝" 이 구절에서 '밤비' '적막한' 부분을 정확한 타이완어●로 부르는 것은 퉁바오쥐에게 있어서 일종의 도전 과제였다. 그렇더라도 「항구의 밤비」는 그가 가장 자주 선곡하는 노래였다. 크든 작든 지룽에서 성장한 경험 중에서 이 노래는 그의 '원주민' 색채를 조금이라도 가려주는 것이기 때문이었다.

"아~ 거친 바닷바람~ 항구의 밤비는……."

"바오거 최고다! 진짜 타이완 사나이!"

노래방 룸 안에서 사람들이 떠들썩하게 환호했다. 중간중간 끼어 앉은 도우미 아가씨도 호응했다.

쉰을 바라보는 중년 아저씨들은 다들 취기가 잔뜩 올랐다. 넥타이는 반쯤 열린 와이셔츠에 삐뚜름하게 걸려 있거나 일찌감치 가방에 쑤셔박혔다. 퉁바오쥐는 마지막 구절까지 노래를 마치자 둘러앉은 사람들이 벌떡 일어서서 박수를 치고 갈채를 보냈다. 마치 한창 사춘기를 지나는 중학생 소년이 자신의 자위 횟수를 자랑했을 때처럼 뜨겁고 고조된 분위기였다.

"바오거가 이 노래를 부르면 정말 멋있단 말이지. 매번 이래야 진짜 타이완 사나이라고 감탄한다니까!"

이 자리를 마련한 린딩원林鼎紋이 술잔을 높이 들었다. 모인 사람들에게 술을 마시라고 권하는 것이었다.

"오늘은 우리 사무소에 바오거가 정식으로 입사하는 것을 환영하는 자리야. 이놈의 판짜이番仔,** 내가 몇 번이나 권해도 들어먹지를 않더라고! 삼고초려顧草廬가 다 뭐야, 칠종칠금七縱七擒을 불사해서 겨우 항복을 받아냈지!"

린딩원이 스스로를 제갈공명에, 퉁바오쥐를 남만南蠻의 맹획孟獲에

- 타이완에서 가장 널리 쓰이는 중국어 방언인 민난어閩南語를 가리킨다.―옮긴이
- 타이완의 원주민인 '고산족' 출신을 낮추어 부르는 말.―옮긴이

비유하는 바람에 주변 사람들은 어색한 표정을 지었다. 그 불그스름한 얼굴들이 이 정치적으로 올바르지 못한 농담에 힘을 더해주었다.

린딩원은 사람들이 비유를 이해했다는 것을 눈치 채고 일부러 정색하며 말했다.

"국선변호인이 뭔지 일반 시민들은 몰라! 우리처럼 전문적으로 형사 사건 사무소를 운영하는 사람들에게는 국선변호인이란 보물과도 같은 존재지!"

"그래서 바오거寶哥라고 부르는 거구먼!"

누군가 맞장구를 쳤다.

"국선변호인보다 판사의 마음과 검사의 의도를 더 잘 이해하는 사람이 있을 것 같아? 우리의 바오거는 타이베이에서 가장 경력이 긴 국선변호인이란 말씀! 이번에 바오거가 철밥그릇을 포기하고 우리 회사에 들어오도록 설득할 수 있었던 건 오로지 우리의 20년 넘는 인연이……."

린딩원이 말이 맞다. 퉁바오쥐와 그는 대학 시절부터 형 아우 하던 사이였다. 린딩원은 약삭빠른 사람이지만 의리가 있는 편이었다. 그가 자신이 다니던 사법고시 학원의 강의록과 예상문제지를 보여주지 않았더라면 막 대학을 졸업하고 경제적으로 쪼들리던 퉁바오쥐가 아무런 지원도 받지 못하는 상황에서 국선변호인 시험에 합격할 수 없었을 터였다.

퉁바오쥐에게 국선변호인이라는 직업의 의의는 안정적인 수입에 있었다. 그리고 그를 낮은 임금의 직업을 전전할 수밖에 없는 운명에서 벗어나게 해줬다는 의미도 있었다. 그의 친족 대부분은 원주민 2세대인데도 불구하고 여전히 건축 노동자, 화물차 운전사, 청소부 등의 직업을 벗어나지 못하는 것이 현실이다.

퉁바오쥐의 성공은 키하우 부락에 여러모로 좋은 자극제가 되었다. 그의 이력은 쉽게 복제할 수 없는 특수한 것이었다. 일찍이 아버지가 감옥에 간 일로 그가 하룻밤 사이에 철이 든 것을 제외하더라도 부락 사람들이 공공주택 건설 사업 때문에 한동안 뿔뿔이 흩어져 지냈던 것도 그를 얽어맬 출신과 인간관계에서 벗어나는 계기가 되었다. 주경야독하는 노력과 원주민 출신에게 주어지는 가산점에다 약간의 운도 작용하여 그는 푸런대학輔仁大學• 법학과에 합격했다.

비록 푸런대학 법학과는 입학 점수가 최고 수준인 학과는 아니었으나 그가 처한 환경을 바꾸는 데는 성공한 셈이었다. 그는 대학에 다니면서 잠재력이 있는 친구들과 사귀었고, 마침내 신세를 바꿀 기회를 잡았다.

퉁바오쥐는 국선변호인이 자기에게 딱 맞는 직업이라고 여겼다. 누구나 부러워하는 '공무원' 자격을 갖춘 직업이면서 대중의 주목을 받는 일은 아니었다. 업무도 판사나 검사처럼 복잡하고 스트레스가 많은 일이 아니다. 국선변호인이 맡는 사건은 대체로 신경을 많이 써야 하는 일이 아니기 때문이다. 판사가 심리하는 속도에 맞춰 일을 진행하면 되니 사건을 빨리 종결해야 한다는 압박감도 없다.

린딩위안이 퉁바오쥐를 자기 회사로 데려오려고 하는 데는 정확한 비즈니스 감각에 의한 것이었다. 퉁바오쥐처럼 베테랑 국선변호인은 변호사 채용 기준이 완화되면서 초짜 변호사들이 쏟아져나온 지금 법률사무소의 대외적인 이미지나 변호의 질을 높이는 데 훌륭한 효과가 있는 방법이었다.

퉁바오쥐가 린딩위안의 제의를 수락한 데는 그의 근속기간이 25년

• 타이완의 대학 종합 순위에서 10위 전후로 평가받는 대학이다. 학과에 따라서는 타이완 내에서 1위로 꼽히기도 한다.─옮긴이

을 채우면서 퇴직금이 보장되었다는 것과 국선변호인보다 높은 변호사의 수임료, 자유로운 생활 등이 주요한 고려 대상이었다.

그 밖에도 국선변호인 제도가 점차 쇠퇴하는 중이라는 점도 원인으로 작용했다. 중화민국 88년(1999) 타이완에서는 '전국사법개혁회의全國司法改革會議'에서 법률 지원 및 의무 변호사 제도로 국선변호인의 역할을 대체하기로 결의한 이후 더는 국선변호인을 뽑지 않았다. 국선변호인의 직무는 법원 및 검사와 대립하는 역할인데 법원에 소속되어 관리 감독을 받는 입장이기에 변호의 독립성에 관한 우려가 계속 있었던 것도 사실이다.

퉁바오쥐는 새로운 제도가 자신의 역할을 완전히 대체하기 전에 국선변호인 경력을 좀더 현실적인 이익으로 전환하는 것이 낫다고 여겼다. 법원 내에 존재하는 눈에 보이지 않는 '계급' 차별을 더 참을 필요가 없는 점도 좋았고, 자신이 원하는 대로 시간을 계획하고 활용하며 남은 인생을 즐기겠다는 계산도 있었다. 퉁바오쥐는 이런 생각으로 올해의 연말 상여금까지 받은 후에 퇴직 신청을 하고 변호사로 전업할 계획이었다.

오늘 저녁의 술자리는 린딩원이 마련한 환영회였다. 사무소의 경력 있는 파트너 변호사 외에도 법조계에서 인지도 높은 인물들이 여럿 참석했다. 술이 한 순배 돌아가고 나서 퉁바오쥐는 자신의 '간판'이 전보다 높아졌다는 것을 느꼈다.

"위대한 린 변호사님이 매주 이런 호강을 시켜준다고 그랬지. 그게 아니었다면 절대 입사한다고 하지 않았을 텐데……."

퉁바오쥐가 진지한 척 대꾸했다.

사람들은 퉁바오쥐가 실수로 드러낸 원주민식 발음 습관을 흉내 냈고, 슬슬 옆에 앉은 도우미 아가씨의 몸에 손을 대기 시작했다. 룸에 모인 사람들은 엎치락뒤치락하면서 점점 분위기가 클라이맥스로 향했다.

"요즘 고객들이 얼마나 귀찮은지 알아? 당연히 이이제이以夷制夷의 계책을 써야지!"

린딩원은 오랫동안 준비했던 회심의 '조크'를 날렸고, 주변 사람들은 아까 그랬듯 어색하고 장난스럽게 나무라는 듯한 표정을 지으면서도 터지는 웃음을 참지 못했다.

"이 자식이 그래서 베트남 아가씨들로 준비했군!"

툭바오쥐는 자기 옆에 앉은 도우미를 가리키며 크게 떠들었다.

"그래도 나는 타이완 아가씨가 제일 좋더라~!"

그러자 다 같이 장전웨張震嶽의 노래 「타이완 아가씨가 좋아我愛台妹」를 열창했다. 툭바오쥐의 목소리가 특히 우렁찼다. '에코'까지 들어간 듯했다.

자리는 한밤중에야 파했다. 툭바오쥐는 술에 취해 네이후內湖의 집에 도착했다. 오래된 엘리베이터 아파트는 넓은 평수는 아니었지만 그가 평생 노력해서 얻어낸 조그만 성과였다.

툭바오쥐는 막 문이 닫히는 엘리베이터에 타려고 서두르다 넘어질 뻔했다. 엘리베이터에 타고 있던 여성을 깜짝 놀라게 한 것은 덤이었다. 그는 취기에 저항하며 똑바로 서려고 애썼다. 그 여자는 맞은편 집의 외국인 간병인이었다.

툭바오쥐는 이웃 사람과 친하게 지내는 성향의 인간은 아니었지만, 그래도 맞은편 집에 할머니 한 분이 혼자 거주한다는 것과 그 집 아들 성씨가 쉬許라는 것은 알았다. 할머니를 돌보는 외국인 간병인은 벌써 여러 번 바뀌었다. 엘리베이터에서 만난 이 여자는 반년 전에 새로 왔다. 툭바오쥐가 그녀를 기억하는 이유는 미모가 뛰어나기 때문이었다.

이 간병인은 무슬림이어서 머리카락을 가리는 히잡을 항상 착용했고, 짙은 갈색 피부에 이목구비가 섬세했다. 늘 평범한 티셔츠와 청바지, 오버 사이즈의 데님 재킷을 입지만 굴곡이 완연한 몸매가 가려지지 않았다.

오늘 밤 퉁바오쥐는 술자리에서 이어진 고양감과 취기에 힘입어 아무 생각 없이 간병인에게 말을 붙였다.

"안녕하세요."

그녀는 대꾸할 생각이 없는 듯했다. 퉁바오쥐를 경계하며 살짝 고개만 숙였다.

"안녕하세요. 중국어 할 줄 알아요? Do you speak Chinese?"

퉁바오쥐는 자기 영어 발음이 웃겨서 제풀에 킬킬댔다.

"겁내지 마요! We are family. 타이완에 왔으면 다 한 가족이죠. 나는 변호사예요, 나쁜 사람이 아닙니다. 법원에서 일하고요……. 좋은 사람, Good man! Good man!"

그녀는 느리게 올라가는 층수에서 눈을 떼지 못했다. 점점 불안해지는 모양이었다.

"Don't afraid. 이웃입니다. Neighbor, do you understand?"

퉁바오쥐의 경박함이 술 때문에 더 심해졌다.

"What's your name? 중국어 할 줄 알죠? 그렇지 않으면 간병을 어떻게 하겠어? 거짓말하지 말고요!"

퉁바오쥐는 자기 가슴께를 가리키며 말을 이었다.

"퉁바오쥐. My name, 퉁바오쥐. 퉁~ 바오~ 쥐~!"

엘리베이터 문이 열리고 간병인이 빠른 걸음으로 내렸다.

"퉁~ 바오~ 쥐~!"

퉁바오쥐도 뒤따라 내렸다. 그는 자신이 곧 던질 농담을 생각하며 미리 키득거렸다.

"A good horse. I am a good horse!"•

13

장더런이 엘리베이터 문이 닫히기 전에 몸을 들이밀었다. 그러면서 뭔가 슈트 상의의 안주머니에 쑤셔 넣었다. 재빠른 동작이었지만 천칭쒜는 그 물건이 휴대용 술병이라는 것을 알아봤다.

장더런의 음주 습관은 공개적인 비밀이나 다름이 없었지만 지위가 높고 권력이 있는 터라 무슨 사건이 터지지 않는 한 문제가 되지는 않을 것이다. 평소 그의 몸에서 오 드 콜로뉴의 향수 냄새가 강하게 나는 이유 역시 술 냄새를 가리기 위한 조치였다.

엘리베이터 문이 천천히 닫혔다. 천칭쒜는 고개만 끄덕여서 인사했다.

반년 전의 총통 선거는 쑹청우가 막판에 근소한 차이로 승리했다. 장더런은 선거 이후 총통부 비서장으로 발탁되었고 천칭쒜는 법무부 장관으로 유임되었다.

두 사람 사이에서 경선 시기의 급박한 분위기는 어느덧 사라졌고, 오히려 상대에게 능력이 나쁘지 않다는 인상이 남았다.

"장관님, 유임을 축하합니다."

장더런이 말했다.

• 자기 이름의 한자가 보배 보寶, 망아지 구駒라는 데 착안한 농담이다.—옮긴이

"승진을 축하합니다, 비서장님."

"사형 만장일치死刑—致決."

"뭐라고요?"

"매번 이념만 내세우면 안 됩니다. '절충'이라는 단어를 자주 쓰셔야죠."

장더런이 아무 일 없다는 듯 말을 던졌다.

천칭쉐가 상황을 다 파악하기도 전에 엘리베이터가 예정된 층에 도착했다. 장더런은 빠른 걸음으로 빠져나가며 천칭쉐의 질문을 피했다.

천칭쉐가 오늘 총통부에 온 것은 새로운 임기 계획을 간략히 보고하기 위해서였다. 보고실에 앉아 기다리는 동안 휴대전화로 메시지가 도착했다. 해안 살인 사건의 최신 뉴스였다.

"반년 전 일어난 잔혹한 해안 살인 사건 관련 오늘 오전 지룽 지방법원에서 인도네시아인 압둘아들에게 사형을 판결했습니다. 사형이 선고된 이유는 피고의 수법이 잔인하고 범행 후에 뉘우침이 없는 점, 심리 과정에서도 시종일관 진술을 거부했기 때문입니다. 재판부는 피고의 죄상이 확실하고 교화 가능성이 없다고 보아……."

재판 결과는 예상대로였다. 1심 판결일 뿐이니 앞으로 변수는 많았고, 오늘 보고할 내용에도 실질적인 영향이 없었다.

"지룽 지방법원의 대변인은 사형 판결이 나왔지만 형사소송법의 규정에 따라 피고의 의향에 관계없이 법원에서는 반드시 직권 항소를 하게 된다고 밝혔습니다. 이 사건은 곧 타이완 고등법원으로 이송될 예정입니다. 법조계 인사들은 새로운 증거가 나오지 않는 한 피고의 비협조적인 태도로 볼 때 2심에서도 사형 판결이 내려질 확률이 높다고 입을 모았습니다……. 이 사건이 화제가 된 데는 30년 전의

탕잉선湯英伸 사건과 유사하기 때문입니다."•

확실히 비슷했다. 30년 넘게 지나는 동안 모든 것이 바뀌었고 아무것도 바뀌지 않았다. 그런 살육에 대한 집착은 여전히 뜨겁고 강렬했다. 천칭쉐는 생각에 잠겼다.

쑹청우와 장더런이 보고실로 들어왔다. 쑹청우가 친근하게 물었다.

"장관, 저녁은 드셨소?"

천칭쉐가 미소 지으며 고개를 끄덕였다. 동시에 손에 들고 있던 보고서를 내밀었다.

"오늘 보고드릴 내용입니다. 최근 사회적으로 주목받는 중요 안건을 정리했습니다. 방금 판결이 나온 해안 살인 사건도 포함입니다."

천칭쉐가 보고서 내용을 간략히 설명했다. 가장 민감한 '사형제 폐지' 의제는 쏙 빼놓고 언급하지 않았다. 대신 많은 시간을 국민 판사 제도의 '사형 만장일치' 규정을 설명하는 데 할애했다.

'사형 만장일치'는 재판에 참여하는 9명의 재판관(전문 재판관 3인, 국민 재판관 6인)이 전원 동의해야 사형을 선고할 수 있도록 한 제도였다. 3인의 판사 중 과반수가 동의하면 사형을 선고할 수 있는 현행 제도에 비하면 사형의 문턱이 대폭 높아지는 셈이었다. 천칭쉐가 가장 중요하게 생각하는 사법 정책이었다.

"사형 만장일치? 장관, 그건 실질적인 사형제 폐지가 아닌가요?"

장더런이 직설적으로 물었다.

• 탕인선은 아리산阿里山 근처에 자리 잡은 원주민인 추족鄒族이다. 18세에 타이베이로 와서 비정규직으로 일하며 돈을 벌었으나, 직업소개소와 고용주의 괴롭힘과 중간착취로 휴무 없이 9일 연속으로 하루 17시간 노동해야 했다. 고용주에게 신분증을 빼앗겨 근무지를 이탈할 수 없는 상황이었다. 결국 그는 다툼 끝에 고용주 일가 세 사람을 살해했다(과실치사). 탕잉선은 타이완 역사상 제2차 세계대전 이후 사형이 집행된 400여 명의 죄수 중 최연소자였다. 그가 총살되었을 때는 만 20세가 되기 전이었다.

천칭쉐는 방금 전 엘리베이터 안에서 장더런이 '힌트'를 줬던 것을 떠올리며 의구심이 솟았다. 이 인간, 도대체 무슨 꿍꿍이지?

"사형의 정당성은 본래 더욱 신중한 절차가 요구됩니다."

"사형 만장일치라니, 그건 집행 정지보다 더 민감한 내용입니다."

장더런이 계속해서 천칭쉐의 말에 반박했다.

"사회 전반적으로 사형제 폐지에 대한 공통된 인식이 형성되지 않은 지금, 만장일치는……."

천칭쉐는 돌연 장더런이 무엇을 노리고 있는지 깨달았다. 그녀는 다음 말을 총통을 바라보며 마무리했다.

"사형 만장일치는 현재로서 최선의 절충안입니다."

쑹청우가 고개를 끄덕이며 재가한다는 뜻을 밝혔다. 천칭쉐는 한숨 돌렸다.

이어서 화제가 바뀌며 쑹청우가 해안 살인 사건에 관해 질문했다.

천칭쉐는 객관적인 분석을 내놓았다.

"사실관계가 명확하고 증거가 충분합니다. 새로운 물증이 나오지 않는 한 2심의 쟁점은 정신 감정이 될 겁니다."

"난 장관의 개인 의견을 묻는 거요."

쑹청우가 말했다.

"제가 생각하기에는 형량이 문제라고 봅니다."

천칭쉐가 간단하게 대답했다. 그러나 그 안에 수천수만의 의미가 함축되어 있었다.

보고가 끝난 후 천칭쉐는 일부러 장더런과 같이 엘리베이터를 탔다.

"고마워요."

천칭쉐는 엘리베이터 문이 닫히자 작은 목소리로 인사했다.

장더런은 고개를 보일 듯 말 듯 끄덕였을 뿐 별 반응이 없었다.

잠깐의 침묵 후에 천칭쉐가 장더런에게 손을 내밀었다. 장더런은 곧 그녀가 원하는 것이 안주머니에 넣은 휴대용 술병임을 알아차렸다. 조금 망설이던 장더런이 술병을 꺼내주었다.

천칭쉐는 곧바로 마개를 열고 술을 한 모금 마셨다. 혀로 입술을 핥으며 맛을 음미하는 듯하더니 만족스럽게 고개를 끄덕였다. 장더런의 취향을 인정한다는 뜻이었다.

14

매일 오후 3시, 렌진펑은 카트를 끌고 법원 내 사무실을 순회하며 국선변호인실로 오는 공문을 수거했다. 오늘 그가 서기관실에 들어서자 그곳의 인턴이 미소를 지으며 그를 불렀다.

"이거, 바오거에게 드리면 됩니다."

인턴이 탁자 귀퉁이에 놓인 서류철을 가리켰다.

"어르신 마음에 드시길 바라요."

렌진펑은 서류철을 열어 보고는 미소의 의미를 알아차렸다.

"바오거하고 류검劉檢(류 검사)은 최고의 콤비죠. 절대 실망시키지 않을 겁니다."

인턴이 보충 설명했다.

서기관이 말한 '류검'은 류자헝劉家恒 검사다. 그와 퉁바오쥐의 은원 관계는 법원 내에서 더 이상 화제조차 되지 못할 정도로 유구한 역사를 지녔다.

그 시작이 무엇인지는 아무도 기억하지 못한다. 당사자들도 정확히 설명하지 못했다. 두 사람의 직무가 서로 대립하는 것이니 업무 상의 의견이 다른 것이야 이상할 것이 없다. 그렇다고 해도 법원에서 같이 근무하는 동료 사이인데 왜 매번 법정에서 칼을 빼들고 못 잡 아먹어 안달인지는 아무도 이유를 모른다.

그러나 지금 렌진핑은 그 두 사람에 관한 가십에는 관심이 없었 다. 그는 뒤도 돌아보지 않고 변호인실로 돌아왔다.

국선변호인 사무실은 3평 남짓한 넓이에 낡은 인테리어, 서류와 책이 잔뜩 쌓여 있어 난삽하게 보이지만 그 속에 역사가 느껴지는 곳이다.

지금 퉁바오쥐는 책상에 두 다리를 올려놓고 휴대전화로 NBA 경 기 중계를 보고 있었다. 반면 린팡위는 자기 업무에 집중하고 있었 다. 사무실은 평소와 다름없이 평화로웠다.

렌진핑이 심각한 표정으로 문을 밀어 열었다.

"판사들은 연수받을 때 웃는 법부터 가르쳐야 돼. 그러면 시민들 의 호감도가 25퍼센트를 넘을 텐데."•

퉁바오쥐가 말했다.

렌진핑은 그의 농담을 무시하며 들고 온 서류철을 앞에 내려놓 았다.

"바오거, 저도 이 사건 변호에 참여할 수 있을까요?"

퉁바오쥐는 렌진핑의 말투에서 뭔가 잘못되었다는 느낌을 받았는 데, 서류를 슬쩍 보니 어떻게 된 일인지 이해됐다.

"부탁드립니다!"

렌진핑이 90도로 허리를 숙였다.

• 중화민국 106년(2017) 여론조사에 따르면 공무원에 대한 타이완 사람들의 호감도는 판사가 24.5퍼센트로 최하위였다.

"해안 살인 사건? 복권 당첨이네! 인권투사 퉁바오쥐 씨, 당신만 믿어요."

린팡위가 옆에서 웃음을 터뜨리며 끼어들었다.

"뭘 어쩌려고 그래?"

"이 사건 변호에 참여하고 싶습니다."

렌진핑은 결연히 대답했다. 몸이 훈련소 때의 규칙을 기억하는지 무의식적으로 똑바로 서서 손을 바지 옆선에 딱 붙인 채였다.

"잠깐만, 너 사형제 폐지 연맹이냐?"

퉁바오쥐가 물었다.

"자원봉사자로 일한 적이 있는데요, 그것도 쳐줍니까?"

"홀리 마조! 사회에 나온 적도 없는 놈이 벌써 말을 빙빙 돌려? 사형제 폐지를 지지하느냐고!"

"사형제도는 마땅히 폐지해야 한다고 봅니다."

"내 옆에 오지 마, NGO하고 엮여서 좋을 게 없거든. 특히 너처럼 공부 많이 한 애들은 더 그래."

렌진핑이 얼른 덧붙였다.

"제 석사 논문 주제가 사법적 정신 감정입니다. 도움이 될 거예요."

"세상에, 사형제 폐지론자에 정신 감정이라고? 마이클 조던에 르브론 제임스가 더해진 격이잖아.• 아무도 널 못 이기겠군."

"변호인이라면 당연히 피고를 위해……."

"우스갯소리 하나 들어볼래?"

퉁바오쥐가 렌진핑의 말을 자르며 물었다. 그는 대답은 듣지도 고 이어 말했다.

• 두 사람 다 유명한 미국 농구 선수다.—옮긴이

"사형제 폐지 연맹이 여론조사를 했어. 타이완 민중의 70퍼센트가 사법 공정성에 신뢰가 없다고 했고, 75퍼센트가 타이완 법률은 힘 있는 자만 보호한다고 여겼지. 80퍼센트는 가난한 사람이 부자보다 쉽게 사형 선고를 받는다고 여겼고……."

통바오쥐는 다음에 나올 '웃음 포인트'를 위해 일부러 말을 멈췄다.

"85퍼센트의 민중은 사형을 지지했어."

"그건 우스갯소리가 아닌데요. 사실이죠."

"무슨 말을 하고 싶은 거야?"

통바오쥐가 렌진핑 앞에 서류철을 던지며 말했다.

"네 맘대로 해라. 보고 싶으면 가져가서 봐. '분노하는 청년'의 환상을 깨뜨리는 것처럼 재미있는 일도 없지."

렌진핑은 눈앞에 떨어진 서류를 보며 사명감이 샘솟는 것을 느꼈다.

"변호란 굽이굽이 구부러진 길이지. 자료는 숙지해두라고."

통바오쥐는 다시 책상에 발을 올리고 NBA 중계로 눈을 돌리며 말했다.

"그러고 나서 나한테 비프Beef해."

"브리프Brief겠죠."

린팡위가 웃으며 정정했다.

15

타이완대 대학원까지 졸업했지만 렌진핑은 법원에서 작성한 진짜 소송기록을 본 적이 없었다. 형법 전공이지만 공소장도 많이 보지 못했다. 사건 당사자 보호를 위해 일반인은 인터넷에 공개되는 판결문만 열람할 수 있었고, 그것으로 사건의 전모를 추측하는 수밖에 없다.

렌진펑의 아버지는 사건 수사와 재판에 관한 소송기록 원본을 읽으면 판결에 관해서 말로는 설명하기 어려운 세부적인 정보를 알 수 있다고 하셨다. 문서의 배열이나 고소장 등의 순서만 봐도 지난 법정에서 어떤 일이 있었는지 감이 온다고 말이다. "형식적인 기록이든 실질적인 의의가 있는 기록이든, 기록된 문서를 제대로 분석할 수 있어야 좋은 판사가 될 수 있다"는 것이 렌정이가 아들에게 들려준 경험담이었다.

렌진펑은 해안 살인 사건의 소송기록이 든 서류철을 집었다. 생각보다 가벼웠다. 살인 사건에 관한 기록이라면 이보다는 양이 많고 두꺼울 줄 알았는데 말이다. 공소장은 더 얇아서 달랑 세 쪽이었다.

공소장에 따르면 피고는 인도네시아 국적의 압둘아들이며 중화민국 89년(2000) 7월 26일에 태어났다. 지금은 구금된 상태다. 렌진펑은 텔레비전 방송에서 봤던 피고의 왜소한 몸집을 떠올렸다. 어떻게 보아도 원양어선을 타고 바다와 싸우는 20세 청년처럼 보이지 않았다.

렌진펑은 범죄 사실에 대한 기록부터 읽었다.

"압둘아들은 바누아투*의 참다랑어잡이 원양어선인 핑춘平春 16호의 해외 고용 선원**이다. 중화민국 108년(2019) 1월 16일 싱가

---

* 오세아니아의 남태평양에 위치한 공화국으로, 80여 개의 섬으로 구성된 나라.—옮긴이

** '해외고용제도'는 타이완 정부 산하 농업위원회와 어업서漁業署가 주무기관이라 노동기준법의 보호를 받지 못하기 때문에 외국인 선원의 권익에 몹시 불리하다. 그러나 직업소개소의 중개수수료가 낮아 여전히 많은 외국인 선원이 타이완 어선에서 일하고 있다. 중화민국 109년(2020) 타이완 정부의 추정에 따르면 타이완 어업계가 총 1만9000명의 외국인 선원을 고용했다.

포르 외해에서 승선했고, 9월 19일에 항해를 마친 핑춘 16호를 타고 타이완에 입국했다. 고용 기간 선장인 정평췬의 지시로 어획, 장비 수리 등을 담당했으나 업무 배정에 불만을 품고 여러 차례 근무를 거부하고 말다툼, 몸싸움을 벌인 바 있으며 타이완에 와서 하선한 후 행방불명되었다.*

중화민국 109년(2020) 1월 25일 저녁 8시경, 압둘아들은 지룽시 중정구中正區 정빈로正濱路 116항巷 9롱弄 5호號의 3층 정평췬의 집에서 살해 의도를 품고 숨겨간 회칼로 정평췬을 등 뒤에서 찌른 후 머리 1회, 목 2회, 가슴 5회의 자상을 입혔다. 정평췬은 등과 가슴의 상처로 인한 혈흉 및 기흉이 원인이 되어 호흡곤란과 출혈성 쇼크를 일으켜 사망했다. 정평췬의 배우자 정왕위허鄭王鈺荷가 소리를 듣고 침실 밖으로 나오자 압둘아들은 역시 살해할 의도로 정왕위허의 왼쪽 상완을 5회, 가슴과 배를 1회씩 찔렀다. 정왕위허는 왼쪽 상완의 급속출혈과 오른쪽 폐, 횡경막, 간의 자상 때문에 생긴 혈흉과 복강 내출혈로 심인성 쇼크 및 출혈성 쇼크를 일으켜 사망했다.

압둘아들은 침실에서 정평췬의 딸인 정사오루鄭少如(2세)가 계속 우는 소리를 듣고, 범행이 알려질 것이 두려워 침실에 들어가 정사오루를 강제로 욕실로 끌고 갔다. 욕실의 욕조에 물이 가득 차 있는 것을 발견하자 살해할 의도를 품고서 정사오루의 머리를 물속에 집어넣어 익사시켰다.

압둘아들은 범행 후에 칼을 든 채 도보로 허핑다오 방향으로 도주했다. 행인이 칼을 지닌 압둘아들을 발견하여 경찰에 신고했다. 압

* 타이완 국경사무소의 통계에 따르면, 타이완 국적 어선에서 고용한 외국인 선원 중 중화민국 100년(2011)에서 104년(2015) 사이에 어선을 무단으로 이탈한 경우가 매년 평균 4358명이며 이탈자의 국적은 인도네시아인이 제일 많았다.

둘아들은 지룽시 중정구 허이로和一路 2항의 허펑다오 관광 어시장 입구 근처에서 시민들에게 저지되었고, 곧 출동한 경찰에게 체포되었다."

이어서 렌진펑은 증거 목록을 훑어봤다. 흉기, 피고의 자백, 현장 감식 및 부검 보고서가 가장 중요한 증거였다.

이 사건에는 현장 목격자가 없었지만, 두 사람의 증언이 핵심적인 간접증거로 채택되었다. 한 사람은 원양어선 1등 항해사인 펑정민彭正民이다. 그는 조업 중 피고와 선장이 일으킨 불화를 증언해 압둘아들에게 살해 동기가 있음을 입증했다. 또 다른 증인은 경찰인 아나우로, 사건 발생 전 피고가 긴 칼 모양의 물체를 소지하고 해안 공공주택 주변을 배회하는 것을 목격했다. 그의 증언으로 압둘아들이 흉기를 미리 준비했으며 살해 의도가 있었다는 점을 입증했다.

공소장에 명시된 적용 법조는 형법 제27조 제1항의 살인죄였다. 검찰은 총 세 차례의 살해 행위에서 범행 의도와 행동이 전부 다르다는 점을 들어 각각 처벌해야 한다고 주장하며 사형을 구형했다. 공소장 마지막 대목은 피고에 대한 통렬한 규탄이었다.

"피고는 업무상의 갈등과 임금 문제만으로 흉기를 휘둘러 살인을 저질렀습니다. 특히 무고한 어린아이까지 자신의 범행이 드러날까 두려워 살해함으로써 피고의 뿌리 깊은 살의를 엿볼 수 있습니다. 더욱이 피고는 사건 발생 후 지금까지 시종 유족과 사회 전체를 진심으로 마주하지 않으려 했습니다. 진술을 번복하고 범행 과정의 중요한 부분에 대해 침묵으로 일관했으며 유족에게 사죄의 뜻을 표한 적이 없습니다. 범행 수법이 잔인하고 악랄하여 피해자 유가족에게 지울 수 없는 상처를 입혔습니다. 죄질이 중대한 바, 법에 따라 피고에게 사형을 선고해……"

렌진펑이 한숨을 쉬었다. 공소장 마지막 단락이 마음에 걸렸다. 검찰은 "업무상의 갈등과 임금 문제만으로 흉기를 휘둘러" "무고한 어린아이까지 자신의 범행이 드러날까 두려워 살해" 등의 표현을 사용해 피고의 흉악함과 사형의 정당함을 부각했다. 하지만 실제로는 객관적 사실이 아닌 억측에서 비롯된 정황일 뿐이다. 이처럼 공소장에서 피고를 냉혈한 악마로 묘사하면 판사의 첫인상에 영향을 미칠 가능성이 높다.

그렇다면 언론에서 여론 선동을 위해 보도하는 것과 다를 것이 없다.

렌진펑은 마지막으로 1심의 정신 감정 보고서를 살폈다. 결론적으로 그가 가졌던 추측이 사실이리라는 증거가 늘었을 뿐이다. 정신 감정은 대화 형식으로만 진행됐다. 놀랄 일은 아니었다. 타이완 사법계에는 원래 정신 감정 절차와 규범에 대한 기준이 없으니 말이다.

더구나 피고는 외국어로 감정을 받아야 한다. 통역하는 과정에서 진실이 얼마나 반영되었을지 의심스러울 수밖에 없다.

종합적으로 볼 때 이 사건은 객관적 사실에 있어서는 의문점이 거의 없었다. 두 사람을 연이어 살해한 후 아무 이유도 없이 어린아이를 물에 빠뜨려 죽였으니 사형 판결은 합리적인 결론이라고 할 만했다. 이럴 경우 어디서부터 변호를 해야 하는 것일까? 렌진펑은 실마리가 없다고 느꼈다.

16

고등법원의 농구팀은 매주 목요일 저녁에 모임을 가진다. 실상은 농구 경기를 하는 것이다. 비슷한 취미 모임이 법원 내에 여러 개 있다. 통역사, 법원 경찰, 법의학자 등 누구라도 참가할 수 있다. 모임 주제도 다양한데, 활동적인 구기 스포츠부터 경전 읽기 모임까지 있었다.

고등법원 농구팀은 대부분 남성이었고 법원 경찰과 젊은 검사, 판사가 주요 구성원이다. 종종 다른 법원의 농구팀과 친선 경기를 열기도 했다. 명문화된 규정이 있는 것은 아니지만 대체로 법원팀과 검찰팀으로 나뉘어 경기를 하곤 했다.

그래서 퉁바오쥐는 농구팀 내에서 애매한 위치였다. 국선변호인은 별도의 채용 및 연수 절차를 거치고 직무적으로는 법원에 속한다. 그러나 피고의 입장에서 변호해야 하기 때문에 판사의 견해에 도전하거나 검사의 수사 내용에 의문을 제기하는 일이 잦다. 거기다 퉁바오쥐의 독불장군 같은 성격 때문에 법원과 검찰 양쪽 모두 그를 피곤한 인물로 여기고 '내 편'이라고 생각하지 않았기 때문이다.

고등법원의 국선변호인은 두 사람뿐인데 그중 농구를 하는 사람은 퉁바오쥐 하나였으니 1인 팀을 꾸릴 수도 없는 노릇이다. 다행히 병역 대체 근무 인력이 사법계에 도입되면서 퉁바오쥐는 어느 팀으로 분류해야 좋을지 애매한 젊은 녀석들과 한 팀이 될 수 있었다.

새로 병역 대체 인턴이 들어오면 퉁바오쥐는 첫 번째 질문으로 "농구 좀 하나?"를 던졌다. 부정적인 답변을 한 인턴은 곧장 그의 신랄한 풍자에 직면해야 했다. "병역 대체라면서 전투도 못하고 농구도 못하면 뭐에 써먹어?"

렌진펑은 평발이지만 농구 한 경기 뛰는 것에는 전혀 문제가 없었다. 175센티미터의 키는 딱히 장점이 아니었지만 탄력성과 속도가 좋아서 농구 코트에서 꽤 눈길을 끌었다. 그래서 퉁바오쥐는 어떻게든 그를 농구 경기에 참가시키려 했다.

툰바오쥐의 이유는 이랬다. "자네는 병사, 그들은 공무원. 그러니까 마땅히 우리 팀에 들어와야 하는 거야."

"바오거는 어느 팀이신데요?"

"아무도 들어오려고 하지 않는 팀."

렌진펑은 그렇게 승부욕이 강한 사람이 아니었다. 그냥 농구하는 게 재미있을 따름이다.

옷을 갈아입는 동안 툰바오쥐는 계속해서 포지션과 전술을 설명했다. 렌진펑은 한동안은 참다가 결국 그의 농구 지도를 가로막았다.

"압둘아들은 언제 만나러 가실 거예요?"

"누구?"

"인도네시아 선원이요."

"방금 이름을 뭐라고 읽었지?"

"압둘아들."

"아부드……."

툰바오쥐는 여전히 제대로 발음하지 못했다.

"압둘아들."

렌진펑이 다시 시범을 보였다.

"무슨 이름이 그래. 앞으로는 그냥 '아부阿布'라고 부르자.• 그런다고 나한테 시비 걸 사람도 없을 텐데."

"언제 만나러 가실 거예요?"

"뭐하러? 소송기록이나 보면 되지. 서류 봤잖아?"

"다 봤습니다. 하지만 당사자를 직접 만나서 이야기를 들어봐야

• '압둘아들'이라는 이름을 중국어로 음역한 한자 이름 '阿布杜勒阿得勒'에서 처음 두 글자를 딴 것이다.—옮긴이

하는 것 아닌가요?"

"홀리 마조! 엄청나게 의욕적이시구만. 문제는, 그 친구가 살인했다는 증거가 확실하다는 거야. 진술 번복이라도 기대해? 그리고 변호인실 예산으로 통역사를 구할 수는 없다는 걸 알아둬. 개정하면 법원이 알아서 통역사를 배정해줄 테니 그때 비는 시간에 얘기하자고."

"문제는……."

퉁바오쥐가 귀찮다는 듯 렌진핑에게 눈치를 줬다.

"미리 알려주지 않았다고 원망하지는 마. 농구 코트에서는 일 얘기 금지."

그러나 결과적으로 일 얘기를 먼저 시작한 사람은 퉁바오쥐였다.

그는 담당 검사인 류자형을 보자마자 사냥감 냄새를 맡은 개처럼 꽉 물고 놓아주지 않으려 했다. 싸움은 이렇게 시작됐다.

"어이, 류 검사. 간통죄가 폐지되는 바람에 흥신소의 조력자로서 연애의 자유를 억압하지 못 하게 됐네? 이거 어떡하지?"

류자형은 기골이 장대하고 진중한 사람이었다. 그러나 자동으로 찌푸려지는 미간에서 그의 과하게 진지한 성격이 잘 드러났다. 그는 퉁바오쥐의 얄미운 농담을 완전히 무시했다. 농구 코트에 그런 사람이 없는 것처럼 굴었다.

이어서 렌진핑이 리바운드에 성공해 퉁바오쥐에게 길게 패스했다. 퉁바오쥐는 쉰 살에 가까운 나이였지만 활력이나 패기가 그 이름처럼 대단했다. 그가 레이업 슛을 시도해 막 득점하려는 찰나, 뒤로 따라붙은 류자형이 농구공을 코트 바깥으로 걷어냈다.

"국선변호인님, 레이업 슛이나 변호나 비슷하시군. 이렇게 허약해서 어쩌나?"

류자형이 의기양양하게 바닥에 주저앉은 퉁바오쥐를 조롱했다.

퉁바오쥐는 일어나면서 일부러 류자형과 충돌할 것처럼 몸을 들이댔다. 류자형이 두 손으로 그를 밀어내면서 분위기가 일촉즉발로 흘러갔다.

다른 이들은 두 사람 사이에서 불꽃이 튀기든 말든 알아서 공을 드리블하며 경기를 재개했다. 퉁바오쥐가 다시 상대 진영으로 돌진할 때 류자형이 몰래 그를 밀쳤고, 몸싸움이 벌어지려는 찰나 사람들이 얼른 둘을 떼어놓았다.

농구 경기도 그대로 마무리됐다.

"일을 이렇게 열심히 하면 좋을 텐데."

류자형은 코트를 나가면서 일부러 들으라는 듯 조롱했다.

"홀리 마조."

퉁바오쥐가 나지막이 중얼거렸다.

탈의실로 돌아온 퉁바오쥐는 렌진펑에게 갑자기 질문했다.

"서류는 다 봤어?"

"다 봤습니다."

"통역사 이름이 뭐지?"

"네?"

"인도네시아어 통역사 말이야. 이름이 뭐냐고?"

"그것까지는 잘……."

"그러면서 무슨 서류를 보네 마네 하는 거야?"

퉁바오쥐가 짜증을 부렸다.

"렌우, 넌 정말 슈퍼 멍청이다."

17

준비 단계*에서 변호인에게 가장 중요한 업무는 바로 소송 계획을 짜는 것이다. 신뢰할 만한 사건 관련 주장**을 제시하는 것을 포함하여 검사가 제출한 증거를 검토하고 피고인에게 유리한 증거를 수집하는 일이다.

이상한 점은 준비 기일이 점점 다가오는 데도 퉁바오쥐는 사건을 연구할 의사가 전혀 없어 보이는 것이었다. 그는 통역사의 이름을 물어본 것 외에는 다시 NBA 중계만 봤다.

렌진핑은 소송기록에서 인도네시아어 통역사에 관한 자료가 몹시 부족하다는 것을 확인했다. 통역사의 이름은 천이촨陳奕傳, 나이는 40세, 타이완에서 나고 자란 사람이었다. 고등법원과 고등검찰서의 특별 고용 통역사 시험에 합격했다는 자격 증명서가 첨부되어 있었다. 이 사건의 수사 시간과 1심 재판 기간에 모두 이 사람이 통역을 맡았고, 매번 법률에 의거한 서약서를 작성했다.***

자격과 절차 어느 쪽에도 문제가 없었다.

퉁바오쥐가 사건에 대해 아무 말도 하지 않자 불안해진 렌진핑은 검찰 쪽 상황을 알아보기로 했다.

사법원, 지방법원, 고등법원은 다 가까이 있기 때문에 각 기관에서 일하는 대체복무요원은 법학과 학생이라 아는 사이 아니면 신병훈련

---

* 형사소송 절차는 준비와 심리 두 단계로 나뉜다. 전자는 법정에서 살필 증거의 내용이나 순서를 확인하는 것이고, 후자는 준비 단계에서 정리한 순서대로 변론하는 것이다.
** Case theory, 즉 변호인이 주장하는 사건의 발생 경과다.
*** 증언의 진실성을 보증하기 위하여 증인은 증언하기 전에 선서문을 낭독하고 서명하는 절차를 거친다. 선서 후에 진술한 내용이 사실이 아닐 경우 위증죄로 처벌받는다. 통역사 역시 법에 따라 증인 선서 규정을 적용하며, 그 목적은 통역한 내용의 진실을 보증하는 것이다.

소의 동기, 기숙사 룸메이트의 친구 등이었다. 대체로 아는 사이인 셈이다. 그들은 알게 모르게 법원 계열의 기관에서 인맥 네트워크를 형성했고, 당연하게도 알음알음 소문을 주고받곤 했다.

고등검찰서에서 일하는 대체복무요원이 렌진핑에게 이렇게 소식을 전했다. "류 검사가 이 사건을 아주 중요하게 생각한대. 며칠째 야근을 하고 담당 경찰관을 불러서 따로 질의까지 했다더라. 국선변호인과 사이가 나빠서가 아니라 사회적으로 주목받는 사건을 맡으면 승진하는 데 도움이 되니까 그런 거지."•

사이 나쁜 변호인에 승진 기회가 걸렸으니 류자형은 절대 허술하게 준비하지 않을 터였다. 반면 퉁바오쥐는 여유만만이라 렌진핑은 긴장하지 않을 수 없었다. 류자형이 비웃던 말이 귓가에 쟁쟁했다. 퉁바오쥐는 정말 자기 일에 진지하지 않은 사람일까?

공판 준비 당일에는 방청하러 온 시민이 법원 바깥까지 길게 줄을 섰다.

펑정민도 그중 한 명이었다. 그는 여전히 낡은 두건을 머리에 두른 차림이었고, 그의 곁에 아미족 사람들 몇 명이 함께 있었다. 법원 직원의 지적을 받고서야 펑정민은 두건을 풀었다. 그의 잔뜩 엉킨 머리카락이 드러났다.

개정 직전 법복을 입은 퉁바오쥐가 느긋한 걸음걸이로 복도에 들어섰다.

"타카라, 네가 여기 어쩐 일이야?"

펑정민은 의외라는 듯 물었다.

• 법원에서 소송을 하게 되면 우선 서로 다른 '글자'로 사건의 성격과 내용을 구분하고, 그 뒤로 일련번호를 붙여 개별 사건의 유일무이한 '사건 번호'가 결정된다. '촉중소矚重訴'라는 글자로 분류된 사건은 타이완에서 사회적으로 주목도가 높은 중요 사건이라는 뜻이다.

"나도 이러고 싶지는 않았다. 이것도 운명이겠지."

"뭐하러 온 거지?"

펑정민이 퉁바오쥐가 입은 녹색 법복을 보며 물었다.

"밥 먹고 살려고 하는 일."

"카니우가 죽었어."*

퉁바오쥐가 살짝 머뭇거렸다.

"나도 알아. 뉴스를 봤으니까."

펑정민은 퉁바오쥐의 냉담한 태도를 충분히 알아차렸고, 더는 말을 붙이지 않았다. 그는 일행을 데리고 법정 안으로 들어갔다.

렌진펑은 옆에서 그 상황을 지켜보며 두 사람이 아는 사이라는 게 의외였다. 퉁바오쥐가 아미족 말을 알아듣는 것도 놀라웠다. 그러고 보니 퉁바오쥐의 생김새는 원주민 느낌이 좀 나는 듯도 했다. 이런 사실들이 어떤 관련성을 갖는지 렌진펑은 금방 판단하기 어려웠다.

천이촨이 뒤이어 도착했다. 그는 깔끔한 정장 차림이었다. 머리도 얼굴도 작았고, 가느다란 금테 안경을 썼다. 법정 안내요원에게 자신의 신분을 밝히며 도착을 알리는 태도가 성실하고 친절해서 예의 바르다는 인상을 줬다. 렌진펑은 원래 이런 부류의 통역사는 대부분 혼인 이주 여성이 맡는다고 들었다. 그가 상상했던 통역사와 눈앞에 나타난 신사다운 남성의 모습과는 차이가 컸다.

퉁바오쥐가 환하게 웃으며 천이촨에게 인사했다.

"천 선생님, 제가 이 사건의 국선변호인 퉁바오쥐입니다. 이따가 통역을 잘 부탁드립니다."

천이촨이 공손하게 퉁바오쥐가 내민 손을 잡았다.

"물론이지요. 그게 제 일인걸요."

"명함을 한 장 주실 수 있을까요?"

"왜 그러시죠?"

"아시다시피 동남아에서 온 피고가 점점 늘고 있어요. 저희 쪽에서도 좋은 통역사가 자주 필요합니다."

퉁바오쥐가 거절하기 어렵게 만드는 미소를 지었다.

천이촨은 망설이다가 결국 명함을 꺼내 퉁바오쥐에게 건넸다.

퉁바오쥐는 명함을 받아들고 만족스럽게 법정 안으로 들어가면서 렌진핑을 향해 윙크했다.

"렌우, 외투라도 걸쳐. 대체복무요원 유니폼이 너무 튀어. 방청석에서 너밖에 안 보이겠다."

판사와 피고 외에는 모든 사람이 자리에 앉았다.

류자형은 꼿꼿하게 검사석에 앉아 있었다. 어떤 의문점도 용납하지 않겠다는 기세로 법정 전체를 둘러보는 중이었다. 자주색 법복은 새로 다린 듯했다. 안에 받쳐 입은 정장은 그의 단단한 몸에 딱 맞았고, 살짝 보이는 넥타이는 인디고블루와 옅은 회색 체크가 어우러진 명품 스타일이었다. 앞에 놓인 사건 파일은 일사불란하게 정리 및 표시되어 있었고 그 옆에 빽빽하게 메모한 내용이 붙어 있었다.

류자형은 충분한 준비를 마쳤다.

퉁바오쥐는 사건 파일을 아무렇게나 책상 위에 쌓아 놓았다. 그런 다음 어디서 묻었는지 모를 오른손 집게손가락의 얼룩을 닦는 데 온 신경을 쏟았다.

그때 법정 바깥에서 쇠사슬이 끌리는 소리가 멀리서부터 들려왔다. 사람들이 다들 입구를 주시했다. 두 명의 경찰관이 피고 압둘아들을 앞뒤로 계호하면서 법정에 들어섰다.

렌진핑은 마음의 준비를 했는데도 불구하고 피고를 본 순간 조금 충격을 받았다.

"오래 방치한 바나나" 그것이 압둘아들의 첫인상이었다. 상해서 시커먼 껍질에 얼룩덜룩한 반점이 생기고, 너무 익은 탓에 본래의 모양을 유지하지 못하고 무너져 납작해진 바나나를 보는 듯한 기이한 인상이 너무 강렬해서 렌진펑은 두려움마저 느꼈고, 곧바로 그런 감정이 생긴 데 죄책감이 들었다.

압둘아들은 배를 타는 사람의 거칠고 독한 느낌이 없었다. 살인범의 삐뚤어진 기질도 느껴지지 않았다. 그보다는 어떤 물건인지 모를 것의 그림자 같았다. 질량도 없고 각도만 조금 달라져도 모양이 변하거나 사라지는 그림자. 그의 눈동자가 미세하게 움직이지 않았다면 살아 있는지조차 판단하기 어려웠을 것이다.

경찰관이 압둘아들의 수갑과 족쇄를 풀어주자 그가 손목을 문지르면서 퉁바오쥐 옆자리에 앉았다. 두 사람은 뜻하지 않게 눈이 마주쳤다. 퉁바오쥐는 어떤 말을 해야 할지 정하지 못해 그냥 고개만 숙여 인사했다.

"didelikno······ didelikno······."#자

압둘아들이 갈라진 목소리로 조그맣게 말했다.

퉁바오쥐는 천이촨을 보며 도와달라는 눈짓을 했다.

"'안녕하세요'라고 한 겁니다."

천이촨이 설명했다.

"didelikno······."#자

압둘아들이 한 번 더 말했다.

퉁바오쥐가 따라서 더듬더듬 인사했다.

"dide······ likno······."#자

그때 판사석 뒤쪽의 문이 열리며 법원 경찰이 "일어나십시오"라

고 외쳤다. 판사 세 명이 들어와 착석했다. 공판 준비 절차가 시작되었다.

18

퉁바오쥐가 입을 열기 전까지는 모든 것이 정상이었다.

판사가 자리에 앉았고, 천이환이 선서를 했다. "공정하고 성실하게 통역할 것이며 이를 어길 경우 위증죄로 처벌받겠습니다."

재판장이 절차에 따라 피고인의 신원을 확인하고 검사가 기소 요지를 진술했다.

재판장은 이런 절차를 일부러 느리게 진행하며 천이환이 통역할 시간을 충분히 제공했다. 천이환은 경력이 긴 베테랑 통역사답게 목소리를 낮추어 압둘아들의 귓가에 현장 상황을 설명해주었다.

류자형은 기소 요지를 진술할 때 정확하고 상세하게 범죄 사실을 열거하면서 객관적인 증거를 중심으로 설명했다. 검시보고서와 현장 감식 증거를 대응시켜 검찰 기소 내용의 진실성을 높였다. 비록 '내부자'의 시선으로 볼 때는 허세를 부린다는 혐의가 조금 느껴지지만 성공적으로 준비한 '연출'을 통해 검찰의 정의로운 이미지를 수립했다.

이어서 판사가 피고에게 범죄 사실을 인정하느냐고 물었다.

천이환이 통역해주려 하는데, 퉁바오쥐가 갑자기 끼어들었다.

"재판장님, 피고 측에서는 통역사의 퇴장을 요청합니다."

판사는 처음에 피고가 퇴장하겠다는 말로 듣고 이상하다고 생각했다가, 다시 생각하고서야 퉁바오쥐가 '통역사'를 퇴장시켜달라고 한 것을 깨달았다. 그건 더 이해하기 힘든 일이었다.

"이유는요?"

"이 통역사가 편파적으로 직무를 수행한다는 우려가 있습니다."

천이촨은 갑작스러운 지적에 몹시 놀란 듯 아무 말도 하지 못했다.

"변호인, 통역사를 재판에서 배제하는 것은 법원장의 재량이라 당장 해결할 수 없는 문제입니다. 또한 바로 대체할 인원을 구하기 어려울 것 같은데 지금 이런 요청은…… 오늘 공판 취소하라는 것인가요?"

재판장이 물었다.

"그렇다고 해도 어쩔 수 없는 일입니다."

방청석이 웅성거렸다.

재판장은 얼굴을 딱딱하게 굳히고 불쾌한 투로 물었다.

"통역사가 직무를 편파적으로 수행한다는 증거가 있습니까?"

"없습니다."

류자헝이 거의 콧김을 뿜을 기세로 말했다.

"변호인, 지금 장난하는 겁니까?"

"재판장님, 직접 물어보시죠."

퉁바오쥐가 말했다.

"무엇을 물어보라는 겁니까?"

퉁바오쥐가 천이촨이 준 명함을 꺼냈다.

"천이촨 씨는 쥐양巨洋이라는 이름의 이민 알선 업체에서 일합니다. 직책은…… 강사? 왜 의심스럽다는 느낌이 들까요?"

천이촨은 얼굴이 흙빛이 되어 믿을 수 없다는 듯 퉁바오쥐를 쳐다봤다.

"문제 1번. 이 쥐양이라는 회사와 피고를 어선에서 일하도록 연결해준 직업중개회사는 업무상의 왕래 혹은 이해관계가 없는가? 문제 2번. 천이촨 씨는 지금까지 어떤 형사소송에서 통역 업무를 담당했는가? 그리고 그 소송의 피고인은 혹시 이 직업 중개 회사를 통해 입국한 이주노동자는 아니었는가? 문제 3번. 처음 경찰이 수사할 때 어떻게 이 사건의 통역사를 맡게 되었나? 이 사건에 참여하기 전과 후에 사적으로 선박회사 혹은 직업중개회사의 관련자와 연락한 적이 있는가?"

퉁바오쥐가 활짝 웃으며 천이촨을 쳐다봤다.

"경험이 많으신 분이니 증인 서약의 효력에 대해서 잘 아시겠죠?"

천이촨은 몹시 당황하여 눈빛이 이리저리 흔들렸다.

판사가 망설이며 류자형 쪽을 쳐다봤다. 류자형도 지금 똑같은 생각을 하고 있을 터였다. 저 통역사에게 문제가 있다면 수사 단계부터 1심까지 모든 진술 기록이 전부 쓸모없어지는 게 아닌가?

퉁바오쥐가 천이촨을 향해 말했다.

"아니면 당신이 알아서 퇴정하시는 게 어떨까요? 법원에서 통역사의 출석을 강제할 수 없으니까 퇴정한다고 해서 처벌받지는 않습니다."

천이촨이 입을 열었지만 목소리가 제대로 나오지 않았다.

퉁바오쥐는 팔짱을 끼고 의자에 등을 기대어 앉았다. 대답을 기다린다는 태도였다.

"그러면 법원장의 재가를 기다리는 시간 낭비를 줄일 수 있지요…… 이 자리에 와주신 여러분의 시간은 소중하니까요."

천이촨은 애매모호한 말로 해명하려 시도했다. 중개업체에서 협조 요청을 받은 것은 사실이지만 자신은 피고의 입장에서 협조했다, 특히 피고가 자바섬 동부의 작은 어촌 마을에서 왔기 때문에 협조가 필요했으며, 인도네시아어의 방언 중에는 이해하기 어려운 것도 많기 때문에 통역사를 찾기가 어려워 협조하기 위해서였을 뿐이고, 정당하지 않은 이해관계는 전혀 없다는 것, 물론 예전에 통역을 맡았던 소송 중에도 이 중개업체와 협조하여 일한 적이 있는 것은 사실이지만 단순히 협조한 것뿐이다, 왜냐하면 자신이 인도네시아어를 알기 때문에 이주노동자에게 협조하는 데 사명감을 가지고 있다 등등.

렌진펑은 듣다못해 고개를 숙이고 웃음을 참아야 했다. 정말 대단한 장면이었다. 렌진펑은 그 후에 공판 기록을 따로 찾아서 천이촨이 '협조'라는 말을 총 26번 썼음을 세어보기까지 했다.

결국 재판장이 천이촨에게 정중히 퇴장을 요구하고 다음 공판 일자를 고지했다.

"변호인, 다음에는 직접 적합한 통역사를 찾아서 재판정에 출석해주시기 바랍니다."

재판장이 싸늘한 말투로 덧붙였다.

"법원에서 통역사의 배경과 자격 요건을 검증하는 것이 쉽지 않으니 변호인이 직접 찾으셔야 쌍방이 모두 이의가 없겠지요."

류자형은 잔뜩 굳은 얼굴로 입을 꽉 다물고 있었다.

19

"바오거, 통역사에게 문제가 있다는 것을 어떻게 알았어요?"

퇴정 후에 렌진펑은 퉁바오쥐를 따라 국선변호인실로 돌아왔다.

"변호를 잘하려면 정확하게 질문하는 것이 법전을 외우는 것보다 중요해."

렌진펑은 무슨 말인지 이해가 되지 않는다는 표정을 지었고, 그걸 본 퉁바오쥐가 보충 설명했다.

"그 자식 양복을 봤어? 법원에서 통역사로 일해서 그런 비싼 옷을 살 수 있겠냐고?"

퉁바오쥐의 방식은 운에 맡기는 것일 뿐 아무런 근거도 없었다.

사법부의 통역 제도는 타이완 사법계에서 많은 비판을 받는 분야다. 과거에는 통역이 필요한 사람이 소수였기 때문에 개혁하자는 요구가 흐지부지되기 일쑤였다. 근래 외국인 배우자, 이주노동자의 수가 급증했는데, 특히 동남아시아 국적의 이민자가 대부분으로 그 수가 80만 명이 넘는다. 사법 통역 제도의 법령이나 예산 등의 문제로 여전히 수정되지 못하고 있으며, 관련 기관에서 각자 해결하고 있는 형편이다. 무엇보다 통역사의 수가 심각하게 부족해● 인권 문제가 날이 갈수록 증가하는 추세다.

퉁바오쥐의 추측은 매우 현실적이었다. 현행 통역사의 보수는 법정에 출두할 때마다 500타이완달러에서 1000타이완달러 수준이다. 위증죄에 대한 책임도 져야 하기 때문에 전문적인 통역사가 전업으로 참여할 가능성은 전무하다시피 했다. 현재 법원 통역은 대부분 결혼으로 이주해온 외국인 배우자로, 그들에게 법률 지식이 없는 것은 차치하고라도 근무 시간이 길고 유동적이어서 외국인 배우자에게도 이 직업이 선호되지 않는 편이다. 천이촨처럼 전문성을 지닌 직업인은 특수한 목적이 있지 않은 한 수사 단계부터 공판까지 줄곧 통역

● 중화민국 106년(2017)의 통계에 따르면, 수사기관 및 각급 법원의 통역사 수는 약 2000명이다. 그중 동남아 각국 언어의 통역사 수가 가장 부족하다. 타이완 내 이주노동자 수가 가장 많은 인도네시아인을 예를 들어보자. 타이완 전역에 인도네시아 국적 이주노동자가 25만 명, 혼인 이주 여성은 3만 명에 달하지만, 인도네시아어 통역사는 471명에 불과하다.

사로 참여할 가능성이 없다고 봐야 한다.

이주노동자의 사건에서 이해관계가 얽힌 대상은 중개업체와 고용주다. 외국인 선원에게 사고가 생겼을 경우 선박회사 혹은 중개업체에서 보낸 통역사가 주변을 맴돈다. 그들은 이주노동자를 돕는 것이 아니라 중개업체의 '상품'을 관리 감독하러 온 것이다. 일선 경찰은 대개 자신의 편의에 따라 통역 문제를 처리하는데, 회사에서 통역사를 제공하면 언어 문제로 골머리를 앓지 않아도 되니 편해서 좋아하는 실정이다.

퉁바오쥐 역시 이것이 현실적으로 해결하기 어려운 문제임을 알고 있다. 예산과 인력이 부족한 상황에서 통역사가 이해관계로 얽혀 있다고 문제를 제기하기란 쉽지 않다. 류자형이 난처해하는 꼴을 보려고 일부러 그런 것이 아니었다면 퉁바오쥐도 이런 일을 문제 삼지 않았을 터였다.

"이건 시간 끌기 작전이죠? 이다음에는 어떤 계획이 있으십니까?"

렌진펑의 목소리에 기대감이 가득했다.

"집에 가서 농구 경기를 볼 거야."

퉁바오쥐가 무성의하게 대꾸했다. 해안 살인 사건은 그에게 특별할 것이 없는 일이었다. 연말 상여금을 받기까지는 6개월이 남아 있었고, 상여금만 받으면 퇴직 신청을 하고 변호사로 전환할 예정이었다. 이 사건은 그의 국선변호인 인생보다 길 것이 분명했으니 끝에 가서는 그와 상관없는 일이 될 터였다.

"어디서 통역사를 찾으실 거예요?"

렌진펑은 궁금한 것도 참 많았다.

"그렇지, 그게 걱정이네. 이럴 때면 평소 이주노동자를 몇 명 알아두지 못한 게 후회돼."

퉁바오쥐는 외투를 집어들고 사무실을 나서며 덧붙였다.

"오늘은 오늘의 고민이 있고, 내일은 내일의 고민이 있지. 하지만 오늘의 고민을 내일로 미룬다면 오늘은 고민이 없는 날이 되는 거야. 멋지지?"

그날 저녁, 퉁바오쥐는 7시 뉴스와 시사 프로그램의 핵심 인물로 떠올랐다.

매체에서는 퉁바오쥐가 법정에서 보인 행동에 더욱 살을 붙여서 중개회사와 원양어선 회사의 음모론을 진짜처럼 만들었다. 화제성을 잃어가던 살인 사건이 하룻밤 사이에 주요 뉴스로 떠올랐을 뿐 아니라 오히려 드라마틱한 이미지가 덧붙여졌다. 시사 토론 프로그램은 아예 주요 자막으로 퉁바오쥐를 '악마 대변인'이라고 불렀다. 유명한 논객들이 이 사건이 어떻게 진행될지 예측하며 떠들었다. 심지어 진술 기록의 허점을 지적하며 무죄 석방될 가능성이 있다고 허무맹랑한 소리까지 했다.

렌진핑은 기숙사 휴게실에서 친구들과 같이 뉴스를 봤다. 자신이 저 과정을 직접 봤다는 사실에 이상한 기분이 들었다. 친구들이 그를 둘러싸고 법정에서 있었던 일을 설명해달라고 난리였다. 공판 당시 이야기를 하던 중 렌진핑은 자신이 퉁바오쥐를 조금 숭배하기 시작했다는 것을 깨달았다.

렌진핑은 퉁바오쥐에게 문자 메시지를 보내 뉴스를 봤느냐고 물었다. 그러나 다른 수백 개의 메시지와 마찬가지로 퉁바오쥐는 읽지 않았다.

그는 집에 오자마자 침대에 누워 곯아떨어졌다.

20

이른 아침 6시 30분쯤 지룽시의 서랴오社寮고등학교의 경비원이 운동장 옆에 쓰러진 퉁서우중을 발견했다. 퉁서우중은 의식이 없었으나 학교에서 같이 일하던 동료가 발견한 것이라 곧바로 신원을 확인하고 병원으로 옮겼다.

'동료'라고 하지만 퉁서우중은 학교의 정식 직원이 아니었다. 업무 내용도 야구장과 야구 장비를 관리하는 단순한 일이었다. 그는 동틀 무렵 일어나서 학생들이 학교에 오기 전에 야구장을 정리했다. 마운드에서 시작해서 1~3루 베이스를 순서대로 정돈하고, 그다음에 타자석을 치웠다. 마지막으로는 붉은 흙이 깔린 야구장 바닥에 물을 뿌려 단단히 다지는 작업을 했다.

야구부 연습 경기가 있는 날이면 바닥에 그어진 흰 선이 지워진 곳이 없나 살펴보는 작업이 추가된다. 선을 알아볼 수 없는 지경이 아니라면 평소에는 그 작업을 생략하는 편이다. 퉁서우중이 게을러서 그런 것이 아니라 서랴오 고등학교는 야구 강호가 아니라서 야구부 경비가 풍족하지 않기 때문에 꼭 필요한 일이 아니면 비용을 아껴야 했다.

야구부는 저녁이 되어서야 연습을 개시한다. 그때 퉁서우중은 할 일이 없어도 대부분 야구장 옆에서 아이들이 연습하는 모습을 지켜보곤 했다. 연습이 끝나면 장비를 정리한다. 망가진 데가 있으면 혼자서 가로등 불빛에 의지해 수리했다.

그는 이 일을 거의 10년간 해왔다. 처음에는 해안 공공주택의 이웃이 소개해준 일이었다. 그들은 과거에 함께 야구를 보러 갔고, 이웃집 아들이 서랴오 야구부의 코치가 되었다. 이 인맥으로 얻은 야구부 관리인 일은 생계를 꾸리기에는 부족하지만 퉁서우중이 그나마 인내심을 가지고 계속할 수 있는 유일한 일이었다.

퉁바오쥐가 병원 응급실 입구에 도착했을 때는 퉁서우중이 큰 소리로 집에 가겠다고 소리치는 것이 들렸다.

응급실 간호사는 퉁서우중이 혼절한 것은 폭음 때문에 혈당이 갑자기 떨어져서 생긴 일이라고 했다. 퉁서우중은 만성 당뇨병을 앓고 있기 때문에 술을 끊고 혈당 관리를 해야 했다. 그러지 않으면 건강이 계속 나빠질 것이라고 했다. 마지막으로 간호사는 퉁바오쥐에게 아버지를 정기적으로 병원으로 모셔와 경과를 확인해야 하고 식단 조절에 주의해야 한다고 당부했다.

"매번 선생님이 담당 간호사를 해주신다면 시간 맞춰 모시고 와야죠."

퉁바오쥐는 능청맞게 대답했다.

퉁서우중은 차에 타자마자 차갑게 물었다.

"너 왜 그런 거냐?"*

"뭘요?"

"사형수 대변인이 되셨더군."*

"제 일에 언제부터 관심이 있으셨대요?"

퉁바오쥐의 말투에 조소가 섞였다.

"르칼이 그러더라. 뉴스에도 나오고. 다들 알고 있다."*

퉁바오쥐는 그제야 정신이 번쩍 들었다. 오늘 아침 병원에서 온 전화에 깼고 곧바로 지룽으로 달려오느라 뉴스를 볼 시간이 없었다. 그는 급히 휴대전화를 꺼냈고, 자신이 언론에서 주목하는 인물이 되었다는 사실을 알게 되었다. 그것도 그다지 좋지 않은 방식으로.

"홀리 마조, 말도 안 되는 소리를 써놨네."

"그놈이 카니우를 죽였어."[*]

"전 그냥 제 일을 했을 뿐이에요."

"카니우는 네 사촌형이야. 너희는 모두 라 야키우_La Yakiw_라고."[*]

통서우중은 아미족의 나이에 따른 그룹_selal_을 이야기하는 것이다. 나이가 비슷한 아미족 남성은 성인이 되면서 같은 그룹으로 묶이며 부족의 노인이 그들의 이름을 지어준다. 구성원은 쉽게 변동되지 않는다. 서로 분업하여 부족 내에서 해야 할 일을 맡는다. 이런 연령 그룹은 아미족 사회를 구성하는 중요한 단위 조직이다.

통바오쥐, 정펑췬, 펑정민 모두 같은 그룹에 속했고 대부분 야구를 잘했다. 그룹 이름을 받던 그해가 타이완 프로야구 원년이기도 해서 '라 야키우'라는 이름이 붙여졌다.[•]

"내가 선택한 것도 아니잖아요! 고를 수 있었다면 차라리 개가 되었을 겁니다."

"개는 자기편을 물지 않아. 너는 개만도 못해."[*]

통바오쥐는 대답할 가치를 느끼지 못했다. 차가 출발했다.

21

해안 공공주택의 광장에서는 올해의 풍년제 행사가 준비 중이었다.

통바오쥐는 주차한 후 멀리서 사람들이 임시천막 아래서 오가는 모습을 바라봤다. 대부분 아는 사람이겠지만 인사를 나눌 생각은 없었다. 통서우중을 집으로 올려보내면 바로 떠날 참이었다.

• 아미족 말로 '첫 야구'라는 뜻이다.

그러나 저쪽에서는 생각이 다른 모양이다. 사람들 중 몇몇이 무리 지어 퉁바오쥐 쪽으로 걸어왔다. 맨 앞에 선 사람은 펑정민이었고, 그의 옆으로 후배로 보이는 사람들이 포진했다. 눈에 익은 얼굴이지만 이름은 기억나지 않았다.

"타카라, 여긴 네가 올 데가 아니다."*

펑정민이 말했다.

"나도 오고 싶지 않았어. 하지만 어디에 가든 그건 헌법이 보장하는 내 자유야."

"법을 좀 아는 게 그리 대단하냐? 엉?"*

퉁바오쥐는 펑정민 무리가 인원도 많고 기세가 거친 것을 보고는 원래 준비했던 날카로운 말을 도로 삼켰다.

"카니우네 식구가 전부 죽었다. 추모식에 오지 않은 거야 그렇다 쳐도 어떻게 그 외국놈이 무죄를 받도록 도울 수 있단 말이냐?"*

"그게 내 직업이야."

"직업이 우리 부족보다 중요해?"*

펑정민이 도발하듯 말했다.

"네가 왜 배를 타지 않는지 알지. 하지만 네 어머니를 죽게 한 건 우리가 아냐……."*

퉁서우중이 펑정민에게 입 닥치라고 외치려는 찰나, 퉁바오쥐가 주먹을 휘둘렀다. 두 사람은 뒤엉켜 싸웠다.

응급실 간호사가 병원에 다시 온 퉁바오쥐를 보며 의아한 표정을 지었다.

"당신을 보러 올 더 좋은 핑계가 있었는데 말이죠."

퉁바오쥐가 피로 물든 휴지를 콧구멍 안으로 깊이 쑤셔넣으며 말을 이었다.

"이게 가장 빠른 방법이더라고요."

간호사가 의자에 앉으라고 손짓했다. 곧 퉁바오쥐 앞에 작성해야 할 서류 한 뭉치가 놓였다.

퉁바오쥐는 자기 얼굴을 가리키며 코맹맹이 소리로 말했다.

"그놈은 더 엉망이 됐어요."

"네?"

간호사는 제대로 알아듣지 못한 듯했다.

"그놈 얼굴이 나보다 엉망이라고요."

퉁바오쥐가 복싱 자세를 취하며 떠벌였다.

"이 아저씨가 좀 배웠거든요."

간호사가 짜증스럽게 몸을 팩 돌리곤 가버렸다.

퉁바오쥐의 휴대전화가 울렸다. 그는 받고 싶지 않은 기분이었지만 린딩위안의 전화라 받지 않을 수가 없었다.

"나 지금 잠수하고 있어."

"뉴스 봤다."

"언론에서 과장 보도하는 거야. 그저 그런 사건이야, 쟁점이 되는 재판도 아니고. 며칠 내로 퇴직 신청을 할 건데 시간을 좀 끌면 지나갈 일이라고."

퉁바오쥐는 부정적인 여론이 변호사 사무실에 악영향을 줄까봐 얼른 변명했다.

"퉁바오쥐, 넌 천재야! 내가 볼 때는 이 사건에 집중해야 해."

린딩위안은 잔뜩 흥분해 있었다.

"뭐라고?"

"요즘 변호사들에게 제일 무서운 게 뭐냐? 인지도가 낮은 거라고! 구글링했을 때 네 이름이 나오는 건 '소아성애자'라는 것만 아니면 좋은 일이야. 넌 지금 우리 사무소를 위해 무료로 광고를 해주는 거라고."

"그런 건가?"

"공무원식 사고에서 벗어나야 해. 변호사는 좀더 저돌적이어야지."

퉁바오쥐는 이제 좀 알 것 같았다.

"퇴직이 급한 게 아니야. 사무소에서는 자네 자리를 계속 놔둘 거라고. 우선 그 재판부터 잘 끝내. 선고 결과를 뒤집으면 최고지."

그러던 린딩원이 화제를 바꿨다.

"하지만 정신 감정 같은 건 하지 마. 1심에서 한 거잖아? 게으르다는 느낌을 줄 거야. 얼마 전에 철도에서 경찰을 찔렀던 사건의 재판 결과가 나온 이후로 사람들은 정신적 문제로 어쩌고 하는 데 아주 학을 뗀단 말이야. '머글'하고는 말이 안 통해. 어쨌든 우리는 변호사고, 범죄 사실에 있어서 검사와 진검승부를 해야 맞는 거지!"

훈수를 두는 린딩원의 태도가 아니꼬웠지만 앞으로 변호사로 전직하면 그의 도움을 받아야 했기에 퉁바오쥐는 말없이 들었다. 린딩원의 의견이 아주 틀린 것도 아니었다. 해안 살인 사건은 지금 한창 화제 몰이를 하고 있었고, 자신의 일거수일투족이 많은 관심을 받게 될 것이다.

좋은 쪽으로 생각하면 전직한 후 변호사 생활에 도움이 될 터였고, 나쁜 쪽으로 보자면 원래 퇴직할 때까지 빈둥거리며 지내려던 계획이 틀어졌다.

"어디서 통역할 사람을 찾지?"

퉁바오쥐가 투덜거렸다.

"잠수하는 시간을 좀 줄여! 그러면 금방 찾을걸."

린딩원이 지나가는 투로 대답했다.

퉁바오줘는 이제 얻어맞은 코 외에도 머리까지 아픈 느낌이었다.

22

퉁바오줘가 타이베이로 돌아왔을 때는 이미 밤이 깊었다. 아파트 문 앞에 서서 열쇠를 찾는데, 건너편 길에서 무슨 일이 벌어지는 모양이었다.

주차된 중고 도요타 자동차가 흔들리고 있었다. 갑자기 차 뒷좌석 문이 열리더니 누군가 차에서 내리려다가 도로 차 안으로 끌려 들어갔다. 짧은 순간이었지만 퉁바오줘는 그 사람이 이웃집의 간병인임을 알아봤다. 머릿속으로 여러 가지 가능성이 떠올랐지만, 딱 한 가지 해석만이 그를 설득시킬 수 있었다.

퉁바오줘는 도요타 자동차를 향해 걸어갔다. 차 안에서 소형 모터 같은 것이 돌아가는 소리가 나고 있었다. 퉁바오줘가 차창을 똑똑 두드렸다.

차창이 천천히 내려가고 중년 남자가 퉁바오줘를 빤히 쳐다봤다. 간병인은 남자의 뒤에서 작은 청소기를 손에 쥔 채 공포에 질린 얼굴로 한쪽 구석에 웅크리고 있었다.

그 남자는 이웃집 할머니의 아들이었다.

퉁바오줘가 환하게 웃었다.

"쉬쌍許桑 씨, 담배 있어요?"

쉬쌍이 웅얼웅얼 대답하며 차에서 내렸다.

"우리는…… 차를 청소하던 중입니다."

"네, 알아요."

"리나Leena, 바닥."

쉬쌍이 아무렇지 않게 지시하며 담배를 꺼내서 퉁바오쥐에게 건네고 불도 붙여주었다.

두 사람은 그렇게 어깨를 나란히 하고서 길가에 서서 담배 연기를 내뿜었다. 리나는 차 옆에 쪼그리고 앉아 청소기로 바닥 매트의 먼지를 빨아들였다.

"청소기였군요. 바이브레이터인 줄 알았네."

퉁바오쥐가 장난스럽게 말했다.

쉬쌍은 음침한 눈길로 퉁바오쥐를 쳐다보더니 풋 하고 웃음을 터뜨렸다. 퉁바오쥐가 묘하게 눈썹을 치켜올리며 음흉한 표정을 지었다.

"인도네시아 사람이라고 그랬던가요?"

퉁바오쥐가 지나가듯 물었다. 쉬쌍이 고개를 끄덕이며 담배 연기를 뱉었다.

갑자기 떠오른 생각에 퉁바오쥐가 리나 쪽으로 다가가 옆에 쪼그려 앉았다.

퉁바오쥐는 압둘아들이 법정에서 했던 말을 따라했다.

"didelikno……."#자

리나가 청소기를 움직이던 손을 딱 멈추고 당혹감과 불안감이 뒤섞인 눈빛으로 그를 돌아봤다.

퉁바오쥐는 그 말이 절대로 '안녕하세요' 따위가 아님을 직감했다.

2장
정신 감정

1

법원은 다른 정부 기관과 마찬가지로 정해진 업무시간과 휴식시간을 정확히 따른다. 점심시간은 12시에 시작하고 1시 30분에 끝난다. 법정에서 심리가 계속 진행 중이더라도 누군가 법원의 직원이 시간 맞춰 복도 등을 끄고 점심시간의 휴식 분위기를 만든다.

퉁바오쥐는 11시 30분에 국선변호인실을 나와 고등법원의 직원 식당으로 향한다. 그 시간대에는 사람이 제일 적고 음식이 따뜻하기 때문이다. 그리고 텔레비전 앞의 명당 자리를 두고 그와 경쟁할 사람도 없다.

어제 평정민과 싸운 결과물인 멍이 광대뼈와 눈두덩 위로 점점 퍼렇게 올라왔다. 붉게 부어오른 코는 약간 삐뚜름해진 기분이었다. 퉁바오쥐는 간장에 졸인 가지, 곱게 간 돼지고기 요리, 달걀 샐러드 등 부드럽고 씹기 쉬운 음식을 골라 담았지만 역시 입을 움직일 때마다 은은하게 통증이 밀려왔다.

퉁바오쥐가 막 무료로 제공되는 탕 요리를 퍼담을 때였다. 정오 뉴스에서 그와 펑정민의 싸움이 보도됐다.

뉴스에서는 휴대전화로 찍은 듯한 영상이 방송되었다. 퉁바오쥐가 사망한 피해자의 친척과 살해 현장에서 몸싸움을 벌였다는 내용이었다. 화면을 보면 퉁바오쥐가 먼저 주먹을 휘두르고 나서 두 사람이 서로 두들겨 패는 장면이 고스란히 찍혔다. 영상을 찍은 각도를 보니 펑정민 무리 중 누군가가 찍은 것이 분명했다. 영상에 담긴 싸움 장면은 혼란스러웠다. 사람들이 중국어, 타이완어는 물론이고 아미족 말까지 섞어가며 고함을 질러대는 통에 무슨 말을 하고 있는지 전혀 알아들을 수 없었다. 영상 마지막쯤에는 퉁바오쥐가 펑정민을 땅바닥에 깔아 눕혀 놓고 때리는 것으로 끝난다. 얼굴에 온통 코피로 범벅이라 꼴이 엉망진창이었다.

퉁바오쥐는 탕을 뜨다 말고 그대로 굳어버렸다. 옆에 있던 사람이 그의 이상 반응을 눈치챘다.

텔레비전 화면 속 앵커는 흥분을 감추지 못하며 제보자의 말을 인용했다. 퉁바오쥐가 아미족이며 사건이 발생한 지역에서 어린 시절을 보냈다는 것, 사망한 정펑췬과는 나이가 비슷한 '그룹'일 뿐 아니라 사촌 형제라는 것까지 밝혀졌다.

퉁바오쥐는 들고 있던 그릇에 담긴 국물을 잔반통에 쏟아버리고는 천장에 연결되어 매달려 있는 텔레비전 쪽으로 향했다. 그는 까치발로 서서 텔레비전 전원을 끄려고 하다가 손이 닿지 않자 아예 펄쩍펄쩍 뛰었다. 몇 번이나 손끝이 전원 버튼에 닿을락 말락 했다.

주변 사람들이 그를 제지하려 했다.

"텔레비전을 왜 꺼요? 다른 사람들도 보는 건데요."

직원 식당의 직원도 목소리를 보탰다.

"변호인님, 그만하세요."

퉁바오쥐는 더 힘껏 뛰었고, 결국 전원 버튼을 때리는 데 성공했다.

"홀리 마조! 다들 보지 말라고!"

퉁바오쥐는 흥분한 소처럼 고함을 치고 식당을 빠져나갔다. 경악한 사람들을 남겨둔 채로.

렌진핑은 대체복무요원 동기들과 빈 법정에 모여서 시답잖은 소리를 하며 시간을 보내던 중 휴대전화에서 뉴스를 봤다. 퉁바오쥐와 평정민이 어떻게 아는 사이인지 알게 되었다. 그런데 퉁바오쥐는 왜 같은 부족 사람들과 사이가 좋지 않은 것일까? 만약 이 사건이 그와 밀접한 관련이 있는 상황이라면 왜 그렇게 전혀 신경 쓰지 않는다는 태도였을까?

'원주민 중에는 자기 출신 때문에 주목받는 것을 싫어하는 사람도 있나봐?'

렌진핑은 그렇게 추측했다. 그의 친구 중에는 원주민이 없었기 때문에 이런 생각이 그들 사이에서 보편적인지 아닌지 알 도리가 없었다. 렌진핑은 좋은 집안에서 태어나 타이베이에서만 살았고, 학교 역시 이름만 대면 다들 알 만한 명문이었다. 그러니 알고 지내는 원주민이 없는 것도 당연했다.

그는 전형적인 그 세대였다. '차별'의 뜻과 내포한 의미도 잘 알지만 어떻게 해야 하는지는 몰랐다. 그들은 악의적인 행동은 거의 하지 않는다. 그러나 저도 모르게 갖고 있는 편견은 인지하지 못했다. 렌진핑은 소수자를 보호하려고 일부러 더 노력하지만 그럴수록 '중앙'과 '경계'의 차이가 더 깊어진다고 느꼈다. 이해하려 노력할수록 신기한 것을 보는 듯한 오해를 받았다. 종종 이러지도 저러지도 못하게 되어 결국 입을 다물게 된다.

그동안 같이 지내면서 렌진핑은 퉁바오쥐가 원주민이라는 것을 눈치챘다. 그러나 그가 직접 언급한 적이 없고 원주민과 관련 있는 이미지든 물건이든 근처에 둔 적도 없어서 물어보지 않았다. 괜히 퉁바오쥐의 감정을 상하게 할까 걱정됐던 것이다.

지금 언론 보도를 보니 렌진핑의 그런 생각은 더욱 공고해졌다. 퉁바오쥐는 소극적으로 원주민이라는 점을 널리 알리지 않는 정도를 넘어 아주 적극적으로 그 사실을 감추고 싶어했다.

퉁바오쥐는 사무실로 돌아오자마자 전화선부터 뽑았다. 그러고도 린팡위에게 어떤 전화든 거절하라고 당부하기까지 했다. 그는 해안 살인 사건의 관련 자료를 집어들었다가 5분 만에 내던졌다. 이마를 내리치며 큰 소리로 외쳤다.

"홀리 마조! 이 사건은 성모 마리아의 처녀막보다 더 완벽하잖아! 허점이라고는 없어."

렌진핑도 그의 말에 공감했다. 범죄 사실을 두고 볼 때 해안 살인 사건의 유일한 문제점은 통역사가 이해관계에 얽혀 있다는 정황뿐이었다. 그러나 그 사실은 지금까지 명확한 증거가 나오지 않았기 때문에 과거의 진술 기록은 이론상 여전히 증거로 사용할 수 있었다. 변호인이 심리 과정의 녹화 영상을 보며 진술 기록을 다시 번역하고 기존 기록의 정확성을 문제 삼을 수도 있겠으나 예산이 부족한 국선변호인이 그런 일을 하기란 쉽지 않았다.

퉁바오쥐는 더 생각하지 않고 서류철을 탁 덮었다.

"렌우, 네 생각은 어때?"

렌진핑은 오랫동안 기다려온 기회를 얼른 잡았다.

"사실 부분은 검찰의 흉기보고서나 검시보고서, 현장감식보고서 등이 다 과학적인 근거에 기초하고 있어서 쉽게 허점을 찾아 공략하기 어렵습니다. 원래의 통역사를 믿을 수 없는 상황이니 과거의 진술 기록은 참고할 수 없고요. 직접 구치소에 가서 피고를 만나 질문해야 한다고 봅니다."

퉁바오쥐가 얼굴을 잔뜩 찡그렸다. 누가 봐도 이 일을 회피하고 싶은 것이 분명했다.

"형량도 문제가 있습니다. 검찰은 시종일관 살인 동기를 확실히 제시하지 못했습니다. 그들은 피고가 흉기를 현장에 가져갔으니 살해 의도가 있었다고 말하지만 그것이 범행 동기를 설명해주지는 않아요.

평정민은 배에서 일하는 동안 갈등이 있었다고 했지만 자세한 사정은 말하지 않았습니다. 그는 1등 항해사이고 선원을 관리하는 책임이 있는 사람이니 그의 증언이 어느 정도 편파적일 가능성이 있습니다. 게다가 피고는 배에서 도망쳐서 반년이나 흘렀습니다. 왜 한참 전의 원한을 갚으려고 돌아왔을까요? 이런 점은 판결문에서 전혀 언급되지 않았어요."

퉁바오쥐는 머리를 감싸쥔 채 조용히 듣기만 했다.

"핑춘 16호는 바누아투 소속 선박으로 등록되어 있지만 실제로는 타이완의 슝펑 선업雄豐船業이라는 선박회사 소유죠. 1심 법원은 그 배에 탔던 외국인 선원을 소환해 평정민의 증언을 검증하려 했지만 선박회사에서 당시의 배에 고용했던 이주노동자는 전부 비자 만료로 귀국했다고 했어요. 편법선박*이었기 때문에 필요한 자료 중 많은 부분을 입수할 수 없었고, 법원도 평정민의 진술을 일방적으로 수용하

---

* 편법선박Flag of convenience이란 선박회사가 소유한 어선을 다른 나라 국적으로 등록하여 세금과 기타 검사 등을 회피해 영업 비용을 대폭 절감하는 경우를 가리킨다. 타이완 어업부 통계에 따르면, 총 256척의 편법선박이 있으며 그중 77척이 바누아투에 등록되었다.

고 말았습니다."

퉁바오쥐가 흥미를 느낀 듯 고개를 끄덕였다.

롄진펑은 어쩔 수 없다는 듯 어깨만 으쓱했다.

"종합적으로 말해서 증거가 부족한 상황에서 진상을 밝히는 것은 너무 어렵습니다. 우리는 초점을 정신 감정에 맞춰야 합니다. 1심에서 사형을 선고한 가장 큰 이유는 범행 수법이 잔인하고……."

"어린아이도 봐주지 않고 죽였으니까. 살고자 하여도 구하지 못하리라."

퉁바오쥐가 끼어들었다.

"그런데 정신 감정은 전부 정상이라고 나왔죠. 이상하지 않습니까? 보통 사람이 그렇게 잔인할 수 있을까요?"

"네 말이 맞아. 배를 타는 인간들은 정상인 놈이 없어."

"정신 감정을 통해 책임능력이 없음을 확인한다면 형량도 줄일 수 있을 겁니다. 사형수에게 이건 큰 의미가 있어요. 많은 연구에서 원양어선에서 일한 후에 외상 후 스트레스 증후군*을 보였습니다."

"하지만 사건은 원양어선에서 일했던 때에서 4개월이 넘게 지난 후에 벌어졌어."

"외상 후 스트레스 증후군이 지속되는 시간은 사람마다 다릅니다. 게다가 당시의 기억을 건드리는 일이 다시 벌어졌을지도 몰라요."

"당시의 기억을 건드리는 일이라는 거, 피해자를 말하는 건가?"

• 외상 후 스트레스 증후군Post-traumatic stress disorder, PTSD은 심각한 외상을 입은 후 발생하는 정신질환을 말한다. 통계에 따르면 PTSD와 폭력 사이에 유의미한 관계는 없다. 하지만 베트남전쟁에 참전한 군인을 연구한 결과에서 PTSD를 앓는 사람은 종종 극도로 불안하고 민감한 상태를 보이며 사회에서 소외되어 있었다. 그들은 쉽게 격분하고 공격적이며, 약물을 남용하는 경향도 심했다. 과거의 일에서 벗어나지 못하고 관련된 일에서 연쇄적인 반응을 보여 폭력 범죄로 이어질 위험이 높다.

퉁바오쥐는 렌진핑이 살인 행위와 선상 근무 경력을 연결하려는 것을 이해했다. 증명하기 어렵지만 확실히 유력한 쟁점이다. 하지만 이런 논리는 살인 행위의 책임을 피해자에게 돌리는 것과 같으므로 반드시 비판이 뒤따를 터였다. 퉁바오쥐는 역시 이후의 변호사 전환을 더 중요하게 여기기로 했다. 린딩원의 건의대로 할 생각이었다.

"1심에서 이미 정신 감정을 했으니 재차 감정하도록 판사의 동의를 받는 게 쉽지 않을 거야."

퉁바오쥐는 린딩원이 한 말을 인용했다. 과장된 제스처도 덧붙였다.

"나는 변호인이라면 범죄 사실에 있어서 검사와 진검승부를 펼쳐야 한다고 봐!"

"범죄 사실이요?"

렌진핑은 동의하지 않는 기색이었다.

"범죄 사실이지."

퉁바오쥐는 한 번 더 과장한 제스처를 보여주었다.

"그렇다면 구치소에 가야겠는데요."

렌진핑은 자신의 고집을 숨김없이 드러냈다.

문제는 어디에 가서 믿을 수 있는 통역사를 찾느냐는 것이다.

퉁바오쥐는 법원에서 제공한 통역사 명단을 보고 몇 사람에게 연락을 돌렸다. 그러나 그들은 진술 녹음을 듣고는 압둘아들의 발음과 어휘에 익숙하지 않다며 거절했다. 퉁바오쥐는 지금 사건이 화제가 되고 있으니 사람들이 일을 맡으려 하지 않는 거라고 생각했다. 그러나 자세히 물어보니 인도네시아 정부가 정한 공용어로 일상생활을 하는 인도네시아 사람은 10퍼센트에 지나지 않는다고 했다.●

타이완에 있는 인도네시아어 통역사 중에서 압둘아들의 자바섬 동부 방언을 완전히 이해하는 사람을 찾기란 쉽지 않은 일이었다. 이 사실을 이해하고나자 천이촨이 통역한 진술 기록의 정확성이 더욱 의심스러웠다. 이 사건에서 통역의 중요성은 더 말할 것도 없지만 적합한 사람을 찾지 못하고 있었다.

퉁바오쥐는 결국 최후의 선택지를 골랐다. 좋아, 죽은 말이라도 산 말처럼 치료하는 수밖에.

2

리나는 인도네시아 자바섬의 테갈시에서 태어났다. 집안의 장녀이고, 열아홉 살에 아버지가 병으로 돌아가셨다. 원래는 대학에서 영문과를 다니던 리나는 가계를 돕기 위해 학업을 포기하고 타이완으로 와서 방문 간병인으로 일했다.

중개인의 도움을 받아 그녀는 은행에서 약 10만 타이완달러를 대출해 중개료, 비자 및 항공권 비용을 냈다. 10만 타이완달러면 인도네시아 국민 연평균 소득에 달하는 금액이지만, 중개인은 타이완에서 일하면서 월급을 받으면 매달 나눠 갚으면 된다고 위로했다.

리나가 계산해보니 타이완의 매달 급여는 1만7000타이완달러이고, 여기서 대출 상환금, 외국인 노동자의 서비스 이용료, 신체검사 및 건강보험료 등을 제하면 매달 5000타이완달러를 저축할 수 있을 듯했다. 큰 금액은 아니지만 1년을 버티면 급여가 상향될 수 있었다.

• 인도네시아에는 100여 개의 민족이 있고 사용하는 언어는 700여 종에 달한다. 1949년 독립 당시 인도네시아는 사용 인구가 많은 방언(자바어, 순다어)이 아니라 수도 지역의 방언을 공용어로 지정했다. 지역에 따라 서로 의사소통이 불가능하거나 발음을 표기하는 문자도 이해하지 못하는 경우가 많다. 인도네시아 인구의 60퍼센트만 인도네시아 공용어를 말할 수 있고, 공용어로 일상적인 소통을 하는 인구는 겨우 10퍼센트에 불과하다.

천천히 대출금을 다 갚고 나면 매달 1만 타이완달러씩 저축하게 될 테니 가계에 큰 보탬이 될 것이다.

직업 중개 계약을 맺은 후, 리나는 짐을 챙겨서 중개회사 기숙사에 들어갔다. 그때부터 600시간의 직업 훈련을 받았다. 훈련 내용에는 중국어, 간호 지식, 가사노동 등이 포함되었다. 리나는 영리한 사람이었고 이런 훈련 내용을 따라가는 것이 조금도 어렵지 않았다. 얼마 후에는 훈련 내용이 지루하게 느껴졌다. 그래서 리나는 자신이 지금 대학에서 강의를 듣는다는 상상을 했다. 다만 자신이 다니는 학과가 영문과가 아니라 간호과 혹은 중국어과일 뿐.

리나의 짐은 단출했다. 그나마 값나가는 것이 휴대전화와 충전기였고, 가장 아끼는 것은 예이츠의 시집과 그 사이에 끼워둔 가족사진이었다. 그 외에는 옷 몇 벌뿐으로, 두꺼운 외투조차 없었다.

리나는 문학, 특히 시를 좋아했다. 영어를 배우는 것이 좀더 실용적이라고 생각하지 않았더라면 대학에서 문학을 공부했을 터였다. 그녀는 가사를 쓰는 것을 좋아했다. 가끔 소리 내어 노래를 부르기도 했는데, 그러면 금방 다른 사람들의 주목을 받았다. 그러나 리나는 낯선 사람 앞에서 노래하는 경우가 드물었다. 아버지는 생전에 홀륭한 여성은 코란에서 가르치는 계율을 잘 지켜야 한다고 당부하셨다. 히잡을 꼭 쓰고 머리카락을 드러내면 안 된다고 말이다.

집을 떠난 지 4개월이 되었을 때, 스무 살의 리나는 타이완으로 향했다. 타이완의 첫인상은 몹시 깨끗하다는 것이었다. 눈에 보이는 모든 바닥에 시멘트가 깔려 있었다. 인도네시아처럼 무덥지만 타이완의 석양은 가장자리에 회청색 테를 두른 듯했다. 리나는 예이츠의 시를 떠올렸다.

내게 금색과 은색의 빛으로 짜낸

천국의 직물이 있다면

밤과 낮과 그 사이의

푸른색과 어스름, 그리고 어둠으로 만든

그 직물을 당신의 발 아래 깔아드릴 텐데……

Had I the heavens' embroidered cloths,

Enwrought with golden and silver light,

The blue and the dim and the dark cloths

Of night and light and the half light,

I would spread the cloths under your feet……

리나가 처음 고용된 집은 나이 여든의 할아버지가 계셨다. 지역은 타이난臺南시였다. 할아버지는 말씀이 많은 분으로, 정신이 말짱해 무슨 일이든 꼭 말을 얹곤 하셨다. 리나는 타이완어를 잘하지 못해서 처음 할아버지는 그녀에게 불평이 많았다. 몇 달 지난 후에 리나는 할아버지의 강한 성격에 익숙해졌고, 오히려 편하게 생각했다. 어쨌든 할아버지가 하라는 대로 하면 되었으니 말이다.

할아버지에게는 자녀가 다섯 명 있었는데 다들 효성스러웠고 자주 집을 방문했다. 그들은 성격이 제각각이었지만 리나에게 무리한 요구를 한 적은 없었다. 심지어 휴일에는 리나가 인도네시아 펜클럽• 행사에 참석할 수 있도록 시간을 빼주기도 했다.

그들은 명절 때마다 리나에게 훙바오紅包••를 주었다. 심지어 이슬

• 인도네시아 펜클럽Forum Lingkar Pena은 인도네시아 작가 헬비 티아나 로사가 1997년 자카르타에 설립했다. 인도네시아의 32개 주와 오대주의 12개국에 지회가 분포해 있으며 전 세계에 총 1만3000명의 회원이 있다.

람 명절인 라마단 때에도 훙바오를 주었다. 리나는 타이완 사람들에게는 라마단이 명절이 아니라는 것을 알고 나서 몹시 감격했다. 다만 봉투가 빨간색인 것이 조금 불길하다고 생각했지만 몇 번 명절을 지내고 나자 그런 편견도 사라졌다.

1년 반 후, 할아버지는 주무시던 중에 의식을 잃었고 호흡이 점점 약해지다가 평안히 세상을 떠나셨다. 자녀와 손자 손녀까지 모두 침대 곁에 둘러앉아서 임종을 지켰다. 할아버지께 여한이 남지 않았으리라 생각될 만큼 호상이었다. 그래도 리나는 한참을 울었다. 간병인 생활이 편안하지만은 않았으나 그래도 이런 생활에 적응했고 같은 아파트 단지에 인도네시아 친구도 나타났다.

리나에게 금방 새 고용주가 생겼다. 이번에는 타이베이였다. 타이난을 떠나는 기차를 타고서 리나는 또 울었다. 자기가 할아버지의 진짜 이름도 모른다는 사실을 깨달았기 때문이었다.

새 고용주는 여든 살의 혼자 사는 할머니였다. 할머니는 조용했지만 정신은 똑바르셨다. 움직임이 몹시 느리고 종종 휠체어를 타고 이동해야 했지만 생활하시는 데 큰 문제는 없었다. 리나는 인도네시아어로 할머니라는 뜻의 '네넥Nenek'이 중국어에서 할머니라는 뜻인 '나이나이奶奶'와 발음이 비슷하다는 것을 알고는 고용주를 '네넥'이라고 불렀다. 할머니의 아들은 '사장님'이라고 불렀다.

사장님은 성질이 나빴다. 어머니에 대해 조금도 인내심이 없었다. 가끔 어머니를 보러 오지만 그때마다 고함을 치며 무언가를 원망했다. 리나는 깊이 이해하지 못했지만 할머니의 침묵을 통해서 따져봐야 소용이 없다는 것을 배웠다. 사장님의 출현 빈도를 보면 리나에

●● 한국의 세뱃돈처럼 명절 때 웃어른이 아랫사람에게 빨간 봉투에 돈을 넣어 용돈을 주는 것.―옮긴이

게 구두를 닦게 시키거나 세차를 시키기 위해서 오는 것 같았다.

할머니에게는 다른 가족이 없었고, 사장님은 리나를 도와줄 의향이 없었다. 그래서 리나는 쉬는 날이 없었다. 페이스북을 통해서 인도네시아 펜클럽의 행사나 모임에 관심을 가지고 있었지만 더 이상 참석할 짬을 내지 못했다. 타이완에는 돈을 벌러 온 거니까 휴일에도 일하면 하루당 567타이완달러의 특근 수당을 받는다. 리나는 그러니 차라리 잘된 일이라고 생각했다. 가끔 할머니 지갑에서 100타이완달러 지폐를 슬쩍 꺼낼 기회도 생겼다.

큰돈도 아니잖아. 리나는 그렇게 스스로를 설득했다. 타이완 사람에겐 바나나 몇 개가 없어지는 정도일 뿐이다. 리나는 장을 보러 갈 때마다 점점 더 적극적으로 가격을 비교해 수지타산을 맞췄다. 그러니 이 정도는 받아도 돼. 리나는 생각했다. 아무도 모를 거라고 여겼다.

리나는 나쁜 짓을 해본 적이 없었다. 그래서 돈을 훔치다 사장님에게 들켰을 때도 아닌 척하는 법을 몰랐다. 사장님은 별말 하지 않았다. 대신 그녀에게 이상할 정도로 바짝 다가오더니 그 100타이완달러 지폐를 리나의 바지 주머니에 직접 넣어주었다. 아주 천천히 손이 주머니로 들어왔다가 그보다 더 느리게 빠져나갔다.

사장님의 방문 횟수가 늘어났다. 냉장고에는 맥주가 쌓였다. 종종 그는 맥주를 마시면서 웅크린 채 구두를 닦는 리나를 쳐다봤다. 시선은 대개 그녀의 엉덩이와 허벅지 사이를 오갔다. 그러다 기분이 오르면 리나의 바지 주머니에 지폐를 밀어넣었다.

그날 밤 사장님은 차에서 리나의 옷을 벗기려고 했다. 옆집의 이상한 아저씨가 도와주지 않았다면 무슨 일이 벌어졌을지 모른다.

그래서 퉁바오쥐가 찾아왔을 때, 리나는 할머니께 부탁해서 문을 열어주었다. 어떤 직감 같은 것이었을까. 리나는 자신이 외부와 연결 고리를 가져야 한다고 느꼈다.

퉁바오쥐는 식탁에 마주 앉아서 손에 들었던 선물상자를 할머니 쪽으로 밀었다.

"지룽의 런이로仁—路에서 산 대추갈비 요리입니다…….드셔보셨 는지요? 유명하거든요…….어, 할머니와 리나가 같이 드세요."

"그거, 못 먹어요."

리나가 말했다.

퉁바오쥐는 그제서야 무슬림은 돼지고기를 먹지 않는다는 데 생 각이 미쳤다. 민망함에 미소 짓던 얼굴이 뻣뻣해졌다. 그는 얼른 화제 를 돌렸다.

"중국어를 할 줄 아는군요?"

"조금이요."

퉁바오쥐가 압둘아들이 한 말을 따라했다.

"didelikno…….이거 무슨 말인지 알아들어요?"

리나가 불안한 표정으로 고개만 끄덕였다.

"어떻게 아는 거죠?"

"엄마가 하는 말."

"아까 그 말이 무슨 뜻이에요?"

"숨겼다…….그들이 숨겼다."

"숨겼다? 무슨 물건을 숨긴 겁니까?"

리나가 고개를 저으며 모른다는 표시를 했다.

퉁바오쥐가 신문을 꺼냈다. 한 면 전체가 해안 살인 사건에 대한 기사였다. 압둘아들의 커다란 사진이 가장 눈에 띄는 자리에 배치되 어 있었고, 그 옆으로 사건 현장의 사진이 나란히 들어가 있었다.

퉁바오쥐가 압둘아들을 가리키며 말했다.

"이 사람이 살인을 했어요, 통역해줄 사람이 필요해요."

리나가 고개를 저었다.

"Murder, Translate."(살인, 통역.)

퉁바오쥐가 자기 가슴을 두드리며 말을 이었다.

"I am lawyer."(나는 변호사입니다.)

"안 해요."

퉁바오쥐가 할머니 쪽으로 고개를 돌렸다.

"할머니, 제가 이 아가씨를 좀 빌려도 될까요?"

리나가 다시 거절했다.

"나는 몰라요. 법. 나는 그거 못해요. 몰라요."

"통역만 하면 됩니다. 간단한 일이에요."

퉁바오쥐가 한마디 덧붙였다.

"도와주지 않으면 이 사람은 죽어요."

리나가 고개를 저었다.

"돈을 줘야지."

할머니가 갑자기 침묵을 깨뜨렸다.

퉁바오쥐와 리나 두 사람 모두 할머니의 요구에 깜짝 놀랐다.

할머니는 퉁바오쥐를 빤히 쳐다봤다. 그 얼굴에는 별다른 표정이 떠올라 있지 않았다. 할머니는 천천히, 그러나 단호하게 말했다.

"애한테 돈을 줘요. 타이완 사람들이 받는 것과 똑같은 금액으로."

리나는 고개를 숙이고 더 이상 말하지 않았다.

3

천칭쒜는 커다란 밀짚모자와 선글라스를 쓰고 관광용 유람선 갑판에 앉아 있었다. 최대한 모자를 눌러쓰며 신분을 들키지 않고 관광객처럼 보이려 애썼다.

유람선이 마침 정빈항을 지나갔다. 여행 가이드가 마이크를 들고 항구를 소개했다.

"왼쪽이 바로 허핑섬입니다. 지금 지나가는 곳이 바츠먼 수로예요. 1970년대 지룽시의 어업이 가장 호황이었을 때 정빈항에는 각종 대형 어선이 정박하는 1급 어업 항구였죠."

천칭쒜는 가이드의 손짓을 따라 물결이 반짝이는 항구와 멀리 산비탈에 지어진 공공주택을 눈에 담았다.

저번에 총통이 해안 살인 사건에 대해 몇 마디 더 질문한 이후로 천칭쒜는 뭔가 잘못되었음을 직감했다. 총통이 직접 챙기는 사건은 드물고, 그렇게 단도직입적으로 질문을 던지는 경우는 더 말할 것도 없었다. 게다가 장더런이 능청스럽게 옆에서 거들었던 것을 보니 이 사건이 생각보다 정치적으로 의미가 있는 게 분명했다.

천칭쒜에게 해안 살인 사건은 특별할 것이 없었다. 잔인한 범죄 행각은 1년에 몇 건씩 벌어진다. 다만 1심에서 사형이 선고된 데다 고위층이 은연중에 관심을 표현했으니 천칭쒜도 뭔가 준비해야 한다는 것을 알았다.

아니나 다를까, 천칭쒜는 기초적인 조사만으로도 '펑춘 16호'는 문제가 많은 원양어선이었고 국제 어업단체에서 은밀히 관찰하던 대상임을 알게 되었다.

천칭쒜가 알아낸 바에 따르면, 유럽연합EU의 집행위원회가 연초에 몰래 조사관을 타이완에 보냈다. 조사 내용 중 하나가 바로 '펑춘 16호'와 그 배가 소속된 회사 슝펑 선업이었다.

조사는 명확한 증거가 없는 것으로 결론이 났지만 타이완의 주관 기관이 금지된 어종을 노획하고 노동 조건 검사 등의 사항을 위반했으며 관련 법규 집행이 느슨하다는 경고를 받았다. '옐로카드'가 풀린 지 8개월밖에 지나지 않았는데 규정 위반 상황이 개선되지 않는다면 '레드카드'를 받고 국제 어업 무역에서 제재를 받게 된다.

국제적인 압박에 대응하기 위해 지방검찰서에서 '펑춘 16호'를 수사했지만 결국 증거 불충분으로 행정첨결行政簽結°로 넘어갔다. 그렇다고 해서 국제사회의 관심이 사라진 것은 아니었다. 최신 소식 중에는 미국 노동부가 동일한 이유로 타이완 어업을 '아동 및 강제 노동으로 생산된 제품 목록'°°에 추가했다고 한다.

이것이 사실이라면 타이완은 어획물을 미국에 수출할 수 없게 되고, 어업에서 최소 500억 타이완달러의 손실을 입을 것이다.

어쩌면 총통은 이 사실을 우려하는지 모른다. 하지만 천칭쉐의 직감은 다른 이유가 더 있을 것이라고 경고했다. 천칭쉐는 계속해서 이 사건을 살펴보기로 결심했다. 해안 살인 사건이 '펑춘 16호'와 어떻게 관련된 것인지는 아직 확실하지 않았다.

재미있게도 해안 살인 사건이 2심으로 접어들면서 천칭쉐에게 새로운 카드가 생겼다.

천칭쉐와 퉁바오쥐는 전부터 알던 사이였기 때문이다.

° 검찰이 수사할 때 범죄 혐의를 확인하기에 증거가 부족할 경우 '행정첨결' 상태가 된다. 이는 잠시 수사를 멈추는 것으로, 사건이 종결되었다고 확정하는 것과는 다르다. 추후 관련 증거가 나오면 다시 수사할 수 있다.

°° 아동 및 강제 노동으로 생산된 제품 목록List of Good Produced by Child Labor or Forced Labor 은 미국 노동부에서 발표한다. 미국 세관 심사에서 중요한 참고 자료로 활용된다.

그들이 처음 만난 것은 전국 법학과 변론대회였다. 당시 천칭쉐는 대학교 4학년이었고 타이완대학 대표로 퉁바오쥐가 이끄는 푸런대학과 결선에서 만났다. 1년 전 대법관 제263호의 해석이 막 나온 참이어서 그해 결선의 변론 주제는 당연하게도 가장 화제였던 "특정 범죄에 대하여 법률상 오로지 사형만 선고할 수 있다는 조항은 위헌인가?"였다.

위헌 의견을 맡은 천칭쉐는 합헌 의견 입장에서 변론한 퉁바오쥐를 영원히 잊지 못할 것이다. 같은 팀 동료들이 줄줄이 패퇴한 상황에서 강변하는 어조에 풍자를 섞어 상대편의 논리적 허점을 지적하던 퉁바오쥐는 다 숨기지 못한 원주민식 발음 습관 때문에 몇 번이나 관중석의 폭소를 이끌어냈다.

"대법관이 오로지 사형만 선고할 수 있다는 조항을 위헌이라고 판단한 유일한 이유는 법관에게 양형을 조율할 재량권이 있기 때문입니다. 이 논리라면 어떤 형벌도 과중하지 않을 수 없고, 마찬가지로 죄형법정주의 원칙을 위반하지 않는 것이 없습니다. 그러므로 우리 중화민국의 법관은 누구나 지식이 깊고 예의를 알며 형제는 자애롭고 아우는 공손함은 물론 장유유서를 알고 인격적으로도 정상이기 때문에 절대로 형량을 과중하게 선고할 리가 없습니다."

퉁바오쥐는 갑자기 목소리를 높여 외쳤다.

"따라서 중화민국 항소심 법원은 지금부터 하급 법원의 형량이 위법하다고 지적해서는 안 된다! 왜냐하면 다른 사안의 양형이 위법하다고 한다면 오로지 사형만 선고한다는 조항 역시 위헌이기 때문이다! 그랬다간 대법원장님한테 호출을 받을 것이다!"

결국 변론대회에서 패배했지만 퉁바오쥐의 제멋대로에다 요란했던 변론은 대회에 참석한 모든 사람의 시선을 사로잡았다.

천칭쉐가 보기에 퉁바오쥐는 법조인 중 절반 정도가 갖고 있는 비현실적 영웅심리 같은 위험한 특성은 없는 인물이다. 퉁바오쥐는 독불장군처럼 행동하지만 어쨌든 국선변호인이라는 공무원 신분으로 오랫동안 일했다. 이미 시스템의 일부분으로 적응했을 것이다.

인간은 시스템의 부품으로 흡수되고 나면 더 이상 시스템에 저항하지 못한다.

천칭쉐는 그가 해안 살인 사건에서 의외의 일을 벌일 가능성이 낮다고 추측했다. 그러니 필요한 순간이 오면 자신이 적시에 개입하는 것도 어렵지 않을 터였다.

4

퉁바오쥐와 렌진펑이 고등법원 정문을 나서자 리나가 공무용 차량 옆에 와서 기다리고 있었다.

"이쪽은 렌우."

퉁바오쥐가 리나에게 소개했다. 세 사람은 공무용 차량 뒷좌석에 나란히 앉았다. 리나가 두 사람 사이에 끼어 앉아야 했다. 공무용 차량이 타이베이구치소 방향으로 출발했다.

"타이완에 온 후 살인을 하기까지…… 4개월간 어디에 있었을까?"

퉁바오쥐가 의문을 제기했다.

"누가 알겠습니까. 아부는 말한 적이 없군요."

렌진펑이 진술 기록을 뒤적이며 내용을 확인했다.

과거의 진술 기록을 보면 압둘아들은 검사 앞에서든 법원에서든 말수가 극히 적었다. 법률을 아는 사람이라면 그가 묵비권을 행사했다고 말하겠지만 일반인의 눈에는 진술 거부 혹은 기만으로 비칠 터였다. 판결문의 결론에서 볼 때도 판사 역시 그의 이런 묵묵부답을 쉽게 수용하지 못한 듯했다.

"사건이 벌어진 뒤에야 선박회사에서 그가 이탈한 이주노동자라고 인정했어요."

"사건 전에는 통보한 게 없나?"

"없습니다."

퉁바오쥐는 흥미롭다는 듯 눈썹을 치켜올렸다. 뭔가 특별한 아이디어라도 떠오른 모양이었다.

리나는 렌진펑이 들고 있는 서류철 속 사진을 흘낏거렸다. 압둘아들은 꽤 어려 보였다.

"몇 살이에요?"

리나가 물었다. 렌진펑은 압둘아들의 여권 사본을 찾아서 읽어주었다.

"2000년 7월 26일 출생입니다. 사건 당시 대략 열아홉 살이었군요."

"열아홉 살? Younger than me."(나보다 어리군요.)

"How old are you?"(몇 살이세요?)

"Twenty-one."(스물한 살이에요.)

"I am twenty-two."(저는 스물두 살입니다.)

렌진펑이 선량한 얼굴로 웃었다.

"작업 걸지 마."

퉁바오쥐가 렌진펑에게 경고하는 눈빛을 보냈다.

차는 셴민대도縣民大道에서 판차오板橋, 푸중府中의 상권을 지나가는 중이었다. 길가의 풍경도 낡고 전통적인 분위기에서 쇼핑몰이 밀집한 신시가지로 바뀌었다. 마지막으로 신이로信義路에 접어들면서 낮은 아파트와 공장이 주로 보였다.

렌진펑은 창밖의 변화하는 풍경을 보다가 돌연 입을 열었다.

"바오거, 탕인선湯英伸 사건 때 몇 살이었어요?"

"몰라."

"그때 바오거의 부족 사람 중에 그를 응원한 사람이 있었어요?"

"기억 안 나. 그건 왜 물어?"

"그 사건과 이번 사건이 무척 닮았으니까……."

"언론에서 떠드는 대로 생각하지 마. 이쪽은 '외노外勞(외국인 노동자)', 그쪽은 원주민, 닮기는 뭐가 닮아?"

"외노가 아니라 '이공移工(이주노동자)'이죠."

"외노라고 하면 어때서?"

"차별적인 표현입니다. 원주민에게 '산포山胞(산에 사는 동포)'라고 부르는 것과 같아요."

"그래서 아부는 '이공어공移工漁工(이주노동자 선원)'이라고? 혀가 꼬이겠다."

"외적어공外籍漁工(외국 국적 선원)'이라고 하시면 돼죠."

"아니, 이번에는 왜 또 외外란 말을 쓰는 건데?"

"외外가 문제가 아니라 노勞를 쓰면 안 된다고요!"

"그럼 '외공外工'은 가능해?"

렌진펑은 퉁바오쥐의 농담을 받아주지 않고 정색했다.

"이공移工'은 현재 공식적으로 통일된 호칭입니다. 언론에서도 이런 문제에 주목하고 있어요. 잘못된 표현을 사용하는 데 민감하다고요."•

"난 그런 좌파 용어에는 관심이 없어. 타이완 원주민이 전부 모나루다우**는 아니거든."

통바오쥐가 조소했다.

"그런 뜻은 아니었습니다. 단지…… 그 선장은 바오거의 사촌 형님이 맞습니까?"

"그 사람하고는 아무 관계도 아냐."

"하지만……."

"내가 선택할 수 있었다면 나는 판사 아버지를 갖고 싶거든!"

렌진펑은 통바오쥐가 대화를 거부하는 것을 알아차리고 더는 반응하지 않았다.

리나는 분위기가 이상해진 것을 눈치챘지만 그 이유는 이해할 수 없었다. 두 사람 사이에 끼어서 어떻게 해야 할지 안절부절못할 뿐이었다.

5

타이베이 구치소는 투청土城 지역에 있기 때문에 투청 구치소라고도 불린다. 신베이新北 지방법원과는 거리 하나를 두고 마주보는 형태다. 주로 판결이 확정되지 않은 피고와 사형수를 수용하는 곳이었다. 압둘아들은 원래 지룽 구치소에 있었는데, 사건이 고등법원에 올라오면서 타이베이 구치소로 이감되었다.

• 타이완 이민서移民署에서 2019년 5월에 정식으로 외국인 거주증의 체류 사유를 '외노外 勞'에서 '이공移工'으로 개정했다.─원주/ 이 단락의 대화는 통바오쥐의 농담을 살리기 위해 한자 독음을 노출하여 번역했다.─옮긴이

•• 타이완이 일본의 지배를 받던 시기에 항일운동가로 유명한 원주민이다.─옮긴이

타이베이 구치소에는 총 8개 수감동이 있는데 동마다 충忠, 효孝, 인仁, 애愛, 신信, 의義, 화和, 평平이라는 이름이 붙어 있었다. 수감동은 모두 3층 건물인데 충2구역, 효2구역에 무기징역수와 사형수 감방이 있다. 감방엔 대부분 두 명이 수감된다. 개방형 화장실을 포함하여 대략 2평 넓이다. 강력범의 경우에는 공장 작업에 참여할 수 없기에 변호사 접견이나 법정 출두, 의무실 방문 등의 특수한 사유가 없으면 30분 정도만 감방을 벗어나 운동할 수 있었다.

압둘아들은 충2구역에 수감되었고 같은 감방을 쓰는 사람은 사형이 확정되어 집행을 대기하는 죄수였다. 간수들은 압둘아들이 조용하고 규칙을 잘 지키는 편이라고 하는데, 같은 감방의 죄수는 그에게 불만이 많았다. 특히 압둘아들이 살갑게 굴지 않는 것과 매일 다섯 차례씩 정해진 시간에 이슬람식 예배를 올리는 것을 싫어했다. 예배 의식은 간단하고 조용하지만 감방의 공간이 협소하고 사형수는 대개 미신에 휘둘리기 쉬워서 익숙하지 않은 종교의식이나 언어에 대해서 '귀신 같은 짓거리'라고 느끼는 모양이었다.

막 충2구역 감방에 수감되고 처음 며칠간 압둘아들은 아무것도 먹지 않았다. 간수들은 그가 일부러 문제를 일으키려고 드는 게 아닌지 의심했다가 나중에서야 그가 무슬림이라서 돼지고기를 먹지 않는다는 계율을 지키는 것임을 알아차렸다. 문제는 구치소 측에서 압둘아들에게만 무슬림을 위한 식사를 준비해줄 수 없다는 것이었다. 결국 구치소에서는 그에게 채식 식단을 제공하고 있었다. 그렇다고는 해도 압둘아들은 여전히 굉장히 적은 양만 먹었다.

퉁바오쥐가 방문하여 간수가 문 앞에서 압둘아들의 번호를 외쳤을 때, 그는 마침 오후 예배Asr를 드리던 중이었다.• 간수는 압둘아들의 예배가 끝나기를 기다리지 않고 바로 감방 문을 열고 얼른 나와서 변호사 접견**을 준비하라고 재촉했다.

타이베이 구치소의 변호사 접견실은 일반적으로 상상하는 것과 달리 독립적으로 구획된 좌석이 없다. 약 10평 남짓한 공간에 사무실용 파티션으로 칸을 나눈 책상이 3열로 배치되어 있다. 파티션 한 칸은 한 명이 팔다리를 뻗으면 딱 맞는 크기였다. 파티션으로 구분되어 있어도 변호사와 수감자가 마주 앉으면 옆 탁자에서 나누는 대화가 들렸다. 전체적인 분위기는 삼류 기업의 고객 서비스 센터 같았다.

퉁바오쥐 일행은 세 사람이 한 칸에 들어가 비좁게 붙어 앉았다. 대체복무요원 유니폼을 입은 남자, 히잡을 쓴 인도네시아 여자, 싸구려 셔츠와 양복바지를 입은 중년 남자까지 당장이라도 코믹한 촌극을 상연할 것 같아 보여서 눈길을 끄는 조합이었다.

접견실 문이 열리고 압둘아들이 다른 수감자들을 따라 들어왔다. 그의 모습은 재판정에서 본 것과 똑같았다. 다른 수감자들과 모여 있어도 독특한 분위기 때문에 바로 눈에 띄었다. 그는 느릿느릿 이동하며 생기라고는 없는 그림자 같았다.

리나는 압둘아들을 처음 봤다. 압둘아들이 자신이 생각했던 흉악범의 이미지에 전혀 들어맞지 않는 데 경악했다.

앞에 앉은 마르고 허약한 청년을 보니 가슴이 아팠다. 압둘아들의 참담한 모습 때문인지 아니면 같은 나라 사람에 대한 감정이 투영된 탓인지 알 수 없었다.

리나가 일어서서 오른손을 가슴에 대고 인도네시아어로 말했다.

---

* 이슬람교도는 매일 다섯 차례의 예배를 드리는데, 새벽Fajr, 정오Zuhr, 오후Asr, 해 질 무렵Maghrib, 밤Isha으로 나뉜다.
** 구치소든 감옥이든 변호사 접견은 모두 독립된 공간에서 규정에 따라 진행된다. 일반적인 면회와는 다르다.

"Apa kabar?"(안녕하세요?)

압둘아들은 리나의 히잡에 시선을 두었다가 얼른 다른 곳으로 돌렸다. 그는 대답하지 않았다. 리나는 녹음에서 그가 자바섬 방언을 썼던 것을 떠올리곤 방언으로 다시 물었다.

"Piye kabare?"(안녕하세요?)

압둘아들이 알아들었는지 고개를 끄덕였다.

리나가 두 손을 합장하며 말했다.

"Assalam ualaikum."(당신에게 알라의 평화가 깃들기를.)#랍

압둘아들은 조금 정신을 차린 것처럼 합장하며 작은 목소리로 대답했다.

"Waalaikum salam."(당신에게도 평화가 있기를.)#랍

두 사람이 다시 자리에 앉았다. 리나는 퉁바오쥐와 렌진핑을 소개했지만 압둘아들은 눈을 맞추며 인사를 나눌 의사가 없어 보였다. 그는 그저 멍하니 듣기만 했다. 퉁바오쥐는 리나에게 통역해달라고 부탁하고는 렌진핑에게는 리나에게 보충 설명이 필요할 경우 영어로 덧붙이라고 했다.

접견 과정은 순탄하지 않았다.

퉁바오쥐가 압둘아들에게 1심 판결에 대한 의견을 제일 먼저 물었지만, 그는 주머니에서 구겨진 판결문 원본을 꺼냈을 뿐이다. 판결문에는 빽빽하게 한자가 적혀 있었다. 그는 사형이 선고된 것만 알 뿐 판결문 내용은 전혀 알지 못한다고 대답했다.

퉁바오쥐 일행은 압둘아들에게 판결문 내용을 설명하려 했지만 그는 특별한 반응을 보이지 않았다. 정신을 집중하지 못하는 것 같았다. 갑자기 대화를 중단하고 중얼중얼 알아듣기 힘든 혼잣말을 하기도 했고, 어떨 때는 했던 말을 수없이 반복했다. 리나는 그와 소통

하려고 애썼지만 법률 용어에 대한 이해가 부족한 데다 중국어 이해력도 제한적이다보니 그 과정이 더욱 힘들었다.

'정신 감정'과 '교화 가능성'에 대해 이야기해야 할 때 리나는 의혹으로 가득한 표정을 지었다.

렌진펑이 영어로 'Psychiatry Assessment' 'Possibility of Rehabilitation'을 말해주었지만 이런 내용은 리나의 이해 범위를 완전히 벗어났다.

"됐어, 그건 나도 잘 모르고 중요하지도 않아. 범행을 인정하는지 물어봐."

퉁바오쥐가 말했다.

압둘아들은 선장 부부를 살해한 것을 인정했다. 그러나 그들의 딸에 관해서는 더듬거리며 제대로 말하지 못했다. 그래서 퉁바오쥐의 질문은 아이의 죽음에 초점이 맞춰졌다.

"그가 말했어요. 여자아이 죽음, 모른다."

리나가 통역했다.

"애가 죽을 줄 몰랐다는 건가, 아니면 애가 죽었다는 것을 모른다는 건가?"

퉁바오쥐가 다시 질문했다.

"여자애를 죽이려고 한 건가요?"

리나는 세 가지 질문이 어떻게 다른지 구분하지 못했다. 렌진펑이 영어로 설명해줬지만 들을수록 당혹스러울 뿐이었다.

렌진펑은 어쩔 수 없이 다른 방식으로 질문했다.

"Did he mean to drown her?"(그가 일부러 여자애를 익사시켰나요?)

리나가 압둘아들이 한 말을 설명했다.

"No. 여자애가 울었어요. 그는 조용하고 싶어요. 물에 넣어요."

렌진펑이 퉁바오쥐에게 말했다.

"판결문에도 그렇게 적혀 있습니다."

렌진펑이 다시 리나에게 질문했다.

"Did he know that could kill her?"(그렇게 하면 여자애가 죽을 수도 있다는 것을 알았나요?)

리나가 대답했다.

"아뇨. 그는 죽이고 싶지 않아요."

렌진펑은 좀더 중립적인 의미를 가진 단어를 사용하여 다시 물었다.

"Did he know she will die by putting her in the water?"(그는 여자애를 물에 넣으면 죽을 수 있다는 것을 알았나요?)

리나는 두 가지 질문의 차이를 이해하지 못한 것이 확실했다.

"아뇨. 그는 죽이고 싶지 않아요. 조용하고 싶어요."

퉁바오쥐는 금세 렌진펑이 이렇게 질문하는 의도를 알아차렸다. 이것은 의도적 살인과 과실치사를 가르는 데 중요한 지점이었다.

압둘아들에게 살해 의도가 없었더라도 사망 가능성을 예견할 수 있었다면 간접적인 고의성이 인정되고 살인죄가 성립한다. 반대라면 과실치사죄만 성립한다. 둘의 형량은 천양지차다.

퉁바오쥐는 렌진펑에게 말했다.

"사망이라는 결과를 그가 원한 것인지 물어봐."

렌진펑이 잠깐 생각하다가 다시 질문했다.

"Is her death against his will?"(그 아이의 죽음이 그가 바라던 것인가요?)

리나는 압둘아들의 대답을 듣고 나서 막막한 표정을 지었다.

"그는 시간을 셌어요. 2분은 죽지 않아요."

이 대답은 사건을 더 복잡하게 만들었다. 압둘아들이 아이를 죽일 생각은 아니었음을 의미하기는 하지만, 그가 아이의 사망 가능성을 확실히 예견했다는 뜻이기 때문이다. 만약 과실치사 방향으로 변론한다면 압둘아들이 '2분'으로는 죽음에 이르지 않는다고 굳게 믿는 이유도 증명해야 했다.

일반적으로 성인이라도 2분간 숨을 참을 수 있을지 확실하지 않다. 그런데 극도로 공포스러운 상황에 처한 어린아이가 호흡하지 못하고 2분을 버틸까? '2분 내에는 아이가 익사할 리 없다고 믿었다'는 논리는 상식에 들어맞지 않았다. 처벌을 피하려고 억지 주장을 하는 것으로 보일 터였다. 그러면 과실치사라는 쟁점을 약화시킬 뿐 아니라 간접적인 고의성을 지닌 살인이라는 주장에 힘만 실어줄 수 있다.

"죽일 놈의 '외노外勞' 같으니라고. 뭐야, 변태야?"

퉁바오쥐는 황당한 논리에 불만을 터뜨리곤 화제를 돌렸다.

"그러면 선장 부부는 왜 죽였는지 물어봐."

압둘아들은 웃는지 마는지 모를 표정을 지으며 대답하지 않았다.

퉁바오쥐는 귀찮은 티를 내며 다시 물었다.

"흉기는 어떻게 손에 넣은 건지?"

압둘아들의 감정이 돌연 불안정해졌다. 그는 앙상한 손으로 얼굴을 가리고는 리나도 알아들을 수 없는 말을 중얼댔다.

그 순간 퉁바오쥐는 압둘아들의 오른손 집게손가락이 절반만 남아 있는 것을 발견했다.

"저 친구 손가락이 왜 잘린 건지 기록에 나와 있었어?"

퉁바오쥐가 렌진핑을 보며 물었다. 렌진핑은 고개를 저었다.

압둘아들이 갑자기 리나의 손을 움켜쥐며 다급하게 말했다.

"Kapan aku iso mulih?"

리나는 무의식적으로 손을 빼내며 두려운 표정으로 압둘아들을 쳐다봤다. 퉁바오쥐와 롄진핑도 그가 무슨 짓을 하지 않을지 경계했다.

압둘아들은 다른 행동은 하지 않고 그저 무표정하게 리나에게 시선을 고정하고 있을 뿐이었다.

리나가 한숨을 쉬며 천천히 통역했다.

"언제 집에 갈 수 있느냐고 물어요."

접견실에서 나온 뒤, 일행은 왔던 길을 그대로 되짚어 나왔다. 그들이 막 운동장 옆을 지나가는데, 퉁바오쥐가 갑자기 오른쪽 앞의 높은 벽을 가리키며 말했다.

"사형장이 저기 뒤에 있어."

롄진핑은 그쪽 방향으로 시선을 돌렸지만 워낙 벽이 높아서 아무것도 보이지 않았다. 리나는 두 사람 뒤를 따라 걷기만 할 뿐 고개조차 들지 않았다. 리나는 구치소를 완전히 빠져나올 때까지 침묵했다.

구치소의 정문을 나서며 롄진핑이 물었다.

"바오거, 어떻게 생각하세요?"

"소통이 안 돼. 그런 태도니까 사형 판결이 나오는 거야."

"그러면 사건 현장에는 언제 가죠?"

"야근 수당이라도 나올 줄 알고 이러는 거야?"

"영화에서는 다 그렇게 하던데요?"

"국선변호인이 주인공인 영화를 봤냐? 게다가 그 변호인이 원주민인 경우는?"

퉁바오쥐가 짜증을 부렸다.

"전 대체복무요원이 주인공인 줄 알았죠."

"이 자식이!"

통바오쥐가 렌진펑의 뒤통수를 때렸다.

통바오쥐가 처음으로 자신을 '원주민'이라고 말했다. 렌진펑은 그와 가까워진 기분이 들었다. 그러나 통바오쥐의 오류를 정정하는 것을 참지는 못했다.

"말끝에 '더라的啦' 같은 어조사를 붙이는 건 영화에서 만들어낸 유행이라는 거 아세요? 진짜 원주민은 그런 식으로 말하지 않는대요. 그 영화의 후시 녹음을 맡은 구정古錚이라는 성우는 원주민도 아니고요."

"이젠 원주민 전문가가 되셨나?"

통바오쥐는 툴툴거리며 고개를 저었다.

렌진펑이 통바오쥐가 차에 탈 수 있게 차 문을 열어주었다. 통바오쥐가 길가에 서 있는 리나를 돌아봤다. 리나에게 차에 타라고 손짓했지만 그녀는 고개를 저었다.

"혼자 차 타고 갈게요."

"우리가 데려다줘야지."

통바오쥐가 말했지만 리나는 고개만 저었다. 피곤한 표정이었다.

"버스 탈 수 있어요."

그제야 통바오쥐와 렌진펑은 리나의 표정이 이상하다는 것을 알아차렸다. 하지만 두 사람 다 여자를 어떻게 달래야 하는지 몰랐다. 무슨 말을 해야 하나 머뭇거리는 사이 리나는 가까운 버스 정류장으로 가버렸다.

툉바오쥐와 렌진핑이 지룽시에 도착했을 때는 저녁 무렵이 가까웠다. 원래는 사건 현장으로 바로 갈 계획이었으나 중얼로忠二路를 먼저 들러서 간단히 저녁 식사를 대신할 요깃거리로 사오마이燒賣*를 샀다.

해안 공공주택으로 향하는 길에 툉바오쥐는 사오마이를 씹으며 뭔가 이상하다는 생각을 하는 중이었다.

"자폐 증후군일지도 몰라요."

렌진핑이 툭 내뱉었다.

"제가 볼 때 아부가 자폐 특징에 들어맞는 것 같습니다."

"자폐증이라고? 아닌 것 같은데."

"잘못된 고정관념이에요. 자폐증의 장애 정도는 범위가 넓습니다. 후천적 환경의 영향에 따라서 개인별로 다르게 나타나기도 하고요. 그래서 '자폐 스펙트럼 장애'라고 통칭하는 겁니다."**

"사실인지 아닌지 모르는 일인데 도박하지 마."

"그의 소통능력은 확실히 문제가 있어요. 타인의 감정을 잘 읽지 못하고 언어로 표현하는 것도 못하고요. 해외에서는 세 명 이상을 살해한 범인을 대상으로 연구한 결과를 보면 30퍼센트가 자폐증 환자일 가능성이 극도로 높았습니다."

• 고기나 새우 등의 소를 밀가루 반죽 피로 감싸서 찐 음식. '딤섬'의 일종으로 잘 알려져 있다.─옮긴이

•• 자폐 스펙트럼 장애Autism spectrum disorder, ASD는 2013년 5월에 새롭게 나타난 진단명이다. 이 용어로 과거에 광범위하게 사용되었던 발달 장애Pervasive developmental delay라는 용어를 대체하여 자폐증, 아스퍼거 증후군 등을 포함하는 통칭으로 자리 잡았다. 개별 증상의 차이가 있지만 동일 유형의 장애에 속하기 때문이다.

퉁바오쥐가 사오마이를 입에 가득 문 채 말했다.

"난 더 심한 일도 많이 봤어. 살기 위해서라면 인간은 뭐든지 할 수 있는 존재 아닌가?"

"자폐 증상을 겉으로만 보면 범죄 사실을 회피하거나 상대를 멸시하는 것처럼 오해받을 수 있습니다. 전문적인 정신과 의사도 미세한 차이를 관찰해내기 어려울 때가 많아요. 언어가 다르고 병력 자료를 전혀 구할 수 없는 아부는 어떻겠습니까?"

"자폐증은 정신병이 아니잖아?"

"유엔의 인권위원회에서는 피고가 심리적인 요인으로 사회생활에 장애를 겪는다면 사형을 선고할 수 없다고 봅니다. 정신질환이 있지 않더라도요."

렌진펑은 자신이 공부한 내용으로 사건에 공헌할 수 있다는 데 의기양양했다.

"아부는 외상 후 스트레스 장애를 겪고 있을 거라는 점도 잊지 마시고요."

퉁바오쥐는 알아듣기 힘든 말로 뭐라 구시렁거렸다. 해안 공공주택에 점점 가까워졌다. 머릿속을 떠도는 불길한 예감이 점점 강렬해지고 있었다.

렌진펑은 당장 퉁바오쥐를 설득하기 힘들 것이라 생각하고 전략을 바꿨다.

"일단 시도나 해보시죠. 우선 피고 답변서를 써놓고 최종 결정은 나중에 하면 되잖아요."

정빈항을 지나 정빈로 116항에 접어들자 길가에 '지룽시 109년 해안 지구 풍년문화제'라고 적힌 깃발이 주르륵 꽂혀 있는 것이 보였다. 퉁바오쥐가 갑자기 아미족 말로 욕설을 내뱉는 바람에 렌진펑은 깜짝 놀랐다.

"렌우, 널 알고 나서부터 좋은 일이 없어!"

두 사람은 주택 단지 바깥에 차를 세웠다. 단지 입구로 향하는데, 경찰복을 입은 아나우가 앞에서 그들을 기다리고 있었다.

"아나우, 여기서 자는 거야?"

퉁바오쥐가 말했다.

"이러지 마, 타카라. 난 네가 일부러 오늘을 골랐다고 생각해."

아나우가 좋게 대답하려 말을 이었다.

"겸사겸사 친척들도 만나러 온 거잖아. 그렇지?"

"만나긴 뭘. 공연도 재미없는데!"

퉁바오쥐는 아나우를 봐줄 생각이 없었다.

바츠먼 지역에 아미족 마을이 막 형성되던 때부터 풍년제를 열곤 했다. 처음에는 여성이 주도하는 행사였다. 남자들은 바다에 나가 일을 했기에 매번 참가하는 것이 어려웠다. 풍년제 장소는 마을 외곽의 조선소 공터였다. 정해진 준비 조직이나 비용이 없었으니 규모나 내용이나 지금과 비교할 바가 못 됐다. 다만 퉁바오쥐의 기억 속에서 그 행사는 찬란한 햇빛 아래서 웃음소리가 끊이지 않는 진짜 축제였다. 어린아이에게 음악, 춤, 바다는 그들이 원하는 모든 것이었다.

퉁바오쥐가 기억하는 어머니도 대부분 그 시절의 풍년제와 관련되어 있었다. 어머니는 풍년제 당일 아침 일찍부터 제일 잘하는 요리인 시라우와 토론*을 준비하셨다. 그리고 어머니 특제 요리인 야채탕도. 야채탕은 뭔지 모를 채소를 이것저것 넣어서 끓였는데 쌉쌀하고 시고 짰다.

• 아미족 전통 음식. 시라우는 절인 고기이고, 토론은 찹쌀로 빚은 떡이다.

어머니가 돌아가신 후로 퉁바오쥐는 다시는 그런 요리를 먹지 못했다.

공공주택이 완공된 뒤에 퉁바오쥐가 과거 풍년제를 지내던 장소를 찾으려고 시도한 적이 있었다. 그러나 조선소 공터는 이미 폐쇄되었고 바다와 맞닿은 곳은 전부 콘크리트를 덮었다. 예전의 춤과 노래는 조금도 찾아볼 수 없었다. 퉁바오쥐는 허핑섬의 모양과 위치를 비교해서 어머니가 그를 끌고 가서 춤을 추고 노래를 불렀던 그 공터의 위치를 대략 짐작해보는 수밖에 없었다.

공공주택이 들어서면서 풍년제의 모습 역시 바뀌었다. 입지의 변화를 차치하고라도 생활공간이 멀어지고 고용 상태가 달라졌다. 이런 요인 외에도 정부 정책의 적극적인 개입이 있었음도 사실이다. 지금의 풍년제는 남성 주도로 치러진다. 풍년제를 준비하는 조직을 구성하고, 정부에서 행사 비용을 보조한다. 풍년제 의식은 더욱 확실한 고증을 거쳐 오랜 전통을 준수하는 방향으로 바뀌었다. 아미족 사람들이 떠나온 먼 고향의 제사를 체험하고 문화를 복원하는 것이다. 그러나 퉁바오쥐 개인에게 있어서 어느 쪽 풍년제가 그의 영혼을 더 만족시키는지는 쉽게 말할 수 없는 문제였다.

공공주택 완공 직후의 몇 년간은 퉁바오쥐도 인정에 이끌려 풍년제 시기마다 고향에 돌아왔다. 그러나 다른 이들은 열광하는 풍년제 행사에 자신의 자리가 없다는 것을 깨달았다. 너무 큰 음악 소리는 그를 불안하게 했다. 그가 부를 수 있는 노래는 점점 적어졌고 춤사위도 점점 그가 따라가기에는 너무 빨라졌다. 그래서 나중에는 핑계를 대며 풍년제에 오지 않게 되었다. 지금 행사의 한복판에서 춤을 추는 젊은이 중에서 퉁바오쥐를 아는 사람이 몇이나 될까?

저녁 무렵이 되자 풍년제가 절정에 이르렀다. 광장에서 서랴오 고등학교 야구부원들이 유니폼을 입고 직접 편곡한 대중가요에 맞춰 춤을 추었다. 한족과 원주민이 뒤섞인 야구부는 이 장소에서 조금도 위화감이 없었다. 퉁서우중은 광장 북쪽에 마련된 좌석에 앉아서 야구부 공연을 지켜보고 있었다. 박수를 칠 때는 누구보다 힘껏 쳤다.

무대 앞쪽이 귀빈석인데, 공무원과 주민 대표, 키하우 부락의 대표 등이 앉아 있다. 펑정민도 그중 한 명이었다. 그의 옆에는 65세쯤으로 보이는 남자가 있었다. 짙은 눈썹과 큰 눈, 얼굴 살이 투실투실했다. 몸에 맞춘 듯한 비싼 정장을 입었지만 거친 분위기가 다 가려지지 않았다. 펑정민과 그 남자는 자주 귓속말을 나눴다.

퉁바오쥐는 눈에 띄지 않게 움직이고 싶었지만 사건 현장이 바로 광장 북쪽에 있는지라 어쩔 수 없이 한창 풍년제가 진행 중인 곳을 지나가야 했다. 그와 경찰복 차림의 아나우가 같이 나타나자 금방 사람들의 시선이 모였다.

펑정민은 무대 위에서도 금방 소란스러운 움직임을 알아차렸다. 그 끝에서 퉁바오쥐를 발견한 그는 곧장 아미족 사람 몇몇을 데리고 다가왔다. 그때쯤 퉁서우중도 이상한 분위기를 감지했다. 그는 멀리서 있었는데도 공기 중에 흐르는 긴장감을 느낄 수 있었다.

공연이 중단됐다. 사람들이 점점 퉁바오쥐와 렌진펑 쪽으로 다가왔다. 아나우가 얼른 설명했다.

"규정대로 하는 일이야. 오늘 행사하고는 상관없으니 이상한 생각들 하지 마."

"뭐 하러 왔나?"*

펑정민이 물었다.

"사건 수사."

퉁바오쥐는 무시하는 투로 대답했다.

아나우는 확성기에 대고 근처에 있는 경찰 인력에게 지원을 요청했다. 그가 일부러 크게 소리를 내서 광장에 있던 사람들이 다 들을 수 있게 했다. 그리고 또 외쳤다.

"물러나세요, 물러나요! 공연 계속할 겁니다. 여긴 더 볼 게 없어요."

아미족 사람들의 분노를 이해하지 못하는 것은 아니었다. 관계가 가깝든 아니든 해안 살인 사건은 이 지역 사람들에게 상처와 같은 일이었다. 그런데 퉁바오쥐가 1년에 한 번 있는 즐거운 축제 행사에 살인 사건이라는 아픈 기억을 덮어씌운 셈이니 누구라도 불편한 감정을 느낄 수밖에 없다. 그러나 퉁바오쥐는 법적 근거가 있는 공무를 집행하러 온 것이고 경찰도 현장에 있으니 모여든 사람들도 당장 뭘 어쩔 생각은 아니었다.

팽팽한 공기가 흐르는 가운데, 아까 평정민 옆에 앉았던 양복 차림의 남자가 갑자기 앞에 나섰다. 그는 퉁바오쥐에게 다가와 손을 내밀며 말했다.

"퉁 선생, 저는 슝펑 선업을 이끌고 있는 홍전슝洪振雄이라는 사람입니다."

퉁바오쥐는 고개만 끄덕이고 손을 맞잡지 않았다. 슝펑 선업? 렌진핑은 그 이름이 귀에 익다고 생각했다. 그러다 곧 '펑춘 16호'가 소속된 회사임을 떠올렸다.

"이곳에서 선생을 본 적이 없는 것 같습니다. 자주 좀 오세요. 일 때문에 좋은 분위기를 깨서야 되겠습니까? 다들 같은 편인데요."

홍전슝이 예의를 차리며 말했다.

"같은 편? 그렇게 원주민이 되고 싶으면 직접 춤을 추지 그러십니까? 왜 저 사람들이 당신 앞에서 춤을 춰야 되죠?"

"오해를 하시는 것 같군요. 저희 회사는 해안 공공주택과 풍년제를 몇 년째 지원해드리고 있습니다. 입장이 다르다곤 하지만 우리는 다 이 지역이 잘 되길 바랍니다."

아나우가 퉁바오쥐에게 그만하라고 눈치를 줬다. 퉁바오쥐는 답답한 듯 마른세수를 하곤 입을 다물었다. 무대에서는 음악이 계속 흘러나왔고, 멀리서 경찰차 사이렌이 울렸다. 그 소리에 사람들이 천천히 원래의 자리로 돌아갔다.

퉁서우중도 도로 자리에 앉았다. 그는 무슨 일이 있든 전혀 신경 쓰지 않는다는 듯 혀만 찼다.

7

광장에서 번쩍거리는 무대 조명을 받으며 퉁바오쥐와 롄진핑이 현관을 지나 거실로 들어섰다. 정평친 부부의 시체가 발견된 곳이다. 롄진핑은 소송기록에 현장 사진이 첨부되어 있던 것을 생각해냈다. 그 사진에는 가구가 이리저리 뒤집어져 있고 피가 곳곳에 튀어 있었다. 지금은 음악에 맞춰 흔들리는 조명이 집 안을 비추는 데다 아무렇게나 세워놓은 가구와 대충 치운 잡동사니 때문에 당시의 모골이 송연한 느낌은 사라지고 오히려 깊이를 알 수 없는 슬픔이 느껴졌다.

롄진핑은 범죄 현장을 방문한다는 생각에 며칠 전부터 마음의 준비를 단단히 했다. 사람이 죽은 곳이니 여전히 특수한 냄새가 남아 있을 것으로 여겼지만 실제로는 곰팡이 냄새가 살짝 날 뿐이었다. 그는 특별히 수술용 장갑도 준비했었다. 텔레비전에서 감식반이 끼는 것 같은 그런 장갑이었다. 그랬다가 퉁바오쥐에게 그 돈으로 콘돔이나 사라는 핀잔을 들었다. 콘돔은 언젠가 쓸 일이 있지 않겠느냐고 말이다.

아나우는 전등이 켜지지 않는 것을 알고 이리저리 둘러보더니 집 안에 전기가 아예 차단됐다고 알려주었다. 그가 손전등을 켜고 배전함을 살펴보러 가면서 간단히 청소는 마쳤지만 상속 등의 절차에 문제가 좀 있다고 말해주었다. 흉가라서 유족들도 적극적으로 이 집을 처분하는 데 나서지 않는다는 이야기였다.

어둠 때문에 렌진펑은 청각이 더 예민해졌다. 그는 뭔가가 약하게 마찰하는 듯한 소리를 들은 듯했다. 옷가지를 터는 소리 같기도 했고 최대한 억누른 발소리 같기도 했다. 이어서 물이 흐르는 듯한 소리도 들렸다. 그는 벽 안의 수도관에서 물이 흐르기 때문에 당연히 들리는 것이라고 자신을 다독였지만 사진에서 본 익사한 여자아이의 모습이 연상되는 것을 막을 수는 없었다. 원래 조사하려고 마음먹었던 것들이 전부 머릿속에서 사라져버렸다.

퉁바오쥐는 평소 귀신을 믿지 않는다. 하지만 이런 장소에 오니 아무래도 행동거지를 조심하게 되었다. 그러던 그의 눈에 벽에 걸린 사진이 들어왔다. 한 장은 정평췬과 펑정민이 뱃머리에 서 있는 모습이었다. 뜨거운 햇빛을 받으며 두 사람은 상의를 벗은 채 의기양양하게 고개를 쳐들고 있었다. 다른 사진은 대부분 정평췬 가족의 일상을 찍은 것들이었다. 퉁바오쥐는 밝게 웃고 있는 세 가족의 사진 위에 핏방울이 튄 것을 발견했다. 청소를 했지만 미처 지우지 못한 것으로 보였다. 퉁바오쥐는 얼른 고개를 돌렸다.

전등이 켜졌다. 밝은 빛에 적응하느라 렌진펑은 눈을 가늘게 떴다가 벽면 귀퉁이에 기대선 사람을 보고 놀라서 두세 걸음 물러났다. 그 동작에 퉁바오쥐와 아나우도 화들짝 놀랐다. 정신을 차리고 보니 사람이라고 생각했던 것은 벽에 걸린 모자와 옷이었다.

세 사람은 별말 없이 주변을 둘러보기만 했다. 현장은 아나우가 말한 것처럼 이미 청소가 된 상태였지만 바닥에 흩어졌던 물건을 아무렇게나 여기저기 올려놓은 정도였다. 그러나 핏자국을 다 지우지 않아서 희미하게 붉은색이 남은 곳을 제외하면 누군가 살고 있는 집처럼 보였다.

그들은 거실을 한 바퀴 둘러본 뒤 특별한 것이 없자 침실로 들어갔다. 침실에 딸린 욕실이 바로 딸의 시체가 발견된 장소다.

사건 현장 사진에 있던 빨간색 목욕통은 어디로 갔는지 보이지 않았다. 렌진펑은 아이가 눕혀져 있던 위치를 멍하니 바라봤다. 무슨 심리적 작용인지 몰라도 그 부분만 타일이 조금 더 어둡게 보였다.

"이 욕실은 외부와 통하는 창이 없군. 만약…… 아이를 욕실에 가둬뒀더라도 밖에서는 우는 소리가 들리지 않았을 거야. 아이를 익사시킬 필요는 없었던 거지."

퉁바오쥐가 말했다.

이어서 퉁바오쥐는 부엌으로 가자고 했다. 렌진펑은 소송기록에 따르면 부엌에서는 지문 혹은 다른 흔적이 발견되지 않았다고 말하며, 그래서 아부가 부엌에 들어갔을 가능성을 배제했다고 설명했다. 퉁바오쥐는 그의 말을 무시하고는 혼자 부엌에 들어갔다.

퉁바오쥐는 부엌의 찬장 서랍을 이것저것 열어봤다. 서랍에는 각종 조리도구가 들어 있었지만 흘깃 보기에는 특별한 점이 없는 듯했다. 그러다가 갑자기 식칼 몇 자루가 눈에 익다는 생각이 들었다. 그는 식칼을 전부 꺼내 조리대 위에 나란히 늘어놓았다. 칼은 모두 동일한 재질이었고 칼날의 모양을 볼 때 같은 디자인의 제품이었다. 종류가 다 달랐지만 상아질로 보이는 손잡이에 새겨진 글자로 봐서는 '셴펑鮮鋒'이라는 브랜드의 칼 세트인 듯했다.

렌진펑이 다가왔다. 그 역시 눈에 익은 칼이라고 느꼈고, 금세 어디서 봤는지 깨달았다. 서류를 빠르게 넘겨서 흉기 사진을 찾아낸 그는 디자인과 재질이 같고 손잡이에 '셴펑'이라는 글자가 새겨진 것도 동일함을 확인했다.

공소장에서는 압둘아들이 외부에서 흉기를 가져왔다고 단언했다. 그런데 왜 정펑췬의 부엌에 같은 브랜드의 칼 세트가 있는 것일까? 이런 우연이 일어날 확률은 얼마나 될까? 혹은 다른 가능성이 있지는 않을까? 흉기는 원래 정펑췬의 소유였다는 것. 그렇다면 아부는 처음부터 살해할 의도가 없었고, 현장에서 흉기를 손에 넣은 것이 된다.

그렇다면 살인 행위에 있어서 완전히 다른 상상이 가능해진다. 사전에 살해를 의도한 것이 아니면 이론적으로 가장 엄중한 죄는 아니며, 두 가지 국제 규약에 따라 사형을 판결할 수 없다. 압둘아들에게 정말 유리한 상황이다.

그러나 왜 부엌에 압둘아들의 지문이 없었을까? 흉기가 바로 거실에 놓여 있었던 건가? 흉기는 회를 뜨는 용도의 식칼이니 거실에 놓여 있었을 가능성이 없지 않다. 하지만 가능성보다 더 강력한 증거가 필요했다.

"검경이 부엌을 조사하지 않은 걸까요?"

렌진펑이 물었다.

"그럴 수도 있고, 아닐 수도 있고. 어느 쪽이든 이상하지 않아."

아나우는 두 사람의 시선이 자신에게 향하는 것을 느끼곤 얼른 부정했다.

"나는 아니야, 난 그때 자고 있었어."

"아부가 살인을 계획하고 온 것이 아니라면 왜 여기 왔을까요?"

렌진펑이 다시 물었다.

"어쩌면 이렇게 질문해야 하지 않겠냐? 정펑췬은 도망친 선원을 보고 어떻게 했을까?"

"음…… 폭력적으로 강압한다?"

"그건 아냐. 정펑췬의 체격을 생각하면 아부 정도는 쉽게 제압할 수 있어. 그가 폭력을 썼다면 아부는 정펑췬에게 그런 상처를 남길 기회조차 없었을 거야……. 검시보고서에는 정펑췬이 등에 치명상을 입었다고 했어. 등 뒤에서 기습당한 거라고 했지."

퉁바오쥐는 생각에 잠겨 거실로 돌아갔다. 렌진펑과 아나우가 얼른 그의 뒤를 따랐다.

퉁바오쥐는 현장 감식반이 작성한 범행 경로표를 참고하여 압둘 아들의 움직임을 시뮬레이션했다. 그는 거실 한쪽 구석에서 시작하여 천천히 걸음을 옮기면서 생각을 거듭했다.

"처음 습격한 위치가 여기라면 정펑췬은 아부에게 등을 보인 채로…… 뭘 하고 있었던 거지?"

세 사람이 동시에 서랍장 위에 놓인 유선 전화기를 쳐다봤다.

"그렇다면……."

퉁바오쥐가 손을 뻗어 '재다이얼' 버튼을 눌렀다.

광장의 음악과 저마다 떠드는 말소리가 점점 높아졌다. 행사 진행자가 오늘 밤의 하이라이트인 상품 추첨에서 대상으로 무엇을 주는지 설명하고 있었다. 65인치 4K 액정 텔레비전이었다. 기대감을 끌어올리는 음악이 연주됐고 사람들의 박수와 함성도 점점 커졌다. 1년에 한 번 열리는 즐거운 풍년제가 완벽한 마무리를 향해 가고 있었다.

"오늘 대상 경품을 찬조해주신 슝펑 선업의 홍전슝 회장님이 직접 추첨하시겠습니다!"

진행자의 손짓에 박수가 쏟아졌다.

홍전슝이 막 일어나려는데 휴대전화가 울렸다. 화면에 뜬 이름은 '정 선장 집'이었다. 그는 귀신이라도 본 듯 고개를 빠르게 털었다. 광장 북쪽의 아파트 3층에 있는 정평촨의 집을 바라보는 그의 마음속에 갑자기 공포가 찾아들었다.

그는 바로 전화를 끊지 못했다. 몸이 굳어서 움직이지 못하는 사이 전화가 먼저 끊겼다.

"홍 회장님?"

진행자가 공손하게 그를 불렀다.

홍전슝은 온갖 생각이 떠오르는 중에도 억지로 미소를 지으며 무대 가운데로 나갔다. 그가 상자에서 추첨권 한 장을 꺼냈다.

"퉁서우중!"

진행자가 추첨권을 높이 들며 외쳤다.

"루우, 루우 있습니까?"

다들 사방을 두리번거렸지만 그날 행사 내내 조용히 자리를 지켰던 노인을 찾을 수 없었다. 진행자가 퉁서우중의 이름을 세 차례 불렀다. 그가 현장에 없는 거라면 다시 추첨해야 했다.

홍전슝은 침착하려 애쓰면서 계속 미소를 짓고, 다른 사람들이 그러듯 박수를 쳤다.

퉁서우중은 이미 집으로 돌아온 상태였다. 그는 방에 혼자 앉아서 사람들이 자기 이름을 불러대는 것을 들었다.

퉁서우중 옆에 놓인 침대는 특이하게 생겼다. 무슨 이유에서인지 퉁서우중은 침대 가장자리 네 면을 얇고 폭이 좁은 판자로 둘러쌌다. 그래서 그가 침대에 들어가 누우면 서랍 안에서 잠든 것처럼 보인다.

사람들이 마지막으로 퉁서우중의 이름을 부를 때쯤, 그는 전등을 끄고 어둠 속에 고요하게 누웠다.

8

펑정민은 검은 연 하나가 옛 지룽역 위를 지나 바이미웡白米甕 포대砲台 쪽으로 날아가는 것을 봤다. 지난해 철거를 시작한 낡은 기차역은 이제 뼈대만 남아 사람들 기억에서 잊혔다.

바닷일로 먹고사는 사람에게 육지에서 사라지고 나타나는 일은 언제나 돌발적이었다. 후짜이虎仔산에 세운 'KEELUNG'•이라는 글자판도 그랬고, 정빈항의 알록달록한 집들도 그랬다. 그는 그런 갑작스러운 변화에 적응할 방법이 없었다. 다만 시간이 지나면서 깊이 생각하지 말자고 자신을 억누르는 법을 배웠다. 그가 무슨 생각을 하든 어떻게 느끼든 신경 쓰는 사람은 아무도 없을 테니까.

펑정민은 20여 년 전에 그가 역사 입구의 보수 공사를 맡았던 일을 떠올렸다. 그가 처음 작업반장으로 일했던 공사였다. 갓 스무 살을 넘긴 나이였지만 삼촌들을 따라 아르바이트로 일한 경험이 있었던 그는 아미족 형제들과 같이 예정시간보다 일찍 작업을 마쳤다.

그때 펑정민은 자기가 해낸 일에 꽤 자부심이 있었다. 그래서 화단 안쪽 잘 보이지 않는 곳에 이름과 연도를 써놓았다. 르칼, 1992.

• 지룽시의 영어 표기.—옮긴이

그는 그 일을 언제까지나 자랑하게 될 줄 알았지만, 지금은 모두 사라졌다.

젊은 시절에 했던 콘크리트 작업 일은 생각만큼 순조롭지 못했다. 경기가 바뀌면서 건설업이 쇠락한 것도 이유 중 하나였고, 펑정민 자신이 접대 등의 사교 활동에 대한 두려움이 있었기 때문이다. 그는 말하는 것을 좋아하지 않았다. 자기 생각을 어떻게 표현해야 할지 모를 때가 많았다. 더구나 한족 인부에 비해 원주민인 그는 임금이 적고 전문성도 인정받지 못하는 경우가 잦았는데, 그래서 건설사 도급 업체와 분쟁이 생기면 인간관계가 파탄이 나고 결국 돈도 받지 못하는 등 좋지 않게 끝난 적이 많았다. 그의 마음속에는 점점 어디서 왔는지 모를 불길이 자랐다. 자주 머리가 깨질 듯 아프고 일에 집중할 수 없었다.

나중에 카니우가 어선 일을 소개해주면서 심신 상태가 나아졌다. 바다에 나가면 말을 많이 할 필요가 없었다. 사람을 만날 일도 적었다. 바다에서 들리는 소리에 귀를 기울이면 모든 것이 사라지고 평화만 남았다.

카니우는 사람들 앞에서 펑정민이 예전에 몸을 더럽히는 일을 전문적으로 했다(콘크리트 건설 작업)고 놀렸고, 그러면 펑정민은 카니우가 배에서 휘파람 부는 일을 책임지고 있다(어선의 경적 소리)고 맞받았다.

아쉽게도 좋은 시절은 오래가지 않았다. 지룽의 어업은 1990년대에 이미 하향세였다. 그전에는 항구 근처에 술집이 빽빽하게 들어서서 거리 전체가 흥청망청 노는 분위기였는데 지금은 똑같은 골목이지만 좁고 어둡게만 보인다. 호화롭게 지었던 서양식 건물도 지금은 낡고 더러워져 역사의 흥망성쇠를 보여주는 유적으로 남았다.

지룽은 세상에서 버려졌다.

시간이 저녁 무렵이 되었다. 해가 점점 허핑섬 뒤쪽으로 사라지고 있었다. 노을이 낮게 깔리고, 관광객은 지하철역 바깥으로 쏟아져 나온다. 펑정민은 색색깔 옷차림으로 이곳을 방문하는 이들과 지룽을 나란히 놓고 생각하는 것이 싫었다. 지룽은 어항漁港이며 약육강식의 현장이다. 피비린내가 흐르는 땅인 것이다.

그는 그들을 환영할 수 없었다. 육지 사람들은 이 세상에 대해 한심할 정도로 무지하다.

펑정민은 사람들 무리를 피하듯 어시장으로 향하는 골목으로 들어갔다. 습하고 잡동사니가 어지럽게 널린 방화용防火用 좁은 골목을 지나 어느 해산물 전문 식당의 후문에 도착했다.

문을 두드리자 문지기 역할을 하는 어린 녀석이 고개를 내밀었다. 그는 주변을 쓱 둘러본 다음 펑정민을 안으로 들였다.

주방은 전등이 다 꺼져 있었다. 일하는 사람들은 전부 퇴근한 모양이다. 문을 열어준 녀석이 펑정민을 안내하며 식재료 등이 쌓인 창고 같은 곳을 지나 불빛이 새어나오는 방향으로 향했다. 그렇게 펑정민이 도착한 곳은 커다란 원형 식탁 앞이었다.

창백한 전등 불빛 아래 식탁 가득 차려진 해산물이 눈을 찌르는 반사광을 뿜어냈다.

훙전슝의 식사가 절반쯤 진행된 것 같았다. 그는 고개를 들고 펑정민 쪽으로 혼탁한 흰자위를 드러냈다. 입안에 든 새우살을 씹어대는 이에는 빈랑檳榔 찌꺼기가 들러붙어 있었다. 그는 셔츠 단추를 가슴께까지 풀어헤친 차림새로 두툼하고 불그스름한 목살을 드러내놓았다.

천이촨이 훙전슝 옆에 앉아 있었다. 그의 입술은 기름기로 번들거렸고 천천히 요리를 맛보는 중으로 보였다. 그는 식사할 때 손을 탁자 위에 올려두고 있었는데, 우아한 듯한 동작이지만 그의 결벽증적 성격이 다 가려지지는 못했다.

평정민은 천이촨이 이 자리에 있는 것을 이상하게 여기지 않았다. 어떤 이력을 지닌 인간인지는 잘 모르지만 회사 고위층과 좋은 관계를 유지한다는 것과 외국어를 잘한다는 것만 알면 됐다. 외부적으로 회사와 아무런 이해관계도 없다고 선언했지만 사업상 리스크를 피하기 위한 말일 뿐이라는 것을 알 사람은 다 알았다. 회사 입장에서는 각국 정부와 중개회사, 국제 어업단체 사이를 돌아다니며 자기 입장을 대변해줄 사람이 꼭 필요했다.

홍전슝이 평정민에게 앉으라고 손짓하고, 젓가락으로 앞에 놓인 탕 요리를 가리키며 말했다.

"바다거북이야, 남자에게 좋은 거지."

평정민은 냄비째 올라온 탕 속에서 바다거북의 꼬리를 발견했다.

홍전슝은 참다랑어 회를 입에 넣었다. 회를 씹는 동시에 손으로는 생선의 정소로 만든 요리를 집어 또 입안에 넣었다.

"자네하고 아췬阿群●이 엎은 바구니는 지금 어떻게 됐지?"

홍전슝이 싸늘한 투로 물었다. 평정민은 원주민식 발음을 그대로 드러내며 말을 받았다.

"당신에게도 책임이 있죠."

"내가 너희더러 잘 준비하라 했지 조사원을 바다로 밀어 넣으라고 했나."

"그 작자가 혼자 떨어진 거라고요."

● 중국어권에서는 친밀한 사이일 경우 성이나 이름 중 한 글자 앞에 아阿, 샤오小, 라오老 등을 붙여 부른다. 여기서 '아췬'은 정펑췬을 가리킨다.—옮긴이

"아친 말은 다르던데."

"경고했잖아요, 그 압둘인가 하는 놈은 고지식하다고. 그런데 당신이 굳이 손을 쓰라고 해서."

"이익을 분배해줄 때는 왜 그런 말을 안 했나? 내가 아니었다면 자네 형제 둘이서 몇 년간 잡은 걸로는 기름값도 안 나와."

"그렇다고 아친이 다른 선장보다 덜 잡았습니까? 지금은 환경 자체가 좋지 않아요, 누구도 이 일을 하려고 들지 않고요."

"바다에서 일어나는 일을 가지고 자네들을 불편하게 한 적이 있나? 없지? 그런데 도망치는 놈이 나왔다는 건 자네들이 잘못한 거야."

홍전승이 말을 멈췄다가 곧 덧붙였다.

"한 번에 두 놈이나 놓치다니."

펑정민은 입을 꾹 다물었다.

천이촨이 분위기를 풀려는 듯 끼어들었다.

"그 외국인 노동자는 걱정하지 않으셔도 됩니다. 아무것도 못 봤다고 하던걸요."

"정말 모르는 건가, 아니면 멍청한 척하는 건가?"

홍전승이 의심했다.

"제가 그 친구 진술을 여러 번 통역했는데 멍청한 척하는 것으로는 보이지 않았습니다……."

"그 자식은 머리가 이상하다고 전부터 말했잖아요! 인도네시아 브로커가 일을 엉망으로 하고 있어요. 수영을 못하는 놈, 정신병 있는 놈까지 배에 태운단 말입니다."

펑정민이 불만을 쏟아냈다. 그러나 홍전승은 여전히 걱정스러운 듯했다.

"그 국선변호인 때문에 감이 좋지 않아. 아는 사이 아닌가? 어때?"

"그 인간은 당신 휴대전화 번호를 어쩌다 알아냈을 뿐입니다. 그걸로 뭘 증명할 수도 없는데, 긴장하실 것 없다고요."

"긴장할 게 없다? 아췬이 죽기 전에 나에게 전화를 걸었어, 이걸 어떻게 설명하라는 거야? 가라오케에 가자고 약속을 잡았다고 해?"

홍전승의 목소리에 점점 분노가 섞였다.

"나하고 관련된 사건들은 지방검찰서에서도 행정첨결 상태란 말이다, 빌어먹을! 무슨 증거라도 나오면 어떻게 될까? 결과를 장담할 수 있어? 무슨 헛소리를⋯⋯."

홍전승이 다시 생선 정소를 집어 먹으며 펑정민을 서늘한 눈빛으로 노려봤다.

"지금 이 상황을 해결하지 않으면 바다로 나갈 생각은 하지도 마."

펑정민은 욱하는 성질을 다스리며 자기 잔에 직접 맥주를 따랐다.

"그때⋯⋯ 아췬이 전화해서 뭐라고 했습니까?"

"별말 아니었어. 금방 끊었다."

홍전승이 바다거북탕을 퍼서 후루룩 소리를 내며 마셨다.

9

펑정민은 저녁 먹을 시간에 맞춰 해안 공공주택으로 돌아왔다. 광장 주위에는 식사를 마치고 산책하러 나온 이웃이 많았다. 목이 말랐던 그는 평소처럼 그들에게 다가가 마실 것 좀 달라고 했다. 무슨 음료수인지도 보지 않고 목구멍으로 넘겼는데, 맛을 보니 지역 특산주인 홍표미주紅標米酒와 스프라이트를 섞은 것이었다.

펑정민은 묵묵히 단지 바깥 산책로를 따라 걸으며 밤이 내린 바츠먼 수로를 바라봤다. 그러다 갑자기 어린 시절 '뗏목 훔치기'가 생각났다. 그가 퉁바오쥐에 관련해 간직하고 있는 가장 인상적인 일화였다.

퉁서우중이 감옥에 가고 얼마 안 된 때였다. 그때 그들은 열 살 남짓한 어린애였다. 어쩌다 일이 시작되었는지 생각하면 신기하다. 루이팡瑞芳에서 일어난 탄광 사고 때문이었던 것이다.

중화민국 73년(1984)은 타이완 광산업 역사에서 가장 어두운 시기다. 그해 연이어 세 차례나 심각한 광산 사고가 발생했다. 사상자가 수백 명에 달했는데, 그중 절반 이상이 아미족 사람이었다. 나중에는 부락 내에서 온갖 미신이 섞인 소문이 돌 정도였다. 정핑췬은 펑정민에게 '죽은 자의 영혼이 광산 위를 떠돌며 울부짖는다'는 말이 사실인지 직접 확인하러 가자고 부추겼다.

펑정민은 퉁바오쥐를 이 모험에 끼워주고 싶어했다. 정핑췬은 다른 녀석들도 많은데 꼭 그를 데려가야 할 이유가 있는지 궁금해했다.

그때 펑정민은 덤덤하게 대답했다.

"걔는 친구가 없잖아."

세 사람은 밤을 틈타 바츠먼 수로 중 얕은 곳에서 몰래 대나무 뗏목을 끌고 나왔다. 계획은 해안선을 따라 뗏목을 저어서 바터우쯔八斗子 항구를 지나 상비암象鼻岩을 끼고 돌아서 최종적으로 선아오深澳 항구에서 육지로 올라가는 것이었다. 그런 다음 탄광의 위치를 알아내고, 그 뒤의 일은 다시 생각하기로 한 참이었다.

그날 밤은 구름이 없어서 달빛이 해수면에 곱게 깔렸다. 하늘 위의 은하수가 지구에 비치는 것 같은 모습이었다. 세 사람은 노를 젓느라 팔이 저릴 정도가 되어서도 아직 바터우쯔 항구에도 도착하지 못했다. 결국 그들이 뗏목을 버리고 걸어서 바츠먼으로 돌아왔을 때는 막 동이 터올 무렵이었다. 고생만 죽도록 했던 일이었지만 '뗏목 훔치기'는 다른 아이들이 부러워하는 전설적인 모험으로 남았다.

모험담은 입에서 입으로 전달되면서 이런저런 수식어가 붙기 마련이다. '뗏목 훔치기' 역시 그랬다. 특히 모험담의 결말 부분이 그랬다. 말솜씨가 좋았던 정펑췬은 "대나무 뗏목이 파도에 부서지고 말았을 때, 세 사람은 온 힘을 다해 헤엄쳐서 겨우 해안가에 올라설 수 있었다"라는 멋진 표현으로 뗏목을 포기하고 물에 빠진 생쥐 꼴로 돌아온 사실을 대체했다.

하지만 펑정민은 그날 밤 해류가 뗏목을 외해外海 쪽으로 계속 밀어낼 적에 그와 정펑췬이 다급한 나머지 울어버렸던 것을 지금도 기억하고 있다. 영원히 잊지 못할 것이다. 반면 퉁바오쥐는 파도가 몰아치는 와중에도 해류가 반대로 돌아가는 틈을 찾아냈고, 혼자 노를 저어서 뗏목을 해안가에 정박시켰다.

그와 정펑췬이 집으로 돌아가는 것을 포기한 순간에 퉁바오쥐는 혼자서라도 계속 노를 저었다.

그들이 퉁바오쥐더러 다른 친구들과 어울리지 않는다고 책망하는 것은 사실상 자신들이 과거에 목표를 포기하고 했던 말을 뒤집은 사실을 인정하고 싶지 않아서였다. 사실 열 살 남짓한 어린애들에게 뗏목을 타고 다른 항구까지 간다는 것은 불가능한 일이었다. 포기한다고 해도 부끄러울 일은 아니었다. 그러나 펑정민은 그날 퉁바오쥐가 끝까지 포기하지 않은 이유를 너무도 잘 알았다.

퉁바오쥐는 진심으로 바츠먼을 떠나고 싶었던 것이다.

그리고 결국 해냈다.

바츠먼을 떠났다는 것, 그 사실이야말로 펑정민이 나중에 그토록 그를 혐오하게 된 원인이었다.

10

일요일 저녁, 렌진펑은 농구를 하고 집에 돌아왔을 때 은은한 담배 냄새를 맡았다. '추사推事'● 어르신들이 온 것이다.

일요일 이른 아침이면 렌정이가 가족을 데리고 타이베이감리교회에 가서 예배를 드린다. 렌진펑은 대학원을 다니면서도 가족의 전통의 지키기 위해 최대한 노력해야 했다. 교회에서 중요한 직책을 맡은 아버지가 가족들도 적극적으로 교회 일에 참여하기를 바랐기 때문이었다. 판사가 참여할 수 있는 사교 활동의 장은 아무래도 제한적이다. 그래서 신앙심 외에도 교회는 렌정이에게 인맥을 쌓을 수 있는 기회를 제공하는 곳이다.

렌진펑도 어릴 때부터 감리교회를 다니며 좋은 친구를 많이 사귀었다. 자랄수록 아버지가 교회에 꼭 데려가시는 이유도 깨달았다. 교회는 정말로 첫 인맥을 쌓기에 좋은 곳이었다. 그와 같이 자란 교회 친구들은 지금 각자의 영역에서 두각을 드러내고 있었다. 그들이 서로 밀어주고 끌어주면서 이 고귀한 신앙 집단은 더욱 견고해졌다.

예배가 끝나면 렌정이는 근처의 레스토랑에서 식사를 하고, 집에 와서 잠시 휴식을 취한다. 저녁에 자신의 집에서 열리는 모임을 준비하는 것이다.

이 모임은 아버지인 렌정이를 수장으로 하며 그들 스스로 농담 삼아 '중화민국사법계장례위원회'라고 부른다. 그들의 모임은 렌정이 집안의 일요일 저녁 고정적인 스케줄이 된 지 오래다. 참석자는 전부 렌정이의 옛 동료다. 최고법원의 판사, 법학을 전공한 정부 요인 등이

● 법관(판사)의 옛말. 이 말은 청나라의 법령에서 나온 표현으로 '사실을 추론한다'는 뜻이 담겼다.

다. 사적이고 은밀한 이 모임의 구성원은 극히 적었다. 그들끼리는 자신을 '늙은 추사'로 부르고 상대방을 '선배'로 불렀다. 다섯 가지가 같지 않으면 절대 모임에 초대받지 못한다. 학연이 있고, 같은 직장에서 일했으며, 직장 내에서도 같은 라인이고, 같은 종교를 믿으면서, 마지막으로 가장 중요한 것이 바로 같은 기호를 가져야 했다. 바로 담배, 와인, 마작이다.

그들은 렌정이 집에서 모임을 위해 따로 준비해둔 손님 방을 썼다. 각자 준비해온 고급 담배와 와인을 즐긴 다음에는 몇 판씩 흥이 다할 때까지 마작을 했다. 이런 은밀한 모임은 평소 말과 행동에 극히 주의하는 '늙은 추사'들에게 드물게 편안한 공간이었다. 렌진펑은 인망이 높고 존경 받는 어르신들이 술에 취해 추태를 부리는 꼴을 한두 번 본 게 아니었다. 하지만 그런 모습 때문에 그들에 대한 긍정적인 인상이 무너지지는 않았다. 렌정이가 "이것이 우리의 가장 진실한 일면이다"라고 열심히 해명했기 때문이었다.

늙은 추사들의 모임은 어떤 이유로든 방해하지 말라는 철칙이 있지만, 관례적으로 렌진펑은 언제 귀가하든지 손님들에게 인사를 하고 자기 방에 가야 했다. 오늘 밤 모임에 참석한 사람은 최고검찰서最高檢察署 주임검사인 팡이方義, 법무부 상무차장 장밍텅章明騰, 최고법원 원장인 옌융위안嚴永淵 판사였다. 렌진펑이 다 이름과 얼굴을 익히 아는 사람들이다.

모임의 어른들은 렌진펑을 보더니 친근하게 근황을 묻고, 열심히 하라고 격려했다.

"언제 우리하고 같이 한 게임 해야지?"

장밍텅이 물었다.

"너희들처럼 늙은 여우하고? 아직 멀었지!"

렌정이가 손에 된 마작패를 들여다보며 대꾸하고, 지나가듯 아들에게 물었다.

"저녁에 어디 나가니?"

"리이룽하고 저녁 먹으려고요."

"어디서?"

"관사 근처에서요. 저녁 먹고 바로 사법관학원 기숙사에 들어가야 한대요."

"차 몰고 다녀와. 자전거는 위험해."

렌진펑이 웃는 얼굴로 늙은 추사들에게 인사한 다음 아버지의 자동차 열쇠를 받아갔다.

렌진펑이 기분 좋게 방을 나서는 모습을 보던 팡이가 슬쩍 질문했다.

"리이룽이면, 그 친구 딸인가?"

렌정이가 고개를 끄덕였다.

"그러면 주를 믿는 사람이 아닌데?"

팡이가 장난스레 물었다.

"그 아가씨가 진펑을 따라 예배에 온 걸 몇 번 봤어. 진지하게 생각하는 것 같아. 하긴 우리 진펑이 얼마나 우수한 앤데."

옌융위안이 말을 받았다.

"내가 고른 아가씨는 당연히 훌륭하지. 진펑도 내 말을 잘 듣고. 인류지대사인데 꼼꼼히 따져봐야지. 기독교를 배척하지 않는 것만 해도 좋은 아가씨야."

렌정이가 의기양양하게 말했다.

"그 애도 법관 시험에 합격했나?"

팡이의 물음에 렌정이가 고개를 끄덕이며 대답했다.

"맞아. 진평과 같은 해에 합격해서 바로 연수를 시작했어."

"올해가…… 와, 60기인가?"

옌융위안이 가볍게 감탄했다. 그의 말에 팡이도 속으로 계산해본 모양이었다.

"맞아, 60기. 벌써 30년이 흘렀군."

"남자들은 병역 때문에 손해란 말이지."

장밍텅이 끼어들었다.

"예전엔 병역이 3년이었잖아. 병역 마치고 사법 연수를 받으러 갔더니 대학의 여자 후배가 선배가 되어 있었어."

팡이의 투덜거림에 장밍텅이 묘한 눈빛으로 쳐다보며 물었다.

"그게 자네한테 무슨 차이가 있나?"

참석자들은 금방 말속에 숨은 뜻을 알아차렸다. 그가 왕년에 염문을 뿌렸던 일을 떠올리며 다들 웃음을 터뜨렸다.

"진평은 언제까지 대체 복무인가?"

팡이가 렌정이를 향해 질문했다.

"내년에 전역이니 다음 기수의 연수에 맞출 수 있을 거야……. 그다음에는 여러 선배님이 잘 도와주셔야지."

"렌 선배도 참, 너무 겸손하신 거 아닌가? 분부만 하시면 뭐든지 해드려야지."

옌융위안이 기분 좋게 대꾸했다.

그때 렌정이가 씩 웃으며 '구조九條'를 내놓았다. 옌융위안이 갑자기 기쁨의 감탄사를 내뱉으며 자기 패를 뒤집어 보여주었다.

"하! 좋은 패는 거절하지 않지!"•

• 마작은 다른 사람이 버린 패를 가져올 수 있는데, 렌정이가 내놓은 패 덕분에 옌융위안이 게임에서 승리하게 된 상황이다.—옮긴이

사람들이 능청스럽게 웃음을 터뜨렸다. 패를 섞고 다시 게임이 시작됐다.

11

렌진펑은 아버지의 은근한 격려에 힘입어 사법관학원의 연수가 시작되기 전에 리이룽에게 고백했다.

사법 연수 시기를 일종의 폐쇄된 세계라고들 한다. 사법관학원 동기는 1년 내내 같이 움직이며 연수 과정에서 동고동락하기 때문에 그 안에서 연애할 만한 사람은 당연히 연애하고, 연애하지 않을 것 같은 사람조차 연애를 한다는 말이 있다. 리이룽 정도면 구애를 받을 가능성이 아주 높으므로 미리 관계를 확실히 해놓는 게 좋을 터였다.

렌진펑은 고백의 전 과정을 아주 신중하게 계획했다. 먼저 영화를 본다. 그런 다음 분위기가 좋은 레스토랑에서 스테이크를 먹는다. 둘 다 조금 기분이 들떴을 때쯤, 렌진펑이 미리 준비한 카드를 건네며 마음을 표시한다. 당일 모든 과정이 기대 이상으로 순조로웠다.

리이룽이 대범하게 렌진펑의 손을 잡았는데, 그때 얼굴에는 수줍은 미소가 떠올라 있었다.

두 사람이 교제한 지 두 달 가까이 됐다. 규정상 리이룽은 사법관학원의 기숙사에 거주해야 했지만 매일 밤 통화를 했고, 쉬는 날에는 가능한 한 만났다. 시간을 맞추기가 쉽지는 않았지만, 한창 뜨거울 시기인 두 사람은 아랑곳하지 않았다.

오늘 저녁도 사법관학원 근처의 슈타른베르크라는 고급 이탈리아 식당에 왔다. 식당은 만석이었지만 조도가 낮은 조명과 짙은 색 계열로 꾸민 인테리어 덕분에 편안하고 은밀한 기분을 주었다. 현장에서 직접 연주하는 재즈 피아노가 부드럽게 술잔과 술잔 사이를 휘감았다.

딱 하나 렌진핑을 당혹하게 한 사실은 슈타른베르크는 독일의 지명인데 이탈리아 요리와 무슨 관계인지 영 알 수 없다는 점이었다. 렌진핑은 자신의 궁금증을 언급했고, 화제는 곧 여행으로 흘러갔다. 두 사람은 리이룽이 연수를 마치고 나서 법관 실습을 시작하기 전에 유럽 여행을 다녀오자고 약속했다.

렌진핑은 사법관학원의 수업에 대해 열심히 설명하는 리이룽을 보며 자신도 앞으로 겪게 될 연수 생활에 흥분되고 기대감이 높아지는 것을 느꼈다. 그가 사법 심판의 지고한 전당에 들어서게 될 날까지 이제 1년도 채 남지 않았다. 어려서부터 품었던 꿈과 사명감이 다시 차올랐다.

리이룽은 그의 대체 복무 생활에도 관심을 보였다. 렌진핑은 풍년제 현장에서 지역 주민과 대치했던 일촉즉발의 상황을 생생하게 묘사했다. 이어 살인 사건이 벌어진 장소를 조사한 과정도 빠짐없이 설명했다. 그는 좀더 드라마틱하게 이야기하려고 애썼다. 리이룽이 자신의 말에 집중하기를 바랐기 때문이다. 마지막으로는 자신이 석사 논문에서 연구했던 내용과 해안 살인 사건의 사법적 문제를 엮어서 언급했다.

"1심의 정신 감정은 너무 허술했어. 네 시간 만에 감정을 끝냈단 말이지. 그렇다면 제대로 면담한 건 두 시간 정도였을 거야. 게다가 피고인의 소송능력을 고려하지 않고……"

렌진핑이 말하는 소송능력이란 피고의 심신 상태가 재판 절차와 의미를 이해할 수 있을 만큼 정상적인지를 고려해야 한다는 의미다. 형사소송법은 피고의 심신 상태가 재판받을 수 없는 상황일 때는 공판을 중지해야 한다고 규정하고 있다.

"공판 중지? 그건 피고가 지각과 판단력을 완전히 상실했을 때나 가능해. 그게 쉽게 받아들여질까?"

리이룽이 언급한 것은 중화민국 26년(1937)의 최고법원 판례다. 렌진펑도 익히 아는 내용이어서 금방 리이룽의 의견을 반박했다.

"그건 100년 전의 판례야……. 형법에서는 책임능력에 대한 부분을 수정하면서 이미 '심신 상실'의 개념을 폐기했어. 그런데 소송능력을 결정하는 기준은 여전히 옛 법을 따르고 있다는 게 이상하지 않아? 책임능력이란 개념은 소송능력 혹은 수형능력과 비슷한데 입법 기준은 다 다르단 말이야."

"이건 사법제도의 문제지. 설령 법관이 네 주장에 공감하더라도 어쩔 수 없는 부분이야."

"다른 것도 문제야. 피고가 심신장애를 이유로 변호하더라도 정신 감정을 실시할 권한은 판사와 검사에게만 있다는 것."

렌진펑은 한숨을 쉬며 말을 이었다.

"그런데 누가 2차 감정보고서를 써서 자기 발등을 찍는 짓을 하려고 하겠냐고."

"하지만 합리적으로 의심스러운 점이 있다면 무죄로 판결해야 하는 게 원칙이잖아."

"그렇기는 해도 인간의 본성에는 위배되는 거지."

"인간의 본성?"

"연구 결과에 따르면, 판사가 정신 감정보고서를 수용하는 경우가 90퍼센트야. 하지만 재미있게도 감정보고서에서 피고가 책임능력이 없다는 의견을 제시한 경우에는 받아들이는 비율이 줄어들어. 왜 그런지 알겠어?"

리이룽이 고개를 저었다.

"책임능력이 없다면 무죄를 선고할 수밖에 없지. 다시 말해 판사의 권한이 제한돼. 게다가 그런 판결을 내린 판사는 대중의 의혹에 시달려. 그래서 피고에게 책임능력이 있다고 하는 감정보고서는 판사가 심리적으로 받아들이기 쉽다는 거지. 유죄가 확정되었다면 여러 이유로 감형도 할 수 있으니까 판사의 재량권이 커지는 거고. 간단히 말해서 사형이냐 무죄냐를 결정하는 것은 자신을 비롯해 사람들을 설득하기가 어려운 반면, 유죄인 상황에서 어떤 이유로 감형할 것인지를 정하는 일은 안전하다는 거야."

리이룽이 고개를 끄덕이며 말했다.

"판사도 사람이니까."

"어쨌거나 문제 제기는 해야만 해."

렌진펑이 말하다 말고 생각난 듯 질문했다.

"연수 커리큘럼 중에 정신 감정에 대한 것도 있어?"

"없었던 것 같아. 연수 내용은 대부분 소송 실무나 서류 작업에 대한 거야. 증거를 취사선택하는 기준에 대한 거라고 보면 되겠지. 배워야 할 게 너무 많아. 사형을 판결해야 할 사건은 자주 있는 게 아니잖아? 그러니까 특별히 그쪽을 다루지는 않는 거라고 봐."

"그래? 하지만 사람 목숨보다 중요한 게 있어?"

"돈이지. 돈이 목숨보다 중요한 사람들도 있는걸."

리이룽이 농담하듯 덧붙였다.

"정신 감정에 관한 커리큘럼이 있어도 나는 선택하지 않을 거야. 난 금융 전문이니까."

렌진펑은 리이룽의 선택을 이해했다. 어쨌든 그녀는 경제법 분야의 연구자다.

"금융 범죄를 때려잡는 것도 중요해. 그것도 사람 목숨을 구하는 일이야. 그리고 우리 아버지 말로는 여자가 전통적인 형사소송 영역으로 진출하면 기질이 변한대. 금융 범죄 쪽을 전문으로 하면 나중에 변호사 전환을 했을 때도 좋다고 말이야. 기업을 고객으로 삼으면 되니까 전통적인 변호사들과 경쟁하지 않아도 되는 데다 돈도 잘 벌고."

렌진펑이 고개를 끄덕였다. 아버지도 그런 말씀을 하신 적이 있었다.

12

일요일은 퉁서우중이 가장 심심한 날이다. 그날은 야구부 연습이 없다. 마작 친구들과 모이는 자리는 저녁 늦게나 시작된다. 그래서 소일거리를 찾다가 오전에는 허핑즈허우 성당에 가서 미사를 드리는 습관이 생겼다. 오후에는 허핑섬 해변에서 낚시를 했다.

허핑즈허우 성당은 일요일 오전 미사는 아미족 말로 진행한다. 이 성당은 퉁서우중이 지룽으로 왔을 때 이미 있었다. 성당 건물은 오랜 세월 비바람을 맞았지만 변함없이 든든하게 서 있다. 성당의 신부님도 계속 같은 분이다. 퉁서우중은 자신이 감옥에 있는 동안 신부님이 마제를 많이 도와주셨으며 퉁바오쥐가 시험 공부를 할 수 있도록 공간도 마련해주셨다는 이야기를 들었다. 그는 신부님에게 고맙다는 인사를 전한 적이 없었다. 다만 출소한 뒤에는 미사에 나올 때마다 주머니를 탈탈 털어서 헌금을 하고 있다.

옛 바츠먼 부락에 살다가 뿔뿔이 흩어진 아미족 사람들은 지금도 이 성당에 와서 미사를 드린다. 하지만 퉁서우중은 그들과 거의 교류하지 않는다. 그의 기억은 옛날과 지금이 늘 뒤엉켜 있다. 제멋대로 일을 벌였던 과거를 돌아보자면 고마운 일, 원망스러운 일을 분명히 나누기 어려웠다.

그는 아미족 말로 된 성가를 듣는 게 좋았다. 하지만 절대로 성가를 부르지는 않는다. 마작 친구들은 그가 지옥을 무서워해서 그렇다고 놀려대곤 했다. 그도 부정하지 않았다. 하지만 사실 그는 천국에 대한 기대도 없다. 그는 명확하게 결정하기 힘든 일이 너무 많다고 생각했다. 예를 들면, 그가 죽어서 묻혀야 마땅한 곳은 화롄일까, 아니면 지룽일까? 그가 뒈질 때, 영혼을 데리러 조상님이 먼저 올지 천사가 먼저 올지 누가 알까? 어쩌면 조상님도 천사도 오지 않을지 모른다.

부본당의 신부님은 미사를 드릴 때 고해성사를 독려하며 이렇게 말씀한다.

"주 아버지 앞에서 직접 죄를 인정하세요."*

그러나 차마 말을 꺼내지 못할 일이 너무 많다. 퉁서우중은 단 한 번도 고해실 문을 열지 않았다. 진심으로 죄를 인정한 적도 없었다. 그는 요행히 살아남은 도시의 원주민이다. 퉁서우중은 자신의 죄가 사함을 받을 거라고 믿지 않았다.

그는 죄 사함을 원치 않았다. 죄지은 몸인 편이 더 편했다.

오늘 미사에는 평소보다 사람이 많이 참석했다. 퉁서우중은 나중에서야 정평천 때문에 사람들이 성당에 왔음을 깨달았다. 최근 퉁바오쥐가 일으킨 풍파가 이 지역 사람들에게 살인 사건의 상처를 다시 한번 일깨운 모양이었다. 부본당에서 진행된 미사가 끝나갈 때쯤에는 특별히 정펑췬 가족을 위한 기도를 올렸다.

퉁서우중은 평소처럼 침묵했다.

미사가 끝난 뒤 펑정민이 성당 바깥에서 퉁서우중을 불러세웠다.

펑정민이 담배를 건네고 불도 붙여주었다.

"루우, 아직 학교에서 일하죠?"*

퉁서우중이 무표정하게 고개를 끄덕였다.

"타카라 때문에 저희가 힘듭니다……."*

"걔가 뭘 하든 나하곤 상관없다."*

"전 '친구'로서 말씀드리는 겁니다. 퉁바오쥐는 위험한 짓을 하고 있어요. 선박 회사가 어떤 곳인지는 저보다 더 잘 아시잖습니까."*

퉁서우중은 그 말이 무슨 뜻인지 알았다. 항구에서 30년을 굴렀는데 선박 회사를 두려워하지 않을 수 있을까. 이미 희생되었거나 미친 사람이 아니고서야.

"카니우가 죽었어요. 그들은 카니우가 어떻게 죽었는지에 신경 쓰지 않아요. 어떻게든 그 외국 선원 놈의 입을 막는 것, 그게 회사에서 관심을 갖는 부분이죠."*

담배를 피우던 펑정민이 허펑섬 쪽으로 시선을 돌리며 담배 꽁초를 튕겼다. 불꽃이 일었다.

"야구부는 회사의 지원으로 유지되고 있습니다. 루우가 어떻게 해야 하는지는 저도 모르죠. 하지만 이 일은 당신하고 상관이 있어요. 그렇게 됐습니다."*

퉁서우중이 느릿느릿 담배를 빨았다. 무심한 표정이었다.

13

리나의 일요일은 다른 날과 다르지 않다.

할머니는 매일 아침 6시에 일어나신다. 그래서 리나는 30분 전에 아침 식사 준비를 한다. 다행히 할머니가 아침에 드시는 음식은 늘 똑같다. 흰죽, 러우쑹肉鬆,* 각종 통조림이면 된다. 그래서 죽만 데우면 아침 식사 준비는 끝난다.

아침을 먹은 후에는 할머니를 모시고 근처 편의점에 가서 신문을 산다. 그런 다음 가까운 공원에서 할머니가 신문을 다 보실 때까지 기다린다. 집에 돌아오면 점심 식사 준비를 해야 한다. 점심 식사는 전날 사둔 식재료를 이용해서 만든다.

점심 식사 전에 할머니는 보통 화장실에 한 차례 가시곤 한다. 할머니가 화장실에 가실 때는 리나가 변기에 앉을 때까지 부축해드린 다음 화장실 밖에서 기다린다. 목욕은 조금 더 번거롭다. 할머니를 덮개 내린 변기에 앉히고 샤워기로 물을 뿌려서 씻겨드린다. 그런 다음에 부드러운 수건으로 몸을 닦아드리면 된다. 이럴 때 할머니는 대개 딱딱한 표정이다. 리나가 생각해도 가족이 아닌 사람이 그렇게 친밀한 접촉을 하면 싫을 것 같았다.

다행히 할머니는 음식에 까다롭지 않았다. 그래서 리나는 식단에서 돼지고기나 돼지기름을 완전히 배제할 수 있었다. 하지만 예전에 돼지고기 요리를 했던 조리도구나 그릇을 사용해야 하는 것은 어쩔 도리가 없었다.

점심 식사 후에는 리나가 할머니를 침대에 눕혀드린다. 낮잠 시간

* 돼지고기나 쇠고기를 말린 후 잘게 찢은 가공식품.—옮긴이

이다. 이 시간을 이용해서 리나는 바닥을 쓸고 닦거나 빨래 같은 집안일을 한다. 리나는 이때 최대한 집안일을 끝내두려고 한다. 그래야 저녁에 자신만의 시간을 조금이라도 더 가질 수 있다. 하지만 일이란 항상 마음대로 되지 않는 법이다. 사장님이 방문하면 리나는 세차를 하거나 구두를 닦는 등의 간병과 관계없는 일도 해야 한다. 그런 날엔 매일 다섯 차례 예배를 올리는 것도 불가능하다.

할머니는 저녁 식사는 더 적게 드신다. 리나는 점심때 먹고 남은 요리를 데워서 할머니가 뉴스를 보면서 드실 수 있게 한다. 저녁 식사 후에는 할머니가 거실에서 텔레비전을 보신다. 그때가 리나에게는 방에서 하고 싶은 일을 하며 보낼 수 있는 시간이다.

리나의 방은 사실 어떤 물건이 들어 있는지 알 수 없는 각종 종이 상자로 가득 찬 창고 같은 곳이다. 좁지만 적당한 크기의 침대가 있다. 책상이 없는 탓에 침대에서 책을 읽고 글을 써야 한다. 하지만 문이 있기 때문에 히잡을 벗고 머리카락을 풀어도 된다. 리나는 자기 머리카락이 아름답다고 생각하면서도 히잡을 썼을 때 풍기는 분위기를 좋아했다. 리나는 그런 생각이 모순적이라고 느끼지 않았다. 다만 히잡을 쓰지 않아도 그녀가 이주노동자라는 것을 알아차리는 사람이 있을지 종종 궁금했다.

리나는 여전히 인도네시아 펜클럽의 활동에 관심을 가졌다. 최근에 작품 공모전을 한다는 소식이 올라왔는데, 거기 참가하고 싶었다. 리나의 머릿속에는 이미 이야기의 얼개가 존재했다. 다만 작품으로 완성하려면 시간이 필요한데, 글을 쓸 시간이 없었다. 이야기는 타이완에서 일하는 인도네시아 여성에 관한 것이었다. 고향에 있는 연인을 그리워하면서 시를 쓰는 여자. 그녀는 자신이 쓴 시를 병에 넣어서 바다에 던진다. 언젠가 바다 너머의 연인에게 닿기를 바라면서. 이야기의 결말은 이렇다. 그녀가 던진 병이 너무 많은 탓에 항구가 막히고 말았다. 타이완 정부는 그녀가 편지를 쓰지 못하도록 금지령을 내린다. 그녀는 정부의 명령을 따르고 싶지 않아 항구로 달려간다. 그리고는 자신이 던진 병으로 만들어진 바다 위의 길을 따라 걸어서 인도네시아로 돌아가는 것이다.

리나는 연인이 없지만 사랑을 갈망했다. 원래부터 글 쓰는 일을 좋아했는데 외로움이 리나의 창작열과 상상력을 부채질했다.

매일 반복되는 집안일에 지친 리나에게 이야기를 상상하는 것은 현실에서 도망칠 수 있는 유일한 길이었다.

그래도 다행히 누어Nur가 있다.

누어는 리나의 고등학교 친구다. 리나처럼 영어 과목을 좋아했고, 고등학교 졸업 후 자카르타에 있는 대학에 진학했다. 전공과목은 국제관계학이다. 리나가 타이완으로 일하러 온 뒤에도 두 사람은 계속 연락을 주고받았고, 예전처럼 서로의 근황에 관심을 기울였다.

지난해 연말부터 누어의 소식이 뜸해졌다. 페이스북에 올린 글을 통해 짐작하기로는 누어가 과제 외에도 형법 개정에 반대하는 시민 저항 운동을 하느라 바쁜 듯했다.

2019년 9월 18일 인도네시아 국회는 임기가 끝나는 마지막 날 갑자기 혼외 성행위, 동성애, 낙태, 공개적 피임, 대통령 및 부통령 모욕 등을 금지하는 형법 개정안을 입법 심사했다. 이처럼 극보수 성향의 정치이념을 형법에 추가하려 한 것이다. 이 소식이 전해지자 전 세계가 떠들썩해졌고, 인도네시아의 여러 도시에서 대규모 학생 시위가 벌어졌다.

리나는 누어가 올린 페이스북 글에서 친구가 "#Cabut hukum yang tidak adil"(악법 철폐)라고 쓴 피켓을 들고 거리 시위를 하는 사진을 봤다. 사진 속 누어는 히잡을 벗고 머리카락을 단발로 자른 모습이었다. 그녀가 알던 친구가 아니라 완전히 딴사람처럼 보였다.

"인도네시아는 민주국가야. 우리는 극단적인 이슬람 보수주의로 나아가면 안 돼. 인도네시아는 알라를 믿으면서도 민주주의를 시행할 수 있다는 것을 증명해야 해. 그 정치인들은 이 나라의 적이야. 그들은 '다름을 유지하면서 동일한 방향을 추구한다'는 국가 정신을 저버렸어."#인

누어는 리나에게 이렇게 말했다.

"하지만 무슬림은 코란의 가르침을 따라야 하는 게 맞아. 그렇지 않니?"#인

"알라는 우리에게 증오가 아니라 관용을 가르치셨어. 법은 특정한 관점을 지지하기 위해 존재해서는 안 돼. 법이란 약자를 돌보고 인권을 수호하기 위한 거야. 종교를 명분으로 삼은 어떠한 압제도 전부 사악한 것이라고."#인

예전에 히잡을 쓰고 리나와 같이 장난치며 놀던 누어에게 이렇게 확고한 이념이 있다는 것이 놀라웠다. 더군다나 이념을 실천하고 있었다. 리나는 형법 개정안에 별다른 의견이 없었고, 정책의 배후에 어떤 정치적인 힘겨루기가 있는지는 더욱 이해하지 못했다. 하지만 누어가 묘사하는 세계를 동경했다. 심지어 자신과 누어가 인도네시아 거리에 서서 멋진 개혁 구호를 소리 높여 외치는 모습을 상상하고는 격동하기까지 했다.

리나는 누어에게 통역을 맡았다는 것을 말하지 않았다. 그녀 자신도 무엇을 하고 있는지 알 수 없었기 때문이다.

구치소에 다녀온 후로 리나는 마음이 안정되지 않았다. 압둘아들의 살인 사건에 관한 상세한 정보를 알고 싶었지만 타이완 신문은

읽지 못했고, 인도네시아어로 된 보도는 한 손에 꼽을 정도로 적었다. 누어에게 슬쩍 물어봤는데 전혀 들어본 적 없다고 했다.

인도네시아 이주노동자가 타이완에서 살인을 저질러 사형이 선고되었는데 모국에서는 아무도 관심이 없었다. 압둘아들의 가족이 이일을 알고 있는지도 의심스러울 지경이었다. 리나 역시 무수한 이름 없는 이주노동자 중 한 사람이기에 압둘아들의 처지를 보며 두려움을 느꼈다.

구치소에서 통역해준 보수로 퉁바오쥐는 1시간에 85타이완달러를 지불했다. 차를 타고 이동하는 시간까지 합쳐 약 3시간으로 계산해 255타이완달러를 받았다. 같은 나라 사람의 어려운 사정을 빌미로 돈을 번 것 같아서 마음이 편치 않았다. 이제 리나는 매일 예배를 드릴 때 압둘아들이 평안하기를 기도했다.

리나는 모르고 있지만 타이베이구치소는 일요일마다 광장에 불경을 읽는 방송을 틀었다. 독경 소리는 압둘아들의 감방까지 들렸고, 작은 소리지만 한참 동안 끊이지 않고 들렸다. 압둘아들은 그 소리가 무엇인지 알지 못했으니 특별히 괴롭지는 않았다. 사형수로 지내는 그의 가장 큰 고민은 어떻게 하면 판결을 뒤집을 것이냐가 아니라 타이완이 어디에 있는지 모른다는 사실이었다. 타이완의 위치를 모르면 메카가 어디 있는지도 알 수 없기 때문이다.

14

퉁바오쥐는 매년 어머니 기일에 꽃을 샀다. 그때마다 어머니가 조화 더미 사이에 앉아 있던 모습이 생각났다.

그 시절은 타이완 가정에서 저렴하고 단순한 수작업 제조 일을 많이 하던 때였다. 마제는 하루가 멀다 하고 오후가 되면 근처 공장에 가서 완성한 조화를 납품했다. 일할 때의 그녀는 말수가 적었다. 침대 위에 조화 만드는 데 필요한 재료와 도구를 전부 늘어놓고, 그 사이에 들어가 앉아서 손끝에서 화사한 꽃을 피워냈다. 그렇게 집중하기 때문인지 마제가 만든 조화는 다른 사람보다 매일 반 포대 정도 더 많았다.

퉁바오쥐는 찬란한 오후의 햇살 아래 다 만든 조화가 산더미처럼 쌓여 있는 모습을 보는 것이 좋았다. 그리고 조화 더미 사이에 앉아서 놀랍도록 집중하고 있는 어머니를 보는 것도 좋았다. 인공 안료의 화려한 색깔보다 눈부신 고요함 때문이었다. 한참 집중하다가도 마제는 퉁바오쥐가 자신을 빤히 쳐다보는 것을 느끼면 고개를 들고 아들을 향해 미소를 지었다. 그러면서 꽃을 다 만들면 요구르트를 사주겠다고 약속하곤 했다.

마제는 종종 샛노란 색깔의 조화를 보면서 화롄의 고향집 옆에 유채꽃밭이 있었다는 이야기를 꺼냈다. 퉁바오쥐의 외할아버지가 아내에게 주려고 유채꽃을 꺾다가 넘어진 일화를 몇 번이고 이야기했다. 마제는 유채꽃이 겨울의 태양이고 봄의 비료라고 칭찬했고, 나중에 화롄으로 돌아가면 땅을 조금 사서 농사 짓는 법을 배울 거라고 입버릇처럼 말했다. 생선 비린내를 지우는 데는 진흙땅에서 일하는 게 최고라고, 어디에 가든 집보다 좋은 곳은 없다고.

마제는 작고 마른 몸과 비율적으로 잘 어울리지 않을 만큼 풍성한 곱슬머리였다. 이런 머리카락은 외할아버지에게 물려받은 것이었는데, 또 한 가지 물려받은 것이 주량이었다.

마제는 술을 좋아했다. 술에 취하면 말없이 웃기만 하거나 가끔 작은 방 안에서 춤을 추었다. 퉁바오쥐가 아는 한, 술에 취해서도 우아함을 잃지 않는 유일한 아미족 사람이었다.

퉁바오쥐의 이름은 외할아버지가 지었다고 한다. 하지만 그를 만난 것은 몇 번뿐이었다. 어머니는 외할아버지가 하느님을 얼마나 경건하게 믿는지, 또 얼마나 물고기를 잘 잡는지 거듭 이야기했다. 외할아버지가 일찍 돌아가시지만 않았다면 지금 퉁바오쥐가 밥공기를 집어드는 손동작이 자신과 꼭 닮았다는 것을 보실 수 있었을 거라고 안타까워하기도 했다.

하지만 괜찮아, 우리는 나중에 천국에서 만날 거야.

마제는 매주 일요일 아침이면 퉁바오쥐를 데리고 허펑즈허우 성당에 가서 미사를 드렸다. 그녀의 기도는 언제나 외할아버지, 퉁서우중, 퉁바오쥐의 순서로 그들의 평안을 기원하는 내용이었다. 퉁바오쥐가 언젠가 어머니 자신을 위해서도 뭔가 기도해야 하지 않느냐고 말했는데, 마제는 그런 생각은 처음 해본 것처럼 놀라더니 곧 퉁서우중이 바다에서 안전히 돌아오기를 기도했다. 아까하고 달라진 게 없잖아요? 퉁바오쥐가 그렇게 물었을 때 마제는 이번에는 자신을 위해서 그렇게 기도한 것이니 다르다고 대답했다. 퉁서우중은 대개 마제의 신앙심에 대해 코웃음을 치는 편이었다. 조상님도 모시고 하느님도 모시니 양쪽 다 마제의 기도에 귀 기울이지 않을 거라고 하면서 차라리 재물신을 모시는 게 이득이라고 말이다.

마제는 퉁서우중에 대해 말할 때면 늘 부정적인 면보다 긍정적인 면을 자주 언급했다. 마제는 그의 정의감을 가장 좋아했지만, 가장 싫어하는 점 역시 그가 너무 정의롭다는 사실이었다. 퉁서우중이 감옥에 갔을 때, 마제는 조금도 원망하지 않았다. 사람은 누구나 잘못을 저지를 수 있으니 타고난 성품이 중요하다고 여겼다. 퉁바오쥐는 그 말을 이해하기 어려웠다. 그가 보기에 아버지는 잘못을 저질렀을 뿐 아니라 타고난 성품도 좋지 않았다.

마제는 이웃과 사이가 좋은 편이 아니었다. 적은 돈이어도 악착같이 이득을 따졌기 때문이었다. 마제는 돈을 그 무엇보다 중하게 여겼다. 술을 마시고 안줏값을 갹출할 때 한 푼이라도 더 낸 적이 없었으며 혹시 공짜로 밥이나 술을 얻어먹을 일이 생기면 절대 거절하지 않았다. 퉁서우중이 감옥에 가자 주변 사람들은 마제와 퉁바오쥐를 불쌍히 여기고 도와주려고 했다. 그러자 마제는 전보다 더 이득과 손해를 따졌다. 사람들의 선심을 정말 철저하게 써먹었다.

마제가 죽기 전의 두어 해 동안 퉁바오쥐는 어머니와 사이가 좋지 않았다. 마제는 점점 더 말수가 줄고 퉁바오쥐에 대한 간섭이 심해졌다. 또래 친구들이 다들 아르바이트를 해서 살림에 보태는데, 마제는 절대로 일하지 못하게 했다. 자신은 공장에 새우 껍질을 벗기는 일을 하러 가면서 퉁바오쥐를 성당에 데려다놓고는 신부님에게 얌전히 공부를 하는지 지켜봐달라고 부탁하곤 했다. 퉁바오쥐는 여러 번 어머니의 명령을 어겼다. 그러면 마제는 온갖 악독한 말로 아들을 욕했고, 그러고 나면 펑펑 울면서 제발 말 좀 들으라고 했다. 퉁바오쥐는 한참 반항할 나이인데도 원망하기보다는 슬퍼했고, 대들기보다는 냉담해졌다.

퉁바오쥐는 어머니의 묘비 앞에 꽃을 내려놓고 잠시 묵념했다. 그런 다음 허펑즈허우 성당으로 차를 몰았다. 부본당 신부님이 그의 차를 발견하고는 밖으로 나와 맞이했다. 그러나 표정에는 근심이 가득했다.

"타카라, 오늘 공부 모임은…… 애들이 아직 오지 않았어."

부본당 신부가 머리를 긁적이며 어색한 표정을 지었다. 퉁바오쥐가 말 속에 숨은 의미를 알아차리기를 바라는 듯한 눈빛이었다.

통바오쥐가 고개를 끄덕였다. 누가 자기 아이를 '악마의 대변인'에게 맡기고 싶을까? 그는 신부님에게 별말 하지 않고 곧장 차를 몰고 떠났다.

통바오쥐가 서랴오 고등학교 야구장에 도착했을 때, 야구부원들이 응원가를 연습 중이었다. 귀에 익은 노랫가락에 발을 멈추고 지켜보니 원주민과 한족이 뒤섞인 야구부원들이 2중창으로 노래를 부르며 '전투의 춤'을 추고 있었다.

"파란 하늘은 파랗고, 붉은 땅은 붉어, 마운드의 투수는 나의 형제다~ 베이스를 따라 돌아라, 방망이는 딱딱하고 길지, 형제여, 덜렁덜렁 휘둘러라~ 헤이나루완더우, 이아이아나루완~ 헤이나루완더우, 이아이아나아헤이~ 눈을 뜨니 공이 날고 있네, 청춘의 작은 새야, 고개 돌리지 마라~ 헤이나루완더우, 이아이아나루완~ 헤이나루완더우, 이아이아나아헤이~"

통바오쥐는 이 응원가가 군가인 「고산청高山靑」을 개사한 것이라는 사실을 잘 알고 있다. 사실 이 응원가는 그가 만든 것이었다. 당시 통바오쥐는 야구부원의 별명과 아미족 욕설, 성적인 암시를 담은 동작을 섞어서 노래에 집어넣었다. 그렇게 만든 노래가 나중에는 야구부가 경기를 할 때면 꼭 치르는 의식처럼 되었다.

이 노래가 지금까지 전해질 줄은 예상하지 못했다. 가사는 꽤 변화가 생겼지만 원래 버전이 너무 외설적이었으니 바꾼 것을 이해할 수 있었다. 다만 그때 만들었던 몇몇 동작이 여전히 남아 있는 것에 기분이 좋아졌다.

공부 모임에 참가했던 아이들이 그를 발견하고는 어색하게 고개만 꾸벅이며 인사했다. 통바오쥐도 가볍게 인사를 받았다. 청소년기에는 마음속에 온갖 생각이 충돌한다. 그래서 퉁바오쥐는 저 아이들이 이 상황을 충분히 이해할 거라고 기대하지 않았다.

퉁바오쥐는 야구부 벤치 뒤쪽에서 장비를 정리하는 퉁서우중을 찾아냈다. 퉁바오쥐가 봉투를 내밀며 말했다.

"홍표주를 100병 정도는 살 수 있을 겁니다. 인사는 됐습니다."

퉁서우중이 흘낏 쳐다봤다. 퉁바오쥐가 정기적으로 주는 생활비라는 것을 알아차린 그가 봉투를 접어서 바지 주머니에 쑤셔넣었다.

"고맙다."

퉁바오쥐는 '고맙다'라는 말에 조금 당황했다.

"할 말 있으세요?"

퉁바오쥐가 어제 받은 문자 메시지를 가리키며 물었다. 처음에는 돈이 떨어졌으니 보내라는 말일 줄 알았는데, 퉁서우중이 말을 아끼면서 꼭 만나서 얘기하자고 했던 것이다.

퉁서우중이 하던 일을 멈추고 담배에 불을 붙였다.

"그 사건은 어떻게 할 생각이냐?"

"그게 제 일이니까 규칙대로 할 일을 하는 거죠."

"다른 사람 생각 좀 해. 카니우는 이 지역에서 그냥 보통 사람이 아니었다. 다들 그 사건 때문에 화를 내고 있어."

퉁서우중의 태도는 전에 없이 온화했다.

"네 사촌 형이기도 하고. 너도 이 지역에서 자랐으니까 나름대로 정이 있을 거 아니냐?"

"전 그런 거 신경 안 씁니다."

퉁바오쥐는 아버지에게 뭔가 더 할 말이 남았다는 것을 눈치챘지만 일부러 묻지 않았다.

퉁서우중은 담배를 피우며 침묵했다.

야구공이 퉁바오쥐 발치로 굴러왔다. 그는 공을 집어들고 무게를 가늠해보다가 야구장 쪽으로 던져주었다.

"투구 폼이 그따위니까 야구부에 못 들었지."

퉁서우중이 툭 내뱉었다.

"야구는 재미없거든요. 농구가 재미있지."

"그야 네 야구 실력이 엉망진창이니까."

퉁서우중이 다른 야구공을 집어들고 시범을 보였다.

"어깨를 낮춰야 공이 엉뚱하게 날아가지 않지."

퉁바오쥐는 퉁서우중의 공을 쥔 손을 보다가 집게손가락이 압둘 아들과 똑같이 두 번째 마디에서 잘렸다는 것을 깨달았다. 알고 있던 사실이었지만 한 번도 제대로 기억한 적이 없었다.

그 일은 그가 아주 어릴 때 일어났을 것이다. 퉁서우중은 상어가 손가락을 물어뜯었다고 허풍을 치곤 했다. 어릴 적에는 바다 위의 모험담에 홀렸지만, 나이가 들면서 현실은 그렇게 멋지지 않을뿐더러 어떤 의의도 없다는 사실을 배웠다. 아버지처럼 무모한 남자에게는 이렇게 무가치한 상실과 희생이 참 빈번히 일어났기 때문이다.

"손가락, 왜 잘렸어요?"

퉁서우중은 갑자기 이런 질문을 받을 줄은 예상하지 못했다. 그는 질문의 의도를 일종의 조롱이라 여겼고, 대답하지 않기로 했다.

퉁바오쥐가 질문한 이유를 설명했다.

"그 외국인 선원도 아버지처럼 손가락을 잘렸거든요. 잘린 위치도 같아요."

퉁서우중이 주먹을 말아쥐며 손가락을 숨겼다. 그가 돌연 버럭 소리를 질렀다.

"넌 왜 여기를 그렇게까지 싫어하는 거냐? 왜 그 외국인을 꼭 도와야 하는 건데?"*

"제가 여기를 좋아할 이유가 있어요?"

"이 야구 장비들, 이 장소, 그리고 수많은 사람의 직장이 걸린 문제야. 전부 슝펑 선업과 관련돼 있단 말이다."*

퉁서우중이 담배를 밟아 끄며 야구장에서 연습하는 아이들을 쳐다봤다.

"너는 꼴보기 싫을지 몰라도 저 아이들의 미래를 생각해. 이건 저 녀석들에게 유일한 기회야."*

퉁바오쥐는 아버지가 이상하게 온화하던 이유를 마침내 알게 되었다. 슝펑 선업이 협박에만 능한 것이 아니라 인간의 비겁한 본성을 잘 이해하고 있다는 것도 더불어 알게 되었다. 아버지가 일거리를 잃지 않으려고 부드러운 말투로 온정에 호소했다고 생각하니 연민이 느껴지는 한편 경멸스러웠다.

"쟤들의 유일한 기회는 이곳을 떠나는 겁니다. 저처럼."

"너 지금 대단한 사람이라도 된 것 같아? 네가 누구라고 생각하는 거냐? 그 법이라는 것은 전부 한족 놈들이 정한 거 아니야? 넌 지금 그놈들의 개새끼가 된 거야."*

"제가 카니우 집에서 뭘 발견했는지 알고 싶지 않으세요?"

퉁바오쥐가 차갑게 말했다.

퉁서우중은 더 참지 않았다. 옆에 놓인 야구방망이를 들고 퉁바오쥐를 가리키며 말했다.

"넌 판짜이야. 판짜이는 판짜이일 뿐이다. 자기편을 돕지 않는 놈은 개만도 못해."*

자리를 뜨는 퉁바오쥐의 뒤로 퉁서우중이 끊임없이 아미족 말과 타이완어로 욕을 하는 소리가 들렸다. 퉁바오쥐는 야구장에서 연습하는 아이들을 다시 쳐다봤다. 미안한 일이지만 그들을 책임질 의무는 없었다.

아버지에 대해서는 할 말이 없다. 그저 가련하고 수치스러운 늙은이일 뿐.

15

일요일 아침 NBA 중계는 퉁바오쥐의 일주일에서 가장 즐거운 시간이다. 만약 유타 재즈의 경기가 있다면 더할 나위가 없다.

미국 유타주는 몰몬교 전통이 있는지라 일요일에는 경기를 하지 않는다. 그래서 토요일에 경기를 하는 경우가 많은데, 타이완 시간으로는 마침 일요일 아침이 된다.

퉁바오쥐가 유타 재즈를 좋아하는 것은 종교적 이유 때문이 아니다. 그는 양복을 입고 자전거를 타는 백인들에게 아무 관심도 없었다. 종교는 그의 삶에 어떠한 영향도 끼치지 못했다. 허핑즈허우 성당에서 몇 년간 공부했던 일을 제외한다면 말이다. 물론 엄격하게 말해서 성당에서 공부한 걸 두고 종교생활이라고 할 수도 없다.

퉁바오쥐는 스스로 죄를 짓고 살지 않았다고 여겼다. 세상을 뒤엎을 만한 큰 잘못을 하지 않았는데도 하느님(혹은 그 어떤 초자연적인 힘)이 신앙에 대한 냉담한 태도를 이해해주지 않는다면 그야말로 더할 말이 없는 셈이다. 그가 하느님에게 거는 기대란 유타 재즈가 언젠가 NBA 챔피언이 되도록 보우해주시길 바라는 정도다.

퉁바오쥐는 막 쪄낸 사오마이를 앞에 놓고 텔레비전의 경기 중계에 집중했다. 너무 급하게 먹은 탓인지 입술을 데고 말았다. 퉁바오쥐가 아픈 신음을 흘리는 순간, 휴대전화가 울렸다.

툰바오쥐는 정확하지 않은 발음으로 전화를 받았다.

"여보세요?"

"판짜이, 또 잠수하나?"

린딩원이었다.

"그래."

"저녁에 같이 일본 요리나 먹을까?"

"네가 사면 나갈게."

"당연히 내가 사야지."

린딩원은 울릴 향響 자를 이름으로 쓰는 일본요릿집을 약속 장소로 정했다. 툰바오쥐는 뭔가 잘못되고 있다는 느낌을 받았다. 린딩원은 뭐든지 대놓고 말하는 사람인 데다 그에게 비싼 일본 요리를 사줄 이유가 없었다.

"비밀스러운 이야기라면 그 가게는 적절하지 않을 것 같은데."

툰바오쥐가 슬쩍 찔러봤지만 린딩원은 가게 이름의 한자 뜻을 가지고 농담을 한 것을 알아듣지 못한 듯했다.

"만나서 얘기하자."

린딩원의 말투가 전에 없이 진지했다.

전화를 끊고 툰바오쥐는 영화에서 악당이 나쁜 짓을 꾸밀 때 주로 일본요릿집에서 만나던 것을 떠올렸다. 영화가 사람의 행동에 영향을 끼치는 것일까, 아니면 실제로 사악한 계획이 대부분 일본요릿집에서 진행되는 것일까?

이름이 '울릴 향響'이지만 실제로는 조용한 가게였다. 종업원은 툰바오쥐를 검은색 유리 타일이 붙은 복도로 안내했다. 천장에는 바우하우스 스타일의 크리스털 등이 달려 있어서 벽면의 어두운 타일에 반짝거리는 빛이 반사되고 있었다. 이런 인테리어를 두고 20세기 초 일본 궁궐을 본뜬 것이라고 한대도 놀랍지 않을 거라고 퉁바오쥐는 생각했다. 룸마다 문 앞에 흰색 유리로 제작한 바다 동물 모형이 놓여 있는데, 야성적인 분위기는 비슷하지만 제각각 다른 동물이었다.

퉁바오쥐는 해파리 모형이 있는 문으로 안내되었다. 종업원이 문을 두드린 뒤 조심스럽게 열어주었다.

퉁바오쥐가 자리에 앉자 린딩원이 차를 따라주며 이 가게는 3개월 전에 예약을 해야 하는 곳인데 여러 군데 인맥을 써서 겨우 잡은 방이라고 말했다.

탁자에는 코스 메뉴를 적은 호화로운 리플릿이 놓여 있었다. 요리는 나올 순서에 따라 애피타이저, 사시미, 찜, 튀김, 구이, 주식, 디저트로 구분되어 있었고, 주재료가 무엇인지 간단히 적었다. 와규, 성게, 새우, 게, 참치 뱃살 등 비싼 재료들이었다. 요리 이름이 화려하지 않아도 비싸고 정통적인 일본 요리가 확실했다.

애피타이저에 이어 차가운 청주가 나왔다.

린딩원은 성게를 조심스럽게 집어서 입에 넣었다.

"이주노동자 사건 말이야, 어떻게 진행되고 있지?"

"네 말대로 범죄 사실부터 살피고 있다. 하지만 쉽지 않아. 피고는 입을 다물고 있는 데다 언어가 통하질 않으니……. 뭐, 그래도 약간 진전이 있었지."

"이야기 좀 해봐."

"흉기는 피고가 현장에 가져간 것이 아닌 듯해. 그러면 살해를 계획했다는 혐의를 벗길 수 있지. 그러면 사건을 다른 방면에서 이해할 가능성이 생길 거다."

퉁바오쥐는 그렇게 말한 다음 특유의 과장된 제스처를 하며 덧붙였다.

"범죄 사실, 진검승부!"

"그렇군. 다른 건?"

"없어."

퉁바오쥐는 일부러 전화에 대한 것을 숨겼다. 살인 사건과 관련이 있다고 밝혀진 것이 아니니 전부 말할 필요는 없을 터였다.

"어떤 증거에 대해서 조사를 요청할지 결정했나?"

"아직 생각 중이야."

"통화 기록은? 그것도 조사할 건가?"

퉁바오쥐는 일부러 궁금한 표정을 지었다.

"조사해야 해? 왜?"

린딩위안이 잠시 생각하다가 고개를 저었다.

"아니야, 그냥 물어본 거다. 웬일로 사건 현장에 직접 갔다더니 별로 건진 게 없구나."

"내가 사건 현장에 다녀왔다고 말했던가?"

"어, 말한 적은 없는데, 그런 것 같아서 추측한 거야."

린딩위안이 잠시 말을 멈췄다.

"통화 기록도 추측한 거냐?"

린딩위안은 퉁바오쥐가 어느 정도 자기 속을 짐작했다고 여기고 젓가락을 내려놨다. 표정이 몹시 진지했다.

"슝펑 선업…… 알지? 타이완에서 3대 원양어업 회사다. 작년에 참다랑어 포획량이 타이완 1위, 세계 3위였지. 그 회사와 연관된 사업체만 수십억 타이완달러 규모야. 거기 회장님이 며칠 전에 사무소로 전화하셨다. 법률 자문 계약을 맺고 싶다더군. 앞으로 슝펑 선업과 관련 업체의 사건은 전부 우리에게 맡기겠다고 했어."

"조건은?"

"네가 협조하는 것."

"어떤 협조?"

"내가 전에 말한 건 잊어라. 어쨌든 이 사건은 적당히 하면 돼. 증거 조사를 신청한다거나 해서 괜한 일 벌이지 말고……."

"심신장애를 주장하지도 말고."

퉁바오쥐가 이어서 말하자 린딩원이 만족스럽게 고개를 끄덕였다.

"1심에서 한 진술을 반복하면 돼. 누구도 뭐라고 못할 거다."

퉁바오쥐는 망설였다. 그는 정핑췬이 죽기 전에 건 전화가 중요한 단서라는 생각을 굳혔다. 슝펑 선업이 제시한 조건은 사무소 입장에서는 큰 계약이다. 망설임 없이 이렇게 좋은 조건을 내민 것을 보니 그 뒤에 더 큰 계산이 깔려 있을 게 분명했다.

그때 종업원이 문을 두드리는 소리가 났다. 곧 참치 뱃살 회가 탁자에 올라왔다.

"이 가게에서 제일 유명한 요리야. 간장에 많이 담그지 말고 와사비만 살짝 얹어서 먹어봐."

린딩원이 접시를 퉁바오쥐 쪽으로 밀어주며 은근히 말했다.

"바오쥐, 이건 우리의 기회라고!"

"그래서…… 그들은 이 사건과 도대체 무슨 관계래?"

"묻지 않았다. 알고 싶지도 않고. 살인을 했으니 대가를 치르는 것뿐이야. 그 외국인 노동자는 타이완에 가족도 친구도 없으니 일이 더 간단하지."

퉁바오쥐는 린딩원의 흥분한 표정을 보며 압둘아들의 마르고 작은, 그리고 유령처럼 존재감이 희미하던 몸을 생각했다. 이어서 땀을 흘리며 야구 연습을 하던 아이들과 퉁서우중 주변의 얼굴 없는 아미족 사람들도 생각했다.

"판짜이, 이 자식아! 넌 보물을 주운 거야."

린딩원은 한번 말을 꺼내자 점점 거리낌이 없어졌다.

"우리가 어떤 사이냐? 너 가산점 받고 대학에 들어올 때 기억나? 내가 아니었으면 졸업이나 할 수 있었겠어? 이제 우리에게도 성공할 기회가 온 거다. 날 믿어라."

퉁바오쥐는 그를 한참 바라보다가 흐릿한 미소를 지었다. 젓가락이 참치 뱃살 쪽으로 움직였다.

린딩원의 말이 맞다. 정말 행운이다. 이 일이 몇 년 전에 벌어졌더라면 이런 기회도 잡지 못했을 것이다. 퇴직하고 변호사 전환을 하기로 결정했으니 뒤를 돌아볼 이유가 없다. 해안 살인 사건은 그의 법조계 인생에서 만나게 될 수많은 사건 중 하나일 뿐이다. 1만 분의 1이다. 이 사건에 특별히 미련을 둘 이유가 뭔가? 사실 막 발견한 단서라는 것도 증거라고 부를 수 없는 수준이다. 압둘아들이 억울한 누명을 썼다고 할 정도도 아니다. 게다가 자신은 법정에서 일개 구성원에 불과하고, 이번 재판이 끝나도 3심이 남아 있으니 그가 짊어질 이유는 없다.

퉁바오쥐는 린딩원이 말한 대로 참치 뱃살을 간장에 살짝 찍은 뒤 와사비를 얹었다.

"바다에서는 헤엄치는 속도가 빠른 놈이 왕이야. 먹이사슬의 정점에 위치하지. 참다랑어, 그러니까 참치가 얼마나 빠른지 알아?"

린딩원은 흥미진진하게 퉁바오쥐를 쳐다봤다.

"그놈들의 순간 속도는 시속 160킬로미터에 달해. 우리가 일반적으로 생각하는 포식자, 그러니까 상어나 고래, 돌고래 같은 녀석은 아무리 빨라도 시속 60킬로미터인데 말이야."

퉁바오줘는 젓가락 끄트머리에 자리한 참치 뱃살을 감상하며 말을 이었다.

"성체 참다랑어는 몸무게가 250킬로그램이 넘거든. 그런 놈이 시속 160킬로미터로 헤엄치면 어뢰나 다름없어. 상어도 이놈과 마주치면 숨는다고."

퉁바오줘가 참치 뱃살을 입에 넣었다. 곧 폭신한 살점이 부드럽게 치아를 밀어내는 탄력이 느껴졌다. 린딩원은 퉁바오줘의 흡족한 표정을 보며 고개를 끄덕였다.

"하지만 이놈에게도 천적이 있는 거 알아? 1킬로그램에 250타이완달러짜리인 고등어야."

린딩원은 무슨 말인지 이해하지 못했다.

"고등어는 비린내가 강한 생선인데 참치가 제일 좋아하는 먹이거든……."

퉁바오줘가 두 번째 참치 뱃살을 집어들고 씩 웃었다.

"고등어를 참치로 교환하는 거야. 이런 남는 장사가 없다니까. 이 일을 하지 않으면 바보지."

린딩원이 웃으며 참치 뱃살을 집었다. 그때 퉁바오줘가 종업원을 불렀다.

"이 가게에서 제일 비싼 와인을 가져와요."

린딩원은 뭐라고 입을 열려다가 체면 때문에 거절하지 못했다. 퉁바오줘는 그런 린딩원을 보면서 더 환하게 미소를 지었다.

"1인당 한 병씩."

린딩원은 이제야 머리가 돌아갔다. 퉁바오줘가 수락했으니 이 정도 금액이야 접대비로 올리면 될 것이다.

린딩원이 술잔을 들었다. 붉은색이 잔 안에서 요동치며 향기로운 나무 냄새를 흘렸다.

"법률을 위하여."

"참치를 위하여."

퉁바오쥐가 피식 웃으며 한마디 덧붙였다.

"어부를 위하여."

두 사람이 술잔을 비웠다.

16

렌진핑은 피고 측 답변서를 쓰기 위해 논문 여러 편을 빌리고도 모자라 관련 자료를 잔뜩 복사했으며, 내내 컴퓨터 앞에 앉아 키보드를 두들겼다. 그렇게 며칠째 야근을 했다.

린팡위는 이 사건에 진지하게 매달리는 것이 좀 이해되지 않았다.

"하필이면 왜 여기를 골랐어?"

"네?"

렌진핑은 너무 집중하고 있어서 제대로 듣지 못했다.

"내 말은, 네 조건이면 다른 팀을 고를 수 있었을 거란 말이지. 좀 더 편안한 곳."

렌진핑은 하던 일을 멈추고 생각에 잠겼다. 처음 발령이 날 때 렌정이는 그를 사법원에서 대체 복무하게 할 생각이었다. "그곳이 사법계의 최고기관이다. 업무 환경이 좋고 핵심 인물과 미리 안면을 익히면 나중에 도움이 될 거다."

그러나 렌진핑은 아버지의 권유를 거절하고 고등법원 국선변호인실을 고집했다. 아버지에게는 이유를 설명하지 않았다. 이유가 있기는 했지만 너무도 사소했기 때문이다. 간단히 말해서 렌진펑은 퉁바오쥐 때문에 이곳에 왔다.

"종이 상자 하나를 훔치면…… 몇 년 형을 받을까요?"

렌진펑이 천천히 기억을 더듬었다.

"중학교 여름방학 때였는데, 아버지는 저를 법원에 자주 데려오셨어요. 아버지는 일하느라 바쁘시고, 저는 혼자서 여기저기 돌아다녔죠. 법원에 있는 법정을 순서대로 들어가서 재판 방청도 하고요. 그래서 저는 영화에 나오는 재판 장면이 다 거짓말이라는 것을 일찍부터 알았어요. 재판 절차가 너무 지루하더라고요. 그런데 사람이 재미있었어요. 다양한 사람들이 있고…… 온갖 이상한 사연들이 있었죠.

한번은 넝마주이 노인이 재판을 받았어요. 낡은 종이 상자 몇 개를 주웠는데, 상자 주인에게 절도로 고소된 거였습니다. 심지어 특수절도죄였어요. 왜냐하면 그 노인의 주머니에서 커터 칼이 나왔거든요……. 판사가 이렇게 물었어요, 합의하시겠습니까? 벌금을 내는 것보다는 상대방에게 합의금을 주고 해결하는 게 좋다고요……. 하지만 그 노인은 돈이 없었죠. 돈이 없는 걸 어떡해요. 정말 한 푼도 없대요. 그러다가 국선변호인이 최후변론을 하는데……."

"바오거?"

린팡위의 추측에 렌진펑이 고개를 끄덕였다.

"앞부분에 뭐라고 말했는지는 잊어버렸어요. 어쨌든 변론을 마칠 때쯤 바오거가 판사를 야단쳤어요. '판결은 피고를 위해 존재하는 것이지 이 더러운 법원을 위한 것이 아닙니다!' 그러고는 손에 들고 있던 서류철을 탁자에 내던졌어요."

"그 '퉁바오쥐'가? 그렇게 용맹했다고?"

린팡위는 놀라는 한편 잘 이해되지 않는 점이 있었다.

"판결은 피고를 위해 존재한다? 무슨 뜻일까?"

"저도 그걸 알아보려고 여기 왔죠."

"그 사건은 어떻게 됐어?"

"'불수리판결不受理判決'로 끝났어요."

"피고가 사망했어?"

"자살로요."

"바오거에게 직접 물어보지 그랬어?"

"바오거는…… 제가 생각했던 것과 좀 다르시더라고요. 아시겠지만……."

렌진핑이 퉁바오쥐의 이상한 표정을 흉내 냈다.

린팡위도 그 표정을 따라 했다. 두 사람은 경쟁이라도 하듯 점점 더 과장된 표정을 지으며 얼굴 근육을 일그러뜨렸고, 결국 웃음을 터뜨렸다.

17

렌진핑은 개정일 일주일 전에 답변서를 완성했다. 공손하게 퉁바오쥐의 책상에 올려놓고 반응을 기다렸지만 며칠이 지나도록 퉁바오쥐는 답변서 이야기를 꺼내지 않았다.

개정일이 임박하자 렌진핑이 참지 못하고 먼저 물었다.

"바오거, 다음에는 어떤 방식으로 싸울 거예요?"

퉁바오쥐는 더는 피할 수 없다는 것을 알고 대놓고 말했다.

"새 증거를 조사해야 한다고 신청할 수는 없어. 사실 원심에서 큰 문제가 있었던 것도 아니고……."

"그 전화는요? 관련이 있지 않을까요?"

"누구에게 전화했는지 알아내더라도 통화 내용을 증명할 방법이 없어서 사건에는 별로 영향을 주지 못할 거야."

렌진펑의 표정이 어두워졌다.

"그러면 심신장애는요? 제가 쓴 답변서 초안은 보셨어요?"

"잘 썼더라……. 생각 좀 해볼게."

렌진펑이 큰 소리로 강조했다.

"이번이 범죄 사실을 마지막으로 심리하는 자리예요. 지금 신청하지 않으면 피고에게 남은 기회가 없습니다."

퉁바오쥐는 렌진펑이 자신을 질책하는 듯하자 괜히 뿔이 났다.

"타이완대 석사라고 뭐라도 된 것 같아? 네가 나서서 날 가르쳐야겠어? 저리 가, 저리 가."

"약속하셨잖아요."

"너한테 뭘 약속했지? 도련님, 이건 내 사건이고 넌 상관이 없어!"

퉁바오쥐가 갑자기 벌컥 화를 내자 그와 오랫동안 같이 일한 린팡위도 조금 놀랐다. 렌진펑은 소통에 실패하자 더욱 실망감이 커졌다. 그는 성을 내며 사무실을 나가버렸다.

사실 퉁바오쥐는 내심 렌진펑이 써낸 답변서에 감탄하고 있었다. 렌진펑은 논리정연하고 명확하게 원심 감정보고서의 판단 근거가 빈약함을 지적했다.

압둘아들은 타이완 사람이 아니기 때문에 병력 기록이나 가까운 사람과의 접견을 통한 간접 평가 자료를 구하지 못했고, 모어로 정신 감정을 받지 않았으므로 그의 심신 상태를 정확하게 판단할 수 없었다는 내용이었다. 또한 이런 감정 결과는 '교화 가능성' 등 형량을 결정하는 중요한 근거에 심각한 악영향을 준다고 지적했다.

렌진펑이 사용한 용어나 표현은 서툴고 어색한 데가 있지만 현행 정신 감정 절차의 병폐를 통렬하게 비판하고 있었다. 그러나 퉁바오쥐는 타이완 사법계의 현실을 잘 이해하고 있었다. 특히 예산과 법원의 보수적 태도를 생각하면 정신 감정의 기능은 극히 제한적이었다.

게다가 린딩원의 요구를 들어주기로 한 상황이니 일을 복잡하게 만들지 않는 게 좋았다.

퉁바오쥐도 이런 상황에 거부감이 있다. 그러나 수십 년 법조인으로 일하며 억울한 사건을 본 적이 없겠는가? '불쌍한 사람에게는 꼭 미워할 만한 이유가 있다'는 말도 있지 않던가. 그는 이렇게 자신의 무력함을 합리화했다. 국선변호인은 광범위한 사법 환경을 바꿀 수 있는 직업이 아니다. 그는 원대한 뜻을 품은 사람도 아니다. 지금 인생의 터닝 포인트에서 눈앞까지 온 좋은 기회를 포기할 이유는 없다.

퉁바오쥐의 결정은 아버지 혹은 다른 누구와도 관계없이 단순하게 자신을 위한 것이었다. 고상한 일은 아니지만 그렇다고 저열하다고 할 수도 없다.

그가 평생 노력해서 얻은 기회였다. 열심히 공부하고, 시험을 준비하고, 일해서 이런 인생 역전의 기회가 나타난 것이다.

게다가 린딩원이 말한 것처럼 압둘아들이 살인한 것은 사실이었다. 그가 어떤 처벌을 받더라도 그 사실이 남긴 상처는 메꾸지 못한다. 그렇다면 왜 고통을 질질 끌어야 할까?

18

퉁바오쥐가 다시 리나를 방문했다. 그는 만면에 미소를 지으며 가져온 상자를 리나에게 건넸다.

"티라미수 케이크야. 맛있어."

"이거, 못 먹어요."

"비건 케이크인데."

퉁바오쥐가 의기양양하게 자신의 섬세함을 뽐냈다.

"이거, 술 있어요."

아! 퉁바오쥐는 머리를 감싸 쥐었다. 도대체 뭘 먹을 수 있는 거지? 퉁바오쥐는 그렇게 생각했지만 입 밖에 내어 말하지는 않았다.

퉁바오쥐는 얼른 지갑을 꺼내서 미리 계산을 마친 돈을 리나에게 내밀었다.

"저번 일의 보수야."

리나는 지폐를 찬찬히 세어본 뒤 주머니에 넣었다.

"다음 개정일은 9월인데……."

"안 가요."

리나가 퉁바오쥐의 말을 끊었다.

리나는 이주노동자 신분이기 때문에 지금 하는 간병 일이 아니면 타이완에서 합법적으로 고용될 수 없었다. 당연히 법원의 특약 통역사 일도 마찬가지여서 개정일에 참석해도 법원에서 일당과 교통비가 나오지 않는다. 퉁바오쥐가 리나의 협조를 받으려면 자기 돈으로 보수를 줘야 했다. 그것도 공식적이지 않은 방식으로 말이다. 이 사건에서 리나보다 더 협조적이고 몸값이 낮은 통역사를 어디 가서 다시 구할 수 있을까? 퉁바오쥐는 어쩔 수 없이 금액을 올렸다.

"1시간에 90타이완달러? 100타이완달러?"

리나는 고개를 저었다.

"110타이완달러? 이건 진짜 큰 금액인데."

리나는 입술을 꼭 깨물고 단호하게 고개를 저었다.

퉁바오쥐는 더 높은 금액을 제시해도 일반 통역사보다 훨씬 보수가 낮다는 것을 잘 알고 있었다.

"115타이완달러!"

리나는 고개를 숙인 채 아무 말도 하지 않았다. 더 많은 돈을 받으려고 침묵하는 것이 아니었다. 리나는 법원에 가는 것, 그리고 다시 압둘아들을 만나는 것에 불안감을 느끼고 있었다. 그러나 예정에 없던 수입이란 것은 확실히 매력적이다. 통역 한 번의 대가가 인도네시아에 있는 가족이 일주일 생활할 수 있는 돈이다. 그렇다면 하지 않을 이유가 없었다.

"120타이완달러로 하자!"

퉁바오쥐가 일부러 너무하다는 눈빛을 지어내며 리나가 욕심을 부린다는 듯 말했다.

"그를 도울 수 있는 사람은 리나뿐이야. 같은 나라 사람이잖아."

"차비도 계산."

"아, 이 외국인 노동자가 정말⋯⋯."

퉁바오쥐는 속으로 충분히 계산을 마친 뒤에야 '정말 어쩔 수 없다'는 태도로 동의했다. 어쨌거나 죄를 인정하면 공판이 여러 번 열리지 않을 테니 말이다. 그는 자신이 비즈니스의 천재라고 생각했다.

한편 리나는 이건 전부 압둘아들을 위한 일이라고 자기 마음을 다독였다. 이 돈을 받는 것은 누구 앞에서도, 알라 앞에서도 떳떳했다.

공판 당일, 리나는 법원에 일찍 도착했다. 법원에 온 것은 처음이었다. 음울한 분위기에 리나는 통역을 맡겠다고 한 것을 후회하고 말았다.

진행요원이 갑자기 큰 소리로 공판 당사자 이름을 불러서 리나는 깜짝 놀랐다. 이어서 쇠사슬이 끌리는 소리가 멀리서 들려왔고, 곧 경찰 두 사람이 죄수복을 입은 피고를 데리고 와서 그녀 옆을 스쳐 지나갔다. 리나는 좁은 복도에서 어디로 피해야 할지 몰라 허둥거렸다. 두 손으로 자신의 배낭을 움켜쥐고서 가까운 벤치에 앉아서 호흡을 다스리려 애쓸 뿐이었다.

그때 렌진펑이 리나 옆에 나타났다. 그는 긴장하지 말라는 듯 팔을 가볍게 잡아주었고, 곧 리나를 데리고 빈 법정 안으로 들어갔다.

"여기 앉아 있으면 돼요."

렌진펑이 말했다.

법정은 전등을 켜지 않아 어두컴컴했고 사람은 아무도 없었다. 렌진펑은 법원에서 일하는 대체복무요원이라 동기들과 쉬는 시간이면 빈 법정에 들어와 시간을 보내곤 했다. 오늘은 리나가 통역하러 온다는 이야기를 듣고 이 시간에 어느 법정이 비는지 미리 알아두었다. 리나가 잠시 쉴 만한 장소가 필요하다고 생각했기 때문이었다.

리나는 방청석에 앉아서야 살짝 미소를 지었다.

"긴장될 거예요……. 저도 법정에 선 적은 없거든요."

렌진펑이 리나를 위로하려 했다. 리나는 그 말을 알 듯 말 듯 했다. 두 사람은 잠시 어색하게 침묵을 지켰다. 렌진펑이 일어나서 피고석 쪽으로 걸어갔다.

"압둘아들은 여기에 앉을 겁니다. 당신은 이따가 그의 옆에 앉으면 돼요. 판사가 저기 단 위에 자리를 잡고, 검사는 맞은편에 앉죠."

"바오거는요?"

"변호인은 피고 옆에 앉아요. 판사 쪽에 가까운 이 의자에……. 바오거가 하는 말을 그대로 옮겨주기만 하면 돼요. 바오거도 영어를 조금 하니까 아마 큰 문제는 없을 겁니다."

"바오거가 무슨 말을 할까요?"

렌진핑은 웃기만 하고 대답하지 않았다. 퉁바오쥐가 할 말을 그도 알지 못했다.

퉁바오쥐는 사무실 창가에 멍하니 서 있었다. 그는 공판 준비를 모두 마쳤다. 어쩌면 어떠한 특별한 준비도 할 필요가 없었다고 해야 할지 모른다. 그냥 지극히 보통의 사건일 뿐이다. 일반적인 국선변호인의 일상이다.

잠시 비는 시간이 생긴 퉁바오쥐는 사법원 빌딩의 오래된 벽돌과 벽돌 사이 틈으로 시선을 움직였다. 곧 그는 법원 정문 바깥에서 익숙한 사람들을 발견했다. 제일 먼저 홍전슝과 린딩원을 알아봤다. 이어서 펑정민과 퉁서우중이 나타났다. 퉁바오쥐는 다른 사람이 법정에 온 데는 아무런 의아함도 느끼지 않았다. 그러나 아버지의 모습은 그의 마음속에 쓸쓸한 무언가가 치솟아오르는 기분을 안겨주었다.

펑정민이 홍전슝에게 뭐라고 말을 건네더니 퉁서우중을 그에게 소개시켰다. 퉁서우중은 허리를 굽히며 예의를 차렸고, 얼굴이 주름 투성이가 되도록 활짝 웃었다. 퉁바오쥐는 아버지의 그런 표정을 단 한 번도 본 적이 없었다. 홍전슝이 담배를 꺼내 물자 퉁서우중이 얼른 주머니에서 라이터를 꺼냈다. 불을 붙이기 전에 무의식적으로 손과 라이터를 바지에 대고 문질렀는데, 마치 그의 손에 묻은 씻어도 씻어도 지워지지 않는 얼룩이 라이터 불꽃에 전염될까봐 두려워하는 것처럼 보였다. 홍전슝은 퉁서우중의 어깨를 두드리며 담배를 뻐끔댔다. 퉁서우중은 옆에 멀거니 서서 홍전슝과 펑정민이 나누는 대화 한마디 한마디에 맞장구를 쳤다.

퉁바오쥐는 아버지에게서 시선을 떼지 못하는 자신을 알아차렸다.

30년 전 양손에 피를 잔뜩 묻혔던 그날 밤의 퉁서우중은 얼마나 거대해 보였던가. 그날 이후 아버지는 부단히 줄어들었다. 그의 몸에서 무엇인가 소진되어 사라진 것처럼, 남은 날은 끊임없는 쇠퇴 속에서 보내는 듯했다. 퉁바오쥐는 그 사실이 괴로웠던 적이 없었다. 사람은 누구나 방식을 바꿔가며 살아간다. 특히 그 존재감이 보잘것없고 목소리에 메아리가 없을 때는 더욱 그렇다.

그건 아버지의 문제지 내 문제가 아니다.

그들은 선택지가 없었지만 나는 있다. 내가 내 힘으로 얻어낸 존중이다.

공판 직전, 퉁바오쥐는 복도에서 훙전슝과 그를 따라온 무리를 마주쳤다. 그는 주의를 끌지 않으려고 몸을 틀어서 지나치려 했지만, 훙전슝이 그에게 다가와 어깨를 두드렸다. 훙전슝의 표정은 일전에 그가 말했던 "다들 같은 편"이라는 말을 반복하는 듯했다.

훙전슝은 암묵적으로 그어둔 선을 넘었다. 서로 협조하겠지만 그 사실을 겉으로 드러내지 않는다는 것이 그들 사이의 불문율이었는데 말이다. 훙전슝이 이런 행동을 하는 것은 압도적인 자신감의 발로일까? 혹은 지금껏 누구도 그의 권위에 도전하지 않았기에 생긴 자만심일까? 퉁바오쥐는 다랑어와 고등어를 생각했다.

그들은 선택지가 없지만, 나는 있다. 선택지가 있는 존재는 어부이고, 선택지가 없는 존재는 다랑어와 고등어다.

퉁바오쥐의 눈에 퉁서우중의 표정이 들어왔다. 놀랍게도 아버지는 비웃음을 띄운 채 입 모양으로 '판짜이'라고 말하고 있었다. 그는 마침내 깨달았다. 자신이 비천함을 얼마나 혐오하는지 말이다.

퉁바오쥐는 뒤이어 렌진펑과 리나가 멀리서 그를 보고 있는 것을 알아차렸다. 렌진펑의 표정은 먼저 당혹함이었다가 곧 이해했다는 것으로 바뀌었다. 퉁바오쥐는 고개를 돌렸다. 무엇인지 모를 묵직한 것에 짓눌린 것처럼 숨이 잘 쉬어지지 않았다.

공판이 시작됐다. 재판장이 압둘아들에게 죄를 인정하는지 물었다. 퉁바오쥐가 인정하지 않는다고 답변했다. 재판장은 그 사실에 별다른 의아함을 표시하지 않고 곧장 이유를 물었다. 퉁바오쥐의 이어진 대답은 법정에 자리한 모든 이들이 예상한 것과 달랐다.

"피고는 심신 상실로 소송능력이 없습니다. 이에 형사소송법 제294조에 따라 재판 중지를 요청합니다."

퉁바오쥐는 말을 마치자마자 방청석에 앉은 훙전슝, 린딩원을 향해 몸을 돌렸다. 또한 그들과 같이 앉은 펑정민, 퉁서우중을 마주 봤다. 그는 무표정한 얼굴로 천천히 그들을 한 명씩 쏠어봤다.

훙전슝이 강렬한 불안감을 느꼈다. 이게 무슨 의미일까? 왜 약속한 것과 다르게 흘러가지?

"이유는요?"

재판장이 치솟는 성질을 참아가며 다시 물었다.

"피고에게 자폐…… 스펙트럼 장애가 있습니다."

방청석에 앉은 렌진핑은 무엇과도 비할 수 없는 고양감을 느꼈다.

"어떻게 증명할 수 있습니까?"

"없습니다."

방청석이 순식간에 시끌시끌해졌다.

"그래서 저희는 다시 정신 감정을 진행해야 한다고 주장하는 바입니다."

퉁바오쥐가 담담하게 덧붙였다.

렌진핑은 뜨거운 기운이 가슴속에서 치솟는 느낌이 들었다. 퉁바오쥐가 자신이 쓴 답변서를 읽고 입장을 바꿨다고 생각했기 때문이다. 심신장애를 주장하게 되면 변호인의 역할이 범죄 사실의 인정 여부에 국한되지 않고 더 광범위해진다. 또한 형량에 대한 논의도 좀더 완전하게 진행될 수 있기에 그때부터 소송은 전혀 다른 국면으로 접어든다.

"또한 저희는 사건 당일 저녁 피해자 정평췬의 집에서 건 유선 전화의 통신기록을 요청합니다."

홍전슝의 얼굴이 굳었다. 주변에 앉은 사람들은 눈에 보이지 않는 압력이 자신을 내리누르는 것을 느꼈다.

"해당 증거로 밝히고자 하는 사실•이 무엇입니까?"

재판장이 물었다.

"저희는 그날 밤 피해자가 살해되기 전 누군가에게 전화를 걸었음을 확신할 충분한 이유가 있습니다."

퉁바오쥐가 잠시 쉬었다가 말을 이었다.

"그 사람이 살인 사건 뒤에 숨겨진 진실을 알려줄 수 있을지도 모르지요."

• 사건과 중요한 관계가 있으면서 증거를 통해 증명해야 하는 사실을 말한다. 증거 조사를 요청할 때는 반드시 이 증거를 통해서 어떤 사실을 밝히려고 하는지 소명해야 한다. 만약 증거 조사에 관련된 사실이 사건과 무관하거나 조사할 필요가 없을 경우에는 증거 조사가 거부될 수 있다.

3장
교호신문*

● 재판할 때 법원이 증인에게 직접 신문하지 않고 소송당사자인 원고와 피고 측에서 번갈아 신문하는 방식을 말한다. —옮긴이

1

조명과 음향 효과가 훌륭한 기업 파티의 무대에서 가수들이 노래를 하고, 말쑥하게 차려입은 사람들이 높은 탁자 주변을 돌아다닌다.

장더런은 와인 잔을 들고 몇 사람의 남녀와 웃으며 대화하는 중이었다. 갑자기 그는 멀리서 홍전슝이 무표정하게 자신을 쳐다보고 있는 것을 알아차렸다. 그의 곁에는 수행원 무리도 둘러서 있었다.

장더런은 급히 사람들에게 인사를 하고 홍전슝 쪽으로 걸어왔다.

마침 노래가 끝나서 환호성이 울렸고, 그 덕분에 귓속말이 가려졌다. 수행원들이 장벽처럼 두 사람을 가렸다. 홍전슝은 장더런의 어깨를 콱 잡고 자기 눈앞으로 그를 끌어당겼다. 술 냄새가 나는 콧김을 뿜었다.

"내가 또 당신을 찾아오게 만드는군?"

"사법계 일입니다. 그렇게 쉽지 않단 말입니다."

장더런이 신중하게 대답했다.

"나 혼자만의 일이 아니잖아? 그 압둘 어쩌고 하는 놈이 우리를 다 끝장낼 거야……. 총통이 어업을 수호하지 않으면서 무슨 타이완의 가치를 이야기할 수 있지?"

"사법 쪽 일이라는 게……."

홍전슝이 장더런의 가슴을 세게 두드리며 그의 말을 잘랐다.

"사장님께 적게 드린 적은 없는데……. 당신도 꽤 가져갔고. '꽤나'입니다, 장 선생."

"나더러 어쩌라는 겁니까?"

"참다랑어가 영어로 뭔지 압니까? Bluefin Tuna. 예전에는 잘 이해가 되지 않았지. 분명히 까만색 물고기인데 왜 '블루'일까 하고 말입니다. 나중에야 알게 된 건데, 참다랑어가 살아 있을 때는 파란색이더란 말이요. 하하하하! 내가 살아 있는 놈을 본 적이 없더라고, 하하하하!"

홍전슝의 차가운 눈빛이 칼날처럼 장더런의 눈앞에 드리워졌다.

"타이완 사람이 왜 강한가? 어떤 것들은 죽어야 가치가 생긴다는 사실을 잘 알고 있기 때문입니다."

홍전슝이 장더런의 어깨를 툭툭 쳤다.

"너무 많이 마시지 말아요. 가끔 걸을 때도 표가 납니다."

장더런은 그게 무슨 말인지 잘 알았다.

2

천칭쉐의 눈앞에 놓인 공필화工筆畫는 중앙에 엄숙한 표정의 관세음보살이 앉아 있는 중국 전통 그림이다. 보살의 자태는 평온해 보이지만 보는 이에게 몸을 숙이게 하는 위압감을 주었다. 가장 특별한 점은 보살의 손 모양이다. 오른손으로 자연스럽게 아래로 늘어뜨렸고, 손바닥이 안쪽을 향하게 오른쪽 무릎 위에 얹었는데 손가락 끝이 땅에 닿아 있었다. 왼손은 손바닥을 바깥으로 내밀면서 손가락을 아래로 늘어뜨렸다.

이런 수인手印의 조합은 보기 드문 편이다. 오른손의 촉지인觸地印은 부처가 수행하던 중 악마가 춤을 추며 방해하자 지신地神을 불러내 자신을 증명하고 마왕을 굴복시킬 때 맺은 수인이다. 왼손의 시원인施願印은 얼핏 보면 요구하는 것처럼 보이나 실상은 베푸는 것으로, 모든 중생의 소원에 응답한다는 의미다.

그러나 이 그림의 가장 특별한 점은 보살의 왼손이 보검의 칼끝을 움켜쥐고 있다는 것이다. 자세히 살펴보면 그 손에 상처가 난 것도 보인다. 그런데 칼을 그린 기법을 보면, 칼끝에서 자루 쪽으로 오면서 점점 어두워지는 것과 칼의 방향 때문에 마치 그림을 보는 사람이 검을 들고 있는 사람이 된 듯하다.

천칭쉐는 이런 구도를 본 적이 없었다. 처음 이 그림을 보자마자 그림의 의미에 매료되었다. 그녀는 이 그림을 보면서 서구 문화의 정의의 여신을 연상했다. 한 손에는 검을, 다른 손에는 천칭을 들고 두 눈은 천으로 가린 여신이 상징하는 바는 누구에게나 공정하고 공평한 정의다.

하지만 찬찬히 생각해보면 그림 속 관세음보살과 정의의 여신은 큰 차이가 있다. 관세음보살은 위엄이 있으나 그 손으로 칼끝을 쥐고 있으므로 살기가 없다. 화가는 천칭쉐에게 직접 이렇게 해설했다. 이 그림의 진정한 의미는 보살 옆에 초서체로 써놓은 문장까지 같이 읽어야 이해할 수 있다고 했다. "염피관음력念彼觀音力, 도심단단괴刀尋段段壞."

이 게송은 『묘법연화경妙法蓮華經』의 '관세음보살보문품觀世音菩薩普門品'에 나오는 것으로, 죄가 있든 죄가 없든 형벌을 받는 자가 호소하면 관세음보살은 아무 조건 없이 그를 구제하기에 형틀이나 형구가 부서진다는 뜻이다.

천칭쉐는 사형수도 마찬가지냐고 물었다. 화가가 고개를 끄덕였다.

천칭쉐는 그 그림을 샀다. 그림은 타이베이시 스린구士林區 톈무天母에 위치한 자기 집에 걸어두었다. 예불을 올리는 작은 탁자가 있는 곳이었다.

천칭쉐는 남편과 같이 살고 있다. 두 사람 슬하에는 자식이 없었다. 아주 가까운 극소수의 몇 사람을 제외하면 그녀가 불교를 믿는 것을 아는 이가 없다. 천칭쉐는 법조계에 투신한 첫날부터 일부러 자신의 종교를 숨겼다. 자신은 언젠가 사법 개혁의 선봉에 설 사람이라 믿었기 때문에 자신의 공정하고 이성적인 이미지에 영향을 미칠 만한 것들은 전부 숨길 작정이었다.

종교는 그중 하나였다.

종교를 가진 사람들 대부분이 그렇듯, 천칭쉐도 신앙에 대해 회의하는 부분이 있었기에 버릴 것은 버리고 취할 것은 취하고 있다. 그녀는 자신이 대단히 경건한 종교인은 아니라고 생각했다. 다만 불교의 어떤 관점에 몹시 끌릴 뿐이다. 그녀는 늘 비판적인 관점에서 불교를 바라보곤 했다. 각종 변증의 방식으로 불교에 담긴 진정한 의미를 체험하려 했다. 이런 태도 덕분에 천칭쉐는 종교를 맹목적으로 믿고 따르지 않고 위선을 알아볼 수 있었다. 이것이야말로 불교가 그녀에게 주는 진정한 의미일 것이다.

타이완에서 가장 규모가 큰 서민 신앙은 불교와 도교의 사상이 융합된 것으로, 일반인은 양자를 세세하게 구분하지 못한다. 사실 타이완 사람들은 확실히 구분하여 이해할 생각이 없다. 그들은 소원을 빌고 감정을 표출하며 이성적인 판단이 아니라 맹목적으로 믿을 것이 필요했다. 신앙을 선택하는 데는 이익을 얻고 편안하게 살고자 하는 동기가 더 컸다. 그래서 종교에 대해 무지한 사람이 대다수를 차지했으며, 그들은 종교라는 거대한 깃발을 높이 들고서 속으로는 다른 생각을 했다. 스스로 겸손하고 경건하다고 주장하지만, 실제로는 옳은 길을 거스르고 제멋대로 횡포를 부린다.

사형제도가 가장 좋은 예시다.

불교의 다섯 가지 계율 중에서 살생을 금하는 것이 첫째다. 불교에서 '인과응보'를 이야기하지만 그것은 자신이 쌓은 업보가 자신에게로 돌아오는 것이다. 그러니 인과응보는 객관적이고 공정해야 하며, 윤회 역시 타인의 손에 의해 이루어지는 것이 아니라 제가 가진 몫에 따라 자연스럽고 적절하게 일어나야 할 일이다. 그러므로 불교 경전에서는 명확하게 이야기한다. 법을 집행하는 자가 기소, 심판, 사형 집행을 하는 것은 직무를 수행할 뿐이라고 해도 전부 살생계殺生戒를 어기는 행위다. 따라서 지옥에 떨어져 벌을 받아야 한다.

많은 법조인이 불교도를 자처하며 향을 피우고 예불하지만 살심으로 가득 차 있다. 그들은 "내가 지옥에 가지 않으면 누가 지옥에 가리" 따위를 말한다. 민중은 사형수가 불경을 베껴 쓰는 것을 기대하고, 벌을 받는 사람이 부처 앞에 무릎 꿇고 참회하는 모습을 즐긴다. 형장으로 향하는 길에는 불경 독송 녹음을 틀어준다. 이 모든 것이 동일한 논리에 기반한다.

부처는 핑곗거리에 불과하며, 그들이 믿는 것은 자기 자신인 것이다.

그야말로 위선이다.

천칭쉐는 종교란 일종의 견해나 논리라고 여겼다. 세속의 일에 목적이나 동기로 작용해서는 안 된다. 불교는 사형을 반대하지만, 그 사실이 사형제 폐지의 정당성을 담보하지 않는다. 천칭쉐가 그림을 사서 걸어둔 것도 사형제 폐지의 이념과 무관했다. 그녀가 사형제 폐지를 지지하는 이유는 지극히 순수했다. 사람의 생명이 무엇보다 존귀하며, 소위 '인간성'이라는 것이 여기서 시작되기 때문이다. 죽이는 것이 본성이라면 죽이지 않는 것은 인간성이다.

사형제 폐지를 주장하는 여러 단체가 있지만 그들의 논리는 대체로 생떼를 쓰거나 너무 탈속적이어서 일반 민중이 받아들이기 쉽지 않다. 천칭쉐는 사형수를 동정하지 않아도 사형제 폐지를 주장할 수 있다고 생각했으며, 그래야만 사형제 폐지의 궁극적인 의의가 달성된다고 여겼다. '죽이지 않는 것'은 수단이 아니라 목적이다.

그녀는 이런 생각에는 결국 크든 작든 종교적 의미가 담긴다는 것도 잘 알고 있다.

불교를 믿으면서도 그 가르침을 세속적 생활 뒤편으로 밀어놓는 천칭쉐의 태도는 그녀의 성생활에도 반영되었다.

불교는 음란함을 금지하지만 천칭쉐는 그런 것을 따진 적이 없었다. 결혼생활이 안정적인데도 그녀는 배우자가 아닌 사람과 관계를 가지는 것을 피하지 않았다. 난교를 즐기거나 육체를 이용해 이득을 누리려고 한 적은 없었다. 상대방은 반드시 자신의 마음에 든 사람이어야 했고, 어떤 식으로든 문제가 생길 가능성이 있는 사람은 피했다. 자신의 일상생활과 정치 활동에 위해가 되지 않는다는 전제하에 성애의 기쁨을 즐길 뿐이다.

천칭쉐는 결혼한 지 20년이 넘었다. 남편은 어느 은행의 고위 임원이다. 두 사람은 아이를 갖지 않기로 합의한 것은 아닌데 자식을 낳지 못했다. 그들은 꼭 아이를 낳아야겠다고 생각하지 않았기 때문에 병원에 가서 검사하거나 영험하다는 데 가서 빌거나 하지 않고 그저 자연스럽게 흘러가는 대로 두었다. 남편은 올곧고 단순한 사람이라 그녀가 어떠한 이념이나 사상을 추구해도 반대한 적이 없었다. 결혼 생활은 편안하고 온건했다.

정치가라면 누구나 바랄 만한 가정이었다. 천칭쉐는 장더런과 섹스할 때마다 늘 그렇게 생각했다.

그녀와 장더런의 관계는 총통에게 보고하기 전에 그가 슬쩍 '힌트'를 줬던 날 이후로 시작되었다. 그때 이후로 천칭쉐는 종종 장더런을 찾아가 그의 조언을 구했고 두 사람은 점점 가까워졌다. 천칭쉐는 장더런이 정치적 이념에 대해 이야기할 때의 눈빛을 제일 좋아했다. 그리고 낮고 부드러운 목소리도 마음에 들었다.

둘이 처음 섹스한 장소는 장더런의 사무실이었다. 그날 밤 두 사람은 공적인 업무 이야기를 마친 후에 각자가 좋아하는 음악에 대해 대화했다. 장더런은 천칭쉐에게 위스키를 따라주었고, 아끼는 음반을 틀어주었다.

브람스의 피아노 소나타 1번 C장조가 흘러나올 때, 장더런이 그녀의 몸 안으로 들어왔다.

두 사람은 타이베이시 중산구中山區 다즈大直 지역에 위치한 고급 호텔 몇 군데를 돌아가며 만났다. 관계를 들키지 않으려고 각자 차를 운전해 호텔에 갔고, 방도 각자 빌렸다. 그런 다음 동전 던지기로 누구의 방에서 만날지 정하곤 했다. 장더런의 유일한 단점은 폭음하는 습관인데, 어쨌든 술 냄새는 좋지 않지만 천칭쉐는 그런 걸로 까다롭게 굴지 않았다. 장더런이 술을 마시면 섹스할 때 거칠어지고 사정이 빨라지기 때문인데, 그녀는 그런 상태일 때가 제일 편했다.

천칭쉐는 자신이 위로 올라가는 체위를 선호했다. 특히 남자의 몸 위에 올라타서 행위를 끝내는 것을 좋아했다. 장더런은 그녀에게 그만한 체력이 있다는 점을 놀라워하면서 통제 욕구가 너무 강한 것 아니냐며 투덜거렸다. 하지만 천칭쉐는 그 자세로 할 때 가장 쾌감이 강렬하기 때문에 선호하는 것뿐이었다.

가끔 두 사람은 천칭쉐의 집에서 만났고, 관세음보살 그림 앞을 포함해 집 안 구석구석에서 섹스했다.

3

"추허순邱和順을 특별사면하자고? 불가능해."

시트로 하반신을 덮은 장더런은 홀가분하지만 약간 피곤한 표정으로 말을 이었다.

"나는 '사형집행규칙'을 손볼 생각이야. 사형수가 사면을 신청하면 총통이 서면으로 거부하지 않는 이상 사형이 집행되지 않도록 하는 거지."

천칭쉐는 침대 가에 걸터앉았다.

"특별사면법에 그런 규정은 없어."

"사면을 결정하는 것은 총통의 고유 권한이지만, 각하는 언제나 법무부에 검토하라고 떠넘기시잖아. 문제는 사면 여부를 심사할 기준도 절차도 없다는 거야. 법무부에서 뭘 어떻게 결정할 수 있겠어? 결국 사면 신청이 흐지부지되니 총통은 답변조차 할 필요가 없지."

"사면 여부가 사형 집행의 전제조건이 된다면 사법 판결이 존재할 이유가 있나? 삼권 분립에 위배되는 것 아닌가?"

"분명히 특별 사면을 신청했는데도 어떤 답변조차 받지 못하다가 어느 날 갑자기 끌려나가서 총살되는 건 행정권을 자의적으로 남용하는 것 아닌가? 그게 법치국가에서 일어날 수 있는 일이라고 보는 거야?"

장더런은 천칭쉐의 논리를 받아들였다. 사면법을 수정하는 것쯤이야 사형제도의 핵심을 직접적으로 건드리는 것이 아니었다. 개별 사건에도 관련되지 않고 개혁의 의지는 보여줄 수 있으니 어느 쪽에나 호감을 살 수 있는 좋은 정책이다. 그렇게 생각한 장더런이 고개를 끄덕이며 승낙했다.

"내가 '사장님'께 말해두지."

침대에서 일어선 천칭쉐는 벌거벗은 몸을 그다지 신경 쓰지 않았다. 바닥에 떨어진 옷가지를 집어 들어 우아한 동작으로 입기 시작했다.

장더런은 휴대용 술병을 꺼내며 멀어지는 나신의 등을 감상했다. 그런 그의 시선이 벽에 걸린 관음보살 그림에 닿았다.

"불교를 믿는 줄은 몰랐는데."

"아는 사람 없어."

천칭쉐가 잠시 후에 설명을 덧붙였다.

"신앙이라는 건 말을 하는 순간 순수성을 잃는 거야. 게다가 난 종교 때문에 꼬리표가 붙는 것도 싫어…… . 내가 하려는 일은 종교와 상관없으니까."

"사형제 폐지 말인가?"

천칭쉐는 가타부타 말하지 않고 어깨만 으쓱했다.

"그러면 이유가 뭐지?"

장더런이 다시 물었다.

"인권 문제에 이유가 필요해?"

"하지만 당신이 생각하는 인권은 일반적인 기준보다 고상하잖아."

"그야 내가 일반적인 사람이 아니니까 그렇지."

"불교에서는 모든 중생이 평등하다고 가르칠 텐데?"

"한나라를 세운 유방劉邦이 '약법삼장約法三章'●에서 말했지, 사람을 죽인 자는 죽인다. 그건 이미 2000년 전의 일이야. 일반적인 사람은 법학을 이해하지 못하고 이해할 생각도 없어. 그러니 그들을 대신해 사고하고 결정해줄 나 같은 사람이 필요한 거야. 이게 현대 국가의 운영 방식이지. 만약 내가 '살인자는 죽인다'처럼 무뇌아의 논리를 여전히 지지한다면 일반적인 사람들의 기대를 저버리는 일이 아닐까?"

"우월감은 위험해."

"나는 우월감이 아니어도 충분히 위험해."

천칭쉐가 매혹적인 미소를 지었다.

장더런은 잠시 멍해졌다가 얼른 정신을 차렸다. 더 할 말이 없었다. 그는 천칭쉐의 웃는 얼굴을 보며 솔직히 말하기로 마음먹었다.

"핑춘 16호에 왜 관심을 가지는 거지?"

천칭쉐는 동작을 멈추고 놀람을 감추려 했다. 눈에 띄지 않게 행동하려 애썼는데 역시 누군가의 '선'을 건드린 모양이다.

장더런이 덧붙였다.

"작년 총통 선거. 총통은 타이완 어업을 수호하겠다고 공약했어…… 당신도 알겠지만, 그런 공약이 남부끄러울 일은 아니니까."

"그게 해안 살인 사건과 무슨 상관이람?"

● 유방은 진나라 때의 가혹한 법을 폐지하고 사람을 죽인 자는 죽이고, 남을 상해한 자와 물건을 훔친 자는 벌을 받는다는 세 가지 법령만 공표하여 민심을 수습했다.—옮긴이

"알면서."

"난 몰라. 쓸 만한 자료도 찾지 못했다고."

"어업은 수백 억 규모의 산업이고, 아주 민감한 신경 체계와 같아. 해안 살인 사건은……. 칭쉐, 모든 일을 사형제도와 연관 짓지 마. 두 사건은 분리해서 봐야 해."

천칭쉐가 고개를 끄덕이며 결혼반지를 다시 꼈다.

"알았어."

장더런은 그녀의 반지를 보다가 고개를 돌렸다. 그가 다시 술 한 모금을 마셨다.

천칭쉐가 손을 뻗어 저지하며 부드러운 태도로 말했다.

"너무 많이 마시지 마."

장더런은 술병을 내려놓고 뚜껑을 닫았다.

"다음 주에는 언제 시간이 비지?"

천칭쉐는 그들 사이의 불문율을 깨뜨리는 그의 말에 조금 당혹했다.

"아니, 다음 주는 좀 바쁘니까…… 미리 정해두자는 거야."

장더런이 급히 변명했다. 천칭쉐는 웃기만 하고 대답하지 않았다.

4

천칭쉐는 해안 살인 사건이 국제 사법 공조나 인신매매 같은 문제와 얽혀 있는 게 아니라면 법무부에서 나설 일은 없다고 생각했다. 그녀도 꼭 뭔가 해야겠다는 생각은 아니었다. 이 사건의 판결이 내려지기까지 아직 시간이 있기도 했다. 다만 장더런의 말을 듣고 깨달은 것이 있었다. 사형이 선고된 사건은 대부분 법률적으로든 절차적으로든 집행을 지연시킬 여지가 충분히 있었다. 그러지 못하는 경우는 단 한 가지뿐이다. 정치와 연관되었을 때.

사형으로 정치적 문제를 덮은 사례는 흔했다. 2010년 중국과 타이완이 맺은 경제협력기본협정ECFA 문제, 2013년 집권당 고위층의 연이은 부정부패, 2014년의 양안서비스무역협정CSSTA 반대 운동*까지 어느 것 하나 사형 집행으로 초점을 흐트러뜨리지 않은 적이 있었나? '정치'는 천칭쉐가 어떻게 해도 극복할 수 없는 문제였고, 국민의 민심보다 이 점을 더욱 걱정하고 있었다.

해안 살인 사건이 2심에서 범죄 사실에 관련된 유력한 증거를 새로 제시하지 못한 채 3심으로 넘어가면 판결을 뒤집을 가능성은 더욱 줄어든다.**

2심의 핵심은 변호인인 퉁바오쥐였다. 천칭쉐는 장더런의 조언을 진지하게 고려하더라도 더 자세한 정보와 자신의 패를 확보하기 위해서는 시간을 내어 퉁바오쥐라는 옛 친구를 만나야겠다고 결심했다.

그들의 관계는 가장 흥분되고 들썩였던 시대로 거슬러 올라간다.

1990년의 타이완은 오늘날 정치인에게는 절대 잊을 수 없는 시기다. 그해 2월의 정쟁으로 타이완 역사에서 가장 규모가 큰 민주화 운동인 야백합 학생운동野百合學運이 시작되었다. 이 학생운동은 '반란

* 양안서비스무역협정은 ECFA의 부속협정으로, 타이완 국회가 이 법령을 30초 만에 졸속처리한 데 항의하여 2014년 3월 18일부터 4월 10일까지 대학생 및 시민으로 구성된 시위대가 타이완 입법원(국회)을 점거했다. 이 시위를 '해바라기 운동太陽花運動'이라고 한다.—옮긴이

** 타이완의 형사소송에서 3심은 법률심으로, 이전 재판에서 법률이 바르게 적용되었는지만을 심사한다. 따라서 범죄 사실에 대한 변론이나 새로운 증거 제출 등이 불가능하다.

진압을 위한 동원 시기 임시조항動員戡亂時期臨時條款*철폐와 1948년
부터 43년째 직위를 유지하고 있는 '만년국회萬年國會'의 퇴진에도 영
향을 미쳤다. 야백합 학생운동으로 타이완은 독재 시대를 마감하고
자유민주주의의 길로 나아가는 서장을 열게 된 셈이었다.

학생운동에 참여했던 여러 대학생 간부들은 후에 정치권에 투신
해 주요 인사가 되었다. 당시 타이완대학 법학과 3학년이었던 천칭쉐
역시 중정기념당中正紀念堂 광장에서 이 역사적인 전환점에 참여했다.
그러나 학생운동의 정책팀이 전체 학생들의 동의 없이 당시 총통이
던 리덩후이李登輝와 대면 교섭한 일로 천칭쉐는 배신감을 느끼고 광
장을 이탈했다. 천칭쉐는 들판에 피는 백합꽃이라는 뜻의 '야백합'이
실제로는 전혀 야생성이 없을 뿐 아니라 애초에 허구였다고 느꼈다.

학생운동은 겨우 7일간 유지됐다. 마지막에는 학생운동 정책팀이
대학 간 조직위로 대체되었고 '청원'의 방식으로 리덩후이에게 대학
생들의 입장을 전달하는 것으로 종결되었다. 학생운동의 간부들이
입버릇처럼 말하던 주체성, 자유, 박애 등은 천칭쉐가 보기에 우스갯
소리로 전락했다. 울분을 참지 못한 그녀는 학생들이 광장에서 철수
한 다음 날 밤에 가깝게 지내던 독서회 친구들과 함께 중정기념당
광장에 가서 그곳에 아직 남아 있던 학생운동 정신을 담은 백합 상
징물을 불태웠다.

그 후 천칭쉐와 그녀가 이끄는 독서회 친구들은 당시 새로운 폭풍

---

* 1948년 5월 10일부터 1991년 5월 1일까지 시행된 중화민국 헌법의 임시조항이다. 장
제스의 국민당 정부는 중국공산당을 '반란 세력'으로 규정하고 이 반란을 진압하기 위해
한시적으로 총동원령을 입법했다. 이 임시조항으로 인해 1948년 이후로 국회의원 등 국민
의 대표를 선출하는 선거가 정지되었고, 총통과 부총통이 무제한 연임할 수 있게 되었다.
처음 2년 기한으로 도입된 이 임시조항은 기한 연장을 거듭하며 이후 40여 년간 국민당
일당독재 체제를 공고히 하는 역할을 했다.—옮긴이

으로 떠오른 원주민 민족운동에 눈을 돌렸다. 1990년대 초반은 독재 체제가 점차 와해되던 시기였다. 타이완의 정치운동은 갈수록 다원화했고, 원주민 권익을 법제화하라는 목소리도 이때 가장 드높았다. 원주민들은 가두 시위를 벌이고 정부에 타이완원주민족위원회를 독립적으로 설치하라고 요구했을 뿐 아니라 '타이완신헌법'에 원주민 자치조례를 넣으라고 주장했다. 원주민의 권익을 헌법에서 보장하는 것과 '산지동포山地同胞'라는 비하 의미를 담은 용어 대신 '원주민原住民'을 정식으로 헌법에 등재하는 것을 요구하는 원주민 헌법운동이 정식으로 시작된 때였다.

대학 4학년 때 퉁바오쥐와 변론대회에서 맞붙었을 때 천칭쉐는 그에게 깊은 인상을 받았다. 시위는 연일 빈번히 일어났고, 조직을 확장하고 인력을 모집할 필요가 생긴 천칭쉐는 퉁바오쥐를 운동에 참여시키려 했다. 그가 보기 드문 원주민 출신 법학과 대학생이고 규칙에 얽매이지 않고 임기응변에 능한 성향이니 운동에 도움이 될 거라고 여겼다.

천칭쉐는 버스를 두 번 갈아타고서야 푸런대학에 도착했다. 법학과 사무실의 조교를 거쳐 남자 기숙사 지하 식당에서 퉁바오쥐를 발견했다. 그는 국물이 없는 면 요리를 먹고 있었다.

"산지동포가 왜 꼭 산지동포의 문제에 앞장서야 하죠?"

그것이 퉁바오쥐가 천칭쉐에게 한 대답이었다.

"당신 개인의 문제만이 아니에요. 당신 민족 전체에 관한 일이라고요."

"당신이 나를 산지동포라고 확정 짓게 된 근거가 뭡니까? 혈통, 아니면 생활 수준? 내 마음속 자아정체성과 외모의 특징 중 어느 쪽이죠?"

퉁바오쥐가 팔짱을 끼며 흥미로운 시선으로 천칭쉐를 바라봤다.

"이도 저도 아니면 내 발음인가요?"

그 말을 듣고서야 천칭쉐는 퉁바오쥐의 '국어'에는 원주민 발음이 거의 느껴지지 않는다는 것을 깨달았다. 퉁바오쥐의 질문은 괴상하고 음험했다. 천칭쉐는 그가 대답이 뭐든 신경 쓰지 않을 것임을 알아차렸다. 그저 자신을 난처하게 하고 싶을 뿐인 것이다.

"나는 당신의 법적인 신분과 문화적 전통에 대해 말하는 거예요. 당신의 상태나 특징이 아니라요."

"문화? 나는 숙번熟番•입니다. 문화적 전통 따위는 없어진 지 오래예요."

"지식인으로서 문제의식이 없나요? 이런 일들을 바꾸어야겠다는 책임을 느끼지 않는다고요?"

"나는 자신의 '신분'을 결정할 수 없습니다. 그렇다면 그 신분에 해당하는 문화나 책임도 나에게 강요하면 안 되겠죠? 명문 타이완대를 다니는 엘리트 씨, 당신이 말하는 '민족자결주의'에서는 나 같은 놈을 용인해주지 못하나요?"

"그렇다면 한 가지만 물어볼게요. 당신은 '산지동포'라고 불리는 걸 좋아하나요?"

이 질문은 단순해 보이지만 실제로는 답할 수 없는 내용이다. 산포山胞, 즉 산지동포는 어쨌든 멸칭이기 때문이다. 천칭쉐는 그 점을 이용해서 퉁바오쥐의 궤변을 공략하고자 했다. 원주민이라는 신분은

• 청나라 때 타이완의 원주민을 구분하던 방식이다. '숙번'은 청나라의 관리를 받고 세금을 내는 원주민을 말한다. 한족화지 않은 이들은 '생번生番'이라고 불렀다. 일제강점기에는 한자가 '番'에서 '蕃'으로 바뀌었는데, 원주민들은 농담 삼아 자신들이 동물에서 식물로 바뀌었다고 말한다.

그저 '사실'일 뿐이다. 마음으로 추구하는 정체성이나 현실 상황이 어떻든 자신이 어떤 틀로 규정된다는 것은 피할 수 없는 것이다.

퉁바오쥐가 머뭇거리는 것을 보며 천칭쉐는 얼른 말을 이었다. 그를 기분 나쁘게 할 의도가 아니었기 때문이다.

"명칭을 바로잡자는 것 역시 우리의 주장 중 하나예요. 산지에 거주하는 민족을 산지동포라고 부르지 말자는 운동이죠."

"그러면 뭐라고 부를게요?"

"원주민이죠."

"만약 제가 당신들의 사회운동에 참가하면 원주민 말고 '옛날 땅주인'이라고 불릴 수도 있을까요? 토지 보상금도 받고요?"

천칭쉐는 저도 모르게 웃고 말았다.

"우리, 술 한잔하죠."

"평소 잘생긴 남자에게 술을 잘 사는 편이에요? 아니면 술을 먹이면 원주민도 당신과 친구가 될 수 있다고 믿는 거예요?"

"당신은 확실히 잘생긴 편이에요. 술이 우리 사이를 좀 가깝게 해줄 거라고 생각하기도 하고요."

천칭쉐가 잠깐 멈췄다가 말을 이었다.

"하지만 제가 술을 산다는 말은 아닌데요."

"술은 됐고 밥이나 사요."

퉁바오쥐가 씩 웃으며 대답했다.

두 사람은 버스를 타고 완화萬華 일대에 퍼져 있는 노점 식당에 갔다.

천칭쉐는 작은 조개를 볶은 것과 고구마잎 무침, 굴 튀김과 타이완 맥주 한 병을 시켰다. 퉁바오쥐에게도 맥주를 따라주려고 했는데, 그가 손을 저으며 거절했다. 천칭쉐는 원주민은 대체로 술을 좋아하지 않나 생각하며 의아해했다. 그러나 퉁바오쥐는 확실하게 말했다.

"나는 술을 마시지 않습니다."

처음 만난 자리인데도 분위기가 화기애애하고 이야깃거리가 끊이지 않았다. 과제와 일상생활 이야기부터 꿈과 이상까지 주제를 가리지 않고 떠들었다.

그러나 원주민과 한족의 문제가 언급되자 역시나 의견이 갈렸다.

"이미 잃어버린 것을 왜 되찾아야 하지? 그걸 얻어내면 내 생활이 좋아지나? 난 실질적인 이득을 원해."

퉁바오쥐의 말을 듣고 천칭쉐가 물었다.

"그럼 가산점 제도는 이득이라고 생각해?"

"그 제도가 없었으면 나는 당신이 살 집을 짓고 있었을걸. 당신도 나에게 밥을 사지 않았을 테고."

"그건 원주민의 한족화를 가속하는 정책이지 원주민의 어려움을 배려하는 게 아니야."

"하지만 나는 그 덕분에 기회를 얻었어. 그게 중요하지 않겠어?"

"이런 식으로 모두에게 같은 기회를 주는 평등은 진정한 약자에게는 조금도 도움이 안 돼."

"내가 약자가 아니라는 건가? 내 주변에는 아주 많은 사례가 있는데, 많은 경우 그들 스스로 노력하지 않았기 때문이야. 내 말 믿으라고."

"당신은 그저 운이 좋았던 거야, 그걸 왜 인정하지 않지? 왜 같은 민족의 고통을 보지 않아?"

술기운이 오른 천칭쉐는 완곡하게 말하지 않았다.

"내가 보기에는 이기적인 행동이야."

"내가 운이 좋다니! 홀리 마조! 그럼 당신은 뭔데? 복권 당첨자야?"

퉁바오쥐가 버럭 소리쳤다.

"당신이 고통에 대해 뭘 알아! 내 눈에는 착한 척하는 걸로만 보여."

두 사람은 입을 다물고 눈앞에 놓인 남은 음식만 내려다봤다. 어색한 분위기는 한동안 이어졌다. 퉁바오쥐는 손목시계를 확인하고 막차가 끊긴 시간이라는 것을 알았다. 술 때문인지 말씨름 끝의 오기 때문인지 얼굴 전체가 빨갛게 된 천칭쉐가 이상하게 귀여워 보였다. 늦은 시각이라 그녀의 귀갓길이 걱정스럽기도 했다.

"어떻게 집에 갈 거야?"

퉁바오쥐가 물었다.

"걸어서."

"어디 살아?"

"기숙사."

"기숙사는 어디 있는데?"

"사오싱난가紹興南街."

"데려다줄게."

"됐어."

"타이완대 법학대학원 근처 맞지?"

천칭쉐가 고개를 끄덕였다.

"타이완대 법학대학원은 건물이 엄청 멋있다고 그러더라."

두 사람은 구이린로桂林路에서 아이궈시로愛國西路를 지나 중정기념당을 가로질렀다. 걷는 동안 다시 도란도란 이야기를 나눴지만 무의식적으로 민감한 화제는 피했다. 곧 사오싱난가 입구에 도착했고, 두 사람은 타이완대 여학생 4호 기숙사 앞에 멈춰 섰다.

"당신은 어떻게 돌아가지?"

천칭쉐가 물었다.

"걸어서 갈 수는 없으니까, 법학대학원 건물에 빈 교실에서 자려고. 내일 아침 첫차를 타고 가면 돼."

"우리 독서회가 토론실로 쓰는 데가 있어……. 나한테 열쇠가 있으니까, 거기서 자."

천칭쉐는 퉁바오쥐를 데리고 타이완대 법학대학원 안으로 들어갔다. 건물 1층은 중앙 정원이 조성되어 있었고, 두 사람은 농춘지弄春池라는 이름이 붙은 연못가에 앉아 다시 대화를 나눴다. 밤바람이 불어와 연못 수면에 가느다란 파문을 일으켰다.

"아미족 말로 눈雪은 뭐라고 해?"•

천칭쉐가 물었다.

"soeda……."

마지막 음절을 발음하는 순간, 천칭쉐가 퉁바오쥐에게 입을 맞췄다.

두 사람은 한동안 연애했다. 천칭쉐가 지금의 남편을 알게 되면서 둘의 관계도 끝났다. 딱히 문제가 있었던 것은 아니었지만 그냥 그렇게 되었다. 천칭쉐는 퉁바오쥐에게 이별의 이유를 설명하지 않았다. 하지만 그처럼 똑똑한 사람이라면 원인을 추측할 수 있을 것임을 알았다.

자신처럼 원대한 목표를 가진 여성은 그에 합당하게 안전하고 온건한 가정이 든든하게 뒤를 받쳐주어야 했다. 천칭쉐의 남편은 가업이든 혈통이든 어느 쪽으로 보나 더 나은 선택지였다.

퉁바오쥐는 천칭쉐에게 아무 말도 하지 않았고, 그 이후로 다시는 연락하지 않았다.

• 천칭쉐의 이름 마지막 글자가 '눈 설雪'이다.—옮긴이

공판일이 다가오자 퉁바오쥐는 렌진핑을 시켜 리나에게 법률 지식을 가르치기로 했다.

리나가 이번에는 먼저 말했다.

"이것도 돈으로 계산해주세요."

퉁바오쥐는 고개를 끄덕이면서 조그맣게 투덜댔다.

"이 외국인 노동자가 정말…… 잘도 따지는구나."

렌진핑은 공판 당일에 사용될 가능성이 큰 단어를 성심성의껏 골라서 최대한 간단한 방식으로 리나에게 설명했다. 처음 몇 번은 리나가 사는 집 근처의 스타벅스에서 만났다. 만나는 시간은 대부분 저녁 식사 이후였다. 그 시간은 리나가 저녁 예배를 끝내고 할머니가 잠자리에 드시기 전까지 자유롭게 쓸 수 있는 시간이었다.

렌진핑은 리나가 커피를 주문하지 않고 직접 가져온 물만 마시는 것이 신경 쓰였다. 렌진핑이 커피를 사주겠다고 했지만 그것도 거절했다. 몇 번 그러고 나자 렌진핑은 혼자서 그란데 사이즈의 라테를 마시는 상황이 불편해졌다. 그래서 약속 장소를 골목 입구의 편의점으로 바꾸었다. 편의점 안의 취식 코너는 조금 시끄럽지만 리나에게 30타이완달러짜리 과일 주스를 사줄 수 있으니 서로 조금이나마 덜 어색했다.

몇 차례 만나 공부를 하면서 렌진핑은 리나의 학습 속도가 상당히 빠르다는 것을 알았다. 우선 쉬운 중국어로 단어를 설명하고, 영어 해설을 덧붙이는 식이었다. 법학 지식은 체계적인 학습이 필요했다. 그러나 시간에 쫓겨 꼭 필요한 지식만 주입하는 데도 리나는 남다른 재능이라도 있는 듯 간단한 질문과 자신만 이해할 수 있는 메모를 통해서 여러 개념을 빠르게 연결해냈다.

렌진펑은 리나가 살인 사건의 세부적인 내용을 알지 못한다는 것을 깨닫고 살해 수법, 흉기, 증거, 두 살짜리 여자아이를 익사시킨 것 등을 상세히 설명했다. 다 듣고 나서 리나는 한참 동안 침묵했다.

"그가 죽었다고 생각해요?"

"그가 죽인 게 맞아요."

"그러면 왜 도와줘요?"

"난 사형제도를 반대하거든요."

"Religion(종교) 때문에?"

리나가 렌진펑의 목에 걸린 십자가를 가리켰다.

"아뇨. Religion 때문이 아니에요."

렌진펑이 대답했다. 그는 곧 리나에게 같은 질문을 돌려줬다.

"당신은요? 사형제도를 찬성하나요?"

리나는 고개를 끄덕이며 말했다.

"나쁜 짓 했으니까 벌을 받아요."

"하지만 종종 잘못된 판결을 내리기도 하잖아요."

렌진펑은 휴대전화를 꺼내 번역 앱에서 'Miscarriage of Justice'를 인도네시아어로 번역해 리나에게 보여주었다.

리나는 살풋 웃으며 고개를 저었다. 이런 것들은 그녀 입장에서 너무나 먼 이야기였다. 렌진펑도 미소를 지으며 더 말하지 않았다.

그는 리나가 '오심誤審'의 맥락을 이해할 리 없다고 여겼다. 칸트나 헤겔의 응보주의, 벤담의 공리주의, 위고와 카뮈의 인도주의, 범죄예방주의, 사회연대주의 등 더 깊은 사상은 말할 것도 없을 터였다. 그는 리나를 설득할 생각이 없었다. 그래봤자 무엇도 바꿀 수 없다는 것을 잘 알고 있었다.

렌진펑에게 있어서 '오심'은 사형제도를 폐지해야 하는 가장 중요한 이유다. 범죄의 증거가 확실해도 형량에서 잘못된 판결이 내려질 가능성이 있다. 아무리 완벽한 사법제도라도 재판관의 실수나 자의적 판단을 원천적으로 예방할 수 없다. 물론 어떤 형벌에도 이러한 문제는 내포되어 있지만 목숨을 거두는 결과는 어떻게도 되돌릴 수 없지 않는가.

오심은 사형제도를 폐지해야 할 이유가 될 수 없다며 렌진펑과 논쟁했던 학과 동기가 있었다. 사형제도가 폐지되면 '사형'이라는 형벌이 지닌 범죄 억지력이 사라지면서 늘어날 피해자의 수를 고려해야 한다는 주장이었다. 논리로만 따진다면 오심으로 죽는 사람이 사형 폐지 후에 늘어나는 피해자보다 훨씬 적을 게 분명하다. 그러니 사형에 정당성이 없다고 말할 수 없다는 것이었다.

렌진펑은 그런 주장을 조금도 인정할 수 없었다. 사형의 목적이 사회에서 영구히 격리하는 데 있다면 가석방 없는 무기징역을 선고하면 된다. 죽을 때까지 가둬두는 것이니 형벌의 결과는 같고, 혹시라도 오심이었다면 억울함을 풀 수 있다는 가능성을 남겨두는 셈이다.

사형제도를 지지하는 사람은 흔히 "당신 가족이 살해되었다면?" 하고 묻는다. 질문의 동사 부분만 '오심'으로 바꾸면 그 결론은 우리를 더 불안하게 한다. 오심으로 인해 사형된 사람을 살해한 것은 절대적 정의를 표방하는 국가이기 때문이다.

더구나 사람의 목숨이 어떻게 숫자의 문제일 수 있을까?

울적한 표정으로 생각에 잠겼던 리나가 조그만 목소리로 입을 열었다.

"What if…… he was mistreated?"(만약, 그가 부당한 학대를 당했다면요?)

리나가 마음속으로 생각하던 것은 자신의 경험이었지만 그것을 자세히 들려줄 생각은 없었다. 애초에 리나는 그런 방향의 대화를 의도하지 않았다. 그녀는 지금 진심으로 정의의 한계에 대해 생각하고 있었다.

반면 렌진펑은 리나의 질문을 듣고 이 문제에는 이주노동자의 생활 실태가 밑바닥에 깔려 있다는 점을 생각하게 되었다. 리나는 어떤 일을 겪었을까? 그녀는 이번 재판에 관련된 사람 누구보다 'Mistreated(학대당한)'의 의미를 잘 이해하고 있을 터였다. 어려운 이론을 대입하지 않아도 알 수 있는 질문이고 모순점이지만, 렌진펑은 직접적이고 명확한 해답을 내릴 수 없었다.

"타이완의 법률이 그를 보호해줄 겁니다."

렌진펑은 그렇게 대답하고 퉁바오쥐의 변호 전략을 설명했다. 리나가 이 모든 과정이 아무 희망도 없는 일이 아니라는 점을 이해하기를 바랐다.

리나는 그의 설명에 모든 정신을 집중했다. 말하는 중간에 끼어들거나 질문하지도 않았다. 렌진펑은 그녀의 태도에서 알고자 하는 갈망 외에도 따뜻한 배려심을 느꼈다.

렌진펑의 설명이 끝난 후에 리나가 물었다.

"왜 정신 감정을 하나요?"

"그에게 책임능력, 그러니까 'Criminal Capacity'가 없다는 것을 알기 위해서죠."

렌진펑은 책임능력이라는 개념을 쉽게 설명하려 애썼다.

"그는 만 18세가 지났으니 Criminal Capacity가 있어요. 잘못을 했다면 처벌받아야 합니다. 하지만 정신적인 상태가 좋지 않다면 Criminal Capacity에 영향을 주기 때문에 사형은 선고할 수 없게 됩니다."

리나는 고개를 끄덕이더니 수첩에 중요한 내용을 메모했다. 그녀는 범죄자나 살해, 폭력이 싫었지만 법률이 그런 사람들과 그런 일들을 어떻게 바라보는지, 그리고 어떤 근거를 내세우는지 알고 싶었다. 누어가 말했던 시민 저항 운동도 비슷했다. 리나는 안개에 가려진 거대한 무언가가 자신의 경험과 인지가 미치는 영역 바깥에 존재하고 있다는 것을 느꼈다. 지금은 그것의 이름조차 알지 못하지만 어떤 것인지 보고 싶고, 이해하고 싶었다. 이 감정은 어쩌면 불안이라고 불러야 할지 모른다. 하지만 탐구한다는 희열이 있었다.

렌진핑은 점점 더 열을 올리며 설명을 이어갔다. 리나의 눈빛에 긍정적인 반응이 어리면 그것만한 격려가 없었다. 렌진핑은 자신에게 그런 허영심이 있는 줄 몰랐다. 권위를 가진 위치에 섰기에 느끼는 우월감과 이성의 숭배를 받는다는 고양감. 남자라면 나이에 상관없이 이런 감정을 느끼는 것이 이상하지 않을 것이다. 특히 리나처럼 똑똑하고 예쁜 여자가 앞에 있는 상황이라면 말이다.

리나가 마지막으로 물었다.

"왜 죽였을까요?"

렌진핑은 언젠가는 이 질문이 나올 거라고 예상했다. 그래서 담담하게 대답할 수 있었다.

"우리도 모릅니다."

"이유, 중요해요?"

"중요하죠."

"그런데 몰라요?"

렌진핑은 의도와 동기의 차이를 설명했다. 의도는 범죄의 형성 요건이고, 동기는 양형에 영향을 미치는 요인이다. 살인의 동기가 무엇이든 간에 살인죄 성립에는 전혀 영향을 끼치지 않는다. 리나는 잘 이해되지 않는 모양이었다. 렌진핑은 급하게 생각하지 말라면서 이해하는 데 시간이 걸릴 거라고 했다.

렌진핑은 공부하느라 힘든 리나를 위로해줘야겠다고 생각했다. 자신이 '집주인'인 셈이니 도리를 다해야 한다고 여겼다. 그래서 렌진핑은 어느 날 수업 전에 "저녁을 너무 많이 먹지 말라"고 문자 메시지를 보냈다. 그는 무슬림이 먹거나 쓸 수 있는 제품을 가리키는 '할랄' 인증을 받은 식당에서 인도네시아 파당 지역 쇠고기 요리와 밀가루 반죽을 납작하게 구운 전병, 야자 주스를 사서 리나와 공원에서 만났다. 두 사람은 공원 벤치에 앉아 전병을 쇠고기 요리의 국물에 찍어 먹고 야자 주스를 마셨다. 렌진핑은 인도네시아 요리를 처음 먹는 것이었다. 맛과 향이 강하다고 느꼈지만 소고기에 스며든 야자즙과 강황의 풍미에 야자 주스까지 곁들이니 타이완의 8월 여름밤에 남태평양 분위기가 흠뻑 느껴졌다.

리나는 인도네시아의 여름은 이렇게 무덥지 않다고 했다. 그녀의 고향은 바다에서 가깝기 때문에 밤에는 시원한 바닷바람이 불어온다고도 했다. 리나가 웃으면 눈이 실처럼 가늘어졌다. 렌진핑은 갑자기 리나가 머리카락을 풀어 내린 모습을 보고 싶다고 생각했다.

그 뒤로는 이틀 혹은 사흘에 한 번씩 렌진핑이 이런 식으로 간식을 준비했다. 리나와 함께 인도네시아 음식을 맛보고 마음을 나눴다.

그의 입맛에는 양고기 꼬치와 찹쌀로 만든 롤이 잘 맞았고, 리나는 소고기를 넣은 면 요리를 좋아했다.

그러나 렌진핑은 리이룽에게는 리나 이야기를 하지 않았는데, 그녀가 오해할까봐 걱정한 탓은 아니었다. 그저 원래부터 아무것도 아닌 일이었을 뿐이다.

6

집안일과 법학 공부까지 바쁜 나날을 보내는 리나에게 가장 위안이 되는 순간은 가끔 누어와 영상 통화를 할 때다. 누어가 일상생활의 에피소드나 참여하고 있는 사회운동에 대해 말해주는 것이 좋았다. 자신도 누어와 같이 그런 운동에 참가하는 듯한 기분이 들었다. 누어는 최근 '가족 회복탄력성 법안Family Resilience Bill' 때문에 학생들과 새롭게 저항 운동을 준비하고 있었다.

2020년 2월 인도네시아 국회는 가족 회복탄력성 법안 계획을 발의하고 임기 내에 이와 관련한 50건의 법안을 우선적으로 처리할 예정이었다. 가족 회복탄력성 법안이란 남편과 아내가 전통적인 도덕관념에 따라 가정 내에서 역할 분담을 해야 한다는 내용을 담고 있었으며, 나아가 동성애자 혹은 양성애자, 트렌스젠더 등 성 소수자를 교화 시설에 입소시켜 교정 및 치료한다는 법령이었다.

"그 법안에 왜 그렇게 신경을 쓰는 거니?"#인

리나가 물었다.

"젠더나 복장 규정은 사실 같은 문제야. 정치인들은 사람을 분류해서 자기 입맛대로 착취하고 이용해. 왜 히잡을 써야 하는지 생각해본 적 있어?"#인

"그야 나는 무슬림이니까."#인

리나는 종교적으로 보수적인 집안에서 태어나 자랐다. 월경을 시작한 이후로는 자연스럽게 히잡을 썼다. 다른 사람들이 부러워할 만큼 풍성하고 긴 머리카락을 가졌지만 히잡을 써서 가리는 것을 구속이나 제한이라고 여긴 적이 없었다.

"하지만 그거 알아? 우리가 태어나기 얼마 전까지만 해도 히잡은

인도네시아에서 흔히 볼 수 있는 무슬림 복식이 아니었어. 심지어 종교적 광신주의라고 여겨졌대. 수하르토 정권 후기에 들어와서 히잡은 비판과 저항의 상징으로 인도네시아 사람들의 생활 속에 들어왔지. 당시에는 고등교육을 받은 여성의 이미지였다고 해. 지금은 급진적인 보수주의자들이 히잡과 종교적 경건함을 동일시하면서 여성은 이 전통에 '복종'해야 한다고 말하는데, 얼마나 우스운 일이니?"#인

리나는 곰곰이 생각하다가 물었다.

"그러면 앞으로는 히잡을 쓰지 않을 거야?"#인

"아니! 히잡이 얼마나 예쁜데, 왜 그러겠어."#인

누어가 웃으며 말을 이었다.

"나는 쓰고 싶을 때만 쓸 거야."#인

누어는 늘 그랬다. 설득력과 듣는 이를 북돋워주는 힘이 있었다. 리나는 최근 경험한 일들을 생각했다. 평등, 정의, 인권⋯⋯. 이 모든 것이 더는 멀게 느껴지지 않았다. 리나는 생애 처음으로 자신이 무언가를 바꿀 수 있을 것 같았다. 리나는 결국 누어에게 자신이 지금 사형수의 통역사로 일한다는 사실을 털어놓았다. 누어는 장난스러운 태도를 싹 거두고 지금 고민에 휩싸인 친구를 진지하게 응원했다.

"그건 정말 중요한 일 같구나. 넌 중요한 일을 하고 있어."#인

"잘 모르겠어⋯⋯."#인

"코란에서 '한 사람을 억울하게 죽인 자는 여러 사람을 죽인 것과 같고, 한 사람을 살린 자는 여러 사람을 살린 것과 같다'고 했잖아⋯⋯."•#인

누어가 잠시 말을 멈췄다가 다시 격려했다.

• 『코란』 5:32.

"사람은 죽고 나면 끝이야. 그러니까 우리는 살아 있는 사람을 위해 노력해야 해. 그렇지? 알라께 기도하자, 신이 우리를 보호하실 거야."#인

리나는 감격에 찬 미소를 지으며 고개를 끄덕였다. 그러나 그녀의 마음속 깊은 곳에는 여전히 의문이 남았다. 무슬림이 아닌 남자를 좋아해도, 알라께서 나를 보호하실까?

7

왼손이 방어 한 마리를 도마 위에서 누르고 있다. 방어는 펄떡이면서 벗어나려 했지만 소용없다. 곧 오른손이 신경교란기를 생선의 머리에 집어넣었다. 신경교란기는 생선 척추를 따라 깊이 들어갔다. 방어가 가볍게 몸을 떨더니 입이 천천히 벌어졌다.

오른손이 회칼을 들고 방어의 동맥을 갈랐다. 피가 줄줄 흘렀다.

"이걸 '활체活締'라고 부릅니다. 일본 애들이 발명했죠. 가장 인도적이고 생선 살도 신선함을 유지하고요."

홍전승이 말하면서 능숙한 손놀림으로 회를 떴다.

"이 칼이 참 좋다니까. 내가 아천에게도 한 세트를 줬는데, 결국…….뭐, 사람 죽이는 데도 똑같이 좋은가 보지요."

린딩원이 어색하게 웃었다. 어둑어둑한 해산물 식당의 뒷마당에서 이런 농담을 듣는 것은 정말 오싹했다.

홍전승은 정성스럽게 방어 회를 접시에 담아 린딩원에게 내밀었다.

"방어, 최상품입니다."

"홍 회장님, 전에 일어난 일은 정말 드릴 말씀이 없습니다."

"린 변호사님 탓은 아니죠. '판짜이' 놈들은 가끔, 골치 아프게 굴 거든요."

"제가 도와드릴 게 있다면……."

홍전승이 어깨를 으쓱하더니 방어 회를 집어 먹으며 가타부타 말이 없었다.

"제가 퉁바오쥐를 잘 압니다. 그놈한테 무슨 수가 있겠습니까? 대학 다닐 때도 턱걸이로 유급을 면했는데, 다 제 덕분이었죠."

홍전승은 말없이 탕을 후루룩 마셨다. 국물을 들이키는 소리가 크게 울렸다. 흡족한 표정이었다.

린딩원은 홍전승이 아무 반응도 보이지 않자 강하게 나가기로 했다.

"그놈이 그러더군요. 피고가 흉기를 현장에 가져간 게 아니라는 점을 증명할 수 있다고요. 살인을 계획한 게 아니라면 사형 판결이 나올 확률이 크게 낮아집니다."

홍전승은 조금 흥미가 생긴 듯 린딩원을 흘낏 쳐다봤다.

"그 사람이 정신 감정을 재차 신청했지요."

"확실히 귀찮게 되었습니다. 그건 교화 가능성에 관련 있는 내용이라……. 타이완의 판사들은 겁이 많아서 사형 면제의 금메달리스트예요."

린딩원이 은근한 목소리로 말을 이었다.

"저에게 법률 자문을 맡겨주신다면 해결할 방법이 있습니다."

"오케이!"

홍전승이 의외로 흔쾌하게 대답했다.

기쁨에 겨운 린딩원이 드디어 눈앞에 놓인 진수성찬을 맛보기 시작했다.

"홍 회장님, 혹시 여쭤봐도 될까요? 왜 이 사건에 관심이 많으신 지……."

"린 변호사님, 덧셈을 잘하십니까? 살인, 불법 어획, 밀수, 인신매매……. 이걸 다 더하면 몇 년 형을 받을까요?"

홍전습이 이를 드러내며 웃었다. 이 사이에 생선 찌꺼기가 잔뜩 끼어 있었다.

"내가 평생 죽인 것들로 따지면 벌써 지옥에 떨어지고도 남을 겁니다. 하지만 말입니다, 그건 죽은 뒤의 일이거든요. 지금은 그냥 열심히 살아야지요."

린딩원은 어색한 웃음을 지을 수밖에 없었다. 자기 그물에 무엇이 걸려들었는지 이제야 제대로 이해한 셈이다.

8

"홍전습, 바로 그 홍전습이라고요?"

통신기록 조사 결과에 렌진핑은 꽤 흥분했다. 전화번호는 홍전습의 개인 휴대전화였고, 통화 시각도 사건 발생 시각에 근접했다.

그러나 퉁바오줘는 예상 외로 냉담했다.

"귀찮게시리."

"중요한 단서잖아요? 왜 전화를 걸었을까? 누가 걸었을까? 무슨 말을 했을까? 전부 궁금해지는데요."

"그 사람은 적성증인敵性證人●이라고."

● 태도나 증언 내용이 이편에 불리한 증인, 상대편에서 신청한 증인을 말한다.

퉁바오쥐가 머리를 쥐어뜯으며 말했다.

그가 우려하는 것이 무리도 아니다. 우호적인 증인도 가끔 준비한 대로 증언하지 않고 엉뚱한 소리를 하는데 적대적인 증인일 경우에는 더 말할 것도 없다. 사전에 증언 내용을 파악할 수 없으니 법정에 서서 증언을 시작하면 작게는 변론에 도움이 안 되고 크게는 어렵사리 만들어둔 논리에 손해를 끼친다. 쉽게 말해 훙전슝의 증언은 양날의 검이었다.

첫 번째 공판일에는 아나우, 펑정민 그리고 훙전슝까지 세 명의 증인이 나올 예정이었다.

개정 전에 퉁바오쥐는 법복을 입으면서 렌진펑에게 투덜거렸다.

"국선변호인의 법복이 왜 녹색인 줄 알아?"

"모르겠어요. 왜 그렇죠?"

"내가 알면 너한테 물었겠냐? 이렇게 못난 옷을 입어야 하다니. 서기관조차 나보다 멋지다고. 시작부터 기세가 절반쯤 꺾이고 들어간단 말이야."

"국선변호인은 환경을 보호해야 한다는 뜻일지 몰라요."

렌진펑이 말했다.

"아니면 국선변호인은 슬라임과 비슷하다는 뜻일지도 모르죠."

이번에는 린팡위였다.

"혹은 '변호사綠師'•를 상징하는 거겠지."

퉁바오쥐는 이런 류의 시답잖은 농담 따먹기에서 절대 물러나지 않는 사람이었다. 그러나 이번에 그가 던진 회심의 언어유희를 알아

• 중국어로 변호사는 '律師'인데, 퉁바오쥐가 '법칙 률律' 자를 발음이 똑같으면서 녹색을 뜻하는 '푸를 록綠師' 자로 바꿨다. 그러나 두 글자는 발음이 완전히 똑같기 때문에 다른 사람에게는 퉁바오쥐가 그냥 '변호사'라고 말한 것으로 들렸다.—옮긴이

들은 사람은 없었다.

법정에 들어가면서 퉁바오쥐는 방청석을 둘러봤다. 펑정민과 훙전 슝은 이미 와 있었고, 린딩원이 그 옆에 앉았다. 린딩원이 있다고 해 서 걱정하지는 않았다. 그는 지금껏 린딩원을 대단하게 여긴 적이 없 었다.

퉁서우중도 출석한 것이 조금 의외였을 뿐이다. 심지어 훙전슝 일 행과 떨어져 앉았다. 퉁바오쥐는 그들과 인사할 생각이 없었으므로 곧장 피고석으로 향했다.

런진펑이 퉁바오쥐를 불렀다.

"바오거, 힘내세요."

퉁바오쥐가 그를 향해 윙크했다.

압둘아들이 법정으로 들어오고, 퉁바오쥐는 리나에게 배운 대로 인사했다.

"Assalam ualaikum."(당신에게 알라의 평화가 깃들기를.)

압둘아들이 고개를 끄덕였다. 퉁바오쥐가 손을 내밀자 머뭇거리다 가 자신도 천천히 손을 내밀었다.

압둘아들의 손은 크지 않았고, 거친 동시에 차가웠다. 퉁바오쥐가 갑자기 그의 손을 꽉 잡고 잘린 손가락을 가리키며 물었다. 리나가 통역했다.

"왜 이렇게 됐죠?"

압둘아들은 무표정했다. 대답할 생각이 없어 보였다.

9

증인에게 원고 측과 피고 측에서 번갈아 질문하는 '교호신문'의 절차는 주신문과 반대신문으로 구성된다. 증인을 신청한 쪽에서 먼저 질문하는데 이를 주신문이라 하고, 주신문이 끝나면 상대편이 반대신문을 한다. 이런 순서로 연속 두 번 진행한다.

첫 번째 증인은 아나우였다. 그는 정빈 파출소에서 일하는 경찰이자 해안 공공주택의 아미족 주민이다.

검사의 주신문은 평범했고 아나우 역시 예상대로 진술했다. 그는 사건 당일 이른 시각에 동네 입구에서 피고를 두 차례 목격했고, 피고가 손에 들고 있던 가방에는 신문지로 감싼 길쭉한 물건이 들어 있었다. 그리고 칼자루의 끄트머리로 생각되는 것을 봤다.

검사가 증거물 사진을 제시하며 아나우에게 그가 본 칼자루가 맞는지 확인해달라고 요청했다.

"이의 있습니다. 유도신문입니다. 증인에게 사진을 보여주면 안 됩니다."

퉁바오쥐가 말했다.

"인정합니다."

재판관이 대답했다.

검사가 질문을 바꾸었다.

"증인이 목격한 칼자루는 어떤 모양이었습니까?"

아나우는 기억을 더듬으며 한참 머뭇거리다 더듬더듬 설명했다.

"아마도 금속 재질인 것 같은 둥그스름한…… 그냥 딱 봐도 칼처럼 생겼습니다……. 자세한 모양은 사진을 봐야 확실히 말씀드릴 수 있을 것 같습니다."

퉁바오쥐가 느긋한 표정으로 어깨를 으쓱했다.

퉁바오쥐의 반대신문 순서가 되었다. 그는 앞으로 걸어나오면서 아나우를 향해 친근한 미소를 지었다. 두 사람은 어려서부터 잘 아는 사이다. 퉁바오쥐가 다섯 살 정도 많지만 바츠먼에서는 그 정도 나이 차이는 아무것도 아니었다. 그들은 갯벌에서 같이 뒹굴며 놀았던 사이로, 100여 명이 같이 쓰는 똥통에 같이 빠진 적도 있었다.

퉁바오쥐는 아나우를 싫어하지 않았지만 할 일은 해야 했다.

"사건 당일에 당직이었지요?"

"예."

"그날 술을 마셨습니까?"

"아니요."

"오늘은 술을 마셨습니까?"

"아니요."

"증인, 거짓말을 하면 위증죄가 됩니다."

"아침 일찍 마신 겁니다, 지금은…… 취한 느낌이 없습니다. 아무렇지도 않다고요."

"네, 좋습니다."

방청석에서 웃음소리가 났다. 지금까지의 질문은 퉁바오쥐의 전략에서 중요한 부분이 아니었다. 아나우가 뭐라고 대답했든 이어질 반대신문에는 아무 영향이 없을 터였다. 다만 퉁바오쥐는 이 질문을 이용해서 아나우가 함부로 증언하지 못하도록 경고를 한 것이었다. 그는 신문 과정에서 절대적인 주도권을 장악해야 했다.

퉁바오쥐가 멋들어지게 몸을 돌리고는 흉기 사진을 제시했다.

"흉기의 칼자루는 상아 재질입니다. 증인이 말한 것처럼 금속 재질이 아닌데, 어떻게 된 겁니까?"

아나우가 잠깐 생각하다가 대답했다.

"오래전 일이라 기억이 확실하지 않을 수도 있죠."

퉁바오쥐는 연이어 흉기의 길이와 가방의 깊이, 피고를 목격했을 때의 거리와 각도 등을 상세하게 질문했다. 아나우는 머뭇거리다가 점점 대답을 회피하더니 결국 침울하게 증인석에서 내려갔다.

퉁바오쥐가 결론지었다.

"이 증인의 진술이 검찰 측에서 주장한 '계획 살인'의 유일한 근거였습니다만…… 그는 피고의 가방에 정확히 무엇이 들어 있었는지 알지 못했습니다. 검찰이 독단적이고 경솔한 주장을 하고 있다는 반증입니다."

두 번째 증인은 평정민이었다. 새로 산 듯한 양복을 입고 있었다. 저렴한 옷감이었지만 몸에 잘 맞았다. 양복은 온갖 풍파를 겪은 그의 분위기에 어울리지 않는 면도 있지만 확실히 정중한 이미지가 더해졌다. 평정민은 격식을 차린 옷차림에 익숙하지 않은지 증인석으로 걸어가는 동작이 약간 어색했다. 그는 일부러 압둘아들 쪽을 보지 않으려 했다. 중립적이라는 인상을 주려는 듯했다. 그러나 평정민이 뿜어내는 적대감 때문에 관계자가 아닌 리나까지 불안해졌다.

평정민은 압둘아들이 원양어선에 탄 날부터 이야기했다. 압둘아들과 선장 사이의 갈등을 빠짐없이 증언하면서 그가 지시를 따르지 않고 꾀병을 부리거나 물건을 훔치는 등 여러 가지 나쁜 짓을 저질렀다고 했다.

"바다에서 일하는 것이라 위험도가 높습니다. 선원들은 서로 도와가며 지내야 하는데, 그는 사람들과 전혀 어울리지 않았습니다. 그러면 다른 선원들의 작업 리스크가 올라갑니다. 선장이 그를 징계하기 위해 감봉 조치를 취한 것은 당연한 일이었어요. 그렇게 하지 않으면 어떻게 선원을 통제하겠습니까? 다른 선원들과의 형평성 문제도 있고요……."

평정민이 잠시 멈췄다가 덧붙였다.

"배를 탄 지 오래되었지만 이렇게 악질적인 놈은 처음 봤습니다."

평정민의 증언으로 검사 측은 원양어업의 위험한 업무 현장에 대한 이미지를 확실히 구축했다. 선장인 정평췬은 배와 선원을 보호하고 바다와 사투를 벌이는 조타수였고, 압둘아들은 바다보다 더 깊고 무서운 괴물로 보였다.

반대신문이 시작되자 퉁바오쥐는 압둘아들의 손을 쥐고 잘린 손가락이 잘 보이도록 높이 치켜들었다.

"증인, 피고의 손가락은 어떻게 된 겁니까?"

평정민은 압둘아들의 잘린 손가락을 보며 아무런 감정도 내비치지 않았다.

"모릅니다."

퉁바오쥐는 이런 대답을 들을 거라고 예상했다. 이 질문에 특별한 의미가 있는 것은 아니다. 그저 괜찮은 '워밍업'일 뿐이다.

"방금 말씀하신 배 위의 상황을 증명할 수 있습니까?"

"같이 배에 탔던 사람들에게 다 물어보시죠."

"제가 알기로 그 배에 탔던 선원 중 당신과 선장만 타이완 사람이고 나머지는 전부 외국인 선원입니다. 맞습니까?"

"예."

"그 외국인 선원들은 지금 어디에 있죠?"

"내가 어떻게 압니까? 항해가 끝나면 계약도 끝이라 다 귀국했는데요."

"배를 타신 지 얼마나 되셨지요?"

"20년이 넘습니다."

"그렇다면 증인이 배를 타고 일하는 동안 항해가 끝난 후 외국인 선원이 한 명도 빠짐없이 귀국한 사례가 몇 번이나 있었습니까?"

그런 일은 전무후무하다. 퉁바오쥐는 그 사실을 잘 알고 있었다. 일반적으로 같은 배에 탄 선원이라도 각자 계약일이 다르기 때문에 동시에 계약이 끝난다는 것은 불가능했다. 게다가 배가 항구로 돌아온 후에 해야 할 일이 바다에서 어획할 때만큼 많았다. 어선과 어획 도구를 보수하고 필요한 물품을 채워야 했으며 배에 남아서 경비를 서는 인원도 필요했다. 이런 일을 누가 할까? 인원 구성에 변동이 생길 수는 있지만 모든 선원이 동시에 귀국한다는 것은 말도 안 되는 이야기였다.

퉁바오쥐가 이 질문을 던진 이유는 펑정민의 답변을 듣기 위해서가 아니었다. 그가 어떤 대답을 하더라도 변호하는 쪽이 유리해진다. 펑정민이 '그런 일이 일어난 적 없다'고 대답한다면 핑춘 16호에 문제가 있음을 드러내는 셈이니 배 위에서 벌어진 일에도 다른 해석이 가능하다는 뜻이 된다. 반대로 펑정민이 '그런 일도 있다'고 대답하고서 구체적으로 예시를 들지 못한다면 이처럼 불합리한 답변을 한 그가 앞서 증언한 내용에 대한 신뢰도가 떨어진다.

펑정민은 금세 질문 속에 숨겨진 교활한 의도를 알아차렸다. 그는 별수 없이 "그런 적은 없었습니다"라고 대답해야 했다.

"20년 동안 '한 번'도 없었다는 말이죠?"

"예."

눈치가 있는 사람이라면 펑정민의 말을 듣고 그 배에서 정상적이지 않은 일이 일어났다는 사실을 깨달을 것이고, 사람들의 마음에 합리적인 의심이 생겨날 것이다. 퉁바오쥐는 반대신문의 효과에 만족스러워하며 말했다.

"마치겠습니다."

방청석의 롄진핑은 속으로 환호했다. 퉁바오쥐가 벌써 두 명의 적성증인을 크게 힘들이지 않고 처리해버렸다.

재판장은 원고와 피고 쌍방에게 다른 질문이 더 없는지 확인한 다음 펑정민을 증인석에서 내려보냈다.

"증인은 퇴정하시기 바랍니다."

펑정민은 바로 일어나지 않고 우물쭈물하다가 손을 들고 발언을 신청했다.

"판사님, 제가 흉기 사진을 봐도 될까요?"

퉁바오쥐는 당황했고, 검사 역시 펑정민이 예상 못 한 행동을 한데 놀란 듯했다.

퉁바오쥐가 바로 반응했다.

"신문 절차는 이미 끝났습니다. 증인은 더 발언할 수 없습니다."

재판장이 펑정민에게 물었다.

"흉기 사진을 보여달라고 하는 이유가 있습니까?"

"제가 알고 있는 칼인 것 같아서요."

퉁바오쥐가 다시 저지하려 했다.

"재판장님, 그건 증인의 증언과 아무 관계도……."

"왜 이제야 말씀하시는 겁니까?"

재판장이 물었다.

"방금은…… 생각이 나지 않았습니다."

판사 세 사람이 이마를 맞대고 논의했다. 그들은 사건 내용에 관련된 중요한 사실이니 펑정민이 이어서 진술해도 무방하다고 여겼다.

변호인이 이의를 제기한다면 반대신문 기회를 한 번 더 주면 될 터였다. 효율적이고 피고의 권리를 침해하지도 않는 일이었다.

퉁바오쥐는 한 차례 더 반대했지만 어쩔 도리가 없었다.

펑정민의 판사의 허락을 받고 이어서 증언했다.

"그 칼은 저도 본 적이 있습니다. 선장 소유의 칼이니까요. 한정판 상품인 데다 끄트머리에 흠이 났으니 같은 칼인 것을 확인할 수 있 겠죠. 한번은 그 칼이 사라졌다가 나중에 피고의 짐에서 발견된 적 이 있습니다. 피고가 훔친 물건이 한두 개가 아니다보니 아까는 생각 나지 않았습니다……. 항구로 들어온 후에 그 칼이 또 없어졌다고 선장이 말한 게 기억납니다. 피고가 가지고 있는 줄은 몰랐는데, 배 에서 도망칠 때 훔쳐간 것 같습니다."

류자형이 슬쩍 말을 얹었다.

"그래서 증인은 피고가 그 칼을 가지고 있었다고 보는 거군요? 나 중에 칼을 가지고 와서 피해자를 죽였고요?"

"이의 있습니다! 증인에게 억측으로 답변하도록 요구하고 있습니다."

"인정합니다. 증인은 이 질문에 대답하지 않아도 됩니다."

류자형은 미소를 지으며 "마치겠습니다"라고 말하고 자리에 앉았 다. 퉁바오쥐가 이의를 제기해 증인의 답변은 막았지만 애초에 류자 형의 의도는 펑정민에게서 대답을 듣는 것이 아니라 그가 암시한 내 용을 구체적으로 판사의 마음속에 주입하는 것이었다.

퉁바오쥐는 다시 한번 따져 묻는 것 외에 다른 수가 없었다.

"증인, 당신의 진술을 증명해줄 사람이 있습니까?"

펑정민이 불퉁하게 대답했다.

"아까 말했듯이 우리 배에 탔던 사람은 다 증명해줄 수 있죠."

퉁바오쥐는 이런 식으로 반복 질문하는 것이 의미가 없다고 생각 해 신문을 마치겠다고 했다.

재판장이 10분간 휴정한다고 선언했다.

퉁바오쥐는 평정민의 마지막 증언이 린딩원에게서 나온 전략인지 아닌지 확신하기 어려웠다. 순조롭게 흘러가던 좋은 흐름에 확실히 변화가 생긴 것은 사실이다. 앞서 아나우의 증언을 약화시켰는데, 예상치 못했던 평정민의 증언으로 대체된 데다 신뢰도도 높아졌다.

어차피 일어난 일이니 고민해봐야 달라질 것이 없었다. 퉁바오쥐는 코를 문지르며 잠시 쉬고 정신을 바짝 차려서 다음 증인인 홍전숭을 맞이하자고 생각했다.

퉁바오쥐는 화장실에 다녀오는 길에 복도에서 사람들에게 둘러싸인 리나를 발견했다. 리나를 둘러싼 사람들은 기자가 분명했다. 퉁바오쥐는 얼른 달려가 리나를 빼냈다. 기자들의 의도가 빤히 보였다. 방금 공판에서 검사와 변호인이 멋진 공방을 주고받았으니 기사의 화제성은 확실했다. 거기에 더해 '아름답고 신비한' 통역사에게서 무언가 더 캐낼 수 있다면 제목을 뽑을 때 더 좋을 터였다.

"누가 뭘 물어도 절대 대답하지 마."

퉁바오쥐가 리나에게 당부했다.

리나는 고개를 끄덕였다. 그녀는 모르는 사람과 대화할 생각이 없었다. 실수할까봐 온통 신경이 곤두서 있었다. 방금 있었던 공판 과정만으로도 리나는 기진맥진했다.

퉁바오쥐도 리나의 상태를 눈치챘다. 그러고 보니 오늘 리나는 걱정한 것이 무색하게 통역을 잘 해내고 있었다. 놀라울 정도였다.

"괜찮아?"

퉁바오쥐가 리나의 상태를 살피며 물었다.

리나는 고개를 끄덕였지만 무슨 말을 더 하지는 않았다. 리나는 통역할 때 정말 최선을 다했다. 지금 리나를 불안하게 하는 원인은 사실 압둘아들의 침묵이었다.

리나는 비는 시간이 생기면 압둘아들과 이야기를 나눠볼 생각이었는데, 그는 줄곧 아무 반응도 보여주지 않았다. 표정도 없고 감정도 없었다. 리나는 압둘아들과 현실 세계 사이에 보이지 않는 벽이 있는 것 같다고 느꼈다. 사람들은 서로 언어가 달라서 소통할 수 없다고 여기거나 혹은 압둘아들이 일부러 침묵한다고 오해할 테지만, 완전히 잘못된 생각이었다.

퉁바오쥐는 피로해 보이는 리나의 상태가 걱정스러웠지만 안내 요원이 곧 개정한다고 외치는 바람에 얼른 법정에 들어가야 했다.

10

홍전승은 거침없이 증인석에 올라가 느긋한 태도로 자리에 앉았다. 그의 행동거지에는 어색하거나 긴장된 느낌이 없었다. 자기 사무실에 들어가는 사람처럼 자연스러웠다. 퉁바오쥐는 거대한 선박회사를 이끄는 사람답게 법정에 서는 일이 낯설지 않은 모양이라고 생각했다.

퉁바오쥐는 이런 증인을 많이 만나봤다. 만반의 준비를 갖추고 나온 그들은 방어기제가 강하고 심지어 공격성을 보이기도 했다. 그를 자극해 벌컥 화를 내도록 유도할 수 있다면 좋겠지만, 그러기 어렵다면 냉정하게 처리하는 것이 가장 좋은 방법일 것이다.

검사가 진행하는 주신문이 시작되었다.

"증인, 올해 1월 25일 저녁 7시쯤 사망한 정핑췬의 집에서 건 전화를 받은 사실이 있습니까?"

"네, 있습니다."

"전화를 건 사람은 누구였습니까?"

"정평췬 본인이었습니다."

"어떤 대화를 하셨습니까?"

"도망쳤던 선원이 찾아와서 도피 자금을 요구했다더군요. 돈을 주지 않으면 자기 집 식구를 전부 죽일 거라고 했다면서요."

홍전슘의 말투는 단호했다. 간결한 대답으로 범죄의 계획성, 살해의 고의성, 금전적 동기까지 한꺼번에 압둘아들에게 덮어씌웠다.

새로운 정보에 방청석이 웅성거렸다.

"왜 증인에게 전화를 걸었을까요?"

"왜라니요? 저는 회사의 대표입니다. 선원이 도망쳐서 생기는 문제가 한둘이 아닙니다. 당연히 회사가 나서서 해결해야 합니다."

"그날 바로 경찰에 신고하지 않은 이유가 있습니까?"

"정평췬 선장에게 경찰을 부르라고 했습니다. 저도 회사 직원을 시켜 현장에 가보라고 했고요. 저희 직원에게 물어보셔도 됩니다."

류자형이 몸을 살짝 숙이며 예의를 차렸다.

"신문을 마치겠습니다."

논리정연한 말 중 일부는 사실이고 일부는 아닐 것이다. 사실과 거짓 사이에서 명확하게 서술한 것이 없지만 그래서 더 빈틈을 찾기 어렵다. 홍전슘의 증언은 이 사건에서 가장 힘 있는 해석이 될 수 있을 것이다. 권력이 있고 책임이 있는 사람은 언제나 추궁당하는 범위에 속하지 않는다. 그 사람이 살살 휘두르면 곧 바람이 불기 시작한다.

반대신문이 시작되었다.

"전화한 사람이 정평췬 본인이라고 어떻게 확신하십니까?"

홍전슘은 자연스럽게 웃으며 대답했다.

"오래 알고 지냈으니까요. 10여 년이나 되었으니 잘못 들었을 리 없습니다."

"그렇다면 증언하신 내용을 전부 정평췬이 말했다는 겁니까?"

"이의 있습니다! 중복 질문입니다."

류자형의 이의 제기를 재판장이 받아들였다.

퉁바오줘는 계속 신문해봐야 득이 될 게 없겠다고 생각했다. 어차피 목적한 바는 달성했기에 차분하게 말을 이었다.

"재판장님, 증인의 진술은 전문증거傳聞證據이므로 증거 능력을 인정하지 않아야 합니다.● 반대신문을 마치겠습니다."

방청석의 렌진펑은 잠시 어리둥절했지만 곧 이유를 깨달았다. 증인이 법정에서 제삼자가 보고 들은 내용을 자신이 전해 들었다고 진술할 경우 이를 전문증거라고 한다. 2차 자료이면서 상호 질의하여 진위를 판별할 방법이 없기 때문에 증거 능력을 인정하지 않으며, 증거에서 배제된다.

퉁바오줘의 첫 번째 질문은 터무니없는 말처럼 들렸지만 사실상 훙전슝의 증언이 전부 '정평췬이 한 말'이라는 점을 확인하기 위함이었다. 그의 말을 쓸모없는 전문증거로 만든 것이다. 대단한 전략은 아니지만 퉁바오줘에게 오랜 실전 경험이 있었기에 이처럼 막힘없이 자연스럽게 대처할 수 있다는 것을 느꼈다.

류자형은 입술을 삐죽거리면서도 반박할 말을 찾지 못했다.

그때 훙전슝이 갑자기 질문했다.

● 증거 능력은 법정에서 증거를 제시하여 범죄 사실을 인정하는 데 사용할 수 있는 자격을 말한다. 증거 능력이 없는 경우 법원은 이를 배제해야 하며, 재판시 참고 자료로 사용해서는 안 된다. 증거 능력의 유무는 재판 결과에 직접적인 영향을 미치는 요소이기 때문에 종종 양측 공방의 초점이 된다.

"전문증거가 뭡니까?"

증인에게는 질문할 권리가 없지만 류자형은 직감적으로 판사가 제지하기 전에 얼른 설명했다.

"당신이 다른 사람에게 들은 말은 전달한다는 뜻입니다. 당신 귀로 직접 들은 내용이 아니고요."

퉁바오쥐가 곧바로 반응했다.

"이의 있습니다! 검사가 증인을 유도하고 있습니다."

류자형이 가시 돋친 말투로 대꾸했다.

"법률 용어를 설명하는 것뿐인데 뭘 어떻게 유도한다는 겁니까?"

판사도 이 상황을 어떻게 처리해야 할지 생각 중인 상황인데, 홍전승이 폭탄을 던졌다.

"그렇다면 제가 말씀드린 것은 전문증거가 아닌데요. 피고가 한 말을 제 귀로 들었습니다."

퉁바오쥐는 일이 이상하게 돌아가는 것을 느꼈다. 이어서 무슨 일이 벌어질지도 감이 왔다. 저들의 능력을 과소평가했던 모양이다. 홍전승은 이 사건에서 그저 책임을 면피하려는 정도가 아니었던 것이다. 그것보다 더 사악한 의도가 있었다.

그는 압둘아들이 죽기를 바랐다.

"전화 너머로 피고가 고함치는 것을 들었습니다. 뱃일을 몇 년이나 했기 때문에 피고가 하는 인도네시아 방언을 조금 압니다. 몇 단어를 알아들었죠."

"피고가 뭐라고 했습니까?"

판사가 물었다.

"Aku njalo dhuwit. Ta bunuh kon."#자

홍전승은 꽤 능숙하게 인도네시아 방언을 읊었다.

"무슨 뜻이죠?"

"나는 돈을 원한다. 나는 너를 죽일 것이다. 그 말을 계속 반복했습니다."

홍전승은 일부러 잠시 말을 멈췄다가 무거운 표정을 지으며 덧붙였다.

"정말 무서웠습니다."

"마침 그 단어들을 알고 있었다고?"

퉁바오쥐가 화를 참지 못하고 소리쳤다.

"그건 자바어입니다! 홀리 마조, 사기 치지 마!"

재판장이 나무랐다.

"변호인, 법정의 질서를 준수하시기 바랍니다!"

"전부 사기라고요!"

퉁바오쥐가 탁자를 세게 내리쳤다.

"변호인! 한 번만 더 그러면 퇴장시킬 수밖에 없어요!"

재판장의 인내심이 거의 한계에 달한 듯했다.

리나는 슬픈 표정으로 고개를 숙였다.

방청석에 앉은 퉁서우중은 아들이 평정심을 잃고 낭패한 모습을 보며 마음속 한구석에서 비애를 느꼈다.

공판이 끝난 후 렌진펑은 리나를 법원 정문까지 배웅했다. 택시를 불러서 리나를 태우고 차비도 미리 치렀다. 리나는 렌진펑이 택시비를 내주는 것을 거절하지 않았다. 차가 출발할 때까지 작별인사도 하지 않았다.

렌진펑은 멀어지는 택시를 보며 리나의 태도를 탓할 수 없다고 생각했다. 오늘 하루는 다들 힘들었을 터였다. 사무실로 돌아가니 퉁바오쥐가 가방을 챙기며 퇴근 준비를 하고 있었다.

"바오거, 이제 어떻게 하죠?"

"해야 할 일을 하나씩 해야지."

"그 자식은 분명히 거짓말을 하는 겁니다. 자바 방언을 알아듣는 다고요? 그런 정중앙 직구라니 처음부터 다 짜놓은 거예요."

퉁바오쥐는 성질이 올라서 짜증스럽게 대꾸했다.

"네가 진짜 신이라도 된 줄 알아? 그들이 한 말이 전부 사실이면? 아부 녀석 좀 봐, 세 사람을 죽이고도 저러고 있는 꼴을. 그런 놈이 죽어 마땅하지 않다는 거야?"

"난 절대 못 믿어요."

"그건 네 문제지."

퉁바오쥐는 말을 마치고 사무실을 떠났다. 뒤도 한 번 돌아보지 않았다.

성난 렌진펑이 고개를 푹 숙였다. 리나의 마지막 표정이 떠올랐다. 오늘은 정말 너무 힘든 날이었다.

11

천칭쉐는 퉁바오쥐가 약속 장소에 나올지 확신할 수 없었다. 장소를 타이완대 법대 건물의 농춘지 연못으로 잡았으니 더 그랬다.

퉁바오쥐 스스로도 약속장소에 나갈지 확신하지 못했다. 장소가 농춘지라서 더 그랬다.

천칭쉐가 이곳에서 만나자고 한 것은 은밀함 때문이었다. 퉁바오쥐가 자기에게 잘못한 사람을 잘 용서하지 않는 성향인 것을 아는 만큼 옛 추억을 이용해 그의 경계심을 녹여보려는 노림수도 조금은 있었다.

밤 풍경이 그 시절로 돌아간 것 같은 착각을 불러왔다. 천칭쉐는 어두운 곳에서 퉁바오쥐가 건물 안으로 들어오는 것을 봤다. 그에게서 당시의 조급한 열정은 더 이상 느껴지지 않았지만 고집스러운 기질은 여전했다. 천칭쉐는 자신도 어쩌면 비슷할지 모른다고 생각했다. 그건 좋은 일이었다.

"지금까지도 가산점 제도를 두고 싸워댈 줄 알았어?"

이것이 퉁바오쥐의 첫마디였다.

천칭쉐는 퉁바오쥐가 인터넷에서 뜨거운 화제였던 웨이펑스魏馮石 사건● 혹은 최근 며칠 사이에 터진 타이완과기대학臺灣科技大學 교지 사건●●을 가리킨다는 것을 알아들었다.

"하지만 지금과 그때는 확실히 달라."

"맞아. 예전에는 한족답지 않은 것을 싫어했고, 지금은 원주민답지 않은 것을 싫어하니까."

천칭쉐는 둘이 처음 만난 날 주고받았던 입씨름이 생각났다. 마치 전생의 일처럼 멀고도 터무니없게 느껴졌다.

"해안 살인 사건 때문에 온 거지? 당신 정도 되는 사람까지 움직이다니, 내가 정말 미움을 많이 받고 있나보군."

퉁바오쥐가 말했다.

"나는 재판이 공정하기를 바라는 사람이야. 피고가 사형 판결을 받을 것 같아?"

● 2019년 2월에 인터넷에서 불거진 논쟁. 대학생 세 사람의 감정싸움에서 시작했으나 원주민이 대학 입학시험에서 가산점을 받는 것이 공평하냐는 논쟁으로 이어졌다.
●● 타이완과기대학 교내 간행물인 『대과교원지台科校園誌』 13호에 실린 '어려운 과목을 수강하는 사람은 무슨 생각일까?'라는 글에서 원주민 학생은 가산점 제도로 대학에 합격하긴 했지만 강의를 따라갈 능력이 없다고 암시했다.

"어떤 입장에서 대답해주길 바라?"

"친구로서."

"나도 모르겠어."

퉁바오쥐가 있는 그대로 대답했다. 천칭쉐는 그 정도 대답이면 충분하다고 여겼다.

"변론은 어떻게 진행할 생각이야? 내가 도울 일이 있다면 말만 해."

"왜?"

"사형제도를 반대하니까."

"내 말은, 왜 나에게 도움이 필요할 거라고 생각했느냐고."

"지금의 증인은 전부 당신에게 불리하잖아. 이제는 심신장애를 증명하는 길밖에 없어."

"그거면 돼. 두고 봐!"

퉁바오쥐가 의미심장하게 덧붙였다.

"게다가 내가 얼마나 멍청해야 당신을 또 믿겠어?"

천칭쉐는 고개를 끄덕였다. 퉁바오쥐의 말에 담긴 의미를 잘 알고 있다. 과거의 배신으로 자신이 신뢰할 만한 인간이 아님은 충분히 증명되었다. 이해관계가 복잡하게 얽혀 있는 지금은 더 말할 것도 없다. 과거든 현재든 퉁바오쥐는 그녀를 믿을 이유가 없었다.

천칭쉐는 떠나는 퉁바오쥐를 내버려두었다. 더 강요할 수는 없다. 그리고 해안 살인 사건은 당장 종결될 사건이 아니니 퉁바오쥐가 언젠가는 그녀를 찾아올 터였다.

12

오늘 밤 렌정이의 운은 좋지 않았다. 잃은 돈이 5만 타이완달러를 넘었다. 판돈이 크지 않은 자리이니 유사 이래 가장 참혹한 패배라고 할 만했다.

마작은 기술이 무엇보다 중요한 게임이다. 판을 읽는 계산력과 기억력 외에 성격이 크게 좌우한다. 렌정이가 판사들 사이에서도 '고수'로 불리는 것 역시 그의 고유한 성격 덕분이었다. 어떤 패가 나올지 확률을 계산하는 것보다는 위험을 피하는 데 더 신경 쓰는 타입이다. 마작 게임에는 패자가 딱 한 명 나온다. 지지 않으면 그게 바로 승리인 게임인 것이다.

모임의 여러 '선배'는 렌정이의 마작 스타일이 보수적이라고 놀리지만, 그 자신은 온건하다고 표현했다. "가진 것을 지킬 줄 아는 사람이 가장 멀리 간다." 그의 인생 철학이 담긴 이 말은 국민당 정부에서 높은 자리까지 올라갔던 아버지로부터 배웠다. 좋은 집안에서 태어나 남보다 더 많은 기회를 누리며 살았지만 렌정이는 언제나 긴장을 풀지 않았다. 집안의 재산과 영향력을 지키는 것은 가족의 맏아들이 해야 할 가장 기본적인 일이었다. 그는 어린 나이에 삶의 목표를 세웠다. 절대 자만하지 않고, 교묘하게 욕심을 채우려 하지도 않으면서 한 걸음 한 걸음 지금 이 자리까지 왔다.

렌정이가 평생 거둔 성취 중 가장 훌륭하다고 자부하는 일은 뭐니 뭐니 해도 아버지가 물려준 집안의 힘을 계속해서 오래도록 이어가는 것이었다. 그래서 오늘 밤의 마작 게임에서 전례 없이 큰 패배를 당했어도 모임에서 중요한 일이 무엇인지는 잊지 않았다.

"라오주老朱, 우리 진펑이 선배에게 폐를 끼치지는 않나?"

렌정이가 물었다. 라오주, 즉 주 씨 성을 가진 이 판사는 여러 해 전에 렌정이와 타이베이지방법원에서 같이 일했던 동료다. 지금은 고등법원의 행정청장이 되었고, 대체복무요원의 발령을 비롯한 법원 내 인사 업무를 총괄하고 있었다.

"폐라니, 무슨 소릴. 그 녀석이 아주 열심히 일하고 있나 보던데."

라오주는 오늘 밤 마작 게임에서 적잖게 땄다. 술을 두어 잔 마신 뒤라 그런지 얼굴도 좀 붉었다. 그가 한마디 덧붙였다.

"그 국선변호인이 더 민폐지."

"국선변호?"

"요즘 언론에서 매일 떠드는 놈 말일세."

좋은 패가 들어온 모양인지 라오주가 흥분한 표정으로 입을 쓱 훔쳤다.

렌정이는 지나가는 말투로 슬쩍 물었다.

"그게 누군데? 처음 듣는군."

"해안 살인 사건을 맡은 국선변호인인데, 퉁바오쥐라고 해."

마작패에 정신이 팔린 라오주는 가볍게 말을 이어갔다.

"골칫덩이지, 그놈……. 언젠가는 큰 문제를 일으킬 걸. 하지만 대체복무요원이 하는 일은 사무 보조 정도니까 선배가 걱정할 일은 없을 거야."

렌정이는 아무 말 하지 않았지만 머릿속에 국선변호인의 이름을 새겨두었다. 렌진펑의 대체 복무 상황이 궁금한 것은 아니었다. 모임에 라오주가 나왔으니 겸사겸사 말을 꺼낸 것인데 예상하지 못했던 걱정거리가 생겼다.

몇 게임이 더 흘러갔다. 렌정이가 일부러인지 아닌지 모를 태도로 퉁바오쥐를 다시 언급하자 라오주는 별생각 없이 그에 대한 평가를 늘어놓았다.

"퉁바오쥐 그 사람은 감정 관리에 문제가 있어. 동료들이 여러 번 부적절한 언행을 지적하기도 했고. 어쩔 수 없는 일이지 뭐. 원주민은 원래 그렇잖아, 직설적이고 야한 농담을 좋아하고. 하지만 진짜 골치 아픈 것은 법정에서야. 검사나 판사도 법원에서 같이 일하는 자기 동료인데 변론할 때 불필요한 술수를 부리거든."

그 말이 렌정이의 예민한 신경을 건드렸다. 렌진펑이 자기 일상을 이야기하는 횟수가 점점 줄고 있었다. 우선 아들도 출퇴근을 하면서 바빠졌고, 이제 다 커서 자기 주관도 생겼으니 당연한 일이었다. 그러나 렌정이가 보기에 이맘때의 젊은 녀석들은 뭘 좀 알았다 싶으니 자기가 세상을 바꿀 수 있을 거라 믿는 어린애에 불과했다.

선동당하기 쉬울 때라 오히려 가장 위험했다.

일요일 저녁, 렌정이는 외출하려는 아들을 문 앞에서 마주쳤다. 그는 아들이 어떻게 지내는지 떠보기로 마음먹었다.

"어디 가니?"

"이룽과 저녁 먹으려고요."

"요즘 일은 잘되고?"

"네, 문제없어요."

"다른 사무실에 가서 일을 배우고 싶으면 말하렴."

"아니에요, 국선변호인실에서 많이 배우고 있어요."

"보통 어떤 일을 하니?"

"심부름이죠, 뭐. 공문을 전달하거나……. 아, 최근에는 국선변호인을 도와서 소송 준비를 해요."

"국선변호인은 어떤 사람이니?"

"재미있는 분이에요. 제가 운이 좋은 것 같아요. 그분에게 배울 점이 많거든요."

"지금 무슨 사건을 맡고 있지?"

"해안 살인 사건…… 그러니까 그 인도네시아 선원 사건이에요."

대답하던 렌진핑은 이렇게 중요한 일을 아버지에게 미리 말씀드리지 않은 것이 조금 죄송하다고 생각했다.

"그렇구나……. 잘 되었다. 뭐든지 배울 수 있으면 좋은 일이지."

배낭을 멘 렌진핑이 막 문을 열려다 말고 아버지를 돌아봤다.

"아버지, 차이쭝양蔡宗洋 판사님을 아세요?"

"응? 잠깐 내 밑에 있던 사람인데, 왜 그러니?"

"해안 살인 사건의 재판장이라서요……. 별건 아니고 그분의 법률적 견해를 좀 알고 싶어요."

"그건 반칙이지."

"이 정도가 무슨 반칙이에요. 판사의 법률적 견해를 귀납 추론해서 전략을 세운다, 이건 변호인이 마땅히 해야 할 일이죠."

"변호인의?"

"제가 지금 국선변호인실에서 일하니까요, 그래서……."

"넌 판사가 될 사람이야."

"판사가 되어도 변호인들이 뭘 생각하는지는 알아야…… 그들에게 속지 않을 거잖아요. 그렇죠?"

렌진핑이 교묘하게 빠져나갔다. 렌정이가 고개를 끄덕이며 담담하게 설명했다.

"그 사람은 규칙을 잘 지키는 성격이지. 몇 년째 최고법원으로 올라가기를 고대하고 있다더구나. 그러니 윗사람 말을 잘 듣는다. 최고법원의 판례에 따라 진행한다고 보면 돼."

"우찬吳燦 기준이군요?"

렌정이가 고개를 끄덕였다.

"고맙습니다!"

아버지의 말을 바로 알아들은 렌진펑이 집을 나섰다.

렌정이는 거실 소파에 앉아서 방금 아들과 나눈 대화를 곱씹었다. 별것 아닌 일처럼 보였지만 소홀히 넘길 일이 아니라는 생각이 들었다. 지금은 아들이 법조인으로 막 첫걸음을 떼는 시기이니 조그만 오점도 허용할 수 없었다. 한참 생각에 잠겼던 렌정이가 마음속으로 어떤 결정을 내렸을 즈음, 집 안의 전화가 울렸다.

"안녕하세요. 저 리이룽입니다. 진펑은 집에 있나요?"

"너를 만나러 가지 않았니?"

"저를요? 오늘은 만나기로 하지 않았는데요. 제가 진펑에게 할 말이 있는데 휴대전화는 받질 않아서요……."

렌정이는 놀란 감정을 숨기려 애쓰며 대답했다.

"그랬구나. 어, 진펑은 지금 집에 없단다……. 도서관에 갔어. 나중에 다시 전화해보렴."

전화를 끊은 렌정이는 다시금 걱정에 휩싸였다.

13

ICCPR과 ICESCR, 두 가지 국제 규약이 통과된 후로 타이완의 사형 선고 및 집행은 여러 면에서 상당한 수준의 제한을 받고 있었다. 그중에서도 '중대한 범죄일 경우에 한한다' '정신적 문제로 책임능력이 없는 경우에는 사형을 선고할 수 없다'는 내용이 특히 중요했다.

앞서 교호신문 단계에서 검사 측 증언을 약화시키는 데 실패한 것도 모자라 계획적 살인이었다는 사실이 확실해진 상황이다. 압둘아들은 세 사람을 연달아 살해했고, 피해자 중에는 저항할 능력이 없는 어린아이도 있었다. '중대한 범죄'라는 요건은 분명히 충족된 셈이다.

그러니 이제 남은 방법은 심신장애 여부에 달렸다. 1심의 정신 감정 결과는 압둘아들에게 불리했다. 2심에서 새로 감정을 받으려면 1심 감정보고서에 허점이 있음을 밝혀내야 했다. 그러려면 당시 정신 감정을 맡은 사람에 대한 교호신문이 무엇보다 중요했다.

전투를 앞둔 퉁바오쥐는 사무실에서 밤늦게까지 야근을 했다. 정말 보기 드문 일이었다.

정시에 퇴근하던 린팡위는 잊지 않고 그를 놀려먹었다.

"여기는 오래 있어서 좋을 것이 없는 곳입니다. 기억하세요. 처형장, 총소리!"

퉁바오쥐는 짜증을 부리며 그녀를 내쫓은 뒤 1심 판결문을 자세히 살폈다. 압둘아들의 정신 상태에 관한 판단 부분이었다.

"……본원은 감시카메라 화면과 증인의 진술, 현장 증거 등을 바탕으로 하여 피고 압둘아들이 범행 전에 대중교통을 이용했고, 흉기를 타인이 알아채지 못하도록 가렸으며, 편의점에서 음식을 샀고, 피해자의 집 주변을 배회하다가 귀가하는 피해자를 뒤따라 집 안으로 들어가 범행한 점 등을 확인했다. 범행 후에 체포당하지 않으려고 한 사실도 확인되었다. 전반적인 과정에서 피고가 보인 사고, 행위, 언어 및 당시 상황 등 모든 점을 고려할 때 피고가 외부 사물에 대한 인지, 감각, 반응, 이해 등에 있어서 일반인과 다름없음을 알 수 있다. 이는 정신 감정보고서의 결과와 같다. 따라서 피고의 행위에 정신적 장애 사유가 없음을 충분히 인정하고, 피고가 그 행위의 위법함을 인지하지 못했다고 볼 수 없으므로, 살인 행위에 대하여 완전한 책임을 져야 한다……."

렌진펑은 압둘아들에게 자폐 스펙트럼 장애의 특징이 보인다고 주장하면서 그런 특징은 알아차리기 어렵다고 말했다. 하지만 1심 판결의 논술 역시 이치에 맞지 않는 내용은 아니었고 감정보고서를 판단 근거로 하기 때문에 쉽게 뒤집을 수는 없었다.

그래서 퉁바오쥐는 이번에 정신 감정을 하려는 이유로 '심신장애'를 증명하는 것이 아니라 '교화 가능성'에 좀더 힘을 싣는 것으로 잡았다.

1심 판결에서 '교화 가능성'에 대한 논리적 맥락은 이러했다.

"……피고 압둘아들은 본원 109년 6월 22일의 마지막 변론에서 재판장이 '피해자의 가족이 이 법정에 있는데 할 말이 있습니까?'라고 물었을 때 멍한 표정으로 아무 말도 하지 않았다. 이를 통해 피고 압둘아들이 피해자 및 그 가족이 느낄 감정을 전혀 생각하지 않고 있다는 점을 알 수 있고, 정신 감정보고서에서 언급한 것처럼 타인의 감정에 공감하지 못하고 자신을 중심으로 생각하는 특징에도 부합한다. 또한 피고 압둘아들이 자신의 범행을 진심으로 뉘우치고 있다고 믿기 어려우며 자신이 잔인하게 세 사람을 살해함으로써 가치를 매길 수 없을 만큼 귀중한 생명을 빼앗았다는 사실을 확실히 인지하고 있다고 보기 힘들다……. 또한 우리나라 국민은 일반적으로 법률에 대하여 사회 정의와 양심, 인간성 등 보편적 가치를 실현할 것이라 기대하고 인지하는데, 피고 압둘아들은 업무적인 다툼과 금전 관계 때문에 본 범행을 계획했으며 범행할 때 어떠한 자극도 없는 상황에서 잔혹한 방식으로 살인을 저질렀다. 부부 두 사람을 연달아 살해한 후에는 범행 사실을 숨기기 위해 만 두 살의 여아를 익사시켰다. 죄질이 극악하고 참작의 여지가 없는 잔인하고 중대한 범죄라 하겠다……. 범죄 사실 부분에서 명시한 것처럼 피고 압둘아들은 범행 수법과 과정, 이로 인한 피해 사실, 범행 후의 태도 등 모든 요인을 종합하여 볼 때 지극히 중대한 범죄자이자 뉘우침이 없고 교화 가능성이 극히 낮다……."

교화 가능성이 사형을 선고하지 않는 이유로 가장 처음 등장한 때는 2008년의 최고법원 판결이었다. 그 개념은 조금씩 바뀌었지만 나중에 장허링張鶴齡의 가정폭력 사건에서 최고법원의 우찬 판사가 일본의 '나가야마 기준永山基準'을 참고하여 사형에 대한 더욱 구체적인 양형 기준을 세웠다. 타이완 법조계 인사들은 그것을 '우찬 기준'이라고 부른다.

우찬 기준은 교화 가능성에 대하여 실증적인 조사 방식으로 피고의 성격 형성의 모든 요소를 평가하고, 형량의 재량권은 '비율 원칙'에 부합해야 한다. 간단히 말하자면 성격 요인 중 어느 하나라도 재판부의 고려 대상에서 빠져 있었다면 그 판결에 위법 가능성이 있다는 의미다.

그러나 '우찬 기준'을 세운 뒤에도 법원의 판결에는 일관성이 없었다. 정신 감정의 방법과 절차도 기준이 없기는 마찬가지였다. 그러니 교화 가능성을 인정하느냐 마느냐를 두고 '제멋대로 판결'이라는 여론의 비판을 받는 것이다.

퉁바오쥐 역시 이를 두고 우습다고 생각해왔다. 최고법원은 양형 기준을 더욱 세밀하게 하기 위해 국제 규약에도 없는 교화 가능성이라는 요건을 도입했지만, 결국 입법자가 제정해야 할 사형 선고의 기준이나 행정부처에서 주장하는 사형제 폐지 정책을 쓸데없이 자기 몫으로 떠안았다가 욕만 먹고 있는 상황이다.

어쨌든 피고가 사회로 복귀하여 갱생할 수 있다는 실낱같은 가능성만 보여도 사형을 피할 수 있으니 심신장애로 인한 책임능력 유무를 따지는 것보다 변호인 입장에서는 시도해볼 만한 싸움인 셈이다. 교화 가능성을 둘러싼 공방은 사실상 사형수 변호의 마지막 전쟁터였다. 의미가 불분명한 '교화 가능성'이 타이완 사법 체계에서 변호인이 이용할 수 있는 가장 강력한 궁극의 무기라는 점은 아이러니하다.

다음 공판일에 법원은 1심의 정신 감정인을 증인으로 불렀다. 퉁바오쥐는 감정보고서의 허점을 충분히 공략해서 재감정 기회를 얻어내야 했다.

재감정이 승인되어 좀더 세밀한 정신 감정이 이뤄진다면 '교화 가능성'에 '우찬 기준'까지 이용해 사형 판결을 뒤집을 가능성이 커진다.

14

농구 경기가 있는 날 저녁.

퉁바오쥐는 오늘 경기에 나가서 설욕전을 펼칠 계획이었다. 그러나 탈의실 앞에 도착했더니 지방검찰서에서 일하는 어린 법원경찰이 달려와 오늘은 농구팀 자리가 다 찼다는 것이었다.

말을 전해준 법원경찰은 그게 무슨 의미인지 잘 모를 것이다. 하지만 퉁바오쥐는 괜히 상관없는 사람을 괴롭힐 마음이 없었다. 자신이 환영받지 못하는 것이 어제오늘의 문제도 아니니 말이다.

렌진핑이 새우 낚시장* 에 가자고 제안했다.

* 실내 인공 연못에 새우를 풀어놓고 고객에게 낚시 체험을 하게 해주는 영업장이다.—옮긴이

"새우 낚시?"

퉁바오쥐는 어디서 그런 아이디어가 났는지 호기심이 생겼다.

"못하세요?"

렌진펑은 이 퉁바오쥐를 도발했다.

"쓸데없는 소리 하지 마. 새우 낚시가 뭐가 어렵다고?"

퉁바오쥐가 꿍얼거렸다.

그러나 퉁바오쥐는 미끼도 제대로 꿰지 못해 한참을 끙끙대다가 결국 렌진펑이 도와줘야 했다. 낚싯대를 드리우고서 퉁바오쥐는 당장이라도 새우를 낚아 올릴 생각에 흥분했으나 아무리 기다려도 새우가 미끼를 물지 않았다.

렌진펑이 수면의 움직임과 빛의 굴절을 관찰해 새우의 위치를 찾아내는 법을 알려주었다. 새우의 습성에 맞춰 낚싯대를 움직여야 했지만 퉁바오쥐는 그런 렌진펑의 도움을 귀찮게만 여겼다. 두 사람은 티격태격하면서 서로 상대방을 가르치려 들었다. 새우는 한 마리도 잡지 못했다.

렌진펑이 맥주를 시켰다. 퉁바오쥐는 그가 자기 몫만 주문해서 마시는 것을 보고 항의했다.

"내가 원주민이라서 술을 사줄 용기가 안 나?"

"변호인님은 도대체 뭐가 문제예요?"

렌진펑이 투덜거리며 맥주를 더 시켰다.

두 사람은 생활 반경이나 취미가 거의 겹치지 않는 터라 농구 이야기를 좀 하고 잡담도 할 만한 것은 다 하고 나니 결국 주제가 사건으로 돌아왔다.

"책임능력보다는 교화 가능성이 좀더 다루기 쉬워."

퉁바오쥐가 마침내 생각해둔 전략을 털어놓았다.

"왜 그런가요?"

"정신적인 부분은 위장하는 게 어렵지만 뉘우침은 다르거든."

퉁바오쥐는 자신이 꽤 연륜과 깊은 견해를 가진 것처럼 느꼈다.

"사과하고 불경을 필사하는 것들이 다 그런 거지……. 쉽다니까! 들어봐, 코란경을 한 권 사는 거야…… 중국어판으로 사야지, 그래야 필사하는 데 더 성의가 있어 보일 거고."

"변호인님 같은 사람 때문에 정신 감정을 통해 책임능력을 판별하는 일이 지금처럼 힘을 못 쓰는 거라고요."

렌진펑이 잠깐 입을 다물었다가 질문을 던졌다.

"왜 사형제도를 반대하시는 거예요?"

"난 사형제도를 반대하는 게 아니야, 내가 사형 선고받는 당사자가 되는 것만 반대해."

퉁바오쥐는 당당하게 되물었다.

"그러면 너는 왜 사형제도에 반대하는 거냐?"

"재판부에서 오심할 가능성을 완전히 배제할 수 없어서요."

"오심은 언제든지 일어날 수 있어. 그러면 모든 형법을 폐지해야 해."

"다른 형벌과는 달라요. 사형은 되돌릴 수 없으니까요."

"그래? 젊음도 되돌릴 수 없잖아. 그러면 유기징역 역시 폐지해야 하는 것 아닌가?"

"하지만 목숨과 젊음을 비교한다면 누구나 목숨을 선택하겠죠. 생명이란 절대 침범될 수 없는 가치예요."

"그럼 살해된 사람은 어떻게 해? 그들은 삐-할 기회도 없는데."

"삐-가 뭐예요?"

"알잖아, 그거…… 음소거야."

퉁바오쥐가 외설적인 동작을 곁들이며 설명했다.

"범죄는 사회적 환경에 영향을 받습니다. 계급, 교육, 경제……. 누구나 동일한 기회와 자원을 가지고 곤경을 헤쳐나가는 게 아니에요."

"와우, 최종병기가 나왔군."

"실제 통계만 봐도 사형의 범죄 억지력이 생각만큼 높지 않아요."

"무슨 뜻이야?"

"사형제도를 폐지한 나라에서 범죄 발생률이 현저히 상승하지 않았다는 거죠."

"그렇다면 현저히 하강한 것도 아니라는 거네? 사형이라는 형벌이 존재하기 때문에 살인을 포기한 사람이 몇 명인지 어떻게 알겠어? 범죄 억지력이 얼마나 높아야 사형에 정당성을 줄 건데?"

"그건 사형제도를 지지하는 사람이 설명해주겠죠? 작동하지 않는 제도라면 존재할 이유가 없어요. 그 제도를 반대하는 사람이 존재 이유를 증명할 필요가 없어요."

렌진펑은 낚싯대를 채더니 솜씨 좋게 새우를 빼내어 바구니에 넣었다.

"변화를 주장하는 측에게 입증 책임이 있지 않나?"

퉁바오쥐가 반박했다.

"만약 사형제도가 폐지된다면 살인을 저지르실 건가요? 사형의 범죄 억지력은 애초에 '신화' 같은 거예요. 대부분 사람이 살인하지 않는 것은 사형의 존재 여부와 무관하다고요."

"그러면 다시 형벌 무용론으로 돌아가는 거잖아!"

퉁바오쥐가 업신여기는 투로 말했다.

렌진펑은 이 문제에 대해서 퉁바오쥐처럼 물 흐르듯 답변하는 사람을 처음 봤다. 그가 머리가 아주 똑똑한 토론의 귀재가 아니라면 이 논제에 관한 견해를 이미 가지고 있었다는 뜻일 터였다. 렌진펑은 호기심이 생겼다. 퉁바오쥐는 사형제도 논쟁에 얽힌 여러 맥락을 확실히 알고 있는데, 그의 진짜 태도는 무엇일까?

"푸코의 『광기의 역사Folie et deraison』를 읽어보셨어요? 과거에는 정신질환이 체내에서 검은 담즙이 과다 생산되어 발생한다고 생각했어요……. '미쳤다'는 상태에 대한 우리의 인지와 처리 방식은 문명의 진보에 좌우됩니다. 미치광이를 격리한다고 해서 우리 자신이 정신적 정상 상태임을 증명할 수는 없어요. 사형은 우리의 시대가 미치광이를 배제하는 방식이죠."

퉁바오쥐는 손안에서 요동치는 낚싯대를 쳐다보며 렌진펑이 한 말을 곱씹었다. 푸코? 그럴지도 모르지. '정상'이라는 것은 본래 상상으로 만들어진 경계선이니까. 설득될 것 같은 기분이 들자 퉁바오쥐는 일부러 호기심 어린 표정을 지어내며 물었다.

"푸코는 중국 사람이야?"

"프랑스 사람인데요."

"그것 봐! 역시 외국의 달이 좀더 둥글거든!"●

"변호인님이 달에 신경을 많이 쓰시는군요? 그렇다면 후광 효과 Halo Effect도 들어보셨겠죠?"

렌진펑의 화제 전환 실력은 일반인 수준이 아니었다.

후광 효과란 심리학 용어로, 사람들이 첫인상에 근거해 타인의 전체적인 특징을 추론하는 것을 말한다. 중국어로 번역하면 달 월月 자가 들어간다. 이 용어는 우리의 타인에 대한 인지는 종종 제한된 정보에 근거하여 전부를 파악하곤 한다는 것을 가리킨다. 만약 첫인상이 좋으면 그 사람은 대체로 긍정적인 후광으로 둘러싸여 그가 하는

● 외국 것이 무조건 더 훌륭하다고 생각하는 풍조를 꼬집는 말이다.—옮긴이

모든 일에 긍정적인 평가를 받게 된다. 반대 상황도 마찬가지다.

렌진펑이 보충했다.

"인간은 비이성적인 존재입니다. 편견은 우리가 한 사람을 쉽게 증오하도록 만들죠. 혹은 증오하지 않게 만들기도 하고요. 사형제도에서는 그것이 삶과 죽음을 가르게 되고요."

어떻게 대꾸할지 고민하는 사이 찌가 움직이는 것을 본 퉁바오쥐가 얼른 낚싯대를 잡아챘고, 커다란 새우가 끌려나왔다.

"아아아아아아아!"

"왜 소리를 질러요!"

퉁바오쥐는 손가락으로 낚싯줄을 쥐고서 끊임없이 요동치는 새우에게서 시선을 떼지 못했다.

"이제 어떻게 해야 해!"

"새우를 빼야죠."

"하지만 낚싯바늘이 아주 깊게 박혔는데."

"손으로 꽉 잡고 빼요!"

"아프겠지?"

"새우 머리의 뒤쪽을 잡으면 찔리지 않을 거예요."

"아니, 내 말은 새우가 아플 거라고!"

렌진펑은 저도 모르게 퉁바오쥐를 흘겨봤다. 그는 퉁바오쥐의 낚싯대를 건네받아서 새우를 빼는 시범을 보이려 했다. 그런데 새우가 퍼덕거리는 바람에 새우의 가시에 손가락을 찔리고 말았다. 그 순간 새우는 렌진펑의 손에서 빠져나와 물속에 떨어졌다.

렌진펑이 어색하게 웃으며 말했다.

"저 녀석은 교화 가능성이 있는 새우였군요."

"병원에 가야 해."

"왜요?"

"손 말이야. 네 손가락."

"이런 상처 가지고 뭘 병원까지 가요."

렌진핑은 아무렇지 않게 말하곤 퉁바오쥐의 낚시에 미끼를 끼워주었다.

"제가 여러 마리 잡았으니까 이따가 맛있게 먹자고요."

퉁바오쥐는 낚싯대를 돌려받아서 다시 물속에 드리웠다. 그는 가만히 앉아서 렌진핑이 한 말을 곱씹었다. 후광 효과라는 말은 처음 들었다. 하지만 어떤 의미인지 대충 짐작할 수 있었다. 편견이라고? 편견은 조금도 낯설지 않았다. 솔직히 말해서 절차란 본래 편견을 해결하기 위해 존재하는 것이다. 사형제도의 폐지를 주장할 때 편견이란 근거는 아주 나쁜 답변은 아닐 듯했다.

15

미끼를 다 쓴 후, 두 사람은 새우를 굽기 시작했다. 맥주도 더 시켰다.

렌진핑은 의기양양하게 자신이 알아낸 사실을 공유했다.

"저희 아버지가 '우찬 기준'에 따르면 문제없을 거래요!"

"그래서?"

"우리한테 유리하단 거죠! 아시다시피 1심 감정보고서는 엉망이에요. 아무것도 조사하지 않은 수준이라고요."

"이상적인 소리만 늘어놓는군……. 이건 현실 문제야. 피고는 타이완에 친척도 친구도 없고, 과거 행적은 불명에다 병력이나 성장 과정도 알 수 없어. 인터뷰를 진행할 가까운 사람이 전혀 없으니 감정기관에서 참고 자료를 충분히 확보하지 못했을 거야."

"그렇다면 감정기관에서 피고의 정신 감정을 거절했어야죠."

"그런 주장이 우리에게 도움이 될까? 감정 거절은 재감정의 가능성도 부정하는 꼴이야. 우리는 더 큰 결함을 찾아내야 해. 그래야 재감정을 하도록 판사를 설득할 수 있어."

"통역사에게 얽힌 이해관계를 제시하면 어때요? 감정 과정에서도 통역이 잘못되었을 수 있고, 그건 큰 문제잖아요? 통하겠죠?"

"천이촨? 증거가 없잖아. 법에 따라 선서를 했는데 법원에서 그렇게 쉽게 그의……."

렌진핑이 퉁바오쥐의 말을 끊으며 끼어들었다.

"잠깐만요……. 정신 감정을 할 때, 통역사가 선서를 하던가요?"

렌진핑은 늘 가지고 다니는 배낭에서 법전을 꺼내 뒤적였다. 곧 현행법상 정신 감정 시 통역사에게 선서를 요구하지 않는다는 사실을 발견했다. 퉁바오쥐는 렌진핑이 떠올린 생각을 알 만했다. 정신 감정 과정에서 통역을 담당하는 사람은 '통역사'라는 이름을 달지 않지만 실제 통역사가 하는 일을 하고 있다. 법정에서 통역사는 증인과 동등한 지위이기 때문에 위증하지 않겠다는 선서 없이는 통역 내용이 증거로서 효력을 가지지 못한다. 만약 법원이 이러한 감정보고서를 증거로 채택한다면 이는 곧 전문증거의 규정을 위반한 것이며 판결 역시 위법이다!

사법 통역 제도가 없는 것보다 조금 나은 수준인 타이완에서 오랫동안 소홀히 여겨졌던 문제점이었다.

퉁바오쥐는 환하게 미소를 지었다. 그에게 있어서 법률적 맹점을 찾아내는 것보다 더 속이 상쾌한 일은 없었다.

"변호인님, 웃는 얼굴이 엄청 교활해 보여요."

"나도 알아, 하지만 참을 수가 없어."

"자기연민도 일종의 반사회적 성격장애라는 거 아세요?"

렌진펑도 환하게 웃으면서 대꾸했다. 그는 이렇게 해안 살인 사건에 참여해서 관련 내용으로 뜨겁게 토론할 수 있다는 데 성취감을 느꼈다.

렌진펑이 손가락으로 V자를 만들며 말했다.

"빅토리!"

퉁바오쥐가 말했다.

"너는 이제 병원에 가는 게 좋겠어."

"변호인님이 아니라 제가요?"

"아니, 내 말은 네 손가락 말이야."

렌진펑은 퉁바오쥐의 집착에 짜증을 부리며 그를 향해 젓가락을 던졌다.

"아, 진짜!"

16

며칠 후의 저녁. 렌진펑은 리나와 공원에서 만나 음식을 나눠 먹으며 자신이 발견한 사실을 신나게 떠들었다. 리나는 알 듯 말 듯 했지만 렌진펑이 이렇게 기뻐하는 것을 보니 무거운 마음이 조금씩 풀리는 것 같았다.

두 사람은 오늘은 법률 공부를 쉬기로 했다.

"당신 이름은 무슨 뜻이에요?"

렌진핑이 물었다.

"나무 이름. 열매를 맺어요. 먹을 수 있어요. 당신처럼."

"저요?"

"렌우…… 요."

"그건 바오거가 장난친 거예요. 제 이름은 진핑입니다."

리나가 진지하게 연습했다.

"진…… 핑……."

"맞아요, 진핑."

렌진핑이 활짝 웃었다.

두 사람이 화기애애하게 대화하는 모습을 지나가는 사람들이 힐 끗거렸다. 흔히 볼 수 있는 조합이 아니었기 때문이다. 한 사람은 단 정한 생김새에 활달한 타이완 남자고, 다른 한 사람은 히잡을 쓴 미 모의 인도네시아 여자이니 사람들의 주목을 받을 만했다.

렌진핑은 즐겁게 떠들다가 실수로 음료수를 쏟아 바지와 신발이 젖었다. 얼른 물티슈를 꺼낸 리나가 쪼그리고 앉아서 렌진핑의 신발 을 닦아주었다.

건너편 벤치에 앉았던 아저씨가 못 참고 참견했다.

"거 참 좋은 아가씨네. 손도 야무지고 예쁘게 생겼어. 어디 사람 이야?"

그 옆에 있던 아주머니가 얼른 끼어들었다.

"딱 봐도 외국인 노동자잖아."

"왜, 요즘은 외국에서 온 색시도 많다던데."

"잘생긴 젊은 사람이 왜 동남아 여자를 만나?"

"무슨 소릴. 아가씨가 히잡을 썼는데도 예쁘기만 한데."

두 사람은 주거니 받거니 입씨름을 했다. 렌진핑은 어색하게 웃으며 상대하지 않았다.

리나는 그들이 자기 머리에 쓴 히잡을 가리키는 것을 보고 궁금한 듯 물었다.

"뭐라고 해요?"

"아무것도 아니에요."

"히잡?"

"아뇨. 당신이 예쁘다고 한 거예요……. 타이완어라서 나도 잘 몰라요."

렌진핑의 미소는 자연스럽지 않았고, 리나는 그가 사실대로 말하지 않았다는 것을 알아차렸다.

리나는 다시 그 사람들 쪽을 쳐다봤다. 웃고 있는 그들의 얼굴에 악의는 없었지만 거리감이 느껴졌다. 리나가 렌진핑에게 물었다.

"히잡을 쓰면 이상한가요?"

"아뇨, 그럴 리가요."

"저 사람들은 싫어하나요."

렌진핑이 진지하게 대답했다.

"당신은 당신답게 살면 돼요."

리나가 고개를 끄덕였다. 그건 참 따뜻한 고백이었다. 그녀는 누어가 한 말과 자신이 동경했던 자유와 두려움 없는 마음을 떠올렸다. 리나가 천천히 히잡을 벗고 숱 많고 긴 머리채를 드러냈다.

리나의 청순한 모습을 본 렌진핑은 잠시 말문이 막혔다. 그는 자신이 특별한 사람이 되었다는 강렬한 감각에 감정적으로 크게 고양됐다.

렌진핑을 바라보는 리나는 자신의 마음을 숨기지 않았다. 이 여정이 지금에 이르는 동안 리나는 외형의 차이가 아무리 크더라도 사람의 마음은 서로 통할 수 있다는 사실을 차차 깨달았다. 악은 온갖 방식으로 가지를 뻗겠지만 선은 오로지 하나의 얼굴만 가졌다. 리나가 히잡을 벗은 것은 무언가와 작별하려는 의도가 아니었다. 그저 자신이 누군지 조금 더 탐색하고 싶을 뿐이었다.

해안 살인 사건에 참여하면서 리나가 얻은 것이 있다면 그건 나를 알고 싶다는 욕망일 터였다. 아직은 조금씩 더듬어보는 수준이지만 욕망의 꿈틀거림을 더는 막을 수 없었다.

삶을 대할 때 열정이 넘치는 사람은 추구하고 탐색하는 것을 멈추지 않는다. 누어가 그랬듯 리나 역시 스스로 무언가가 되려면 변화는 피할 수 없다는 것을 믿게 되었다. 변화를 거쳐 균형을 되찾으려면 저항력을 이겨내야만 한다. 간단히 말해서 리나는 자신이 어떤 사람이 되어갈지, 그 결과를 직접 목도하고 싶었다.

이 기묘한 순간 퉁바오쥐는 멀리서 모든 것을 목격했다. 손에는 한참 전에 야채 시장에서 산 히잡을 들고 있었다. 그건 리나에게 고마움을 표현하려고 퉁바오쥐가 정성껏 고른 선물이었다.

퉁바오쥐는 순간적으로 당황해서 가장 가까이 있는 나무 뒤에 몸을 숨겼다. 그는 히잡을 벗은 리나를 보며 이상한 감정을 느꼈다. 중년 아저씨만이 느낄 법한 그런 감정이었다. 리나에 대해 무슨 마음을 먹은 것도 없지만 낭만적인 상상을 아예 하지 않을 수는 없었으니 말이다.

퉁바오쥐는 나무 뒤에서 나가서 아무것도 못 본 사람처럼 정정당당하게 성큼성큼 걸어가려고 했다. 그러나 막 발걸음을 떼다가 리나에게 줄 선물을 옆구리에 끼고 있다는 것을 깨닫고서 다시 당황해버렸다. 그는 어쩔 줄 몰라 하다가 얼른 그 자리를 떠났다.

마침내 감정인을 교호신문하는 날이 되었다. 렌진핑은 일찌감치 법정에 나와 시야가 제일 좋은 방청석을 차지하고서 개정을 기다렸다.

얼마 후 렌정이가 법정에 들어와 조용히 그의 옆에 앉았다. 렌진핑이 깜짝 놀라 쳐다보는데도 렌정이는 그저 가볍게 미소만 지었다.

1심에서 피고의 정신 감정을 맡았던 사람은 셰헝위謝衡玉라는 마흔 살쯤 된 여성이었다. 무테 안경을 쓰고 어깨에 닿는 길이의 단발머리가 똑 떨어지는 인상이었다. 대학교수의 고고한 기질이 느껴지는 사람이기도 했다.

교호신문은 이상할 정도로 순조로웠다.

퉁바오쥐는 시작부터 감정보고서의 위법성을 지적했다.

"감정을 시작하기 전에 통역사가 위증하지 않을 것을 선서했는지 확인하셨습니까?" "말씀하신 감정 절차에 따르면 통역사에게 어떤 자격을 요구합니까?" "사용한 감정 방법은 통역한 내용에 대한 확인 과정이 있습니까?" 등등.

당연히 감정인은 전부 '아니다'라는 대답을 했다.

"제가 통역사를 위촉하는 것이 아니라 법원에서 지정해줍니다. 저희도 어쩔 수 없는 부분이에요."

셰헝위는 이렇게 답변했다.

퉁바오쥐는 이런 질문을 이용해서 절차상의 허점이 있었다는 인상을 주었다. 이렇게 하면 셰헝위의 증언은 전부 통역 오류라는 우려에 갇히게 된다.

퉁바오쥐는 이어서 셰헝위의 법률 지식을 질의했다.

"피고의 소송능력에 대해 고려하셨나요?"

"소송능력이요? 책임능력을 말씀하시는 건가요?"

"그러면 신문능력은요? 이 세 가지 개념의 차이를 구별하실 수 있습니까?"

셰형위는 머뭇거리며 대답했다.

"아니요."

"피고가 형사심판의 절차와 그 의의를 이해할 능력이 있다고 판단하십니까?"

"그건 법원에서 위탁한 감정의 범위에서 벗어난 부분입니다. 저는 의견을 제시할 수 없습니다."

"피고의 행동을 검토하셨나요? 피고에게 자폐 스펙트럼 장애의 특징이 있는지요?"

"검토했습니다만, 피고는 기준에 부합하지 않습니다."

"자폐 스펙트럼 장애의 진단 방식에 대해 설명해주시기 바랍니다."

"미국 정신의학회의 진단 매뉴얼 DSM-5의 진단 기준에 따르면 자폐 스펙트럼 장애인 경우 일상 행동에서 두 가지 특징이 나타납니다. 첫째는 사회적으로 소통 및 협력할 때 문제가 있는 것이고, 둘째는 특정 행동을 반복하는 것입니다. 장애 진단은 환자가 여러 상황과 환경 아래서 보이는 행동을 관찰하여 내립니다."

"귀하의 경력과 업무 경험에 의거할 때 어떤 사람에게 자폐 스펙트럼 장애가 있는지를 진단하는 데는 일반적으로 얼마나 걸립니까?"

"자료 수집과 주변인의 면담 등을 포함해서 대략 2~3주 정도입니다."

"본 건의 감정에는 시간이 얼마나 걸렸죠? 피고에게 자폐 스펙트럼 장애가 없다고 확인하시는 데 말입니다."

"면담과 심리 검사를 합해서 약 4시간 정도입니다. 하지만 이런 류의 장애가 일상생활 기능에 중대하게 영향을 주지 않는다면 성격장애라고 볼 수 있을 뿐 정신질환이라고 하지 않을 것입니다. 제가 보기에 피고는 생활 기능에 문제가 없었습니다. 그는 범행 전에 대중교통을 이용했고 음식을 사서 먹었으며 자신의 행적을 숨길 줄 알았고……."

"말씀하신 내용은 기소장에 쓰여 있는 거지요."

"그건 사실이니까요."

퉁바오쥐는 만족스럽게 고개를 끄덕였다. 그는 셰형위가 너무 고지식한지 아니면 사법적 실무를 이해하지 못하는지는 파악하지 못했다. 기소장에 기록된 범행 내용은 '사실'이 아니라 '관점'이다. 셰형위의 답변은 직접적으로 감정보고서의 결론이 편향된 사실임을 폭로한 셈이었다.

"평소에 뉴스는 어떻게 접하십니까?"

"텔레비전을 보거나 잡지를 읽거나 인터넷 검색을 하지요……."

"매일 찾아보시나요?"

"네."

"그러면 본 건의 감정 위탁을 받기 전에도 사실상 능동적으로 혹은 수동적으로 본 건에 대한 뉴스를 보셨겠군요. 적어도…… 석 달 이상?"

"그렇겠죠……."

"그렇다면 이 살인 사건의 세부적인 사항이나 피고에 대한 정보를 잘 알고 계셨을 테고요?"

셰형위는 퉁바오쥐가 무엇인가 암시하고 있음을 느끼고 급히 설명했다.

"사건 정보를 전혀 접하지 않는 것은 불가능합니다. 어떤 감정인도 그렇게 하지는 못할 거예요. 저는 직업윤리와 양심에 따라 감정을 진행했으며 사건 기록 자료와 진술서를 참고해 판단했습니다. 감정 절차는 학술적인 요구조건에 절대적으로 부합했다고 말씀드릴 수 있습니다."

"피고를 제대로 본 적이 있습니까?"

"무슨 말씀인지 모르겠습니다."

"그를 본 적이 있느냐고요. 저기 저 사람 말입니다."

셰형위는 피고석으로 시선을 주었다. 퉁바오쥐의 질문이 잘 이해가 되지 않는 듯했다.

"당연히 본 적 있습니다."

"그의 손을 본 적이 있습니까?"

"왜 손을 봐야 하지요?"

퉁바오쥐가 리나에게 눈짓을 했다. 리나는 얼른 압둘아들에게 몇 마디 속삭였다.

압둘아들이 천천히 오른손을 들어 올렸다. 흉터가 가득한 손이 드러났다. 두 번째 마디에서 잘린 집게손가락도 보였다.

"셰형위 씨, 피고의 손가락이 왜 잘렸는지 생각해보신 적 있습니까? 아니면 여전히 기소장과 언론 보도만으로 당신이 그를 충분히 알고 있다고 생각하시나요?"

퉁바오쥐가 마지막 질문을 던졌다. 셰형위는 무어라 말하려고 했으나 차마 입을 떼지 못했다. 퉁바오쥐는 더 질문하지 않았다.

렌진펑은 이번 교호신문을 보며 혈관이 확장되는 듯한 느낌을 받았다. 퉁바오쥐의 전략을 알고 있었지만 오랜 경험으로 연마된 능수능란함과 침착함이 아니었더라면 그의 질문이 설득력을 지니지 못했을 터였다.

이어서 재판장이 셰헝위에게 질문했다.

이때 퉁바오쥐와 류자형 모두 귀를 쫑긋 세웠는데, 판사의 질문을 통해서 그들의 생각을 추측할 수 있기 때문이었다. 다만 교호신문을 진행할 때와는 달리 중간에 개입할 수 없었다. 따라서 양쪽 모두에게 알 수 없는 위기가 될 수 있었다.

"교화 가능성이 있는지 없는지 판단하기 위해 무엇을 참고해야 한다고 생각하십니까?"

재판장이 질문했다.

"교화 가능성이란 심리학 용어가 아니기 때문에 정확하게 대응하는 개념을 말씀드릴 수는 없습니다. 다만 제 견해로는 현재 가장 근접한 개념이 타이완대학 심리학과 조교수 자오이산趙儀珊이 우민청吳敏誠 사건에서 발전시킨 세 가지 변수인 교정 가능성, 재사회화 가능성, 재범 가능성이라고 봅니다. 저의 감정보고서에서도 이런 방향으로 분석, 검토했고요."

"이런 감정 방식이 심리학계에서 폭넓게 인정되는 것인가요?"

"반드시 그렇다고 말씀드리기는 어렵습니다."

"그렇다면 감정인이 달라지면, 사용하는 감정 방식이 달라진다면, 결론이 다를 수도 있다는 겁니까?"

"그럴 가능성이 있습니다."

재판장은 담담하게 고개를 끄덕이곤 질문을 마쳤다.

18

셰헝위가 법정을 떠나는 모습을 보면서 퉁바오쥐는 한숨 돌렸다.

재감정 가능성이 조금 더 높아졌다. 이번 교호신문에서 1심 감정보고서의 허점을 충분히 보여주었다. 마지막에는 세형위가 다른 감정인이 다른 감정법을 사용하면 결론이 달라질 수 있다는 것도 인정했다. 그렇다면 더욱 세밀하고 정교한 방법으로 재감정을 할 필요가 있지 않은가.

"피고는 다시 정신 감정을 받기를 요청합니다."

"심리에 필요한 부분입니까?"

재판장이 질문했다.

"1심의 감정보고서는 전문증거의 법칙을 위반했고 판단의 근거가 부족하여 피고의 심신 상태와 교화 가능성을 정확히 보여주지 못합니다."

"통역사의 증인 선서는 법률에 규정된 바가 없습니다. 재감정 역시 그렇습니다. 그건 감정보고서의 문제가 아닙니다. 본 사건 피고의 참고 자료를 취득하는 데 어려움이 있었지만 감정인은 최선의 노력을 다해 자료를 수집했습니다. 만약 참고할 만한 새로운 자료가 나오지 않는다면 재감정은 사건에 대한 모순을 키울 뿐이며, 사법적 권위에도 악영향을 줄 것입니다."

류자형이 반박했다.

"국제 규약에서는 정신 장애가 있으면 사형을 선고할 수 없다고 규정하고 있습니다. 이는 피고의 생명권에 관계된 문제인데 더욱 엄격한 기준을 적용해야 하지 않을까요?"

"법정을 오도하지 마십시오! 국제 규약에는 정신 장애가 있을 경우 사형을 선고할 수 없다는 명문 규정이 없습니다. 최고법원의 민국 103년(2014) 대상자台上字 제3062호 펑젠위안彭建源 사건 판례를 보면, 국제연합의 인권위원회가 결의한 용어는 Urge, 즉 규약에 참여한 국가에 정신 장애가 있는 자에게 사형 판결을 하지 말라고 '촉구' 할 뿐 강제적 구속력이 없습니다."

"최고법원의 입장은 이미 달라졌습니다. 민국 104년(2015) 대상자 제2268호 차이징징蔡京京 사건 판례를 보면, 우리나라의 사형제도는 마땅히 국제연합 인권위원회에서 결의한 규정에 따라 제한을 받습니다."

"그건 정신 장애가 있는 자에게 사형 판결을 할 수 없다는 법률 근거에 논란이 있다는 것을 보여줄 따름입니다. 게다가 정신 감정은 궁극적인 문제의 해답이 아닙니다."●

류자형의 반박은 신랄했다.

"최고법원이 톰스 월드Tom's world 살인 사건의 판결에서 명확하게 밝혔듯이 법원은 감정보고서만으로 사실 판단의 책임을 회피할 수 없습니다. 정신 감정은 여러 번 한다고 더 나아지지 않으며, 감정 결론이 피고의 이익에 부합해야만 비로소 허점이 없다고 볼 것도 아닙니다."

류자형의 발언을 세세히 뜯어보면 논리적 비약이 없지 않지만, 언뜻 들으면 상당히 설득력이 있었다.

퉁바오쥐는 얼른 류자형의 오류를 지적했다.

"편향된 감정보고서는 잘못된 사실을 도출합니다. 게다가 이는 형량에도 관계가……"

재판장이 갑자기 변론을 끊었다.

● 궁극적인 문제Ultimate Issue란 범죄 사실에 대한 법률 적용에 관한 의견을 말하며, 구성요건, 증거 능력, 위법 사유 혹은 양형 요인(예를 들어 교화 가능성)의 억제 등이다. 정신 감정의 결과가 이런 궁극적인 문제에 대해 의견을 제시할 경우, 법관이 사실을 판단하는 권리를 침해하게 되므로 판사는 이를 증거로 채택할 수 없다.

"형량이 언급되었으니 말인데, 교화 가능성에 대해서…… 검사와 변호인은 어떤 의견입니까?"

류자형은 이런 질문에 미리 대비한 듯했다.

"본 사건은 피고의 범행 과정이 극단적이고 엄중합니다. 사형을 판결하지 않는다면 정의를 바로 세우지 못합니다. 사형이라는 형벌의 목적은 처벌과 범죄 예방이지 교화가 아닙니다. 그러므로 교화 가능성을 고려할 이유가 없다고 봅니다. 최고법원 역시 정제鄭捷 사건에서 이런 의견을 수용한 바 있습니다."

퉁바오쥐가 곧바로 반박했다.

"해당 사건의 판결은 소수의견에 속합니다. '우찬 기준'의 개념에 따르면 피고가 저지른 범죄가 사형 판결의 요건에 이르렀더라도 피고의 사회 복귀와 갱생 가능성을 고려해야 합니다. 그러므로 정보가 충분하고 공정성과 객관성을 갖춘 감정보고서가 필요한 것입니다."

"그렇다면 검사와 변호인은 교화 가능성이 과학적인 개념이라고 생각합니까?"

재판장이 마침내 진짜 중요한 질문을 제시했다. 예상하지 못한 관점이 등장하는 바람에 검사도 변호인도 대답을 망설였다. 재판장이 보충 설명했다.

"이른바 '실증 조사'란 논리만을 앞세운 변론 혹은 현상의 서술이 아니라 과학적인 시각에서 사건을 검토해야 합니다. 더구나 교정, 재사회화, 재범 가능성이라는 개념은 근본적으로 법학의 범위에 들어가지도 않지요. 이런 개념을 받아들인다는 것은 미래에 한 인간의 인간성이 어떤 모습일지를 예측한다는 뜻입니다. 그런데 이런 예측이 정말로 가능한 일입니까?"

퉁바오쥐는 재판장이 방금 감정인에게 질문한 의도를 알아차렸다.

그가 완전히 잘못 생각했던 것이다.

재판장이 망설였던 부분은 교화 가능성을 어떻게 인정할 것이냐가 아니라 인정하는 것이 가능하느냐였다.

양자는 완전히 다른 결론으로 향한다.

"교화 가능성은 과학입니까?"

재판장이 의미심장하게 다시 질문했다.

"한 사람이 도출한 결론을 해당 분야의 다른 전문가가 전부 동일하게 증명하거나 재현할 수 있습니까? 그렇지 않다면 과학이 아닌 것이겠지요?"

재판장은 이 문제에 대해서 상당히 심도 있게 연구한 듯했다. 퉁바오쥐가 굳게 믿었던 교화 가능성 전략이 '사이비 과학'이 아니냐는 의혹 속에서 근본적으로 부정되었다. 퉁바오쥐가 충분히 준비하지 않아서 재판장의 물음에 답하지 못하는 게 아니다. 재판장이 교화 가능성의 근원적인 모순을 지적하고 있기 때문이다.

다들 칭찬하던 '우찬 기준'이 사실은 이처럼 공격에 취약했던 것이다.

렌진핑은 옆에 앉은 아버지를 쳐다봤다. 아버지는 여전히 침착하고 위엄 있는 모습이었다. 어째서 일이 아버지가 말한 것과 다르게 돌아가는 걸까? 렌진핑은 이해할 수 없었다.

렌정이는 아들의 시선을 느끼곤 어깨를 가볍게 두드려주었다. 아무 말도 없었지만 그 동작에 모든 설명이 담겨 있는 듯했다.

법률이란 관점일 뿐이다. 다만 누구의 관점인지가 중요하다.

재판장은 양옆에 앉은 나머지 두 사람의 판사와 잠시 논의한 후에 결정을 내렸다.

"더 심리할 증거가 없다면 다음 공판일에는 구두 변론을 진행하겠습니다."

　구두 변론, 판결 전의 마지막 절차다.

　이 말은 재감정은 가능성이 없다는 뜻이다.

4장
목격자

1

퉁바오쥐가 리나에게 줄 돈을 붉은색 봉투에 넣었다. 두 번의 공판은 휴식 시간을 포함해 약 10시간 정도였다. 1시간에 120타이완달러이니 총 1200타이완달러다. 서점의 문구 코너에서 귀여운 종이 가방도 골라서 신경 써서 골랐던 히잡용 스카프도 넣었다. 봉투와 같이 줄 생각이었다.

그뿐 아니라 선물용 과일상자도 준비했다. 더는 실수하지 않을 작정이었다.

이번에는 할머니가 문을 열어주었다.

과일상자를 탁자에 올려놓던 퉁바오쥐는 방에서 나는 헤어드라이어 소리를 알아차렸다. 방문을 열고 나온 리나의 히잡은 조금 젖어 있었다.

"머리카락부터 말리지 그래. 급할 것도 없는데."

"괜찮습니다."

퉁바오쥐가 붉은색 봉투를 리나에게 내밀었다. 리나는 고개를 끄덕이며 받아들였다. 곧장 봉투를 열고 금액부터 확인하는 리나를 빤히 쳐다보기가 민망했던 퉁바오쥐는 리나 뒤쪽에 보이는 방으로 시선을 돌렸다. 방금 리나가 나온 그 방은 퉁바오쥐를 당황하게 했다.

그건 방이라기보다는 창고나 물품 보관실이라고 불러야 적절할 공간이었다. 2평 정도나 될까 말까 한 방에 잡동사니며 종이상자가 가득 쌓여 있었다. 싱글 침대 외에는 사람이 움직일 공간조차 없었다. 선풍기조차 침대 위에 올려져 있을 정도다. 베개 옆에는 리나가 늘 메는 배낭과 개인 물건 등이 놓여 있었다. 바깥과 통하는 창이 있기는 했지만 베란다로 연결되는 구조라서 살짝 틈만 보이게 열어두었다. 방은 덥고 습했다. 샴푸 냄새가 방 안에서 흘러나왔다.

"120 적어요."

의아해하는 퉁바오쥐에게 리나가 설명했다.

"차비."

퉁바오쥐가 얼른 돈을 꺼내 리나에게 내밀었다.

골목에 쓰레기 차가 도착했는지 「소녀의 기도」 노랫소리가 베란다 쪽에서 들렸다. 리나가 물었다.

"바오거, 저하고 같이 쓰레기 버리러 가실래요?"

퉁바오쥐는 좀 의아했지만 그러자고 했다. 리나가 부엌에서 쓰레기가 담긴 비닐봉지를 들고 나왔다.

두 사람은 집을 나와 엘리베이터를 탔다. 엘리베이터에 히잡을 쓴 인도네시아 이주노동자가 한 명 타고 있었다. 그녀도 손에 쓰레기 봉지를 들고 있었다. 리나가 그 인도네시아 여자에게 친밀하게 인사를 건넸다. 퉁바오쥐는 갑자기 생각난 듯 리나 대신 쓰레기 봉지를 들어주려 했다. 리나가 거절했지만 퉁바오쥐도 고집을 피우는 바람에 두 사람이 짧게 실랑이를 했다. 옆에 있던 인도네시아 여자만 어찌할 바를 몰라 어색해했다.

엘리베이터에서 내린 뒤 퉁바오쥐는 리나가 사람들이 모여 있는 곳으로 향하는 것을 지켜봤다. 마주 오는 사람 중 몇몇 이주노동자가 리나에게 인사했다. 리나도 웃으며 인사를 받았고, 걸음을 멈추고 몇 마디 대화를 나누기도 했다. 퉁바오쥐는 손에 들고 있던 귀여운 종이 가방이 점점 어색해졌다.

쓰레기를 버린 후 리나는 퉁바오쥐에게 말했다.

"할머니는 텔레비전을 봐요. 같이 공원에 가요."

그들은 공원의 인도를 따라 걸었다. 퉁바오쥐가 마음을 단단히 먹고 리나에게 선물을 주려던 순간, 리나가 말했다.

"바오거, 이거 안 할래요."

"왜? 돈이 부족해?"

리나가 고개를 저으며 대답했다.

"무서워요."

"뭐가?"

"압둘아들은 이상해요. 나는 그 사람을 모르겠어요. 무슨 말을 하는지 몰라요. 자바어인데, 이상해요."

"압둘아들이 무슨 말을 했어?"

"축구나 생선을 잡는 일이요. 그리고 가끔 구명조끼가 어디 있느냐고 물어봐요."

"그런 건 신경 쓰지 마."

"갇힐 거예요."

"갇힌다니?"

"통역하지 않았으니까, 갇혀요. 감옥."

"사건과 관련이 없는 일이니까 괜찮아."

"렌우가 그랬어요. 바오거와 자기는 압둘아들이 사형을 당하지 않게 돕는다고."

퉁바오쥐가 한숨을 쉬며 말했다.

"우리는 신경 쓰지 않아도 돼. 리나는 압둘아들이 무슨 말을 하는지 통역해주기만 하는 거야."

"하지만, 나는 사형당하지 않기를 바라요."

"사람을 죽였어. 어린애까지도. 사형 선고를 받아도 어쩔 수 없는 일이지."

리나가 걸음을 멈췄다. 눈빛에 불만스러운 마음이 드러났다.

"나쁜 사람 아니에요."

"그래도 사람을 죽이면 안 되잖아."

퉁바오쥐가 퉁명스레 중얼거렸다. 리나는 고개를 숙인 채 단호하게 반복했다.

"나쁜 사람 아니에요."

"법률이란 그런 거야……."

퉁바오쥐는 리나의 죄책감을 달래고 싶었지만 어떻게 해야 할지 몰랐다. 그래서 어색하게 말을 이었다.

"그 사람이 사형을 당해도 네 책임은 아니야."

리나는 입술을 꽉 다물었다. 갑자기 너무나도 외로웠다. 그녀는 갑자기 이 재판에 끌려 들어왔고, 누구보다 모순된 입장에 처했다. 무엇보다 낯설고 냉정한 타이완의 사법제도 안에서 자신의 무력함이 더욱 크게 느껴진다는 사실이 리나를 낙담시켰다. 타이완 땅에서 리나의 목소리를 들을 수 있는 사람은 그녀 자신뿐이었고, 그럴 수 있는 또 한 사람은 그녀가 구해야 할 대상이었다.

리나는 '또 보자'는 인사를 하지 않았다. 말없이 몸을 돌리곤 집으로 돌아갔다.

퉁바오쥐는 그 자리에 남았다. 이제야 리나가 마주한 삼중고를 알 듯했다. 통역을 맡은 사람으로서 리나는 진실해야 할 의무가 있었다. 그건 압둘아들의 사형 선고를 재촉하는 결과를 낳을 것이다. 한편 이주노동자로서 압둘아들에게 자신을 투영하지 않을 수는 없다. 그러나 반드시 객관적인 입장을 유지해야 한다. 압둘아들이 저지른 잔인한 살인죄에 대해서는 어떤가. 내면의 도덕심과 정의감이 그녀를 심문하고 있지 않을까? 그를 동정하는 마음을 갖는 데 마치 공범이라도 된 듯한 죄책감을 느낄 터였다.

그러다 퉁바오쥐는 선물이 여전히 그의 손에 들려 있음을 알아차렸다.

리나는 잠들기 전에 렌진펑에게 문자 메시지를 보냈다. 영어로 압둘아들이 죽게 될지 물었다. 렌진펑은 지금 상황은 낙관적이지 않지만 그와 퉁바오쥐가 최선을 다해 노력하고 있다고 답장했다.

렌진펑은 리나를 위로하고 싶은 마음에 전화를 걸었다. 리나는 그 전화를 받지 않기로 결정했다.

렌진펑은 기숙사의 휴게실에서 늦은 밤까지 텔레비전 뉴스를 봤다. 방송에서는 유명한 시사 평론가들이 나와서 교화 가능성이 과학이냐 아니냐를 두고 떠들었다. 대부분 판사의 용기에 찬사를 보내는 반응이었다.

그는 집의 책꽂이에 자리한 양장 제본의 석사 논문을 떠올렸고, 전부 엉터리라고 느꼈다. 그는 혼란한 심정으로 생각했다. 법률이란 그저 언어에 불과하지 않은가. 우리는 그 언어를 창조했지만 그것에 의존하여 인생을 묘사하려 하고, 그것이 모든 문제를 해결해줄 것이라는 미신에 사로잡혀 있다. 자신이 논리적이라 생각했던 견해는 세상의 여론 앞에서는 잠음일 따름이다.

그는 기숙사 방에 와서도 한참을 잠을 이루지 못했다. 24시간 내내 에어컨이 가동되는 곳이라 공기는 차갑고 건조했다. 그는 이불을 둘둘 말고서 몇 번 더 리나에게 문자를 보내고 그녀의 답장을 기다렸다.

리나도 침대에 누웠지만 잠들지 못했다. 마주 보는 이웃집의 전등이 다 꺼진 뒤 리나는 창을 열었다. 그러나 오늘 밤은 바람이 없어서 조금도 시원해지지 않았다. 리나는 허잠을 벗고 자신의 숱이 풍성한 머리카락에 얼굴을 파묻었다.

그날 밤 리나는 문자 메시지에 답하지 않았다.

2

렌진펑은 출근하자마자 퉁바오쥐에게 달려갔다.

"언론을 이용해야 해요."

퉁바오쥐는 30분이나 줄을 서서 사온 맛집 '줘항더우장阜杭豆漿'의 아침밥에서 눈을 떼고 렌진펑을 쳐다봤다.

"뭐하러? 커밍아웃이라도 하게?"

"엉뚱한 소리 하지 마시고요. 전 해안 살인 사건을 얘기하는 겁니다."

"너나 엉뚱한 소리 그만해. 인권단체들이나 하는 방식이잖아."

"그게 뭐가 나쁘죠? 변호인이 인터뷰에서 의견을 밝히는 건 불법이 아닙니다. 아주 정상적인 방식이라고요."

"유치하게 굴지 마. 그런 식으로 판사의 견해를 바꿀 수 있겠어?"

"이건 특정 사건에 대한 문제가 아니에요. 여기에는 사회적으로 살펴보아야 할 더 중요한 문제들이 있다고요. 개혁은 언제나 민심의 향방을 따라갑니다."

"어쨌든 사형제도를 폐지하자는 거잖아."

"제 말은 적어도 사회에서 양측의 목소리가 균형 잡혀 있어야 한다는 거예요. 대학 선배 중에 언론계에서 일하는 사람들이 있어요. 다들 저를 도와주겠다고 했습니다. 꼭 인터뷰를 안 하셔도 돼요. 제가 관찰자 입장에서 글을 쓸게요."

"쓸데없는 짓 하지 마. 경고다. 너 같은 사람은 입 다무는 법을 배워야 해."

"저 같은 사람이 어떤 사람인데요?"

"판사가 될 사람. '판사는 말하지 않는다' 몰라?"•

"사건과는 관계없다고 밝히면 됩니다."

"사람들은 그런 건 신경도 안 써. 아직 페이스북을 하나? 당장 계정을 없애도록 해. 홈페이지니 뭐니 그런 것도 다 폐쇄하고."

렌진펑은 믿을 수 없다는 표정으로 고개를 흔들었다.

"나중에 '왜 처음부터 입 닥치지 않았을까' 후회하게 될 거야. 네가 한 말이 전부 너를 공격하는 데 쓰인단 말이다. 이 체제 안에서 편하게 살고 싶으면 자신을 숨길 줄 알아야 해."

"언제부터 판사가 되려는 목적이 편하게 살고 싶어서였죠?"

퉁바오쥐는 렌진펑이 뭐라고 하든지 말든지 점점 더 목소리를 높였다.

"나 혹은 사건을 끌고 들어가지 마. 네 의견을 발표하고 싶으면 마

• 판사는 판결이 아닌 다른 어떤 방식으로도 개인 의견을 발표해서는 안 된다는 뜻이다. 이는 사법의 공정성과 객관성을 드러낸다.

음대로 해도 되지만 나서지 말아야 할 때는 저 멀리 처박혀 있으란 말이다."

퉁바오쥐가 아침 식사를 재개하면서 차갑게 덧붙였다.

"오늘은 사무실에 들어오지 마라. 꼴도 보기 싫으니까. 어디든지 가고 싶은 데 가서 있어."

그러다가 퉁바오쥐의 눈에 렌진펑 손가락을 감싼 거즈가 들어왔다.

"내가 병원에 가라고 했지? 치료는 받은 거야? 대체 뭘 하고 돌아다니는 건데? 도련님, 시간을 의미 있는 데 써야 할 것 아닙니까!"

3

렌진펑은 고등법원을 나와서 목적지 없이 주변을 배회했다. 마지막에는 둥우東吳대학 캠퍼스 가운데 자리한 도서관에 들어가 에어컨 바람을 좀 쐬고, 책상에 엎드려 잤다. 자다 깨니 정오가 지난 시각이었다. 그는 대학 후문의 '화린간멘樺林乾麵'이라는 국숫집에 들어가 큰 사발로 한 그릇을 시켰다. 간장, 식초, 고추기름 등을 듬뿍 넣고 푹푹 입에 처넣었다. 그는 내내 화가 나 있었다.

그날 저녁 렌진펑은 사법관에 가서 리이룽을 기다렸다. 강의가 끝나고 나온 리이룽은 놀라워하면서도 기분이 좋은 듯했다. 두 사람은 스린士林 야시장에서 저녁을 먹었다.

배불리 먹은 후 렌진펑이 외박하면 기숙사에서 처벌을 받느냐고 물었다. 리이룽은 오히려 렌진펑에게 집에 가지 않아도 되느냐고 반문했다. 리이룽이 신경 쓰는 것은 렌진펑의 아버지였다. 렌진펑 자신도 그 사실을 알았기에 그는 '사법계에서 오래 묵은 남자들이 지겹다'라고 직설적으로 말했다.

두 사람은 오토바이를 타고 양밍산陽明山에 올라가서 원화文化대학 뒷산에서 야경을 보기로 했다. 그런 다음 온천 여관 한 곳을 골라 투숙했다.

그들이 처음으로 밖에서 같이 밤을 보내는 날이었다. 리이룽은 렌진핑이 평소보다 말수가 적은 것을 수줍음 탓이라 여겼다. 그래서 객실에 들어간 뒤 리이룽이 먼저 렌진핑을 껴안았다. 다른 사람의 시선을 걱정하지 않아도 되는 이곳에서는 그들이 타이완 사법계의 미래라는 것을 누구도 모를 것이다. 그래서 두 사람은 지금껏 한 적 없던 방식으로 키스하자고 결정했다.

렌진핑은 리이룽의 손을 잡고 침대 쪽으로 끌어당겼다. 그때 손끝에 이상한 촉감이 느껴졌다. 리이룽의 손목에 가로로 길게 난 흉터에 닿은 것이었다. 렌진핑이 리이룽을 응시했고, 그녀도 시선을 피하지 않았다.

렌진핑이 부드럽게 흉터를 어루만졌다. 흉터는 추하지만 실재했고, 고요하면서도 우렁찼다.

리이룽은 부드럽게 말했지만 그 눈빛은 조금의 의심도 용납하지 않았다.

"날 배신하면 그건 법률로 해결할 수 없을 거야."

렌진핑의 숨이 빨라졌다. 그가 다급하게 리이룽의 흰 셔츠 단추를 풀며 입을 맞췄다.

키스 후에 리이룽이 헐떡이며 말했다.

"아까 마늘을 너무 많이 먹었나봐."

두 사람은 한바탕 웃고 잠시 떨어졌다. 각자 샤워와 양치질을 하고 나서 다시 섹스했다.

끝난 뒤, 렌진핑은 어둠 속에서 리이룽을 안고서 오늘 아침에 퉁바오쥐와 말다툼한 이야기를 들려주었다. 리이룽이 눈을 감은 채 대답했다.

"그 사람 말이 맞아. 판사가 되면 기회가 없을 것 같아? 우리는 판결을 통해서 이상을 실천할 수 있어."

렌진핑이 고개를 끄덕였다. 리이룽이 그것을 느꼈는지는 확실하지 않았다.

갑자기 렌진핑의 휴대전화가 진동했다. 문자 메시지가 온 것 같았다.

"볼 거야?"

리이룽의 물음에 렌진핑이 가볍게 대답했다.

"우리 아버지 말고 또 누구겠어?"

리이룽은 더 말하지 않고 깊게 잠들었다.

렌진핑은 오늘 저녁에 리나와 약속이 있었다는 것을 떠올렸다.

4

퉁서우중은 도구실에 두었던 개인 물건을 정리한 후 열쇠를 야구부 코치에게 반납했다.

"루우, 고맙습니다."

퉁서우중은 코치가 뭐라고 더 변명하려는 것을 보고 손을 내저었다. 그는 정식으로 학교나 야구부에서 고용한 직원이 아니었다. 그러니 올 때도 갈 때도 명확한 이유가 필요하지 않았다.

해고 통지는 퉁바오쥐가 감정인을 신문한 그날 밤에 받았다. 학교에서 누구인지 모를 직원이 전화로 통보했다. 서면으로 작성한 정식 해촉 서류나 송별회는 없었다. 퉁서우중은 놀라지 않았다. 퉁바오쥐 가 법정에서 한 행동을 직접 봤기 때문에 이번 일이 좋게 끝나지 않 으리라는 것을 알았다.

퉁서우중은 평생 장기 말처럼 살았고, 언제나 가장 먼저 희생되는 패였다. 그런 처지에 일찍이 익숙해졌지만 이번만은 조금 달랐다. 어 쨌거나 친아들에게 버림받은 것이었으니 말이다. 다만 퉁바오쥐가 법 정에서 제멋대로 날뛰며 주장을 밀어붙이는 것을 보는데 묘한 감정 이 슬슬 피어올랐다는 게 이상했다.

저번 공판이 끝나갈 때쯤 되자 퉁서우중은 양측이 무엇을 두고 다투는지 이해하지 못하게 되었다. 텅 빈 머릿속에 오래전 죽은 사 촌 동생이 떠올랐다. 세월이 이만큼 흐르는 동안 사촌 동생의 얼굴 이 그때처럼 선명하게 떠오른 것은 처음이었다. 오른손에서 돌연 시 작된 진동이 심장까지 파고들었다. 그 진동은 일찍이 흔적 없이 사라 졌지만 그는 한 번도 잊은 적이 없었다. 원한에 찬 칼이 부드러운 목 과 가슴을 베며 느껴지던 둔중한 탄력이었고, 피와 살점이 튀었으나 곧 잠잠해진 소리 없는 저항이었다.

퉁서우중은 저도 모르게 몸을 떨었다. 그는 자신이 통제할 수 없 는 감정과 그치지 않는 진동이 두려웠다. 그는 뛰다시피 법원을 빠져 나왔다. 편의점에서 쌀로 빚은 술 한 병을 사서 들이켰지만 가슴 속 웅성거림이 잦아들기는커녕 점점 더 커져서 숨을 쉬기 힘들 지경이 었다.

그 후에 해고를 통보하는 전화를 받았다. 세계가 삽시간에 고요해 졌다.

그렇게, 몹시 간단하게, 퉁서우중은 이름을 알 수 없는 공포로부터 해방되었다. 며칠이 흐른 지금까지도 그는 그 공포를 제대로 설명할 수 없었다. 그러나 상관없다. 그는 지금 적敵이 없는 사람이다.

퉁서우중은 평소처럼 술을 마시고 노름을 했다. 심지어 노름에서 돈을 따기 시작했다. 몸이 가끔 아팠지만 그는 조금도 신경 쓰지 않았다.

퉁서우중과 퉁바오쥐가 다시 만난 것은 며칠이 지난 후 부양비 소송을 하는 법정에서였다.

"당신 아들인 퉁바오쥐는 법원에 부양 의무를 면제해달라는 요청을 했습니다."

판사가 퉁서우중을 보며 물었다.

"그는 당신이 배를 타느라 거의 집에 오지 않았고 번 돈은 음주와 도박에 탕진했다고 했습니다. 나중에는 수감생활을 하느라 가정을 전혀 돌보지 못했으며, 출소 후에도 아들인 자기를 양육하지 않았다고 했고요. 이견이 있으십니까?"

"없소."

"퉁바오쥐가 제출한 진술서를 받으셨습니까?"

"예."

판사가 퉁바오쥐 쪽을 쳐다봤다. 그도 똑같이 얼굴에 물음표만 가득한 것을 보고는 다시 퉁서우중에게 확인했다.

"이 사실을 전부 인정하시는 건가요?"

"예."

"그러면 법원은 퉁바오쥐의 부양 책임을 면제하게 됩니다."

판사가 마지막으로 퉁서우중에게 설명했다.

"당신에게 돈을 주지 않아도 된다는 말이에요."

"더는 저 사람과 아무 관계도 없었으면 좋겠소."

통바오쥐는 통서우중이 무슨 생각을 하고 있는지 짐작할 수 없었다. 그는 막돼먹은 짓을 경멸하는 이성적인 태도를 취하며 그런 자신에게 뿌듯함을 느끼는 것일까? 통서우중이 홍전슙 앞에서 보여준 비굴함보다 무엇도 신경 쓰지 않는다는 지금의 태도가 더 견디기 힘든 모욕감을 주었다. 통바오쥐는 분노했고, 사실 그보다 더 슬퍼했다.

지룽에 큰비가 내렸다.

심리가 끝난 후 통바오쥐는 운전석에 앉아서 어디로 가야 할지 갈피를 잡지 못했다. 피곤했지만 잠이 오지는 않았다. 집에 가고 싶었지만 타이베이는 너무 멀었고, 집에 가도 그를 맞아줄 사람이 없었다. 그는 바츠먼이 재건축되기 전 비가 올 때마다 폐선박 자재로 만든 침대에서 곰팡이 냄새가 올라오던 것을 생각했다. 비가 오면 어머니를 따라 바닷가에 가서 소라를 줍고 해조류를 건지곤 했다. 비가 오면 창밖으로 구름과 안개에 덮인 허핑섬이 물 위를 헤엄치는 거북처럼 보였다.

그는 비 오는 바다가 보고 싶어졌다. 막 결심하고 출발하려는데 돌연 비가 그쳤다. 그는 차를 돌려 허핑즈허우 성당으로 향했다. 성당에 들어가지는 않고 담벼락 밖을 왔다 갔다 했다. 성당 안에서 성가대가 연습을 하는지 노랫소리가 새어나왔다. 아미족 말로 된 성가였다.

막 비를 쏟았던 하늘은 아직 완전히 개지 않았다. 통바오쥐가 아는 지룽이라면 곧 물안개가 자욱해질 터였다. 오늘은 주일이 아니니 성당에서 아는 사람을 만날 리가 없는데도 통바오쥐는 끝내 안으로 들어가지 않았다. 그는 성당 벽에 난 금을 빤히 쳐다봤다. 흐릿하게 들리는 성가를 핑계 삼아, 부본당 신부가 그의 이름을 부를 때까지 한참 동안 오랜 세월의 기억을 더듬었다.

"왔으면 들어오지 않고."

신부가 말했다.

"이제 가려던 참입니다."

"안에 아무도 없단다."

"전 신을 믿지 않아요."

"괜찮아. 믿지 않는다고 너를 보호해주지 않는 신이라면 믿을 가치가 없지."

"원래 그렇게 교리를 가르치시는 거예요?"

"그렇진 않아. 그러니까 이건 다른 사람한테 말하지 마라."

퉁바오쥐의 태도가 누그러졌다.

"애들은 잘 지내요?"

"그럼, 다 잘 지낸다. 큰일도 없고."

"이제 가볼게요."

"나는 사형제도에 반대해. 교황님도 그러시고."●

부본당 신부가 갑자기 이렇게 말했다.

그에게는 사람들을 위로하는 재능이 있었고, 퉁바오쥐도 그것을 잘 알았다. 그는 신부가 건네는 위로를 거절하지 않고 고개를 끄덕이며 반응했다.

"그런가요?"

"하지만 우리 신도들은 내 말을 듣지 않지."

부본당 신부는 자조 섞인 미소를 지으며 말을 이었다.

● 프란치스코 교황은 2018년 8월에 '가톨릭교회 교리서Catechism of the Catholic Church'의 제2267호 사항에 관한 새로운 교리를 비준했다. 여기서 "사형은 침해되어서는 안 될 인간의 존엄을 해치기 때문에 인정될 수 없다"고 명확히 밝히고 있으며, 교회는 "마땅히 전 세계 각지에서 사형제도를 폐지하기 위해 노력해야 한다"고 했다.

"그들에겐 시간이 필요해. 너도 그렇고."

퉁바오쥐는 한숨을 쉬었다. 부본당 신부의 말이 따뜻했지만 하늘은 여전히 흐렸다. 그는 고개를 꾸벅 숙이고 몸을 돌렸다.

"루우의 문제는 우리가 도와줄게."

부본당 신부가 퉁바오쥐의 등에 대고 말했다.

"무슨 문제요?"

부본당 신부가 잠시 망설이다 대답했다.

"야구부에서 일하지 못하게 됐단다."

아버지가 잘렸다? 그런데도 난리를 치지 않았다는 건가? 부양비도 거절하고? 돌이켜보니 오늘 법정에서 퉁서우중은 확실히 평소와 달랐다. 독한 말을 내뱉지 않았고 거만하게 깔보는 태도도 아니었다. 반대로 완고하면서도 보는 이의 속을 긁는 고고한 표정이었다.

"홀리 마조. 빌어먹을. 자기가 뭐라도 되는 줄 알아?"

부본당 신부는 미소를 지으며 고개를 끄덕거렸다. 퉁바오쥐가 천주님을 욕하지는 않았으니까.

5

퉁바오쥐가 해안 공공주택에 있는 집에 갔을 때 퉁서우중은 혼자서 저녁을 먹던 참이었다. 마지막으로 이 집에 들어온 게 언제였는지 잘 기억나지 않았다. 하지만 가구 배치며 잡동사니며 전과 달라진 것이 없었다. 퉁바오쥐에게 이 집에 대한 '인상'이라는 것이 생긴 이래로 늘 이런 모습이었다.

퉁바오쥐는 직접 공기와 수저를 챙겼다. 이어 전기밥솥에서 고구

마죽을 퍼서 퉁서우중 맞은편에 앉았다. 식탁에는 가지즙에 버무린 참치, 매운 양념을 한 한치, 볶은 땅콩 등의 몇 가지 통조림이 반쯤 뚜껑을 딴 상태로 놓여 있었다. 고추를 넣고 볶은 공심채가 한 접시, 그리고 큼직한 갈빗대를 넣은 탕이 냄비째 올려져 있었다. 반쯤 남은 술병도 보였다. 퉁서우중이 주로 마시는 쌀로 빚은 저렴한 술이었다.

"재판에 지실 거예요."

"그게 뭐? 네가 돈을 주지 않아도 저소득층 지원금을 받으면 돼. 네 얼굴을 안 봐도 되니 얼마나 좋냐."*

퉁바오쥐는 아버지가 그런 계산까지 해놓았을 줄은 몰랐다. 그는 고개를 설레설레 저으며 눈앞의 이 사람이 얼마나 더 기발한 모습을 보여줄지 모르겠다고 생각했다.

퉁서우중은 식사를 계속했다. 퉁바오쥐도 성질을 내며 젓가락으로 음식을 크게 크게 집어다 입안에 넣었다.

퉁서우중이 술병을 집어 들었다. 퉁바오쥐에게도 한잔하라는 듯한 몸짓이었다.

"난 술을 안 마십니다."

퉁서우중이 오른손을 들어서 퉁바오쥐 면전에 대고 쫙 폈다. 다섯 개의 손가락이 각자 개성적인 곡선을 그리며 휘어져 있었다. 연한 회색을 띤 굳은살이 누르스름한 손바닥에 빈틈없이 들어차 있어서 손금이 보이지 않을 정도였다. 퉁바오쥐는 아버지의 손을 제대로 본 적이 없다는 것을 그제야 깨달았다.

이름 모를 어떤 해양생물을 닮았다. 퉁바오쥐는 그렇게 생각했다.

퉁서우중이 반쯤 남은 검지만 세우고 나머지 손가락을 접어 주먹을 쥐었다. 그러고서 술을 마시며 입을 뗐다.

"이름은 아중阿中이었다. 어린 나이에 선장이 됐지. 배 주인의 큰

아들이었어. 푸저우福州 사람이고. 처음 바다에 나와서 운이 좋았는지 고기가 많이 잡혔다. 그래서 자기가 잘난 줄 알았지. 큼직한 백상아리가 걸려서 갑판 위로 올라왔다. 그놈이 굳이 나서서 이래라저래라 난리를 치더군. 백상아리는 암컷이었어. 배에 새끼들이 있었다. 그러니 가만히 있었겠냐, 목숨 걸고 날뛰었지. 꼬리를 한 번 휘두르니까 아중이 바로 쓰러지더군. 내가 달려가서 그놈을 끌어냈는데, 백상아리 주둥이에 스쳐서 손가락 반이 날아갔어. 운이 좋았지. 반만 날아갔으니까. 다들 내가 운이 좋았다고 했다.

그런데 그 개자식은 내가 부주의한 탓이라고 하더라. 나는 잘린 손가락을 붕대로 감고 일고여덟 시간을 더 작업하고서야 항구로 돌아왔어. 게다가 사장이란 놈은 보험이 없다고 하고…… 가불한 월급에는 이자가 붙었고……. 오히려 내가 그놈에게 팔 하나를 빚졌다나! 죽일 놈! 뭐, 운이 좋아?"*

퉁서우중이 키들키들 웃으며 남은 술을 한꺼번에 들이켰다.

"아중은 백상아리의 지느러미를 자르고 배를 수없이 걷어찼다. 하도 차서 배 모양이 달라질 정도였어. 그러고서야 백상아리를 바다에 내던졌지. 그 새끼들이 살아났을까? 한번은 꿈에서 새끼 백상아리들이 내 손가락을 삼키고는 살아나더라. 살아서, 큰 백상아리가 되어서, 복수하러 왔더군. 어미 백상아리는 나를 기억할 거다. 내가 바다에 돌아가면, 백상아리에게 죽을 거야. 바다는 잊지 않거든……."*

퉁서우중은 눈물을 흘리면서도 울지는 않았다. 그는 잘리고 남은 손가락을 치켜들며 말했다.

"이 손가락도, 그 외국인 노동자의 손가락도, 육지에서는 그저 이야기 한 자락일 뿐이다. 어떻게 잘렸는지가 중요할까? 너는 들었을 뿐이지 직접 본 게 아니니까 절대로 알 수 없어."*

퉁서우중이 일어섰다. 점점 발음이 뭉개졌다. 그는 비틀비틀 방으로 걸어갔다.

"돈 버는 게 쉽지 않지. 넌 바다도 이쪽 일도 몰라……. 바다에서 돈 버는 건 목숨을 걸고 하는 거다. 그런데 네가 그놈들보다 더 독할 수 있겠냐? 공부를 아무리 많이 해도 소용이 없어."*

퉁서우중은 혼잣말을 중얼거리며 그의 야트막한 서랍 같은 침대에 드러누웠다.

"한 사람을 이해하고 싶으면 그 사람이 자는 곳을 보라던가……."*

그는 손으로 침대 양쪽의 판자를 붙잡았고, 발을 발치의 판자에 대고 밀었다. 그는 차차 안정되었다.

"육지에 올라와서야 흔들리는 게 나라는 걸 알았지……."*

퉁바오줴는 이상하게 생긴 침대에 누운 퉁서우중이 곤충 표본과 닮았다고 느꼈다. 아버지는 벌써 수십 년을 이렇게 잠들었다. 그러나 이유가 무엇인지는 오늘 처음 알았다. 손가락이 잘린 이야기처럼, 그가 어릴 때부터 지금까지 아버지가 해준 진짜인지 가짜인지 알 수 없는 이야기들은 아버지가 자신만의 방식으로 표현한 것이었다. 아버지는 사실 누구에게도 이해받을 생각이 없었다.

퉁바오줴는 이제 알았다. 전문증거의 법칙이든 교화 가능성이든 그건 전부 체면치레하는 논점에 불과했다.

압둘아들을 구하려면 배 위에서 벌어진 일을 파헤쳐야 했다.

6

천칭쒜와 퉁바오쥐는 한밤중에 전에 만났던 곳으로 약속을 잡았다.

천칭쒜는 퉁바오쥐의 전화를 받았을 때 의외라고 생각하지 않았다. 현재 상황은 변호인 측이 확실히 불리했다.

게다가 퉁바오쥐는 이제 갈 곳이 없다.

그건 두 가지 이유로 설명할 수 있다. 첫째, 슝펑 선업은 복잡한 주식 지분율과 재투자의 방식으로 한 사람의 '물주'가 장악하는 구조다. 천칭쒜가 조사한 바에 따르면 슝펑 선업의 주소에 등록된 회사가 수십 곳이었다. 이런 회사들은 주주가 다 다르지만 자세히 살펴보면 서로 복잡한 관계망으로 얽혀 있으며, 더 큰 그룹 형태의 기업 소유라는 것이 드러난다. 간단히 말해서 슝펑 선업은 거대한 조직의 말단에 불과했고, 절대적으로 합법적인 방화벽으로 기능한다. '핑춘 16호'는 바누아투 국적의 선박이고 외국인 선원을 데려온 인력 회사는 싱가포르에 위치한 중국 자본 회사다. 국제적인 사법 공조가 없다면 관련 자료를 조사하는 것은 애초에 불가능하다.

둘째, 물론 슝펑 선업 혹은 그 배후의 거대 조직이 타이완의 어업 전체를 대표하지는 않는다. 다만 어업에서 국제관계의 본질을 소홀히 생각하고 넘길 수 없다. 국가를 구분 기준으로 삼는다면 선단의 규모가 크든 작든 모두 운명공동체인 것이다.

다랑어잡이는 한해 산업 가치가 수백억 타이완달러에 달한다. 타이완에서 산업 가치가 가장 높은 원양어업이다. 유럽연합이 3년 연속으로 9개월간 타이완을 '불법 조업 경고 국가'로 지정한 것이 그리 멀지 않은 일이다. 겨우 제재에서 벗어난 타이완 어업은 절대로 다시 그런 어업 제재를 겪고 싶지 않다.

이것이 해안 살인 사건에서 가장 까다로운 문제다. 압둘아들의 살인 행위는 독립된 사건일지 모르지만 사실상 타이완 어업 전체에 관련되어 있다. 전 세계에서 가장 큰 원양어선 그룹의 민감한 신경줄을 건드리는 일이다.

또한 타이완 어업은 너무 커서 무너질 수 없는 산업이라 정권 입장에서도 가장 모순적인 난제다. 국제 정세상 타이완은 국제어협國際漁協에서 사용할 협상 카드가 없다. 관련 국제 규약을 준수하려면 중징계가 불가피한데 어업계는 그런 징계에 반발하여 자본과 선거를 이용해 정부를 위협한다. '국민의 뜻'에 따른다는 민주정치의 가장 연약한 곳을 찌르는 것이다.

통화할 때 퉁바오쥐는 당연하다는 듯 요구했다.

"배 위에서 무슨 일이 벌어졌는지 알아야겠어."

퉁바오쥐가 드디어 요점이 무엇인지 깨달은 것이다. 해안 살인 사건의 핵심은 어떤 칼을 썼느냐, 몇 사람이 죽었느냐가 아니다. 사건에 얽힌 복잡한 돈과 권력, 정치 관계를 알아야 했다. 천칭쉐는 자신도 이 사건의 전체적인 모습을 다 알지는 못한다고 느꼈다. 하지만 총통이 특별한 관심을 보이는 점이나 장더런이 선의에 기반해 '팁'을 준 것만 보아도 알 만했다. 이 사건의 영향력은 법무부 장관이라고 해도 벗어날 수 없을 정도로 크다.

깊은 밤이었지만 천칭쉐는 자신을 숨기는 데 주의를 기울였다. 수행원을 따돌리고 일부러 항저우난로杭州南路의 측문을 통해 교내로 들어왔다. 줄지어 선 야자나무 그림자 아래로 두견화 길을 지나며 강의실 문 앞에서 잠시 멈춰 서서 의심스러운 사람이 없나 주변을 살피기도 했다.

연못 근처에는 퉁바오쥐가 이미 와 있었다. 그는 쉬저우로徐州路 쪽으로 난 정문을 바라보고 있어서 천칭쉐가 뒤에서 나타나자 깜짝 놀랐다.

"더 늦었으면 여기서 시라도 지을 뻔했어."

천칭쉐가 담배를 꺼내며 퉁바오쥐에게도 권했지만 그는 고개를 저어 거절했다.

"담배를 피우지 않았었지. 내가 잊었네."

천칭쉐는 그렇게 말하며 담뱃불을 붙였다. 사실 잊은 것이 아니라 퉁바오쥐를 떠본 것이었다.

"뭐 좀 알아냈어?"

"쓸모없는 정보뿐이야."

그렇게 말하며 천칭쉐가 크라프트지로 만든 서류봉투를 퉁바오쥐에게 건넸다.

"좀 걷자."

천칭쉐는 퉁바오쥐의 대답을 기다리지 않고 먼저 몸을 돌리고 걷기 시작했다. 퉁바오쥐는 그녀를 따라 강의실이 있는 복도의 어둠 속으로 들어섰다.

"그들의 꼬투리를 잡으려는 사람이 당신만 있는 건 아니야. 물론 당신만 그들의 꼬투리를 잡아내지 못한 것도 아니고. 케니 도슨이라는 이름, 들어봤어?"

천칭쉐의 물음에 퉁바오쥐가 고개를 저었다.

"미국인 원양어업 조사원이야. 인도양에 위치한 나라들의 원양어선을 전문적으로 조사하지. 그 사람이 작년 3월 10일에 바다에 빠져서 실종됐어. 지금까지 시체도 찾지 못했고…… 그 사람이 배에서 기록한 모든 자료도 같이 사라졌어. 케니 도슨이 어느 배를 조사하는 중이었을까?"

퉁바오쥐는 바로 알아들었다.

원양어업 조사원은 어업기구의 위촉을 받아 부정기적으로 어선에 파견된다. 그들의 임무는 해양과학 관련 자료를 수집하고 해당 어선의 어획 작업을 기록하는 것이다. 말하자면 어선이 불법 조업을 하지 못하도록 감시한다. 불법으로 조업하면 어획량은 높아지고 막대한 이익이 발생한다. 그러니 혼자 망망대해의 원양어선에서 선장과 선원의 어획 작업을 감시한다는 것은 사실상 몹시 위험한 일이었다.

"케니 도슨이 바다에 빠진 날은 파도가 잔잔했다고 해. 국제 규정에는 선원이 바다에 빠졌을 때 그 자리에서 사흘만 구조 시도를 하면 얼마든지 사고 장소를 떠날 수 있어. 무슨 일이 벌어지든 바닷속에 깊이 잠기면 누구도 알 수 없다는 말이야. 게다가 타이완은 관할권조차 없어."

"언론이 이 일을 보도하지 않았나? 기사를 본 적이 없는데."

퉁바오쥐가 기억을 더듬었다.

"언론만 탓할 건 아니지. 타이완 사람은 이런 일에 관심이 없잖아."

"케니 도슨과 해안 살인 사건은 무슨 관계야?"

"해외의 비영리 기구 중에 '통신자通訊者'라는 곳이 있어. 거기서 타이완 원양어업 실태를 오랫동안 조사하고 있지. 그들은 펑춘 16호가 남획, 어획물 세탁,● 선원 학대의 혐의는 물론 밀수 정황도 있다고 의심해. 케니 도슨이 바다에 빠진 것도 단순한 사고가 아닐지 몰라."

퉁바오쥐는 단서를 조합해봤다.

"그래서 타이완에 돌아오자마자 선원 계약을 전부 해지……."

"꼭 그렇지만은 않을 거야. 그 배에 탄 외국인 선원은 전부 해외에서 고용되었어. 그러니 싱가포르 외해에서 바로 인력 중개 회사가 데

● 돈세탁과 비슷한 개념으로, 다랑어 등 원양어선마다 정해진 어획량이 있는 어종의 경우 어디에서 누가 언제 포획했는지 등의 정보를 속이는 불법 조업 방식을 가리킨다.—옮긴이

려갔을지도 몰라."

천칭쉐가 한마디 덧붙였다.

"우리는 완전한 선원 명단조차 확보하지 못했잖아."

"유일하게 도망친 선원이 압둘아들이군. 뭔가를 목격했다면 정평천은 그를 찾느라 혈안이 되었을 거고."

"하지만 해안 살인 사건의 핵심은 다른 데 뒤야지."

천칭쉐의 말에 퉁바오쥐가 곧바로 대답했다.

"선원 학대. 만약 압둘아들이 학대를 당했다면 살인 동기를 설명할 수 있어. 하지만 그래봤자 원점으로 돌아가는 것 아닌가? 우리는 배 위에서 일어난 일을 증명할 방법이 없어."

"바오쥐, 당신의 적수가 어떤 사람인지 알고 있어? 정말 준비가 된 거야?"

천칭쉐가 마지막 한 모금을 빨고 버린 담배꽁초를 발로 밟으며 물었다.

퉁바오쥐의 표정은 그게 뭐든 개의치 않는다는 듯 보였다.

"일개 변호인이 그런 고민까지 하는 건 너무 사치잖아."

천칭쉐는 예전에 이 원주민 출신의 철없는 남자를 왜 좋아했는지 다시 생각났다.

천칭쉐가 담담하게 말했다.

"내가 알아본 바에 따르면 도망친 건 압둘아들 외에도 인도네시아 국적 선원이 한 명 더 있어. 지금은 어디 있는지 모른다고 하는데, 그 사람을 찾는다면."

"이름이 뭐야?"

천칭쉐는 두 번째 담배를 입에 물고서 주머니에서 사진을 꺼냈다.

"수프리안토. 우리의 추리가 맞다면, 이 사람도 지금 엄청나게 위험할 거야."

7

해안 살인 사건에 관해 천칭쉐의 계획은 단순했다. 정보가 많을수록 주도적인 위치를 점할 수 있다고 봤다. 그러나 어떤 문제들은 정치와는 무관하게 발생한다는 점을 미처 예상하지 못했다.

천칭쉐와 퉁바오쥐가 몰래 만난 날로부터 며칠 뒤, 장더런이 천칭쉐의 사무실에 나타났다. 그는 천칭쉐에게 알리지 말라는 뜻으로 보좌관을 향해 손을 저었고, 동시에 다른 손으로 사무실 문을 두드렸다.

천칭쉐는 그의 등장이 놀라웠다. 그래서 이상하게 여기는 마음을 감추려 했지만 완벽하지 못했다. 장더런이 조그만 천 가방을 천칭쉐 앞에 내려놓았다.

"생일 축하해."

천칭쉐는 의아해하면서도 가방을 받았다.

"나는 위키피디아에 왜 생일을 넣는지 모르겠더라."

"위키피디아가 아니어도 당신 생일을 모를까."

가방을 열어보니 안에 염주가 들어 있었다. 단향목의 은은한 향이 느껴졌다.

"자단목紫檀木으로 만든 염주야. 티베트의 고승이 쓰던 거라더군."

"고마워."

"다른 계획이 있나?"

"어떤?"

"생일."

천칭쉐가 술병을 열고 위스키 두 잔을 따랐다.

"나는 없지만, 다른 이들은 있겠지."

"생일 당일은 아니어도 좋아. 둘이서 식사나 하자고."

장더런이 잠시 말을 멈췄다가 덧붙였다.

"조금 은밀한 곳으로 가자."

천칭쉐가 위스키 잔을 장더런에게 내밀었지만 그가 거절했다.

"괜찮아. 요즘 참는 중이거든……. 봐, 가지고 다니던 술병도 없잖아."

장더런이 양복 상의를 벌려 보이며 의기양양하게 미소지었다. 술을 마시지 않은 지 일주일이나 됐어. 그게 얼마나 힘든 일인 줄 알아.

장더런이 그런 식으로 웃는 것은 처음 봤다. 그의 알코올 의존증은 모르는 사람이 없을 만큼 심각했다. 전처와 딸이 교통사고로 사망한 뒤부터 시작된 문제라고 했다. 혹자는 그의 알코올 중독이 이혼의 원인이었다고도 했다. 알코올이란 그가 갖은 권모술수를 부리는 동안 자신을 마비시키는 유일하고 효과적인 방법이기도 했다.

천칭쉐는 다 맞는 말이라고 생각했다. 그녀가 보기에 장더런은 자신의 예민함을 걱정하고 또 두려워하는 사람이었고, 자신이 허용하지 않은 감정을 회피하기 위해 알코올을 탐닉했다.

그래서 그가 술을 많이 마실 때보다 술을 끊는다고 하니 더 걱정스러웠다.

"당신은 스스로 잘 통제하는 사람이 아닌 것 같아."

"충분히 통제하고 있어."

"아직 멀었지……. 식사 건은 다시 얘기해."

장더런은 애써 웃는 얼굴을 유지하며 고개를 끄덕였다. 그러다 천칭쉐의 사무용 책상에 놓인 서류가 눈에 걸렸다. '핑춘 16호'의 수사 기록이었다.

"왜? 내가 말하지 않았어? 두 사건을 같이 엮지 말라고."

"당신이 도와주지 않는다면 나도 물러설 생각이 없어."

"난 지금 당신을 돕고 있는 거야!"

장더런이 격앙된 어조로 말했다.

천칭쉐가 장더런을 가만히 바라봤다. 이 남자는 지금 선을 넘었다. 장더런이 마음을 접게끔 해야 했다.

"그게 아니면 내가 왜 당신을 만나야 하지?"

"뭐라고?"

"퉁바오쥐, 알지? 해안 살인 사건의 변호인. 그 사람도 저 그림을 좋아해. 아주 좋아하지."

"당신…… 그 남자도 데려왔어?"

"각자 필요한 게 있으니까."

"뭐?"

장더런이 벌컥 화를 내며 책상 위의 물건을 바닥에 내던졌다.

"그 사람에게 무슨 말을 한 거야?"

장더런이 그렇게 말하는 순간 문밖에서 보좌관이 무슨 일이냐고 묻는 목소리가 들렸다.

천칭쉐는 어지럽게 널린 물건들을 보며 차갑게 내뱉었다.

"비서실장님, 이만 가셔야겠습니다."

"미안해, 나는……."

숨을 헐떡이는 장더런은 난처해 보였다.

"이만, 가셔야겠습니다."

장더런은 산소가 부족한 사람처럼 비틀비틀 두어 걸음 물러섰다가 책상에 놓인 위스키 잔을 단번에 비웠다. 그는 빠른 걸음으로 사무실을 떠났다.

천청쉐는 그의 뒷모습을 보면서 뒤늦게 인식했다. 퉁바오쥐의 이름을 꺼낸 건 정말 멍청한 짓이었다.

8

압둘아들에게서 정보를 더 얻어내기 위해 퉁바오쥐는 구치소를 다시 찾았다.

퉁바오쥐는 고등법원 입구에서 공무집행용 차량을 기다렸다. 렌진펑과 리나가 옆에 있었지만 두 사람은 입을 꾹 다물고 있었다. 두 사람 사이의 이상한 분위기 때문에 퉁바오쥐도 어색할 정도였다.

차량이 도착하자 퉁바오쥐가 선수를 쳤다.

"자자자, 두 사람은 떨어져서 앉아. 내가 중간에 앉을 거야, 그게 허리가 편하더라고."

압둘아들을 만난 퉁바오쥐는 리나에게 '배에서 일할 때의 휴식 시간은 어땠나?' '식사는 충분히 주어졌나?' '신체적인 폭력을 당한 적이 있나?' 등의 질문을 통역해달라고 했다. 그러나 압둘아들은 침묵할 뿐이었다.

퉁바오쥐가 케니 도슨 사진을 꺼내서 아느냐고 물었다. 압둘아들은 고개를 끄덕였다. 퉁바오쥐가 재차 물었다. "무슨 일이 있었는지 압니까?" 압둘아들이 다시 텅 빈 표정을 지었다.

퉁바오쥐가 수프리안토의 사진을 꺼내며 한 번 더 아느냐고 물었다.

압둘아들이 담담하게 대답했다.

"Garuda."#인

"가루다?"

"가루다."

리나가 미간을 살짝 찡그리며 설명했다.

"가루다는 새예요. 인도네시아 나라의 그림. 신화에 나오는 새."

"인도네시아 국장國章이라고요? 금시조金翅鳥?"

반쯤 알아들은 렌진펑도 정확히 무슨 의미인지 판단하기 어려웠다.

렌진펑이 말하는 인도네시아 국장은 '가루다 판차실라Garuda Pancasila'다. 가루다는 힌두교의 신성한 새이고, 판차실라는 산스크리트어 '다섯Panca'과 '원칙Sila'을 조합해 만든 단어다. 판차실라는 인도네시아의 건국 5대 원칙인 유일신에 대한 신앙, 인본주의, 국가 통합, 민주주의, 사회정의를 의미한다. 가루다가 발톱으로 움켜쥔 흰 띠에 옛 자바어로 인도네시아의 국가 표어인 '다양성 속의 통일Bhinneka Tunggal Ika'을 적었다.

압둘아들이 이어서 말했다.

"Tegakkan kepalamu garuda."#인

리나가 의아해하면서 통역했다.

"그가…… '신의 새가 머리를 든다'고 말해요."

"무슨 말이야?"

"아마도 축구. 축구할 때 그런 말을 해요. 응원하는 말."

압둘아들이 다시 말했다.

"가루다."

이렇게 질문해서는 더 진전이 없을 듯했다. 퉁바오쥐는 고개를 푹 숙이고 한숨을 쉬었다.

압둘아들이 다시 입을 열었다.

"Omah nang endi?"#자

"집이 어디에 있느냐고 물어요."

"무슨 말이지?"

퉁바오쥐가 물었다.

"인도네시아?"

리나는 그렇게 말하며 손으로 방향을 가리키려고 했다. 그러다 자기가 현재 어떤 방향으로 앉아 있는지 모른다는 것을 깨달았다.

"인도네시아? 남쪽에……."

압둘아들이 벌떡 일어서서 가까운 창문으로 돌진했다. 교도관이 달려와 그를 붙잡았다.

"Matahari, matahari nang endi?"#자

퉁바오쥐 일행은 뒤로 물러나서 발광하는 압둘아들이 교도관에게 끌려나가는 것을 지켜봐야 했다. 리나는 풀이 죽은 목소리로 천천히 설명했다.

"그가 물었어요……. 태양이 어느 쪽이냐고."

세 사람은 구치소를 나와 길가에서 차를 기다렸다.

리나는 나무 그늘 아래서 눈부신 태양을 올려다봤다. 오늘 하늘은 정말 파랗고 구름 한 점 없었다. 압둘아들은 왜 태양이 어느 쪽인지 물었을까? 왜 다른 질문에는 대답하지 않는 걸까? 왜…….

리나가 퉁바오쥐에게 물었다.

"제가 무엇을 더 할 수 있나요, 도움?"

롄진펑이 끼어들었다.

"예전 진술 기록은 통역에 문제가 있었을 거예요. 그러니까 시간이

있으면……."

퉁바오쥐가 조금 망설이자 리나가 얼른 그건 돈을 받지 않겠다고
했다.

렌진펑이 고개를 끄덕이는 것을 본 퉁바오쥐도 별말 없이 받아들
였다. 지금은 어떤 단서도 포기할 수 없었다.

9

돌아오는 길에 퉁바오쥐는 또 뒷좌석 중간에 앉았다. 그러나 양옆
의 렌진펑과 리나는 고개를 숙이고 몰래 휴대전화로 메시지를 주고
받았다.

렌진펑: "Tonight?"(오늘 밤?)

리나: "OK."(좋아요.)

리나는 그날 왜 약속 장소에 오지 않았느냐고 묻고 싶었지만 그걸
신경 쓰고 있는 걸 들키고 싶지 않았다. 그래서 말해야 하나 말아야
하나 망설이는데 렌진펑이 메시지를 보냈다.

"I was busy the other night. Sorry I didn't get to contact
you."(그날 저녁에 바쁜 일이 좀 있었어요. 미리 말해주지 못해서 미안합
니다.)

리나가 어떻게 반응할지 정하기 전, 퉁바오쥐가 목소리를 높이며
투덜거렸다.

"요즘 젊은 애들은 휴대전화만 써서 제대로 감정을 담은 대화를
하지 못해……. 세상이 어떻게 되려고 이러나."

그날 저녁 렌진펑은 생선튀김을 사 왔다. 유명한 인도네시아 상품

인 ABC 칠리소스도 따로 준비했다. 그렇게 먹어야 인도네시아 현지에서 먹는 느낌이 난다는 말을 들었기 때문이다. 렌진펑은 미안한 마음을 이렇게라도 풀고 싶었다.

편의점의 취식 코너에 자리를 잡은 뒤 렌진펑은 또 음료수 두 캔을 샀다. 렌진펑이 계산하려는 것을 보고 리나가 얼른 달려가서 100타이완달러 지폐를 내밀었지만, 렌진펑은 웃으며 손을 저었다. 리나는 지폐를 도로 집어넣고 시무룩하게 자리로 돌아갔다.

리나는 오늘 낮에 본 압둘아들의 이상한 행동 때문에 울적했다. 그 바람에 식욕이 없어서 생선튀김을 몇 입 먹다 말았다. 렌진펑이 눈치를 채고 위로했다.

"진술 기록을 번역해주면 압둘아들에게 도움이 돼요. 나도 도와줄게요. 걱정하지 말아요."

"나중에 인도네시아로 돌아가서 학교에 다니게 되면 법률을 배울 거예요."

"돌아가요? 언제?"

렌진펑이 엉뚱한 맥락을 짚었다.

"나도 하고 싶어요, 돕는 일. 도움이 필요한 사람을."

"최근 인도네시아에서 시위가 많이 일어나고 있던데요……. 형법 수정안 때문에. 맞죠?"

리나는 렌진펑이 자기 고향의 뉴스에 관심을 가진 것에 놀라워하며 고개를 끄덕였다.

"그런 법률은 정말 최악이에요……. 법학을 배울 거라면 타이완에 있어요."

"돈이 없어요."

"내가 도와줄게요……. 아는 사람이 있으니까, 장학금을 신청해요.

타이완 법률이 좀더 진보적이고 인권 수준도 높으니까요."

"타이완 법률은 압둘아들을 죽이려고 해요. 이슬람은 용서를 좋아하니까 그를 죽이지 않을 수도 있어요."

리나는 기분이 나빠졌다. 코란은 용서하라고 가르친다. 신실한 무슬림인 그녀에게도 특히 깊은 인상을 남긴 구절은 "상해에 대한 보복은 그에 상응하는 상해. 그러나 만약 용서하고 화해한다면 알라께서 보상하실 것이다. 알라는 의롭지 않은 자를 사랑하지 아니하신다"였다.•

이 사건에 참여하는 사람 중에서 법률과 문화의 차이로 인한 충격이 가장 큰 사람은 리나였다.

렌진펑은 인도네시아의 법률을 모르고, 이슬람 신앙은 더욱 모른다. 그는 타문화에 대한 단편적인 이해 때문에 잘못을 저질렀음을 인식했지만 실수를 바로잡는 말조차 하지 못했다. 그의 태도에서 가장 참기 힘든 부분은 구세주라도 된 듯한 시혜적인 우월감이었다.

렌진펑도 말실수를 깨닫고 얼른 덧붙였다.

"여기서 이주노동자를 도우면 되잖아요."

리나는 대꾸하지 않았다. 타이완 사람들이 인도네시아에 대해 갖는 고정관념이 어떤지 익히 알고 있기 때문이다. 리나는 렌진펑을 좋아하지만 그럴수록 부당한 대우에 서운하고 억울해졌다. 아무리 노력해도 자신은 언제나 이방인이었다.

리나는 100타이완달러 지폐를 다시 꺼내서 취식 코너의 탁자에 올려놓고 입을 다물었다.

그 지폐가 며칠 전 '쉬 사장님'이 그녀의 바지 주머니에 넣어준

• 『코란』 42:40.

100타이완달러라는 것도 말하지 않을 생각이었다.

10

사무실에서 공문을 정리하던 렌진펑의 귀에 문밖 복도에서 포효하는 소리가 들렸다. 누군가 소리를 지르며 멀리서 이쪽을 향해 달려오는 듯했다. 처음에는 그런가 보다 했는데, 곧 퉁바오쥐의 목소리라는 것을 알아차렸다.

퉁바오쥐가 문을 부술 듯 열고 사무실로 뛰어 들어왔을 때, 렌진펑은 그가 '가루다' 어쩌고 하며 외치는 것을 알아차렸다. 붉은색 축구 유니폼 상의를 입은 퉁바오쥐가 팔을 위아래로 휘두르며 소리쳤다.

"다같이! Tegakkan kepalamu garuda! Tegakkan kepalamu garuda!"

린팡위가 얼른 문을 닫았다.

"계속 이러면 쓰레기가 날아올지도 몰라요."

렌진펑은 싸늘한 시선으로 퉁바오쥐를 쳐다봤다.

"인생의 새로운 돌파구를 찾으셨나 보군요."

의자에 앉아 책상에 두 발을 턱 올린 퉁바오쥐가 대꾸했다.

"내 인생이 아니라 해안 살인 사건의 돌파구지!"

"가루다가 무슨 뜻인지 알아내셨어요?"

"금시조잖아, 인도네시아의 국장."

"그건 제가 말씀드린 거죠."

"내가 입은 옷을 봐."

"앞으로는 농구 대신 축구를 하실 건가요?"

"이 옷, 어디서 본 적 없어?"

렌진펑은 퉁바오쥐의 어이없는 장난에 휘둘리지 않으려고 열심히 머릿속을 뒤졌다.

"사건 기록을 봐!"

퉁바오쥐가 손톱을 다듬으며 여유롭게 대답했다.

렌진펑은 번뜩 생각나는 게 있었다. 얼른 사건 기록을 가져와 당일 저녁 허핑다오 어시장의 감시카메라 화면이 나온 부분을 펼쳤다. 추측했던 대로다. 압둘아들은 살인할 때 붉은색 축구 유니폼을 입고 있었다.

"그런데 이게 가루다와는 무슨 상관인데요?"

"인도네시아 국가대표팀의 별명이 가루다야."

"그래요, 압둘아들이 축구를 열렬히 사랑하는 살인자라는 것이 밝혀졌군요."

"좀 더 자세히 봐."

렌진펑은 감시카메라 화면을 캡처한 자료를 유심히 들여다봤다. 감시카메라는 허핑다오 어시장 입구에 설치된 것이고, 압둘아들은 화면 오른쪽 상단에서 나타났다. 이어 화면의 위쪽으로, 렌즈에 등을 보인 상태로 화면 밖으로 나갔다. 여러 번 봐서 익숙한 그 화면에 무슨 단서가 있다는 건지 모르겠다.

"유니폼에 적힌 이름!"

렌진펑이 흐릿한 화면 속 글자를 더듬더듬 읽었다.

"수…… 프리…… 수프리안토!"

렌진펑이 깜짝 놀라 외쳤다.

"수프리안토가 인도네시아 국가대표?"

퉁바오쥐가 어이없어하며 고개를 내저었다.

"홀리 마조! 웨어 이즈 유어 논리?"

"핵심을 바로 말씀해주시면 되잖아요."

"핵심은 이거다. 유니폼에 적힌 리그 이름이 TIFL이야. Taiwan Immigrants Football League, 타이완 이민자 축구 리그."

퉁바오쥐가 감시카메라 화면을 가리키며 설명했다. 퉁바오쥐는 영어 발음이 어색한데도 그런 것은 부끄러워하지 않았다.

"이민자 축구 리그라고 들어봤어?"

렌진펑이 고개를 저었다.

"그럴 수 있지. 나도 들어본 적 없거든. 간단히 말해서 타이완에서 일하는 이주노동자협회가 주관하는 축구 대회야. 매년 외국인과 이민자들이 각자 팀을 꾸려서 경기를 펼치지."•

퉁바오쥐가 압둘아들이 입은 축구 유니폼 한가운데 그려진 문양을 가리켰다. 축구공의 실루엣으로 주변을 감싼 독수리가 날개를 펼친 모습이다.

"이게 바로 이민자 축구 리그에 참가하는 인도네시아팀의 로고야. 가루다."

"수프리안토가 이 축구팀 선수였고, 자기 유니폼을 압둘아들에게 줬군요!"

퉁바오쥐가 미소를 지었다. 이 단서는 두 가지를 알려준다. 압둘아들은 사건 발생 전에 수프리안토와 연락했다. 수프리안토를 찾아낼 명확한 실마리가 생겼다.

"어떻게 알아내셨어요?"

• 타이완 이민자 축구 리그는 2020년에 24개 팀, 800명이 넘는 선수가 출전했다.

"Tegakkan kepalamu garuda!"

퉁바오쥐가 양팔을 날갯짓하듯 퍼덕거리며 외쳤다.

"신성한 새가 보우하셨지!"

"Tegakkan kepalamu garuda!"

렌진펑이 퉁바오쥐의 외침과 몸짓을 따라했다. 두 사람은 사무실 안을 이리저리 돌아다니며 날갯짓 퍼포먼스를 계속했다. 린팡위가 흰눈을 뜨며 그들을 흘기는 데도 말이다.

그때 갑자기 문을 두드리는 소리가 들렸다. 문을 열고 들어온 사람은 놀랍게도 렌정이었다. 두 사람은 민망한 얼굴로 퍼덕거리던 동작을 멈춰야 했다.

"아버지?"

황당한 짓을 벌이는 꼴을 봤는데도 렌정이는 아무렇지 않게 미소를 지었다.

"지나던 길에 들렀단다."

퉁바오쥐처럼 거칠 것 없이 행동하는 사람조차 이번에는 어색한 분위기에 어찌할 바를 몰랐다. 그는 붉은색 축구 유니폼에 손바닥을 문질러 닦은 다음 악수를 청했다.

"법원장님, 말씀 많이 들었습니다."

렌정이는 악수를 받아주지 않고 인사만 했다.

"안녕하신가."

사실 렌정이는 그냥 지나가던 길이 아니었다. 그는 며칠 전의 마작 모임에서 퉁바오쥐에 대한 새로운 정보를 더 알게 되었고, 마음속 불안이 가라앉지 않아서 퉁바오쥐를 직접 탐색하기로 했다.

"바오쥐, 맞나?"

아무도 들어오라고 하지 않았지만 렌정이는 자연스럽게 사무실 안으로 들어왔다.

"진펑이 자기 상관이 참 좋은 분이라고 그러더군. 배울 점이 많다고 했다네. 이건 내 성의일세."

렌정이가 종이 가방에서 와인 한 병을 꺼냈다. 일부러 조금 기울여서 병에 붙은 프랑스 보르도 지역의 브랜드 라벨이 잘 보이도록 했다.

"아, 저는 술을 마시지 않습니다."

"그래? 대단하군."

그렇게 대꾸하는 렌정이의 말투가 묘했다.

"나는 언제 술이나 한잔하자고 그럴 생각이었거든."

"담배도 피우지 않습니다. 저처럼 다루기 힘든 원주민은 처음이시죠?"

퉁바오쥐가 농담조로 말했다.

"천주교 신자인가?"

"아니요."

"그렇군. 나는 원주민 친구들은 다 천주교 신자인 줄 알았어."

"제가 좀 그렇다니까요. 다루기 힘든 타입입니다."

렌진펑은 어떻게 끼어들어야 할지 몰라 옆에서 어색하게 따라 웃기만 했다.

"신앙이 있다는 건 좋은 일이야. 막막할 때 방향을 제시해주거든. 특히 해안 살인 사건 같은 일에서, 자네 부친 일을 떠올리게 돼."

렌정이가 무슨 의미인지 알기 힘든 표정으로 고개를 끄덕이며 말했다.

퉁바오쥐는 순간적으로 몸이 굳었다. 퉁서우중이 사건과 무슨 관계란 말인가? 뭔가 아는 것이 있나? 왜 이런 이야기를 하는 거지?

퉁바오쥐는 마음속의 의심을 드러내지 않으며 일부러 더 환하게 웃었다.

"누구나 아버지 문제로 골치 아픈 법이죠."

롄진펑과 린팡위는 두 사람의 대화 내용이 오리무중이었다. 하지만 분위기상 그들이 끼어들 수 없어 보여서 가만히 서 있는 수밖에 없었다.

롄정이가 와인을 탁자에 올려놓고는 양복 상의의 먼지를 탁탁 털었다. 이만 가보겠다는 의미였다.

"지금 업무시간인데, 더는 방해하지 않겠네."

롄정이는 사무실을 나서며 퉁바오쥐라는 사람에 대한 평가를 마쳤다. 판사로 일해온 세월이 수십 년이라 자기가 사람 보는 눈은 확실하다고 생각했다. 그는 핏속에 흐르는 것은 절대로 바뀔 수 없다고 굳게 믿었다.

11

퉁서우중이 감옥에 가고서야 퉁바오쥐는 지룽에서 치르는 중원제中元祭 행사가 어떤 것인지를 인지하게 되었다.

모든 것은 형형색색 꾸민 플라스틱 바람개비에서 시작됐다.

8월의 어느 저녁, 퉁바오쥐는 어머니 마제가 돌아오기를 기다리다가 잠들었다. 나중에 깨어보니 마제가 다정하게 퉁바오쥐의 얼굴을 쓰다듬고 있었다. 침대 옆에는 탄산음료 한 박스가 놓여 있었다. 마제는 다양한 색깔의 플라스틱 재료를 보여주며 말했다.

"이걸 조립해주면 탄산음료를 한 캔 줄게."*

퉁바오쥐는 마제가 하는 것을 유심히 보면서 바람개비를 만들었다. 마제는 처음 만든 바람개비를 퉁바오쥐에게 주었다. 그 바람개비는 창가에 매달았다. 저녁 바람이 불어오기를 기다리는 마음이었다.

밤이 깊었다. 퉁바오쥐의 조그만 머리통은 졸음으로 점점 기울어졌다. 창가의 바람개비가 돌아갈 때마다 달칵달칵 소리가 났다. 퉁바오쥐는 자루 가득 든 바람개비 재료가 만들어도 만들어도 줄어들지않는 것에 울음을 터뜨리며 탄산음료를 마시고 싶다고 떼를 썼다.

마제가 탄산음료 캔을 쥐어주고, 자신도 한 캔을 땄다. 두 사람은 침대에 앉아서 창가의 바람개비가 가끔은 빠르게, 가끔은 느리게 돌아가는 것을 바라봤다.

마제가 퉁바오쥐에게 물었다.

"바람개비가 싫어?"*

퉁바오쥐는 고개를 저었다.

이튿날 아침, 퉁바오쥐는 여러 색깔이 뒤섞인 찬란한 빛 속에서 눈을 떴다. 창밖에서 마제가 그를 불렀다. 마제는 탄산음료를 실은 손수레 옆에 서 있었다. 수레에 꽂은 바람개비들이 빙글빙글 돌아가고 있었다.

마제는 눈부신 반사광에 둘러싸인 채 말했다.

"같이 귀신을 보러 가자."*

그날 저녁 지룽 시내는 아침에 본 바람개비보다 더 눈부셨다. 퉁바오쥐는 그렇게 많은 사람은 처음 봤다. 흥분한 분위기에 전염되어 기분이 하늘 높은 줄 모르고 치솟았다. 그는 이곳저곳을 뛰어다녔다. 모든 것이 그의 눈에는 정신없이 빙빙 도는 것처럼 보였다.

퉁바오쥐는 깃발에 전부 오얏 리李 자가 적힌 것을 보고 궁금해졌다. 자기나 엄마의 성을 쓴 깃발도 있을까? 그래서 마제에게 '마馬'는 언제 나오냐고 물었다.

"그런 깃발은 없어."*

퉁바오쥐는 침울해졌다.

"괜찮아. 그건 우리 성이 아니야. 아미족은 성이 없어."*

"있어. 내 성은 퉁俊이잖아."

"그건 아빠의 할아버지가 아무 글자나 고른 거야."

마제는 제대로 설명할 생각이 없었다. 허리가 아팠지만 노점을 펼 자리를 찾지 못해 계속 서 있어야 했다.

사실 마제도 자세한 맥락을 몰랐다. 일본이 패망한 후 국민당 정부가 타이완을 접수했을 때 마제는 아직 태어나지도 않았다. 그러니 당시 아미족 등 원주민에게 한자 이름을 가지도록 했던 정책에 대해 모를 수밖에 없다. 마제의 한족식 이름에서 마馬 자를 성으로 하게 된 것은 퉁바오쥐의 외할아버지 이름이 마야우Mayaw였기 때문이었다. 주민등록을 받던 공무원이, 발음이 같은 한자 중에서 마馬 자를 골라 성으로 등록해줬다. 퉁서우중의 한족식 성은 그의 할아버지가 주민등록을 하러 가서 무슨 글자로 성을 삼아야 할지 모르겠다고 하자 그곳의 공무원이 자기 성을 따서 등록해줬다고 한다. 그 바람에 퉁서우중이 태어난 아미족 마을 사람은 전부 성이 퉁씨다.

퉁바오쥐는 더 묻지 않았다. 하지만 의혹이 다 사라진 것은 아니었다. 도시에서 생활하는 원주민인 퉁바오쥐는 일찍부터 이것저것이 뒤섞여 있는 세계에 익숙했다. 한마디 말로 분명하게 설명할 수 없는 일에 힘을 빼는 사람은 없었다. 그들의 언어나 종교나 이름 등은 지룽에서 1월에 내리는 빗줄기보다 더 애매모호했다.

마제는 지룽 병원 맞은편 골목에서 겨우 앉을 만한 자리를 찾아냈다. 그녀는 퉁바오쥐에게 탄산음료를 하나 건네주고, 산에 올라가면 먹을 걸 나눠줄 테니 거기 가서 놀다가 '종규鍾馗'●를 보고 나면 내려오라고 일렀다.

퉁바오쥐는 인파를 따라 산 위로 올라갔다. 위에서 폭죽과 북소리가 들렸다. 가로등이 어두컴컴한 공원 돌계단에서는 옆 사람의 모습이 잘 보이지 않았다. 퉁바오쥐는 중국어 방언부터 아미족 말까지 다양한 언어를 들었다. 금발에 푸른 눈을 가진 외국 선원들은 웃음소리도 특이했다.

퉁바오쥐는 사람들 틈을 파고들어 중원제 의식을 치르는 주보단主普壇에 도착했다. 첫 번째로 눈에 띈 것은 붉은 천으로 장식된 살색 덩어리가 높이 걸려 있는 거대한 나무판이었다. 퉁바오쥐는 한참을 가까이서 바라보고서야 그것이 복부를 절개해 넓게 펼쳐놓은 거대한 돼지 사체라는 것을 알아차렸다. 퉁바오쥐는 사람보다 더 큰 돼지의 눈빛에 겁을 먹었다. 울면서 주보단을 둘러싼 불빛 사이를 빠져나가 도망치려 했다. 그러나 마주치는 것은 더 많은 죽음의 시선뿐이었다.

허펑다오섬에서 지룽항 쪽으로 바람이 불어왔다. 단상에서 향을 태우고 남은 재가 흩날렸다. 향 냄새가 단상에 올려둔 각종 제물과 조각상 사이를 맴돌았다. 퉁바오쥐는 눈물을 삼키며 줄을 서서 떡과 닭고기, 잡곡밥 등을 받았다. 배를 채우면 무섭지 않을 것이다. 그는 배고플 때마다 자신이 갈 곳 없는 귀신보다 더 귀신같다고 생각했기 때문이다.

몇 년이 지난 뒤, 퉁바오쥐는 지룽에서 열리는 중원제 의식의 역사적 의미를 알게 되었다. 해양 도시인 이곳에는 다양한 죽음의 기억이

● 중국 민간신앙에서 역귀를 쫓아내는 신.─옮긴이

쌓여 있다. 바다에 삼켜진 귀신이나 비명횡사한 귀신 등은 반드시 기념하고 위로해야 한다. 여러 이민족 무리 사이의 충돌 역시 도교식으로 치르는 시끌벅적하고 풍성한 제의 속에서 원만한 화해를 이룬다.

한때 퉁바오쥐는 자신이 죽으면 중원제 의식에서 소환하는 혼령 사이에 끼지 못할 것을 걱정했다. 의식에서 불러내는 외래인과 달리 퉁바오쥐는 '이민자'가 아니기 때문이었다. 다행히 그에게는 한족식으로 지은 이름이 있었다. 그러니 소환하는 사람이 헷갈려서 그를 들여보내줄지도 모른다. 어차피 퉁바오쥐의 귀신이 좀 끼어든다고 단상에 차려놓은 음식이 모자라지는 않을 테니까.

퉁바오쥐와 마제가 바츠먼에 있는 집으로 돌아왔을 때는 한밤중이었다. 피곤한 몸을 침대에 누이고서, 어둠 속에서 마제가 속삭였다. 바람개비에 부적을 붙였으면 더 잘 팔렸을 텐데. 퉁바오쥐도 속삭였다. 죽은 뒤에도 밥을 먹을 수 있다니, 정말 좋아.

"아미족 귀신은 배를 곯을 일이 없어. 하느님이 너를 조상의 영혼 곁으로 데려가실 거란다."*

말을 마친 마제는 잠들었는지 느리고 깊은 숨소리만 들렸다. 퉁바오쥐는 하느님의 음식이 자기 입에 맞을지 걱정스러웠다.

12

30년 후, 퉁바오쥐는 바츠먼의 귀신에서 타이베이의 사람으로 바뀌었다. 지룽의 중원제 의식은 당당히 166주년을 맞았다.

중원제 의식에 맞춰 지룽에 가서 거리를 돌아다니는 것은 퉁바오쥐의 습관 같은 일이었다. 그는 아미족 사람들이 잘 먹고 지내는지에 관심이 없었다. 민속 제의에도 마찬가지였다. 그는 단순히 중원제 날 나눠주는 간식을 다시 맛보고 싶었다. 아니면 오래전 바람개비의 추억을 다시 떠올리고 싶었다.

해안 살인 사건의 새로운 단서가 나왔기 때문에 퉁바오쥐는 꽤 느긋해졌다. 그는 리나가 압둘아들을 만나고서 침울해했던 것과 여전히 건네주지 못한 히잡을 떠올리고, 그녀를 데리고 바람을 쐬러 가기로 했다. 겸사겸사 타이완에서 가장 성대한 민속 제의를 구경하는 것도 리나의 노력에 대한 좋은 위로가 될 듯했다.

리나는 평소와 같은 옷차림이지만 히잡만 쓰지 않은 모습으로 나타났다. 숱 많고 까만 머리카락을 자연스럽게 늘어뜨리자 더 말라 보였다. 퉁바오쥐는 멀리서 리나가 히잡을 벗는 것을 본 적이 있었지만, 가까이서 보니 더 보기 좋았다.

퉁바오쥐가 신사적인 태도로 차 문을 열어주었다.

"데이트 모드 가동!"

"그건 무슨 말이에요?"

"그러니까, 출발할 준비가 되었다는 거지!"

퉁바오쥐는 시동을 켜고 평소처럼 환하게 미소를 지었다.

퉁바오쥐는 리나를 지룽에 있는 인도네시아인 거리로 데려가 그곳에 있는 인도네시아 식당에서 식사했다. 몇 년 사이에 중정로中正路와 샤오싼로孝三路 주변에는 동남아시아 사람들이 운영하는 가게와 식당이 많이 생겼다. 퉁바오쥐도 이런 골목은 자주 오지 않아 낯설었다. 조금쯤 초현실적인 모습이라는 생각도 들었다.

중화민국 50년대(1960년대) 지룽의 항구 주변은 술집과 레코드 가게 등이 많았다. 여객과 선원들이 주 고객이었다. 번쩍거리는 네온사인에 눈이 아팠고, 곳곳에서 재즈 음악이 흘러나왔다. 사람들의 옷차림도 외국에서 이제 막 유행하는 최첨단 스타일이었다. 그때 지룽은 마치 세계의 중심 같았다.

지금도 이국적인 풍경인 것은 전과 같았지만 거리를 돌아다니는 사람의 얼굴이 달라졌다. 음악도 당듯Dangdut이나 팝 다에라Pop Daerah*로 바뀌었고, 자욱하게 피어오르는 증기 속에는 매운 향신료의 냄새가 더해졌다. 건물이 낡고 거리가 좁지만 서민들의 활력은 여전했다.

퉁바오쥐는 리나에게 해산물 쏸라탕酸辣湯을 시켜주고, 자신은 우육완탕牛肉丸湯을 먹었다. 그들은 같이 거리를 쏘다니며 축제 분위기를 즐겼다.

"인도네시아 말로 배불리 먹었느냐는 말은 어떻게 해?"

"왜요?"

"잘 먹었느냐고 묻는 건 타이완 사람의 전통이니까. 잘 지냈냐고 묻지 않고 배불리 먹었냐고 묻는 건, 우리가 배고픔을 두려워하기 때문이야."

"Sudah makan kenyang belum?"

리나가 인도네시아어로 어떻게 말하는지 알려주었다.

"하지만 이렇게 물으면 인도네시아 사람은 이상하게 생각할 거예요."

"괜찮아. 나한테는 이상하지 않으니까."

퉁바오쥐는 야시장의 노점에서 생선회와 초밥을 샀다.

"여기서 먹어야 제일 신선해."

"여기, 지룽?"

퉁바오쥐가 생선회를 먹으면서 고개를 끄덕였다. 먹느라 대답할 정

● 타이완의 인도네시아 이주노동자들이 주로 듣고 부르는 인도네시아 유행 음악이다.

신이 없는 듯했다.

"압둘아들……."

"음…… 항구는 저쪽이고."

리나는 생선회를 보기만 하고 젓가락을 움직이지 않았다. 열심히 먹던 퉁바오쥐는 그런 분위기가 아니라는 것을 알아차렸다.

그때 퉁서우중이 나타났다. 퉁바오쥐는 적당한 말을 찾지 못해 어버버거렸다.

"멍청한 놈, 좋은 걸 먹으면서 나한테 말도 안 해."*

의자를 끌어다가 노점 탁자에 한 자리 차지하고 앉은 퉁서우중이 생선회를 집어 먹으며 리나를 쳐다봤다.

"돈도 많은 놈이 왜 동유럽 애를 안 만나냐?"*

"홀리 마조. 드시려면 드시기만 하세요. 무슨 불만이 그리 많아요."

퉁바오쥐는 짜증을 부리곤 내키지 않는 투로 리나에게 아버지를 소개했다.

"내 아버지야."

리나가 아미족 말을 따라 했다. 무슨 뜻인지 몰라서 묻는 모양이었다.

"멍청한 놈?"*

"안녕하냐고 인사한 거야."

퉁바오쥐가 아무렇게나 주워섬겼다. 리나는 퉁서우중을 향해 미소를 지으며 인사했다.

"멍청한 놈.* 저는 리나예요."

퉁서우중의 표정이 조금 밝아졌다.

"자세히 보니 미인이네."*

"홀리 마조……."

리나는 초밥을 퉁서우중 앞으로 밀어주며 많이 드시라는 손짓을 했다.

"그건 내 건데."

"같이 먹어요."

퉁바오쥐가 반발했으나 리나는 부드럽게 웃을 뿐이었다. 고개를 끄덕이는 퉁서우중의 입에는 벌써 초밥이 들어가 있었다. 세 사람은 장어조림, 생선 턱 구이 등을 더 시켰다. 식사가 끝나갈 때쯤 퉁바오쥐가 지갑을 꺼내며 일어섰다.

"아저씨, 나중에 봅시다."

퉁바오쥐가 아버지에게 암시하듯 한마디를 남겼다.

"어디로 가요?" 리나가 물었다.

"주보단으로 가야지!" 퉁바오쥐가 대답했다.

"아저씨, 같이 가요?" 리나가 친절하게 권했다.

"좋지, 며늘아가." 퉁서우중이 재미있다는 듯 대답했다.

퉁바오쥐가 눈을 동그랗게 떴다. 지금 이게 무슨 상황이람?

"이번에는 외국인 노동자구나. 너한테 딱 맞아. 이번에는 그쪽에서 너를 업신여기지 못하게 해."*

리나가 의아한 말투로 따라했다.

"며늘아가?"•

"…… 시푸드Seafood, 시푸드가 맛있다."

퉁바오쥐가 얼른 끼어들었고, 리나가 웃으며 고개를 끄덕였다. 리나는 퉁서우중을 향해 이렇게 말했다.

"시푸드 맛있어요!"

• 원문은 '媳婦'로, 발음이 '시푸'여서 퉁바오쥐가 '시푸드'라고 둘러댔다.—옮긴이

퉁서우중이 경멸하는 표정을 지으며 퉁바오쥐를 보다가 자리를 떴다.

퉁바오쥐는 어쩔 수 없이 그 뒤를 따라갔다. 그러다가 리나에게 줄 선물을 노점에 두고 올 뻔했다. 도대체 언제 히잡을 건네줄 수 있는 걸까?

세 사람은 주보단을 향해 산을 올랐다. 색종이와 깃발이 길가에 가득했다. 자욱한 향 연기와 안개를 헤치며 올라가는 동안 리나는 도시 전체가 불타는 것 같다고 생각했다.

제단을 둘러싼 네온사인 불빛을 보며 리나는 SF 영화에 나오는 장면을 떠올렸다. 탁자에 준비된 온갖 제사 음식은 더 놀라웠다. 퉁바오쥐가 각지에서 모여드는 혼령을 다 만족시키기 위해 육식, 채식, 서양식 등으로 탁자를 구분해놓았다고 설명했다.

"요즘은 프랑스 공동묘지에서도 오늘 제사를 지낸다더군."●

퉁바오쥐가 농담조로 덧붙였다.

"나중에는 할랄 음식으로 차린 탁자가 생길지도 모르지."

"이슬람에는 귀신이 없어요."

리나가 조금 불쾌한 듯 대답했다.

"타이완 사람은 그런 건 따지지 않을 거야. 신이든 귀신이든 먹어야 한다고 여기니까."

"살아 있을 때 잘해주지 않다가 죽은 후에 맛있는 음식을 차려줘서 뭘 하죠?"

리나의 예리한 지적에 퉁바오쥐는 말문이 막혔다. 확실히 타이완에서는 살아 있는 사람보다 죽은 자의 혼령에 대해 더 많이 생각한다.

● 지룽시 중정구에 청프전쟁 당시 사망한 프랑스 병사를 매장한 묘지가 있다. 나중에 청나라가 멸망하면서 '청프전쟁기념공원'으로 개편했다.

들떠서 설명하던 퉁바오쥐도 기분이 가라앉았다. 30년 전의 어린 그가 이곳에서 공포를 느꼈던 근원적 원인도 비슷하지 않았을까. 인간은 쉽게 귀신이 된다. 그러나 산 자는 1년에 한 차례 중원제를 지내면 할 도리를 다한 것이다.

리나는 열기로 달아오른 제사 의식에 감명을 받은 듯했다.

"지룽…… 제 생각과 달라요."

"멋지지?"

퉁바오쥐가 의기양양하게 대답했다. 그런 다음에야 리나의 마음을 알 것 같아 얼른 덧붙였다.

"새 단서를 찾았어. 그러니까 걱정하지 마."

리나가 살짝 미소를 지으며 고개를 끄덕였다. 퉁바오쥐는 기회를 놓치지 않고 퉁서우중에게 휴대전화를 내밀었다.

"아저씨, 사진 좀 찍어주시죠."

"소똥에 꽃 한 송이가 꽂혀 있구먼."

퉁서우중이 화면을 들여다보며 평론하듯 말했다. 그는 사진을 찍은 뒤 휴대전화를 돌려주면서 자신도 한 장 찍어달라고 했다. 퉁바오쥐는 내키지 않는 듯 퉁서우중과 자리를 바꿨다. 그 와중에도 한마디 남기는 것을 잊지 않았다.

"무덤에 꽃 한 송이가 꽂혀 있네요."

이번에는 리나가 나섰다.

"두 분 같이 찍어요. Say cheese!"

두 부자의 어색한 미소는 유사 이래 가장 못 봐 줄 꼴이었다. 리나는 두 사람의 뻣뻣한 태도가 재미있었다. 그때 그들 뒤로 익숙한 얼굴이 나타났다.

렌진펑과 리이룽이 손을 잡고 서 있었다. 퉁바오쥐도 두 사람을 발견했다. 렌진펑은 놀라움을 감추며 가까이 와서 어색하게 인사했다. 리나는 리이룽을 마주 보지 못하고 고개를 반쯤 돌렸다. 자기 표정에서 뭔지 모를 것이 드러날까 두려웠다.

퉁바오쥐는 삼자대면 상황이라는 점을 빠르게 깨달았지만 제대로 대처하지 못했다.

"그…… 여자친구야?"

"어…… 네. 이쪽은 리이룽입니다. 이룽, 이분이 바오거야."

렌진펑이 간단하게 소개했다.

리이룽은 퉁바오쥐와 렌진펑의 표정이 이상하다고 생각하면서도 예의 바르게 웃어보였다. 그리고 리나를 가리키며 물었다.

"이분은?"

퉁바오쥐가 대답을 가로챘다.

"리나라고, 저희 통역사예요."

리이룽은 리나를 알았다. 렌진펑이 여러 번 이야기했기 때문이었다. 대부분 가볍게 언급하고 지나가는 정도였다. 그런데 실제로 만나보니 리나는 생각보다 훨씬 매력적인 여자였다. 여성 특유의 직감인지 몰라도 리이룽은 기분이 나빠졌다.

렌진펑은 이상할 정도로 당황했다. 히잡을 벗은 리나를 보자마자 머릿속이 엉켰다. 리나가 왜 바오거와 같이 있는 걸까, 왜 히잡을 쓰지 않았을까? 두 사람이 무슨 관계지? 그런 다음에 자신이 리나에게 리이룽에 대해 말한 적 없다는 데 생각이 미쳤다. 이런 방식으로 두 사람이 만나게 되자 말할 수 없을 만큼 불편했다.

퉁서우중은 이들 사이를 오가는 기묘한 분위기를 눈치채지 못한 모양인지 큰 소리로 권했다.

"자, 우연히 만났으면 인연인 거지. 같이 사진 찍읍시다."

퉁서우중은 이미 사진 찍기 좋은 자리에 서 있었다. 어떻게 말려야 할지 몰라서 다들 사진을 찍는 그 시간이 빨리 지나가기만 바라던 차, 주보단에서 북과 징을 두드리는 소리가 들렸다.

귀왕鬼王 종규가 천천히 무대에 오른다. 손에는 보검을 들고, 허공에 부적을 던지며 중얼중얼 주문을 왼다. 이어 닭 벼슬을 물어뜯고 부적 종이로 둘둘 말아놓은 짚단에 불을 붙인다. 살기를 부수기 위해 한 걸음을 내딛은 그가 세상을 떠도는 형제들을 쫓아낸다.

사람과 귀신은 길이 다르니 미련을 두지 마라. 모여든 귀신들아, 뿔뿔이 흩어져라.

13

렌진펑은 퉁바오쥐의 지시를 받고 타이완 이주노동자 발전 협회를 방문했다. 작년 인도네시아 축구팀의 명단을 확인하니 수프리안토가 포함돼 있었다. 자료에 첨부된 증명사진도 확인했다. 그러나 자료에는 축구팀 주장인 바유의 연락처만 기재되어 있어서 우선 그를 먼저 만나야 할 듯했다.

바유는 타이완에 온 지 6년이 되었다. 지금은 타이중臺中 공업단지로 출근하고, 기계를 조작하는 일을 한다고 기록돼 있었다. 퉁바오쥐는 직접 운전해서 렌진펑과 리나를 데리고 타이중까지 가기로 했다.

중원제 날의 어색한 만남에서 며칠이 지났다. 리나는 상처받은 마음을 많이 추슬렀다. 렌진펑이 자신에게 해명할 일이 남았다고 생각했지만, 두 사람은 이제 문자 메시지를 주고받지 않았다. 나는 그 사람에게 아무것도 아니었던 거야. 리나는 그렇게 생각했다. 혼자 짝사랑한 거였어.

퉁바오쥐의 차 옆에 선 리나는 편안한 표정이었다. 머리카락은 하나로 묶었는데, 산뜻하면서도 거리감이 느껴지는 모습이었다.

렌진펑은 일반적인 태도를 유지하면서 리나에게 인사를 건네려고 애썼다. 하지만 리나는 아무렇지 않아 보였다. 렌진펑은 침묵을 깨기 위해 이번 여행의 목적을 다시 한번 설명했다. 리나는 담담하게 대꾸했다.

"바오거에게 들었어요."

리나는 렌진펑에게 조수석에 앉으라고 손짓했다. 뒷좌석은 여성을 위한 것이기 때문이다.

퉁바오쥐는 그것이 마음에 드는지 렌진펑을 향해 얼굴을 일그러뜨리는 이상한 표정을 지어 보였다. 너도 가능성이 없구나.

바람이 좋고 햇빛이 아름다웠다. 자동차는 고속도로를 신나게 달렸다. 리나는 차창을 내리고 짧은 자유를 만끽했다. 렌진펑은 백미러로 리나를 힐끔거리며 난처한 표정을 지었다. 퉁바오쥐는 카 오디오로 틀어놓은 음악에 맞춰 핸들을 두드렸다.

세 사람은 그렇게 증인을 찾기 위한 미지의 여정을 시작했다.

타이중 공업단지의 도로는 곧고 조용했다. 어렵지 않게 바유가 일하는 공장을 찾았지만 마침 그가 휴무라는 말을 들었다. 법원에서 나왔다는 말에 직원은 조금 긴장한 듯 인사과 주임을 불러왔다. 퉁바오쥐는 무거운 내용은 되도록 피하며 방문 목적을 설명했다. 인사과 주임은 설명을 다 듣고 나서야 조금 안심한 듯했다.

"동협광장東協廣場이라는 쇼핑몰에 가보세요. 쉬는 날에는 대부분 거기에 있거든요. 금방 알아보실 겁니다. 붉은색 축구 유니폼을 입고, 주변에 여자들이 많이 모여 있을 거니까요."

퉁바오쥐는 자신이 동협광장에 간 적 있었는지 기억을 더듬었다. 간 적이 있었더라도 지금은 많이 바뀌었을 것이다.

동협광장은 원래 제일광장第一廣場이라고 불렸다. 중화민국 80년대 (1990년대)에 타이중 청소년들이 모이는 중심지였다. 그러나 어느 식당에서 화재가 난 이후로 광장에 흰색 유령선이 나타난다는 등의 소문이 돌았고, 점점 사람들이 찾지 않게 되었다.

중화민국 90년대(2000년대) 타이완의 경제와 생활방식의 변화에 따라 제일광장에 동남아시아의 이국적인 식당, 댄스홀, 상점들이 생겼고, 타이중 시장이 중화민국 104년(2015)에 쇼핑몰 이름을 동협광장으로 바꾸고 이주노동자에게 우호적인 환경을 조성하겠다는 공식 발표를 했다.

휴일의 동협광장은 사람들로 북적거렸다. 퉁바오쥐 일행이 도착했을 때는 1층 입구 오른쪽에 재물 운을 빌기 위한 재복전財福殿에서 '지관대제地官大帝'의 탄생을 기리는 난분법회蘭盆法會라는 행사가 열리고 있었다.

"저 재복전이라는 곳은 이곳의 원혼을 누르기 위해 지었다고 해."

"원혼이라니요?"

"여기서 큰 화재가 났는데, 들은 적 없어? 광장에 흰 유령선이 나타났다는 소문이 돌았어. 유령 100명을 채우면 배가 출발한다고 그랬대."

"하지만 재물신을 모셨잖아요."

"가난은 귀신보다 무섭거든."

퉁바오쥐가 간단명료하게 설명했다.

그들은 동협광장의 옷가게 한 곳에서 바유를 찾아냈다. 말랐지만 탄탄한 근육을 가진 그는 여자들에게 둘러싸여 있었다. 다들 그를 향해 웃고 떠드는 중이었다.

리나가 다가가서 말을 걸었다. 바유는 리나를 보더니 눈을 반짝였다. 그는 두말없이 리나를 따라서 퉁바오쥐와 렌진펑과 합류했다.

퉁바오쥐는 수프리안토의 사진을 보여주며 아느냐고 물었다.

"모른다고 해요." 리나가 통역했다.

"우리는 수프리안토를 잡으러 온 게 아니라고 설명해줘. 도움을 청하려는 거라고."

리나가 바유와 몇 마디 대화를 나눴다. 바유가 뭐라고 대답했는지 리나가 꺄르르 웃었다. 퉁바오쥐는 무슨 상황인지 모르면서 일단 따라 웃었고, 렌진펑은 경계심을 느끼며 표정을 굳혔다.

리나가 퉁바오쥐를 보며 말했다.

"전화번호를 달래요."

"예?"

"제 전화번호를 줘야 말한대요."

리나가 설명하는데, 바유가 끼어들었다.

"그리고 페이스북."

퉁바오쥐는 덤덤하게 수긍했지만 렌진펑이 반박했다.

"그걸 왜 받아줘요?"

"전화번호를 물어보는 것뿐이잖아. 친구를 사귀는 건 좋은 일이지. 너무 보수적으로 굴지 마."

"바오거 전화번호가 아니잖아요."

퉁바오쥐는 렌진펑을 무시하곤 리나에게 말했다.

"전화번호를 먼저 줘. 이야기를 다 들은 다음에 페이스북을 알려주고."

리나는 아무렇지 않게 바유와 전화번호를 교환했다. 렌진펑은 어쩔 수 없이 분을 삼켜야 했다.

바유는 약속대로 수프리안토에 대해 말해줬다. 그와 수프리안토는 축구를 하다가 알게 됐다. 수프리안토는 자신이 북쪽 항구 도시의 고용된 회사에서 도망쳤다고 했다. 그는 배에서 일할 때의 생활이 너무 힘들었다고 원망을 쏟아냈다. 하지만 바유는 자세히 물은 적이 없었다. 이주노동자들 사이에서 별로 특별하지 않은 일이었기 때문이다. 수프리안토는 평소에 공사장 같은 곳에서 일용직으로 일했다. 주기적으로 여자친구와 아이를 만나러 갔다.

"타이완에 아이가 있다고?"

퉁바오쥐가 깜짝 놀랐다. 바유가 고개를 끄덕였다.

"듣기만 했어요. 본 적은 없어요."

"지금 수프리안토가 어디에 있는지 압니까?"

"없어졌어요. 전화도 안 돼요."

퉁바오쥐가 압둘아들의 사진을 꺼냈다.

"이 사람을 압니까?"

"본 적 있어요. 수프리안토의 친구예요. 하지만 저하고는 친하지 않아요. 말을 거의 안 해요."

바유가 조금 경계하듯 대답했다.

"수프리안토를 만나려면 어떻게 해야 할까요?"

바유가 어깨를 으쓱했다. '모른다'는 뜻이었다. 그는 질문이 끝난 것 같자 리나에게 페이스북 계정을 알려달라고 요구했다.

퉁바오쥐가 리나를 제지했다.

"수프리안토의 페이스북 계정과 교환합시다."

바유가 뭐라고 고시랑거렸다. 리나가 그 말을 통역했다.

"수프리안토 계정은 모르고, 여자친구 계정은 안대요."

"이 사람 좀 보게, 여자들 페이스북만 수집하는구만."

퉁바오쥐가 바유를 비꼬며 덧붙였다.

"자, 여기 내 계정도 추가해요."

바유는 질색을 하면서도 거절하지 못했다. 세 사람이 둘러서서 주거니 받거니 서로 페이스북 계정을 친구 추가했다. 렌진핑은 어색하게 한 걸음 떨어진 곳에서 지켜보기만 했다.

친구 추가가 끝나고, 퉁바오쥐가 물었다.

"마지막으로 질문할게요. 동협광장에 있는 인도네시아 식당 중에서 어디가 제일 맛있습니까?"

14

일행은 동협광장 2층에 있는 바유가 추천한 인도네시아 식당에 갔다. 퉁바오쥐는 리나를 따라 '가도 가도GADO-GADO•'라는 요리를 시켰고, 렌진핑은 우육완탕면을 시켰다.

"땅콩 소스를 ABC 칠리소스로 바꾸면 타이완에서 파는 인도네시아 요리와 더 비슷하겠군."

퉁바오쥐가 '가도 가도'의 맛을 품평했다.

"땅콩이 아니라 사테 소스예요. 바오거, 타이완 요리를 먹고 싶은 거예요, 아니면 인도네시아 요리를 먹고 싶은 거예요?"

리나가 핀잔을 주자 퉁바오쥐가 웃으며 대꾸했다.

"중국어 실력이 많이 늘었군. 이번 재판이 끝나면 중국어로 농담

• 인도네시아 자바섬의 요리로 채소, 튀긴 두부, 새우 완자, 달걀 등의 재료를 섞어서 사테 소스와 곁들여 먹는다.

도 할 수 있겠네."

"바오거보다는 제가 웃겨요."

리나의 말에 퉁바오쥐가 크게 웃음을 터뜨렸다.

렌진펑은 두 사람이 티격태격하는 것을 보면서 끼어들지는 못하고 면만 후룩후룩 삼켰다.

퉁바오쥐와 리나는 휴대전화를 꺼내 수프리안토 여자친구의 페이스북을 살폈다. 렌진펑은 방금 페이스북 계정을 주고받는 '이벤트'를 생략했기 때문에 퉁바오쥐 옆에 붙어 앉아서 휴대전화를 들여다봐야 했다. 퉁바오쥐는 일부러 휴대전화를 보여주지 않으려고 하면서 장난을 쳤다.

수프리안토의 여자친구 계정명은 '인다Indah'였다. 메인 화면의 사진을 보면 외향적이고 자신감 넘치는 여자인 듯했다. 사진첩 카테고리에는 그녀의 '셀카'가 많았다. 수프리안토와 아이의 모습은 찾아볼 수 없었고, 대신 어떤 타이완 남자와 친밀하게 찍은 사진이 대부분이었다. 그 타이완 남자는 몸집이 크고 팔뚝에 나한과 악귀를 문신했다. 냉혹해 보이는 얼굴인데 행복한 미소를 짓고 있는 것이 꽤 위화감을 줬다.

"어쨌든 연애를 하면 누구나 상처 입는 거야."

퉁바오쥐가 지어낸 한탄을 내뱉었다.

"이 여자가 수프리안토의 행방을 알까요?" 렌진펑이 말했다.

"메시지를 남길까요?" 리나가 물었다.

"괜히 경계하게 만들 것 같아요." 렌진펑이 말했다.

"하지만 이 여자가 어디에 있는지도 모르잖아요? 어떻게 만나죠?" 리나가 물었다.

"저 여자는 지룽에 있어."

퉁바오쥐가 휴대전화를 그들에게 보여주었다. 인다의 셀카 중 한 장이 보였다. 배경은 인형 뽑기 가게가 있는 골목인데, 인다가 표시한 위치 정보가 '바더우쯔八斗子 항구'였다. 페이스북이 자동 번역해준 댓글 중에는 '저희 지역에 와주셔서 감사합니다'라고 적혀 있었다.

"모든 위대한 여정이 그렇듯 원점으로 돌아가야 하는 거지."

퉁바오쥐가 엄숙하게 선포했다.

"내가 바더우쯔에서는 '춘싱春興 물만두'만 먹는 것처럼."

그때 리나의 휴대전화로 메시지가 왔다.

"바유예요?"

렌진펑의 물음에 메시지를 읽던 리나가 고개를 끄덕였다.

"그 사람이 집적거리면 제가 막아줄게요."

"바유가 저한테, 당신들과 같이 다닐 때 조심하라고 해요."

"조심하라?"

리나가 불안한 표정으로 고개를 들었다.

"우리 말고 수프리안토를 찾는 사람이 있대요."

15

퉁바오쥐와 일행은 바더우쯔 항구 근처에서 인다를 찾기 시작했다. 얼마 지나지 않아 사진에 나왔던 인형 뽑기 가게를 발견했다. 가게 이름은 바더우야오八斗妖로, LED 전광판으로 각종 할인 정보를 끊임없이 띄우는 곳이었다. 클럽 느낌으로 인테리어를 하고, 뽑기 기계에서 현란한 조명과 빠른 템포의 음악이 흘러나왔다. 렌진펑은 가게가 생각보다 깊게 만들어져 있는 것에 놀랐다. 끝에서 모퉁이를 도니 뽑기 기계가 가득 늘어선 공간이 또 나타났다. 인다를 찾지는 못했다. 이주노동자 혹은 인도네시아와 관련 있는 단서도 없었다. 차로 돌아온 렌진펑이 물었다.

"이제 어떻게 해요?"

"기다려야지!"

퉁바오쥐가 창문을 내리고 시동을 껐다. 그런 다음 오랫동안 준비한 회심의 농담을 던졌다.

"바더우八斗의 요괴妖는 '춘성 물만두'를 먹는다."

"얼마나 먹고 싶기에 그러는 거예요?"

렌진펑은 자신이 퉁바오쥐의 농담을 어디까지 참아줘야 하는지 고민했다.

그들은 차에서 인형 뽑기 가게를 지켜보며 그날 오후를 보냈다. 장사가 잘되는 가게였다. 나이에 관계없이 사람들이 드나들었다. 이주노동자로 보이는 사람도 보였다. 하지만 인다는 나타나지 않았다.

해 질 무렵 노을 진 바더우쯔 항구에서 바닷바람이 불어왔다. 반쯤은 빛에, 반쯤은 어둠에 잠긴 기묘한 그 시간에 '바더우야오'는 어둡고 단조로운 골목에서 더욱 선명한 색채로 번쩍거렸다.

"이상하지 않아요? 이주노동자들이 이런 인형 뽑기를 좋아하나요?" 렌진펑이 물었다.

"이상하긴 해. 게다가 이주노동자들이 가게로 들어가면 나오지 않아. 안에서 물만두를 파는 게 분명하다." 퉁바오쥐가 대답했다.

"Toko Indo. 안에 인도네시아 상점이 있는 거예요!"

리나가 뭔가 깨달은 듯 외쳤다. 인도네시아 상점이란 인도네시아 사람들을 주요 고객으로 하는 잡화점, 간식 가게, 가라오케 등을 통칭한다. 그런 인도네시아 상점은 타이완에 사는 인도네시아 사람끼리 종교적이거나 사회적 교류 활동을 하는 공간으로 기능했다. 대부분 인도네시아 화교나 타이완으로 이민을 온 인도네시아인이 운영하는 일반 상점이다. 하지만 몇몇 인도네시아 상점은 불법 댄스홀로 영업한다는 이야기를 들었다. 그런 곳은 아는 사람이 소개해주지 않으면 찾아내기 어렵다고 했다.

세 사람은 바더우야오로 들어갔다. 모퉁이를 돌아서 끝까지 가자 벽과 똑같은 색으로 칠한 문이 보였다. 겉으로 보기에는 아무런 표시도 없어서 그냥 비품 창고 같았다. 하지만 귀를 기울이면 문 너머에서 새어나온 음악 소리가 조그맣게 들렸다. 인형 뽑기 기계의 효과음, 가게에 틀어놓은 노래 때문에 잘 들리지 않았다. 렌진펑이 이상하게 여기지 못한 것도 당연했다.

"인도네시아 사람도 타이완 사람처럼 똑똑하군."

퉁바오쥐가 굳이 한마디를 보탰다.

"입 좀 다물어주실래요? 이제 어떻게 들어가죠?"

렌진펑의 물음에 리나가 나섰다.

"제가 할게요."

리나가 렌진펑의 손을 잡고서 문을 두드렸다. 곧 문이 반쯤 열리고 트럼프의 잭 카드 그림 중에서 제일 늙은 인물을 닮았으나 조금 더 뚱뚱한 느낌의 인도네시아 남자가 얼굴을 내밀었다. 리나는 인도네시아어로 그 남자와 신나게 대화를 나눴고, 렌진펑과 퉁바오쥐를 소개하기까지 했다. 무슨 말을 하는지 모르는 두 사람은 그저 웃으며 고개를 끄덕거렸다.

늙은 잭의 표정이 점점 부드러워지더니 마지막에는 문을 다 열고 세 사람을 들여보냈다.

리나는 여전히 렌진펑의 손을 잡은 채로 들어갔다. 퉁바오쥐는 그들을 뒤따라 좁고 어두운 복도에 발을 디뎠다. 세 사람 모두 들어오자 늙은 잭이 얼른 문을 닫았다. 눈이 어둠에 좀 익숙해지자 음악과 말소리도 점점 더 선명해졌다. 세 사람은 연기가 낀 것처럼 침침한 공간으로 안내되었고, 조악한 무대에 설치된 네온사인 조명 덕분에 그나마 전체적인 내부 구조를 식별할 수 있었다.

중앙에는 댄스 플로어가 있었고, 인도네시아 사람들이 밴드의 라이브 연주에 맞춰 몸을 흔들었다. 댄스 플로어 주변에는 간단한 탁자와 의자가 놓여 있고, 사람들이 수다를 떨거나 연애 행각을 벌였다. 주변에는 빈 맥주 캔과 종이컵이 널려 있었다. 세 사람은 비어 있는 자리를 찾아 앉았다. 퉁바오쥐가 물었다.

"뭐라고 한 거야?"

"렌우는 제 남자친구고, 바오거는 렌우의 아버지라고 했어요."

리나가 그때까지 잡고 있던 렌진펑의 손을 놔주며 덧붙였다.

"그리고 인다가 우리를 여기로 불렀다고 했어요."

"이 여자가 정말! 그런 중요한 일을 말도 없이 저지르다니. 우리가 사귀는 사이고 쟤를 내 아들이라고 해도 되잖아?"

렌진펑은 아무 대꾸도 하지 않았다. 그는 손에 남은 리나의 체온을 곱씹었다.

댄서처럼 차려입은 웨이터가 음료수가 든 주전자를 들고 다가왔다. 그는 허리에 맨 가방에서 종이컵 세 개를 꺼내서 음료수를 따라주고 갔다.

퉁바오쥐는 단숨에 음료수를 다 마셨다. 새콤달콤한 맛이 나는 것을 보니 애플 사이더에 보드카, 크랜베리주스를 섞은 듯했다. 렌진펑은 퉁바오쥐가 음료수 맛이 어떻다고 불평하지 않는 것을 보고서야 안심하고 들이켰다. 무슬림인 리나는 계율을 깨고 싶지 않아서 종이

컵을 들고 망설였다. 그걸 본 렌진핑이 자기 컵과 바꾸어주었고, 리나의 음료수도 한 번에 다 마셨다.

그때 다른 웨이터가 다가와 인도네시아어로 뭘 주문할 건지 물었다.

"인다가 있는지 물어봐."

퉁바오쥐의 말에 리나가 다른 손님들이 대부분 타이완의 진파이金牌 맥주를 시킨 것을 보고 세 캔을 주문했다. 그러면서 자연스럽게 인다가 있는지 물었다. 그러나 웨이터는 고개를 저으며 모른다고 대답했다.

세 사람으로 구성된 밴드가 새 곡을 연주했다. 전주 부분이 익숙해서 들어보니 타이완 가수 장전웨의 「자유自由」였다. 그러나 탬버린과 대나무로 만든 피리 같은 악기를 써서 당둣 스타일로 편곡했고, 가사도 인도네시아어였다. 댄서들은 이 노래가 익숙한지 춤을 추면서 노래도 같이 불렀다.

퉁바오쥐가 맥주 캔을 땄다. 렌진핑에게도 자기를 따라 하라고 시키더니 나중에는 일어서서 춤을 추라고 했다.

"같이 어울려야 돼. 넌 너무 타이완 사람처럼 보여."

밴드 연주가 점점 강렬해지면서 춤추는 사람들의 스텝도 파도처럼 거세졌다. 공기 중에 떠도는 알코올과 담배의 냄새, 번쩍이는 네온사인 조명에 비친 낯선 이방인의 얼굴, 모든 것이 이국적이고 몽환적인 분위기를 형성했다.

퉁바오쥐와 렌진핑은 머리가 조금 멍해지는 것을 느꼈다. 처음 마신 술이 생각보다 셌던 모양이다.

불빛이 번쩍번쩍하는 사이로 리나는 익숙한 얼굴을 발견했다. 다음 순간 그 얼굴이 벽 뒤로 사라졌다. 급히 그 사람을 따라가다가 또 다른 숨겨진 문을 발견했다. 리나는 어디서 그런 용기가 났는지 문을 열었다. 문 너머는 어두컴컴한 복도였다. 어떻게 해야 하나 머뭇거리는 리나의 목을 억센 손이 붙잡아 벽으로 밀쳤다.

리나 뒤로 문이 쾅 닫혔다.

"인다는 널 모른다던데, 누구야?"#인

리나를 벽에 짓누른 사람은 타이완 억양이 섞인 인도네시아어를 썼다. 낮은 목소리가 목을 조르는 듯한 기분이 들었다. 리나는 그 사람의 팔에서 나한과 악귀의 문신을 발견했다. 그 남자는 바로 인다와 같이 사진을 찍은 타이완 남자였다. 리나가 덜덜 떨며 말했다.

"친구 소개로 온 거예요."#인

"누구?"#인

"수프리안토."#인

"거짓말."#인

남자가 리나를 어두운 복도 쪽으로 끌고 갔다. 리나가 비명을 질렀지만 시끄러운 음악 소리에 묻혔다.

그때 갑자기 문이 벌컥 열리고 렌진펑이 나타났다. 그는 금방 무슨 상황인지 알아차리고 남자에게 덤벼들었으나, 도리어 얼굴을 세게 언어맞고 나가떨어졌다. 복도 반대편에서 다른 사람들이 뛰쳐나와 알아들을 수 없는 언어로 외쳤다. 렌진펑의 눈에 하늘이 빙글빙글 도는 것처럼 보였다. 제대로 중심을 잡고 설 수가 없었다.

퉁바오쥐는 한 박자 늦게 나타나 아미족 말로 욕을 하면서 달려들었다. 그 기세가 사뭇 용맹했지만, 제풀에 미끄러져서는 금방 제압됐다.

팔에 문신을 한 남자가 바닥에 짓눌려 있는 퉁바오쥐에게 다가갔다.

"너희들, 뭐야?"

팔다리가 붙잡힌 채 바닥에 처박힌 퉁바오쥐가 헐떡이며 대답했다.

"수프리안토를 찾고 있다. 몇 가지만 물어보면 바로 떠날 거야."

인다가 문신한 남자 뒤쪽에서 나타나서 차갑게 대꾸했다.

"난 그가 어디에 있는지 몰라."

"수프리안토가 위험해. 죽을지도 몰라. 우리가 도울 수 있어."

렌진펑이 의심스러운 눈길로 퉁바오쥐를 쳐다봤다. 그가 말하는 목숨이 위험한 상황이라는 게 뭔지 알 수 없었다.

"나는 그가 어디에 있는지 몰라."

인다가 같은 말을 반복했다.

"당신 아이는?"

"그 애는 내 자식이 아니야. 수프리안토의 여자친구는 죽었어."

인다의 말투는 공허했고, 아무런 감정도 느껴지지 않았다.

"최근에 우리 말고도 수프리안토에 대해 물어본 사람이 있었지?"

퉁바오쥐는 차차 호흡이 안정되었다. 그의 말에는 질문을 허용하지 않겠다는 단호함이 서려 있었다.

"내 생각이 맞다면 그 아이도 위험해."

인다가 억지로 유지하던 침착함이 깨졌다. 상황을 단편적으로만 이해하고 있는 그녀가 보기에도 퉁바오쥐의 말이 틀리지 않았다.

16

바더우쯔의 밤은 고요했다. 세 사람은 차에 돌아와서도 방금 겪은 조마조마했던 경험에서 벗어나지 못했다.

렌진펑은 휴지를 꺼내 부어오른 코와 입술을 닦으며 퉁바오쥐에게 물었다.

"수프리안토의 목숨이 위험하다는 게 무슨 말이죠?"

퉁바오쥐는 그들은 속이면 안 된다는 것을 깨달았다. 그래서 천칭쉐에게 들은 정보를 털어놓았다. 조사원이 바다에 빠진 일과 그 뒤에 거대한 이해관계가 얽혀 있다는 것 전부.

"즉 '핑춘 16호'에서…… 살인 사건이 벌어졌고, 수프리안토와 압 둘아들이 목격자일 가능성이 높다?"

렌진펑이 믿을 수 없다는 표정으로 물었다.

"이걸 왜 우리한테도 숨겼어요?"

"일이 이렇게 복잡해질 줄은 몰랐어."

퉁바오쥐도 자신이 얼토당토 않은 말을 한다는 것을 알았다. 렌진 펑과 리나를 더 끌어들이면 안 된다는 것도 확실했다.

"어쨌든 두 사람은……. 앞으로는 나 혼자서 처리하면 돼."

렌진펑이 창밖을 보면서 조그맣게 중얼거렸다.

"변호인님이? 변론은 삼류고 넘어지는 건 일류면서!"

"홀리 마조!"

리나가 침묵을 깨고 소리쳤다.

"제가 없으면, 수프리안토와 어떻게 대화하실 거예요?"

리나의 눈에는 두려움이라곤 없었다. 렌진펑이 툭 내뱉었다.

"바오거, 리나에게 돈을 두 배로 주세요."

"맞아요, 두 배 주세요."

"렌우, 이 일은 장난이 아니야. 넌 그냥 병역대체요원일 뿐이잖아."

"그냥 병역대체요원? 저를 그렇게 생각하셨어요?"

퉁바오줘는 어떻게 말해야 할지 몰라 허둥댔다. 당연하게도 렌진핑을 그렇게 생각하지 않는다.

"제가 진지하게 묻겠는데요, 똑바로 대답하셔야 합니다."

렌진핑이 정색하고 물었다.

"춘싱 물만두라는 가게는 몇 시까지 열어요?"

퉁바오줘는 고개를 숙이고 생각했다. 같이 밥을 먹어주는 사람이 있다는 건 참 좋은 일이라고.

17

타이베이시 원산구文山區의 '사랑의 집'은 싱룽로興隆路에 위치한 낡은 아파트 1층에 있다. 좁은 주차공간에 바퀴 달린 옷걸이가 늘어섰고, 알록달록한 어린아이의 옷이 걸렸다. 햇빛을 받으며 조그만 옷가지가 살랑살랑 흔들렸다.

퉁바오줘 일행 세 사람을 맞이한 사람은 양楊 주임이었다. 그녀는 헐렁한 긴 치마를 입고 웃음을 띠며 문을 열어주었다. 따뜻한 목소리가 듣기 좋았다.

사랑의 집에 들어가니 개방형의 회의실 겸 사무실이 보였다. 왼쪽의 책꽂이에는 어린이용 도서가 가득했고, 오른쪽에는 사무용 책상이 몇 개 놓여 있었다. 벽과 기둥에는 아이들의 사진이 빼곡히 붙었다.

양 주임은 수프리안토의 사진을 보더니 천천히 고개를 끄덕였다.

"이 사람의 아이가 이곳에 있어요. 벌써 세 살 가까이 되었답니다."

"이름이 뭔가요?" 퉁바오줘가 물었다.

"그 애는 국적이 없습니다. 그래서 정식 이름도 없죠. 하지만 아이 아버지가 레자라고 불렀어요. 저희는 중국어로 그 애 별명을 '쫑쯔粽子'●라고 붙였죠."

양 주임이 다시 말을 이었다.

"쫑쯔의 상황은 가장 나쁜 쪽이에요. 부모 모두 인도네시아 사람이라서 타이완 법률상으로는 '외국인'입니다. 그런데 인도네시아에서도 국민으로 인정받지 못할 가능성이 높아요. 이런 국적 문제 때문에 입양도 불가능하고, 귀화 절차도 밟을 수가 없어요."

"아이 엄마는요?"

"저도 모릅니다. 아버지는 가끔 들러서 아이를 보고 가요. 돈도 부치고요. 하지만 저희도 그 사람하고 연락할 방법이 없어요. 이런 아이들의 부모는 대부분 고용계약을 어기고 도망친 불법체류자예요. 뭘 어떻게 할 수 있겠어요? 송환되면 아이를 데리고 자기 나라로 돌아가야 하는데, 그러면 지금보다 더 힘든 상황이 될지도 몰라요."

"아이 아버지가 보통 언제쯤 방문하나요?"

"모르겠어요."

퉁바오쥐는 양주임이 그렇게 대답하면서 벽에 걸린 시계를 슬쩍 보는 것을 놓치지 않았다.

"사람 목숨이 달린 일입니다. 저흰 그를 해치려는 게 아니에요. 아이 아버지가 송환되지 않는다고 보장할 수 있습니다. 여기 제 명함입니다. 혹시 그를 보시면 제 이야기를 전해주시기 바랍니다. 정말 중요한 일이에요."

양 주임이 명함을 받고서 미소를 지으며 그렇게 하겠다는 뜻을 비

● 중국에서 단오절에 먹는 전통 음식으로, 찹쌀을 댓잎 등으로 감싸 삼각형으로 묶은 뒤 쪄낸 떡을 말한다.―옮긴이

쳤다.

"낮잠 시간이 곧 끝나요. 아이들이 깰 것 같습니다. 멀리 못 나가서 죄송해요."

세 사람이 인사를 하고 바로 밖으로 나왔다. 리나가 갑자기 걸음을 멈추고 양 주임의 뒷모습을 돌아보더니, 그녀를 따라 갔다. 퉁바오쥐와 렌진펑은 의아해하며 리나를 뒤쫓았다.

양 주임이 어둑어둑한 침실로 들어갔다. 그녀가 커튼을 걷자 오후 햇살이 비쳐 들어왔고, 예상치 못한 장면이 드러났다.

10평 정도 되는 공간이 전부 조그만 이불로 꽉 차 있었다. 빈 데라곤 없었다. 아이들은 절반 정도 이미 깨서 눕거나 앉아 있었다. 어떤 아이들은 자기 이불을 천천히 개는 중이었다.

양 주임이 모든 커튼을 다 열어젖혔다. 그녀를 따라 방으로 들어온 일행은 잠에서 깬 아이들을 가만히 바라봤다. 꼭 그릇에 담아 키우는 콩나물 같았다. 조그맣지만 힘껏 해를 향해 고개를 드는 콩나물. 아이들이 움직이거나 이불을 개는 마찰음 사이로 부드러운 목소리와 흐릿한 발소리가 섞여들었다.

아이들은 낯선 손님에게 호기심을 보이며 이불을 개다 말고 리나에게 다가왔다.

"아이들이 몇 명이나 있어요?" 리나가 물었다.

"서른 명이 넘어요. 가장 많을 때는 예순 명이 넘었죠. 이 아이들은 운이 좋은 편이에요."

리나가 쪼그리고 앉아서 다가오는 아이들에게 부드러운 미소를 지었다. 아이들은 낯을 가리지 않는지 먼저 리나에게 안겼다. 점점 더 많은 아이가 세 사람을 둘러쌌다.

렌진펑은 피부색이 어둡고 얼굴 골격이 이국적인 아이들을 보며 더듬더듬 물었다.

"이런…… 아이들이 얼마나 많죠?"

"약 1000명이 넘을 거예요. 이 아이들은 국적이나 주민등록이 없어요. 부모와 같이 도망치다가 죽어도 누가 그걸 알겠어요?"•

리나는 아이들의 맑은 눈동자를 보며 자신이 말라버린 벌레가 된 것 같았다. 바람에 날려 멀고 먼 곳까지 왔는데 땅에 떨어질 때조차 아무 소리도 나지 않는 그런 존재 말이다.

"아이들이 자라면 어디로 가야 하죠?" 리나가 물었다.

"아이마다 각자의 운명이 있겠지요."

양 주임은 직접적으로 대답하지 않았다. 그녀도 알지 못하기 때문이다.

"어느 아이가 쭝쯔죠?" 퉁바오쥐가 물었다.

"당신은 알 권리가 없습니다."

양 주임이 미안한 기색 없이 대답했다.

"그 애의 부모가 누구든, 아이들과는 관계없는 일이니까요."

18

퉁바오쥐는 잘 보이지 않으면서도 사랑의 집 입구를 지켜볼 수 있

• 타이완 이민서에서 2007년부터 2019년 3월 말까지 수집한 통계 자료에 따르면, 생모가 연락이 두절된 이주노동자인 사례 및 신생아 등록을 할 수 없는 사례가 724명이었다. 관련 인권단체는 집에서 출생하여 신고하지 않은 영아가 전국적으로 약 2000명에 이를 것으로 추산한다. 2019년 6월까지 사랑의 집에서 보육하는 미등록 영아가 132명, 정부가 위탁 가정에 맡긴 미등록 영아가 411명이니 나머지는 통계에 잡히지 않는 숫자로, 부모와 함께 도피 생활을 하는 셈이다.

는 위치에 차를 숨겼다.

"그가 반드시 올 거라고 생각하세요?"

렌진펑의 물음에 퉁바오쥐는 양 주임이 시계를 힐끗 보던 표정을 떠올리며 말했다.

"나는 넘어지기도 일류고 직감도 일류야."

렌진펑은 다른 좋은 수도 없어서 의자에 기대 휴대전화만 들여다 봤다. 하지만 5분 후에 배터리가 간당간당해졌다. 그는 휴대전화를 배낭에 넣고 끊임없이 떠들어대는 퉁바오쥐를 쳐다보며 인생의 첫 잠복근무가 얼마나 오래 이어질지 생각했다.

수프리안토는 저녁때 나타났다. 갈색 배낭을 멘 그는 사진보다 말랐고 흰 머리 때문에 열 살은 더 들어 보였다. 퉁바오쥐 일행은 그가 사랑의 집에 들어갔다가 나올 때를 기다려서 그의 앞을 막았다.

"수프리안토. 압둘아들은 당신이 필요해요."#인

리나는 거의 기도하듯이 말을 걸었다. 수프리안토의 굳은살 박인 손이 가방을 꽉 움켜쥐었다가 차츰 힘이 풀리면서 뭔가에 쏠리는 소리가 났다. 수프리안토는 극도로 경계하며 두려운 눈빛을 던졌다.

"그는 좀 어때요?"#인

퉁바오쥐는 저번에 리나에게 배운 인도네시아 말을 써먹었다.

"Sudah makan kenyang belum?"(배불리 먹었어요?)

퉁바오쥐는 근처에 있는 싱룽興隆 시장에서 할랄 인증을 받은 우육면 가게를 찾아서 수프리안토에게 저녁밥으로 사다주었다.

그는 뒷좌석에 웅크리고 앉아 갈색 배낭을 무릎 위에 올려놓고서 우육면 그릇을 받자마자 뜨거운 국물을 숨도 안 쉬고 꿀꺽꿀꺽 마셨다. 한참 그렇게 국물을 마시는 바람에 퉁바오쥐와 일행은 그가 그대로 숨이 멎었는지 걱정될 정도였다. 그렇게 길게 국물을 들이켜고서야 그릇을 내려놓은 수프리안토가 크게 숨을 내쉬었다.

일행은 수프리안토가 우육면을 다 먹을 때까지 조용히 기다렸다. 수프리안토는 숨을 고르고 나서 천천히 압둘아들과의 선상생활을 이야기했다.

"압둘아들은 싱가포르에서 우리 배에 탔습니다. 첫인상을 똑똑히 기억합니다. 머리카락이 아주 길었어요. 배에 타자마자 선장이 머리카락을 잘라버렸죠. 싹 밀어버렸습니다.

압둘아들이 배를 자꾸 만졌어요. 알고 보니 맹장 수술을 한 지 얼마 안 되었더군요. 그는 할 줄 아는 일이 없었습니다. 선원으로 일한 경험이 없어요. 네, 배에 타려면 선원증이 필요합니다. 하지만 인도네시아 중개 회사는 가짜, 가짜 증명서를 씁니다. 그들은 돈만 벌 수 있으면 다른 것은 신경 쓰지 않습니다.

압둘아들은 이상한 놈이에요. 생선도 안 잡고 말도 안 했습니다. 다들 힘들게 일하는데 말입니다. 선장이 욕하고 때리고 칼로 생선을 죽이라고 시켰습니다. 그는 자주 울었고⋯⋯ 애초에 아무것도 할 줄 몰랐어요. 피가 무섭다고 했습니다. 그것 말고도 이상한 짓을 많이 했습니다. 일하다 말고 갑자기 멍하니 정신을 놓거나 기도를 했습니다. 어쨌든 이상했어요.

배에서 일하는 건 힘듭니다. 일하는 시간이 길고 거의 자지 못합니다. 타이완에 돌아와서 집에 전화를 했어요. 가족들이 돈을 받지 못했습니다. 나는 선장에게 배를 바꾸겠다고 말했습니다. 선장이 여권을 주지 않았어요. 그 배에 계속 있으면 미치거나 죽을 것 같았습니다. 그래서 나는 압둘아들과 같이 도망쳤습니다."

"압둘아들의 손가락은 어쩌다 잘렸나요?" 퉁바오쥐가 물었다.

"낚싯줄에 베였다가 나빠졌어요. 썩어서 열이 났습니다. 침대에서 일어나지 못했습니다. 죽을 것 같았어요. 선장은 항구로 돌아갈 수 없다면서 칼로 잘라서 바다에 버렸어요."

"칼로, 손가락을?"

"칼로 잘랐습니다."

"배 위에서요?"

"밥 먹는 곳의 탁자에서."

수프리안토의 이야기를 듣던 렌진펑이 퉁바오쥐에게 말했다.

"이런 증언은 아주 유리해요. 외상후스트레스장애…… 1심의 정신 감정 결과는 이런 점을 전혀 고려하지 않았어요."

퉁바오쥐는 렌진펑의 말에 동의하면서도 반문했다.

"하지만 동기는?"

"그러게요, 왜 선장을 찾아갔을까요?"

렌진펑이 수프리안토에게 질문했다.

"압둘아들은 집에 가고 싶었어요. 그래서 여권이 필요했어요. 돈도 못 받았어요……."

"칼을 가지고 있었습니까?"

"선장 칼. 훔쳤어요."

"훔쳐요?"

"선장의 칼입니다. 생선을 죽여서 먹어요. 압둘아들이 훔쳤어요."

"왜 칼을 가지고 갔죠?"

"선장이 주지 않으면, 죽인다고."

평정민의 말이 맞았다. 압둘아들은 확실히 살인을 계획했다.

사람들이 다들 침묵에 빠졌다. 수프리안토의 증언은 압둘아들에게 유리하지만은 않았다. 법정에 세웠을 때 어떤 방향으로 흘러갈지 예측하기 어려웠다.

퉁바오쥐가 케니 도슨을 사진을 꺼냈다.

"이 사람을 압니까?"

수프리안토는 당황하며 사진을 밀어냈다.

"그들이, 바다로 밀었어요."

"직접 봤나요?"

수프리안토가 고개를 끄덕였다.

"누가 그랬죠?"

수프리안토는 고개를 수그렸다. 사람이 한 줌 줄어든 것처럼 보였다.

리나가 그런 그를 위로했다.

"무서워하지 마세요. 이 사람들은 법원에서 일하는 사람이에요. 좋은 사람이니까 당신을 도와줄 거예요."#인

수프리안토가 감정을 추스른 다음 천천히 말을 이었다.

"선장과 항해사……"

"이 사람을 왜 밀었습니까?"

"사진을 찍었어요……. 죽이면 안 되는 물고기. 그리고 나쁜 일 많이. 다 사진을 찍었어요."

추측했던 대로다. 슝핑 선업과 홍전슝이 왜 진실을 덮으려 애쓰는지 전부 설명이 된다. 이 일의 심각성 정도를 생각하면, 회사에서 사정을 몰랐을 리 없다. 심지어 회사의 지시로 벌어진 일일 수 있다. 이건 벌금, 어업 경고, 영업 손실과 도산 같은 문제가 아니다. 밀수, 위증, 인신매매, 그리고 살인. 구조적이고 사악한 범죄 계획인 것이다.

"그가 선장의 딸을 죽였지요. 이유를 압니다."

수프리안토가 갑자기 내놓은 말에 다들 깜짝 놀랐다.

검찰과 법원은 압둘아들이 어린아이까지 죽인 이유가 범행을 들

키지 않기 위해서라고 굳게 믿었다. 이미 성인 두 사람을 죽인 마당이니 힘없는 아이를 죽이는 것쯤이야 별것 아니었을 거라는 생각이다. 너무나 합리적이어서 그 믿음은 지금까지 전혀 문제 제기를 받지 않았다. 또한 이처럼 잔인한 범죄자를 변호하는 일은 오히려 부정적인 시각을 불러오기 때문에 피고에게 꼭 유리하다고는 볼 수 없다.

"이유가 뭡니까?"

"압둘아들은 어떤 배가 와서 그를 데려갈 거라고 믿었어요. 혼자 상상한 거였습니다. 어느 날은 제멋대로 구명조끼를 꺼내 입기도 했습니다. 선장과 항해사는 화가 많이 났습니다. 그들이 Bad luck, 구명조끼는 Bad luck이라고 말했습니다. 우리는 무서워서 구명조끼를 입지 못하는데, 압둘아들은 그걸 몰랐습니다. 말해준 사람이 없습니다. 선장과 항해사가 그를 때리고 찼습니다. 그는 울었습니다. 선장은 더 화가 나서 그의 머리를 물통에 넣었습니다. 손목시계를 보면서, 2분이 되어야 풀어줬어요.

나중에는 울 때마다, 그들이 그를, 물통에. 울지 않을 때까지요. 그들이 돌아가면서 그를 물통에. 2분 동안."

리나는 금방 이 증언의 힘을 깨달았다. 퉁바오쥐에게 급히 질문했다.

"그러면 그 살인은 일부러 한 게 아니지요?"

퉁바오쥐와 렌진핑은 말이 없었다. 그들의 침묵은 의심 때문이 아니라 이 사건 배후에 존재하는 예측할 수조차 없었던 공백에 두려움을 느꼈기 때문이었다. 그들이 모르는 일이 얼마나 더 있을까? 그들 자신도 의문을 품지 않을 정도로 확실해지려면 얼마나 더 추측해야 하는 걸까?

사형을 피하려면 얼마나 운이 좋아야 할까?

렌진펑이 혼잣말처럼 중얼거렸다.

"그래서 압둘아들은 정말로 2분으로는 익사하지 않는다고 생각했 군요? 살해할 의도가 없이?"

퉁바오쥐는 수프리안토의 눈을 빤히 응시하며 말했다.

"당신이 증언해주면 압둘아들은 사형을 피할 수 있습니다."

수프리안토가 몹시 놀라 반발했다.

"잡힐 거예요. 돌려보낼 거예요. 돈을 못 받았어. 갈 수 없어요."

"그들이 당신을 찾고 있어요."

퉁바오쥐의 말에 수프리안토의 얼굴에 극심한 공포가 다시 깃들 었다.

"당신은 인신매매 피해자입니다. 법정에 나와서 증언하면 증인보 호법을 적용받습니다. 그러면 송환되지 않고 타이완에서 합법적으로 일할 수 있어요. 제가 돕겠습니다."

수프리안토의 눈빛은 의심으로 가득했다.

"당신 아이에게 타이완 국적을 줄 수 있습니다. 타이완 사람이 될 수 있어요. 평생 여기서 살 수 있습니다."

렌진펑은 의심스러운 눈길로 퉁바오쥐를 봤다. 양 주임의 말에 따 르면 레자는 타이완 국적을 취득하기가 거의 불가능했다. 그런데 퉁 바오쥐는 왜 보장할 수 있다고 하는 걸까? 말이 안 된다고 느꼈지만, 지금은 논쟁하기에 좋은 시기가 아니라는 것도 알았다.

"약속합니까?" 수프리안토가 물었다.

"네, 약속합니다. 다만 조건이 있습니다. 그 칼을 압둘아들이 훔쳤 다는 이야기를 하면 안 됩니다. 그냥 본 적 없다고만 하세요. 칼로 선 장을 죽일 거라고 한 말도 못 들은 겁니다. 그건 말하면 안 돼요."

렌진펑이 끼어들었다.

"위증을 교사하면 안 되죠."

"소송이란 원래 각자 자기 말을 하는 거야. 게다가 잘못 기억할 수도 있으니 위증은 성립되기 어려워."

"하지만 그는 기억 못하는 게 아니잖아요."

"그걸 누가 아는데? 지금 이 상황은 압둘아들에게 불리해. 너도 상대편이 증언을 미리 맞춰놓고 한 거라고 했잖아. 우리도 이런 기회를 포기하면 안 돼."

"위증 교사입니다."

"네 자존심과 우월감이 중요해, 아니면 압둘아들의 목숨이 중요해?"

"이렇게 하면 그들과 우리가 다를 게 뭐죠?"

"다른 거? 우리는 사람을 죽이는 게 아니라 살리기 위해서 한다는 점이 다르지! 처음부터 끝까지, 이 재판은 공평한 적이 없었어."

렌진펑이 고개를 푹 숙이고 더는 말하지 않았다. 수프리안토는 조용히 리나가 통역해주는 것을 듣고, 고개를 끄덕여 그렇게 하겠다는 뜻을 표했다. 그 직후 아무도 말을 잇지 않아 잠시 무거운 분위기가 그들을 옥죄었다.

수프리안토가 갑자기 생각난 듯 입을 열었다.

"압둘아들의 물건을 가지고 있습니다. 필요하세요? 코란경이에요."

퉁바오쥐는 어떤 단서도 소홀히 넘길 생각이 없었다.

"어디 있죠? 지금 가지러 갑시다."

수프리안토는 퉁바오쥐가 적극적으로 나오는 것을 보고 다른 생각이 났다.

"다음에, 저와 아이를 보호해주시면 그때 주겠습니다."

퉁바오쥐는 더 밀어붙여도 효과가 없을 거라고 생각했다. 그는 수프리안토와 다음 공판일에 만날 장소와 시간을 정했다. 수프리안토는 차에서 내려 골목의 어둑한 그늘 속으로 사라졌다.

차에 남은 세 사람 사이에 도로 침묵이 내려앉았다. 각자 생각에 잠겨 있었던 탓이다. 조사하던 일에서 성과가 있었지만 실제 밝혀진 진실은 그들이 상상하던 것 이상으로 무거웠다.

퉁바오쥐는 시동을 켜고, 일행을 집으로 데려다주기 위해 출발했다. 그러나 세 사람 모두 그들 뒤에 또 다른 차가 눈에 띄지 않는 구석에 주차되어 있는 것을 몰랐다. 그 차에는 한 사람이 타고 있었다.

그 차는 아주 일찍부터 거기 있었다. 퉁바오쥐 일행을 뒤따라 온 것이었다. 그들을 따라서 타이중에 가고, 타이베이로 돌아와 사랑의 집에 왔다. 수프리안토가 나타나는 것까지 봤다.

그 사람은 펑정민이었다.

그는 이제 수프리안토를 뒤쫓아 갈 생각이었다.

5장
증언과 변론

1

평정민이 해안 공공주택의 집으로 돌아왔을 때는 아침 6시였다.

그는 조용히 문을 열고 들어와서 자기가 사 온 아침밥을 식탁에 올려놓고, 혼자 거실 소파에 멍하니 앉아 있었다. 피곤했지만 곧 아내 천자오陳嬌와 세 딸이 일어날 것이다. 그는 아이들을 학교에 데려가야 했으므로 지금은 잘 수 없었다.

그는 너무나 피곤했다. 눈이 거의 감기다시피 했다. 다시 눈을 떴을 때는 천자오가 눈앞에 있었다.

"약은 먹었어?"

"아침 약은 아직 먹기 전이야."

아내의 물음에 대답한 평정민이 일어서려 했지만 힘이 없었다. 그는 스스로 눈을 뜰 기력만 남았다고 느꼈다.

"약 좀 가져다줘."

평정민이 부탁했다. 천자오가 한숨을 쉬며 약을 가지고 왔다.

평정민은 아이들이 깬 것을 알아차렸다. 두 아들이 무슨 이유에서

인지 서로 투덕거렸다. 그는 제대로 듣지 못했고, 문제를 해결해줄 능력 역시 없었다. 펑정민은 애교가 많은 딸까지 잠에서 깨기 전에 자기 몸의 증세가 좋아지기만을 바랐다. 그는 천자오가 시간 맞춰 약을 먹지 않는 자신을 야단치지 않기를 바랐다. 자신이 얼마나 많은 노력을 쏟아서 매일매일 정상적인 삶의 모습을 유지하고 있는지는 하늘만 알 터였다.

아이들을 학교에 데려다주고 귀가했을 때 청소부 유니폼을 입고 출근하려던 천자오와 마주쳤다.

"어젯밤 어디에 있었어?"

펑정민의 천자오의 물음에 대답하지 않았다. 그는 늘 말수가 적은 사람이었는데 정펑췬이 죽은 후로는 더욱 심해졌다. 천자오도 그의 침묵에는 일찌감치 익숙해졌는지 더 묻지 않고 나가버렸다. 그녀가 문을 닫은 자리에 공백만이 남았다.

집에 펑정민 혼자 남았다. 숨쉬기 답답한 기분에 베란다로 가 바람을 쐬려고 했다. 그런데 베란다 한쪽 구석에 잡동사니가 쌓여 있는 것을 봤다. 천자오가 정리하려고 꺼내둔 것일까. 가까이 가보니 그건 펑정민의 낚시 도구였다.

낚시를 하지 않은 지 얼마나 되었더라? 육지에서 쉬는 기간에도 그는 정펑췬과 함께 시커멓고 축축한 바위틈에서 미끼를 물린 낚싯대를 던지는 것을 즐겼다. 북쪽 해안의 낚시 포인트는 그들에게 집 뒷마당과 같았다.

정펑췬이 죽기 전날, 그들은 남쪽 해안에서 새로 발견한 낚시 장소에 가보자고 했었다. 이 계절에는 독가시치가 통통할 때다, 그런 이야기를 하면서. 정펑췬은 몇 년 지나면 아이들에게 물통을 들려서 같이 오자고도 했다. 그런 다음에, 펑정민은 저녁때쯤 전화를 받았다.

정핑췬의 시신을 확인하러 오라는 연락이었다. "그…… 펑 선생님, 죄송합니다만 그분의 아내와 아이도 확인하셔야 합니다." 전화기 너머 경찰의 목소리가 정말 죄송한 것처럼 들렸다.

경찰이 그에게 연락한 것은 정핑췬에게 더 가까운 사람이 없었기 때문이다. 그들의 부모는 이미 세상을 떠났지만 그들은 외롭다고 느낀 적이 없었다. 서로가 있었기 때문이다. 처음부터 그랬다. 바츠먼이 해안 공공주택으로 바뀌기 전, 지룽이 아직 세계의 주요 무대에서 은퇴하기 전, 그때부터.

냉동고에서 나온 정핑췬은 혈색이라곤 없었다. "몸도 봐야겠습니다." 펑정민이 검시의에게 그렇게 말했었다. 검시의는 조금 난처한 기색이었는데, 펑정민이 우겼다. "다친 데가 어디죠? 제가 봐야겠습니다." 시신 확인을 담당하는 검찰관이 말렸다. "펑 선생님, 이러시면 안 됩니다." 펑정민은 검찰관에게 소리 질렀다. "내가 봐야 한다니까!"

경찰들이 몇 사람 달려와 그를 위로하면서 반쯤 강제로 그를 시체 안치실 밖으로 데려갔다. 펑정민은 정확하지 못한 발음으로 뭐라고 중얼거렸다. 정핑췬의 시체가 누워 있던 냉동고가 닫히는 소리가 등 뒤로 들려왔다.

그때 천자오가 돌아와 문을 여는 소리가 들렸다. 펑정민은 자신이 여전히 베란다에 서 있는 데다 온몸이 식은땀으로 푹 젖은 것을 알아차렸다. 천자오가 다가와 물었다.

"뭐 좀 먹었어?"

"지금 몇 시지?"

"정오야. 잠은 좀 잔 거야?"

천자오는 남편이 뭔가 이상하다는 것을 눈치챘다.

펑정민은 자기 손에 뭔가가 똑똑 떨어지는 것을 느꼈다. 손으로 더

듣어보고서야 자신이 울고 있음을 알았다. 그는 당황했다. 그는 천자오를 붙잡아 방으로 끌고 갔다. 천자오는 몸을 비틀며 저항했지만 화가 났다기보다 무서웠다. 그녀는 평정민의 침묵에는 익숙해질 수 있었으나 그의 감정을 다 견디기는 어려웠다.

"르칼, 미쳤어!"*

평정민은 천자오의 바지를 거칠게 벗기고 곧장 그녀 안으로 들어갔다. 천자오가 아프다며 소리를 질렀지만 그는 멈추지 않았다. 일부러 천자오가 소리를 지르도록 하는 듯했다. 그래야 그의 머릿속을 시끄럽게 만드는 슬픔이 가려진다. 이 세상은 고통조차 불공평했다.

천자오가 소리를 지르던 것을 멈추고 평정민의 등을 손톱으로 긁었다. 피가 맺힐 정도였다. 사정하기 직전, 평정민의 눈물이 드디어 말랐다.

2

천칭쉐와 퉁바오쥐가 몰래 만난 날로부터 며칠 후, 국민판사법이 입법원의 2차 심사를 받았다. 다수 의견은 사형평의회의 통과 기준을 '다수결'로 바꾸자는 것이었다. 천칭쉐는 그 소식을 듣고 자신이 더는 잘못을 저질러서는 안 된다는 것을 깨달았다. 장더런처럼 감수성이 풍부한 소년 같은 남자를 상대할 때는 더 똑똑한 방법을 썼어야 했다.

장더런은 천칭쉐가 나타난 데 놀라지 않았다. 그저 고개를 들어 그녀를 힐끗 보고는 도로 보고 있던 서류로 시선을 돌렸다. 그는 천칭쉐를 난처하게 하려는 의도가 없었다. 그래서 곧바로 요점을 말했다.

"지금 합의된 내용은 '다수결'이야. 당신이 좋아하든 싫어하든 법안의 처리 절차가 그래. 이게 민주주의라는 거고, 당신 혼자서 하는 일이 아니야. 그 방에 앉아 있는 사람들은 저마다 다른 이익을 대표하고 유권자의 압력을 받지. 당신은 그런 점을 존중해야……."

"왜 왔느냐고 안 물어봐?"

천칭쉐가 느긋하게 소파에 앉더니 부드러운 말투로 물었다. 장더런은 그녀의 달라진 태도에 조금 당황했다.

"왜 왔어?"

"당신이 메시지에 답을 주지 않으니까."

"나는 당신이 그러기를 바란다고 생각했는데."

"미안. 그날은 내가 좀 감정이 앞섰어."

"단지 그런 것만은 아니었지?"

천칭쉐가 손을 앞으로 뻗었다. 장더런이 선물한 염주를 보여주면서 그의 손을 잡았다.

"감정적인 말이었을 뿐이야."

장더런이 염주를 쳐다보면서 물었다.

"다른 사람이 알게 될까 두렵지 않아?"

"그런 것도 생각해봤지. 내가 원하는 것이 무엇인지 확실히 알고 있다면, 두려울 게 있을까?"

장더런은 이런 애매모호한 대응이 천칭쉐가 잘 써먹는 전략임을 알았다. 그는 냉담한 태도를 유지하며 말했다.

"장관님, 지금은 '만장일치'를 논의하기가 정말 힘듭니다. 내가 법안 심의위원회 쪽에도 이미 충분히 힘을 썼어요."

"고마워, 나도 알아."

천칭쉐가 일어서서 장더런에게 다가왔다. 그의 양복 상의 안쪽을 더듬어 휴대용 술병을 꺼냈다. 그녀는 다시 소파로 돌아가서 술병을 열었다.

"2차 심사가 언제지?"

"지금쯤 할 때가 됐어."

장더런이 천칭쉐를 보며 차가운 태도를 좀더 유지하기로 했다.

"장관님, 일본에서 재판관제도가 실시된 지 10년이 넘었잖아. 그들은 사형 선고를 하려면 과반수의 동의가 필요한데, 그동안 사형이 늘어나지 않았어. 오히려 양형 결과가 다양해졌지. 각 사건의 배경이 되는 인생 스토리가 재판 결과에 반영되었고…… 장관님이 바라는 게 이거 아니야? 왜 아무 의미도 없는 '기준'이라는 문자에 집착해서 막다른 골목으로 가려는 거지?"

"우리에게 기회가 있다면, 노력해야 하는 거잖아."

"우리에게 정말로 기회가 있어?"

장더런은 생각보다 더 완강했다. 이제 천칭쉐는 계속할지 포기할지 결정해야 했다. 그때 휴대전화가 울렸다.

전화를 건 사람은 퉁바오쥐였다. 천칭쉐가 미소를 지으며 생각했다. 지금 '기회'는 그녀 쪽에 서 있었다.

"그를 찾았어. 그 외국인 노동자, 수프리안토."

퉁바오쥐가 전화기 너머에서 말했다. 천칭쉐는 스피커폰 모드를 켜고 장더런 쪽을 쳐다보며 말했다.

"뭐라고? 잘 못 들었어."

"그를 찾았다고. 도망쳤던 외국인 노동자 말이야."

"그래?"

"그가 배 위에서 있었던 일을 증언해주기로 했어. 승평 선업을 수사할 수 있을 만한 내용이야. 법무부에서 증인 보호 프로그램을 제공해줘야 해. 가능하겠지?"

장더런의 불안한 눈빛이 천칭쉐에게 승리의 맛을 느끼게 했다. 그
녀가 전화기를 향해 담담하게 대답했다.

"문제없어."

천칭쉐가 전화를 끊고 다정하게 장더런을 바라봤다. 그녀는 술병
을 그에게 건넸다. 손목에 건 염주가 그의 어깨를 가볍게 건드렸다.

"아직 기회가 있어, 우리⋯⋯. 모든 일에는 변화의 여지가 있잖아.
그렇지?"

3

렌진펑이 바다우쯔에서 위험한 잠복근무를 하던 날, 리이룽은 그
의 방에서 리나와 찍은 셀카를 여러 장 발견했다. 촬영 시간을 확인
하니 대부분 집이나 기숙사에 있었다고 했던 날이었다.

리이룽이 렌진펑의 집으로 찾아간 것은 휴대전화가 꺼져 있었던
탓도 있고, 중원제 날 리나를 만나서 느낀 직감 탓도 있었다. 리이룽
은 자신의 의혹을 검증해야겠다고 생각했다.

렌정이는 리이룽의 방문을 거절하기 어려워 문을 열어주었다. 리
이룽은 가족의 평일 일과를 방해하고 싶지 않다면서 렌진펑의 방에
서 기다리겠다고 했다. 렌정이는 차를 가져다주고 나서 몇 마디 이야
기를 나눈 뒤 자리를 떴다. 화제도 없는 데다 아들의 여자친구에게
스트레스를 주고 싶지 않은 마음이 컸다. 그제야 리이룽은 렌진펑의
방을 살펴볼 수 있었다.

주변을 둘러보니 모든 것이 정상적이었다. 책장에는 법학 서적과

몇 권의 소설뿐이었다. 취미와 관련된 물건은 농구 선수의 포스터, 머리를 써야 하는 보드게임 정도가 보였다. 리이룽의 시선이 결국 책상으로 향했다. 해안 살인 사건의 자료가 눈에 띄게 흩어져 있었다. 대부분 증거와 법률적 의견을 정리한 것으로, 홍전슝에 대한 메모와 스크랩이 그녀의 시선을 붙잡았다. 메모한 내용은 대부분 추론에 불과했지만 렌진펑이 이 사람을 샅샅이 파악하려 한다는 것을 느낄 수 있었다. 홍전슝의 사진 옆에는 커다랗게 '배후?'라고 적어놓았다.

리이룽은 가까스로 자신을 설득해 렌진펑의 컴퓨터에 접속하기로 했다. 방 밖에서 들리는 인기척에 주의하며 비밀번호를 풀려고 시도했다. 두 번째 시도에 정답을 맞힌 비밀번호는 그녀와 렌진펑의 생일을 조합한 것이었다. 그녀의 생일이 먼저 나왔다.

리이룽은 비밀번호에 꽤 감동했지만, 곧이어 보게 된 것에 마음이 흐트러졌다. 컴퓨터에 저장한 '셀카' 사진은 렌진펑과 리나가 얼마나 친밀한지 잘 보여줬다. 누군가는 별것 아니라고 할지 몰라도 리이룽에게는 배신이었다. 리이룽이 손목의 흉터를 만졌다. 렌진펑은 다 알고 있으면서 이런 짓을 저질렀다!

며칠 후 주말, 렌진펑과 리이룽은 베이터우의 어느 여관에서 밤을 보냈다. 렌진펑이 정상위로 움직이다가 속도가 느려질 때쯤, 리이룽이 불쑥 물었다.

"홍전슝이 누구야?"

"응?"

렌진펑은 지금 하던 일에 집중한 상태였다.

"네가 말한 적이 있잖아, 그 홍전슝 말이야."

렌진펑이 이러지도 저러지도 못해 당황하며 대답했다.

"그는…… 원양어선이 소속된 회사 사장이지. 해안 살인 사건에 바다 위에서 벌어지는 불법적인 정황이 얽혀 있다고 의심하는 중이야……. 그렇다면 그 사람도 사건과 관련 있을 수밖에."

"그 사람이 살인을 저질렀을까?"

"뭐든지 다 할 수 있겠지……."

"나한테 네 휴대전화를 보여줄 수 있어?"

렌진펑은 결국 움직임을 멈췄다.

"왜 그래?"

"리나 사진도 있니?"

렌진펑은 드디어 상황을 이해했다. 그가 어색하게 대답했다.

"있어."

리이룽은 렌진펑을 밀어내고 시트로 몸을 가렸다. 렌진펑은 차가운 물을 뒤집어쓴 듯했다. 점점 더 어찌할 바를 모르게 됐다.

"그냥 사건에 관해 토론하는 거고…… 아무 사이도 아냐."

"여러 번 만났어?"

"몇 번. 일 때문이었어, 그러니까……."

"그 여자랑 다시는 연락하지 않을 수 있겠어?"

"난 해안 살인 사건을 도와야 해."

렌진펑은 조금 화가 났다. 그는 이 사건을 포기할 수 없었다. 그에게는 정말 중요한 문제였다.

"넌 일개 병역대체요원이잖아. 네가 없다고 뭐가 달라져?"

렌진펑이 침묵했다. 부끄러움과 분노가 마음속에서 복잡하게 뒤엉켰다. 그는 입을 열면 뭔가가 깨질 것 같아 두려웠다.

"만약 나하고 해안 살인 사건 중에서 딱 하나만 골라야 한다면?"

황당한 말이지만 리이룽은 농담을 하고 있는 게 아니었다.

한참 입을 다물고 있던 렌진펑이 차갑게 대꾸했다.

"그런 질문은 공정하지 않아. 나도 네가 무엇을 추구하든 막을 수 없는 것처럼 너도 그래."

리이룽이 몸을 돌려서 이불 속으로 파고들었다. 그녀는 더 말하지 않았다.

4

렌정이의 책상은 크고 무거웠고, 그 위에는 사건 기록들과 각종 서적이 가지런히 놓여 있었다. 그가 최고법원에서 근무한 지 거의 7년이 되었으니 사무실에는 개인 물건이 많이 쌓였다. 고풍스러운 예술품 중에서 가장 눈에 띄는 것은 의자 뒤쪽 벽에 높이 걸려 있는 서예 작품이다.

"정엄형완政嚴刑緩."

이 네 글자는 당나라 때 백거이白居易가 쓴 산문에 나오는 말이다. 정치는 엄정하고 경외심을 불러일으켜야 하지만, 형벌이 지나치게 가혹해서는 안 된다는 뜻이다. 이 서예 작품은 그가 최고법원으로 올라올 때 예전 동료들이 준 선물이다. 뛰어난 서예가가 쓴 글씨여서 섬세하면서도 강직한 필치가 균형 잡혀 있다. 네 글자 아래에 앉아보니 리이룽도 판사의 직무가 무엇인지 깊은 깨달음을 얻었다고 생각했다.

렌정이가 찻주전자를 천천히 기울였다. 투명한 유리 주전자 안에서 노란 빛깔의 찻물이 빙글빙글 돌았다.

"사진……. 그래? 그냥 보통 친구 사이인 것 같으니 너무 걱정하지 말렴."

"진평이 저에게 그런 일을 숨겨서 불안해요. 마음에 걸리는 게 없다면 왜 숨겼겠어요?"

"나도 알아보겠지만 진평은 함부로 행동하는 아이가 아니야. 그 애는 자기가 중요하게 생각하는 일에는 아주 열정적이지. 진평은 그 사건에 적극적으로 참여하고 있어. 너도 그건 알잖니."

"아버님, 그 사진들은 공적인 사이에서 찍은 게 아니었어요."

"사진을 어떻게 보게 된 거니?"

렌정이는 질문을 던졌지만 이미 답을 알고 있었다. 다년간의 직업적 경험 덕분에 그는 보통 사람 이상의 예리함을 갖췄다. 그날 리이룽이 갑자기 집으로 찾아왔을 때부터 심상찮다고 여겼다. 그가 이렇게 질문하는 것은 남의 컴퓨터에 무단으로 접속하고 뒤져보는 것이 형법에 저촉되는 문제임을 암시하기 위해서였다.

"남자가 이상을 갖는 것은 멋진 일이고, 여자가 많이 도와줘야 한단다. 성경에는 아내가 매사에 남편에게 순종해야 한다고 되어 있는데…… 젊은이들은 동의하지 않을지도 모르겠구나. 성경은 남편도 자기 자신과 교회를 사랑하는 것처럼 아내를 사랑해야 한다고 가르친다. 그게 지혜로운 거야. 서로 지지하는 것은 양쪽 모두의 책임과 의무지."

"배신을 해도 마찬가지인가요?"

"그건 안 되지. 남녀 사이라면 아무래도 경계선이 있어야겠지. 나도 잘 알아보마……. 나는 너희의 마음이 안정적이고 오래 지속되기를 바란단다. 그게 너희가 앞으로 일하는 데 도움이 되는 길이지. 재판이란 신성하고 엄숙한 일이다. 판사가 정서적으로 안정되지 않으면 사건 당사자들의 권익에 나쁜 영향을 주게 돼. 그건 정말 좋지 않아."

리이룽은 고개를 끄덕일 수밖에 없었다.

렌정이가 찻잔을 리이룽에게 건넸다. 리이룽이 두손으로 잔을 받아들다가 손목의 상처가 드러났다.

"네 손목에? 너희 아버지가 이걸 왜 말하지 않았지?"

렌정이는 불쾌해 보였다.

"넌…… 음, 내 생각에는 어쩔 수 없는 것 같구나. 감정은 숨길 수가 없으니까."

리이룽은 표정을 굳히며 무의식적으로 손목을 가렸다.

"내가 아는 상담사들이 있다. 다들 전문가지. 어쩌면 협조를 구해야 할지도 모르겠구나."

렌정이의 태도가 냉담해졌다.

"너도 주의하렴. 진핑에게 나쁜 영향을 주지 않기를 바란다."

렌정이는 평온하게 말했지만 가부장적 권위에 익숙한 그의 본성이 그대로 드러난 셈이었다. 게다가 아들을 보호하려는 불안감도 작용했다. 리이룽에게는 어른으로서의 품위를 잃은 것이기도 했다.

리이룽은 렌정이를 향해 여전히 예의 바른 말투로, 그러나 눈빛은 전과 완전히 달라진 채 입을 열었다.

"제가 댁으로 전화를 걸어 진핑이 있느냐고 여쭌 적이 있었지요. 그때 진핑이 저를 만나러 나갔다고 생각하셨다가 나중에 도서관에 간 것 같다고 말씀을 바꾸셨잖아요. 사실 그때부터 알고 계셨군요……. 진핑이 저를 속이고 다른 사람을 만난다는 것을 알고 계셨던 거예요. 그렇죠?"

렌정이는 찻잔을 들어 허공에 차 향을 퍼지게 했다. 리이룽의 지적이 다 옳은 것은 아니었다. 그러나 8이나 9는 10에서 그다지 멀지 않다.

5

집에 반찬이 없을 때 퉁서우중은 맥주 두 캔을 비닐봉지에 넣고 단지 동남쪽 모퉁이에 있는 경사면으로 간다. 그곳은 원래 공원 부지로, 단지 내 공공 공간이지만 수년 동안 방치되었다가 아미족 사람들이 채소밭을 만들었다.

사람들은 농담조로 그 밭을 '즐거운 농장'이라고 불렀다.

어디서든 밭을 만드는 습관은 바츠면의 철거와 공공주택 건설 이전부터 있었다. 화둥 지역에서 이주해온 아미족 사람들은 지금도 여전히 식재료에 관한 지식을 가지고 있었고, 주변의 남는 땅에 자체적으로 경계선을 정해 식용 나물류를 재배했다. 사실 이것은 전통적인 생존 방법이자 식용 식물을 찾아냄으로써 인간과 환경, 인간과 인간 사이의 상호작용을 만드는 방식이었다.

아미족은 나눔을 좋아했다. 아파트 앞마당에서 열리는 모임도 그렇고, 텃밭 역시 비슷했다. 밭마다 주인이 따로 있지만 대부분은 서로 주거니 받거니 한다. 아미족 사회가 물질 공유 네트워크를 형성하고 유지하는 방법이자 퉁서우중처럼 변두리 인간을 커뮤니티 안으로 받아주는 방식이었다.

퉁서우중은 아나우의 밭에 가는 것을 제일 좋아했다. 아나우가 언제 밭에 나오는지 훤히 알았고, 밭에 심은 작물의 수확 시기도 잘 알고 있었다.

"루우, 부족한 거 없어요? 가지가 잘 익어서 맛있어요."*

퉁서우중을 본 아나우가 고개를 들고 멀리서부터 가까운 순서대로 출석을 부르듯 작물 이름을 주워섬겼다.

"고추, 고구마잎, 이건 등심藤心, 이건 구층탑九層塔. 저쪽에 있는 채소는 막 누가 뽑아갔는데, 그래도 아직 몇 개는 남았을 겁니다."*

통서우중이 고개를 끄덕이며 맥주를 아나우에게 건넸다. 자신도 한 캔을 땄다. 두 사람은 가만히 술을 몇 모금 들이켰다.

"저번에는 미안했어. 내 아들놈."*

"뭐가요?"*

"법정에서……."*

"괜찮아요. 자기 일을 한 거잖아요."*

"일이면 뭐. 얼마나 대단한 일이라고."*

아나우가 맥주를 마시다 말고 조금 감정에 젖었다.

"사실 예전에 바오쥐와 친했던 건 아민(펑정민)이었는데 말이죠."*

"예전에?"*

"아저씨가 몇 년간 여기 계시지 않았을 때요. 우리가 다 같이 놀았는데, 언제 한번은…… 바로 여기 회관 뒤쪽 산이었을 걸요. 우리가 한족 꼬맹이들과 싸움이 붙었어요. 와, 그때 그놈들 중에서 아직 아래쪽 아파트에 사는 애들도 많아요. 르칼에게 물어보시면 개도 기억할 겁니다. 그때 우리가 싸워서 이겼는데 르칼이 그러더라고요……."*

아나우가 망설였다. 이어서 말해도 되는지 고민하는 듯했다. 통서우중은 가만히 기다리며 그에게 생각할 시간을 주었다.

"…… 르칼이 그랬죠. 우리도 루우처럼 부락 사람들의 영웅이 되어야 한다. 한족 놈들을 싹 죽여야 한다. 그런데 타카라가 르칼을 비웃었어요. 나중에 지금 어른들처럼 싹수가 없는 인간이 될 거라며……. 그날 둘이 치고받고 싸웠죠. 얼마나 심했는지 비탈에서 굴렀다니까요. 하하하. 그날 이후로 둘이 더는 말을 안 했어요. 우리가 다들 바오쥐를 싫어해서 욕도 하고 그랬죠."*

아나우가 맥주를 마저 다 마시곤 캔을 짜부라뜨려서 옆에 둔 물통에 던졌다.

"나중에 생각해보니까, 아마…… 우리는 타카라가 말한 것처럼 될까 무서웠던 것 같아요."*

"그놈은 그냥 운이 좋은 것뿐이야."

퉁서우중이 차갑게 내뱉었다. 아나우는 웃으면서 더 말하지 않았다. 퉁서우중도 맥주를 마저 마시고는 비닐봉지를 들고 가지가 있는 쪽으로 걸어갔다.

6

펑정민이 슝핑 선업 본사에 도착했을 때 항구에는 비가 내리고 있었다.

슝핑 선업은 지룽 시청 뒤쪽의 큰 빌딩 안에 위치했다. 일반인은 공간도 넓지 않고 인테리어도 낡은 본사 사무실을 보고 수십 척의 원양어선을 보유한 세계적인 기업일 거라고 상상하기 힘들다.

펑정민은 회의실에서 기다리며 창밖의 흐릿한 지룽 항구를 바라봤다. 그는 순간 바다로 돌아갔다는 느낌을 받았다. 그는 정신을 잃기 전에 얼른 직원에게 부탁해 물을 받았다. 그는 정량의 두 배가 되는 약을 삼켰다.

그는 최근 정평췬을 보기 시작했다. 특히 한밤중이나 어두운 곳에 있을 때 그랬다.

펑정민은 의사에게 말하지 않을 생각이었다. 그는 병세가 악화되었다는 기록을 남기고 싶지 않았다. 그는 바다로 돌아가야 했다. 지금까지 그랬듯, 배에 오르면 모든 것이 좋아질 터였다.

육지의 귀신은 바다로 나갈 수 없다. 바다 사람이어야 종종 해안에 도착할 수 있다. 이것은 그가 배를 탄 첫날 깨달은 진리였다.

"무슨 약을 먹나?"

홍전승이 갑자기 나타났다. 펑정민은 얼른 약 봉지를 주머니에 쑤셔넣었다.

"수프리안토를 찾았습니다."

"오, 좋아. 그놈이 법정에 서면 안 돼. 알겠지? 자네도 엮인 문제야."

"바다에 가고 싶습니다."

"말했잖아, 이 일이 끝나기 전에는 안 돼."

"내가 그놈을 데리고 바다로 가죠."

홍전승이 가만히 듣다가 고개를 끄덕였다.

"배는 내가 준비해주지."

펑정민은 일어서며 바지에 손을 문질렀다. 자리를 떠날 생각이었다.

홍전승이 담배에 불을 붙이며 예리한 눈초리로 펑정민을 쳐다봤다.

"건강검진은 언제 받았나? 규칙이 어떤지 잘 알잖아. 바다에 가고 싶으면 검진을 받아. 회사에서 준비해줄 걸세."

펑정민은 이의를 제기하지 않았다. 바다에 가지 못하면 자신이 얼마나 더 버틸 수 있을지도 알 수 없었다.

7

장더런은 갑작스러운 통지를 받았다. 총통이 그에게 직접 다녀오라고 지시했다. 장더런은 일이 잘되지 않겠다는 느낌을 받았다. 그날 미리 전화로 업무 보고를 했기 때문이었다. 이런 통지를 받는 것은 의외의 상황이 벌어졌다는 뜻이었다. 그것도 장더런이 직접 처리해야 할 상황이.

장더런은 빠른 걸음으로 총통 집무실에 들어섰다. 쑹청우가 훙전승과 마주보고 앉아 있었다. 두 사람은 아마도 한참 대화를 나눈 모양이었다. 더 할 말이 없는지 공기 중에 불안한 침묵이 내려앉아 있었다.

장더런이 신중한 어조로 입을 뗐다.

"각하?"

"장 선생, 마침 당신 이야기를 하던 참입니다."

훙전승이 고개를 들며 느릿느릿 말했다.

"네?"

"제가 어릴 때 개를 한 마리 키웠죠. 우바이伍佰라는 이름이었는데, 아버지가 500타이완달러를 주면 그놈이 시장에 가서 생선을 사왔거든요. 개가 얼마나 똑똑한지 아시겠죠."

장더런은 훙전승이 천칭쉐 때문에 왔다는 것을 금방 눈치 챘다. 훙전승에 대해 아는 바는 적지만 눈앞의 상황으로만 판단해도 자신이 천칭쉐를 비호한 것에 대한 대가를 치러야 할 듯했다.

"훙 회장님, 이해합니다."

훙전승이 손을 뻗으며 그의 말을 막았다.

"우바이가 매일 생선을 사왔는데, 무게가 매번 달랐습니다. 아버지도 그런 것은 신경 쓰지 않았지요. 생선이라는 게 매일 시가가 다르니까. 게다가 그놈도 좀 먹어야 할 것 아니겠어요? 사람이 개하고 시시콜콜 따져서 되겠습니까? 될까요? 응?"

"안 되지요."

"그런데 아버지가 나중에 우바이를 죽였죠. 망치로 여기를……"

홍전승이 손가락으로 미간을 가리켰다.

"쾅 하고 때려서. 왜 죽였는지 압니까?"

"…… 생선을 잘못 사왔군요."

홍전승이 시원하게 웃음을 터뜨렸다.

"쑹 선생님, 당신 집 개가 멍청하진 않네요."

홍전승이 다시 장더런을 향해 말했다.

"우바이가 생선을 잘못 사온 건 아니었습니다. 자기가 먹은 것도 아니었지…… 그놈이 옆집 고양이에게 생선을 나눠주더란 말입니다. 우바이가 죽고 나서 내가 아버지께 물었지. 그렇게까지 해야 했냐고. 아버지도 원래는 큰 문제가 아니라고 하셨어. 그놈이 돼지와 생선을 나눠 먹어도 된다고. 하지만……"

홍전승의 표정이 순간적으로 험악해졌다. 목소리도 확 커졌다.

"그 고양이가 배가 부르니 심심해서 그런가, 우리 집에 와서 오줌 싸고 똥 싸고 잡으면 안 되는 쥐를 잡더란 말이지!"

쑹칭우가 천천히 장더런 쪽을 돌아봤다.

"개와 고양이, 잘 맞습니까?"

"잘 맞지 않습니다."

장더런은 이 질문에 다른 답변은 있을 수 없음을 잘 알았다.

"그럼 가서 개가 해야 할 일을 하도록 하세요."

쑹칭우가 말했다. 홍전승이 미소를 지으며 쑹칭우를 향해 예의 바르게 고개를 숙였다.

리이룽은 홍전슝을 금방 찾았다. 그녀는 전화로 '해안 살인 사건'에 관한 중요한 정보'를 가지고 있다고 음성 메시지를 남겼다. 얼마후 누군가 그녀에게 연락을 취했다.

그들은 홍전슝의 해산물 레스토랑에서 만나기로 했다. 리이룽이약속한 시간에 나타나자 종업원이 그녀를 위아래로 훑어보며 휴대전화를 내놓으라고 했다. 리이룽은 놀라거나 당황하지 않았다. 차가운말투로 후회할 일을 하지 말라고 경고했을 뿐이다.

종업원은 미소를 지우고 건들대던 다리도 멈췄다. 그는 잡동사니상자가 쌓여 있는 공간을 지나 리이룽을 홍전슝 앞으로 안내했다.

홍전슝은 마침 샥스핀 죽을 먹고 있었다. 손짓으로 리이룽에게 앉으라고 한 다음 옆에 있던 직원에게 주방에 일러서 리이룽 몫도 내오라고 했다.

"최고급 샥스핀이니까…… 리이룽 씨, 나 같은 사람이 해줄 일이있습니까?"

"해안 살인 사건에 관심이 많다고 들었어요. 제게 교환하고 싶은물건이 있거든요."

"교환? 우리가 가진 건 전부 목숨 걸고 얻은 것뿐이요."

리이룽이 죽을 한 입 맛보며 말했다.

"이건가요? 당신이 목숨 걸고 얻은 게?"

"하하하하! 무슨 생각인지 알겠군. 하지만 나는 그런 사람이 아니요. 타이완 원양어선이 잡는 상어가 얼마나 되는지 압니까? 전 세계어획량의 2퍼센트에 지나지 않습니다. 하지만 타이완 원양어선의 수와 규모는 세계 1위죠. 그게 무슨 뜻인지 알겠어요?"

리이룽은 두려운 기색 없이 숟가락으로 죽을 떠먹었다.

홍전슝은 그녀가 죽을 삼키는 것을 바라봤다. 빨간 입술에서 가느다란 목을 타고 천천히 아래로 내려갔다가, 다시 천천히 위로 올라와서 그녀의 부드러운 뺨에 도달했다. 탐욕스러운 시선이었다.

"피부가 아주 보들보들해 보이네요. 샥스핀보다 더 보들보들해. 무슨 화장품을 씁니까?"

리이룽은 홍전슝의 경박한 반응에도 우아한 식사를 계속했다.

홍전슝은 그녀가 침착하게 대응하자 더 흥미가 생겼다.

"샥스핀을 먹는 걸 잔인하다고 하죠. 그럼 어묵을 먹으면 잔인하지 않나? 세계적으로 상어를 누가 제일 많이 소비하는 줄 알아요? 스콸렌이라고 들어봤나? 상어의 간에서 나오는 기름인데…… 외국놈들이 화장품으로 써. 얼굴에 바르면 예뻐진다지. 잔인한 게 누구야? 그런데 외국에서 어획 금지라고 하면 정부는 또 들어줘. 진짜로 목숨 걸고 일하는 게 어떤 건지 누가 알까?"

"그렇다고 사람을 죽이면 되나요?"

홍전슝이 음험한 눈길로 리이룽을 쳐다보다가 웃어젖혔다.

"그야 비유죠! 아가씨, 나는 사람을 죽이지 않아요. 하하하하. 대단한 분이시구먼. 재능이 있어. 무슨 일 때문에 당신 같은 아가씨가 목숨을 걸고 나를 찾아왔을까?"

리이룽이 그릇째 들고 죽을 깨끗이 비운 뒤 입을 열었다.

"그 변호인 말예요, 수프리안토라는 증인을 찾아냈어요. 그 사람이 배 위에서 벌어진 일을 증언할 거라던데요."

홍전슝이 크게 웃으며 대꾸했다.

"아니, 왜 다들 그걸 알고 있는 거야?"

리이룽은 자신의 당황한 감정을 숨기려 애썼다. 수프리안토에 관한 건 렌진펑이 그녀에게 말해준 것이었다. 그는 휴대전화의 전원이 꺼져 있었던 그날 밤 일을 설명하면서 흥분을 감추지 못한 채 수프리안토를 만났던 일을 털어놓았다. 리이룽은 셀카 사진을 떠올리며 렌진펑의 열정에 역겨움을 느꼈고 그의 배신에 고통스러웠다.

리이룽이 오늘 여기 온 것은 이 정보를 이용해서 렌진펑이 그토록 중요하게 생각하는 해안 살인 사건을 망치기 위해서였다.

홍전승도 다 알고 있었다니. 그렇다면 남은 방법은 하나뿐이다.

리이룽이 휴대전화를 꺼내서 잠금을 풀었다.

"인도네시아어 통역이 있어요. 국선변호인실의 병역대체요원과 같이 다니죠."

리이룽이 차갑게 덧붙였다.

"그 변호인이란 사람과 양다리일 거예요."

렌진펑과 리나의 친밀한 셀카가 한 장 또 한 장 화면 위를 스쳐갔다. 홍전승이 장난치듯 희롱하던 태도를 바꿔 리이룽을 빤히 쳐다봤다.

"뭘 어떻게 하고 싶은 거지?"

"난 당신이 뭘 어떻게 할지 알고 싶은데요."

홍전승이 다시 냉소했다.

"먹는 거나 신경 써요. 쓰레기는 나한테 맡기고."

9

리나는 베란다에서 옷을 빨다가 어지럼증을 느꼈다. 빨던 옷가지를 내려놓고 가만히 상태가 나아지기를 기다렸다. 별일 아니겠지, 너무 피곤해서 그런 거야. 리나는 그렇게 생각했다. 점심때 시간을 쪼개서 진술 녹음을 들으면 저녁엔 일찍 잘 수 있을 거라고 생각하면서도 어째선지 조금 불안했다. 다음 공판일까지 일주일도 채 남지 않았다. 그녀는 그 전에 번역을 마칠 수 있을지 걱정스러웠다.

저녁 식사 후에 쉬쌍이 나타났다. 커다란 과일 바구니를 들고 있었다. 그날 거실에 앉아서 어머니와 같이 텔레비전을 보면서 리나도 불러서 같이 먹자고 권했다.

"엄마, 다음 달부터 내가 여기 들어올까? 어때? 애도 다 컸고, 거리도 멀지 않으니까."

쉬쌍은 입안에 과일을 잔뜩 넣고 씹으며 눈빛은 텔레비전에 고정했다.

"엄마한테 돈이 좀 있잖아? 요즘 경기가 좋지 않아서 우선 좀 쉬려고 하거든."

할머니는 평소처럼 침묵했다. 리나는 쉬쌍이 하는 말에 집중하기 어려웠다. 피로감을 겨우 억누르면서 오늘 일과가 얼른 끝났으면 좋겠다는 생각만 했다.

"내가 리나를 도와줄 수도 있고. 얘도 얼마나 힘들겠어. 뭐, 어차피 요리하는 건데 나 하나 더 먹는다고 큰일은 아니잖아."

쉬쌍이 떠난 후 리나가 할머니를 침대로 모셔다드렸다. 남은 청소와 정리정돈을 마치고, 한 시간가량 집안일을 더 했다. 리나는 또 어지럼증을 느꼈다. 벽을 짚으며 겨우 자기 방으로 들어간 리나는 갑자기 누어와 대화하고 싶다는 충동이 일었다. 둘이 한참 연락을 못 했다. 최근 며칠간 인도네시아의 시위가 점점 격렬해지고 있어서 누어에게 몇 번 전화를 걸었지만 받지 않았다.

리나는 어지럼증이 조금 가라앉자 페이스북을 켰다. 그런데 누어의 계정에 수많은 추모 댓글이 달린 것을 발견했다. 이상함을 느낀 리나가 인터넷을 검색해보니 인도네시아 현지 언론에서만 불행한 소식을 확인할 수 있었다. 누어는 시위대와 정부의 충돌에서 사고로 목숨을 잃었다. 경찰에게 쫓기다가 육교에서 떨어졌다는데 자세한 상황은 알 수 없었다.

리나는 침대에 쓰러져 소리 죽여 울었다. 그러나 그것도 그리 오래가지 못했다. 리나의 의식은 블랙홀에 빠져들 듯 깊이 가라앉았다.

다음 날, 렌진펑이 찾아왔다. 그들은 이번에도 편의점의 취식 코너에서 만났다.

리나는 렌진펑이 가져온 태국식 버블 밀크티와 인도네시아 새우전병을 봤지만 전혀 식욕이 없었다.

"미안해요. 번역을 다 못했어요."

"괜찮아요. 아직 시간이 있어요. 다음 공판은 수프리안토가 증인으로 나올 거고, 그걸로 끝이 나진 않을 겁니다."

리나는 옆 테이블에 아기를 안은 젊은 엄마가 있음을 알아차렸다. 성별을 판가름하기 어려운 어린 아기가 엄마를 향해 옹알이를 했다. 둥근 눈이 세상에서 가장 아름다운 형상을 찾은 듯 시선이 엄마의 얼굴에서 떠나지 않았다.

리나는 사랑의 집에서 만난 아이들을 떠올렸고, 이어서 압둘아들의 쥐를 닮은 눈도 생각했다.

"그 사람도 예전에는 저런 아기였겠죠."

"누구요?"

"압둘아들. 그리고 우리도."

렌진펑이 건너편의 엄마와 아기를 바라봤다. 외관이나 분위기나 몹시 평범했다. 그는 리나의 마음을 이해할 수 있었다. 압둘아들은 약 7000일 정도를 살았다. 그는 어떤 여정을 거쳐왔기에 무해한 아기에서 살인자가 되었을까. 그건 인도네시아와 타이완 사이의 3700킬로미터가 넘는 거리로도 알 수 없는 이야기였다.

진평은 갑자기 압둘아들이 물고기나 배가 아니라 그 자체로 바다라는 생각이 들었다. 깊고, 기복이 있으며, 소란스럽지만 고요했다. 그를 이해할 수 있을까?

그때 리나가 그의 어깨에 기댔다. 리나의 몸이 호흡에 따라 천천히 오르락내리락하는 것을 느꼈다. 창문 밖의 거리가 조용해졌고 아기의 옹알이 소리는 도리어 또렷해졌다. 태국식 밀크티의 플라스틱 컵에 맺힌 물방울이 탁자 위로 미끄러졌다.

"압둘아들은 죽지 않을 겁니다."

렌진펑이 조용히 위로했다. 리나는 누어가 했던 말을 떠올리며 중얼거렸다.

"사람은 죽고 나면 끝이야. 그러니까 우리는 살아 있는 사람을 위해 노력해야 해."#인

렌진펑은 그 말을 알아듣지 못했지만 무슨 뜻이냐고 묻지 않았다. 그가 리나를 안아주었다. 콧속으로 리나의 머리카락에서 나는 향기가 흘러들었다. 이 다정한 순간에 렌진펑은 오히려 마음이 어수선했다. 품에 안긴 리나의 몸이 몹시 뜨거웠기 때문이다.

10

퉁바오쥐가 농구 경기를 보는데 초인종이 울렸다.

문을 열어보니 옆집 할머니였다. 리나 없이 혼자 움직이신 듯했다.

퉁바오쥐는 얼른 옆집으로 뛰어 들어갔다. 리나는 자기 방 침대에 쓰러져서 덜덜 떨고 있었다. 정신이 흐린 듯했다. 침대 위에 번역하던 진술 기록과 참고자료가 흩어져 있었다.

리나는 퉁바오쥐가 온 것을 알고 더듬더듬 사과했다.

"미안해요. 다 번역하지 못해서……."

퉁바오쥐는 마음이 아팠다. 리나의 이마를 짚으며 체온을 쟀다. 얼른 병원에 가지 않으면 큰일이 날 듯했다. 퉁바오쥐가 리나를 부축하며 말했다.

"괜찮아. 내가 안고 갈게."

퉁바오쥐는 리나를 꽉 안고 골목에서 택시를 잡아 조심스럽게 태웠다.

"잠깐만요! 할머니 한 분이 더 계세요."

응급실 의사가 간단히 검사한 후에 과로와 감기가 겹친 거라고 설명했다. 당장 위험하지는 않지만 병원에서 수액을 맞고 한동안 상태를 지켜보는 것이 좋겠다고 했다. 퉁바오쥐는 병원에서 잠든 리나를 보며 무슨 농담으로 놀릴까 생각했지만, 곧 머릿속에 리나가 지내는 어둡고 좁은 창고 방이 떠올랐다. 리나가 침대에 웅크린 채 진술 기록을 번역하는 모습도 상상했다.

두 평이 못되는 그 공간 안에 일을 제외한 리나의 모든 생활이 총망라되어 있는 것이다.

퉁바오쥐는 할머니와 나란히 응급실 복도에 앉았다. 시간은 벌써 밤 11시를 넘겼다. 할머니를 어떻게 '처리'해야 하나 고민하던 차에 쉬쌍이 다급히 달려오는 게 보였다.

"퉁 선생, 이게 무슨 뜻입니까?"

쉬쌍이 리나가 번역한 원고를 흔들며 성을 냈다.

"왜 얘한테 이런 일을 시킨 겁니까? 왜 우리 집 외국인 노동자를 유혹한 건데요?"

"말조심하시죠."

쉬쌍이 리나의 원고를 찢고 구겨서 한 덩어리로 만들었다.

"얘는 내가 돈을 주고 데려왔어요. 당신이 뭔데 이런 일을 시켜? 우리 엄마한테 무슨 일이라도 생기면 책임질 거야?"

"당신이 고용했다고 해서 리나가 여가 시간을 자기 뜻대로 쓸 수 없다는 뜻은 아닙니다."

"얘는 우리 엄마를 24시간 보살피라고 고용한 거야. 그렇지 않으면 왜 얘를 써? 주 2일 휴일에 명절 상여금도 줘야 하나?"•

"리나도 쉬어야 할 것 아닙니까?"

"쉬는 시간에 이런 걸 하고 있으니까 오늘 이 꼴이 된 거지!"

쉬쌍이 원고를 바닥에 내던졌다. 할머니가 고개를 숙여 빽빽하게 글자로 채운 종이를 들여다봤다. 인도네시아어, 영어, 심지어 간단한 중국어도 있었다. 중국어는 어린아이가 쓴 것처럼 삐뚤빼뚤했다.

"그래, 당신 때문에 피곤해서 쓰러졌는데 어떻게 보상할 거야?"

"돈? 내가 내죠."

"네가 누군지 알아. 뉴스에 나오더군. 법원에서 일하면 다냐? 나도 아는 변호사가 많아. 한 번만 더 우리 집 외국인 노동자한테 집적대면 경찰을 부르겠어!"

퉁바오쥐는 법률로 이런 사람을 어쩌지 못한다는 것을 잘 알았다. 그래서 몸을 돌려 자리를 떠나는 것을 선택했다.

쉬쌍은 그를 곱게 놓아줄 마음이 없는 모양이었다.

• 타이완의 이주노동자는 노동법에 보장된 근무 시간 상한제와 휴가제를 적용받지 못한다.

"꺼져! 걔는 내 거야, 또 오면 진짜 큰일 날 줄 알아!"

11

천칭쉐는 사무실 책상에 기대듯 걸터앉아 뉴스 특보를 들었다.

"오늘 국민재판관 법안이 여당 주도로 3차 법안 심사를 통과했습니다. 가장 쟁점이 되는 부분은 사형평의회의 '다수결' 기준입니다. 사형 제도에 관한 여당의 태도가 보수적으로 바뀌고 있다는 평가가 나오고 있습니다. 사형 폐지를 주장하는 단체들은 여당이 공직자 뇌물 수수 문제를 덮기 위해 이 법안을 이용한다고 비판했습니다……."

장더런이 들어와 천칭쉐를 마주 보고 앉았다.

"내가 경고했었지."

천칭쉐가 머리카락을 쓸어 넘기자 손목의 염주가 잠깐 드러났다.

"훙전슝의 수사를 중단해야 해. 해안 살인 사건에는 더 개입하지 마. 이 자리에 계속 앉고 싶다면."

장더런의 태도는 냉정하고 단호했다.

"법을 무시하라는 건가?"

"이 일에 법만 관련돼 있다면 오히려 단순하지."

"우리가 버티지 않으면 이런 일이 계속될 거야."

"퉁바오쥐도 만나지 마."

"그들의 조건이야, 아니면 당신의 조건이야?"

"다음에는 내가 당신을 보호하지 못할지 몰라."

천칭쉐가 자리로 돌아와 염주를 빼서 손바닥에 올려놓고 무게를 가늠했다. 부담감을 한 꺼풀 벗어버린 느낌이면서 동시에 무언가를 장악하기로 결정한 듯 보이기도 했다.

"어떤 일은 보살님도 어쩔 수 없는 거지, 그렇지?"

장더런은 고개를 돌리고 염주를 보지 않으려 애쓰면서 사무실을 떠났다.

천칭쉐는 장더런의 뒷모습을 보며 차라리 잘되었다고 생각했다. 자신이 가장 중요하게 생각한 목표는 실현할 수 없게 되었지만 대신 일이 훨씬 단순해졌다. 정세를 차분히 따져보면 법무부 장관 자리는 쉽게 교체할 상황이 아니었다. 장더런의 경고는 꽤 진지했지만 당장 그녀에게 문제가 닥칠 리는 없었다. 그렇다면 손안에 패가 남아 있을 때, 그 패가 가치 있을 때 아끼지 말고 사용하는 게 옳다.

천칭쉐는 수프리안토의 자료를 꺼내며 보좌관에게 지시했다.

"증인 보호 프로그램을 시작해."

12

렌진펑은 오늘 저녁 친구를 만나 농구를 하고 야식을 먹었다. 귀가했을 때, 아버지는 거실에서 텔레비전의 시사 토론 프로그램을 보고 계셨다. 평소 아버지는 이 시간에 서재에서 책을 읽지 저런 선정적인 폭로로 점철된 방송을 보는 건 시간 낭비라고 여기셨는데 이상한 일이었다.

"아버지."

렌정이는 대답하지 않았다. 무표정하게 화면만 응시할 뿐이었다. 렌진펑은 뭔가 잘못되었다는 느낌에 텔레비전에서 무슨 이야기를 하는지 제대로 들었다.

화면에는 렌진펑에게 익숙한 사람이 나오는 중이었다. 모자이크를 했지만 퉁바오쥐와 리나, 자신을 알아보지 못할 정도는 아니었다. 프로그램의 표제는 이랬다. "법원의 사내 연애? 사건 밖의 사건? 두 남자 사이의 해안 살인 사건 통역사."

진행자가 과장된 어조로 파파라치가 몰래 찍은 듯한 사진을 가리키며 설명했다. 일상복을 입은 퉁바오쥐가 리나와 같이 쓰레기 수거 차량을 기다리는 모습, 퉁바오쥐가 리나를 안아서 택시에 태우는 모습, 렌진펑과 리나가 공원에서 음식을 나눠 먹는 모습……. 물론 가장 관심을 받는 사진은 리나가 렌진펑의 품에 쓰러지듯 안긴 장면이었다.

패널이 화면을 보며 재미있는 그래픽 노블이라도 읽는 듯 생생하게 이야기를 풀었다. 퉁바오쥐와 리나의 동거설부터 시작해서 렌진펑과 리나가 자주 만나면서 사랑이 싹텄을 거라고 설명했다. 마지막 결론은 리나가 타이완 국적을 취득하기 위해 가짜 직업으로 두 남자와 연결고리를 만들었고, 이들 사이를 오가면서 누가 더 좋은 '신랑감'인지 재고 있다는 거였다. 사법부 전문 기자라는 사람은 퉁바오쥐와 렌진펑의 직업윤리를 언급하며 이 스캔들이 해안 살인 사건에 어떤 영향을 미치게 될지도 모른다고 지적했다.

방송 말미에는 흥미로운 가십거리를 하나 더 던졌다. "젊고 잘생긴 병역대체요원은 타이완대 법학대학원을 졸업한 미래의 판사라고 합니다. 그렇다면 저 인도네시아 여성이 아주 훌륭한 선택을 한 셈이겠죠."

렌진펑의 똑똑한 머리가 텅 비었다. 내가 언제부터 미행당했지?

"내가 이룽의 부모님께 연락을 드렸다. 그분들은 젊은 나이니까 아직 놀고 싶어 하는 것도 이해한다면서 이 일을 더 거론하지 않겠다고 하시더구나."

텔레비전을 무음 모드로 바꾼 렌정이가 천천히 설명했다. 소리가 나오지 않는 텔레비전을 멍하니 바라보던 렌진펑은 세상이 멈추고 자기 심장만 펄떡이는 것 같았다.

"진펑, 재판에는 개인 감정이 들어가는 게 제일 위험하다. 퉁바오쥐의 아버지 일은…… 너에게 말해준 적 없지? 퉁바오쥐를 보면서 내내 뭔가 마음에 걸리더구나. 나중에야 생각이 났는데, 내가 판사가 된 지 얼마 되지 않았을 때의 사건이었어. 바츠먼, 아미족, 선원, 살인, 성씨는 퉁佟. 퉁서우중이 바로 그의 아버지였다."

렌정이가 한숨을 쉬었다. 표정이 더욱 어두워졌다.

"나는 그의 아버지를 동정했단다. 교육은 거의 받지 못해서 힘들고 임금이 낮은 일만 해야 하는 데다 도시로 나와서는 바뀐 환경에 적응하지 못해서 술을 마시고 폭력을 휘둘렀어. 악순환이지. 나는 아주 가벼운 형량을 선고했다……. 퉁바오쥐가 말한 적 없지? 너를 중요한 업무 파트너라고 생각했다면 그 사실을 숨겼을까?"

렌진펑은 고개를 푹 숙였다. 모든 것이 혼란스러웠다.

"내일 새로 발령이 날 거다. 사법원의 행정청이다."

렌정이가 미리 준비해둔 내용을 간단명료하게 전달했다.

렌진펑은 방으로 돌아와 휴대전화를 꺼냈다. 읽지 않은 메시지가 산더미였다. 빠르게 훑어봤지만 리이룽의 메시지도, 리나의 메시지도 없었다. 오히려 퉁바오쥐가 건 부재중 통화와 문자 메시지 한 통이 보였다. "렌우, 되도록 빨리 연락해라."

렌진펑이 이불 속에 파고들었다. 엉킨 생각의 타래가 천천히 풀리고 마지막으로 남은 질문이 머릿속을 맴돌았다.

나는 판사가 될 수 있을까?

13

다음 날, 가십성 기사는 더욱 확산됐다. 퉁바오쥐와 펑정민이 몸 싸움을 벌이는 예전 영상도 다시 수면 위로 올라왔다. 대부분 퉁바 오쥐의 사생활과 인성에 대한 비판의 목소리였다. 비이성적인 여론의 프레임 안에서 퉁바오쥐가 앞선 공판에서 활용한 변호 전략이 얼마 나 훌륭했는지는 논의되지 않았다. 퉁바오쥐가 개인적인 원한을 가 지고 보복했다는 주장에 다 가려졌다.

하지만 리나야말로 매체에서 초점을 맞춘 대상이었다. 아마 절반 쯤은 그녀의 뛰어난 외모 때문일 터였다. 사진 몇 장과 자극적인 제 목만 있으면 순식간에 조회 수가 치솟았다. 리나에 대한 정보가 알려 질수록 여론은 점점 매몰차졌다. 리나가 어떻게 두 남자의 마음을 가 지고 놀았는지 그 수단을 조롱하고 헐뜯는 것은 물론이고 히잡을 썼 다가 벗은 변화에 집중하는 사람도 많았다. 그런 이들은 리나를 종교 적 신념조차 내버린 탕녀로 묘사했다.

어떤 방송 프로그램의 패널은 이렇게 말했다. "무슬림 여성에게 히 잡은 순결과도 같습니다. 그러니 이 여자가 얼마나 단호한 결심을 했 는지 잘 아시겠죠."

쉬쌍은 뉴스를 보고 나서 당장 짐을 싸 어머니 집으로 들어왔다. 그는 리나에게 엄중히 경고하기 위해 특별히 중개 회사에 연락해서 통역해줄 사람을 보내달라고 요청했다.

"다시 한번 이 집에서 나가거나 밖에서 일을 받아서 하면, 또는 그 남자들과 얽히면 당장 계약을 해지하고 널 인도네시아로 돌려보낼 거다!"

중개 회사에서 온 직원이 그대로 통역했다. 그는 한술 더 떠 리나를 훈계했다.

"계약이 해지되면 위약금으로 얼마를 내야 하는지 알아요? 빚을 다 갚은 겁니까? 타이완에서 뭘 해도 인도네시아로 전해지지 않을 거라고 생각하지 마세요! 무슬림 명예를 떨어뜨려선 안 됩니다!"#인

쉬쌍이 직원에게 계속 요구했다.

"우리 엄마한테 무슨 일이 생기면 계약 해지가 아니라 형사 책임을 물을 거라고 전하세요."

"저도 중국어를 알아들어요."

리나가 냉정한 말투로 대꾸했다. 쉬쌍은 그것이 몹시 불쾌했다.

"네가 그렇게 잘났어? 그러면 인도네시아에 가서 변호사를 하지 왜 이런 일을 해?"

"할머니를 돌보는 일 외에 다른 일을 저에게 시키면 돈을 더 주셔야 됩니다."

리나는 자기도 믿지 못할 말을 용감하게 해냈다.

쉬쌍이 놀람과 당황이 섞인 표정으로 중개 회사 직원을 돌아봤다. 그러나 직원도 뭐라고 반박하지 못했다. 어쩔 수 없이 고압적인 태도를 유지하며 말했다.

"그렇게 빡빡하게 따지면…… 쉬 사장님이 계약을 해지할 거예요. 고분고분 협조하지 않으면 누구도 당신을 원하지 않게 된다고요. 그러면 인도네시아로 돌아가야 합니다."#인

리나는 시선을 바닥에 고정하고서 더는 아무 의견도 피력하지 않았다. 하지만 그녀의 고집스러운 표정이 쉬쌍을 화나게 했다.

"히잡을 써! 조신하지 못하게……. 넌 일하러 온 거지 남자를 꼬드기러 온 게 아냐!"

리나는 묵묵히 방으로 돌아가 히잡을 썼다. 그리고 그날 할 일을

시작했다.

14

렌진평은 고등법원 건물에 들어서면서부터 고개를 숙이고 걸었다. 눈으로 보지 않아도 자신을 향한 사람들의 시선을 알 수 있었다. 어젯밤 같은 뉴스가 계속 반복해서 방송됐다. 그의 이름 전체가 공개되지 않았을 뿐, 친한 친구이거나 법원 동료라면 누구인지 충분히 알아볼 터였다.

어려서부터 지금까지 렌진평은 항상 또래 중에서 모범이 되는 쪽이었고 가족의 자랑거리였다. 행동거지가 올바르고 성적이 좋았으며 연애를 해도 남에게 폐를 끼친 적이 없었다. 그래서 이런 전무후무한 상황을 맞닥뜨렸을 때 밀려오는 수치심에 숨이 잘 쉬어지지 않을 지경이었다. 아무리 대단한 이상과 뜻을 품었더라도 지금 이 순간은 인생에 오점이 남을지 모른다는 두려움에 다 가려졌다.

렌진평은 결국 아버지의 신속한 일 처리에 감사하게 되었다. 근무지를 옮기는 것은 폭풍의 중심에서 최대한 빨리 벗어나서 상처를 가장 덜 받는 방법이었다. 사람들 말이 맞았다. 뭐든지 다 가짜고 평안하게 대체 복무를 마치는 것만이 진짜다. 복무 기간이 6개월도 남지 않았는데 이 일로 자기 자신과 가족의 평판을 전부 깎아먹을 수는 없다.

그는 리이룽에 대해서도 미안한 마음이 컸다. 아무 잘못도 없이 이 상황을 같이 짊어져야 하는 것이다. 그와 리이룽을 다 아는 친구들이 그녀를 어떻게 볼까? 렌진평은 리나가 너무 피곤해서 생긴 문제이며 자신은 최선을 다해 거절했다고 설명했다.

"쓰러질 것 같아서 잠깐 기대게 해준 것뿐이고, 나중에는 리나가 혼자서 집에 돌아갔어."

이렇게 말하면 자신의 잘못이 아니라는 점을 확실히 못 박으면서도 중립적이었다. 비록 롄진펑은 자신에게 리나를 좋아하는 감정이 있다는 것을 알면서도 그건 다 과거형이라고 여겼다. 그러니 상황을 바로잡을 기회가 있을 거라고 생각했다. 그는 자신의 거짓말을 진실로 만들기 위해 행동으로 증명해야만 했다.

리이룽은 결국 롄진펑의 사과를 받아주었다. 등을 부드럽게 쓸어주면서 그의 흐트러진 마음을 위로했다.

"나도 미안해. 내가 가끔 유치하게 굴었던 것 같아."

리이룽 역시 거짓말을 하지는 않은 셈이었다.

롄진펑은 고개를 숙인 채로 사무실에 들어갔고, 조용히 자리를 정리했다.

퉁바오쥐는 평소처럼 발을 책상에 올려놓고 신문을 보던 중에 뭔가 말하고 싶어졌다. 농담을 던지든 따뜻한 위로를 건네든 뭐라도 좋았다. 하지만 입이 떨어지지 않았다.

린팡위가 책상을 정리하는 롄진펑을 도와주었고 사무실 입구까지 나가서 배웅했다. 눈빛에서 어디서든 잘 지내길 바라는 마음이 느껴졌다.

롄진펑은 문 앞에서 걸음을 멈추더니 퉁바오쥐를 향해 돌아섰다.

"판결은 피고를 위해 존재한다……. 이 말이 무슨 뜻이에요?"

"말한 사람에게 물어봐."

"바오거가 한 말이에요. 법정에서 말했잖아요."

"네 기억이 틀렸어."

렌진핑은 실망한 마음을 감추지 않으며 물었다.

"변호인님 아버지에 관한 일은 왜 저하고 리나에게 말해주지 않았어요?"

"그 사람이 나하고 무슨 상관인데? 그리고 너한테는 또 무슨 상관이라고?"

"변호인님은 사건에 개인 감정을 넣었고 당신을 따랐던 사람들을 위험하게 했어요. 수프리안토에게 위증하라고 시킨 것은 더 말하지 않겠지만, 리나를 끌어들여서는 안 됐어요. 그건 범죄예요."

"나더러 어떻게 하라는 거야?"

"앞으로 리나에게 통역을 맡기면 안 된다고요."

"그렇게 리나가 걱정되면 직접 그 애에게 말하는 게 어때?"

"우리는 이제 연락하기가 불편해서요."

이 사건은 지금까지 이런 적이 없었다. 퉁바오쥐는 마음이 아팠다.

역시 이 녀석을 단념시키는 것이 좋겠다. 그렇게 생각한 퉁바오쥐가 싸늘하게 대꾸했다.

"리나에게 필요한 건 돈이다. 내가 돈을 많이 주면 돼. 리나 같은 사람들은 돈만 주면 뭐든지 하겠다고 해. 우리는 각자 필요한 것을 얻는 관계야. 아니면, 네가 리나를 먹여 살릴 거냐? 개하고 결혼이라도 할 거야?"

렌진핑은 뺨을 얻어맞은 기분이었다. 퉁바오쥐는 가십거리가 되어 언론에 오르내리는 일이 얼마나 상처가 되는지 잘 알면서 그 일을 가지고 자신을 조롱했다. 이 사람은 미쳤어, 너무 위험해. 렌진핑은 아버지가 한 말을 떠올리곤 자신이 여기를 떠나야 한다는 것을 이해했다.

"네가 떠난다니 잘됐군."

퉁바오쥐가 그렇게 말하면서 렌정이가 선물로 가져온 와인을 가리 켰다.

"이것도 가져가."

렌진펑은 마지막으로 그 와인을 바라보다가 결연하게 국선변호인 실을 떠났다.

15

펑정민은 검은색 가방을 들고 단지 내 광장의 서남쪽 가장자리로 걸어갔다. 이곳에는 듬성듬성 심은 나무 사이에 숨은 오솔길이 있다. 그 길을 따라 언덕을 넘으면 지룽시 원주민 문화회관이 나온다. 한 계단씩 내려가던 그는 평지에 거의 다 왔을 때쯤 걸음을 멈추고 이 길로 오지 말았어야 했다며 후회했다.

거기서 그리 멀지 않은 곳에 알록달록한 빛이 반짝거리고 양치식 물이 무성하게 자란 데가 있다. 거기에 지금은 버려지다시피 한 돌계 단이 있는데, 옛날에 바츠먼 부락의 출입 통로였던 곳이다. 펑정민은 돌계단에서 넘어져서 돈으로 바꿔야 할 술병과 왼쪽 앞니가 깨졌던 일이 기억났다. 계단에 앉아 멍하니 해를 보며 바다에 나간 아버지가 돌아오기만 기다리던 무료한 시간도 떠올랐다. 정펑췬이 살아 있었다 면 그 역시 이 돌계단을 보며 한족 애들과 싸움박질했던 날을 생각 할 터였다.

그는 숨을 깊게 들이마시고 오솔길을 벗어났다.

"르칼, 이쪽이야!"

아나우가 그를 불렀다. 펑정민이 고개를 끄덕였다. 그는 최근 퉁바오쥐를 뒤쫓아 다니느라 한동안 아미족 사람들과 어울리지 못했다. 이후에 할 일을 생각하면 평소처럼 행동하는 것이 필수적이다. 어쩌면 저들이 마침 술을 마시고 있을지도 모른다.

단상 위에 네댓 명이 둘러앉아 있었다. 퉁서우중도 보였다. 잡음이 긴 라디오에서 알아듣지 못할 영어 노래가 흘러나오고, 사람들 주변에 간단한 주전부리와 음료수가 놓여 있다. 술은 없었지만 바오리다 保力達[•]와 헤이쑹샤스黑松沙士[••]가 있어서 펑정민은 둘을 섞어 한 잔 마셨다. 주전부리에는 손대지 않았다.

다들 특별한 주제 없이 아무 이야기나 떠들었다. 관광객 한 팀이 그들이 모여 있는 단상 옆을 지나서 아건나阿根納 폐조선소 쪽으로 갔다. 아나우가 점점 관광객이 늘어난다고 한탄하며 차라리 소시지 구이나 해석화海石花[•••] 얼린 것을 파는 노점을 여는 편이 낫겠다고 했다. 사람들이 제각기 자기 생각을 떠들었다.

"캡틴 아메리카[••••] 때문에 다들 그곳을 알더군."[*]

"광고 봤어?"[*]

"아니."[*]

"완전히 폐허인데 뭐 볼 게 있다고 그러는지."[*]

"점점 쓰레기가 많아져서 큰일이야."[*]

"얼마 전에는 학생들이 거기에 페인트로 뭘 그리려고 하는 걸 잡으러 가야 했어."[*]

[•]   한약재를 주재료로 한 내복약으로 분류되지만 알코올 함량이 8퍼센트가 넘는 '약주藥酒'여서 타이완 사람들이 다른 음료와 섞어 술처럼 마시곤 한다.—옮긴이

[••]   타이완의 유명한 탄산음료.—옮긴이

[•••]   한약재의 하나로, 태형동물 군체가 죽고 남은 젤라틴 체벽이 산호 모양으로 굳어진 것이다.—옮긴이

[••••]   할리우드 영화인 「캡틴 아메리카」의 주연 배우인 크리스 에번스가 2014년 11월에 지룽 아건나 폐조선소에서 광고를 촬영했다.

"주민회에서 관리해야 하나?"*

"그곳이 주민회 구역은 아니지."*

평정민은 사람들의 대화에 끼지 않고 딴생각에 잠겼다. 얼마나 그러고 있었는지 그 자신도 몰랐다. 주변이 조용해져서 평정민이 정신을 차렸을 때, 사람들은 라디오에서 나오는 정각 뉴스를 듣는 중이었다.

"…… 해안 살인 사건에 관한 기사가 최근 많이 나오고 있습니다. 오늘은 익명의 제보자에 의해 국선변호인 퉁바오쥐의 아버지 퉁서우중도 살인죄로 수감된 적이 있다는 사실이 밝혀졌습니다. 놀랍게도 퉁서우중의 사건 역시 선원과 고용주 사이의 임금 분쟁 때문이었습니다. 기사를 접한 시민들은 퉁바오쥐가 해안 살인 사건의 변호를 맡은 저의가 의심스럽다고 입을 모았습니다. 사형 폐지를 지지하는 사람들도 퉁바오쥐가 계속해서 변호를 맡는 것은 적절치 않다는 의견입니다……."

퉁서우중은 묵묵히 들을 뿐 반응이 없었다. 누군가 작게 중얼거렸다.

"이렇게까지 해야 하나? 이름이 다 나오다니, 그게 얼마나 오래된 일인데."*

배를 탄 경험이 있는 다른 사람이 말을 받았다.

"그놈들은 무슨 짓이든 할 수 있지."*

"슝펑 선업 말이야?"*

"야구부고 주민회고, 전부 보조금을 없앴어. 항구 쪽 일거리도 많이 줄었다더군."*

또 다른 사람이 말을 보탰다. 아나운서는 평정민이 불편해할 것을 알아서 얼른 화제를 바꿨다.

"사람을 죽인 그 외국인 놈을 타카라가 굳이 돕겠다고 해선."*

"그래, 타카라 그놈은 우리가 죽든 말든 신경도 안 써. 사람을 죽였으면 벌을 받아야지. 타카라만 아니었어도 이렇게 됐겠어?"*

지금까지 말없이 있던 펑정민이 씹어뱉듯 독하게 말했다.

"그렇다고 아무 상관도 없는 사람을 같이 괴롭힌단 말이야? 그게 무슨 논리냐?"*

"그래, 그런 법이 어디 있냐. 기분 나빠."*

"우리가 무슨 죄라고."*

"니미럴!"

펑정민이 종이컵을 바닥에 내던지며 소리 질렀다.

"온 가족이 다 같이 죽어버려라! 빌어먹을 놈들!"

펑정민이 숨을 헐떡이며 일어섰다. 그는 저주와 욕설을 거듭하며 당황한 사람들을 내버려두고 자리를 떴다.

펑정민은 화낼 이유가 충분했다. 누구도 그의 처지를 이해해주지 않았다. 가까운 친구를 잃은 슬픔 외에도 배 위에서 벌어진 더러운 사건에는 그도 관련되어 있으니 원하든 원하지 않든 슝펑 선업과 운명공동체가 될 수밖에 없다. 게다가 바다에서 다시 일할 기회도 훙전슝의 손아귀에 있다. 그에게는 아내와 아이가 있는데 지금 부락 사람들의 마음이 어떤지 따질 계제가 아니었다. 그는 어떤 선택을 할 것인지 고민하지 않았다. 애초에 선택지가 없었기 때문이다.

오늘 밤에 반드시 모든 문제를 해결해야 했다.

16

퉁서우중은 펑정민의 뒷모습을 보며 40년 전 반쯤 정신을 놓았던 자신을 떠올렸다. 그는 아나우가 해준 이야기를 듣고 황당하기 짝이 없다고 여겼다. 자신이 영웅이라고 생각한 적은 결코 없었다. 누군가 자신을 영웅이라 여겼던 것도 그는 몰랐다. 마음이 이유 없이 불안했다. 며칠 전 대형 마트에서 펑정민을 봤을 때가 생각났다.

그날 퉁서우중은 신선식품 코너를 돌며 저렴한 갈비를 고르던 중이었다. 우연히 펑정민이 좀 떨어진 상품 코너에서 진열대 사이를 왔다 갔다 하는 것을 발견했다. 퉁서우중이 사려는 물건이 있는 쪽이기도 한 터라 겸사겸사 펑정민에게 향했다. 그런데 가까이 갔을 때는 카트만 있고 펑정민은 보이지 않았다. 일부러 보려던 것은 아니었고 어쩌다 시선이 향했는데, 펑정민이 카트에 담은 물건이 좀 이상했다.

밧줄, 박스 테이프, 톱, 세제, 표백제, 대용량 검정 비닐봉지……. 퉁서우중은 조용히 그 자리를 벗어났지만 알 수 없는 기분에 뒤를 돌아봤다. 그때 펑정민이 여행용 가방 코너에 서 있는 것을 발견했다. 여행용 가방? 퉁서우중은 충동적으로 퉁바오쥐에게 전화를 걸었다. 그러나 아들의 목소리를 듣자 원래 하려던 말이 목구멍에 걸려 나오지 않았다.

"그…… 생활비, 이번 달은 안 줬다."

"저소득층 보조금을 받을 거라면서요?"

"닥쳐!"

그날 밤에 퉁서우중이 사찰 입구에서 국수를 사 먹던 중에 퉁바오쥐가 나타났다.

"내가 여기 있는 줄은 어떻게 알고?"*

"돈이 없을 때는 이 집이 제일 좋으니까요."*

퉁바오쥐는 건너편 자리에 앉더니 생활비가 든 봉투를 건네며 툭 내뱉었다.

"이건 아버지가 사세요."*

식당 주인이 국수 그릇을 퉁바오쥐 앞에 놓아주었다. 퉁바오쥐는 일회용 나무젓가락을 뜯어서 후루룩후루룩 소리를 내며 먹었다.

퉁서우중은 퉁바오쥐를 보면서 뭐라고 말하려다 입을 다물었다. 그는 젓가락을 내려놓았다가 도로 들었다. 그러나 결국 국수를 다 먹지 못하고 반 넘게 남겼다.

"그 사건, 끝났냐?"*

"아직 더 해야죠."*

퉁서우중은 몇 번 망설이다가 겨우 한마디 했다.

"조심해라."*

"예?"*

"조심하라고."*

"조심하라고요? 뭘 조심해요?"*

"그 사건을 꼭 해야 하는 거니? 다들 힘들어하고 있어……."*

퉁바오쥐는 아버지가 또 투항을 권유한다고 생각했다. 그래서 귀찮은 기색을 숨기지 않고 대꾸했다.

"아, 그만 좀 하시죠?"

"넌 끝내 네 생각만 하는구나. 그러니까 다들 널 싫어하는 거다."*

퉁바오쥐가 큰 소리로 아버지의 말을 잘랐다.

"그러면 아버지처럼 아부를 떨어야 한다는 거예요? 나는 내 생각만 했기 때문에 여기를 떠날 수 있었어요! 내 생각만 했으니까 아버지처럼 '루저'가 되지 않은 거라고요!"

퉁서우중이 고집스레 입을 꾹 다물었다.

"아버지를 만나면 소화가 안 돼."

퉁바오쥐가 젓가락을 탁 내려놓고 일어섰다.

"앞으로 생활비는 송금해드릴게요. 얼굴 볼 일이 없게."

퉁서우중은 식어버린 자기 몫의 국수를 가만히 내려다봤다.

17

펑정민은 신뎬新店의 제1공동묘지 바깥에 차를 세웠다. 가로등이 비추지 않는 어두운 자리를 골랐다. 그는 천이촨에게 내리라고 손짓했다. 천이촨이 시커먼 바깥을 보며 물었다.

"여기가 도대체 어디입니까?"

펑정민은 지룽에서 출발해 신뎬까지 오는 동안 한마디도 하지 않았다. 표정조차 없었다. 천이촨은 그의 이상한 태도에 불안해졌다. 뒷좌석에 놓인 검은 가방에서 불길한 기운이 느껴졌다. 그는 무의식적으로 담배를 꺼내다가 마지막 남은 한 개비라는 것을 알았다.

"우선 담배 한 갑 사와야겠군요."

펑정민이 검은 가방을 손에 들고 차 문을 잠갔다. 그는 말없이 도로 옆의 좁은 골목으로 들어섰다. 천이촨은 별수 없이 그 뒤를 따라가야 했다. 그들은 공동묘지 외벽을 따라 걸었다. 낡은 공장 터를 지나 3번 국도 고가도로 아래의 어둠을 걸었다. 두 사람이 걸음을 멈춘 곳은 거의 버려지다시피 한 오래된 아파트 앞이었다.

"여기서 뭘 하려는 건지 모르겠지만, 나는 돌아가야겠습니다."

천이촨이 그렇게 말하자 펑정민은 그의 옷깃을 우악스럽게 붙잡고 억지로 아파트 안으로 끌고 갔다. 천이촨은 시큼하고 씁쓸한 탄내를 맡았다. 어두운 복도의 구석진 곳에서 흐린 전등 불빛을 반사하는 혼탁한 눈동자 두세 쌍이 보였다.

"저들에게 우리가 수프리안토를 찾는다고 말해. 말하지 않으면 경찰을 부를 거라고."

펑정민이 천이촨을 눈동자들이 있는 곳으로 밀었다.

그들은 전부 동남아시아 출신의 이주노동자로 보였다. 하지만 그 얼굴에는 적의라곤 없었으며 막막함과 공포심이 더 많다고 느껴졌다. 천이촨이 시킨 대로 말하자 그들이 천천히 길을 내주었다. 펑정민은 천이촨을 뒤에서 밀면서 전진했다. 그들은 반쯤 열린 나무 문을 지나 어두컴컴한 방으로 들어갔다.

어둠에 눈이 좀 적응되자 천이촨은 충격으로 몸이 굳는 느낌을 받았다. 좁은 방 안에 동남아시아 노동자들이 꽉 차게 눕거나 앉아 있었다. 원숭이처럼 2층 침대를 오르내리기도 했다. 바닥에 골판지와 이불을 몇 겹으로 쌓아서 매트리스처럼 만든 잠자리에도 사람들이 빈틈없이 자리 잡고 있었다. 그런 이들도 '사람'으로 칠 수 있다면 말이다.

시고 쓴 탄내는 이 방에서 더 강하게 났다. 거기다 생물이 썩어가는 냄새도 섞였다.

방 안은 고요했다. 펑정민이 뭘 밟았는지 작게 부러지는 소리가 났다.

"우리는 수프리안토를 찾는다."#인

천이촨은 발성 연습을 하는 것처럼 목소리를 높여서 반복해 말했다.

"우리는 수프리안토를 찾는다. 인도네시아 사람이고, 그에게 맡길

일이 있다."#안·

누군가 방 한구석에서 미미하게 움직이는 것이 느껴졌다. 펑정민은 수프리안토를 바로 알아봤다.

"Assalam ualaikum."(당신에게 알라의 평화가 깃들기를.)

펑정민이 수프리안토에게 다가가며 말했다.

"나가서 얘기하자. 괜찮지?"

가로등 아래서 펑정민이 메고 있던 검은 가방을 수프리안토에게 건넸다.

"안에 50만 타이완달러가 현금으로 들어 있다. 법정에 나가지 않는다고 약속하면 그 돈은 네 거다. 그리고 이것도."

천이촨이 얼른 펑정민의 말을 통역했다. 펑정민은 주머니에서 뭔가 꺼내서 수프리안토에게 내밀었다.

그의 여권이었다.

"전제조건은 네가 나하고 같이 가는 거다. 인도네시아로 돌아가. 배는 이미 준비해뒀다. 이 돈이면 인도네시아에 가서 뭐든 하며 먹고 살 수 있을 거야. 아이도 데려가서 키우고."

천이촨이 빠짐없이 통역했다.

펑정민이 아이를 언급했을 때 수프리안토의 눈빛에 경계심이 들어찼다.

"돈을 가지고 나랑 같이 가자. 난 문제를 해결하고 싶을 뿐이다."

수프리안토는 여권을 받아서 주머니에 넣었다. 그런 다음 검은 가방을 열었다. 지폐의 냄새가 훅 끼쳤다. 그가 손으로 돈다발을 천천히 쓸어 만졌다. 그러면 진위를 알아낼 수 있기라도 한 듯이, 지폐에 새겨진 세밀한 무늬를 손끝으로 느꼈다.

"압둘아들은 이미 잡혔고, 넌 그놈을 구할 수 없어. 타이완 법률을 알아? 그들은 네가 하는 말도 알아듣지 못할 텐데, 누구를 믿는다는 거야? 그 변호사? 그 사람에 대해서 뭘 알지?"

그렇게 말하는 펑정민의 말투는 이상할 정도로 따뜻했다.

"우리는 네 아이가 어디에 있는지 알아. 서로 난처해지지 말자."

수프리안토는 검은 가방을 어깨에 메고서 가방끈을 힘주어 붙잡으며 말했다.

"물건, 가지러 갔다 올게요."

펑정민은 수프리안토를 건물 입구까지 따라갔고, 그가 어둠 속으로 사라지는 것을 보며 천이촨에게 말했다.

"이제 가쇼."

"차도 없는데 저더러 어떻게 가라는 겁니까?"

"나는 모르지. 어떤 건 모르는 게 더 낫고."

수프리안토는 아파트로 돌아온 뒤 급히 갈색 배낭에다 몇 가지 물건을 넣었다. 그러다가 압둘아들이 두고 간 잡동사니와 코란경이 눈에 띄었고, 그것도 챙겼다.

수프리안토는 깨친 창문 밖으로 고개를 내밀고 주변을 둘러봤다.

사람이 없다.

그는 창문을 넘을 생각이었다.

18

홍전슝이 혼자 신문실에 앉아 있다. 천칭쉐는 옆방에서 편면경을 통해 그를 관찰하는 중이다.

이곳은 법무부 수사국의 지룽 사무소다. 천칭쉐는 펑춘 16호를 조사한다는 명분으로 홍전슝과 약속을 잡았다. '협조를 구한다'는 형식이었기 때문에 강제력이 없어서 홍전슝은 언제든 이곳을 나가도 된다.

천칭쉐의 진짜 목적은 수프리안토다.

그녀는 이미 증인 보호 프로그램을 시동했다. 법무부 직원이 정해진 시간, 정해진 장소에서 수프리안토를 만나 수사국으로 데려갈 예정이다. 시간을 잘 맞춘다면 법무부에서 곧바로 수프리안토를 심문하여 확실한 증언을 확보하는 즉시 이곳에서 홍전슝을 체포할 수 있으리라는 계산이 깔렸다.

수사국 직원이 들어와 천칭쉐에게 고개를 꾸벅 숙였다.

"증인 쪽 진도는 어때?"

천칭쉐가 물었다.

"이미 출발했습니다."

천칭쉐가 고개를 끄덕이곤 문을 나서며 말했다.

"내가 홍전슝과 얘기를 좀 해봐야겠어."

"장관님?"

"저 사람을 오래 잡아둘 수 없어…… 수시로 진행 상황 보고해."

천칭쉐는 그렇게 말하곤 신문실로 들어갔다. 그녀는 제일 먼저 탁자 위에 놓인 녹음기부터 껐다. 그걸 본 홍전슝이 말했다.

"이건 좀 재미있군요."

"홍 회장님, 유럽연합에서 저희에게 압력을 가하고 있습니다……. 우리 쪽에선 명분이 필요하다는 거죠, 일을 맡았으면 답을 줘야 하니까요."

"그를 찾았습니까?"

"누구를요?"

"이러면 안 되지요. 우리는 서로 허심탄회하게 얘기를 해야 합니다. 아니면 이렇게 할까요. 제가 질문을 하나 해서 장관님이 답을 맞히면, 궁금해하시는 건 뭐든지 다 말씀드리는 걸로요."

"어떤 질문인가요?"

"다랑어잡이 배가 드리운 낚싯줄에 백상아리가 걸렸습니다. 그놈 배에 새끼가 열여섯 마리 들어 있고요…… 선장은 백상아리를 방생해야 할까요, 아니면 항구로 가져와서 한 근에 50타이완달러짜리 어묵으로 만들어야 할까요?"

"타이완은 상어 포획이 금지되어 있습니다. 애초에 잡으면 안 된다는 말이죠."

"하하하, 제가 다랑어잡이 배라고 말씀드리지 않았습니까. 다랑어를 잡으려면 말입니다…… 긴 낚싯줄을 수십 킬로미터나 드리워야 해요. 상어도 미끼를 먹죠, 미끼를 삼킨 다랑어를 먹기도 합니다. 그렇게 해서 걸려 올라온 건 '혼획混獲'이라고 합니다. 고의로 불법 포획을 한 게 아니라는 말이에요. 그러면 어떻게 해야겠습니까?"

"방생해야죠."

"하하하하하, 장관님. 왜 다른 사람을 귀찮게 하실까요? 외국 놈들이 조사하라고 하면 장관님은 시키는 대로 조사하는 사람입니까? 뭘 모르시는군요."

"제가 바다는 몰라도 법은 알지요. 밀수, 어획물 세탁, 선원 학대, 그리고 살인까지. 이런 거 전부 범죄입니다."

"바다를 모르면 아무것도 모르는 겁니다. 이건 전쟁입니다, 장관. 전쟁이라고요."

"전쟁?"

"외국 놈들은 우리에게 옥수수, 밀, 소고기를 팔려고 혈안이 됐어요……. 그러면서 우리가 생선을 잡는 것에 대해서는 별별 트집을 다 잡는다니까요? 이건 현대의 경제 전쟁, 식량 전쟁이에요. 유가도 오르고 임금도 오르고 수산자원은 고갈되고……. 상황이 이런데 타이완 사람 중 몇 명이 이 산업 덕분에 먹고사는지 아십니까? 우리나라 사람도 힘든데 외국인 노동자까지 신경 쓸 수가 있나요?"

"그래서 회장님은 그들을 학대해도 된다고 생각하시는 겁니까?"

"우리는 '국가'가 아닙니다. 외국 놈들은 우리를 '어업 독립체'라고 부릅니다, 피싱 엔터티Fishing Entity! 그거 아십니까? 사고가 나면 아무도 구해주지 않아요. 협상을 하려 해도 손에 쥔 패가 없습니다. 남이 막 끓인 국수를 먹는데 우리는 먹지도 못하면서 뜨겁다고 외치기만 하는 꼴이에요. 이것도 금지, 저것도 금지. 타이완 어민들이 정말 불쌍합니다."

수사국 직원이 문을 두드리고 나서 고개만 슬쩍 들이밀며 말했다.

"장관님, 변호사가 왔습니다."

링딩위안이 뒤따라 나타났다. 그는 신문실 안으로 들어와 훙전슝 옆에 섰다.

훙전슝이 웃으며 어깨를 으쓱했다. 그는 느긋한 태도로 몸을 일으키며 말했다.

"생선을 잘 잡는 건 우리 잘못이 아니죠. 잘못은 우리가 그렇게 하도록 돈을 지불하는 사람이 한 겁니다. 그들은 피를 흘리며 일하지 않고 생선 살을 먹고 생선 기름을 얼굴에 바릅니다."

그는 천칭쉐 옆을 지나갈 때 그녀의 어깨를 가볍게 두드렸다.

"장관, 상어를 잡으면 말이요, 우선 감전시키고 찔러야 해요. 그놈이 죽을 때까지 계속. 배에 새끼가 몇 마리 있든지 간에 죽여야 한다고. 사람 목숨이 상어보다 중요하니까. 그러고 나서 그놈을 항구로 가지고 와야지. 어묵을 만드는 건 아니고, 어업서에 과학 연구용으로 제공하면 됩니다. 그건 법률에 규정된 거요. 법을 잘 안다고 했잖소?"

홍전슝이 크게 웃으며 신문실 밖으로 나가는 순간 천칭쉐의 휴대 전화가 울렸다.

"장관님, 남은 체면이라도 유지하려면 사흘 내로 직접 사임하시기 바랍니다."

장더런의 목소리가 멀고 공허하게 들렸다.

"나를 교체할 이유를 찾지 못할 텐데요."

장더런이 가볍게 코웃음을 쳤다.

"장관님, 이렇게까지 할 가치가 있습니까?"

천칭쉐가 대답하기도 전에 장더런이 먼저 전화를 끊었다.

수사국 직원이 천칭쉐에게 다가와 귓속말로 보고했다.

"장관님, 현장에서 연락이 왔습니다. 증인의 신병을 확보하지 못했다고 합니다."

천칭쉐가 가볍게 고개를 끄덕였다. 너무 작은 동작이라 거의 알아보기 힘들 정도였다.

19

엘리베이터에서 내리는 리나를 누군가가 불렀다.

퉁바오쥐가 계단참에서 고개를 쏙 내밀더니 가까이 오라고 손짓했다. 리나가 다가가자 돈이 든 봉투를 내밀었다.

"그동안 일해준 보수야. 여기 전부 넣었어."

리나는 봉투의 두께만 보아도 금액이 대충 짐작되었다.

"이렇게 많지 않아요."

"통역사 임금은 원래 이 정도가 맞아. 그동안 내가 널 속인 거지."

퉁바오쥐가 목소리를 최대한 낮추고, 그러나 어떻게든 간단명료하게 전달하려 애쓰면서 말을 이었다.

"다음 공판일은, 법정에 오지 않아도 돼."

리나는 봉투를 꼭 움켜쥐고 고개만 숙였다. 자기가 법정에 갈 수 없다는 것은 그녀도 잘 알았다. 그때 퉁바오쥐가 종이 한 장을 더 건넸다.

"이것 좀 번역해줄래?"

퉁바오쥐가 타이베이 구치소에 도착했을 때, 마침 죄수 호송차 한 대가 정문을 지나고 있었다. 경비원이 퉁바오쥐에게 호송차가 통과할 때까지 잠시 기다리라는 손짓을 했다. 호송차는 차체의 색이 어둡고 창문도 강철로 막아놓았다. 마치 비밀을 숨긴 거대한 금속상자처럼 보이는 호송차가 뜨거운 햇살 아래서 천천히 그리고 소리 없이 문을 지나갔다.

퉁바오쥐가 면회 신청을 하자 안면을 익힌 교도관이 물었다. 이번에는 혼자 오셨네요?

"네, 혼자 왔습니다."

"인도네시아 말을 잘하시나 봐요."

"그냥 타이완어로 소통할 겁니다."

퉁바오쥐는 전과 달리 한가하게 잡담을 할 생각이 없었다.

얼마 후 교도관이 압둘아들을 데리고 접견실로 왔다. 퉁바오쥐가 일어서 인사했다.

"Assalam ualaikum."(당신에게 알라의 평화가 깃들기를.)

압둘아들이 아무 반응도 보이지 않자 한마디를 덧붙였다.

"Wes warek?"(밥은 배불리 먹었나요?)#자

이번에 압둘아들이 느릿느릿 고개를 끄덕이지 않았다면 퉁바오쥐는 계속 말할 용기를 내지 못햇을 것이다. 그가 주머니에서 꾸깃꾸깃 접힌 종이를 꺼냈다. 침을 꿀꺽 삼킨 퉁바오쥐가 종이에 적힌 자바어 발음을 천천히 읽었다.

"우리는 수프리안토를 찾았습니다. 그가 당신이 잘 지내는지 안부를 물었습니다. 올해 축구 경기에서 인도네시아팀이 이겼다고 합니다. 1등을 했습니다. 수프리안토는 잘 지냅니다. 그의 아이도 잘 지냅니다. 타이완 사람들이 아이를 잘 돌봐줍니다……."#자

퉁바오쥐는 아주 느리게 한 글자씩 발음했다. 잘못 발음했다고 생각되면 그 부분을 다시 읽었다.

"수프리안토가 당신을 위해 증언해주기로 했습니다. 배 위에서 무슨 일이 있었는지 전부 말해줄 것입니다. 나쁜 놈들은 대가를 치러야 합니다. 그들에게 알려줘야 합니다. 그들이 잘못했다는 것을요."#자

퉁바오쥐는 마지막까지 읽은 다음에 종이를 압둘아들의 손에 쥐어주었다.

"메카는 서쪽에서 조금 남쪽으로 치우친 곳에 잇습니다. 태양이 지는 곳입니다."#자

압둘아들이 고개를 숙여서 종이를 들여다봤다. 맨 아래에 퉁바오쥐가 타이완, 인도네시아, 메카를 그려서 상대적인 위치를 표시해놓았다.

압둘아들의 눈이 촉촉해졌다. 그러나 퉁바오쥐는 그가 뭔가 말해줄 거라고 기대하지 않았다.

20

통서우중은 한밤중에 깨어났다. 또 같은 꿈이다. 자신이 방에서 침대에 누워 있다는 것을 확인하고서야 긴장이 풀렸다. 침대 옆의 판자에 세게 부딪힌 손이 욱신거렸다.

그는 어둠 속을 더듬더듬 걸어서 부엌에 갔다. 손에 잡히는 대로 맥주병을 쥐고 들이켰다. 자동차 불빛이 베란다를 스쳤고, 엔진이 꺼지는 소리가 들렸다. 소리가 나는 곳을 내다보니 펑정민이 그의 집이 있는 아파트 건물 아래에 차를 대고 트렁크를 정리하는 중이었다. 각도 때문에 통서우중은 차 트렁크에 든 것이 무엇인지는 보지 못했다. 하지만 그게 무엇이든 내려가서 확인해야 한다는 생각이 들었다.

펑정민은 통서우중을 보자마자 얼른 트렁크를 닫았다. 빠른 동작이었으나 통서우중은 트렁크에 커다랗고 새것인 여행용 가방을 봤다. 통서우중이 물었다.

"어디 가나?"*

"바다에요."*

"그들이 가게 해줬어? 축하할 일이군."*

"뭐하러 나왔어요?"*

"잠이 안 와서."*

통서우중이 손에 든 맥주를 보여주며 펑정민 쪽으로 접근했다.

"교회에서 너를 본 지 오래됐다."*

"일이 좀 있어서요."*

"넌 여전히 하느님을 믿는 거냐? 저번에 부본당 신부님이 종교는 사형에 반대한다고 그러시더라. 옛날 아미족도 사형이라는 건 없었다더군. 죄는 누구나 짓는 것이니 돼지로 배상하면 된다고 했다. 살인

을 해도 목숨으로 갚는 것이 아니었다고. 네 생각은 어때, 그게 좋은 걸까?"●*

"무슨 말을 하고 싶은 겁니까?"*

"널 도와주고 싶다. 뭐든지 할 수 있어. 돈만 좀 주면 돼."*

퉁서우중이 농지거리를 하던 태도를 싹 지우고 펑정민에게 물었다.

"훙전슝이 너에게 뭘 시켰니?"*

펑정민이 표정을 일그러뜨리며 퉁서우중을 밀쳤다.

"루우, 괜한 일에 끼지 마세요."*

"사람을 죽였어?"*

펑정민의 숨소리가 돌연 묵직해졌다. 그 피로감이 다시 피어올랐다. 펑정민이 주머니에 손을 넣고 약봉지가 있는지 확인했다.

"나는 죽여봤다. 기억해? 다들 내가 의리 있다고 했지. 하하하……. 나는 돈 때문에 그런 건데 말이다! 누가 돈을 주면서 선주를 죽여달라고 했어. 난 이유도 묻지 않았다. 어차피 그놈은 살 가치가 없었으니까."*

퉁서우중의 목소리에 사악한 기운이 서렸다.

"훙전슝에게 말해라. 나한테 돈을 주면 뭐든지 다 할 거라고."*

펑정민은 고개를 돌리고 차에 탔다. 거칠게 차 문을 닫은 그는 시동을 걸려고 했지만 손이 떨려 열쇠를 제대로 꽂지 못했다. 두 번째에서야 시동을 걸고 액셀러레이터를 밟았다. 자동차 엔진의 시끄러

● 아미족의 신앙은 부족 내에서 범죄가 발생하면 천신과 조상의 영령에게 미움을 받는다고 본다. 그렇게 되면 신령이 언제든지 해당 부족의 구성원 중 누구든지 벌할 수 있기 때문에 부족의 수장이 돼지를 잡아서 제사를 지내는 것으로 신령의 분노를 잠재우고 부족의 평안을 기원한다. 이런 종교적 믿음은 차차 아미족의 관습법을 형성했다. 어떤 범죄든 돼지 혹은 소를 배상하면 된다. 죄를 지은 자가 배상할 능력이 없으면 그 씨족이 돈을 모아서 배상했다. 범죄에 대해 공동 책임을 지는 것이다.

운 소리가 조용한 아파트 단지를 울렸다.

퉁서우중은 멀어지는 차를 보며 마지막 남은 한 모금의 맥주를 털어 마셨다.

21

펑정민은 여행용 가방을 갑판 위로 끌어올린 뒤 선실 벽에 기대 숨을 골랐다. 호흡이 좀 안정되자 그는 냉동고를 열었다. 차가운 기운이 훅 끼쳤다. 그는 냉동고 앞에 서서 찬바람을 쐬었다. 춥다는 생각이 들 때쯤에야 벽에 걸린 방한복과 장갑을 착용했다.

펑정민은 가방을 끌어다 냉동고 안으로 밀었다. 갑판이 울퉁불퉁해서 가방이 몇 번이나 덜컥거렸다. 그럴 때마다 펑정민은 폭력적으로 가방을 잡아당겼다. 가방은 그렇게 냉동고 깊숙이 사라졌다. 펑정민은 나지막이 욕설을 뱉었다. 뭔가를 잊고 가져오지 않은 모양이었다. 냉동고에서 나와 방한복을 벗는 것이 보였다.

퉁서우중은 어둠 속에 숨어 관찰했다. 펑정민이 배에서 내려 어디론가 가는 것을 확인한 뒤에 갑판 위로 기어 올라갔다. 경험이 그에게 말해주고 있었다. 이 배는 이상하다. 일반적으로 이 정도 크기의 원양어선이라면 당연히 외국인 선원이 머물고 있어야 했다. 적어도 선주가 고용한 불량배들이라도 와서 배를 지켜야 했다. 그런데 이 배에는 사람의 기척이 없다.

배의 겉면을 기어 올라가는 퉁서우중의 손바닥에 미약한 진동이 느껴졌다. 발전기가 돌고 있다는 뜻이다. 항구에 정박한 배에서 전력을 써야 할 이유가 뭘까?

냉동고.

퉁서우중은 능숙하게 갑판까지 올라왔다. 갑판에 놓인 방한복을 보고는 냉동고의 문을 열고 들어갔다.

돛을 만드는 데 쓰는 두꺼운 천을 챙겨서 배로 돌아온 펑정민은 냉동고 문이 반쯤 열려 있는 것을 발견했다. 아까 닫은 것이 분명한데 말이다. 주변을 둘러봤지만 눈에 띄는 것은 없었다. 펑정민은 방한복을 다시 입고 냉동고에 들어가려 했다. 그때 갑판에서 뭔가 이상한 소리가 들렸다. 펑정민은 냉동고 문을 닫고 방한복을 벗었다. 그는 작살을 하나 챙겨 들고 갑판 2층을 살펴보러 갔다.

오늘 밤 반드시 모든 문제를 해결해야 한다.

22

리나는 새벽 5시 30분에 일어났다. 옷을 챙겨 입고 히잡을 썼다. 사전과 노트를 배낭에 넣은 다음, 빨아야 할 옷이 쌓였다는 데 생각이 미쳤다. 리나는 베란다에 가서 빨랫감을 세탁기에 집어넣었다.

공판이 열리는 시각까지 4시간 30분 남았다. 리나는 법정에 가기로 마음을 군혔다.

쉬쌍이 이 집에 들어온 뒤로 리나의 일거리는 두 배가 되었다. 게다가 낮이고 밤이고 쉬쌍의 질 나쁜 행동거지를 경계하고 피하느라 피곤했다.

얼마 전에는 리나가 목욕을 하고 창고 방으로 돌아오는데, 쉬쌍이 그녀의 침대에 앉아 있었다. 그는 이 방이 너무 덥고 습하다면서 에어컨을 설치해야겠다고 떠들어댔다. 리나는 방문 옆에서 꼼짝도 하지 않고 서서 어떻게 말을 해야 하나 고민했다. 한동안 대치 상태였다가 쉬쌍이 먼저 일어나서 방을 나갔다. 리나 옆을 지나가던 쉬쌍은 깊이 뉘우치는 듯한 목소리로 사과했다. 저번에는 내가 너무 무섭게 굴었지, 집에서는 히잡을 쓰지 않아도 돼.

"돈이 모자라지는 않니?"

그렇게 말하며 쉬쌍이 리나의 팔을 잡고 자기 쪽으로 끌어당겼다.

"내가 도와줄게."

리나는 쉬쌍을 밀쳐내려 했지만 술에 취한 남자의 힘을 이기기 힘들었다. 리나는 강제로 그의 방에 끌려갔다. 그녀는 두려워 미칠 것 같았다. 하지만 목소리가 나오지 않았다.

그때 할머니의 여린 목소리가 들렸다. 흐릿하게 거실 쪽에서 소리가 났다.

쉬쌍이 손을 놓았다. 리나는 자기 방으로 달려가서 온몸으로 잠금장치가 없는 그 방의 문을 막았다. 얼굴에는 아직도 쉬쌍의 술 냄새가 풀풀 나는 콧김이 느껴지는 듯했다. 리나는 울지 않았다. 그저 몸이 떨릴 뿐이었다.

자신을 구해줄 사람이 없다는 사실을 잘 알았다. 리나는 타이완 법률을 알게 될수록 자기가 이곳에서 무엇도 아니라는 것을 절감했다. 퉁바오쥐와 렌진핑을 믿을수록 상황은 그들이 말한 것과 다르게 흘러갔다. 압둘아들의 처지가 그랬고, 리나의 처지 역시 그럴 터였다.

리나는 누어의 명랑한 웃음소리가 그리웠다. 누어와 함께 추구하던 이상도 그리웠다. 그리고 이 세상이 가치 없다는 생각을 하기 시작했다. 리나는 해안 살인 사건에 참여한 이후 처음으로 분노를 느꼈다. 공포와 당혹이 아니었고, 슬픔도 아니었다. 분노였다. 어떤 일을 겪었기에 압둘아들은 망설임 없이 사람을 죽이게 되었을까? 얼마나 더 고난을 겪어야 정의에도 가격표가 붙어 있음을 밝힐 수 있을까?

압둘아들에게는 자신뿐이고, 자신에게도 압둘아들만 남았다는 것만이 리나가 유일하게 확신하는 사실이었다.

그녀는 법정에 가기로 결심했다.

세탁기를 돌리고, 리나는 방으로 돌아왔다. 배낭을 들고 또 시계를 봤다. 아직 멀었다. 어쩌면 아침밥을 차려놓고 가는 것이 좋을지도 몰랐다. 리나는 조용히 부엌으로 가서 냉장고를 열고 식재료를 꺼냈다. 죽을 데우고 청경채를 볶은 뒤, 달걀찜을 만들었다. 할머니가 제일 즐겨 드시는 간장 절임 채소가 떨어졌다는 것을 발견했다. 지금이라도 편의점에서 가서 한 병 살까? 쉬쌍은 자기 어머니가 어떤 종류의 간장 절임을 좋아하는지 알까? 리나가 떠난 후에 쉬쌍이 할머니를 돌볼 수 있을까? 리나가 했던 것만큼 하려면 며칠이나 걸릴까? 인도네시아로 돌아가면 중개 회사에 빚진 돈을 어떻게 갚아야 할까? 가족들에게는 뭐라고 설명한담……

그때 쉬쌍이 일어났다. 침대에서 내려와 거실 쪽으로 나오는 소리가 들렸다. 왜 이렇게 일찍 깼지? 너무 늦었을까.

공판 시작 시각까지 3시간 남았다.

23

오늘 렌진펑은 휴가를 냈다.

물론 렌정이가 그렇게 하라고 했다. 렌진펑이 사법원으로 발령받았다곤 해도 고등법원과는 벽 하나를 사이에 두고 붙어 있다. 해안 살인 사건의 공판이 열리는 날이니 되도록 엮이지 않게 조심하는 것이 옳다.

렌진펑은 텅 빈 기숙사에 혼자 남아서 자기가 지금 무엇을 하는 건지 모르겠다고 생각했다. 그는 농구장에 가서 드리블 동작을 연습했는데 잘되지 않았다. 슛 자세도 뻣뻣했고 손목 역시 계속 많이 꺾였다. 결국 농구 연습을 그만둔 렌진펑은 휴게실로 돌아와 텔레비전 뉴스를 틀었다.

기숙사에는 아무도 없다. 뉴스로 공판 소식을 접하는 것이야 괜찮겠지. 렌진펑은 그렇게 생각했다.

공판이 열리는 시각까지 2시간 남았다.

24

퉁바오쥐는 국선변호인실에서 법복을 챙겨 입은 다음 린팡위에게 재미있는 이야기를 들어보겠느냐고 물었다.

"어느 날 재판이 열렸는데, 피고가 늦게 도착한다고 연락이 온 거야. 피고를 기다리는 동안 검사, 판사, 변호사가 누가 제일 재미있는 농담을 하는지 내기했습니다. 판사가 먼저 '무죄 추정'이라 말했고, 다들 웃음을 터뜨렸겠지? 이어서 검사가 '수사 비공개'라고 말했고, 더 큰 웃음소리가 나왔습니다. 그다음에 변호사는 '변론의 윤리'라고 말했고, 이제 세 사람은 웃느라 숨을 헐떡일 지경이 됐습니다. 자, 그때 막 법정에 도착한 피고가 뭐라고 했을까요? '판사님, 저는 억울합니다!' 하하하!"

"마지막 피고의 말은 농담이라고 볼 수 없어요. 자기 죄를 증언하지 않는 것은 피고의 권리라고요."

"눈물이 섞인 웃음이라고 하면 안 될까나?"

"그럼 국선변호인의 농담은 뭔데요?"

"국선변호인은 법원에서 가장 열심히 일하는 직원입니다. 그들은 절대 농담 같은 것을 하지 않습니다."

린팡위는 퉁바오쥐가 사무실을 나서는 뒷모습을 보며 그가 지금 얼마나 불안한지 알 수 있었다. 조금도 재미있지 않았던 우스갯소리 때문에 그렇게 생각하는 것은 아니었다. 린팡위는 지금까지 퉁바오쥐가 공판 시작 30분 전에 법정에 가는 것을 본 적이 없었다. 처음 있는 일이었다.

25

리나는 쉬쌍이 발을 질질 끌며 침대로 돌아오는 소리를 들었다. 그는 그냥 일어나서 화장실에 다녀온 것이었다.

리나는 부엌 바닥에 무릎을 꿇고 소리 없이 울었다. 방금 도망갈 수 없다고 생각했을 때 리나는 마음이 편안해지는 것을 느꼈다. 줄곧 외면하던 감정이 터졌다.

이 일을 하지 못하게 된다면 미래가 어떻게 될까? 할머니에게는 리나가 필요하다. 고향의 어머니도 그렇다. 이기적으로 행동하는 건 잘못이 아니다. 게다가 리나는 정말 최선을 다했다.

압둘아들도 이해할 것이다. 그럴까?

리나는 할머니가 부르는 소리를 듣고 얼른 눈물을 닦았다.

압둘아들, 미안해요. 나는 갈 수 없어요.

리나는 할머니를 부축해 일으키려고 어깨와 팔을 부드럽게 잡았다. 리나에게 기대어 할머니가 일어설 수 있도록 도우려는 것이었다. 그러나 할머니는 평소처럼 리나의 동작에 맞춰주지 않았다. 할머니는 손을 베개 아래에 넣었다. 리나는 할머니를 안아서 일으키려고 했지만 할머니가 손을 내저으며 거절했다. 할머니는 계속해서 베개만 만졌다.

리나는 베개를 들어 올렸다. 시트 안에 뭔가 숨겨져 있었다. 시트를 들추자 할머니가 뭘 보여주려 하신 건지 알게 됐다. 쉬쌍이 병원에서 찢어버렸던 번역 원고가 시트 아래에 숨겨져 있었던 것이다. 갈기갈기 찢겼던 종이를 정성스럽게 맞추고 붙여서 글자를 읽을 수 있게 해놓았다.

할머니가 손을 뻗어 리나의 눈물을 닦아주었다.

26

방청을 온 사람들이 법정에 한 명 두 명 들어왔다. 퉁바오쥐는 복도에서 아나우와 아미족 사람 몇 명과 마주쳤다. 그러나 평정민과 퉁서우중이 보이지 않았다. 이상한 기분이 들었다.

안내요원이 복도를 돌아다니며 수프리안토의 이름을 불러서 퉁바오쥐가 정신을 차렸다.

수프리안토가 아직 나타나지 않았다.

서기관이 나와서 퉁바오쥐에게 말했다.

"변호인, 곧 개정합니다. 먼저 들어가시죠."

"잠깐만요."

"재판장님이 기다리고 있습니다."

"나도 알아요."

"판사가 이미……"

"내 증인이 아직 안 왔단 말입니다!"

서기관은 어쩔 수 없이 법정으로 도로 들어갔다.

아나우가 머뭇거리며 퉁바오쥐에게 다가왔다.

"타카라, 그…… 혹시 알고 있는지 모르겠는데, 루우가 바다에 빠졌다가 오늘 아침에 발견되었어. 지금은 병원에 계신데 의식이 없어서 치료를……."*

퉁바오쥐의 머릿속이 하얗게 변했다.

퉁바오쥐는 방금 휴대전화에서 확인하지 않은 음성 메시지 한 통이 있었던 것이 기억났다. 얼른 음성 메시지를 열었더니 어젯밤 늦은 시각에 온 것이었다. 퉁서우중이 어딘지 실외에서 전화한 듯했다. 그러나 주변은 조용했고, 익숙한 파도 소리와 바람 소리가 들렸다.

"너, 어디냐? 전화 받아라, 멍청아!"*

이게 무슨 뜻이지?

경찰이 압둘아들을 데리고 나타났다. 그들은 퉁바오쥐를 지나 법정으로 들어갔다. 안내요원이 마지막으로 참석자들을 호명했다. 수프리안토는 여전히 오지 않았다.

"재판장님, 공판 연기를 요청합니다. 중요한 증인이 출석하지 못했습니다."

퉁바오쥐가 법정에 들어오자마자 바로 손을 들고 요청했다. 류자형이 곧바로 반박했다.

"그런 사람이 존재하는지도 확실하지 않습니다. 이건 유령 변론입니다."•

재판장이 퉁바오쥐에게 물었다.

"출석하지 못한 증인 외에 더 조사할 증거가 있습니까?"

"저희는 2차 정신 감정을 요청합니다."

"그 일은 재판부에서 이미 설명했습니다. 새로운 사실 증거나 자료가 없다면 재감정을 할 이유가 없습니다."

"오늘 출석할 예정이었던 증인이 바로 새로운 사실 증거입니다. 그는 피고와 같은 원양어선에서 일하며 오랫동안 알고 지낸 사이입니다. 피고의 심신 상태를 증명하고 범행동기를 증언할 수 있습니다."

"하지만 증인이 출석하지 않았잖아요."

"조금 더 기다려주실 수는 없습니까? 사람 목숨이 달린 일이라고요!"

"법원에서는 변호인의 요구사항에 대하여 여러 차례 양보해왔습니다. 그러나 국선변호인은 법정 안에서든 밖에서든 매우 실망스러운 모습을 보이고 있습니다. 통역도 법원에서 임시로 대체인력을 구해 데려와야 했어요. 당신은 정말로 피고의 권리에 관심이 있는 겁니까?"

재판장은 기분이 크게 상한 듯했다. 그가 다시 말을 이었다.

"그 증인의 존재를 어떻게 증명할 겁니까? 타이완에서 출국했다는 자료는 없지만 정확한 외국인 등록 서류도 없는데 법원에서 어떻게 판단해야 하죠?"

"제가 증명할 수 있습니다!"

사람들이 소리가 난 곳을 향해 고개를 돌렸다. 리나가 거기에 서 있었다.

리나는 줄곧 뛰어온 듯 숨을 헐떡였다. 리나가 이마에 맺힌 땀방

● 피고가 사건 발생 후에 범행 자체를 이미 사망한 자 혹은 존재를 증명할 수 없는 자에게 덮어씌우는 것을 '유령 변론'이라고 한다.

울을 닦으며 결연하게 외쳤다.

"저는 수프리안토를 만났습니다. 진짜 있는 사람입니다."

퉁바오쥐는 리나의 단단한 의지를 보며 저도 모르게 기쁨과 뿌듯함을 느꼈다. 리나가 법정까지 오기 위해 어떤 희생을 감당해야 했는지 퉁바오쥐는 누구보다 잘 알았다.

"통역사, 당신은 아마도 법률을 잘 모를 겁니다."

재판장이 천천히 설명하려 했다.

"위증죄. 저는 거짓말을 하지 않았어요. 위증죄가 아닙니다."

"당신의 행동은 통역사의 윤리를 위배한 것입니다. 나는 당신에게 퇴정 명령을 내릴 수 있습니다."

재판장은 리나의 말에 전혀 동요하지 않았다.

"증인 수프리안토에 대한 신문은 철회합니다. 증거 조사 절차가 종결되었습니다. 이제 구두변론을 시작하겠습니다."

리나가 고개를 떨궜다. 소용없는 짓이었다. 전부 헛수고였다.

27

변론 절차는 형사소송의 마지막 단계다. 검찰과 변호인이 사실과 법률에 대해 번갈아 변론을 진행한다. 그런 다음 양형에 대한 의견을 제시한다.

사실과 법률에 대해서 양측은 상반된 의견이었다. 류자형은 증언과 현장 증거를 상세히 나열하면서 압둘아들의 살인이 계획적이고 잔인하다고 추론했다. 퉁바오쥐는 절차의 문제부터 출발해 압둘아들의 심신 상태가 형사소송을 이해할 수 없는 상황이니 마땅히 소송을 중지해야 한다고 주장했다. 마지막으로는 검찰이 증거를 바탕으로 주장한 내용은 합리적인 의심조차 전혀 하지 않는 수준이었다고 강조했다.

양형에 대해서 류자형은 정신 감정 결과를 근거로 압둘아들의 정신 상태가 정상이라고 여겼다. 그러므로 연이어 세 명을 살해하고 심지어 그중에는 유아도 있었는데도 전혀 뉘우치지 않았으며 범죄사실에 대한 사죄 또한 없었기에 극형이 응당하다고 말했다. 류자형은 사건 현장의 사진, 혈흔, 흉기, 시체가 누운 자세, 해부학적 증거 등을 스크린에 띄우고 설명하다가 마지막에는 정펑췬 세 식구가 생전에 함께 찍은 사진까지 보여주었다.

류자형은 엄숙한 표정과 단호한 어조로 말했다.

"마지막으로, 우리는 사실 간단한 질문 세 개에 답하면 되는 것이라 생각합니다. 누가 사람을 죽였는가? 왜 죽였는가? 어떻게 처벌해야 할 것인가? 앞의 두 질문에 대해서는 증거가 산더미처럼 있지요······. 그렇다면 마지막 세 번째 질문은 어떨까요? 다들 피고석에 앉은 자를 봐주십시오."

압둘아들은 자신을 가리키는 말에도 전혀 반응하지 않고 담담하게 류자형을 바라봤다.

"만약 살인을 목숨으로 갚아야 하는 것이 정의가 아니라면 아무런 뉘우침도 없는 사람을 용서하는 것 역시 정의는 아닐 것입니다. 사형이 유일한 해결책이 아닐지 모르지만 하나의 가능성이기는 합니다. 다만 이 사건에서 저는 두 번째 가능성을 생각해내지 못했습니다."

류자형은 조용히 검사석으로 돌아갔다.

이제 변호인 차례다. 퉁바오쥐에게 절차상으로 마지막 발언 기회였다. 이 변론을 위해 퉁바오쮜는 마음속으로 여러 번 시뮬레이션을 해왔다. 하지만 오늘 벌어진 모든 일이 그의 예측을 벗어났다. 퉁바오쮜는 뭔가를 해야 했고, 최대한 가벼운 형량을 얻어내야 했다. 문제는 새로 정신 감정을 하지 못했고, 수프리안토의 증언도 없다는 것이다. 지금 퉁바오쮜는 그저 말만 해야 하는 상황이었다.

왜 그랬는지, 퉁바오쮜는 옛날 일이 떠올랐다.

아버지의 판결이 나오던 날 밤, 어머니는 여러 음식과 술을 준비해 상을 차렸다. 식사를 하기 전 기도를 하는데, 어머니는 하느님에게 감사를 올렸다. 아버지가 사형을 선고받지 않고 목숨을 건진 것이 당신의 돌보심 때문이라고 했다. 퉁바오쮜가 물었다.

"그럴 거면 하느님은 왜 우리한테 돈을 주지 않으세요?"

"어떤 사람은 돈도 없고 목숨도 잃잖니."*

퉁바오쮜는 더 말하지 않았다. 그런 사람을 여럿 알고 있었기 때문이다.

마지막 변론을 앞둔 퉁바오쮜는 고개를 숙이고 한참 입을 열지 못했다. 재판장이 성질을 누르며 물었다.

"변호인, 이견이 있습니까?"

퉁바오쮜는 일어서서 책상에 펼쳐놓은 사건 기록을 내려보다가 탁 덮어버렸다. 손으로 얼굴을 문지르는 그의 표정은 상고시대의 비밀을 알게 되었지만 어디서부터 말을 시작해야 할지 결정하지 못한 사람 같았다.

"저는 줄곧 제가 세상에서 가장 운이 나쁜 사람이라고 생각했습니다. 바츠먼의 부락에서 태어나 갑판을 뜯어서 만든 판자를 문이라고 단 집에서 살았으니까요. 수백 명이 한 칸의 화장실을 공동으로 사용했고, 아버지는 범죄자에 어머니는 저를 기르느라 힘들게 일하다 돌아가셨습니다. 어떤 사람은 저에게 운이 좋다고 말하더군요. 대학을 다닐 수 있어서, 법원에서 일할 수 있어서, 선원이 되어 배를 타지 않아도 되어서, 청소부나 건설 현장의 일용직이 되지 않아서, 정말 운이 좋다고 말입니다. 저는 그 사람에게 한마디를 돌려주고 싶습니다. 니미럴, 그건 행운이 아니다! 약자는 행운에 모든 것을 걸 수밖에 없지만 저는 다릅니다. 제가 기댄 것은 행운이 아니라 노력이었습니다.

그러나 몇 번이나 저는 중개 회사에게 속아서 원양어선을 탈 뻔했습니다. 돈이 필요했기 때문입니다. 학비, 생활비, 어머니의 장례비 전부 돈이니까요. 하지만 저는 허리를 숙이고 무릎을 굽히며 살아남았습니다. 저는 뭐든지 했지만 배는 타지 않았습니다. 제 부족한 아버지는 항구에서 생선만 죽이는 것이 아니라고 늘 말씀하셨습니다. 그것이 제가 끝내 배를 타지 않은 이유였고, 또한 아버지가 저에게 준 유일한 선물이었습니다.

그래서 저는 정말 다행하게도 저 피고석에 앉는 운명을 피했습니다. 바다 위에서 정해진 노동 시간을 훌쩍 넘는 초과 근무를 하지 않을 수 있었고, 음식이 부족한 상태에서 일하지 않아도 되었습니다. 여권을 빼앗긴 상태로 구금되거나 폭력적인 방식으로 위협받지 않았습니다……

배를 타지 않음으로써 저는 모국어가 아닌 언어로 질문받고 심판받는 운명 또한 피했습니다. 저를 위해 증언해주는 증인을 찾지 못하는 운명도 피했습니다. 증인을 찾았으나 그 증인이 저와 같은 상황 속에서 오로지 살아남기 위하여 계속해서 도망 다녀야 하는 탓에 법정에 출석하지 못하는 운명에서도 벗어났습니다. 마지막의 마지막으로, 저는 누구도 나를 위하여 자기 시간을 할애하면서까지 나를 이해하려 하지 않는다는 모자라고 나약하며 공포스러운 운명도 피할 수 있었습니다.

오로지 하나의 차이점 때문에 말입니다.

그렇습니다. 그들의 말이 맞습니다. 빌어먹게도 저는 행운아였습니다. 저는 살인자가 무죄라고 여기지는 않습니다. 그러나 여기 이 법정에서, 타이완의 사법체계에서, 사형은 법률의 문제가 아니라 행운의 문제입니다. 이처럼 확실히 보이는 일이 모든 사람에게 그저 우스갯소리로 보이겠지요…….

한 사람이 얼마나 운이 좋아야 여기 계신 여러분처럼 편안한 의자에 앉아서 세상은 몹시 따뜻하다고 긍정하며 살 수 있을까요? 또한 절대적인 권력을 가지고서 어떤 범죄자가 잔인하다고 평가할 수 있을까요?"

퉁바오쥐가 변론을 마치자 법정에 정적이 내려앉았다.

가뜩이나 논란이 많은 해안 살인 사건은 퉁바오쥐의 마지막 변론으로 인해 다시 한번 사회 각계의 양분된 의견으로 논란에 불을 붙였다. 인간의 존엄성을 추앙하는 사람들은 퉁바오쥐를 영웅으로 여겼다. 정의가 사라졌다며 분개하는 사람들은 퉁바오쥐가 이야기를 꾸며대고 인도주의적 여론에 호소하여 사회 현실과 크게 동떨어진 변론을 했다고 비판했다. 둘 중 어느 쪽에도 속하지 않은 사람들은 법률 규정에 초점을 맞췄다. 전문가를 자처하는 사람들이 앞다퉈 판결 결과를 예측했다.

모두 자신의 말을 하느라 바빴다. 얼마나 많은 공감을 불러일으킬 수 있는지 신경 쓰며 떠들어댔다.

키하우 부락만 조용했다.

28

평정민이 정신을 차렸을 때는 하늘이 어두워진 뒤였다. 그는 자신이 제대로 자지 못하고 또 하루를 보냈다고 여겼다. 지난밤 일이 꿈이 아닌지 의심하기도 했다.

그는 전등을 켜고 거실로 나갔다.

수프리안토의 갈색 배낭이 소파 위에 놓여 있다.

꿈이 아니다.

극단적인 허기가 그를 덮쳤다. 그러나 평정민은 냉장고를 뒤질 생각이 없었다. 그 안에 아무것도 없다는 것을 잘 알았다. 천자오와 딸을 타이둥에 있는 천자오 친정에 보낸 지 몇 주째였다. 최근 그는 계속 혼자 지냈다.

"내가 돌아오라고 하면 그때 와."*

평정민은 천자오에게 그렇게 말했다.

"카니우의 죽음은 당신 잘못이 아니야."*

천자오는 그 말을 남기고 조용히 떠났다.

평정민은 소파에 앉아 수프리안토의 갈색 배낭을 열었다. 잡동사니 몇 개와 코란경이 나왔다. 코란경은 압둘아들의 것임을 금방 알아봤다. 다만 수프리안토가 코란경을 갖고 있는 이유가 불명확했다.

평정민은 코란경을 넘겨보다가 뒤표지 쪽이 울퉁불퉁한 것을 알아차렸다. 표지 커버를 벗겨내니 그 안에서 메모리카드가 나왔다.

초인종이 울렸다. 평정민은 급히 코란경을 배낭 안에 넣고 소파에 있던 옷가지로 덮었다.

방문객은 퉁바오쥐였다.

"뭐 하러 왔어?"

펑정민이 경계하며 물었다.

"음…… 그게……. 일이 좀 있어서 그런데, 들어가도 되겠나?"

퉁바오쥐는 거실에 들어와서 널려 있는 쓰레기를 보며 한숨을 쉬었다. 펑정민은 잡동사니와 쓰레기를 한쪽으로 밀어내고 앉을 만한 자리를 만들었다.

"내가 치우고 앉을게, 괜찮아."

퉁바오쥐는 소파를 치운 뒤 거기에 앉았다. 소파에 얹어둔 물건을 옆으로 옮기다가 우연히 옷으로 덮여 있던 갈색 배낭을 건드렸고, 코란경이 바닥에 툭 떨어졌다.

퉁바오쥐는 코란경을 집어서 손에 들었고, 펑정민을 향해 어색하게 웃었다.

"네 아내는 어디에 갔어? 너무 늦게 와서 미안하네……."

펑정민은 침묵으로 질문에 대답했다. 퉁바오쥐는 더 물으면 안 되겠다는 것을 느끼고 얼른 화제를 돌렸다.

"오래 있지는 않을 거야."

펑정민은 퉁바오쥐가 들고 있는 코란경을 보며 말했다.

"가서 마실 거라도 가져올게."

펑정민은 부엌으로 들어가서 냉장고 안에 남은 음료수 캔을 꺼냈다. 그런 다음 조리대 위에서 도구를 챙겼다. 일은 아직 끝난 게 아니었다.

퉁바오쥐는 거실에 앉아서 손에 코란경을 들고 주변을 두리번거리는 중이었다. 어떤 것이 그의 주의를 끌었다. 돌아온 펑정민이 음료수를 퉁바오쥐에게 건넸다. 퉁바오쥐는 코란경을 거실 탁자에 올려놓고 음료수 캔을 받았다.

"네가 했나?"*

펑정민의 한쪽 손이 주머니로 들어갔다. 그의 시선은 퉁바오쥐의 목에 못 박혀 있었다.

"뭘?"*

"네가 한 것 맞지?"*

펑정민은 칼을 거의 꺼낼 뻔했다.

"저거."*

펑정민은 퉁바오쥐가 가리키는 대로 거실 한쪽을 쳐다봤다. 거기에 완성하지 않은 나무 조각상이 있었다.

"넌 전부터 조각을 좋아했지. 잘했고."*

펑정민이 천천히 소파에 앉았다.

"무슨 일로 온 거냐?"*

"며칠 전에 옛날 일이 생각나더라. 어릴 때 우리 셋이 배를 타고 나갔다가 밤에 돌아오지 못할 뻔했잖아……. 기억나? 광산 사고가 있었을 때 아미족 사람이 많이 죽어서……. 그때 말이다, 왜 나한테 같이 가자고 했어?"*

"기억 안 나."*

"카니우가 그러더라. 네가 나도 데려가자고 했다고. 나는 친구가 없으니까."*

퉁바오쥐가 말하다 말고 자조하듯 웃음을 흘렸다.

"친구가 없다……. 지금도 똑같아."*

"카니우가 말했다고? 거짓말 하지 마라."*

"바츠먼이 철거되던 해에 타이베이에서 카니우를 우연히 봤어. 내가 대학을 다닐 때야. 학교에서 무슨 공사가 있었는지 몰라도 카니우가 거기서 작업반장을 하고 있더라……. 해안 공공주택이 거의 완공되었다고 하더군. 카니우는 빨리 지룽에 돌아가고 싶다고도 했다. 산도 있고 바다도 있는 바츠먼에서 사는 게 익숙하다면서 말이야. 나는 개를 여학생 기숙사 앞으로 데려가서 여자애들이 왔다갔다 하는 걸 보여줬어. 우리 대학은 여학생이 예쁘기로 유명했거든. 카니우는 너도 데려왔으면 좋았을 거라고 했어. 네가……."

펑정민은 고개를 떨구고 어깨를 늘어뜨렸다.

"헤어질 때 카니우는 나에게 해안 공공주택이 멋지게 지어졌으니까 지룽에 돌아와서 살펴보라고 했어. 드디어 태풍이 불어도 날아가지 않는 집에서 살게 됐다면서……."

퉁바오줘가 잠시 멈췄다가 다시 말을 이었다.

"하지만 내가 그랬지. 나는 절대 그곳으로 돌아가지 않는다고."

"떠났는데 뭐하러 돌아와?"*

펑정민이 중얼거렸다. 퉁바오줘는 한숨을 쉬며 음료수를 탁자에 내려놓았다. 그러다가 캔을 넘어뜨려서 코란경이 젖었다. 퉁바오줘는 코란경을 급히 집어서 자기 옷으로 닦았고, 깨끗하게 닦였나 요리조리 살펴보고는 천천히 동작을 멈췄다.

"카니우 일은 미안하다."*

퉁바오줘가 그렇게 말했지만 펑정민은 그의 손에 들린 코란경에서 눈길을 떼지 못했다.

"타카라, 이만 가는 게 좋겠어."*

6장
마지막 수단

1

쉬추산旭丘山은 지룽의 동쪽에 있는 고지대다. 일본 점령기에는 타이완 팔경 중 하나인 '욱강관일旭岡觀日'로 유명했다. 지금은 싼쥔三軍 병원의 지룽 분원이 있는 곳이다. 사람들은 병원의 동남쪽이 높다는 것을 잘 알았다. 그쪽에는 특수한 모양의 작은 예배당이 있어서 지룽 항구를 내려다볼 수 있었다.

파란 지붕과 검은 창틀을 가진 하얀 예배당의 정면 첨탑에는 붉은 십자가가 자리잡고 있다. 퉁서우중의 병실에서 바라보면 숲 사이로 희미하게 십자가가 보인다. 퉁서우중이 입원한 날, 퉁바오쥐는 자신도 모르게 자주 예배당을 바라봤지만, 아직 가본 적이 없다.

퉁서우중은 일반 병실로 옮긴 지 3주가 지났고, 생명 반응은 안정적이지만 여전히 의식불명 상태다. 물에 빠졌을 때 산소가 부족했던 것과 당뇨 등 만성질환 때문에 손상된 뇌가 회복되기 어려울 수 있다는 진단을 받았다.

이유 없이 바다에 빠졌으니 의심스러운 일이었지만, 경찰 조사 결과, 외상과 목격자가 없어 일단 사고로 종결했다. 퉁바오쥐는 이에 대해 의구심을 갖고 있지만 증거가 없는 상황이라 퉁서우중이 깨어날 때까지 기다려야 진실을 밝힐 수 있을 터였다.

요즘 신부님이 가끔 면회를 온다. 그는 병상 옆에 앉아 기도해주었지만, 퉁바오쥐에게 성당에 오라고 강요한 적은 없다. 퉁서우중과 마작을 하는 술친구도 몇 번 찾아왔다. 퉁바오쥐는 그들과 무슨 말을 해야 할지 몰라서 아예 병실을 나가 있었다.

부본당 신부가 몇 차례 야구부 아이들을 데려오겠다고 했을 때 퉁바오쥐는 일언지하에 거절했다. "오긴 뭘 와? 그 시간에 연습이나 하라고 해요." 그렇게 말하자 신부님은 더 권하지 않았다. 신부님은 몰랐겠지만, 퉁바오쥐는 몇 번이나 학교에 가서 야구부 연습을 지켜봤다.

아이들은 야구부 전통에 따라 연습이 끝날 때면 모여서 '전투의 춤'을 추고 구호를 외친다. 어떤 것은 퉁바오쥐에게도 익숙했고, 어떤 것은 낯설었다.

퉁바오쥐는 구호와 노래를 몇 번 듣자 따라 할 수 있었다. 그는 속으로 노래를 부르고 구호를 외치며 병원으로 돌아왔다. 그러면 병실의 밤이 단조롭지 않았다. 그는 예전에도 노랫말을 잘 지었다. 그가 응원가를 제멋대로 부르는 것을 야구부 코치가 봐주지 않았다면 야구부는 일찌감치 때려치웠을지도 몰랐다. 야구부가 시합에서 몇 번 지자 코치가 그를 불러다 야단쳤다. 원주민들은 야구든 노래든 잘해야 한다. 너는 둘 다 잘하는데 왜 열심히 하지 않냐?

그때부터 퉁바오쥐는 야구도 노래도 잘하고 싶지 않았다.

퉁바오쥐는 어느 날 밤 해안 공공주택으로 가서 병원에 가져갈 아버지의 옷가지를 정리했다. 아버지가 없는 방은 낯설다. 그는 먼저 아버지의 괴상한 침대에 앉았다가 누웠다가 했다. 창 너머로 밤하늘이 반쯤 보이고, 바츠먼 수로에서 멀고 가느다란 물소리가 들려왔다. 창 밖으로 흔들리는 나무 그림자가 천장에 비쳤다. 방이 흔들리는 듯했다. 퉁바오쥐는 무의식적으로 손발을 침대 가장자리의 판자에 대고 버텼다. 그러지 않으면 바다로 떠내려갈 것 같았다.

침대에서 일어나고 나자 그는 흔들리는 것이 세상이 아니라 자신이라는 사실을 깨달았다.

수프리안토는 몹시 추워 보였다. 그가 퉁바오쥐에게 자신은 바다와 육지의 경계선에 있다고 말했다. 퉁바오쥐는 놀라서 깨어났다. 한참 후에야 정신이 제대로 돌아왔는데, 그는 자신이 바츠먼에 와 있음을 깨달았다.

바츠먼은 부두가 없는 섬이다.

퉁바오쥐는 사랑의 집으로 가서 탐문했다. 양 주임은 그들이 다녀간 후로 수프리안토가 다시는 오지 않았다고 말했다. 양 주임은 결국 쭝쯔를 퉁바오쥐에게 소개해주었다. 아이가 계속 아빠를 찾는다고 했다. 그래서 아빠는 바다에 나갔다고 거짓말을 할 수밖에 없었다면서 말이다. 아이는 점점 자라는데 언제까지 속일 수 있을지 모르겠다고 했다.

언젠가 쭝쯔가 아버지에 대해 묻지 않게 되면 그건 아이가 다 컸다는 뜻일 거라고 퉁바오쥐가 말했다.

퉁바오쥐는 말하고 나서 곧바로 후회했다. 그는 사실 농담을 하려던 것이었다.

2

해안 살인 사건의 2심은 사형 판결을 유지했다. 그건 누구나 예상하던 결과였다.

판결 전에 퉁바오쥐는 법원의 내부 통지를 받았다. 사건과 관련한 모든 사람이 판결에 대하여 사적인 의견을 대외적으로 표시하면 안 된다는 지침이었다. 누가 봐도 퉁바오쥐를 타깃으로 한 통지였지만 그는 신경 쓰지 않았다.

그는 이미 사직을 결심했다.

판결 당일, 퉁바오쥐는 평소처럼 퇴근해 아버지의 병실로 향했다. 그가 저녁을 먹으려는데, 텔레비전 뉴스에 총통이 그날 저녁에 발표한 내용이 보도되었다. 쑹청우가 화면 속에서 이렇게 말하고 있었다.

"…… 저는 해안 살인 사건에 주의를 기울이고 있었습니다. 제가 아는 한 2심 판결은 법률 규정과 국민의 기대에 부합하는 결과였다고 봅니다. 재판관은 각계의 압력에도 불구하고 사형을 선고하는 것은 피할 수 없다고 여겼습니다. 우리는 사법계의 판단을 존중해야 하며……"

중립적으로 보이는 발언이지만 법조인의 시선으로 볼 때는 이상한 점이 많았다. 총통이라는 위치에서 사법 사안에 대해 발언하는 것은 권력 분립의 원칙을 깨는 것으로 보일 우려가 있었다. 퉁바오쥐는 이번 발언이 단순한 말실수는 아닐 거라고 추측했다.

과연 그랬다. 며칠 후 쑹청우는 공개적으로 성명을 발표하여 사형제 존폐를 두고 국민투표를 열겠다고 했다.

그러나 내부 사정을 아는 사람은 이번 국민투표가 사형제 폐지와는 조금도 관련이 없음을 눈치챘다.

최근 여당은 단체 뇌물 수수 사건이 폭로되고 경제 개혁의 힘이 부족하다는 지적을 받는 중이다. 쑹청우의 지지율이 점점 떨어지고 있었으므로 이듬해에 있을 지방선거가 여당에게는 심각한 위기라는 의견이 많았다. 장더런은 위기 상황을 타개하고 세간의 관심을 돌리기 위해 쑹청우에게 해안 살인 사건에 대한 공개적인 발언과 사형제 존폐를 두고 국민투표를 치른다는 전략을 제안했다. 장더런의 계획을 들은 쑹청우가 물었다.

"국민투표?"

"맞습니다. 국민투표법에는 입법원에서 국민투표를 제안하면 중앙선거위원회의 심사 없이 진행할 수 있습니다. 우리는 원내 다수석을 확보하고 있으니 자유롭게 국민투표의 찬반 '명제'를 결정할 수 있지요."

"명제라……."

"명제는 아주 중요합니다. 반드시 '당신은 우리나라가 사형제도를 폐지할 수 없다는 데 동의합니까?'라는 식이어야 합니다."

"왜 그런가?"

"이런 명제로 국민투표를 붙여야만 결과가 어떻게 나오든 우리에게 유리합니다."

장더런이 어조를 누그러뜨리며 설명했다.

"이런 명제로 투표해서 반대가 많으면 국민의 뜻을 '사형제를 폐지할 수 없다는 데 동의하지 않는다'로 해석할 수 있지요. 그러나 지금의 민심은 사형제 폐지에 찬성하지 않는 게 주류이니 많은 사람이 나와서 투표를 할 겁니다. 그러면 찬성표가 많아지는 것 외에 투표율 미달이라는 문제도 해결할 수 있습니다."

"그래서?"

"투표율이 높으면 우리의 선거에도 유리하죠. 각하에 대한 관심도와 지지율이 높다는 것을 보여줄 수 있고요. 그래도 야당은 저희와 반대되는 이야기를 하기 어렵습니다. 이번에는 그냥 우리 장단에 맞춰 춤춰야 합니다. 제일 중요한 건, 당장의 여론 초점을 다른 데로 돌리고 우리에게 유리한 목소리를 만들어낼 수 있다는 거고요."

"그럼 우리의 입장은 뭔가? 사형제 폐지?"

"국민 다수가 지지하는 의견이 우리의 입장입니다."

쑹청우가 짧게 생각한 후 대답했다.

"그렇게 하려면 천칭쉐는 유임시켜야 해."

장더런은 오히려 조금 곤혹스러워했다.

"국민 여론은 출구가 필요해. 우리에게는 과녁이 필요하고."

쑹청우는 빠르게 국민투표 안건을 진행했다. 여당의 힘을 동원해 입법원에 국민투표 안건을 상정했다.

천칭쉐는 행정원 회의에 참석하던 중 이 사실을 알게 되었다. 이런 상황은 천칭쉐에게는 빠져나갈 길이 없는 것처럼 보였다. 국민재판관 법안의 3차 심사 통과부터 사형평의회의 '다수결' 기준까지, 총통의 행동과 발언은 그녀와 점점 멀어지고 있음이 확연했다.

지금 천칭쉐는 사형제 국민투표 건도 나중에서야 알게 되었다. 쑹청우가 천칭쉐와의 갈등이 표면화하거나 언론에서 그 사실을 물고 늘어져도 신경 쓰지 않는다는 반증이다.

이런 상황을 준비하지 못한 천칭쉐는 기자들의 추궁에 "여당의 의견을 존중하지만 우리나라가 ICCPR과 ICESCR이라는 두 가지 국제 규약을 비준한 이상 이를 실천해야만 합니다. 개인적 신념에 따라 저는 사형제 폐지를 지지합니다. 사형 관련 정책에 관해 토론할 용의가 있으며, 이에 따른 정치적 책임을 질 용의도 있습니다. 사형을 집행해야만 명예로운 직위를 유지할 수 있다면, 저는 그런 명예에 연연하지 않을 것입니다'라고 대답했다.

어떤 기자가 천칭쉐에게 종교가 있느냐고 질문했다.

기자는 이어 이것이 그녀의 종교적 신념과 관련이 있는지 물었다.

"저는 종교가 없습니다."

"장관님 댁에 불당이 있고, 사형에 반대하는 이미지의 보살 그림을 걸어두셨다고 들었습니다. 사실인가요?"

천칭쉐는 순간 말문이 막혔다. 그것을 아는 사람은 한 명뿐이다.

"종교는 제 개인의 자유이며 저의 정치적 이념과는 무관합니다."

"불교는 살생을 금하는 계율이 있죠. 그것이 장관님께서 사형을 집행하지 않는 결정을 내리는 데 영향을 주지 않았나요?"

천칭쉐는 이 질문 속에 편견이 담겨 있음을 잘 알지만 지적하거나 설명하지 않았다. 그저 몸을 돌려서 보안요원의 안내를 받으며 현장을 떠났다.

여당은 며칠 후 입법원에서 국민투표 안건을 상정했고, 이 안건을 통과시키기 위해 정국과 여론을 움직이기 시작했다.

3

리나는 급하게 떠나야 했지만 직장을 잃지는 않았다. 전부 할머니 덕분이었다.

공판 당일 리나가 법정에서 증언하려 했을 때, 쉬쌍은 막 잠에서 깼다. 그는 중개 회사 직원과 어머니가 거실에 앉아 있는 것을 보고 이상하게 생각했다.

"어떻게 된 겁니까? 리나는요?"

"어머님께서 양로원을 신청하셨어요. 그러니 외국인 노동자를 쓸 필요가 없다면서 저에게 리나를 다른 고객에게 소개해주라고 하시더군요."

할머니가 언제 그런 결정을 내렸는지 아무도 모른다. 이유가 무엇인지도 알 수 없다. 하필이면 이 시점을 선택한 이유 역시 그렇다. 할머니는 쉬쌍과 중개 회사 직원 앞에서 침묵했다. 조용히 창밖을 바라볼 뿐이었다.

중개 회사 직원은 리나를 데리고 가면서도 별로 설명해주지 않았다. 리나는 자신이 규칙을 어기고 멋대로 집을 빠져나갔지만 처벌을 받지 않는다는 것, 며칠 휴식을 취한 뒤 새로운 고용주를 만나게 될 거라는 사실만 알았다.

리나가 떠나던 날, 할머니는 건강이 좋지 않아서 병원에 입원한 상태였다. 리나는 제대로 작별인사를 하지 못했고, 이대로 영영 헤어지게 될 거라는 생각에 눈물을 참지 못했다. 리나는 결국 거실에 있는 사진 액자를 훔치기로 했다. 사진에서 할머니는 환하게 웃고 계셨다. 모든 기쁨을 다 기억하고 모든 슬픔을 다 잊은 것처럼. 쉬쌍도 같이 찍은 사진이지만 리나는 일부의 고통을 감수하고서라도 더는 상실을 겪고 싶지 않았다.

퉁바오쥐와 리나는 계속 연락했다. 두 사람은 지속적으로 협업해야 한다는 데 의견을 모았다. 퉁바오쥐는 리나에게 진술 기록의 번역을 계속해달라고 부탁했다. 그는 3심에 대비하여 아주 작은 단서도 놓치지 않을 생각이었다.

리나는 얼마나 도움이 될지 모르겠다고 생각하면서도 진술 기록을 번역하는 것이 이제는 습관이 되었다. 리나는 조금씩 경청이라는 절차의 의미를 깨달았다. 그것이 그녀가 슬픔 속에서 할 수 있는 유일한 일이었다.

4

사형이 선고된 사건은 피고가 요구하지 않아도 법원에서 일률적으로 피고의 권익을 위해 상고하도록 되어 있다. 해안 살인 사건 역시 최고법원의 심리를 거쳐야 하는 것이다. 국선변호인은 법원의 지명에 따라 돌아가며 사건을 맡기 때문에 퉁바오쥐의 직무는 2심 판결과 동시에 종료되었다. 만약 그가 3심에서도 압둘아들의 변호를 맡고 싶다면 법원을 그만두어야 한다. 그리고 변호사 자격 시험을 면제받고 변호사 등록증을 취득해야 한다.

만약 퉁바오쥐가 변호사 자격 시험을 면제받을 수 있다면 말이다.

국선변호인이 변호사 시험 면제를 신청하면 경험을 증명하는 문서를 제출해 심사받아야 한다. 이때 국선변호인의 근무증명서와 근무기록을 받으려면 소속된 법원에 신청해야 한다. 그러나 퉁바오쥐가 서류를 신청한 직후 법원장 비서의 전화를 받았다. 법원장이 사무실로 그를 부른다는 것이었다.

법원장은 막 우린 차를 건네주었다. 보이차 향기가 콧속으로 밀려들었다.

"국선변호인, 갑자기 변호사로 전환한다지?"

"원장님, 이건 제 인생 계획입니다."

"해안 살인 사건 때문인가?"

"그게 문제가 되나요?"

"자네도 알다시피 이 사건의 심리 과정에서 국민이 법원에 대해 크게 오해하게 됐어. 자네가 일조했다고 봐야지."

"우리는 여론에 휘둘려서 사건을 다루지 않습니다. 아닌가요?"

"자네 말이 맞아. 자네가 열심히 한다는 것도 알고. 하지만 어떨 때는 열심히 하는 것만으로는 안 돼. 사법계에서는 신뢰할 수 있는 판결을 가장 중요한 목표로 보네. 만약 그 과정에 참여한 사람이 신뢰하기 어려운 상황이라면 판결이 아무리 공정하더라도 사람들 입에 오르내리게 된단 말이야."

법원장이 차를 한 모금 마신 뒤 말을 이었다.

"피고의 권익을 위해서도 자네는 더 깊이 관여하지 않는 게 좋다고 봐."

"제가 원주민이고 제 아버지가 과거에 죄를 지었기 때문입니까?"

"내년에 다시 신청하면 어때? 사법계의 이미지를 지켜준다고 생각하게. 게다가 국선변호인을 새로 뽑으면 자네의 경험을 전수해야 할 필요가 있으니까."

"저는 그렇게 해야 할 의무가 없습니다."

법원장인 한숨을 쉬곤 찻주전자에 뜨거운 물을 가득 부었다.

"자네가 신청한 근무기록 증명서는 내주기 어려울 것 같아. 바오쥐, 업무보다 처신이 어려운 법이지. 이번에는 내 말을 따라주길 바라네."

법원장은 단호했다. 퉁바오쥐는 변호사로 전환하려는 계획이 틀어졌음을 깨달았다. 그는 고등법원의 원장이 렌정이와 같은 중화민국 사법계장례위원회中華司法治喪委員會 회원임을 몰랐다. 렌정이가 이 일 때문에 얼마나 많은 설득을 했는지도 모를 터였다.

어쨌든 변호사 자격증을 취득하지 못하게 된 퉁바오쥐는 결국 해안 살인 사건의 3심 변호인이 되지 못했다.

모든 혼란은 마땅히 여기서 끝나야 했다.

5

렌진핑은 제대하는 날에 거의 할 일이 없었다. 사법행정청에서 일한 3개월은 마음의 상처와 같았다. 그는 아침 일찍부터 자기 자리의 개인 소지품을 깨끗이 치웠고, 남은 시간을 어떻게 보내야 할지 고민하던 중, 한 학우가 청장이 그를 찾는다고 전했다.

청장은 오래전부터 그를 기다린 것처럼 친절하게 자리를 권하며 관심을 보였다.

"여기서 일한 시간이 길지 않지만 무언가를 배울 수 있었기를 바라네."

"네, 청장님 덕분입니다."

"앞으로는 어떻게 할 건가?"

"올해의 사법 연수에 참가하려고 합니다."

"좋지, 좋아. 사법계의 미래는 자네 같은 젊은이에게 달렸어. 앞으로 여기에 들르거든 와서 차라도 마시고 가게."

"네, 감사합니다."

"아버님께 안부 인사도 전해주고."

청장이 잊지 않고 한마디 당부했다. 렌진핑은 고개를 끄덕이며 공손하게 사무실을 나왔다.

오후 5시, 렌진핑은 정확하게 퇴근 카드를 찍었다. 병역대체복무가 완전히 끝났다. 그는 사무실을 나와서 사법원 정문으로 향했다. 퉁바오쥐가 귀신이 나온다고 했던 그곳을 지나가는데 갑자기 추억과 감정이 물밀 듯이 덮쳐왔다.

렌진핑은 고개를 들어 한참을 바라보고서야 국선변호인실의 창문을 찾아냈다. 그와 퉁바오쥐는 과거 변호인실에서 밤을 새며 귀신 이야기의 소문을 밝혀보자고 했었다. 그러나 이후에 너무 많은 일이 너무 빨리 벌어져서 그저 농담으로 끝났다.

며칠 전 렌진핑은 퉁바오쥐가 변호사로 전환하려고 하다가 뜻을 이루지 못했다는 소식을 접했다. 그는 안타까워하면서도 예상했던 결과라고 생각했다. 해안 살인 사건은 어떻게 진행되고 있을까? 렌진핑은 전혀 알지 못했다. 그 일에 더 마음을 쓰고 싶지 않았다. 그의 미래 계획에는 신경을 써야 할 다른 문제도 많았다.

국선변호인실의 창문이 갑자기 열렸다. 렌진핑은 급히 벽의 그림자 속으로 몸을 숨겼다. 그는 누가 창문을 연 것인지 확인하지 않고 그대로 자리를 떠났다.

어차피 더는 엮일 일이 없는 사이였다.

그날 밤 렌진핑은 어디에도 가지 않았다. 혼자 방에 틀어박혀 사무실과 기숙사에서 가져온 개인 물품을 정리했다.

대부분은 버렸고 제대명령서와 해안 살인 사건의 관련 자료만 남겼다. 사건 자료는 폐기했어야 옳지만 그러지 못했다. 그는 그 자료를 훌훌 넘겨봤다. 세부사항과 사건 진행 과정이 자연스럽게 머릿속에 떠올랐다. 복잡한 심정으로 한참을 보내다 정신을 차리니 밤 10시가 넘었다.

렌진핑은 창밖을 내다보며 다안大安 삼림공원이 잠든 야수처럼 보인다고 생각했다. 공원이라는 야수는 밤의 장막 속에서 고요하고 느리게 숨을 쉬고 있는 듯했다. 시간을 확인한 렌진핑이 전화기를 들고 리이룽과 영상 통화를 했다. 리이룽이 평소와 다른 명랑한 말투로 물었다.

"드디어 제대했네. 주말에 어디 가서 축하할까? 내가 살게."

"어디든 좋아. 네가 하자는 대로 할게."

"우리 생선회를 안 먹은 지 오래됐지."

"아, 생선회? 그래도 철판구이가 낫지 않을까?"

"그래 좋아. 네가 먹고 싶은 거면 다 상관없어."

리이룽이 흔쾌히 동의했다. 그때 렌진펑의 휴대전화가 진동했다. 페이스북 알림이었는데, 들어가보니 놀랍게도 리나였다.

"누구야?"

"어, 대체 복무할 때 친하게 지낸 동기야. 제대 축하한대."

"대체 복무가 아주 힘든 일도 아닌데 다들 감옥에서 출소한 사람처럼 대하네."

리이룽이 놀리듯 말했다. 그러고 나서 두 사람은 조금 더 이야기를 나눈 뒤 잘자라고 인사했다. 전화를 끊은 뒤 렌진펑은 리나의 메시지를 열었다.

"Congrats for your retirement."(제대 축하해요.)

렌진펑은 답장을 해야 하나 말아야 하나 고민했다. 그 일이 있고 두 달 넘게 흘렀다. 그동안 리나와는 어떤 형태의 연락도 하지 않았다.

그건 그가 동의한 리이룽의 조건 중 하나였다. 서로 무엇도 숨기지 말자는 것이었다.

만약 리나와 다시 연락한다면 리이룽은 그를 용서하지 않을 터였다. 두 사람의 관계가 어렵게 원래대로 돌아왔는데 다시 문제를 일으키고 싶지 않았다.

그러나 렌진펑은 곧 마음을 바꿨다. 리나가 무슨 곤란한 문제에 처한 것은 아닐까? 리나가 공판일에 법정 출석하려고 고집을 부리다 원래 일하던 집에서 계약 해지되었다고 들었다. 만약 리나에게 도움이 필요한 상황이라면 자신이 매정하게 굴면 안 될 것 같았다. 렌진펑은 한참 고민하다가 결국 답장을 보냈다.

"Thank you. How are you doing? I heard you left."(고마워요. 잘 지냈어요? 당신이 떠났다고 들었어요.)

"I work in a new family now."(지금은 다른 집에서 일하고 있어요.)

"How is everything?"(지내기는 괜찮은가요?)

"It's fine."(좋아요.)

렌진펑은 무슨 말을 해야 할지 몰랐다. 중요한 용건이 없다면 메시지는 이제 끝내야 할 것 같았다. 좀 냉정한 태도이기는 하지만 이러는 편이 서로 좋았다.

그런데 리나가 이어서 메시지를 보냈다.

"I am still translating the records."(지금도 진술 기록을 번역하고 있어요.)

기록을 번역하다니? 사건은 이미 끝난 게 아닌가? 렌진펑은 이해하기 어려웠다.

"Why?"(왜요?)

"Bao can use it."(바오거가 쓸지도 몰라요.)

"He is taking advantage of you. He pays much less than average."(그는 당신을 이용하고 있어요. 그가 주는 돈은 너무 적습니다.)

"I don't do this for money."(돈 때문에 하는 게 아니에요.)

"He forced you to the court and messed up your job."(그가 당신에게 법정 출석을 강요하는 바람에 직장도 잃었잖아요.)

"He didn't. It's me. I wanted to go."(그가 강요한 게 아니에요. 내가

원해서 갔어요.)

"Why?"(왜요?)

렌진펑은 이해할 수 없었다.

"Because I am capable. If I am not, then that would be it. But I am. Then I have to. I need to."(나에게 할 수 있는 능력이 있으니까요. 그런 능력이 없다면 어쩔 수 없겠죠. 하지만 나는 능력이 있고, 그래서 그렇게 해야 했어요. 나는 그렇게 할 필요가 있었어요.)

렌진펑은 리나의 문자 메시지를 거듭 읽었다. 그녀가 "I have to"와 "I need to"를 연이어 쓴 의미와 힘을 느낄 수 있었다.

나는 그렇게 해야 했다. 나는 그렇게 할 필요가 있었다.

맞는 말이었다.

6

토요일 저녁에 식당으로 출발하기 전 리이룽은 렌진펑에게 정중한 옷차림을 하라고 당부했다. 오늘 가려는 곳이 고급 철판구이 레스토랑이기 때문이었다.

렌진펑은 예정된 시간에 도착했다. 리이룽이 검은색 미니드레스를 입고 나타났다. 그녀의 작고 갸름한 얼굴에 산뜻한 화장과 구불구불하게 파마를 한 단발머리가 더해지니 특별히 멋스러웠다. 말하자면 판사가 된 모습은 상상조차 할 수 없을 정도로 외국계 회사의 엘리트 직원처럼 보였다.

렌진펑이 가볍게 리이룽의 볼에 입을 맞췄다. 리이룽이 렌진펑의 손을 잡고 레스토랑으로 들어갔다.

이 고급 철판구이집은 전부 개별 룸 형식으로 인테리어되어 있었다. 독립된 공간에 반원형 조리대가 설치되어 있고 전문 요리사가 배정되었다. 조리대 주변에 마련된 자리는 한정적이어서 룸마다 여섯 명만 앉을 수 있었다.

창밖으로 중산베이로中山北路가 보였다. 주말 밤이고 서남쪽 주요 상권이라 인파가 몰리기 시작했다. 울창한 숲속에서 보행자와 차들이 소리 없이 오가는 모습을 보면 마치 이 도시의 가장 정교한 비밀을 손에 쥔 듯한 느낌이 들었다.

오늘 저녁 요리는 리이룽이 신중하게 골랐다. 전채 요리는 명란젓과 가벼운 채소 샐러드, 신선한 홋카이도 관자찜이었다. 주요리는 대구와 스테이크 구이, 디저트는 오매로 빚은 술과 배 셔벗이었다. 렌진펑은 이렇게 성대한 식사를 대접받을 줄은 몰랐다. 리이룽이 자신을 위해 준비한 것에 고마우면서도 놀랐고, 한편으로는 뭐라 말하기 힘든 슬픔을 느꼈다.

"제대 축하해"라고 말하며 술잔을 든 리이룽이 말했다.

"이제 다음 단계로 넘어가게 됐네."

렌진펑도 같이 술잔을 들며 미소를 지었다. 리이룽이 전채 요리를 먹으면서 물었다.

"사법 연수는 어떻게 할 계획이야?"

렌진펑은 고개를 한쪽으로 기울이며 생각에 잠겼다. 계획해둔 것이 있기는 했지만 리이룽이 자기를 재미없는 사람이라고 생각할 것 같아서 괜히 망설이는 척 대답했다.

"논문을 쓸까 해."

"무슨 논문? 넌 앞으로 평생 법조계에서 일하게 될 텐데 이 기회에 좀 쉬지 않고?"

리이룽은 렌진핑의 대답에 놀란 듯했다.

"국민투표의 위헌쟁의와 그 해결 기제에 대해 연구하고 싶어."

리이룽은 듣자마자 렌진핑이 왜 그런 생각을 갖게 되었는지 알아차렸다. 최근 사형제 국민투표 건으로 여론이 떠들썩하다. 사형제 폐지는 렌진핑이 오랫동안 깊이 연구해온 주제였기 때문에 예상 밖의 대답은 아니었다. 다만 그 계획에 해안 살인 사건에 대한 집념이 얼마나 담겨 있는지는 리이룽도 확신할 수 없었다.

"사형제에 대한 국민투표는 이미 정해진 일이야."

리이룽은 직접적으로 렌진핑의 목적을 짚어냈다.

"인권 문제가 어떻게 국민투표의 대상이 되지? 생명권을 박탈하는 것은 헌법 차원의 문제야."

인권에 관련한 의제를 국민투표에 부칠 수 있는지는 항상 논쟁의 대상이었다. 과거 타이완의 국민투표심의위원회는 국민투표 제안에 대해 실질심사권을 가졌는데, 대개 위헌이라는 이유로 국민투표 제안을 기각하곤 했다. 그러나 해당 심의위원회의 임명 규정이 위헌이라는 점과 정치 간섭, 언론 규제의 문제, 견제하고 균형을 잡을 기구가 없다는 이유로 중화민국 106년(2017) 법 개정 때 폐지됐다.

이후 국민투표법 주관기관이 중앙선거관리위원회로 바뀌면서 국민투표 제안에 대해 형식적인 심사 권한만 남게 되었다. 따라서 위헌 소지가 있다고 인정되더라도 국민투표 제안을 기각할 수 없게 됐다. 그러면 국민투표 결과가 헌법에 위배되는데 왜 민의에 맡기는 것을 허용하느냐는 문제가 생긴다. 이런 국민투표는 의미가 있을까?

"중앙선거관리위원회에서 위헌성과 권력 분립 위반 여부를 검사하는 거지?"

리이룽도 이 문제의 핵심 쟁점을 어느 정도 이해하고 있었다.

"그래서 쟁의를 해결하기 위한 기제가 필요해. 사법 분야는 원래부터 '다수결에 대한 저항'●이라는 특성이 있어서 국민 여론과 상충할 때가 있지. 위헌 소지가 있는 국민투표 제안은 분열을 심화시킬 뿐 아니라 몇몇 보수적인 대법관이 자신의 책임을 떠넘기는 핑계가 돼."

"지난번 국민투표법 개정 때 인권 관련 조항을 신설하자는 논의가 있었던 걸로 기억해. 어떻게 됐지?"

"모르겠어. 그 안건에 대해 분석한 사람이 없으니까. 3차 심사까지 진행하다가 폐기되었을 거야."

리이룽이 고개를 끄덕이며 대답했다.

"어차피 사법 연수 기간 중에 법학 관련 연구보고서를 한 편씩 써야 하니까 나중에 지금 쓴 논문을 손질해서 제출하면 시간 낭비는 아니겠다."

시간 낭비? 렌진펑은 그 단어가 귀에 거슬렸지만 리이룽이 조롱할 의도로 한 말이 아닌 것을 알았다. 그는 억지로 미소를 지었다.

"나중에 해외로 유학 갈 생각이 있어? '실임법관實任法官'●●이 되어야 무급으로 해외 연수를 신청할 수 있대. 그러면 아무리 빨라도 6년은 걸릴 거야. 이럴 줄 알았으면 먼저 해외 유학부터 다녀오는 건데 그랬어."

"JD를 하고 싶은 거야?"

"꼭 JD여야 하는 건 아니고 LL.M이면 돼. 외국에 나가서 경험을 쌓고 싶은 거니까."

● 국민 다수의 의견과 대립하는 사법적인 특성을 말한다. 가장 확실한 예시는 국민 다수의 의견을 대표하는 입법자가 제정한 법을 사법적으로 뒤집을 수 있는 위헌심사권이다. 이런 상황은 특히 취약계층과 소수민족 관련 의제에서 자주 발생한다.
●● 법관 시험을 통과하면 사법 연수를 거친 후 각 법원으로 발령받아 후보 판사가 된다. 이후 두 차례 더 서류 심사를 거쳐야 실임 판사가 되어 실제 재판을 맡을 수 있다.

미국의 대학교육 과정에는 법학과가 없고 대학원 과정으로만 LL이라는 세 가지 법학 관련 학위가 있다. M, JD, SJD로 나뉜다. 모국어가 영어가 아닌 외국인 학생에게 LL.M은 1년 과정으로 문턱이 가장 낮은 학위다. JD는 3년 과정으로 학사 자격 외에 미국의 로스쿨 입학시험LSAT 성적이 필요하고, SJD는 법학박사로 JD 학위를 먼저 취득해야 하는 과정이다.

렌진핑 역시 외국에서 공부할 생각을 하지 않은 것은 아니지만, 그가 유학을 간다면 학술 연구에 매진하고 싶은 마음 때문일 터였다. LL.M 과정으로 1년도 채 되지 않는 시간을 공부하는 것은 일종의 생활 체험일 뿐 그가 원하는 유학이 아니다. 유학하게 된다면 JD, 심지어 SJD를 목표로 하겠지만 결국 학계에 남지 않는다면 학위를 따는 의미가 크지 않다.

게다가 외국 유학 경력은 판사의 업무나 승진에 별 도움이 되지 않는다. 사법 실무는 현실과 관련 없는 학문적 논술이나 외국의 법제가 아닌 타이완 사회에서의 경험과 기술이 필요하다. 그래서 아버지 렌정이도 외국에 나가 LL.M 과정만 밟은 뒤 돌아오는 젊은이들을 비판했다. 차라리 시간을 들여 연차를 쌓는 게 낫다는 것이다.

리이룽이 자신의 생각을 직설적으로 밝힌 터라 렌진핑은 자기 마음을 솔직하게 말하기 불편했다. 적당히 대꾸하고는 막 구워서 양면이 노릇노릇해진 대구를 열심히 먹는 척했다.

리이룽은 자기 친구들이 해외에서 공부한 경험과 재미있는 일화도 들려주었다. 서던캘리포니아대학USC이나 캘리포니아대학 로스앤젤레스UCLA가 유학하기 좋은 대학 1순위로 꼽힌다고 했다. 미국 동쪽 해안에는 겨울에 눈이 많이 올 뿐 아니라 서쪽 해안처럼 사계절 내내 쾌적한 기후가 아니라서 그렇단다.

"유학을 가면 공부만 할 게 아니라 여기저기 놀러 다니는 게 중요하잖아."

렌진펑은 가만히 들으면서 포크와 나이프만 놀렸다. 점점 딴생각이 머릿속을 차지했고, 결국 리이룽이 잠깐 말을 멈췄을 때 렌진펑이 불쑥 내뱉었다.

"사법 연수는 미루고 해안 살인 사건의 변호사를 맡는 건 어떨까?"

리이룽은 순간 멈칫했다가 간단히 대답했다.

"그것도 좋겠지……."

렌진펑은 리이룽이 경악한 것을 알아차렸지만 어떻게 달래야 할지 몰랐다. 짧은 침묵 후에 리이룽이 떠보듯 질문했다.

"그럼 유학 갈 생각은 있어? 나는 우리가 같이 유학 가면 좋겠다고 생각해."

"물론이지, 우리……. 시간은 만들면 되니까 차근차근 준비하면 돼."

그렇게 말한 렌진펑이 일부러 환하게 미소 지었다.

"재미있는 이야기를 해줄까?"

리이룽도 다시 얼굴에 미소를 띠며 고개를 끄덕였다.

"타이완 국민의 70퍼센트가 사법 공정성에 믿음이 없다고 답했어. 75퍼센트는 타이완 법률이 돈과 권력을 가진 사람의 이익만 보장한다고 답했고. 80퍼센트에 가까운 사람이 가난한 사람은 부자보다 사형 판결을 받을 가능성이 높다고 답했는데……."

렌진펑이 일부러 말을 멈추고 준비한 '개그 포인트'를 터뜨릴 준비를 했다.

"85퍼센트의 국민이 사형 제도를 지지한다고 했대!"

"아, 우리 다른 얘기하자."

렌진펑은 웃음을 참을 수가 없어서 한참을 웃어대고서나 자신이 너무 무례했다는 생각이 들었다. 그는 눈앞의 접시를 내려다봤다. 대구구이를 다 먹고 부스러기만 남았다. 그러나 입안에 든 대구의 맛이 느껴지지를 않았다.

그는 자신이 애초에 왜 리이룽과 연애하게 되었는지 진짜 이유를 깨달았다.

7

제대 후 2주째의 주말에 렌진핑은 아버지와 함께 감리교회 예배에 참석했다. 그날은 아침부터 큰비가 내렸지만 타이베이감리교회의 정문 앞에는 언제나 그렇듯 차량이 길게 늘어섰다. 신도들이 우산을 들고 빠른 걸음으로 교회에 들어갔다.

렌진핑은 아버지에게 우산을 받쳐주며 같이 걸었다. 두 사람 모두 정장을 차려입었고 일부러 느리고 안정감 있게 걸었다. 사람들 속에서도 눈에 띄는 특별함이 느껴졌다. 제단 위로 올라가는 계단 뒤에서 렌정이는 느리지도 빠르지 않게 소매에 튄 빗방울을 털며 마주 오는 신도들에게 친절하게 인사를 건넸다. 다들 옆에 선 렌진핑을 보며 칭찬 한마디를 잊지 않았다. 이만큼 외모와 실력을 겸비한 부자를 보기란 쉽지 않은 일이었다.

렌진핑이 타이베이감리교회에 마지막으로 온 지 몇 개월이 흘렀다. 그동안 일이 바쁘다는 핑계로 예배에 빠졌지만, 사실은 해안 살인 사건에 온 신경을 쏟고 있었다. 현실과 무관한 교회 활동에 쓸 열정이 없었다.

렌정이는 아들이 이제 막 자기만의 사회 활동과 인생을 시작할 것임을 알아서 너무 많은 것을 요구하지 않았다. 하지만 이번 예배는 특별했다. 그는 우수 신도로 뽑혀 신앙이 자신을 어떻게 바꾸었는지를 다른 사람 앞에서 간증하는 역할을 맡게 되었다.

진행을 맡은 사람이 안내한 대로 렌정이는 일찍부터 계단 앞에서 준비를 마쳤다. 렌진핑은 계속 아버지 곁에 서서 사회생활에 적절한 수준으로 좋은 아들의 역할을 연기하고 있었다. 제단 위로 올라가기까지 10분쯤 남았을 때였다. 렌정이는 진행자의 소개를 기다리던 중 문득 생각난 듯 아들에게 말했다.

"외국으로 유학 가는 문제는 계속 생각 중이야? 그날 리이룽의 아버지가 너하고 이룽이 같이 유학을 가면 어떻겠느냐고 하더구나. 기회가 있다면 나쁘지 않다고 생각한다. 이력에 도움이 될 테고."

"네, 아직 생각 중이에요."

"더 생각할 것 없다. 사법 연수가 끝나면 유학을 갈 수 있게 준비해주마. 둘이 같이 나갈 수 있을 거다."

"하지만 실임 판사가 된 이후에 무급 연수를 신청할 수 있는 게 아닌가요?"

렌진핑은 리이룽이 했던 말을 떠올리며 물었다.

"사법원에서 선발된 사람은 그런 제한 없이 유학을 다녀올 수 있다. 두 사람 모두 직무와 급여도 유지된단다."

렌정이가 의미심장하게 미소를 지었다. 렌진핑은 이해하기 어려웠다.

"그건 우수한 사람을 신중하게 선발해서 보내지 않나요? 연차로 따지면 실임 판사가 아니면 선발되기 어려울 텐데요."

"그런 건 걱정하지 마라. 선발심사위원회가 다 너희 선배들인데, 뭘."

렌진핑은 아버지의 방식을 이제야 이해했다. 정말로 그런 일이 벌어진다면 다른 사람들이 그를 어떻게 볼까? 사법체계 내부에서도 이렇게 인맥을 통한 끌어주기가 용인된다면 재판의 공정성은 어떻게 담보할 것인가?

제단 너머에서 박수와 환호가 들렸다. 아버지가 올라갈 시간이다. 아버지는 오늘 무슨 일화로 신앙 간증을 하는 걸까? 아버지에게 중요한 날인데 자신이 전혀 관심이 없고 알지도 못한다는 사실에 깜짝 놀랐다.

렌정이가 옷차림을 정돈하고 넥타이를 가다듬었다. 무대 위로 올라갈 준비를 하는 표정에 생기가 넘쳤다.

"이룽과 헤어졌습니다."

렌진펑이 갑자기 말을 툭 던졌다. 렌정이는 당황하며 아들을 쳐다봤다. 한참 후에야 얼굴을 펴며 말했다.

"나중에 이야기하자. 나도 그 애는 좀 문제가 있다고 생각한다."

"아버지, 올해의 사법 연수에는 참가하지 않으려고 합니다."

"그게 무슨 말이냐?"

"변호사로 먼저 일해보려고요. 해안 살인 사건의 3심 변호를 맡고 싶습니다."

"너 그게 무슨 말도 안 되는 농담이야?"

렌정이는 끓어오르는 화를 억누르며 목소리를 낮춰서 말했다. 제단 너머에서 찬송가가 들려왔다. 사람들이 소리 높여 화음을 넣어가며 노래하니 분위기가 점점 달아올랐다.

"아버지, 오랫동안 판사로 일하시면서 잘못된 판결을 내린 적이 없으신가요?"

"없다. 단 한 번도 없어."

렌정이는 딱 잘라 말했다.

"사형을 판결하시고도 전혀 후회한 적이 없으세요?"

"하느님께 맹세코, 나는 내 양심 앞에서 떳떳하다."

시선을 아래로 내리며 렌진펑이 말을 이었다.

"저는 신이 사형을 허용한 이유를 모르겠습니다."

"눈에는 눈, 이에는 이. 하느님은 살인하지 말라고 하셨다."

렌정이는 이어서 성경 구절을 능숙하게 인용하며 말했다.

"우리는 판사로서 하느님의 사역자가 되는 것이다. 그가 공연히 칼을 가지지 아니하였으니 곧 하느님의 사역자가 되어 악을 행하는 자에게 진노하심을 따라 보응하는 자니라……．* 정당한 형벌을 회피해서는 안 되며 악한 자를 교화하는 것을 두려워하면 안 된다. 그것이 사형일지라도 말이다."

"하지만 하느님은 또 카인을 죽이는 자는 벌을 칠 배나 받으리라 하셨습니다."**

렌진펑이 연이어 말했다.

"다윗 왕이 간음하고 살인했지만 하느님은 그를 죽이지 않으셨죠."***

"예외를 원칙처럼 말하지 마라. 하느님은 그분의 안배가 따로 있으시다. 그건 우리가 사형 선고를 피하기 위해 핑계로 사용하면 안 돼."

"하지만 너희 중에 죄 없는 자가 먼저 돌로 치라 하셨지요."****

렌진펑은 계속해서 성경 구절을 인용하며 반박했다.

"일곱 번뿐 아니라 일곱 번을 일흔 번까지라도 용서하라고도 하셨

* 「로마서」 13장 3~4절.
** 「창세기」 4장 15절.
*** 「사무엘하」 11장 1~15절.
**** 「요한복음」 8장 7절.

습니다."•

"그건 네가 진정한 악을 본 적 없어서 그런 거다. 네가 판결을 내리는 위치에 서게 되면 이해하겠지. 어떤 악은 반드시 가장 엄격한 방식으로 징벌해야 한다."

인내심이 다 닳은 렌정이의 어조가 딱딱해졌다.

"퉁 어쩌고 하는 그자가 네게 그런 말을 해준 거니?"

"변호인님과는 상관없는 일입니다."

"지금 해안 살인 사건이 그런 판결을 받은 것은 전부 그 사람 탓이다. 그는 사법계를 깔보고 합리적인 이유 없이 모든 것을 반대하기만 했지……. 그런 사람을 보고 배워서는 네 미래에 해만 된다."

"하지만 재판의 모든 과정에서 판단을 내리는 사람에게 비위를 맞추고 눈치를 봐야 한다면, 그 판결자의 공정성은 어떻게 의심하고 검증할 수 있겠습니까?"

렌진펑이 말을 멈췄다가 결연한 어조로 덧붙였다.

"판결은 판사나 피해자가 아닌 피고를 위해 존재해야 합니다. 신을 위해서는 더욱 아닙니다."

제단 쪽에서 진행자가 렌정이의 이름을 외쳤다. 그는 더 반박하지 않고 굳은 얼굴로 계단을 올랐다.

렌진펑은 그 등을 보며 아버지가 많이 늙으셨다는 것을 깨달았다.

• 「마태복음」 18장 22절.

8

렌정이는 옌융위안의 집무실 앞을 천천히 오락가락 걸었다. 비서가 차를 내주며 원장님이 돌아오려면 시간이 좀 걸린다고 했다. 렌정이는 완곡하게 차를 거절하면서 괜찮으니 기다리겠다고 했다.

사실 렌정이는 옌융위안이 없는 것을 알고 있었다. 게다가 두 사람의 친분이면 직접 집무실로 찾아올 것도 없었다. 아무리 큰 문제라도 전화 한 통이면 된다. 그러나 이번에 렌진핑 문제는 보통 큰일이 아니었다. 그러니 자신이 이 문제를 얼마나 중요하게 생각하는지 보여주기 위해서라도 이렇게 하는 것이 옳았다.

옌융위안은 얼마 지나지 않아 집무실로 돌아왔다. 그는 렌정이가 문밖에서 기다리는 것을 보고 놀랐다.

"선배, 왜 여기에 서 있나? 안에서 기다리지."

렌정이의 어두운 표정에 옌융위안도 긴장했다. 얼른 그를 집무실로 들어오게 하고, 비서에게 방해하지 말라고 지시했다. 렌정이가 빠르게 아들의 상황을 설명했다. 옌융위안이 미간을 찌푸리며 말했다.

"젊은 애들이 다 그렇지. 열정이 과해."

"이번에는 정말 후배 도움이 필요해."

렌정이의 눈빛이 반박을 허용하지 않을 기세였다. 옌융위안이 거절하리라고는 전혀 생각하지 않았다. 오랫동안 동기동창으로 우정을 쌓았기 때문이기도 했고, 옌융위안이 그에게 마음의 빚이 있기에 가능한 확신이었다.

옌융위안의 아들 옌저양嚴哲仰도 법학과를 나온 엘리트다. 몇 년 전, 차를 몰다 행인을 치고 도주한 적이 있다. 나중에 피해자와 합의했지만, 검사가 옌저양을 뺑소니 혐의로 기소했다. 범죄사실과 증거가 확실했기에 1심에서 유죄 판결을 받았다.

2심에서 렌정이가 합의부 재판장을 맡았다. 옌융위안은 앞으로 법관이 될 아들의 장래에 영향을 미칠까 봐 렌정이에게 도움을 청했다. 렌정이는 옌저양을 어려서부터 봐왔기 때문에 망설이지 않고 승낙했다.

뺑소니 범죄의 성립 여부는 행위자의 고의성에 달렸다. 다시 말해 인명피해가 발생했다는 사실을 알고도 자리를 떠났는지가 관건이다. 그러나 행위자의 주관적인 고의성을 확인할 방법이 없으므로 객관적인 증거로만 판단해야 한다. 노련한 판사의 경우 증거를 판단하고 해석하는 과정을 유리하게 조작하는 것도 어렵지 않다. 합의부의 다른 판사는 수긍하기 어려워했지만, 결국 재판장인 렌정이가 강력하게 주장하여 무죄 판결이 내려졌다.

그동안 렌정이가 그 일을 다시 언급한 적은 없다. 렌정이 입장에서 그리 어려운 일도 아니었다. 그러나 옌융위안에게는 잊을 수 없는 은혜였다. 옌융위안이 곧바로 물었다.

"내가 어떻게 하면 되겠나?"

"사건을 나에게 배정해주게."

특정 판사에게 사건을 배당하는 것은 법치국가에서 상상도 할 수 없는 일이다. 담당 판사를 조작할 수 있다면 판결에 인위적으로 개입할 가능성이 커진다. 따라서 소송을 누구에게 맡길지는 사전에 정해진 법률로 규제한다. 이른바 '법관 법정法定의 원칙'이다.

일반적으로 법원에서 사건을 배정할 때는 이 원칙을 반드시 지킨다. 사건이 오는 순서대로 즉시 컴퓨터에서 임의로 배정하기 때문에 인위적인 조작이 거의 불가능하다. 하지만 최고법원의 방식은 다르다. 매달 한 명의 판사가 맡는 사건의 수를 제한하여 다 배정되지 않은 사건은 쌓아두는 것이다.

최고법원은 재판의 품질을 유지하기 위해 판사당 사건 수를 통제한다고 말하지만, 사정을 아는 사람은 그건 핑계라는 것을 안다. 최고법원의 사건 수 제한은 판사의 노동량을 공평하고 균등하게 하는 데 목적이 있다. 따라서 판사당 사건 수를 통제하려면 일차적으로는 사건을 수동 분류하고 독립적인 순번을 매긴 뒤 판사별로 사건 배정을 어떻게 할지 복잡한 조건을 설정하고서야 컴퓨터를 이용한 임의 배정이 가능해진다.

이런 복잡한 규칙은 최고법원의 판사들도 다 이해할 수 없다.

그래서 앞서 설명한 사건 분류, 순번 지정, 조건 설정 등의 과정을 모두 수동으로 하는 경우가 대부분이다. 이처럼 인위적 개입이 쉽기 때문에 사건 배정의 불공정성에 대한 우려가 높아 비판을 많이 받았다. 그래서 최고법원에서 이런 식의 판사당 사건 수를 제한하는 배정 방식을 폐기하겠다고 발표한 적도 있지만 진정한 문제는 '수량 제한'이 아니다. 완벽하게 임의 배정하지 못한다면 어떻게 해도 조작할 가능성이 있다.

옌융위안은 렌정이의 요구를 이해했지만 망설이는 빛이 역력했다. 사건 배정 규칙에 개입하려면 임의 추첨의 확률을 조작해야 하므로 100퍼센트 가능하다고 보장할 수 없었기 때문이다. 게다가 이 일에 너무 표나게 개입하면 나중에 처리하기 어려웠다.

"방법이 있어."

렌정이는 옌융위안의 우려를 금세 알아차렸다. 차를 한 모금 마시고 천천히 말을 이었다.

"해안 살인 사건은 1심의 사형 판결이 유지되었으니 사건 배정에 있어서 시간적 제한이 없어. 그러니 언제든지 그 사건을 추첨 프로그램에 넣기만 하면 돼. 음, 정확하게 말하자면 다음 달에 추첨하는 게 좋겠어."

옌융위안이 당혹해했다. 하지만 렌정이에게 계속 말하라고 손짓했다.

"우선 '형사 법관 업무 분배 회의'를 열어서 두 가지 일을 결정하게. 첫째, 이번 달 사건 배정은 잡다한 사건들 위주로 한다. 성자聲字혹은 항자抗字로 분류된 작은 사건들, 세 개를 합쳐야 큰 사건 하나 정도 되는 것들 말일세. 그러면 판사당 사건 수가 늘어나도 재판 과정이 간단하니 실제로는 업무량이 많지 않아서 다들 반대하지 않을 거야. 그동안 누적된 사건을 빠르게 처리한다는 명분도 확실하지. 둘째, 이번 달에 배정된 사건이 전보다 많으니 다음 달에는 기존 판사에게 사건을 배정하지 않는다. 그러면 새로 들어온 판사들에게만 사건을 배정할 수 있어."

옌융위안은 점점 렌정이의 계획을 이해하게 되었다. 업무 분배 회의를 열어서 임시로 사건 배정 규칙을 변경하는 것은 법적 근거는 없지만 전례가 존재했다.●

"다음 달에는 신입이 두 명 들어오기로 되어 있어. 그중 한 명이 내가 이끄는 합의부에 발령났고."

렌정이가 말을 마쳤다.

"그렇더라도 50퍼센트의 확률이잖나."

"내 운이 그렇게 나쁘다면, 법원 조직법에 의거해서 자네가 최종 업무 분배권을 써야지."

●　타이완 최고법원 정위산鄭玉山 원장이 중화민국 106년(2017) 9월, 107년(2019) 4~5월에 형사 판사 업무 분배 회의를 열고 판사들의 전체 동의 없이 사건 배정 순서와 사건 종류를 변경했다. 이 일로 양쉬윈楊絮雲 판사가 사건 배정에서 배제되었다고 고소하는 사건이 발생했다.

렌정이가 딱 잘라 말했다. 옌융웨이안이 고개를 끄덕였다. 50퍼센트의 확률이라면 이보다 더 교묘한 방법은 없을 터였다.

한 달 뒤, 해안 살인 사건의 배정 결과가 나왔다. 확률이 렌정이의 편에 섰다.

9

해안 살인 사건의 최고심 재판장이 되는 것은 렌정이의 계획 중 첫걸음에 불과했다. 렌진펑이 변호를 맡는 것을 막으려면 방법은 하나뿐이었다. 바로 공판 자체가 열리지 않는 상태로 사건을 종결하는 것이다.

그렇게 하기란 쉽지 않았다.

형사소송법에 따르면 변론할 필요가 없다면 3심에서 피고인은 강제 변호*를 받지 않는다. 다시 말해 합의부에서 공판을 열 필요가 없다고 판단하면 해안 살인 사건은 변호사의 변론 없이 판결을 내릴 수 있다.

이런 규정은 중형을 선고받은 피고를 완전히 보호하지 못한다는 비판을 받는다. 사형수 중에서 중화민국 98년(2009)에 이에 대한 헌법소원을 낸 적이 있으나 대법관이 수리하지 않은 적도 있다. 많은 인권단체가 이 법률을 수정할 것을 요구하고, 사법원에서도 관련 법안을 입안했으나 입법원을 통과하지 못했다.

그러나 이런 상황은 중화민국 101년(2012) 11월 16일부터 달라졌

* 강제 변호란 피고인이 원하지 않더라도 강제로 변호사를 선임해 변호하도록 하는 제도다.

다. 최고법원은 보도자료를 내고 그해 12월부터 사형 선고에 관한 신중함과 생명에 대해 사법적 존중을 보여주기 위해 사형이 구형된 경우 일률적으로 구두변론을 실시한다고 선언했다.

사형 판결된 3심 사건에서 강제 변호를 의무화하지 않은 법규의 문제를 간접적으로 해결한 셈이다. 사형 판결을 받은 사건은 무조건 구두변론을 해야 하니 공판이 열리게 되고, 공판이 열리면 변호인이 필요해진다. 그래서 어떻게 하면 공판을 열지 않고 사건을 종결하여 롄진핑이 변호를 맡을 기회를 아예 주지 않을 것인지가 롄정이의 과제였다.

일요일 오후, 늙은 추사들이 늘 그렇듯 롄정이의 집에서 모임을 가졌다.

롄진핑은 농구공 가방을 챙겨서 집을 나갈 참이었다. 자신이 이곳에 어울리지 않는다고 느꼈다. 관심이 있는 척하지만 실상은 상대를 멸시하는 표정을 마주하고 싶지 않았다. 서로 끌어주는 권력 네트워크도 더는 참지 않을 생각이었다. 지금까지는 그런 모습을 보는 것이 괴롭다고 생각한 적 없었지만 이제 달라졌다.

방 밖으로 나갔을 때, 롄정이가 현관에서 낯선 손님을 맞이하는 중이었다.

"진핑, 이분은 샤오밍룬蕭名倫 판사시다. 샤오 판사, 내 아들 진핑일세."

샤오밍룬은 수박처럼 튀어나온 배를 내밀고 손에 쥔 손수건으로 반쯤 벗어진 머리를 거듭 닦아가며 인사했다. 다른 한 손은 여기저기 갈라진 가죽 허리띠를 잡고 있었다.

"아드님도 법조계 엘리트라는 말씀을 많이 들었습니다. 곧 사법 연수를 받을 거라죠? 과연 그 아버지에 그 아들이군요."

렌정이는 별다른 말없이 고개를 끄덕였다. 렌진펑도 가짜 미소를 띠었지만, 한편 이상한 예감이 들었다. 샤오 판사는 어떻게 보아도 높은 자리에 올라갈 사람처럼 보이지 않았다. 그가 아버지의 다른 손님들과 나란히 서 있는 것을 상상하니 정말 어울리지 않았다.

"샤오 판사는 우리 법원에 새로 발령받았는데 마침내 합의부에 들어왔단다. 앞으로 공적인 부분에서 협조할 일이 많을 거야."

샤오밍룬은 연신 굽실대며 겸손한 모습을 보였다. 렌정이가 그를 안으로 안내하는 동안 렌진펑은 기회를 놓치지 않고 현관 밖으로 나왔다. 샤오밍룬이 이른바 '회의실'이 들어서자 옌융위안과 장밍텅이 반갑게 일어나서 그를 맞았다. 두 사람은 사법계에서 이름이 알려진 인사들이라 샤오밍룬은 당황했다. 얼마 후 옌융위안이 와인 잔을 건네며 그를 마작 테이블로 불렀다.

"앞으로는 자네도 우리 모임의 일원이야."

옌융위안이 샤오밍룬의 다음 차례 자리에 앉으며 말했다.

"감사합니다, 감사합니다. 그리고 저는 오늘 준비한 것이 없어서 죄송합니다."

"렌 선배의 친구면 우리에게도 친구지. 너무 예의 차리지 말게."

맞은편에 앉은 장밍텅도 말을 보탰다. 렌정이는 샤오밍룬의 앞 순번에 앉으면서 그의 어깨를 두드렸다. 샤오밍룬은 뜨거운 환대에 어찌할 바를 몰랐다. 불그스름한 얼굴에 어색한 미소가 걸렸다.

렌정이가 손을 움직이자 마작패가 잘그락잘그락 부딪히는 소리를 냈고, 게임이 시작되었다.

샤오밍룬은 겉모습은 둔해 보이는데 마작 기술은 훌륭했다. 안정적으로 몇 번 이겼을 뿐만 아니라 상황이 좋지 않을 때는 안전하게 게임을 했으며 남에게 좋은 패를 준 적도 없었다.

"일하는 데 어려움은 없지? 막 올라와서 적응해야 할 텐데, 부담될 거야."

옌융위안이 티 나지 않게 언급했다.

"문제라뇨, 전혀 없습니다. 고등법원보다 편합니다."

"해안 살인 사건은 어떻게 할 생각인가?"

렌정이가 질문을 마치고 나서 패를 하나 버렸다. 마침 샤오밍룬에게 필요한 것이었다.

샤오밍룬은 이런 장소에서 일 이야기를 하는 것이 이상했지만 습관이려니 했다. 렌정이는 사건의 재판장이니 말 못 할 것도 없었다.

"그…… 기본적인 것만 살펴봤지만 증거 부분에서 문제의 소지가 있는 것은 확실한 것 같고, 양형도……. 어쨌든 우선 공판을 잡은 다음 피고 쪽 얘기를 들어봐야죠."

"공판을 열어야 한다고?"

렌정이는 자기 앞에 놓인 마작패에서 시선을 떼지 않았지만 어조가 조금 달라졌다.

재판장이 사건 처리에 의견을 제시하는 것이 이상한 일은 아니었다. 그러나 샤오밍룬은 렌정이의 태도에서 논의할 여지가 없다는 느낌을 받았다. 오히려 명령을 하달받는 느낌이었다. 샤오밍룬 역시 경력 있는 판사인 만큼 현재 상황에 조금 경각심을 가졌다.

"지금은 사형 안건에 대해서는 무조건 구두변론을 해야 하지 않습니까?"

"자료가 충분하고 판결에 위법 사항이 없는 것이 분명하다면 굳이 변론을 해야 할까? 지금 '정치적 올바름'이 사법부까지 침범한 것 같은데 이런 개념이 사법권 독립에 지장을 주지 않나? 사형 안건은 필수적으로 변론이 필요하다면 왜 법을 고치지 않는가? 사법부가 입법자의 태만을 감수해서는 안 되지 않을까?"

렌정이가 말을 마치고 조용히 샤오밍룬을 바라봤다. 그때 장밍텅이 끼어들었다.

"게다가 그런 것은 신문 기사에 불과한데 법률을 우습게 보아서 되겠나? 필요하지 않은 공판을 여는 것도 위법 사항이 아닐까?"

"그렇기는 합니다만 신중하게 접근하는 것이 나쁜 일도 아니고……."

샤오밍룬은 게임 테이블에 둘러앉은 사람들의 시선을 피해 마작 패를 내려다보며 말을 이어갔다.

"판결에 허점이 없어야 하니까요."

옌융위안이 크게 웃으며 말했다.

"샤오 판사, 자네는 지금 최고법원에 와 있다는 것을 잊었나? 여기가 '최고'야, 누가 자네를 지적할 수 있겠어?"

렌정이가 다시 패 하나를 버렸다. 또 샤오밍룬에게 필요한 것이었다. 샤오밍룬은 무의식적으로 '츠吃'를 외쳤지만,[•] 막상 패를 집을 때는 망설였다. 게임 진행이 비정상적으로 순조로웠다.

"최고법원에 '송열送閱' 제도[••]가 있지. 렌 선배가 이만큼 확실하게 말한 건 다 자네를 위해서 귀찮은 일을 줄여주려는 거야."

장밍텅이 부드러운 어조로 일깨웠다.

[•] 마작을 할 때 남이 버린 패를 가져오겠다고 알리는 구호다.
[••] '송열'이란 사전에 재판장 또는 원장에게 판결 결과를 전달한 후에 판결하는 것을 말한다. 이 제도는 원래 판결의 질을 높이기 위한 것이었으나, 이를 이용하여 의도적으로 판결 내용에 개입할 수 있었기 때문에 중화민국 85년(1996)에 폐지되었다. 그러나 대법원 사무규정 제25조 제1항 '법관은 맡은 사건을 사전에 심사하고 심사 결과를 재판장에게 보고하여 정기적으로 평의에 회부하여야 한다'는 내용을 보면 최고법원에서 평의회 전에 '송열' 하던 제도의 그림자가 남은 것을 알 수 있다.

"그럼 다른 판사들[*]은요?"

옌융위안이 믿을 수 없는 소리를 들었다는 듯 되물었다.

"저이가 재판장이고 자네가 수명 판사야. 배석한 다른 사람들을 걱정할 게 있나?"

장밍텅은 짐짓 샤오밍룬의 처지를 이해하는 체하면서 옌융위안에게 대신 제안해주었다.

"하지만 해안 살인 사건은 복잡하게 얽힌 일이 많아서 압력도 있을 거란 말이지. 이 사건을 마치고 나면 한두 번은 사건 배정에서 빼주면 어떤가?"

"그거야 어려운 일이 아니지."

옌융위안이 어깨를 으쓱하며 마작을 계속했다. 샤오밍룬은 여기 모인 늙은 여우들이 말은 듣기 좋게 하지만 실제로는 전혀 봐줄 마음이 없다는 것을 알았다. 그는 고개를 숙이고서 가타부타 말이 없었다.

"공판 없이 가자고."

롄정이가 늘 그렇듯 담담한 태도로 말했다.

샤오밍룬이 잠시 침묵하다가 갑자기 말했다.

"이 일이 아드님과 관련이 있는 거죠?"

그 말을 들은 사람들은 속으로 꽤 놀랐다. 샤오밍룬이 언론 보도와 몇 가지 단편적인 실마리만 가지고 그 정도로 추론을 해낸 것을 보니 영리한 사람이긴 했다.

옌융위안과 장밍텅은 어떻게 대답해야 할지 몰라 마작패만 들여다보며 입을 다물었다.

---

[*] 최고법원의 합의부는 수명 판사 1인, 재판장 1인(합의부 수장), 배석 판사 3인으로 구성된다. 판사 5인이 평의회를 열고 논의한 뒤 투표로 판결을 결정한다.

샤오밍룬이 한숨을 쉬더니 천천히 말을 이었다.

"부모 마음은 다 똑같지요⋯⋯."

렌정이는 순간 강렬한 피로감이 엄습하는 것을 느꼈다. 억지로 버텨냈지만 패를 섞는 손이 멈췄다. 눈도 조금 불그스름해졌다. 다른 사람들은 렌정이의 모습을 보고 다들 조금씩 손이 느려지더니 곧 마작패를 뒤섞느라 잘그락거리던 소리가 조용해졌다.

렌정이는 갑자기 아들의 열정이 안타까워졌다. 렌진펑은 지금처럼 결연하게 반발한 적이 없었다. 처음에는 화가 났으나 반항이 반드시 나쁜 일만은 아니었다. 렌정이도 젊은 시절이 있었는데 모를 수가 없다.

다만 자신이 그만큼 애를 쓰고 걱정하는데 아들은 그런 마음을 몰라주는 것을 받아들이기 어려웠다.

이 모든 것을 렌정이는 후회하지 않았다. 어쩌면 이것이 그가 아들을 위해 해줄 수 있는 마지막 일인지도 모른다.

한 달 후, 해안 살인 사건의 3심 판결이 나왔다.

사형이 확정되었다.

10

퉁바오쥐는 3심 판결을 뉴스에서 보고 병실을 나와 산비탈에 있는 작은 성당에 갔다.

성당은 환자가 조용히 기도할 수 있도록 준비된 공간이라 성직자가 나오지 않는다. 당연히 고정적으로 방문하는 신도도 없다. 퉁바오쥐는 계단을 올라갔다. 성당 문은 열려 있었고, 주변을 둘러봐도 사람은 없었다. 소박한 성당이라 입구에서 안쪽을 다 살펴볼 수 있었다. 퉁바오쥐는 안쪽 벽에 걸린 십자가를 빤히 바라봤다. 그는 결국 성당 안으로 들어가지 않았다.

성당 뒤쪽으로 돌아간 퉁바오쥐는 벽에 기대어 지룽항을 내려다봤다. 석양이 산 뒤쪽에서 마지막 빛을 뿜어내는 것이 보였다. 허핑다오섬 쪽은 짙은 구름이 빽빽하게 가리고 있었고 빗줄기가 해수면을 두드리는 중이었다.

퉁바오쥐는 마지막 기회가 있다는 것을 알았다. 딱 하나 남은 기회였다.

천칭쉐는 퉁바오쥐가 언젠가 찾아올 것을 예상했다. 하지만 해안 살인 사건은 3심까지 확정되었기 때문에 두 사람이 더는 '밀회'를 할 이유가 없다고 생각해 사무실에서 만났다.

천칭쉐는 퉁바오쥐가 술을 마시지 않는 것을 알지만 일부러 그의 몫으로 한 잔을 준비했다.

퉁바오쥐는 예상대로 술을 거절했고, 천칭쉐도 두 번 권하지 않고 술잔을 내려놓았다.

"재심을 신청할 거야."

퉁바오쥐가 단도직입적으로 말했다.

"어떤 근거로?"

"생각 중이야……. 시간이 필요해."

"왜 나를 찾아왔어?"

"당신만이 사형 집행을 잠시 늦출 수 있으니까."

"내가 그래야 할 이유가 있어?"

퉁바오쥐가 입을 다물었다.

천칭쉐가 웃으면서 덧붙였다.

"이 술을 마시면 당신 부탁을 들어줄게."

통바오쥐는 두말없이 잔을 비웠다.

"장난이었어."

천칭쉐는 통바오쥐가 술을 다 마신 뒤에야 미소를 지으며 말했다.

"나도 처음부터 집행을 미룰 생각이었다고……. 그렇게 할 수 있는 절묘한 이유도 있고."

통바오쥐가 당혹해하는 것이 여실히 느껴졌다. 천칭쉐가 교활하게 웃었다.

"사형집행규칙을 수정하는 일이 막 끝났어. 수형능력의 기준이 느슨해졌지."

사형집행규칙은 법무부 내부 규칙이다. 법률은 아니지만 실질적으로 사형 집행을 제한하는 절차에 관한 내용이다. 그래서 장관이 절대적인 주도권을 가지고 절차를 단순하게 수정할 수 있었고, 대중의 관심도 받지 않았다. 천칭쉐는 최근의 수정안에 '수형능력' 규정을 사형 심사의 요건으로 추가했다.

수형능력이란 피고가 형벌을 수용할 수 있는 능력을 가리킨다. 형사소송법의 규정에 따르면, 사형수가 심신을 상실한 상태일 경우 국가는 사형 집행을 잠시 정지할 수 있다. 처벌이 해당 죄수에게 어떤 의미도 갖지 못하기 때문이다. 그러나 사법 실무에서는 해당 규정을 인용하여 사형 집행을 잠시 정지시키는 데 성공한 사례가 없다.

가장 큰 원인은 심신상실 상태를 판단하는 법원의 정의定意가 상당히 보수적이라는 점이다. 최고법원이 중화민국 26년(1937) 위상자渝上字 제236호 판결을 주로 인용하면서 지각능력과 판단 기능이 전혀 없을 경우에만 심신상실 상태의 정의에 부합한다고 봤기 때문이다.

즉 무의식 상태이거나 외부 사물을 전혀 식별할 수 없을 만큼 매우 심각한 정신병적 상태가 아니라면 위의 기준을 충족하는 것은 거의 불가능하다.

천칭쉐는 '사형제 만장일치'를 입법하는 데 실패하자 암암리에 사형집행규칙 개정을 계획했다. 개정된 규칙은 겉으로는 형사소송법 규정을 재확인하는 데 그친 수준이었지만 그 속내를 들여다보면 법무부가 최고법원의 기존 견해를 깨고 유엔인권위원회의 의견을 받아들여 심신상실 판단 기준을 대폭 완화했음을 알 수 있다.

이처럼 법률 용어를 피해서 우회적으로 판례에 대한 견해를 변경하는 것은 이례적인 일이었다. 천칭쉐는 세심하게 준비했고, 예상대로 이번 사형집행규칙의 수정안은 세상의 관심을 끌지 않고 조용히 통과됐다.

"법무부는 사형수의 정신 상태를 재감정할 권한이 있어. 피고가 정신적 장애로 처벌의 이유나 결과를 이해하지 못하는 한 사형은 집행할 수 없지."

퉁바오쥐의 뜨거운 눈빛은 천칭쉐를 꽤 만족시켰다. 천칭쉐가 물었다.

"한 잔 더?"

퉁바오쥐가 기분 좋게 웃었다. 좋지.

11

사형 집행을 정지하더라도 3심 판결을 무효화하려면 재심을 하는 수밖에 없다.

퉁바오쥐도 그 첫 번째 기회가 이렇게 빨리 나타날 줄은 몰랐다.

아나우가 퉁서우중의 병동에 나타났다. 샌드위치를 먹는 중이던 퉁바오쥐는 아나우의 굳은 표정을 보고 그를 따라 병실 밖으로 나갔다.

"나는 절대, 절대로 풍년제에서 춤을 추지 않을 거니까 그렇게 알아."

퉁바오쥐는 이죽거릴 기회를 놓칠 생각이 없었다.

아나우는 퉁바오쥐에게 컴퓨터에서 출력한 구매 품목 리스트를 건넸다. 박스 테이프, 톱, 세제, 표백제, 여행용 캐리어 등이 적혀 있고 구입 일자와 시간, 품목별 가격도 나와 있었다.

"르칼……. 나는 르칼이 루우가 바다에 빠진 일에 관련 있다고 생각해."

아나우가 결론부터 말하고 이어서 추론의 근거를 설명했다.

펑정민이 문화회관에서 미친 사람처럼 화를 내고 간 뒤, 아나우는 그의 뒤를 따랐다. 어떻게든 그의 울화를 풀어주어야겠다고 생각했다. 그때 펑정민이 차 트렁크를 열고 어깨에 메고 있던 검은 가방을 넣었다. 아나우가 가까이 갔을 때 트렁크 안에 새로 산 여행용 캐리어가 있었고 마트에서 쓰는 박스 테이프도 여러 개 보였다. 아나우는 펑정민이 바다에 나갈 준비를 한다고 생각했다. 두 사람은 몇 마디 대화를 나눴는데, 펑정민은 왠지 모르게 우물쭈물하며 제대로 대답하지 않았다. 그런데 그날 밤 퉁서우중에게 사고가 생긴 것이다.

"나중에 감시카메라 영상을 찾아봤어. 그날 밤에 르칼과 루우가 아파트 단지에서 이야기를 나누는 장면이 찍혔더군. 분위기가 좋아 보이진 않았어. 르칼은 루우가 차 트렁크 쪽으로 다가가는 것이 불쾌한 모양이더라. 그리고 이튿날에…… 그 증인이 법정에 나오지 않았지."

"수프리안토?"

"응. 나는 그게 계속 마음에 걸렸어. 르칼의 차 트렁크에 새로 산 여행용 캐리어가 있었잖아. 그리고 이런 물건들도 샀고······. 내가 마트에서 일하는 친구를 통해서 르칼이 뭘 샀는지 알아낸 거야."

퉁바오쥐는 구매 목록을 다시 살펴보고 아나우가 말하려는 의미를 알아차렸다. 펑정민의 집을 방문했던 날, 분위기가 확실히 이상하긴 했다. 그때 퉁바오쥐는 펑정민 마음속에 해묵은 원망이 치솟아서 그런 거려니 했다. 그 갈색 배낭······ 그 배낭을 어디서 봤더라? 그리고 그건 코란경이었는데······ 설마 그 코란경인가?

퉁바오쥐는 점차 조각난 사실을 맞춰갔다.

"타카라, 통신기록을 살펴보니 그날 밤에 루우가 네게 전화했더라 그렇지?"

"맞아. 하지만 내가 받지 못했어."

"알아. 음성 메시지를 남기셨지?"

"응. 하지만 무슨 말을 하려는 건지 모르겠더라."

퉁바오쥐는 아버지와 국숫집에서 나눈 마지막 대화를 떠올렸다. 저도 모를 화가 솟구쳤다.

"멍청한 인간! 나한테 전화해서 뭘 어쩌려고 한 거야? 일이 생겼으면 경찰을 불러야지!"

"이건 루우가 바다에 빠졌을 때 그 근처에서 발견된 거야."

아나우가 주머니에서 증거품 보관 비닐을 꺼냈다. 안에는 사진이 한 장 들어 있었다. 리나가 주보단에서 퉁서우중과 퉁바오쥐를 찍어 준 그 사진이었다.

"내 생각인데, 루우는 너한테 뭘 알려주려던 게 아닐 거야. 차 트렁크에 들어 있는 사람이 너라고 생각하신 거 아닐까?"

"우리 아버지 같은 인간은······."

퉁바오쥐가 구매 목록이 적힌 종이를 아나우에게 돌려주었다. 그는 비닐 백에 담긴 사진을 보지 않으려 시선을 피하며 내뱉었다.

"말이 안 통하는 인간이야! 맨날 의미 없는 짓이나 하고 말이야!"

아나우는 증거를 챙겨넣으며 퉁바오쥐의 격한 감정이 지나가기를 기다렸다.

"타카라, 너한테 다른 단서는 없어? 이정도 증거로는 부족해. 나는 더 조사할 생각이지만 나중에……."

"가, 가버려! 정신이 나갔어? 텔레비전을 너무 많이 봐서 네가 스파이라도 되는 줄 아는 거야? 너처럼 따분한 인간은 본 적이 없다. 경찰이 함부로 추측해서 사건을 처리해도 돼? 얼른 가!"

퉁바오쥐가 갑자기 화를 내며 쫓아내자 아나우도 울컥하는 표정을 지으며 자리를 떴다.

퉁바오쥐는 병실로 돌아와 아버지 곁에 앉았다. 아버지는 날이 갈수록 수척해지고 있었다. 그 얼굴을 보니 어머니가 돌아가시기 전 모습이 떠올랐다.

펑정민은 수프리안토를 살해할 이유가 있다. 아버지가 바다에 빠진 것은 펑정민과 관련이 있을지 모른다. 이 모든 것이 사실로 드러난다면 재심 청구의 근거가 될 수 있을 것이다. 하지만 해안 살인 사건은 이미 너무 많은 사람을 아프게 했다.

키하우 부락이 또 다른 살인 사건을 견딜 수 있을까?

퉁바오쥐는 멍하니 앉아서 꼼짝도 하지 않고 해가 산 아래로 떨어지는 것을 바라봤다.

12

3심 판결이 너무 빨리 급하게 나온 데다 여당이 얼마 전 내놓은 사형제 국민투표 때문에 정치가 사법을 농단한다는 논란이 일었다.

쑹청우는 이에 직접 응하지 않고 홍보실을 통해 사형 집행에는 시간표가 없으며 국민투표나 기타 어떤 요인도 고려하지 않고 법무부에서 법에 따라 처리할 것이라는 성명서를 발표했다.

천칭쉐는 인터뷰에서 "사형 판결은 변함없다. 다만 법무부는 엄격한 잣대로 사형을 집행할 것이다. 이 사건의 피고인은 계속 정신 상태에 대한 논란이 있었기 때문에, 우리는 특별히 그의 수형능력을 검사할 것"이라고 밝혔다.

수형능력? 언제 그게 바뀌었지?

장더런은 자신이 천칭쉐를 너무 얕보고 있었음을 깨달았다.

쑹청우도 불같이 화를 냈다. 위기에 빠진 정부 입장에서 법률 적용에서 개입할 여지를 잃게 된다면 그건 또 다른 위협이었다.

쑹청우는 장더런을 질책했다.

"다들 사형을 원하는데 내가 그걸 주지 못하고 있어. 그러면 국민투표가 무슨 의미인가?"

장더런은 할 말이 없었다. 그는 천칭쉐가 이 일을 확실히 이해하도록 만들어줘야 한다고 생각했다.

천칭쉐가 공문을 처리하는 중에 보좌관이 서류를 하나 더 가지고 왔다.

"이게 뭐지?"

"총통부에서 보낸 공문입니다. 그런데……."

보좌관의 얼굴에 의혹이 가득했다. 천칭쉐는 서류를 받아서 열어봤다. 송신인은 총통부 제1국으로 되어 있었고, 공문 제목은 '총통부는 압둘아들의 특별사면을 수리하지 않음을 확인함'이었다.

새로 개정된 사형집행규칙에는 집행 전 총통이 피고의 특별사면 요청을 받았는지 확인하는 절차가 있다. 총통부가 특별사면 요청을 받았다면 이를 받아들일지 그렇지 않을지 결정이 나올 때까지 사형을 유예해야 한다.

그러나 법무부는 아직 압둘아들의 사형 집행 절차를 시작하지 않았다. 왜 총통부에서 공문으로 '특별사면을 수리하지 않음'으로 회신했을까?

천칭쉐의 전화가 울렸다. 장더런은 자신이 누구인지 밝히거나 안부를 묻는 과정을 다 생략했다.

"공문을 받았습니까?"

"이게 뭐죠? 우리는 아직 그의 사형 집행에 관해서는 심사를 시작하지도 않았습니다."

"그건 초안입니다. 하지만 장관에게 먼저 보여줘야 할 것 같더군요. 우리는 언제든지 준비되어 있어요."

장더런이 대놓고 말했다. 천칭쉐도 알아들었다. 그들은 압둘아들을 언제든지 총살할 방법이 필요했다.

"사형은 저 혼자서 결정할 수 있는 문제가 아닙니다. 검찰에서 요청하고 나서 사형 집행을 심사하는 위원회에서 결의를 해야 합니다."

천칭쉐가 반박했다.

"심사위원회? 그런 법적 근거도 없는 존재를 처리하는 거야 어려운 일도 아니잖습니까?"•

장더런이 딱 잘라 말했다.

잠깐 침묵이 흐르고, 청칭쉐가 차갑게 말했다.

"국민투표의 결과만 기다리겠다, 그 소리야?"

"국민에게 그들이 원하는 것을 줘야지. 그러면 그들은 자기가 진짜 받아야 했던 것은 잊어버릴 거야. 오래된 방법이 가장 좋은 방법이거든."

"난 시행령에 서명하지 않겠어."

"당신이 왜 아직도 그 자리에 앉아 있는 줄 알아? 법무부 장관 교체도 국민이 기대하는 쇼의 일부이기 때문이야."

장더런은 인사 없이 전화를 끊었다.

모든 여론조사에서 사형제도가 국민투표라는 관문을 통과할 것임을 보여주고 있다. 천칭쉐는 사형 집행이란 상황을 피할 수 없게 된 것이다.

이제 원칙의 문제가 아니라 거취의 문제다. 천칭쉐는 자신이 법무부 장관직을 유지하지 못할 것을 알았다. 마음속에 아무리 포부가 많아도 소용이 없다.

모든 카드를 다 써버렸다.

13

3심 재판이 끝난 다음 날 펑정민은 차를 몰고 슝펑 선업 빌딩으로 향했다. 조수석에서 슈프리안토가 계속 말을 걸어오고 있다.

• 쩡융푸曾勇夫 전 법무부 장관이 1999년 사형집행심의회를 설치했다. 심의회는 관련 부처 간부로 구성했으며, 사형 집행을 공동으로 심사하도록 했다. 그러나 심의회의 설립은 실상 법적인 근거가 없었으며 회의 개최 시간이 매번 다를 뿐만 아니라 의장과 참석자가 때때로 변경되었고, 심의 절차나 자료 검토, 결의 기준에 대한 명확한 규정이 없다.

적어도 그는 그렇게 생각했다. 왜냐하면 그는 전혀 알아들을 수 없기 때문이다. 펑정민은 라디오 볼륨을 최대로 올렸다. 말이 통해도 소용이 없다. 그것은 환각이거나 수프리안토의 유령이다. 어쨌든 펑정민은 그것을 무시했다.

오늘 그는 홍전슝에게 승부수를 던질 것이다. 해안 살인 사건의 결과로 그의 능력과 충성심을 증명했다. 펑춘 16호와 그 배가 품고 있던 피비린내도 사형 집행으로 가려질 것이다. 홍전슝은 그의 요구를 거부할 이유가 없다.

펑정민은 반가운 소식까지 가져왔다.

코란경에서 발견한 메모리카드.

그는 그 안에 케니 도슨의 파일 기록이 들어 있는 것을 확인했다. 처음 외국 놈이 바다에 빠졌을 때 선실을 샅샅이 뒤졌지만 종이에 적은 자료 외에는 아무것도 찾지 못했다. 지금 보니 그놈도 경계심을 품었던 모양이다. 메모리카드에는 뭔지 다 있었다. 어획 작업을 몰래 찍은 사진과 영상 외에 어획물 세탁, 밀수 정황, 선원을 처벌하는 장면도 영상으로 남아 있었다. 각종 기록과 문서는 더 말할 것도 없다. 메모리카드가 왜 압둘아들에게 있는지는 알 수 없다. 그 멍청이는 자기가 뭘 가지고 있는지도 몰랐을 것이다.

이제는 다 중요하지 않게 되었다. 그가 홍전슝에게 메모리카드를 넘기면 모든 것이 끝난다.

홍전슝은 펑정민의 등장에 짜증이 난 게 분명했다. 전화 통화 중이던 그는 펑정민에게 앉으라는 손짓을 한 뒤 전화기에 대고 고함을 질렀다.

펑정민은 홍전슝이 전화를 끊기를 기다렸다가 '언제 바다로 나가게 되느냐'고 물었지만, 홍전슝은 심드렁하게 대답했다.

"아직 일이 끝나지 않았어. 놈이 살아 있잖나."

"시간문제일 뿐이죠. 총살 시간을 내가 정하는 것도 아니고. 처음 했던 이야기와 다르잖습니까."

홍전슝은 평정민의 건강검진 결과를 뒤적였다.

"아민, 왜 그렇게 고집을 부려? 바다에 나가면 고생만 하지. 내가 보기에 자네 건강검진 결과가 안 좋아. 당뇨병에…… 정신과도 다니고 있군. 자네가 버틸 수 있을까? 내가 돈을 준비했네. 바다에 나가서 버는 것보다야 적겠지만 퇴직금으로는 나쁘지 않은 수준이야. 이걸로 장사라도 시작해."

평정민은 머리와 목이 저린 감각에 몸을 떨었다. 그는 바다로 돌아가야 했다. 좁은 육지와 복잡한 싸움 때문에 그는 미쳐가고 있었다.

"나를 몰아붙이지 않는 게 좋아. 까딱하면 다 죽는 수가 있어."

"네가 감히?"

"나한테 증거가 다 있으니까."

"증거? 무슨 증거?"

"그 외국 놈 물건이 나한테 있거든. 회장님, 우린 같은 배를 탄 겁니다."

홍전슝은 평정민의 눈빛을 살피며 그의 말이 거짓이 아님을 알았다. 산지 출신 사람들이 가진 야성을 그는 많이 봐왔다. 특히 퇴로가 없을 때는 꽤 위험했다.

"좋아, 아주 좋아."

홍전슝이 성질을 누르며 약속했다.

"얼마 후에 출항할 배가 있지. 곧 연락해주겠네."

"회장님, 마지막으로 묻는 거요."

평정민의 눈빛이 순간적으로 어둑해졌다.

"아천이 그날 저녁에 당신에게 전화를 걸었지? 그때 뭐라고 했어?"

"법정에서 다 말했잖나."

펑정민이 고개를 끄덕이며 웃는지 마는지 모를 묘한 표정을 지었다.

"연락을 기다리죠."

펑정민은 주차장으로 돌아왔다. 차 조수석에 있던 수프리안토는 사라지고 없었다.

한 달 후, 펑정민은 '완순싱 602호'라는 이름의 원양어선에 올랐다. 천자오는 항구에 나와서 그를 배웅했다. 배에 오르기 직전에 펑정민은 포장을 마치고 주소까지 쓴 소포를 아내에게 주며 말했다. 만약 그가 이번 항해에서 돌아오지 못하거든 우체국에 가서 부치라고.

펑정민은 사다리를 타고 뱃머리에 올라갔다. 빨간색 폭죽이 터지며 새나온 흰 연기가 배웅하러 나온 사람들을 스쳤다. 배웅 인파에는 남녀노소가 뒤섞여 있었고, 펑정민은 그 사이에서 정펑촌도 수프리안토도 보지 못했다. 그 두 사람 외에도 아는 얼굴은 없었다. 천자오의 얼굴에는 걱정이나 원망이 드러나지 않았다. 다만 펑정민이 맡긴 소포 꾸러미만 꽉 움켜쥐고 있었다.

뱃고동이 울렸다. 이제 모든 것이 새로 시작된다.

14

리나는 중앙라디오방송의 인도네시아어 뉴스를 듣다가 압둘아들의 사형이 확정되었다는 소식을 들었다. 그때 리나는 새로 담당하게 된 할아버지를 모시고 공원에 나와서 햇볕을 쬐던 중이었다. 뉴스를 들은 리나는 라디오를 끄고 이어폰도 뺐다. 공원의 벽돌 바닥 위를 유영하는 햇빛과 나무 그림자를 멍하니 바라보기만 했다. 리나는 인도네시아 고향 집 바깥에도 이렇게 커다란 나무가 있었던 것을 떠올렸다.

생각이 점점 더 멀리 날아갔다. 리이룽이 리나 옆에 앉을 때까지 그랬다.

"통역사가 위증을 하면 몇 년 형을 받는지 알아요?"

리이룽이 서늘한 말투로 물었다. 리나는 고개만 저었다.

"최장 7년 형을 받아요. 그러면 다른 심급의 재판에서 각기 위증을 했다면 서로 다른 범죄로 보는 건 아니요?"

리나는 고개를 저었다. 무슨 말인지 알아듣지 못했다.

"이러면서 무슨 통역을 한다고 그래요?"

리이룽이 비웃듯 말했다. 리나는 고개를 숙였다. 지금 느끼는 감정이 수치심인지 모욕감인지 구분하기 어려웠다.

"당신에게만 알려줄게요. 당신과 렌우의 일은 내가 폭로했어요. 다른 사람에겐 비밀."

리이룽이 경쾌하게 말했다. 리나는 고개를 저었는데, 다른 사람에게 말하지 않을 거라는 뜻이었다. 리이룽은 더 말하지 않았다. 두 사람은 긴 침묵 속으로 가라앉았다.

리나가 갑자기 리이룽을 끌어안았다. 리이룽이 '이해'할 때까지 멈추지 않고 적당한 세기와 온기로 안아주었다. 비록 언어는 서로 통하지 않지만 다 이해한다, 다 안다는 리나의 마음이 리이룽에게 전해진 것 같았다.

리이룽이 덜덜 떨며 말했다.

"당신하고 그 사람은 불가능해요……. 그 사람과 사귀는 건 세상에서 제일 바보짓이라고요."

"알아요."

리이룽이 리나의 어깨에 얼굴을 묻고 숨죽여 울었다.

15

며칠 후 리나는 마침내 진술 기록을 전부 번역했다. 시간은 벌써 한밤중이었다. 리나는 식탁에 엎드려서 한숨을 쉬었다. 곧 다시 힘을 낸 리나는 퉁바오쥐가 알아보기 쉽게 번역 원고를 날짜별로 정리했다.

그러다가 리나는 녹음 파일이 몇 개 더 있는 것을 알게 됐다. 아마도 녹음 상태를 확인하는 테스트 파일이거나 잘못 눌러서 생긴 파일인 듯했다. 보통 무의미한 소음과 대화였고 길이도 몇 초 정도로 짧았다. 법원이 진술 녹음이 든 디스크를 줄 때 이런 파일까지 다 준 것은 진술 중에 녹음을 중단했다는 논란을 피하기 위함이었다.

리나는 그런 녹음 파일 몇 개를 재생했다. 금방 이 파일들을 걸러 낸 이유를 알 수 있었다. 그래야 의미 없는 일에 힘을 빼지 않고 정식 녹음 파일에 집중할 수 있으니 말이다. 리나는 이 파일들은 그냥 넘어갈까 생각했는데, 어차피 대부분 짧은 녹음이니 다 들어보기로 했다.

하루 일과를 마치고 나서 진술 기록을 번역했으니 리나는 꽤 피곤했다. 정신을 집중하려 했지만 몇 번이나 눈이 감겼다. 리나가 막 쓸모없는 녹음 듣기를 포기하려던 때에 어떤 대화가 그녀의 머릿속으로 흘러들어왔다.

"이따가 그 여권에 적힌 대로 대답해."#자

천이촨의 목소리인 듯했다. 그는 자바어로 말하고 있었다.

"잘못 말하면 안 돼."#자

그 뒤로 녹음이 끊겼다.

무슨 이유에서인지 리나는 그 말에 신경이 쓰였다. 기록 일자를 확인하니 경찰이 처음으로 압둘아들을 신문할 때의 녹음이었다. 경찰관이 녹음기를 테스트하는 중인지 소음이 많이 들어간 파일이었다. 다른 사람들이 옆에서 각자 대화하는 소리도 들렸다. 그러다가 천이촨의 목소리가 갑자기 들리고, 녹음은 곧 중단된다.

천이촨은 왜 그렇게 말했을까?

리나는 그날의 정식 녹음 파일을 다시 재생했다. 경찰이 생년월일을 묻고 압둘아들이 대답하려는데 천이촨이 다시 끼어들었다.

"여권에 적힌 대로 말해."#자

처음 이 파일을 들었을 때는 이상함을 느끼지 못했다. 그러나 이번에 다시 듣고 놀라운 사실을 알아냈다. 천이촨의 목소리에 가려져서 잘 들리지 않지만 압둘아들이 '2002년'이라고 대답하는 소리가 있었던 것이다. 천이촨이 끼어들고 나서 압둘아들이 다시 답변했는데, 그때는 진술 녹취록에 최종적으로 적힌 내용으로 바뀌었다. 2000년.

왜? 왜 '그 여권'이라고 강조했을까?

갑자기 몸에 전류가 통하는 느낌이 들었다.

리나는 수프리안토가 말한 것을 떠올렸다. 인도네시아의 중개 회사는 돈을 벌기 위해 서류를 위조한다고 했다. 만약 압둘아들의 여권이 위조된 것이라면, 천이촨이 왜 그랬는지 이해된다. 그리고 여기에 아주 중요한 법률적 문제가 숨겨져 있다.

만약 압둘아들이 2002년에 태어났다면, 정말 그렇다면, 2020년 범행 당시 그는 미성년자였다.

이것이 바로 책임능력이다. 롄진펑이 리나에게 설명해준 적이 있었다. 책임능력이 없으면 처벌받지 않는다.

리나는 전화기를 들었다. 당장 퉁바오쥐에게 알려야 했다. 내일까지 기다릴 수 없었다.

16

퉁바오쥐는 보좌관은 안내를 받아 법무부 건물의 복도를 빙글빙글 돌아서 천칭쉐의 사무실에 도착했다.

"압둘아들은 당시 성인이 아니었어."

퉁바오쥐가 번역 원고를 천칭쉐에게 내밀며 말을 이었다.

"그는 사형 판결을 받으면 안 돼."

자료를 받아 들고 그 의미를 곰곰이 생각하는 천칭쉐에게 퉁바오쥐가 격정적으로 말했다.

"재심을 받을 수 있어."

천칭쉐는 퉁바오쥐의 단호한 표정을 보고 많이 늙었다고 느꼈다. 그가 원래 가지고 있던 사람들과 어울리지 못하지만 도도했던 기질 대신 시대착오적인 열정이 그 자리를 채우고 있었다. 지금까지 싸움을 회피해온 원주민의 아들은 지금 안팎으로 시달리는 중이다. 그녀는 퉁바오쥐를 안타깝게 여겼다. 원주민으로서 언젠가는 회피에 대한 대가를 치르게 될 터였다.

천칭쉐가 위스키 한 잔을 퉁바오쥐에게 건넸다.

"나한테 맡겨. 일단 대외적으로 알리지 말고."

법무부 건물을 나와 집으로 돌아가는 길에 퉁바오쥐는 앞으로 어떻게 해야 할지를 끊임없이 생각했다.

재심 신청은 문제가 아니었다. 압둘아들이 변호사를 선임하지 않는다고 해도 지방검찰서의 검사는 자신의 이익을 위해서 변호에 대한 이야기를 꺼낼 것이다.

이 일은 천칭쉐가 도와줄 수 있다. 문제는 재심이 열려도 변호인의 협조가 없으면 더 유리한 판결을 끌어낸다는 보장이 없다는 것이었다.

퉁바오쥐는 자신이 단기간에 변호사 자격을 취득하기 어렵다는 것을 알았다. 그렇다면 누구에게 도움을 청해야 할까? 온갖 가능성을 떠올렸지만 이거다 싶은 아이디어가 없었다. 그런 생각에 빠져서 열쇠를 꺼내려고 주머니를 뒤질 때까지도 자기 집 앞에 누가 서 있는 줄 몰랐다.

"집에 남는 침대가 있어요?"

롄진펑이 물었다. 어깨에 병역대체요원으로 일할 때 썼던 크고 검은 가방을 메고 있었다. 손에는 노트북 가방과 또 다른 배낭 하나를 들었는데, 배낭에 무슨 짐을 어떻게 넣었는지 아주 빵빵했다.

퉁바오쥐는 그가 독립할 기세로 짐을 챙긴 것을 알아차렸다. 이유는 묻지 않아도 알 만했다. 퉁바오쥐가 차갑게 대꾸했다.

"농구화를 가져왔길 바라지."

"농구화를 안 신어도 바오거는 이기거든요."

롄진펑이 배낭을 퉁바오쥐에게 던졌다. 두 사람은 마음이 통한 것처럼 동시에 웃음을 터뜨렸다.

롄진펑이 짐을 정리하고 나니 하늘이 어둑어둑했다. 퉁바오쥐는 식탁 가득 배달음식을 시켰다. 굴튀김, 소시지구이, 새우 소금구이,

하카식 볶음 요리 등 전부 술에 곁들일 안주에 적합한 음식이었다.

"자, 이것도."

퉁바오쥐가 음흉하게 웃으며 렌정이가 선물한 와인을 꺼냈다.

"영존께서 주신 거지."

렌진펑은 복잡한 표정으로 와인을 쳐다봤다. 웃음이 나오지 않았다. 그는 3심 판결이 나온 후에야 아버지가 재판장이었음을 알았다.

이상할 정도로 빠르게 판결이 나온 점이나 사건에 아무런 의문도 없다는 듯한 판결 내용을 보면 그가 이 사건에 변호사로 참여하는 것을 피하기 위해 아버지가 손을 썼다는 것을 모를 수가 없다.

압둘아들은 렌진펑 때문에 죽는 것이다. 그 점에는 의심할 여지가 없다.

"네 탓이 아니야. 누구는 아버지가 없냐?"

퉁바오쥐는 렌진펑의 생각을 꿰뚫어봤다. 그가 와인 잔을 건네며 말했다.

"아직 네가 제대한 걸 축하하지 못했지. 겸사겸사 재심이 순조롭기를 빌자고."

렌진펑이 의아한 시선을 던졌다. 퉁바오쥐는 렌진펑의 와인 잔을 가리키며 먼저 마셔야 말해줄 거라는 듯이 눈짓했다. 렌진펑은 망설임 없이 잔을 비웠다.

퉁바오쥐가 곧바로 리나가 무엇을 발견했는지, 그리고 천칭쉐가 약속한 것까지 다 말해주었다. 렌진펑은 끝까지 포기하지 않은 리나에게 감동했다. 상황이 완전히 바뀐 것에는 흥분한 듯했다. 그는 와인 잔을 꽉 쥐고서 결연하게 말했다.

• 하카족客家族은 한족의 한 갈래로, 중국 남부인 푸젠성이나 광둥성 그리고 타이완 등지에 거주한다.—옮긴이

"제가 변호를 맡을게요."

퉁바오쥐는 가타부타 말하지 않고 계속 술을 권했다.

렌진핑은 식탁 가득 차려진 타이완식의 뜨거운 요리들을 보며 물었다.

"이게 와인하고 어울려요?"

"나는 산지 동포야, 어울리고 안 어울리고는 따지지 않지. 취하기만 하면 돼. 하하하하!"

퉁바오쥐가 자신과 렌진핑의 잔에 와인을 가득 따랐다. 렌진핑은 정말 오랜만에 미소를 지었다.

술을 세 잔쯤 나눠 마시고 두 사람 다 취기가 올랐다. 렌진핑은 겨우 용기를 냈다.

"바오거, 죄송해요."

"뭐가?"

"전에…… 그렇게 그만둔 거요."

눈을 내리깐 렌진핑은 알코올 때문인지 호흡이 고르지 않았다. 그가 한 번 더 결심을 내보였다.

"이번엔 저한테 맡겨주세요. 제가 압둘아들의 변호사가 될게요."

퉁바오쥐가 명확하게 거절했다.

"너는 판사가 되어야 해."

"어째서요?"

"네가 바꾸고 싶어하는 것이 체제 안에 있기 때문이지. 저항은 협력을 거부하는 게 아니야. 동화를 거부하는 거지."

렌진핑은 잔에 담긴 붉은 술을 바라보며 퉁바오쥐가 한 말의 의미를 곱씹었다.

"왜냐하면 그 사람은 네 아버지니까."

말을 마치고, 퉁바오쥐는 가슴속에서 휘몰아치는 어떤 감정을 느꼈다. 그는 너무 늦게 깨달았다. 두 사람은 조용히 술을 마셨다.

돌연 퉁바오쥐의 전화가 울렸다. 리나였다.

"감옥에서 전화가 왔어요."

리나의 목소리가 떨리고 있었다. 고요한 밤에 듣는 그 목소리가 괴이하게 느껴졌다. 감정을 억누른 리나의 목소리는 냉정하게 들릴 정도였다.

"저에게 오라고 했어요……. 그들이, 압둘아들을 죽이려고 해요."

퉁바오쥐가 입을 벌렸다. 그러나 뭐라고 말해야 할지 알 수 없었다. 호흡이 흐트러졌다. 알코올이 위에서 역류하는 듯했다. 머릿속은 정돈되지 않은 생각으로 터져나가기 직전이었다. 메스껍다 못해 온몸이 마비될 것 같았다.

17

'사형집행규칙'에 정한 일곱 항목의 심사는 금방 끝났다.

퉁바오쥐가 떠난 후 천칭쉐는 보좌관을 불러 압둘아들의 사형 집행에 관해 관련 부서에 팩스를 보내라고 지시했다. 얼마 후 천칭쉐의 사무실로 팩스 답신이 속속 도착했다. 낮 12시가 되기 전에 압둘아들의 사형 집행에 관한 심사가 순조롭게 완료되었다. 이제 천칭쉐가 시행령에 서명하는 일만 남았다.

천칭쉐는 조금 의아함을 느꼈다. 심사 과정에서 단 한 군데도 천칭쉐의 사형 집행 의도를 문의하지 않았다. 답신도 놀라울 정도로 빨리 도착했다. 천칭쉐가 사형 집행을 유예할 중요한 카드라고 생각했

던 '수형능력' 부분도 타이베이 구치소에서 간단하게 '심신상실 상태
가 아님을 확인함'이라는 답신을 주는 것으로 끝났다. 어떤 기준으로
판단했는지, 근거가 무엇인지 한 줄의 설명조차 없었다.

천칭쉐의 점심 식사는 삶은 달걀과 죽순이었다. 그녀는 식사하면
서 시행령을 작성했다. 오늘 사형이 집행된다면 3심 판결이 확정된
날로부터 딱 20일이다. 역사상 최단기간에 사형이 집행된 정제鄭捷와
비교하면 하루가 더 지난 셈이니 대충 급하게 진행했다고 보기 어려
웠다.

점심시간이 지난 후, 천칭쉐는 시행령을 보좌관에게 건넸다. 보좌
관이 시행령을 컴퓨터로 입력하고 오자가 없는지 검토까지 마쳤을
때는 오후 2시였다. 천칭쉐가 시행령에 서명하고 직인을 찍은 뒤, 가
장 빠른 방식으로 송부했다.

천칭쉐는 전화로 타이베이 구치소가 서류를 받았음을 확인했다.
그런 다음 자신을 위하여 술을 한 잔 따랐다. 너무 많이 마셔서는 안
됐다. 그녀는 오늘 저녁 있을 기자회견에 직접 나갈 작정이었다.

천칭쉐는 평온했다. 여전히 사형제도에 반대하는 천칭쉐였다. 마침
내 그녀는 사형제도에 반대한다는 입장과 살생하지 않는다는 계율
은 서로 다른 문제임을 명백히 깨달았다. 진정한 악은 평범하다. 자
신의 집착을 버리지 않고 올바른 길조차 저버리는 사람이 그에 해당
한다. 용감하게 희생해야만 빛과 악을 넘어 궁극적인 정의를 얻을 수
있다.

대법관은 일찍이 생명권이 지고지상한 가치가 아니라는 데 동의했
다. 모든 권리에는 한계가 있다고 말이다. 법률은 언제나 권리의 균형
과 타협의 산물이었다. 한 사람을 죽여서 만 사람을 살린다면 법률
정신을 잇는다고 말할 수 있지 않나?

불살不殺로는 계속되는 살생을 저지할 수 없다. 어쩔 수 없이 죽여야 한다면 가장 중요한 순간에 죽여야 할 것이다.

이치 따위는 관심 없는 타이완 사람들이 기대하는 것은 이런 유의 잔인한 연출이다. 천칭쒜가 세심하게 설계한 이 연극이 끝나면 그들은 밧줄 끝에 존재하는 것이 정의가 아니라는 점을 알게 되리라. 그런 다음에야 죽음과 삶은 본질적으로 다르지 않다는 것도 깨닫겠지.

터무니없는 일이다.

18

리나는 고용주의 황당하다는 눈빛을 받으며 집을 나와 택시를 타고 곧장 투청土城으로 향했다. 장마철 하늘은 빠르게 어두워져 오후 5시가 넘어 도착했을 때는 이미 구치소 앞에 있는 하얀 관음보살상이 달그림자 속에 가려져 있었다.

교도관은 리나를 데리고 겹겹이 설치된 문을 지났다. 마침내 외부로 통하는 창문이 없는 방에 도착하자 안에서 기다려달라고 했다.

교도관이 떠난 후, 리나는 휴대전화를 꺼내 퉁바오쒜에게 전화했다. 그는 전화를 받지 않았다. 교도관이 곧 돌아왔다. 종이 가방을 주면서 휴대전화, 열쇠 등 반입 금지 물품을 담으라고 했다.

"무슬림인가요? 시간이 없어서 종교 담당 선생님을 모시지 못했습니다. 괜찮다면 당신이 그를 위해서 기도해줄 수 있나요?"

리나가 고개를 끄덕였다. 사실 어떻게 대답해야 할지 몰랐다. 교도관이 다시 방을 나갔다. 채식 도시락이 탁자에 놓여 있었다.

휴대전화조차 없으니 완전히 고립된 상황이었다. 적막이 천천히 리나를 포위했다. 숨이 막혔다. 리나는 시간이 흘러서 기다림이 끝났다는 것을 알려주는 소리가 들리길 바랐다. 다시 생각하니 지금 이 시간은 압둘아들에게는 얼마 남지 않은 삶의 기회였다.

리나는 잠시 후 통바오쥐가 문을 열고 들어오는 것을 상상했다. 그가 미소를 지으며 다 해결되었다고, 이건 실수였다고 말하기를 바랐다.

6시 30분쯤에 문이 열렸고, 아까 본 교도관 옆에 동료가 한 명 더 늘었다.

"식사는 안 하세요? 저희에겐 이 도시락밖에 없어서요. 나중에는 먹을 시간이 없을 겁니다."

리나가 고개를 저었다. 리나는 이제 코란경을 들고 있을 힘조차 없었다.

"그럼 갑시다."

리나는 교도관을 따라 방을 나섰다. 바깥에는 어느새 시커먼 어둠이 내렸다.

어두운 복도에서 비상구의 녹색등이 눈부셨다. 그들은 쇠창살로 된 문을 지났다. 어디에 숨어 있는지 모르는 사람들이 몇 겹의 문과 자물쇠를 통제하고 있었다. 그들이 다가가면 문에 전기가 들어오고 철컥 소리와 함께 표시등이 빨간색에서 초록색으로 바뀐다.

마침내 그들은 감방 구역으로 들어섰다. 모든 감방은 문이 굳게 닫혀 있었다. 침묵은 그들 사이의 암묵적인 약속인 듯했다. 보이지 않아도 죄수들이 누군가의 마지막 순간이 왔음을 듣고 있는 게 느껴졌다.

교도관이 리나를 여러 감방 중 하나로 데리고 갔다. 문밖에 교도관 두 명이 기다리고 있었다. 문이 열리자 차가운 형광등 불빛이 눈을 찔렀다. 압둘아들은 감방 한가운데 의자에 혼자 앉아 있었고, 다른 교도관 두 명이 옆에 서 있었다.

압둘아들이 리나에게 창백한 미소를 지으며 말했다.

"Piye kabare?"(안녕하세요?)#자

교도관 중에서 가장 직위가 높아 보이는 사람이 리나에게 말했다.

"중화민국 법률에 의거하여 판결을 확정하고 사형을 집행한다고 말해주십시오."

그가 공문서 한 장을 꺼냈다.

"이것이 법무부의 시행령입니다."

리나는 울면 안 된다고 다짐했다. 압둘아들의 눈을 봤다. 시선을 돌리지 않으려 죽을힘을 다했다.

"지금 사형을 집행할 거라고 해요."#자

압둘아들이 여전히 미소 지은 채 물었다.

"그런 다음에는요?"#자

"그들이 사형을 집행할 거예요."#자

리나가 똑같은 말투로 기계처럼 반복했다.

"이제 집에 갈 수 있나요?"#자

"자기 옷을 입을 건지 물어보세요."

교도관이 리나에게 말했다.

"사형을 집행할 거예요."#자

리나는 이번에 조금 더 순조롭게 말할 수 있었다.

"자기 옷을 입을 건가요?"#자

압둘아들은 뭔가를 깨달은 듯했다. 미소가 사라지고 덜덜 떨었다.

"집에 갈 수 있나요?"#자

"지금, 기도하세요."

교도관이 압둘아들이 정서적으로 변화를 보이자 얼른 리나에게 기도하라고 종용했다.

"지금!"

리나는 아직 준비되지 않았다. 경험도 없었다. 머릿속이 웅웅 울렸다. 기도문 중에서 가장 가까운 단락만 생각났다. 처음에 리나는 조그만 소리로 기도했다. 눈물이 멈추지 않았다. 곧 리나는 소리를 높였다. 눈물을 멈추고 싶어서였다.

"우리의 주여! 저희는 주를 믿으라는 부름을 받았고, 주를 믿었나이다. 우리의 주여! 저희의 죄를 사하여 주옵시고, 저희의 잘못을 없애주옵시고, 저희가 의로운 자들과 함께 하도록 해주소서."●#자

압둘아들이 쉰 목소리로 비명을 질렀다. 그는 손을 뻗어 리나에게 포옹을 요청했지만, 교도관이 그를 의자에 눌러 앉혔다. 압둘아들은 필사적으로 벗어나려 했다. 더 많은 교도관이 들어와서 그를 움직이지 못하게 했다. 압둘아들의 왜소한 몸은 저항하지 못했다. 경련을 일으키듯 몸을 떨었다. 비명은 울음소리로 바뀌었다.

"데리고 가!"

교도관이 소리쳤고, 다른 이들이 다같이 힘을 썼다.

"똥을 쌌어!"

교도관 중 한 사람이 소리쳤다. 곧 악취가 났다. 대변과 소변이 압둘아들의 바지에 배어났다. 그는 여전히 비명을 지르며 울었지만 교도관이 더 큰 소리로 저주를 퍼부었다. 그들이 압둘아들을 감방에서 끌어냈다. 배설물이 바닥에 끌린 흔적을 남겼다.

● 코란경 3:193.

리나는 감방 한쪽 구석에 웅크린 채 경전을 계속 중얼거렸다.

압둘아들은 퇴소 수속을 하기 위해 중앙 통제소로 옮겨졌다. 검찰서에서 온 경찰 네 명이 사형수를 인계받으러 기다리고 있었다. 압둘아들은 갑자기 고개를 꺾어 얼굴을 천장으로 향했다. 표정은 이미 죽은 것처럼 보였다.

19

퉁바오쥐와 렌진핑은 7시 30분쯤 법무부 정문에 도착했다. 입구의 경비원이 그들을 막아섰다. 퉁바오쥐는 경비원을 밀치며 천칭쉐에게 연락하라고 소리쳤다.

"여기가 어딘 줄 알고 이러세요? 술집인 줄 알아요?"

경비원이 퉁바오쥐를 밀어냈다.

렌진핑이 퉁바오쥐 뒤에서 힘을 보태며 버텼다. 경비원이 더 많이 달려와서 그들을 막고 밀어냈다.

"선생님, 지금 당장 떠나십시오! 그렇지 않으면 현행범으로 체포하겠습니다!"

퉁바오쥐는 길모퉁이에서 보도 차량 몇 대가 나타난 것을 발견했다. 천칭쉐가 언론에 알렸을 것이다. 더 많은 기자와 카메라가 나타날 게 뻔했다. 렌진핑은 물러나지 않으려 했지만 퉁바오쥐가 그를 데리고 현장을 떠나기로 결정했다.

"기자가 올 거다."

"그러면 더 좋은 것 아니에요?"

퉁바오쥐가 입을 꽉 다물고 대답하지 않았다. 렌진핑을 멀리 끌고 간 다음에 말했다.

"우선 집으로 돌아가라."

"왜요?"

"렌우, 집에 가."

"왜냐고요?"

"오늘부터 너는 이 일에 관여하지 마라."

퉁바오쥐가 렌진핑을 밀어내며 말했다.

"잊어버려."

렌진핑은 취재진이 사방에서 몰려드는 것을 보며 점점 부정적인 생각이 들었다.

"왜죠?"

"너는 판사가 될 사람이다. 판사는 말하지 않는다, 기억하지?"

퉁바오쥐가 렌진핑의 어깨를 꽉 쥐었다. 그는 렌진핑을 점점 더 법무부 건물에서 멀리 밀어냈다.

"이 사건은 잊어버려라. 너는 또 기회가 있어. 더 많은 일을 할 수 있다."

렌진핑은 굴복하고 싶지 않았다. 그는 눈물을 억지로 참으며 물었다.

"왜?"

퉁바오쥐가 렌진핑을 끌어당겨서 꽉 안아주며 귓가에 속삭였다.

"이따가 기자가 너한테 뭘 물어도 모른다고 해. 그냥 지나가는 길이었다고 하는 거야. 나랑 아는 사이라고 하면 안 된다. 여기서 무슨일이 있는지도 모르는 거야. 알았어?"

퉁바오쥐는 말을 마치고 마지막으로 힘껏 렌진핑을 밀어냈다.

렌진핑은 비틀거리며 밀려난 대로 몇 걸음 걸었다. 감정을 다스리려 애쓰면서 차마 퉁바오쥐 쪽으로 고개를 돌리지 못했다.

그저 앞으로 걸어가기만 했다.

렌진펑이 멀어졌다. 퉁바오쥐는 법무부 쪽으로 달렸다. 달리다 말고 길가에서 돌멩이 하나를 주워들었다. 그는 경비원의 눈을 피해 낮은 담을 넘어서 법무부 건물로 돌진했다.

경비원은 뒤늦게 퉁바오쥐를 발견하고 뒤쫓아왔다. 법무부 건물까지 도달한 퉁바오쥐는 들고 있던 돌멩이로 유리창을 깨고 창틀을 넘어서 건물 안으로 들어갔다.

기자들이 렌진펑 곁을 지나서 법무부 쪽으로 달렸다. 렌진펑은 이제 눈물을 그친 상태였지만 얼굴이 잔뜩 굳어져 있었다. 터덜터덜 걷는 그의 옆으로 더 많은 기자가 지나갔다. 그중 어떤 기자가 그를 붙잡았다.

"여기서 항의 시위를 하시나요?"

렌진펑은 무슨 소린지 모르겠다는 듯 고개를 저었다.

기자는 금방 흥미를 잃고 다른 사람들이 달려간 쪽으로 뛰었다.

렌진펑은 계속 걸었다. 더는 그에게 주의를 기울이는 사람이 없었다. 멀리서 경찰차 사이렌 소리가 울렸다. 그는 다음 골목까지 가서야 참았던 눈물을 터뜨렸다.

퉁바오쥐는 미궁과 같은 법무부 복도를 달렸다. 경비원은 아직 그의 행적을 찾지 못한 듯했다. 그도 여기 오래 숨어 있을 수는 없음을 모르지 않았다. 퉁바오쥐는 앞서 보좌관의 안내로 왔던 기억을 되살리며 장관 집무실로 가는 길을 찾아냈다. 집무실 문까지 5미터쯤 남겨놓았을 때, 경비원이 퉁바오쥐를 발견했다.

그때 문이 열렸다. 천칭쉐가 안에서 걸어 나왔다. 그녀는 단정한 옷차림으로 손에는 기자회견에서 읽을 원고를 들고 있었다. 태연자

약한 표정이었다.

"천칭쉐, 기다려!"

퉁바오쥐가 소리쳤다.

"기다리란 말이야!"

천칭쉐가 걸음을 멈추고 그를 돌아봤다.

"천칭쉐, 지금 뭐하는 거지?"

퉁바오쥐는 천칭쉐를 바라보다 깨달았다. 놀랍게도 그녀는 조금도 달라지지 않았던 것이다. 두려움이 그를 집어삼켰다.

"칭쉐, 이건 살인이야……."

천칭쉐의 표정에는 어떤 감정도 드러나지 않았다. 그녀는 퉁바오쥐의 존재를 확인하고 다시 돌아섰다.

퉁바오쥐는 더 이상 참지 못하고 자신을 붙잡은 경비원을 떨치고 달려들려고 했다. 몸싸움이 벌어지는 중에도 그는 마지막 힘을 다해 소리 질렀다.

"칭쉐! 이게 정의라면 왜 숨기지? 너의 정의에는 인간성이라고는 없다는 거냐?"

퉁바오쥐는 경비원들에게 제압되어 바닥에 눌렸다. 경비원이 수갑을 채우고 그의 입을 막았지만, 퉁바오쥐는 경찰차에 실릴 때까지 저항을 계속했다.

정각 8시 15분. 천칭쉐가 기자들 앞에 섰다. 압둘아들은 호송차에 실렸다.

20

타이베이 구치소는 사형장에서 겨우 100미터 정도 떨어져 있다. 그렇지만 호송의 효율을 위해서 1분도 되지 않을 거리여도 죄수 호송차를 사용한다.

리나는 호송차 뒤를 따라 걸었다. 점점 사형장이 가까워졌다. 바람을 타고 귀신이 속삭이는 것처럼 흐릿한 소리들이 떠돌았다. 보슬비가 가로등 불빛을 받으며 미친 듯 춤을 췄다. 불빛이 아프게 눈을 찔렀다. 호송차는 곧 붉은 지붕 건물 앞에 멈췄다.

뒤따라 도착한 리나의 눈에 붉은 지붕 아래의 실물 크기 지장보살상이 보였다. 바람 속에서 속삭이던 목소리는 보살상 발치에 설치된 값싼 스피커에서 나오는 독경 소리였다.

경찰은 똥과 오줌의 악취를 참으며 압둘아들을 차에서 끌어내렸다. 그는 지옥에 왔다고 확신한 듯 절망적인 신음을 내뱉었다.

지장보살이 석장을 들고 파란색 짐승 위에 앉아 있는 모습이 마치 살아 있는 것 같다. 옅은 노란색 조명을 받으며 형장에 발을 들이는 사람들은 유령들처럼 보였고, 이 지옥에서 살아 있는 존재는 지장보살뿐인 듯했다.

그러나 리나의 눈에는 지장보살이 악귀와 크게 다르지 않았다. 웅웅거리며 알아들을 수 없는 불경 외는 소리 역시 악마의 저주처럼 들렸다. 코란경에 지옥에 관한 묘사가 있었더라도 지금 이 현실에는 훨씬 미치지 못할 터였다.

그들은 형장 옆의 간이 법정으로 들어갔다. 검찰서에서 나온 집행과 검사는 이미 단상에 앉아 있었다. 서기관이 그 옆에 서 있었다. 주위에는 구치소장과 당직자 여러 명, 법의학자들이 대기하고 있었다. 아무도 입을 여는 사람이 없었지만 그들의 사소한 동작이 소리로 변해 공간을 울렸다.

리나는 증인 선서를 낭독하고 서명한 다음 검사가 시키는 대로 통역했다.

"이름? 생년월일?"

검사가 물었다.

리나가 압둘아들의 눈을 보며 부탁하듯 혹은 명령하듯 말했다.

"내 말 들어요. 이건 마지막 기회예요. 그들에게 말해주세요. 진짜 생일이 언제인지."#자

압둘아들이 고개를 들고 리나를 바라봤다.

"2002년 7월 26일."#자

리나가 단상을 향해 손을 휘저었다.

"2002년이라고 했어요, 2002년이요! 판사님, 2002년입니다! 2002이라고 했어요. 책임능력, 없어요!"

검사가 서류를 들춰보더니 고개를 흔들었다. 그는 서기관을 불러서 진짜 생년월일을 진술 기록에 적어두라고 한 다음, 그 작지만 명확한 실수를 그냥 넘어갔다.

"자신의 범행에 이견이 있습니까?"

검사가 천천히 물었다. 그것이 그가 베풀 수 있는 가장 큰 은혜인 것처럼.

"마지막으로 남길 유언이 있나요? 우리가 당신의 유언을 영상으로 찍어서 지정한 사람에게 전달할 것입니다."

리나는 절망하여 아무 동요도 없는 사람들을 둘러봤다. 그들은 부드러운 표정과 눈빛이었지만 그중 누구도 꼼짝하지 않았다.

그녀는 카메라가 켜지는 소리를 들었지만 어떤 말도 나오지 않

왔다.

"통역해주세요."

검사가 얼음장 같은 위엄을 발산하며 말했다.

리나는 압둘아들을 바라봤다. 이것이 그들이 나누는 마지막 대화일 터였다.

21

천칭쉐가 나타나자 웅성대던 기자회견장이 조용해졌다. 원고를 펼쳐놓고 조용히 호흡을 가다듬은 뒤 기자들을 쳐다보자 셔터 소리가 박수처럼 울렸다.

"이번에 집행된 사형수 인도네시아 국적의 압둘아들은 정평췬과 그 아내 정왕위허, 딸인 정샤오루 등 세 명을 살해했습니다. 세 번의 재판에서 모두 유죄 판결을 받아, 관련 국제 규약 제6조에서 언급한 가장 심각한 범죄를 저질렀음을 인정하여 사형이 확정되었습니다.

법무부는 최근 개정된 사형집행규칙에 따라 모든 증거를 상세히 검토한 결과 집행을 유예할 사유가 없다고 판단했으며, 이 사건은 사회적으로 큰 영향을 미쳤기에 법에 따라 집행되지 않으면 사회적 정의를 구현하고 질서와 안정을 유지할 수 없다고 보아 법무부는 이날 시행령에 서명하고 법에 따라 집행할 수 있도록 타이베이 지청에 인계했습니다."

"총통이 이 사실을 알고 있나요?"

"법에 따라 총통부에서 서면 확인을 받았습니다. 압둘아들은 특별사면을 요청하지 않았습니다."

"사형제도 폐지 정책을 추진하면서 집행하지 않으셨던 장관께서 왜 태도를 바꾸셨는지요? 정치적 압력이 있었습니까?"

"정의가 무엇인가요? 정의는 원래 정치적 문제이며, 사형제도 역시 그렇습니다."

"언제 집행됩니까?"

"8시 30분입니다."

기자들이 고개를 숙이고 시간을 확인했다. 8시 30분에서 5분이 지났다. 멀리서 총소리가 들렸다.

22

마취된 압둘아들이 의자에 늘어져 있다. 축축하게 젖은 바짓가랑이에 흙이 잔뜩 묻었다. 반쯤 뜬 눈이 마지막으로 사형장을 둘러보는 듯했다.

타이베이 사형장은 50평 넓이의 길쭉하게 생긴 공간으로 사방이 흰색 방음 소재로 마감되어 있다. 사형장 바닥은 회색의 가는 모래가 깔렸고, 가운데에 불룩 솟은 흙더미에 면 이불을 덮어 놓았다. 그곳이 사형수가 마지막으로 가게 될 종착지다.

검사가 교도관에게 압둘아들이 저항하면서 뒤집어버린 채식 도시락과 고량주 술병을 치우라고 지시했다. 그런 다음 머리에 가리개를 씌우고 의자에서 일으켜 상의를 걷었다. 가슴이 드러난 상태로 압둘아들은 면 이불 위에 엎드리게 되었다.

법의학자가 압둘아들의 심장 위치를 측정한 다음 빨간색 펜으로 그의 등에 동그라미를 그렸다. 법의학자가 면 이불이 깔린 흙더미에서 벗어났다. 집행인이 허리에서 총을 꺼내 탄창을 끼우고 준비 동작을 마쳤다. 그가 짧고 힘 있게 대답했다. "준비 완료!"

이제 방아쇠를 당기는 일만 남았다.

23

철컹.

마지막 문이 리나의 뒤에서 닫혔다.

리나는 압둘아들이 형장으로 가기 전에 교도관의 손에 끌려 나왔다. 소음기를 단 권총을 쓰고 방음 소재로 마감한 건물이라 형장 바로 밖에 있어도 총성은 거의 들리지 않았다. 리나는 귀를 귀울이며 어두컴컴한 구치소 앞뜰을 지나왔다. 리나는 한참 지나서야 현실로 돌아올 수 있었다.

가로등에 기대어 정신을 차린 리나는 방금 당황한 사이에 교도관이 그녀 손에 쥐어준 것이 빨간 돈 봉투라는 것을 알아차렸다. 손바닥에 싸구려 봉투를 물들인 붉은 물감이 묻어 있었다. 리나는 돈 봉투를 집어 던지고 바닥에 주저앉아 손바닥을 옷에 문질렀다. 손에 묻은 물감이 피인 것처럼 구역질이 났다.

전화가 울렸다. 리나가 종이 가방에서 전화기를 꺼냈다. 렌진펑이었다.

그가 무슨 말을 하기도 전에 리나가 횡설수설하다가 울어버렸다.

"아무도 그를 찾지 않아서 태운다고 했어요. 그는 태우면 안 돼요. 무슬림이에요. 그는 흙으로 만들었는데……."

24

경찰은 퉁바오쥐를 타이베이 지검으로 인계하여 재신문을 준비했다. 경찰이 퉁바오쥐의 신원을 확인한 다음 새 수갑으로 바꾸며 물었다.

"바오거, 연락할 사람이 있어요?"

퉁바오쥐는 대답하지 않았다. 경찰도 더 캐묻지 않고 그의 어깨에 손을 얹고 그를 구류실로 데려갔다. 구류실 입구에서 경찰관이 열쇠를 꺼내 문을 열었다. 난간 너머로 퉁서우중이 보였다.

구류실에 들어온 퉁바오쥐가 그 앞에 앉았다.

"죽었어요?"

경찰이 잠깐 멈칫하더니 휴대전화를 꺼내 뉴스를 확인하곤 담담하게 대답했다.

"죽었어요."

퉁서우중이 어깨를 으쓱했다. 표정은 전과 다름없이 경멸하는 듯했다. 퉁바오쥐가 웃으며 울었다. 그가 큰 소리로 하하하 웃는 모습이 평생 가장 웃긴 이야기를 들은 사람 같았다. 표정은 잔뜩 일그러졌고 손으로 허벅지를 세게 내리치면서 온몸을 들썩거렸다.

눈물 속에서 그는 무엇도 생각할 수 없었다. 어떤 노랫가락이 그의 목구멍에서 솟아 나왔다. 그는 손뼉을 치며 노래했다. 가사는 자동으로 머릿속에 떠올랐다. 곧 발도 노래에 맞춰 움직이기 시작했다.

그가 야구장의 응원가를 개사해서 불렀다.

"죽여라, 총 한 방에 죽여라. 어차피 아무도 신경 안 써. 쥔산섬龜山島에는 거북이가 없고, 허핑섬和平島에는 평화가 없다. 죽여라, 단칼에 죽여라. 그를 고향으로 보내자. 그의 고향은 천 개의 섬, 내 고향은 사람 죽이는 섬."

"죽여라, 총 한 방에 죽여라. 어차피 아무도 신경 안 써. 쿼산섬에
는 거북이가 없고, 허핑섬에는 평화가 없다. 죽여라, 단칼에 죽여라.
그를 고향으로 보내자. 그의 고향은 천 개의 섬, 내 고향은 사람 죽이
는 섬."

퉁바오쥐가 의자에 올라가서 춤을 추었다. 그가 듣지 못할 총소리
를 덮으려는 것처럼 노래하고 울부짖었다.

마치 승리를 거둔 사람이 그인 것처럼.

25

재신문은 금방 끝났다. 퉁바오쥐가 연루된 상해, 공공 기물 훼손,
불법 침입 혐의는 모두 중죄가 아니었고 실제 피해도 발생하지 않았
지만, 검사는 5만 타이완달러의 보상금을 지급하라고 판결했다. 그
가 유죄를 인정하지 않아서 그런 것이었다. 아니, 그가 죄를 인정하
는지 아닌지 검사가 정확히 알지 못했다.

퉁바오쥐가 신문 과정에서 아미족 말만 썼기 때문이다.

경찰이 한밤중에 구류실 문을 열고 퉁바오쥐를 깨웠다.

"보석 신청을 한 사람이 있어요."

"지금 몇 시야?"*

"바오거, 그러지 말고요. 제가 못 알아듣거든요."

"물 좀 줘."*

경찰이 의아한 표정으로 가만히 서 있었다. 퉁바오쥐가 차를 마시
는 손동작을 하며 다시 말했다.

"물, 물!"*

경찰이 물을 한 잔 가져왔다. 퉁바오쥐는 물을 다 마신 다음에 비틀비틀 구류실을 나섰다. 그는 만나는 사람에게 미소를 지으면서 아미족 말로 상스러운 욕설을 했다.

구류될 때 압수당한 개인 물건을 돌려받은 후, 퉁바오쥐가 밖으로 나왔을 때 아나우와 부본당 신부가 기다리고 있었다.

"타카라, 병원부터 가야 할 것 같아."*

아나우가 침울하게 말했다. 퉁바오쥐는 고개만 끄덕였다. 그는 이미 알고 있었다.

타이베이 지방법원을 나온 퉁바오쥐는 계단 위에서 아래에 까맣게 몰려든 사람들을 발견했다. 그들은 퉁바오쥐를 보더니 조금 앞으로 다가왔다. 가로등 불빛으로는 익숙한 몇몇만 구분할 수 있었다. 퉁서우중의 술친구와 이웃, 어린 시절부터 알았던 친구, 독서회의 아이들, 그리고 특별히 기억에는 없지만 다들 바츠먼의 아미족 사람들이었다.

"다들 너를 데리러 오고 싶어 했단다. 내가 보석금을 내라고 한 것도 아닌데."

부본당 신부가 말했다.

퉁바오쥐가 군중 속으로 들어가자 아미족 말로 위로와 격려가 뒤섞여 들렸다. 누군가 손을 뻗어 그의 어깨를 두드리거나 팔을 가볍게 쓰다듬었다. 잠시 그는 어떻게 대응해야 할지 몰랐다.

그때 뒤에서 질책하는 목소리가 들렸다.

"자, 여기서 난동 피우지 말고 가세요."

고개를 돌려보니 지방법원의 경찰이었다. 그들은 계단 위에 높게 서 있는 데다 뒤에서 빛이 비쳐서 위압적이었다.

아미족 사람 중 몇몇이 욕설을 퍼부었다.

"경찰관님!"

퉁바오쥐가 아미족 사람들을 진정시키는 동시에 우뚝 선 거인처럼 낮은 목소리로 선언했다.

"우리는 아직 난동을 시작하지도 않았습니다만."

경찰들은 여전히 그 자리에 서 있었지만 기세는 많이 누그러졌다.

퉁바오쥐가 아미족 노래를 흥얼거렸다. 노랫소리가 점점 높아졌다. 걸음걸이에 맞춰서 아미족 노래가 텅 빈 보아이터구의 거리를 울렸다.

26

사형이 집행된 다음 날 오후, 법무부는 다시 기자회견을 열었다. 밤새 바쁘게 움직이던 언론은 지친 발걸음으로 법무부로 돌아와 의아한 얼굴로 서로를 바라봤다.

천칭쉐는 먼저 사과했다.

사형 집행 후에야 압둘아들이 미성년자라는 정보를 알게 되었으며, 따라서 어젯밤의 사형 집행은 "형식적으로나 실질적으로나 피할수 없었지만 인간적으로 참을 수 없는 실수"라고 주장했다.

현장에 있던 기자들이 난리가 났다. 잠시 후 뉴스가 보도되자 여론 역시 혼란에 빠졌다.

물론 이 모든 것은 천칭쉐가 계획한 것이다. 기자회견은 저녁 뉴스 마감 직전에 열려서 어젯밤부터 계속된 사형제도에 대한 토론 열기를 이어갔다. 철저히 형성된 여론의 풍향은 천칭쉐가 원하는 대로 흘러갔다.

"피고는 사망했지만 최대한 신속하게 재심을 청구해 국민과 고인에게 확실한 답변을 드릴 수 있도록 하겠습니다."

천칭쉐는 퉁바오쥐를 칭찬하는 것도 빼먹지 않았다.

"마지막으로 법무부에서는 국선변호인 퉁바오쥐의 노력에 감사드립니다. 진실을 밝히기 위해 모든 노력을 기울인 그가 아니었다면 이 일은 영원히 세상에 알려지지 못했을 것입니다……."

천칭쉐의 태도와 발표한 성명문 모두 성실하고 합리적이었다. 그러나 돌이킬 수 없는 결말에 대한 가장 아이러니한 해석일 뿐이다.

퉁바오쥐는 모든 인터뷰를 거절했다. 천칭쉐의 거짓말을 폭로하지도 않았다. 그는 천칭쉐가 왜 그랬는지 잘 알고 있었기 때문에 이 모든 희생이 헛되지 않기를 바랐다. 그러기 위해서 그는 천칭쉐와 체제, 여론을 미워했고, 그 무엇보다 자신을 혐오했다.

총통부가 이 사건에서 어떤 역할을 했는지 의심하는 이들이 많았다. 여론의 방향을 민감하게 알아챈 장더런은 태도를 바꾸었다. 그는 천칭쉐를 여러모로 비호하면서 사형 집행에는 '신중한 심사'가 필요하다는 뜻을 밝혔다. 이보다 더 정치적인 용어는 없을 터였다.

장더런은 확실히 똑똑했다. 천칭쉐는 총통이 특별사면을 신청하기도 전에 거부한 사실을 증명할 '공문'을 손에 쥐고 있었으니 총통이 이 일에서 완전히 빠져나가기는 불가능했다. 그들은 국민투표 결과가 어떨지는 신경 쓰지 않았다. 이 연극이 얼마나 눈에 띄느냐가 중요했기 때문에 그렇다면 여주인공과 같이 연기를 하는 것이 최선의 방법이다.

물론 천칭쉐에게는 마지막 수가 남아 있었다. 그건 사안이 조금 소강되었을 때, 사람들이 잘못된 사형 집행으로 받은 충격이 희미해졌을 때 터뜨려야 했다. 대중이 두 번째로 공포스러운 인상을 머릿속에 새기게 된다면 사형 반대로 돌아설 가능성이 더 높았다.

국민투표 2주 전에 영상 하나가 인터넷에 공개됐다. 사형 집행 전 압둘아들이 사형장에 설치된 간이법정에서 마지막으로 남긴 유언 영상이었다. 영상은 약 1분 길이로, 다른 사람은 나오지 않고 압둘아들과 그를 둘러싼 죽음의 숨결만 존재했다.

압둘아들은 카메라를 응시한 채 아무것도 하지 않았다. 영상 속도를 느리게 한 것인지 사람들이 의심할 정도였다. 곧 죽을 사람을 바라보는 경험, 또한 그 사람이 자신을 바라보고 있다는 경험은 영상을 보는 사람을 금방 불편하게 만들었다. 그때쯤 압둘아들이 쉬고 갈라진 목소리로 말했다. 언제 집에 갈 수 있느냐는 물음이었다. 그때 자세히 들으면 리나가 옆에서 그에게 일러주는 떨리는 목소리도 들렸다.

"당신 이름, 그리고 생일을 말해요."#자

압둘아들이 시키는 대로 대답했다. 2002년이라고 대답하면서 그의 진실과 이야기가 밝혀진다.

"알라께 기도하세요. 알라께 참회하세요."#자

리나가 다시 말했다.

압둘아들이 울면서 알아듣기 힘든 코란경 경문을 읊었다. 검사가 제지할 때까지 그랬다. 경찰이 화면에 나타나고 영상은 끝났다. 이 영상은 처음 게시될 때부터 자막이 있었다. 말하자면 계획적으로 유포된 것이다. 그러나 원본은 비공개 파일로 분류되는데 어떻게 해서 외부로 유출된 것인지는 아무도 알지 못했다. 법무부는 책임 소재를 명확히 밝혀서 행정적인 모든 조치, 심지어 형사 고발도 불사하겠다고 밝혔다. 하지만 누구도 이런 조사가 어디까지 이어질 수 있을지 큰 기대를 갖지 않았다. 최고법원도 사건 기록을 유실한 적이 있지만[*] 누구도 처벌받지 않았다. 가장 공정해야 할 심판기관조차 이런 일을 벌이는데, 행정기관은 어떻겠는가?

어쨌든 이 영상은 공포 여론을 조성하는 데 효과적이었다. 국민투표에서 사형제 폐지 쪽으로 긍정적인 목소리가 높아지는 데 성공했다. 처음으로 여론조사가 역전되었다.

사형제 폐지가 여기까지 진전될 수 있었던 것은 전적으로 천칭쉐 덕분이었다. 천칭쉐는 이성과 공포가 대립하지 않음을 알았다. 실상은 정반대였다. 사형제도를 지지하는 이유가 두려움이라면 사형제도를 반대하는 이유도 두려움일 수 있었다.

쉽게 말해 사형제 폐지가 성공하느냐 아니냐의 갈림길은 지지표와 반대표의 숫자에 따라 나뉘지 않는다. 이 문제는 이성과 공포의 곱셈이다. 천칭쉐는 그렇게 확신했고, 모든 카드를 이용해 이 공포 드라마를 국민투표 무대에 올렸다.

그녀는 거의 성공할 뻔했다.

2주 후 국민투표 결과가 나왔다. 민심은 사형 지지를 선택했다.

지지표가 전체 투표권자의 30.6퍼센트를 차지해 반대표인 19.2퍼센트를 넘어섰다. 그러나 가장 놀라운 결과는 기권표가 9.8퍼센트로 사상 최대였다는 점이다.

이 같은 수치는 찬성과 반대 사이에서 고민하며 결정을 내리지 못하는 여론이 상당하다는 것을 보여준다. 국민투표의 명제가 지나치게 간소화된 것도 이유일 수 있지만, 가장 큰 영향을 준 요소는 해안

---

[*] 최고법원은 중화민국 107년(2018) 대상자 제3638호 사건의 증거 기록 총 15권 분량을 유실했고 109년(2020) 8월까지도 회수하지 못했다. 감찰원에서는 이 사건에 대하여 사법원 소속 기관에 확실한 검토와 개선을 촉구했다.

살인 사건에 대한 문제의식과 압둘아들의 유언 영상이 사람들의 마음속에 남긴 공포감일 것이다.

반대표와 기권표를 합치면 찬성표와 맞먹는다는 주장도 나왔다. 사형제 폐지 운동에서 가장 큰 성과였다. 국민투표의 결과는 사형에 찬성하는 것이었지만, 사형제 폐지 운동의 궁극적 목표는 여전히 기대감을 남겼다.

이처럼 의외로 희망을 주는 결과는 연극을 준비한 무대 위의 인물들에게도 전에 없던 혜택을 가져왔다.

총통을 필두로 한 여당은 높은 투표율로 체면을 살렸고, 부실한 정책과 집단 비리의 추문에서 국민의 관심을 돌리는 데 성공했다. 친청쉐는 개인의 신념을 고수하면서도 위기를 거침없이 처리할 수 있다는 점에서 많은 이들의 인정을 받았다.

한바탕 소동이 지나가고 모두 잘 지내고 있다. 좋은 결과가 나온 것 같지만, 사실 아무것도 변하지 않았다. 그러나 친청쉐는 이 모든 것의 의의를 믿었다. 그녀는 낙담하지도 포기하지도 않았다.

그녀는 언젠가 다시 기회가 올 것을 알았다.

27

반년 후, 퉁바오쥐는 타이베이시 완화구萬華區에 소박한 사무실을 개업하고 변호사로서의 삶을 시작했다.

자기 이름을 그대로 써서 '퉁바오쥐 변호사 사무실'이라고 이름 붙였고, 간판에 '형사 전문' '원주민 및 이민자 특별 우대'라고 적었다. 렌진펑이 간판의 디자인과 형식이 너무 촌스럽다고 핀잔했지만 퉁바오쥐는 들은 척도 하지 않았다. 자기가 개척하려는 시장이 따로 있는 거라고 거들먹거리기도 했다.

퉁바오쥐의 말은 절반만 맞았다. 확실히 시장성이 있었으나 이윤이 남지 않았다.

그래서 사무 보조를 해줄 직원을 고용할 만큼 매출이 나오지 않아 사무실에 혼자 있어야 했다. 가끔 쭝쯔가 놀러올 때나 사무실에 활기가 넘쳤다.

퉁바오쥐는 쭝쯔를 입양하겠다는 신청서를 제출한 지 오래였다. 그러나 아직 수많은 법규와 절차의 문제를 극복해야 했다. 입양이 마무리될 때까지 얼마나 시간이 걸릴지 짐작하기 어려웠다. 그래도 이제 막 네 살이 된 아이가 거리를 헤맬 일은 없을 터였다. 퉁바오쥐는 자신과 쭝쯔가 가족이 된다면 원주민과 이주민의 결합이니 완전히 새로운 분류가 되어야 한다며 초주민超住民(원주민과 이주민을 초월한 거주민)이라고 부르자는 농담을 하곤 했다.

초월적 주민. 슈퍼 주민. 정말 대단하지 않은가?

어쨌거나 그의 유머 감각은 여전히 기괴했다.

그날 오후 전화 한 통이 왔다. 퉁바오쥐는 목소리가 아주 익숙하다고 생각했다.

"어…… 누구시죠?"

"린팡위예요, 바오거. 변호사가 되더니 완전히 달라졌네요! 아주 공손하게 전화를 받는군요."

린팡위는 여전했다.

"왜 전화를 하고 난리야, 장사 방해하지 마!"

"법원으로 소포가 왔더라고요. 와서 가져가실래요, 아니면 그쪽으로 부쳐줄까요?"

"부처줘요."

"법원에 자주 오지 않아요? 일이 잘 안 돼요?"

"이만 끊습니다!"

"네, 사업 번창하세요오."

"요새 누가 그런 말을 써."

"풍자적 표현이라는 거예요."

린팡위가 웃으면서 전화를 끊었다.

퉁바오쥐는 시계를 보며 퇴근할 시간이 되었다고 생각했다. 오늘 저녁에는 지룽에 가서 야구 연습을 할 예정이다. 서랴오 고등학교 야구부의 코치가 얼마 전에 병이 났는데, 아이들이 그에게 임시 코치를 맡아달라고 성화를 부렸다. 분명히 임시였는데 어쩌다 보니 관례처럼 야구부 연습을 봐주러 간다.

퉁바오쥐는 야구 유니폼으로 갈아입고 모자도 썼다. 준비를 마친 후에는 소파에서 잠든 쫑쯔를 깨웠다. 쫑쯔를 데리고 차에 막 탔는데, 갑자기 그런 생각이 들었다. 쫑쯔에게는 야구가 아니라 축구를 가르쳐야 하지 않나? 이 아이는 축구에 재능이 있을 게 분명해. 생긴 것도 축구를 하게 생겼어. 물론 그전에 아미족 말과 인도네시아 말부터 배워야지.

어린이로 산다는 건 참 피곤한 일이지. 특히 타이완에서, 그것도 '초주민' 어린이로 산다는 건 말이야.

28

렌진펑은 사법 연수에 참가했다. 이미 판사로 진로를 잡은 상태였다.

렌정이는 아들의 결정이 흡족한 나머지 새로 차를 사줄 정도였다. 사실 렌진펑은 여전히 아버지를 용서하지 못했다. 그러나 가족인데 어쩔 것인가?

사법관학원 입소식에서 렌진펑은 사법 연수생의 법복은 녹색 깃을 두른다는 것을 처음 알았다. 국선변호인의 법복과 70퍼센트 정도는 닮은 듯했다.

연수를 받는 동안 과제가 많아도 힘들다는 생각이 들지 않았다. 마음속에 미래에 대한 기대가 있었고, 눈앞에 놓인 시련은 그저 과정에 불과하다는 것을 알기 때문이었다.

그는 사법관학원 기숙사의 책상에 퉁바오쥐, 리나, 리아룽과 같이 찍은 사진을 붙였다.

동기들이 사진을 보면 "이 아저씨를 어디서 본 것 같다"고 할 때가 있었다. 렌진펑은 선배라고 둘러댔지만 사실은 친구에 더 가까운 관계라고 생각했다. 아니면 아버지나.

렌진펑은 나중에 리나를 한 번 만났다. 두 사람은 편의점의 취식 테이블에서 만났다. 렌진펑이 먼저 도착했지만 이번에는 리나의 음료를 미리 사두지 않았다. 그는 존중하는 법을 배워가고 있었다.

렌진펑은 리나에게 솔직하게 말했다. 3심 판결이 동일하게 선고된 것은 자기 아버지가 한 짓이라고. 그는 아버지를 대신해 리나에게 사죄하기까지 했다. 그러나 리나는 그런 그를 제지했다.

리나는 렌진펑에게 자기 아버지 이야기를 들려주었다.

"아버지가 돌아가시기 전에 나를 데리고 테갈의 해변과 항구에 갔어요. 항구는 냄새나고 또 아름다워요. 아버지가 돌아가시기 직전에 나에게 그곳에 다시 가라고 했어요. 바다는 깊고 커요. 인간의 고민은 아주 작아요. 우리는 섬에 사는 사람입니다. 어디에 가든지 그걸 잊으면 안 돼요. 바다를 보는 것."

렌진펑을 고개를 숙인 채 리나의 말을 끝까지 들었다. 그런 다음에 물었다.

"당신 아버지 이야기, 고향 이야기를 더 해줄래요?"

그날이 두 사람이 처음으로 아무런 부담이나 강제성 없이 자신에 대해 털어놓은 날이었다.

2년 후, 렌진펑은 최고 점수로 사법관학원을 졸업했다. 렌정이는 졸업식에서 축사를 맡았다. 렌진펑은 그 소식을 듣고 졸업식을 빼먹기로 결정했다. 성적이야 다 나온 것이고 졸업식 같은 것은 형식에 불과했다. 적당한 이유를 대서 빠져나가면 되는 일이었다.

아버지 체면에 먹칠을 하려고 일부러 그러는 것은 아니었다. 다만 그도 조금씩 이유 없이 아버지를 거역하는 즐거움을 알아가는 것뿐이다.

렌정이는 어쩌면 상처받을지도 모른다. 존중받지 못했다고 느낄 수도 있다. 그러나 그도 결국 한 가지 사실을 인정해야만 한다.

렌진펑은 자신과 완전히 다른 길을 걷고 있다는 사실을.

29

리나가 타이완을 떠나던 날, 타이베이 기차역 로비에서 퉁바오쥐와 작별했다.

리나는 겨우 대출을 다 갚고 약간의 돈을 저축하자마자 타이완을 떠나기로 결정했다. 집안 사정도 전보다 좋아졌다. 말하자면 리나는 다른 인도네시아 이주노동자보다 운이 좋았다. 리나는 일과 학업을 병행하여 대학을 마칠 계획을 세웠다. 법학과 영문학을 복수전공할 예정이다. 나중에 국제적인 법률 업무를 맡을 수 있기를 바란다. 어쩌면 타이완에 다시 올지도 몰라요. 리나는 퉁바오쥐에게 그렇게 말했다.

퉁바오쥐는 고개를 끄덕였다. 넌 꼭 돌아올 수 있을 거야. 타이완에는 이주민이 원주민보다 훨씬 많잖아. 몇 년 더 지나면 판사도 인도네시아어를 배워야 할걸. 타이완에 와서 내 사건을 도와줘. 수임료는 8 대 2로 나누자고.

두 사람은 서로를 오래도록 포옹했다. 퉁바오쥐는 리나가 완전히 보이지 않을 때까지 배웅했다. 한참 걸어가던 리나가 뒤를 돌아봤을 때, 퉁바오쥐는 여전히 역사 로비에 서서 그녀를 바라보고 있었다.

리나는 로비를 가로질러 걸었다. 주변의 여행객은 바둑판처럼 검은색과 흰색으로 구획이 나뉜 바닥에 앉거나 누워 있었다. 그들은 대부분 익숙한 얼굴을 가지고 있었으며, 웃음소리와 말소리에 친근한 고향의 어투가 묻어났다. 종종 인도네시아 고향의 식당을 떠올리게 하는 음식 냄새도 났다.

리나는 걸음을 멈췄다. 그대로 눈을 감고 알라에게 이들의 안녕을 기원했다.

타이완이라는 땅에서 살아가려면 어쨌든 약간의 행운이 필요했다.

30

월요일 아침. 퉁바오쥐는 6시에 사무실에 출근했다. 급한 일이 있어서 그런 것은 아니고, 그가 어느덧 태양이 떠오르면 자동으로 눈이 떠지는 나이가 되어서 그런 거였다.

그는 사무실 문 앞에 놓인 소포를 집어 들었다. 보낸 사람은 린팡위였다. 소포를 잡지 『사법주간司法週刊』으로 꼼꼼히 포장했는데 타원형에다 촉감도 이상했다.

퉁바오쥐는 커피를 내려서 홀짝거리며 소포를 검사했다.

소포를 포장한 『사법주간』 본문에서 어느 칼럼이 그의 관심을 끌었다. 칼럼의 주제는 '권위에 의한 성폭력'이었다. 몇 년 전 학원 강사의 성폭력 사건•과 관련된 칼럼이리라. 그 사건의 주역인 장정쉬張正煦 변호사는 그와 나름 오랜 친분이 있는 사람이라 종종 이렇게 그 이름이 오르내리면 꽤나 재미가 있었다. 퉁바오쥐는 한참 상자를 싼 종이를 들여다보며 칼럼을 읽는 데 정신이 팔렸다가 나중에야 소포를 뜯지도 않았음을 깨달았다.

상자를 열자 바람이 빠진 농구공과 책이 들어 있을 듯한 또 다른 소포 상자가 보였다.

농구공에는 유타 재즈의 로고와 도노번 미첼의 사인이 있었다. 그 옆에는 카드도 있었는데, "인간은 나이 먹을수록 운동을 해야 합니다. 린팡위 드림"이라고 적혀 있었다.

퉁바오쥐는 피식 웃으며 농구공을 소파에 던졌다. 그런 다음 작은 소포 상자를 살폈다.

상자에는 보낸 사람 이름이 없고 우체국 소인도 흐릿해서 알아보

• 중화민국 109년(2020) 장정쉬 변호사가 학원계의 유명 강사인 탕원화湯文華를 성폭력으로 고발했다. 30년간 수많은 학생이 성폭행당했다. 이 사건으로 타이완 사회는 권위에 의한 성폭력과 사교육 제도에 대한 문제점이 쟁점으로 떠올랐다. 그러나 장정쉬 변호사는 변호사의 직업윤리를 위반하고 피고의 비밀을 누설하는 배임을 저질렀다는 이유로 변호사협회에서 직권 정지 처분을 받았다.

기 힘들었다. 상자 안에는 역시나 낡은 책이 한 권 들어 있었다. 책 표지에는 알지 못하는 문자가 적혀 있었으나 퉁바오쥐는 직감적으로 알았다. 이것이 압둘아들의 코란경이라는 사실을.

코란경 안에서 메모리카드 하나가 툭 떨어졌다.

퉁바오쥐는 컴퓨터를 켜고 메모리카드를 삽입했다.

사진, 영상, 상세한 문자 기록. 놀라운 내용이었다. 전문 용어와 숫자들은 반도 알아보지 못했지만, 퉁바오쥐는 자신이 언젠가는 이 내용을 다 이해하게 되리라 믿었다.

흐름이 다시 왔다. 퉁바오쥐는 가볍게 허밍하며 몸을 움직였다.

그는 사무실에서 도취되어, 그러나 절제된 움직임으로 아미족 용사들에게 전해 내려오는 '전투의 춤'을 추었다.

7장

이른바
진실이라는
것

평범한 가구, 평범한 배치, 평범한 전등 불빛, 평범한 저녁 시간.

정펑췬은 혼자 부엌 식탁에 앉아 있었다. 거실에서는 텔레비전 뉴스가 흘러나오고 있었다. 젓가락으로 생선 머리를 떼어내고 마지막 남은 살점을 발라 입에 집어넣은 그가 빈 접시를 치우려고 몸을 일으켰다.

"여보, 내가 치울게."*

정펑췬이 침실 쪽을 향해 외쳤다.

정왕위허가 뭐라고 대답하는 소리가 물소리와 뒤섞여 들렸다. 아내는 지금 욕실에서 두 살 난 딸아이를 씻길 준비를 하고 있었다. 아내는 빨간색 작은 목욕통에 따뜻한 물을 붓고 수온을 가늠하면서 동시에 딸의 옹알이에 뭐라 뭐라 대답해주고 있었다.

초인종이 울렸다.

누구야? 정펑췬이 투덜거리며 부엌에서 현관으로 향했다.

현관의 안쪽 문을 열자 압둘아들이 보였다. 낡고 더러운 붉은색 축구 유니폼을 입고 손에는 가방을 들고 있었다. 정평췬을 보자마자 고개를 떨어뜨리고 시선이 여기저기 정신없이 튀었다.

그는 전보다 더 말랐다. 정평췬은 잠깐 생각하다가 얼른 바깥 문도 열어 그를 집안에 들였다. 그러면서 손짓으로 밥 먹었느냐고 물었다.

압둘아들이 고개를 저었다.

정평췬은 그를 거실 소파에 앉히고 조금만 기다리라고 손짓했다.

정평췬은 침실로 가서 딸아이 옷을 벗기고 있던 아내에게 말했다.

"채소하고 생선을 넣어서 탕을 좀 끓여줘. 달걀도 괜찮아……. 어쨌든 돼지고기만 아니면 돼."*

"왜?"*

"손님이 왔어……. 시간을 좀 끌어야 해."*

"애는?"*

"일단 아기 침대에 눕혀. 내가 보고 있을게."*

정평췬은 거실 쪽을 돌아보다가 화들짝 놀랐다. 압둘아들이 손에 길쭉한 뭔가를 들고서 정평췬을 멍하니 바라보고 있었던 것이다.

물건은 군데군데 종이로 감쌌지만 정평췬은 그것이 자기가 쓰던 회칼이라는 것을 바로 알아봤다.

정평췬이 손짓으로 소통을 시도했다.

"그 칼, 나한테 돌려주려고?"

압둘아들은 조용히 칼을 정평췬에게 건넸다.

정펑췬은 칼을 받아서 옆에 내려놓고, 압둘아들의 물잔을 가득 채워주었다.

"Money, passport."(돈, 여권.)

압둘아들이 느릿느릿 말했다.

"Money, passport?"

정펑췬은 물을 따라주며 말했다.

"Money OK. Passport NO. We bring you home."(돈은 줄 수 있어. 여권은 안 돼. 우리가 널 집에 데려다주마.)

"Money, passport."

압둘아들이 반복했다.

"Money OK. How much?"(돈은 줄 수 있어. 얼마?)

정펑췬이 지갑을 꺼내 1000타이완달러 지폐 몇 장을 압둘아들에게 주었다. 그런 다음 손짓을 섞어가며 말했다.

"Passport NO. We bring you home. OK?"(여권은 줄 수 없어. 우리가 널 집에 데려다줄게. 알았어?)

"Passport."(여권.)

정펑췬은 소통이 안 되자 압둘아들에게 기다리라는 손짓을 한 뒤 전화를 집었다. 압둘아들은 경계하는 표정으로 정펑췬의 뒷모습을 쳐다봤다. 작고 마른 몸이 순간적으로 바짝 긴장했다.

그때 정왕위허가 부엌에서 나왔다. 손에 밥과 간단한 채소 요리를 차린 쟁반을 들고 있었다.

"이거 먹고 있어요. 다른 것도 가져올게요."

그녀는 압둘아들이 알아들었는지 확실히 알 수 없었지만 얼른 부엌으로 돌아갔다.

정펑췬은 전화에 대고 말하고 있었다.

"여기 왔습니다. 어떻게 처리합니까? 회사 기숙사로 보내면 될까요?"

압둘아들은 쟁반에 놓인 밥과 요리를 보며 침을 삼켰다. 그러다 몸을 일으켜 정펑췬에게 다가갔다.

"미셰米謝…… 미셰……."

정펑췬은 그 말을 알아들었다. 그건 어선에서 사용하는 암호 같은 거였다. 어원이 뭔지는 알 수 없지만 어쨌든 화장실에 가고 싶다는 뜻이었다. 정펑췬이 고개를 끄덕이며 한쪽을 가리켰다. 그러고는 통화를 계속했다.

"며칠 후에 배편이 있습니다. 그때 나가게 하면 됩니다."

압둘아들은 침실 앞을 지나가다가 안에서 아이 우는 소리를 들었다.

정펑췬은 전화 건너편 사람과 큰 소리로 다투기 시작했다.

"얘는 아무것도 못 봤습니다. 걱정 안 해도 됩니다……. 아니라니까요. 그동안 저희가 얘를 어디에 숨겼겠어요? 불가능한 일이에요. 나가면 나가는 거죠, 어려운 일도 아닌데요."

텔레비전에서는 뉴스가, 부엌에서는 뭘 볶는 소리가, 아이는 울고, 전화로는 다투고……. 온갖 소리가 압둘아들의 머릿속에서 웅웅 울렸다. 그는 머리를 감싸 쥐고 침실로 뛰어들었다. 아이의 울음소리가 모든 것을 덮었다. 방이 온통 울음소리로 울리고 있었다. 웅웅, 웅웅……. 갑자기 모든 소리가 다시 동시에 나타났다. 폭발하듯이 교차하고 겹쳐졌다. 조금씩 조금씩 압둘아들은 무엇도 들리지 않게 되었다.

아이는 얼굴이 새빨개져서 손과 발을 파닥거렸다. 수면에 파문이 일고 물보라가 어지럽게 날렸다. 압둘아들은 자기 숨소리를 들었다. 입에서 기포가 터져 나와 그의 비명을 데려가는 듯했다. 물은 짜다. 생선 비린내가 난다. 그리고 쓰게 변한다. 혀가 굳는다. 목구멍에서 단내가 난다. 파란 하늘에 흐릿한 웃음소리가 번진다. 손도 얼굴도 물결치고 있었다.

울어대던 아이가 조용해졌다.

수면의 물결도 일그러진 얼굴을 비추며 차차 평온해졌다. 그건 압둘아들의 곤혹스러운 표정이었다. 그 자신도 무슨 일이 벌어졌는지 알지 못했다.

"당신이 하는 그런 일에는 끼지 않겠습니다. 그러면 와서 쟤를 데려가시죠. 이 일은 제가 모르는 걸로 할 테니까 어떻게 처리하든 당신이 알아서 하시라는 말입니다."

정평췬이 전화를 들고 고함쳤다. 압둘아들이 침실에서 나와 자기 뒤로 다가오는 것을 몰랐다.

"외국인? 그 외국인 얘기 좀 그만하시죠! 그건 당신이……"

정평췬은 바닥에 이상한 자국을 발견했다.

물.

어디서 물이?

정평췬은 시선을 움직여 물 자국의 근원을 찾았다.

곧 아내의 비명 소리가 들렸지만 뒤를 돌아볼 틈이 없었다.

그의 뒤에 선 압둘아들이 옆구리에 칼을 찔러 넣었다.

모든 살육은 다 똑같다.

저자의 말

『바츠먼의 변호인』을 처음 구상했던 때는 미국 유학의 마지막 해였다. 당시 나는 장편 영화 시나리오 「동화의 세계」를 준비 중이었는데, 권위에 의한 성폭력이 주제였다. 그 시나리오가 '파이타이베이'의 실버 시나리오 본상을 받았다. 나는 그 작품 덕분에 법학 전공을 창작의 영역과 융화할 수 있다는 확신을 얻었다. 이에 흥분하여 두 번째 영화 시나리오를 작업했다.

자신만만한 법조계 인사에게 있어서 사형제 폐지를 소재로 다루는 것은 피할 수 없는 숙명 같은 것이었다. 그러나 거기에 이주노동자, 원주민 등의 이슈까지 추가하게 될 줄은 몰랐다. 이 아이디어는 로스앤젤레스에서 타이베이 주재원으로 온 천야링陳雅玲 팀장에게서 비롯됐다. 어느 날 식사 자리에서 그녀가 이주노동자 관련한 업무를 맡았던 이야기를 들려주면서 호적 등록이 안 된 아이의 문제 등이 언급되었다. 나중에 조금씩 살이 붙고 새로운 아이디어와 자료를 보태면서 이야기의 주축이 형성되었다.

고용주의 압박을 견디다 못해 살인을 저질렀다는 설정은 탕잉선 사건을 떠올리게 했다. 원주민 관련 자료를 찾는 과정에서는 아미족이 과거 타이완 어업에서 처했던 상황을 알게 되었다. 현재 동남아시아 출신 선원들이 겪는 일과 몹시 비슷했다. 그렇게 해서 주인공 퉁바오쥐의 캐릭터가 정해졌다. 그의 고민과 갈등도 그렇게 형성되었다.

바츠먼을 이야기의 배경으로 결정한 데는 어업, 원주민 선원 등의 설정과 잘 맞는 것도 이유였지만 내게 향수를 주는 지역이기 때문이었다. 나는 초등학교 시절 잠깐 조부모님과 생활했는데, 그때 지룽시 신얼로信二路 174항의 병원 기숙사에 살았다. 지룽은 내 삶에서 어느 부분과도 연결되지 않는 독립된 지류이며, 신비하고 추억으로 가득한 곳이다.

아미족 묘사에는 대량의 문헌 자료 외에 대학 동창인 마웨이쥔馬瑋君과 그녀의 아버지 마셴성馬賢生이 많은 도움을 주셨다. 하늘의 도우심인지 그들은 지룽에 살고 있는 도시 아미족이었고, 바츠먼 부락과도 깊은 관련이 있었다. 바다 건너 영상 토론을 하면서 이야기 속 인물들이 살아났다.

「바츠먼의 변호인」 시나리오의 큰 줄기를 완성한 후에는 다시 타이완으로 돌아와 「동화의 세계」 영화 촬영에 매달렸다. 그래서 시나리오 작업이 반년 미뤄졌다.

나중에 다시 시나리오를 집필하던 중 경문학 출판사에서 문학상을 주최한다는 소식을 듣고 준비한 자료를 소설로 바꿔 써도 되겠다는 생각이 떠올랐다.

나는 소설을 일종의 도전으로 생각하자고 마음먹었다. 법학 보급용 읽을거리의 가능성이 있었고, 영화감독으로서의 과제이기도 했다. 방대하고 복잡한 자료를 정리하고 서사의 디테일을 풍성하게 하며 인물의 배경을 심화하면서 미래의 영화화 작업을 기대했다.

소설 초고를 완성하는 데는 약 1년의 시간이 걸렸다. 그 기간의 생활은 작은 사건을 맡아 생계를 유지할 정도의 돈을 벌고, 그 과정에서 만나는 인물들의 곤경을 간접 경험하며 나 자신의 초심을 다지는 시간이었다. 나는 세상에서 어떤 이야기는 오로지 나라는 사람만 쓸 수 있다고 믿었다. 『바츠먼의 변호인』은 완벽하지 않고, 처음 설정한 목표에 절반 정도만 도달했다. 그러나 상관없다. 내가 출발하기 전에는 아예 길조차 없었으니까.

"우리는 노동력이 아니라 인간을 원한다." 스위스 작가 막스 프리슈는 이주노동자 의제에 관해 이렇게 말했다. 이 말은 그 자체로 하나의 완정한 형태의 이야기다. 대립하는 인물과 그들 각각의 욕망, 목표, 그리고 사건과 갈등이 있다.

우리는 모두 이야기 속의 한 사람이다.

바츠먼의 변호인

초판 인쇄	2024년 6월 14일
초판 발행	2024년 6월 24일
지은이	탕푸루이
옮긴이	강초아
펴낸이	강성민
편집장	이은혜
편집	정여진
마케팅	정민호 박치우 한민아 이민경 박진희 정유선 황승현
브랜딩	함유지 함근아 고보미 박민재 김희숙 박다솔 조다현 정승민 배진성
제작	강신은 김동욱 이순호
펴낸곳	(주)글항아리 | 출판등록 2009년 1월 19일 제406-2009-000002호
주소	10881 경기도 파주시 심학산로 10 3층
전자우편	bookpot@hanmail.net
전화번호	031-955-2689(마케팅) 031-941-5161(편집부)
팩스	031-941-5163
ISBN	979-11-6909-258-6 03820

www.geulhangari.com